聊斋志异

文白对照（图文版）

（清）蒲松龄　著

于立文　主编

第二卷

吉林文史出版社

谕 鬼

【原文】

青州石尚书茂华为诸生时，郡门外有大渊，不雨亦不涸。邑中获大寇数十名，刑于渊上。鬼聚为祟，经过者辄曳入。

一日，有某甲正遭困厄，忽闻群鬼惶窜曰："石尚书至矣！"未几公至，甲以状告。公以垩灰题壁示云："石某为禁约事：照得厥念无良，致婴雷霆之怒；所谋不轨，遂遭铁钺之诛。只宜返罔两之心，争相忏悔；庶几洗髑髅之血，脱此沉沦。尔乃生已极刑，死犹聚恶。跳踉而至，披发成群；踯躅以前，搏膺作厉。黄泥塞耳，辄逞鬼子之凶；白昼为妖，几断行人之路！彼丘陵三尺外，管辖由人；岂乾坤两大中，凶顽任尔？谕后各宜潜踪，勿犹怙恶。无定河边之骨，静待轮回；金闺梦里之魂，还践乡土。如蹈前愆，必贻后悔！"自此鬼患遂绝，渊亦寻干。

【译文】

青州的石茂华尚书当年还是诸生的时候，青州城门外有一个大水坑，即使不下雨也从来不干涸。青州县曾经捕获过几十名大盗，都是在大水坑旁行刑处死的。谁知这几十名大盗的阴魂不散，又聚集在一起为害百姓。凡是经过大坑边上的人常被鬼拉入水中。

一天，某甲正遭遇鬼的袭击，身处危难之中，忽然听见群鬼们四处乱窜，还大喊大叫："石尚书来了！"不久，石茂华来到水边，某甲把刚才看到的情形告诉了他。石茂华于是用石灰在墙上写下了告示，告示是这样写的：

石某为禁约的事布告如下，查得你们居心不良，以致触犯上天雷霆之怒。你们过去因为图谋不轨，所以遭到砍头处死的惩罚。现在你们只应该迷途知返，争相忏悔生前所犯下的罪行，或许能够洗清你们枯骨上罪恶的血污，脱离现在所处的苦海深渊。但是，你们这些人生前已遭受过极刑，死后还聚在一起作恶。有时突然跳到人们面前，成群结队，披头散发；有时又故意在人前徘徊不进，捶胸顿足，发出瘆人的惨叫。你们已经黄泥塞目，还敢施展恶鬼的猖狂；青天白日之下竟敢行妖作恶，几乎阻断行人的道路。你们三尺坟墓之外，完全都是由人来管辖，而朗朗乾坤、天地宇宙之中，怎能容你们任逞凶顽？我现在正告你们，从今以后，你们要各自潜踪敛迹，不要坚持作恶。你们这些鬼魂，安心地等待转世轮回吧；只有这样，你们亲人梦中的灵魂，才能重新回到故乡。如果你们重蹈覆辙，继续害人，你们一定会追悔莫及！

从此以后，青州再也没有发生鬼魂作乱的事，大水坑里的水也终于干涸了。

泥 鬼

【原文】

余乡唐太史济武，数岁时，有表亲某相携戏寺中。太史童年磊落，胆即最豪，见庑中泥鬼睁琉璃眼，甚光而巨，爱之，阴以指抉取，怀之而归。既抵家，某暴病不语；移时忽起，厉声曰："何故掘吾睛！"嗃叫不休。众莫之知，太史始言所作。家人乃祝曰："童子无知，戏伤尊目，行奉还也。"乃大言曰："如此，我便当去。"言讫仆地遂绝，良久而苏。问其所言，茫不自觉。乃送睛仍安鬼眶中。

异史氏曰："登堂索睛，土偶何其灵也。顾太史抉睛，而何以迁怒于同游？盖以玉堂之贵，而且至性觥觥，观其上书北阙，拂袖南山，神且惮之，而况鬼乎？"

【译文】

我的同乡唐济武翰林，当他还是只有几岁大的孩童的时候，曾被一位表亲带到寺庙中玩耍。唐翰林从小就胸怀坦荡，胆子很大。他看见庙中的泥鬼，睁着一双用玻璃做的眼珠，又大又亮，他心里喜爱得不得了，就偷偷地用手指抠了下来，揣在怀里带回了家。

他们刚刚到家，表亲就得了急病，先是一声不吭，过了一会儿，他忽然坐了起来，厉声说："为什么要抠我的眼睛！"又吵又闹叫个不停。大家都不知道这是怎么回事，唐济武这才把自己在庙中做的错事说了出来。于是，全家人祷告说："小孩子无知，因为贪玩误伤了你的眼睛，我们马上就还给你。"泥鬼这才大声说："如果是这样，那我就不找麻烦了，这就走了。"说完，只见表亲扑倒在地，昏死过去。过了好半天，他才苏醒过来。问他刚才说过的话，他茫然不知。家里人赶快回到庙里，把眼珠子重新装回泥鬼的眼眶中。

异史氏说：泥鬼居然登堂入室索求眼珠，可见他有多么灵啊！可是，唐济武抠他的眼珠，他为什么要迁怒给唐济武的表亲？这是因为唐翰林地位尊贵，而且性情刚直呀！看他后来那股子直言敢谏的能力和最后辞官归隐南山的操守，连神都惧怕他，更何况鬼呢？

梦别

【原文】

王春李先生之祖，与先叔祖玉田公交最好。一夜梦公至其家，黯然相语。问："何来？"曰："仆将长往，故与君来别耳。"问："何之？"曰："远矣。"遂出。送至谷中，见石壁有裂罅，便拱手作别，以背向罅，逡巡倒行而入，呼之不应，因而惊寤。及明以告太公敬一，且使备吊具，曰："玉田公捐舍矣！"太公请先探之，信而后吊之。不听，竟以素服往，至门则提幡挂矣。呜呼！古人于友，其死生相信如此，丧舆待巨卿而行，岂妄哉！

梦境依稀话别情
照然相对感生平
素车白马临丧日
何异丧舆待巨卿

【译文】

李先生名宪，字王春，他的祖父和我的叔祖玉田公相交最深。一天夜里，李先生的祖父梦见玉田公来到他的家里，神情黯然地和他闲谈。李先生的祖父问："你这是为什么事而来的？"玉田公说："我就要出门远行，所以过来与你告别呀。"李先生的祖父又问："你要到哪里去呀？"玉田公回答说："远了。"说完就走出了宅门。李先生的祖父送玉田公，跟他来到一个山谷中，看见石壁上有一道很大的裂缝。玉田公便拱手和李先生的祖父告别，然后背对着大石缝，慢慢地倒行，进了裂缝之中。李先生的祖父连声呼喊他，他也不答应。因而李先生的祖父从梦中惊醒。

到了天亮时分，李先生的祖父把这个梦告诉了太公李敬一，并让他准备好吊丧用的物品，说："玉田公已经死了！"太公李敬一建议先派人打探一下虚实，果真如此，再上门凭吊不迟。李先生的祖父不听，竟然穿着一身素服直奔玉田公的家，一到玉田公家的门口，就看见丧事的旌幡已经高高挂在门上了。

呜呼！古人对待朋友，无论生还是死都是如此地相信，可见，《后汉书》所

载张劭的灵柩到墓穴不肯前进，直到好友范式到来并致唁之后，灵柩方肯安然落葬的事不会是假的了。

犬 灯

聊斋志异（图文版）

【原文】

韩光禄大千之仆夜宿厦间，见楼上有灯如明星，未几，荧荧飘落，及地化为犬。睨之，转舍后去，急起潜尾之，入院中化为女子。心知其狐，还卧故所。俄女子自后来，仆佯寐以观其变。女俯而撼之，仆伪作醒状，问其为谁，女不答。仆曰："楼上灯光非子也耶？"女曰："既知之，何问焉？"遂共宿止。昼别宵会，以为常。

主人知之，使二人夹仆卧，二人既醒，则身卧床下，亦不觉堕自何时。主人益怒，谓仆曰："来时，当捉之来；不然则有鞭楚！"仆不敢言，诺而退，因念捉之难，不捉惧罪，展转无策。忽忆女子一小红衫密着其体，未肯暂脱，必其要害，执此可以胁之。夜来女至，问："主人嘱汝捉我乎？"曰："良有之。但我两人情好，何肯此为？"及寝，阴掬其衫，女急啼，力脱而去。从此遂绝。后仆自他方归，遥见女子坐道周，至前则举袖障面。仆下骑呼曰："何作此态？"女乃起，握手曰："我谓子已忘旧好矣。既恋恋有故人意，情尚可原。前事出于主命，亦不汝怪也。但缘分已尽，今设小酌，请入为别。"时秋初，高粱正茂。女携与俱入，则中有巨第。系马而入，厅堂中

犬灯

明镫一幻作轹
卢再幻遂成貔
世姝怀挟红衫
非主命相逢肯
谋为情无□

酒肴已列。甫坐，群婢行炙。日将暮，仆有事欲覆主命，遂别。既出，则依然田陇耳。

【译文】

光禄寺署丞韩大千的仆人，夜里住在房子后面突出的房间里，他看见楼上有灯，像明星一样闪闪发光。不一会儿，那灯光就一闪一闪地从楼上飘落下来了，灯光落地后，就变成了一只狗。仆人看了狗一眼，狗转身就跑到房后去了。仆人急忙起身下地，偷偷地尾随它。狗进入了花园，又变成一位女子。仆人心里知道她是狐狸，所以又悄悄回到房间躺下。过了一会儿，那女子也从后面跟来了，仆人假装睡觉，暗中观察她的动静。那女人俯在他身上用力地摇晃他，仆人装作被惊醒的样子，问她是谁。女子没有回答他。仆人又说："楼上的灯光，不是你吗？"女子说："你既然知道，又何必再问呢？"于是，两人共枕同床，极尽鱼水之欢，从此两人白天别离，夜晚欢会，竟然习以为常了。

主人韩大千终于知道了这件事，他派两个仆人和他睡在一起，把他夹在中间。早晨，两个仆人醒来，却发现自己躺在床下，也不知道是什么时候从床上掉下来的。主人一听更为恼怒，对仆人说："那女人再来时，一定要把她捉住带来。不然的话，你就要挨鞭子抽。"仆人不敢申辩，只好答应着退了出来。仆人心想：捉住她，很难；不捉她吧，就肯定要获罪挨打。他正在翻来覆去地左思右想、束手无策的时候，忽然想起那女子有一件小红衫，总是贴身穿着，从来不曾离身，这一定是她的要害，拿到它就可以胁迫她就范。

到了夜晚，女子来了，问他："你的主人是不是让你来捉我呀？"仆人回答说："是有这么回事，但是我们两人感情深厚，我怎么会干出那种事呢？"到了睡觉的时候，仆人偷偷拽女子的小红衫，女子情急之下哭出声来，她用力挣脱而去，从此再也不来了。

后来，这个仆人从外地回来，远远就看见女子在路边坐着。当仆人走到她面前时，她却用袖子遮住脸。仆人下了马，大声说："你为什么要这个样子？"女子于是站起来，握着他的手说："我以为你早已忘记了旧时的相好，现在看来你还没有忘记旧情。你过去的所为还可以原谅，我知道你是屈从于主人的压力，没有办法，我也不再怪你了。我们之间显然缘分已尽，今天特为你备下了小酒宴，请你入席作为告别。"

当时正值初秋时节，田里的高粱长得非常茂盛，女子拉着他的手和他一起走进高粱地。仆人很快就看到高粱地中有一处大宅院。他把马系好走进院中，厅堂里的酒席早就摆好了。他们刚刚坐下，一群丫鬟就来上菜敬酒。太阳快要落山了，仆人因为有事要回复主人，就向女子告辞了。他出门以后，房宅、丫鬟、酒席都不见了，那里仍然是一片田垄分明的高粱地。

番 僧

【原文】

释体空言：在青州见二番僧，像貌奇古，耳缀双环，被黄布，须发鬇如，自言从西域来。闻太守重佛，谒之，太守遣二隶送诣丛林，和尚灵嶒不甚礼之。执事者见其人异，私款之，止宿焉。或问："西域多异人，罗汉得毋有奇术否？"其一辗然笑，出手于袖，掌中托小塔，高裁盈尺，玲珑可爱。壁上最高处，有小龛，僧掷塔其中，矗然端立，无少偏倚。视塔上有舍利放光，照耀一室。少间以手招之，仍落掌中。其一僧乃袒臂，伸左肱，长可六七尺，而右肱缩无有矣；转伸右肱亦如左状。

【译文】

有个叫体空的和尚讲过这样一个故事：

在青州，我见过三位外国和尚，他们的相貌奇特古怪。他们的耳朵上挂着两个环，身上披着黄布，头发和胡须都是卷曲的。他们自称是从西方来，听说青州太守重视佛教，所以前来拜谒。青州太守派了两个差役，送他们到了寺院里。寺院里的灵嶒和尚，待他们很不礼貌。寺院中管理僧众的知事看到他们与众不同，就私下里款待他们，二位外国和尚就在那里住下了。有人问他们："西方有很多奇人，罗汉是不是也有奇怪的法术呀？"一位和尚微微一笑，把手从袖子中抽出，再伸开一看，他的掌中托着一个小塔，有一尺多高，玲珑可爱。寺院墙壁的最高处，有一个小龛。和尚把掌中的塔对着小龛一掷，小塔正落在龛中，不偏不斜。人们看到塔上有舍利在熠熠发光，照得满室生辉。不一会儿，和尚用手一招，小塔仍然回到他的手掌之中。另一位和尚总是袒露臂膀，有时伸长左臂，有六七尺长，可是右臂却缩没了。然后他又伸出右臂，也和左臂的情形一样。

[何守奇] 番僧所为，并非彼教中精妙处，宜和尚之不礼也。

狐妾

【原文】

莱芜刘洞九官汾州，独坐署中，闻亭外笑语渐近，入室，则四女子：一四十许，一可三十，一二十四五已来，末后一垂髫者，并立几前，相视而笑。刘固知官署多狐，置不顾。少间，垂髫者出一红巾戏抛面上，刘拾掷窗间，仍不顾。四女一笑而去。

一日年长者来，谓刘曰："舍妹与君有缘，愿无弃菲。"刘漫应之。女遂去。俄偕一婢拥垂髫儿来，俾与刘并肩坐，曰："一对好凤侣，今夜谐花烛。勉事刘郎，我去矣。"刘谛视，光艳无俦，遂与燕好。诘其行迹，女曰："妾固非人，而实人也。妾前官之女，蛊于狐，奄忽以死，窆园内，众狐以术生我，遂飘然若狐。"刘因以手探尻际，女觉之，笑曰："君将无谓狐有尾耶？'转身云："请试扪之。"自此，遂留不去，每行坐与小婢俱，家人俱尊以小君礼。婢媪参谒，赏赉甚丰。

值刘寿辰，宾客繁多，共三十余筵，须庖人甚众；先期牒拘仅一二到者。刘不胜恚。女知之，便言："勿忧。庖人既不足用，不如并其来者遣之。妾固短于才，然三十席亦不难办。"刘喜，命以鱼肉姜椒悉移内署。家中人但闻刀砧声繁不绝。门内设以几，行炙者置桦其上，转视则肴俎已满。托去复来，十余人络绎于道，取之不绝。末后，行炙人来索汤饼。内言曰："主人未尝预嘱，咄嗟何以办？"既而曰："无已，其假之。"少顷呼取汤饼，视之三十余碗，蒸腾几上。客既去，乃谓刘曰："可出金资，偿某家汤饼。"刘使人将直去。则其家失汤饼，方共惊疑，使至疑始解。一夕夜酌，偶思山东苦酦，女请取之。遂出门去，移时返曰："门外一罂可供数日饮。"刘视之，果得酒，真家中瓮头春也。

越数日，夫人遣二仆如汾。途中一仆曰："闻狐夫人犒赏优厚，此去得赏金，可买一裘。"女在署已知之，向刘曰："家中人将至。可恨伧奴无礼，必报之。"仆甫入城，头大痛，至署，抱首号呼，共拟进医药。刘笑曰："勿须疗，时至当自瘥。"众疑其获罪小君。仆自思：初来未解装，罪何由得？无所告诉，漫膝行而哀之。帘中语曰："尔谓夫人则已耳，何谓狐也？"仆乃悟，叩不已。又曰："既欲得裘，何得复无礼？"已而曰："汝愈矣。"言已，仆病若失。仆拜欲出，忽自帘中掷一裹出，曰："此一羔羊裘也，可将去。"仆解视，得五金。刘问家中消息，仆言都无事，惟夜失藏酒一罂，稽其时日，即取酒夜也。群惮其神，呼之"圣仙"，刘为绘小像。

时张道一为提学使，闻其异，以桑梓谊诣刘，欲乞一面，女拒之。刘示以像，张强携而去。归悬座右，朝夕祝之云："以卿丽质，何之不可？乃托身于鬈鬈之老！下官殊不恶于洞九，何不一惠顾？"女在署，忽谓刘曰："张公无礼，

当小惩之。"一日张方祝，似有人以界方击额，崩然甚痛。大惧，反卷。刘诘之，使隐其故而诡对。刘笑曰："主人额上得毋痛否？"使不能欺，以实告。

无何婿亓生来，请觐之，女固辞之，亓请之坚。刘曰："婿非他人，何拒之深？"女曰："婿相见，必当有以赠之。渠望我奢，自度不能满其志，故适不欲见耳。"既固请之，乃许以十日见。及期亓入。隔帘揖之，少致存问。仪容隐约，不敢审谛。即退，数步之外辄回眸注盼。但闻女言曰："阿婿回首矣！"言已大笑，烈烈如鸮鸣。亓闻之，胫股皆软，摇摇然如丧魂魄。既出，坐移时始稍定。乃曰："适闻笑声，如听霹雳，竟不觉身为己有。"少顷，婢以女命，赠亓二十金。亓受之，谓婢曰："圣仙日与丈人居，宁不知我素性挥霍，不惯使小钱耶？"女闻之曰："我固知其然。囊底适罄；向结伴至汴梁，其城为河伯占据，库藏皆没水中，入水各得些须，何能饱无餍之求？且我纵能厚馈，彼福薄亦不能任。"

女凡事能先知，遇有疑难与议，无不剖。一日并坐，忽仰天大惊曰："大劫将至，为之奈何！"刘惊问家口，曰："余悉无恙，独二公子可虑。此处不久将为战场，君当求差远去，庶免于难。"刘从之，乞于上官，得解饷云贵间。道里辽远，闻者吊之，而女独贺。无何，姜壤叛，汾州没为贼窟。刘仲子自山东来，适遭其变，遂被其害。城陷，官僚皆罹于难，惟刘以公出得免。

盗平，刘始归。寻以大案挂误，贫至饔飧不给，而当道者又多所需索，因而窘忧欲死。女曰："勿忧，床下三千金，可资用度。"刘大喜，问："窃之何处？"曰："天下无主之物取之不尽，何庸窃乎！"刘借谋得脱归，女从之。后数年忽去，纸裹数事留赠，中有丧家挂门之小幡，长二寸许，群以为不祥。刘寻卒。

【译文】

刘洞九是莱芜人，在汾州做知州。有一天，他正在衙署中独坐，忽然听见庭院外由远至近传来一阵欢声笑语。不一会儿，四位女子走了进来。一位约有四十多岁，一位三十多岁，一位二十四五岁，还有一位是未成年的少女。她们并排站在办公桌前，相互看着有说有笑。刘洞九早就知道衙署内的狐仙很多，所以没有搭理她们。过了一会儿，少女拿出一条红色的丝巾，淘气地扔在刘洞九的脸上。刘洞九拾起丝巾扔到窗台上，对她们还是不看一眼。四个女子说笑了一会儿就离开了。

一天，上次来过的那位四十多岁的女人来了，她对刘洞九说："我妹妹和你有缘分，你可不要放弃有一德之长的女孩子呀！"刘洞九漫不经心地答应了。那女人走后不久，就和一个丫鬟领着先前的那位淘气的少女来了。她让少女和刘洞九并肩坐下，说："真是一对好伴侣！今晚就是洞房花烛夜，你要好好侍奉刘郎，我这就走了。"刘洞九仔细看那少女，果然美貌不凡，光艳无比，于是就和她交欢相好。事后，刘洞九问少女从何处而来，少女说："我当然不是人，但实际上也是人。我是前任知府的女儿，因为受狐狸的诱惑而突然死去，死后就埋葬在庭园里。狐狸们又施用法术使我得以复活，所以我的行止飘然，像狐狸一样。"刘洞九听了，伸手去摸少女的屁股。少女发觉了，笑着说："你是不是认为狐狸都应该有尾巴呀？"于是她转过身去说："那你就摸摸看吧！"从此以后，少女就在衙署住下不再离开了。少妇的起居坐卧都由那位小丫鬟陪着。刘洞九的家人都把她尊为小夫人，对她行礼致敬。丫鬟婆子们每次给她请安问候时，得到的赏赐都特别丰厚。

有一天，正是刘洞九的寿辰。前来祝寿的宾客很多，酒席要摆三十多桌，需要很多厨师才能完成。虽然刘洞九早就发下公文征调，可是届时前来操勺的却只有一二位。刘洞九气愤极了。狐妾听说后，就劝他说："别发愁，厨师既然不够用，不如把来的这一二位也打发走。我虽然才能有限，但是置办三十桌酒席还不难办到。"刘洞九一听，大喜过望，让人把鱼肉和葱姜肉桂等作料统统搬到内宅去。家中的人只听见切菜剁肉的声音不绝于耳，却看不见她是怎么做的。狐妾让人在门内摆了一张桌子，上菜的人把盘子放在桌子上，转眼一看时，盘中已经装满菜肴。就这样，仆人们端走菜肴送来空盘，来来往往，共有十几个人上菜，络绎不绝，取之不尽。最后，上菜的人来取汤饼。狐妾在里面说："主人预先没有嘱咐做汤饼，喘气的工夫就要做好那怎么能够办到呢？"过了一会儿，她又说："没关系，先去借一点儿吧。"很快，狐妾就招呼上菜的仆人来取汤饼。上菜的人一看，桌上摆着三十多碗汤饼，还腾腾地冒着热气呢。客人走后，狐妾对刘洞九说："可以拿出一些钱来，去偿付某家的汤饼。"刘洞九就派人送去汤饼钱。丢汤饼的那家人，正聚在一起纳闷呢，刘家送钱的人去了，这个谜团方才解开。

一天晚上，刘洞九正在小酌，偶然想喝山东苦醁酒。狐妾说我马上就给你取

来，说着就走出门去，过了一会儿她就回来了说："门外有一坛子苦酿酒，够你喝几天的了。"刘洞九出门一看，果然有一坛子酒，打开一看，果真就是家乡的名酒瓮头春。

过了几天，刘洞九的夫人打发两个仆人来到汾州。途中，一个仆人说："听说狐妾的犒赏特别优厚，希望这次去得到的赏金，可以买件皮袄穿穿。"他的这些话，狐妾在衙署中早就知道了，她对刘洞九说："老家派来的人快要到了，可恨那个贱奴才太无礼，我一定得让他尝尝我的厉害。"第二天，那个仆人刚刚进了汾州城，头就剧烈地疼痛起来。等到衙署时，仆人抱着头大声哀叫，家人们都想给他吃点儿药什么的缓解一下。刘洞九笑着说："他这病不用治，到时候自然会好的。"大家都怀疑他是不是得罪了狐妾。那个仆人也自忖："我初来乍到的，连行装都没有解下，我这罪过是怎么犯下的呢？"在拜见狐妾的时候，他觉得自己没有失误，就随便往地下一跪，膝行到帘外哀恳。只听帘中有人说道："你称我为夫人，还算不错，为什么还要加个'狐'字呢？"仆人这才明白过来是怎么回事了，就跪在地上一个劲儿地磕头。狐妾又说："既然想得个皮袄，为什么还那样无礼？"稍过片刻狐妾又说："你的病好了。"话音刚落，仆人的头痛顿然消失了。仆人拜别后正要往外走，忽然从帘中扔出一个小包，只听见狐妾说："这是一件羊羔皮袄，你可以拿走了。"仆人解开一看，是五两银子。刘洞九向仆人询问家中的情况，仆人说："家里都挺好的，没什么事，只是有一天夜里丢了一坛酒。刘洞九一核对丢酒的日子和时辰，正是狐妾取来瓮头春的那天夜里。从此以后，家人们都十分敬畏她的神威，称她为"圣仙"。刘洞九还为她画了一张肖像。

当时，张道一正担任提学使的官职，听说狐妾神异不凡，就以叙谈同乡友情的名义来到刘洞九府上，想和狐妾见上一面。狐妾拒绝了他。刘洞九把狐妾的画像拿给他看，张道一却硬要把画像带回去。张道一回去以后，他把狐妾的画像悬挂在座旁，每天早晚都对着画像祷告说："以你的美貌，到谁那儿还不行？却委身给那个白胡子老头！我哪一点都不比刘洞九差，为什么不光临我这儿一次？"狐妾正在衙署中，忽然对刘洞九说："那个张大人太无礼了，看我要稍稍惩罚他一下。"一天，张道一又对着画像祷告，忽然觉得好像有人用界尺猛击他的额头，头痛得好像要裂开一样。张道一大为惊惧，马上派人把狐妾的画像送了回去。刘洞九诘问张道一的家人为什么把画儿送回来，张道一的家人隐去了真情而胡乱应对了一句。刘洞九笑着说："你家主人的额头还疼不疼了？"张道一的家人看隐瞒不住，这才把实情告诉了刘洞九。

不久，刘洞九的女婿亓生来了，也想见狐妾一面。狐妾坚决拒绝。亓生不肯，再一次坚决求见。刘洞九就劝狐妾说："女婿不是外人，为什么坚持不见？"狐妾说："女婿来拜见，我必须要有所馈赠。他对我的奢望太高，我自以为无法满足他的期望，所以才不愿见他。既然他一再求见，就答应他十天以后再见。"

十天以后，亓生来到狐妾的房间，隔着布帘向狐妾作揖行礼，并致问候。他隐隐约约看不清帘后狐妾的容貌，又不敢死盯着看。等到告退的时候，走出几步开外，他还在回头看。只听狐妾说道："阿婿回头了！"说罢，"哈哈"一笑，那声音就像猫头鹰的嚎叫，令人恐怖，亓生一听，吓得两腿发软，摇摇晃晃地就像失魂落魄了一样。亓生从狐妾那里出来，坐了好一会儿，心神才稍稍平静下来，这才说："刚才听见她的笑声，就像听见一声霹雳，竟然感觉到身体好像不再是自己的一样。"过了一会儿，丫鬟来了，她奉狐妾之命，送给亓生二十两银子。亓生接过银子对丫鬟说："圣仙每天都和我丈人在一起，难道不知道我一向挥霍无度，不习惯花小钱吗？"狐妾听了这话说："我当然知道他的品行。可是正赶上家里没钱了。前些日子我们结伴到汴梁，汴梁被河神占据了，到处是一片汪洋。金库也淹没在水中，我们钻进水里各自捞取了一些银子，怎么能够满足他这样无厌的贪求！况且，即使我能够给他丰厚的馈赠，恐怕他的福分太浅，还受用不了呢！"

对于所有即将发生的事，狐妾总是能够事先就知道，刘洞九一遇到疑难情况，跟她一起商量，没有解决不了的。有一天，刘洞九正和狐妾并肩坐着，忽然她仰首朝天，惊骇地说："大劫难就要到了，我们可怎么办呀？"刘洞九惊讶地问她家里人会不会有事，狐妾说："别人都没事，只有二公子令人担忧。这个地方不久就要变成战场，您应当赶快向朝廷求个差事远远地离开这里，才能够躲过这场灾难。"刘洞九就按狐妾说的，向上司请求出差，上司就委派他亲自押运粮饷到云南、贵州去。从汾州到云南、贵州路途遥远，听说这件事的人都跑来安慰他，只有狐妾向他祝贺。不久，镇守大同的宣化总兵姜壤反叛朝廷，汾州被姜壤的军队占据。刘洞九的次子从山东赶来看望父亲，正好碰上战乱，被叛军杀害。汾州沦陷的时候，官府的大小官僚全都遇难，只有刘洞九因为到云南、贵州出公差才得以幸免。叛乱平定以后，刘洞九才回到汾州。接着他又因为受一桩大案的牵连而受到责罚，家里穷到连一日三餐都接济不上的地步。尽管如此，当权的官员还是对他多方勒索，所以刘洞九内外交困，愁得要死。狐妾说："不要发愁，床下有三千两银子，可以供我们花费。"刘洞九大喜过望，问："你是从哪儿偷来的？"狐妾说："天下没有主的东西取之不尽，还用得着偷吗？"后来，刘洞九找到个机会脱身，回到了山东老家，狐妾也跟他一道回去了。

又过了几年，狐妾突然走了，她留下一个纸包，装了几件东西，其中就有家里遇到丧事时挂在门上的小丧幡，有二寸多长。人们都认为这是个不祥的兆头。不久，刘洞九就亡故了。

雷　曹

【原文】

乐云鹤、夏平子二人，少同里，长同斋，相交莫逆。夏少慧，十岁知名。乐

虚心事之，夏亦相规不倦；乐文思日进，由是名并著。而潦倒场屋，战辄北。无何，夏遘疫而卒，家贫不能葬，乐锐身自任之。遗襁褓子及未亡人，乐以时恤诸其家，每得升斗必析而二之，夏妻子赖以活。于是士大夫益贤乐。乐恒产无多，又代夏生忧内顾，家计日蹙。乃叹曰："文如平子尚碌碌以没，而况于我？人生富贵须及时，戚戚终岁，恐先狗马填沟壑，负此生矣，不如早改图也。"于是去读而贾。操业半年，家资小泰。

聊斋志异（图文版）

一日客金陵，休于旅舍，见一人颀然而长，筋骨隆起，彷徨坐侧，色黯淡有戚容。乐问："欲得食耶？"其人亦不语。乐推食食之，则以手掬啖，顷刻已尽；乐又益以兼人之馔，食复尽。遂命主人割豚胁，堆以蒸饼，又尽数人之餐。始果腹而谢曰："三年以来未尝如此饫饱。"乐曰："君固壮士，何飘泊若此？"曰："罪婴天谴，不可说也。"问其里居，曰："陆无屋，水无舟，朝村而暮郭也。"乐整装欲行，其人相从，恋恋不去。乐辞之，告曰："君有大难，吾不忍忘一饭之德。"乐异之，遂与偕行。途中曳与同餐，辞曰："我终岁仅数餐耳。"益奇之。次日渡江，风涛暴作，估舟尽覆，乐与其人悉没江中。俄风定，其人负乐踏波出，登客舟，又破浪去。少时挽一舟至，扶乐入，嘱乐卧守，复跃入江，以两臂夹货出，掷舟中，又入之；数入数出，列货满舟。乐谢曰："君生我亦良足矣，敢望珠还哉！"检视货财，并无亡失。益喜，惊为神人，放舟欲行。其人告退，乐苦留之，遂与共济。乐笑云："此一厄也，止失一金簪耳。"其人欲复寻之。乐方劝止，已投水中而没。惊愕良久，忽见含笑而出，以簪授乐曰："幸不辱命。"江上人罔不骇异。

乐与归，寝处共之。每十数日始一食，食则啖嚼无算。一日又言别，乐固挽之。适昼晦欲雨，闻雷声。乐曰："云间不知何状？雷又是何物？安得至天上视之，此疑乃可解。"其人笑曰："君欲作云中游耶？"少时乐倦甚，伏榻假寐。既醒，觉身摇摇然不似榻上，开目则在云气中，周身如絮。惊而起，晕如舟上，踏

之软无地。仰视星斗，在眉目间。遂疑是梦。细视星嵌天上，如莲实之在蓬也，大者如瓮，次如瓿，小如盏盂。以手撼之，大者坚不可动，小星摇动，似可摘而下者；遂摘其一藏袖中。拨云下视，则银河苍茫，见城郭如豆。愕然自念：设一脱足，此身何可复问？俄见二龙夭矫，驾缦车来，尾一掉，如鸣牛鞭。车上有器，围皆数丈，贮水满之。有数十人，以器掬水，遍洒云间。忽见乐，共怪之。乐审所与壮士在焉，语众云："是吾友也。"因取一器授乐令洒。时苦旱，乐接器排云，遥望故乡，尽情倾注。未几谓乐曰："我本雷曹，前误行雨，罚谪三载。今天限已满，请从此别。"乃以驾车之绳万丈掷前，使握端缒下。乐危之。其人笑言："不妨。"乐如其言，飓飓然瞬息及地。视之，则堕立村外，绳渐收入云中，不可见矣。

时久旱，十里外雨仅盈指，独乐里沟浍皆满。归探袖中，摘星仍在。出置案上，黯黝如石，入夜则光明焕发，映照四壁。益宝之，什袭而藏。每有佳客，出以照饮。正视之，则条条射目。一夜妻坐对握发，忽见星光渐小如萤，流动横飞。妻方怪咤，已入口中，咯之不出，竟已下咽。愕奔告乐，乐亦奇之。既寝，梦夏平子来，曰："我少微星也。因先君失一德，促余寿龄。君之惠好，在中不忘。又蒙自上天携归，可云有缘。今为君嗣，以报大德。"乐三十无子，得梦甚喜。自是妻果娠，及临蓐，光辉满室，如星在几上时，因名"星儿"。机警非常，十六岁及进士第。

异史氏曰："乐子文章名一世，忽觉苍苍之位置我者不在是，遂弃毛锥如脱屣。此与燕颔投笔者何以少异？至雷曹感一饭之德，少微酬良朋之知，岂神人之私报恩施哉？乃造物之公报贤豪耳。"

【译文】

乐云鹤和夏平子两个人年幼时在同里居住，长大了又同窗读书，终于成为莫逆之交。夏平子小时候就聪明过人，十岁的时候已经小有名气了。乐云鹤虚心地向他学习，夏平子也教诲不倦，因此乐云鹤的才华每天都有长进，很快两人就齐名了。尽管如此，乐云鹤和夏平子在科举考场上都很不幸，每次参加科考都以落榜告终。不久，夏平子染上瘟疫亡故，家里穷得无法安葬。乐云鹤挺身主动承担起安葬亡友的责任。对夏平子遗下的襁褓中的孤儿和寡妻，乐云鹤都按时周济他们。每次得到一升半斗的粮食，乐云鹤都要一分为二，两家平分，夏平子的孤儿寡妻全靠他的救济才得以活下来。于是，读书人都更加敬重乐云鹤的贤德仗义。于是，乐云鹤没有多少家产，又要替夏平子分担责任，所以家里的生计一天难似一天。乐云鹤因此慨叹道："像平子这样文才横溢的人，都无所作为地死了，更何况我这样平庸的人！人生在世，要及时享乐；一年到头这样凄凄惨惨地活着，恐怕还没等享受到声色犬马的快乐就葬身沟壑了，实在是白活了一辈子，不如早点儿想个办法。"于是，他放弃了科举考试开始去经商。经营了半年，他的家产

就有些积蓄了。

　　一天，乐云鹤客居金陵，在旅馆里休息。他看见一个身材顾长，筋骨隆起，神色黯然的人，面带忧伤地在他的左右徘徊。乐云鹤问他："你想吃点儿东西吗？"那个人也不说话。乐云鹤把食物推到他的面前让他吃，那人伸手就抓，很快就把食物吃了个精光。乐云鹤又买了两个人的饭菜让他吃，他又全部吃掉了。乐云鹤就让店家割一大块猪臀尖，又堆了一桌子的蒸饼让那人吃。那人一口气吃了好几个人的饭菜，才把肚子填满。他向乐云鹤拱手致谢说："三年以来，从没有吃得像今天这样饱。"乐云鹤说："你一定是个壮士，为什么贫困潦倒到这个地步？"那人说："我得罪了老天，受到了惩罚，无法说出口啊！"乐云鹤又问他住在哪里，那人说："我在地上没有房屋，水上没有舟船，早晨还在村里，晚上就到了城中。"乐云鹤收拾行李打算动身，那人跟着他，恋恋不舍地不愿离开。乐云鹤向他告别，他说："您就要大难临头了，我不忍忘掉你一顿饭的恩德。"乐云鹤觉得很奇怪，就同意带他一块儿走。途中，乐云鹤又请那人吃饭，那人却辞谢说："不用了，我一年只吃几顿饭就够了。"乐云鹤感到更加奇怪了。

　　第二天，乐云鹤载着货物渡江的时候，突然狂风大作，江浪翻滚。紧接着大船倾覆了，乐云鹤和整船的货物全部落入江中。过了一会儿，风停了，那人背着乐云鹤踩着波浪浮出水面，搭上一只客船，他把乐云鹤放在船上。然后他又跃入水中，不久，便从水中拖回一条船，扶着乐云鹤上了那条船，并且嘱咐乐云鹤躺在船里不要动。那人又跃入江中，用两臂夹着货物浮出水面。他把货物扔进乐云鹤乘的船中，又钻进水里。这样往返进出了几个来回，货物已经装了满满的一船。乐云鹤非常感谢那人，说："你救我一命也就足够了，我哪里还敢奢望那些货物能够失而复得呢！"乐云鹤清点了一下满船的货物，发现一件也没有丢失。乐云鹤更加喜欢那个人，惊叹着以为他是神人。乐云鹤解开缆绳正要启程，那个人向他告辞，乐云鹤不肯，苦苦地挽留他。于是那人才留下来与乐云鹤同舟共济。乐云鹤笑着说："经历这一场劫难，我只损失了一个金簪子而已，真是万幸。"那人一听就要跳进江中寻找，乐云鹤急忙劝阻他，而那人早已没入江水之中了。乐云鹤惊呆了半天，忽然看见那人满脸笑容浮出了水面。他把金簪子交给乐云鹤，还说："幸亏没有辜负你的期望。"江上的人看到这种情形没有不感到惊异的。

　　乐云鹤和那人回到老家，两个人朝夕与共。那人每十几天才吃上一顿饭，每次吃下的食物都无法计算。一天，那人又向乐云鹤告辞，乐云鹤极力挽留他。当时虽然是白天，天空却被乌云遮住，好像马上就要下雨，可以听见远处传来的阵阵的雷声。乐云鹤说："云彩中不知是怎样的情形？雷又是什么东西？如果能到天上看看，这个疑团就能解开了。"那人笑着说："你是打算要到云中遨游吗？"不多时，乐云鹤感到特别困倦，就伏在床上打盹。一会儿醒来，他只觉得身子摇摇晃晃的，不像是躺在床上，睁开眼睛一看，发现自己身处云雾之中，周围的云

朵像棉絮一样环绕着他。乐云鹤吃惊地站了起来，感到晕晕乎乎的，就像坐在船上一样。乐云鹤又用脚往下踩，软绵绵地踩不着地。乐云鹤抬头仰望，看见满天的星斗就在自己的眼前。他不由得怀疑自己是不是在做梦。他仔细看那些星星，都镶嵌在天上，就像莲子长在莲蓬上一样，大的像大缸，中等的像小缸，最小的就像酒杯饭碗那么大。乐云鹤用手撼动那些星星，大星星纹丝不动，小星星可以撼动，好像可以摘下来。于是，乐云鹤摘下其中一颗小星星，藏在袖子里。他拨开云雾往下一看，只见银色的云海茫茫无际，地上的城廓只有豆子那么大。他不禁心惊胆战地想到：假如一失足掉了下去，我这身体不知要到哪里去寻找。

不一会儿，乐云鹤看见两条龙矫健地驾着一辆没有装饰的车子从远处驶来，龙尾一甩，就像牛鞭一样发出清脆的响声。龙车上载着一些器具，周长有好几丈，都装满了水。还有几十个人，拿着器具舀水，洒遍云间每一朵云彩。他们忽然发现了乐云鹤，都感到非常惊奇。乐云鹤看到曾经救过他的那位壮士也在他们中间。那人出来对众人说："他是我的朋友。"于是取来一个器具，交给乐云鹤，让乐云鹤也跟他们一起洒水。当时地上正值苦旱，乐云鹤接过器具，排开云雾，对准家乡的方向，尽情倾注。

不久，那人走过来对乐云鹤说："我本是一个雷神。曾经因为工作失误耽误了行雨，被罚下人间三年，今天期限已满，就让我们在这里告别吧。"说完，雷神就把驾车用的万尺多长的绳子扔在乐云鹤面前，让他握紧绳头缒下去。乐云鹤很害怕，不敢接过绳子。雷神笑着说："没关系。"乐云鹤就照他说的，抓紧绳子往下一缒，只听见"嗖嗖"的风声掠过耳边，瞬息之间就落到了地面。乐云鹤环顾四周，发现自己正好降落在村外。缒下他的绳子被慢慢地收入云中，很快就看不见了。当时因为久旱不雨，十里以外的地方只下了一指多深的雨，只有乐云鹤的村子特别幸运，雨水竟然贮满了沟渠。

乐云鹤回到家里，一摸袖子，摘下的那颗星星还在！乐云鹤把它拿出来放在桌子上一看，黝黑黝黑的，像石头一样。到了夜里，星星放出光芒，把四周的墙壁照得雪亮雪亮。乐云鹤非常珍爱这个宝贝，把它装在一个匣子里收藏起来。每当有高贵清雅的客人来访，乐云鹤才把它拿出来，让它在室内照耀着，为饮酒的人助兴。当人们正视那颗星星的时候，就会感到它的一束束光芒刺得人睁不开眼睛。有一天夜晚，乐云鹤的妻子正对着星星洗头，忽然看见星光越来越小，最后竟像萤火虫一样满屋乱飞。乐妻正在诧异，那颗星已经飞进她的嘴里去了，她使劲咯也咯不出来，竟然咽进了肚子里。乐妻惊恐万分，急忙跑去告诉乐云鹤，乐云鹤也很奇怪，不知道这是怎么一回事。

这天夜里乐云鹤入睡以后，梦见夏平子来了，他说："我是天上的少微星。你对我的恩惠，我永远记在心中不能忘怀。后来又承蒙你把我从天上带到人间，可以说我们的缘分还没有断。今天我要转世成为你的儿子，来报答你的大恩大德。"乐云鹤这时已经三十岁了，还没有儿子，所以做了这个梦他非常高兴。打

这儿以后，乐云鹤的妻子果然怀孕了。到了临产那天，满屋光辉耀眼，就像星星放在桌上时那样，因而乐云鹤给孩子起名叫"星儿"。星儿长大后非常机警，聪明过人，刚刚十六岁时就考中了进士。

异史氏说：乐云鹤因为擅长写文章而名声显赫于世，忽然间却觉得上苍为他安排的位置不在这里，于是他就像脱去旧鞋一样放弃了读书作文的生活，这与当时班超投笔从戎相比，又有多少不同？至于雷神感念一顿饱饭的恩情、夏平子报答好友的情谊，难道是神和人在报答私恩吗？实际上这是造物主在公开报答贤德而又卓越的人啊！

赌　符

【原文】

韩道士居邑中之天齐庙，多幻术，共名之"仙"。先子与最善，每适城，辄造之。一日与先叔赴邑，拟访韩，适遇诸途。韩付钥曰："请先往启门坐，少旋我即至。"乃如其言。诣庙发局，则韩已坐室中。诸如此类。

先是有敝族人嗜博赌，因先子亦识韩。值大佛寺来一僧，专事樗蒲，赌甚豪。族人见而悦之，罄资往赌，大亏。心益热，典质田产复往，终夜尽丧。邑邑不得志，便道诣韩，精神惨淡，言语失次。韩问之，具以实告。韩笑曰："常赌无不输之理。倘能戒赌，我为汝覆之。"族人曰："倘得珠还合浦，花骨头当铁杵碎之！"韩乃以纸书符，授佩衣带间。嘱曰："但得故物即已，勿得陇复望蜀也。"又付千钱，约赢而偿之。族人大喜而往。僧验其资，易之，不屑与赌。族人强之，请一掷为期，僧笑而从。乃以千钱为孤注，僧掷之无所胜负，族人接色，一掷成采。僧复以两千为注。又败。僧渐增至十余千，明明枭色，呵之皆成卢雉；计前所输，顷刻尽覆。阴念再赢数千亦更佳，乃复博，则色渐劣。心怪之，起视带上则符已亡矣，大惊而罢。载钱归庙，除偿韩外，追而计之，并末后所失，适符原数也。已乃愧谢失符之罪，韩笑曰："已在此矣。固嘱勿贪，而君不听，故取之。"

来了贪心
此中赌局开
难猜灵符偶许
何妨百万来
相传交一邾

异史氏曰："天下之倾家者莫速于博，天下之败德者亦莫甚于博。入其中者如沉迷海，将不知所底矣。夫商农之人，俱有本业；诗书之士，尤惜分阴。负耒横经，固成家之正路；清谈薄饮，犹寄兴之生涯。尔乃狎比淫朋，缠绵永夜。倾囊倒箧，悬金于嵼峨之天；呼雉呵卢，乞灵于淫昏之骨。盘旋五木，似走圆珠；手握多章，如擎团扇。左觑人而右顾己，望穿鬼子之睛；阳示弱而阴用强，费尽魍魉之技。门前宾客待，犹恋恋于场头；舍上火烟生，尚眈眈于盆里。忘餐废寝，则久入成迷；舌敝唇焦，则相看似鬼。迨夫全军尽没，热眼空窥。视局中则叫号浓焉，技痒英雄之臆；顾囊底而贯索空矣，灰寒壮士之心。引颈徘徊，觉白手之无济；垂头萧索，始玄夜以方归。幸交谪之人眠，恐惊犬吠；苦久虚之腹饿，敢怨羹残。既而鬻子质田，冀珠还于合浦；不意火灼毛尽，终捞月于沧江。及遭败后我方思，已作下流之物；试问赌中谁最善，群指无裤之公。甚而桠腹难堪，遂栖身于暴客；搔头莫度，至仰给于香奁。呜呼！败德丧行，倾财亡身，孰非博之一途致之哉！"

【译文】

韩道士住在本县城里的天齐庙。因为他擅长许多幻术，所以人们都称他为"仙人"。我已故的父亲和他最为友善，每次进城都要登门拜访他。有一天，父亲与已故的叔叔进城，打算去拜访韩道士，正巧在途中遇见了他。韩道士把钥匙交给父亲，说："你们先去开门，进屋坐着等我，我随后就到。"父亲就照他说的，进了庙，用钥匙打开门一看，韩道士已然坐在屋里了。关于韩道士的诸如此类的怪异的事情还有很多。

在此之前，我们本家一位族人嗜好赌博，通过父亲也认识了韩道士。当时，大佛寺来了一个和尚，擅长用掷骰子决定胜负的方法赌博，赌注下得特别大。族人一看他这样豪赌就特别高兴，拿出家中所有的钱去一赌高下，结果全都输光了。族人越输心里越发急，典当了田产又去赌，一夜之间又输了个精光，血本无归。从此，他终日忧郁不乐，便去找韩道士。看到族人失魂落魄、语无伦次的样子，韩道士就问他是怎么回事，族人就把赌博的事原原本本告诉了他。韩道士笑着说："经常赌博没有不输的道理，你如果能够戒赌，我帮你收回失去的钱财。"族人说："只要赌资能够像合浦的珍珠一样失而复得，我就用铁杵把骰子砸个稀巴烂！"于是，韩道士就在纸上写了一道符咒，交给族人，让他扎在衣带里。韩道士又嘱咐他说："只要收回原来的财物就可以罢手了，千万不要得此望彼、贪心不足呀。"韩道士说完，又给了他一千文铜钱，约定赢了钱之后再还给道士。

族人满心欢喜地又去赌博。和尚看了他的一千文铜钱，非常轻视，不屑与他赌。族人强拉着他非赌不可，并要求一掷定输赢。和尚笑着答应了。于是族人用那一千文铜钱作为一决输赢的赌注。和尚先掷了一回没有胜负，族人接过骰子，一掷成采，族人大胜。和尚又放下了三千文作为赌注，又输了。后来和尚的赌注

逐渐增加到十余千文，明明看清是最上采枭色，族人一吆喝，就变成了次采卢色或又次采雉色。就这样，族人先前输掉的钱，转眼之间全都赢回来了。族人暗自琢磨着再赢几千文就更好了，于是又赌，可是每掷都是次等采，赌运开始不佳。族人心中奇怪，起身看看衣带里的符咒，早已不翼而飞了。族人大惊失色，赶紧罢手。族人带着钱回到庙里，除了偿还韩道士一千文钱之外，细细追忆计算前赢后输的钱，恰好跟原来输掉的钱相等。然后，族人惭愧地请韩道士原谅他丢掉符咒的过错。韩道士笑着说："符咒早就回到我这里了。我事先一再嘱咐你不要贪心，可你就是不听，所以我自己把它取回来了。"

异史氏说：天下人倾家荡产的各种因素之中，没有比赌博来得更快的了。天下人道德沦丧，也没有比赌博堕落得更快更彻底的了。凡是沉迷赌博的人，就像是沉入迷海，总也不知道底部究竟在哪里。原来经商的人、务农的人，都各有本业；读书作诗的士人，尤其珍惜时间。扛着锄头、苦读经书，都是成家立业的正路；即使约上几个朋友清谈一番，喝上几杯水酒，这也是怡养性情的风雅之事。而赌徒们却与狐朋狗友们勾结在一起，彻夜不停地聚赌。他们翻箱倒柜，把金钱悬挂在险要高峻的天际，他们或者喊雉呼卢地乞求那个骰子显灵；或者旋转骰子，使骰子像圆珠那样转动；或者手握纸牌，就像举着一把团扇。他们一会儿看看旁人，一会儿又瞧瞧自己，眼珠乱转好像要看穿一切似的。他们表面上示弱而在暗地里下狠手，使出全身的解数，用尽了鬼魅的伎俩。

有时他们虽然在门前接待宾客，心里却恋恋不舍地想着赌局；有时家里房子都起火冒烟了，他们却还死死地盯着掷骰子的瓦盆。他们因此废寝忘食，久而久之便沉迷其中，不能自拔。他们看上去个个舌敝唇焦，像个活鬼。等到老本全部输光了，他只好瞪着输红的眼睛看着人家赌。他眼看着赌局，急得大呼小叫，手心发痒，只恨英雄无用武之地。再看看自己的钱囊，早已分文不存，空让赌坛壮士寒心丧气。于是，他便伸长了脖子在赌场里走来走去，只觉得两手空空无济于事；最后他垂头丧气满心愁绪，直到深夜才回到家里。幸而等着埋怨指责他的妻子已经睡下了，他唯恐惊动狗叫。这时，他才觉得空了很长时间的肚子饥饿难忍，端起饭碗，却又抱怨残羹剩饭。接着，他就要卖掉儿子典当田产，希望捞回本钱。想不到这一掷如同一场大火烧光了须发，终究还是江中捞月一场空。直到遭到这样惨重的失败之后才开始反思，可是他已经堕落下去了。

试问赌徒之中谁的赌技最高，人们都要指那穿不上裤子的穷汉。他们有的饥饿难忍、流落街头；有的使劲挠头也想不出办法，到了指望变卖女人首饰过活的地步。呜呼！道德败坏、品行沦丧、倾家荡产、名坏身亡，哪一件不是赌博这一恶习造成的呀！

[何守奇] 喝雉呼卢，此又济之以术。

阿霞

【原文】

文登景星者，少有重名，与陈生比邻而居，斋隔一短垣。一日，陈暮过荒落之墟，闻女子啼松柏间，近临则树横枝有悬带，若将自经。陈诘之，挥涕而对曰："母远出，托妾于外兄。不图狼子野心，畜我不卒。伶仃如此不如死！"言已复泣。陈解带，劝令适人，女虑无可托者，陈请暂寄其家，女从之。既归，挑灯审视，丰韵殊绝，大悦，欲乱之，女厉声抗拒，纷纭之声达于间壁。景生逾垣来窥，陈乃释女。女见景生，凝眸停睇，久乃奔去。二人共逐之，不知去向。

景归，阖户欲寝，则女子盈盈自房中出。惊问之，答曰："彼德薄福浅，不可终托。"景大喜，诘其姓氏。曰："妾祖居于齐，以齐为姓，小字阿霞。"入以游词，笑不甚拒，遂与寝处。斋中多友人来往，女恒隐闭深房。过数日，曰："妾姑去，此处烦杂困人甚。继今，请以夜卜。"问："家何所？"曰："正不远耳。"遂早去，夜果复来，欢爱綦笃。又数日谓景曰："我两人情好虽佳，终属苟合。家君宦游西疆，明日将从母去，容即乘间禀命，而相从以终焉。"问："几日别？"约以旬终。

既去，景思斋居不可常，移诸内又虑妻妒，计不如出妻。志既决，妻至辄诟厉，妻不堪其辱，涕欲死。景曰："死恐见累，请早归。"遂促妻行。妻啼曰："从子十年未尝失德，何决绝如此！"景不听，逐愈急，妻乃出门去。自是垩壁清尘，引领翘待，不意信杳青鸾，如石沉海。妻大归后，数浼知交请复于景，景不纳，遂适夏侯氏。夏侯里居，与景接壤，以田畔之故，世有隙。景闻之，益大惭恨。然犹冀阿霞复来，差足自慰。

越年余并无踪绪。会海神寿，祠内外士女云集，景亦在。遥见一女甚似阿霞，景近之，入于人中；从之，出于门外；又从之，飘然竟去。景追之不及，恨悒而返。后半载，适行于途，见一女郎着朱衣，从苍头，鞯黑卫来，望之，霞

也。因问从人："娘子为谁?"答言："南村郑公子继室。"又问："娶几时矣?"曰："半月耳。"景思得毋误耶？女郎闻语，回眸一睇，景视，真阿霞也。见其已适他姓，愤填胸臆，大呼："霞娘！何忘旧约?"从人闻呼主妇，欲奋老拳。女急止之，启幨纱谓景曰："负心人何颜相见?"景曰："卿自负仆，仆何尝负卿?"女曰："负夫人甚于负我！结发者如是，而况其他？向以祖德厚，名列桂籍，故委身相从。今以弃妻故，冥中削尔禄秩，今科亚魁王昌即替汝名者也。我已归郑姓，无劳复念。"景俯首帖耳，口不能道一词。视女子策蹇去如飞，怅恨而已。

　　是科景落第，亚魁果王氏昌名。景以是得薄幸名。四十无偶，家益替，恒趁食于亲友家。偶诣郑，郑款之，留宿焉。女窥客，见而怜之，问郑曰："堂上客非景庆云耶?"问所自识，曰："未适君时，曾避难其家，亦深得其豢养。彼行虽贱而祖德未斩，且与君为故人，亦宜有绨袍之义。"郑然之，易其败絮，留以数日。夜分欲寝，有婢持金二十余两赠景。女在窗外言曰："此私贮。聊酬凤好，可将去，觅一良匹。幸祖德厚，尚足及子孙；无复丧检，以促余龄。"景感谢之。

　　既归，以十余金买缙绅家婢，甚丑悍。举一子，后登两榜。郑官至吏部郎。既没，女送葬归，启舆则虚无人矣，始知其非人也。噫！人之无良，舍其旧而新是谋，卒之卵覆而鸟亦飞，天之所报亦惨矣！

【译文】

　　文登县有一个叫景星的人，少年时代就很有名气。景星和陈生是邻居，两个人的书房只有一堵矮墙相隔。有一天傍晚，陈生在一片荒落的废墟旁边经过的时候，听见松柏树林间有女子的啼哭声。他走近一看，树的横枝上悬挂着一条带子，一个女子正要上吊自杀。陈生就问她为什么要寻短见，女子擦着眼泪回答说："我的母亲远走他乡，把我托付给我的表兄，没想到表兄狼子野心，不再继续供养我了。我孤苦伶仃，只身一人，还不如死了的好！"说完，她又哭了起来。陈生解下树枝上的带子，劝她嫁人。女子担心没有可以托付终生的人。陈生就邀请女子暂且寄住在他家，女子同意了。陈生带着女子回到家里，点上灯仔细端详那女子，发现她长得非常美艳，陈生一下子就喜欢上她了，想要和她交欢。那女子高声喊叫，拼命抵抗，叫喊声传到了隔壁，景星闻声越过矮墙来察看究竟，陈生这才放开女子。女子一看见景星，目不转睛地凝视了好长时间，才向门外跑去。陈、景两人都跑出去追她，可是不知道她跑到哪里去了。

　　景星回到家中，关上房门正要睡觉，却看见刚刚那位女子从房中仪态轻盈地款款走出。景星惊讶地问她为什么到他家里来，女子回答说："那位陈生德薄福浅，不可托付终身。"景星非常高兴，就问女子的姓名。女子说："我家祖上住在齐地，也是姓齐，我的小名叫阿霞。"景星拥着女子进了内室，用轻薄的言辞挑逗她，女子只是微笑，并不拒绝，于是景星和她上床睡下了。平时，景星的书

房中常有朋友来来往往，阿霞总得紧闭房门躲在里屋。过了几天，阿霞说："我要暂时离开这里。你这儿人多眼杂，我躲在里面憋得慌。从今以后，我还是夜间来比较好。"景星问她："你的家在哪里？"阿霞说："正好离这儿不远。"于是阿霞一到清早就走了，到了夜晚，阿霞又来了，两个人非常恩爱和谐。又过了几天，阿霞对景星说："我们两人的感情虽然欢洽，但终究是私定终身，只能私下里相会。我父亲在西疆做官，明天我要和母亲去投奔他。我要找机会向父母禀告我们俩的事，从此便可以明媒正娶白头偕老了。"景星问："你多长时间才能回来？"阿霞和景星约好十天后相会。

阿霞走了以后，景星暗自思忖书房不是久住之地，如果带阿霞回家，还担心妻子妒嫉。他想来想去不如把妻子休了。景星主意一定，便开始对妻子恶语相加。妻子不堪忍受他的欺辱，痛哭流涕，想要求死。景星说："你死了我恐怕还要受连累，你还是早点儿回娘家的好。"就不断催促妻子快点儿离开。妻子哭着说："我跟了你十年，从来没有做过半点儿失德的事，你为什么如此绝情！"景星没有心思听她的辩解，只是愈加急迫地赶她走。妻子百般无奈只好满腹冤屈走出了景星的家门。

妻子一走，景星就让家人把墙壁刷得雪白雪白的，房间内外打扫得干干净净。他伸长了脖子等待着阿霞的出现，谁知阿霞音讯全无，如石沉大海。景妻被休回娘家后，多次拜托景星的知交捎话求情，希望能够复婚，景星就是不理，于是她改嫁夏侯氏。夏侯家的寓所与景星家接壤，两家曾因为田地的边界纠纷，结下了世仇。景星听到前妻嫁给了夏侯氏，心里更加忿恨不已。然而，他还是盼望着阿霞能够快点儿回来，聊以安慰自己。又过了一年多，阿霞还是没有一点儿踪影。

有一天，正值海神的寿辰，祠庙内外士女云集，景星也在他们中间。他远远看见一位女子非常像阿霞。景星挤到近处一看，女子已经深入人海之中。景星紧紧地跟着她，看她穿过人群走出庙门。等景星跟到庙门外面的时候，女子早已飘然而去了。景星怎么追也追不上她，只好满腔怅恨地回到家里。又过了半年，景星正在路上走着，迎面看见一位女郎，她身穿红衣服，骑着一头黑驴，后面还跟着一个仆人。景星一看，那红衣女郎像是阿霞。景星就问跟在阿霞后面的仆人："这位娘子是谁？"仆人答道："是南村郑公子的继室。"景星又问："娶了多长时间了？"仆人说："也就半个多月吧！"景星暗想，会不会是搞错了。这时红衣女郎也听见了他们的对话，回过头来看，正和景星的目光相遇。景星一看，真的是阿霞。景星看她已经嫁给别人了，满腔的怒火燃烧起来，他大喊一声："霞娘，你为什么忘记了当初的誓约？"仆人听见有人斥责他家的主妇，挥拳就要打来。阿霞急忙阻止他，她掀开脸上的面纱对景星说："你这个负心人还有什么脸面见我？"景星说："是你辜负了我，我何尝辜负你呢？"阿霞说："你辜负了前夫人更甚于辜负我！你对待结发妻子尚且如此冷酷，对别人还能好到哪儿去？我过去

一向以为你祖上积下了阴德，你也能在进士及第的簿册上挂名，所以我委身相从。如今因为你无故休弃了妻子，在阴曹中已经削掉了你食禄的品级。今科考试第二名的王昌，就是取代你名字的人。现在我已经嫁给了郑君，请你不要再惦念我了。"景星俯首贴耳地听了她的一席话，一句话也说不出来。等抬起头再看阿霞时，她已经骑着驴飞一样地走远了。景星站在原地，心中只有无限惆怅和悔恨。

这场乡试，景星果然名落孙山，而荣登榜眼的正是叫王昌的人。阿霞的丈夫郑生也榜上有名。从此以后，景星在人们中间落下个寡恩薄情的恶名。直到四十岁时还没有再娶，家境也日益衰败，经常到亲友家里蹭饭吃。有一次，景星偶然到了郑家，郑生款待他，并留他住下。阿霞在后面窥视来客，看到景星一副落魄的样子，心中不禁生出几分怜惜。她问丈夫郑生："堂上那位客人不是景庆云吗？"郑生回答说正是他，并问她是什么时候认识他的。阿霞说："那是还没有嫁给你的时候，我曾经在他家避难，也深得他的收养之恩。他的行为虽然卑下不仁，可是祖上的阴德还没有断，而且和你又是老朋友，亦应顾念他的处境，给予他一些帮助才好。"郑生认为阿霞的话很有道理，于是郑生为景星做了一身新衣服，换下他身上的破衣烂衫，又留景星在家里住了几天。

有一天，景星正要就寝，有个丫鬟拿来二十多两银子赠给他。他听见阿霞在窗外对他说："这些都是我的私房钱，聊以酬谢你往日的一番情意。你可以用这笔钱，再找一位好夫人。幸亏你的祖先阴德深厚，还足以保佑他的子孙。你以后不要再做伤天害理的事了，以免减掉你剩下的阳寿。"景星非常感谢她。

回到家里，景星用十多两银子买下一位缙绅家的丫鬟，新妇又丑陋又习悍。后来景星得了一个儿子，儿子长大后考中了进士。郑生后来的官职升到吏部郎官。郑生死后，阿霞为他送葬，等回到家里，人们打开轿门一看，轿内早已空无一人，这时人们才知道她不是人类。唉！丧尽天良的人呀，抛弃旧的为了图谋新的，结果弄了个蛋打鸟飞，上天的报应也真是够惨的呵！

[何守奇] 无故出妻，定非佳士，欺人且不可，况冥中乎？削其禄秩，宜矣。

[但明伦] "负夫人甚于负我"，此理甚明，人所易晓；乃负重名者坦然行之而无疑，至于夺名削禄而犹梦梦，名果可信哉！

李 司 鉴

【原文】

李司鉴，永年举人也，于康熙四年九月二十八日，打死其妻李氏。地方报广平，行永年查审。司鉴在府前，忽于肉架上夺一屠刀，奔入城隍庙，登戏台上，对神而跪。自言："神责我不当听信奸人，在乡党颠倒是非，着我割耳。"遂将

左耳割落，抛台下。又言：
"神责我不应骗人银钱，着
我割指。"遂将左指剁去。
又言："神责我不当奸淫妇
女，使我割肾。"遂自阉，
昏迷僵仆。时总督朱云门题
参革褫究拟，已奉谕旨，而
司鉴已伏冥诛矣。邸抄。

插图题字：
李司鉴
自宜原恐乡操
刀天诞山未不可
延酷诱害诛行
顷残万人戮衷
裁云言

【译文】

　　李司鉴是永年县的举人。
康熙四年九月二十八日这一
天，他亲手打死了他的妻子
李氏。永年地方官把他的案
子上报到广宁府，随后押解
李司鉴离开永年前往广宁府
接受审讯。当李司鉴被押解
到府衙的途中，他突然从路
边的肉架上夺下一把屠刀，
直接闯入了城隍庙。李司鉴登上城隍庙的戏台，对着神像跪拜，并且自言自语地
说："神责备我不应该听信奸人的胡言，在乡里颠倒是非，让我割下耳朵。"说
完他自行割去左耳，扔到台下。他又说："神责备我不应当骗人钱财，让我剁下
手指。"说完，他又剁去左手的指头。接着他又说："神责备我不应该奸淫妇女，
让我割掉阳具。"说完他又把自己阉割了，随后便直挺挺地倒地昏迷了。

　　当时，总督朱云门奏请朝廷革除李司鉴举人的功名的章奏已经获得朝廷的同
意，而李司鉴本人在没有接受惩罚之前，已经被阴间的刑曹诛杀了。这个故事是
我在邸报抄本上看到的。

五羖大夫

【原文】

　　河津畅体元，字汝玉，为诸生时，梦人呼为"五羖大夫"，喜为佳兆。及遇
流寇之乱，尽剥其衣，夜闭置空室。时冬月寒甚，暗中摸索，得数羊皮护体，仅
不至死。质明视之，恰符五数。哑然自笑神之戏已也。后以明经授雒南知县。毕
载积先生志。

【译文】

畅体元是河津人，字汝玉。他在做秀才的时候，在梦中听见有人叫他"五羖大夫"（春秋时期秦国大夫百里奚的号），畅体元醒来非常高兴，认为这是一个好兆头。后来，畅体元遭遇流寇之乱，被流寇剥光衣服，在深夜又被关进一间空屋子里。当时正是寒冬腊月，天气冷得不得了。他在黑暗中摸摸索索，摸到几张羊皮护住身体，因而才不致冻死。天亮了，畅体元起来看看盖在身上的羊皮，正好是五张。畅体元不禁哑然失笑，知道是神在和他开玩笑呢！后来他以贡生的身份被授予雒南县知县的官职。

这个故事是毕载积先生记下的。

毛　狐

【原文】

农子马天荣，年二十余，丧偶，贫不能娶。偶芸田间，见少妇盛妆，践禾越陌而过。貌赤色，致亦风流。马疑其迷途，顾四野无人，戏挑之，妇亦微纳。欲与野合，笑曰："青天白日宁宜为此，子归掩门相候，昏夜我当至。"马不信，妇矢之。马乃以门户向背俱告之，妇乃去。夜分果至，遂相悦爱。觉其肤肌嫩甚，火之，肤赤薄如婴儿，细毛遍体，异之。又疑其踪迹无据，自念得非狐耶？遂戏相诘，妇亦自认不讳。

马曰："既为仙人，自当无求不得。既蒙缱绻，宁不以数金济我贫？"妇诺之。次夜来，马索金，妇故愕曰："适忘之。"将去，马又嘱。至夜，问："所乞或勿忘也？"妇笑，请以异日。逾数日马复索，妇笑向袖中出白金二锭，约五六金，翘边细纹，雅可爱玩。马喜，深藏于椟。积半岁，偶需金，因持示人。人曰："是锡也。"以齿龁之，应口而落。马大骇，收藏而归。至夜妇至，愤致诮让，妇笑曰："子命薄，真金不能任也。"一笑而罢。

马曰："闻狐仙皆国色，殊亦不然。"妇曰："吾等皆随人现化。子且无一金之福，落雁沉鱼何能消受？以我陋质固不足以奉上流，然较之大足驼背者，即为国色。"过数月，忽以三金赠马，曰："子屡相索，我以子命不应有藏金。今媒聘有期，请以一妇之资相馈，亦借以赠别。"马自白无聘妇之说，妇曰："一二日自当有媒来。"马问："所言姿貌何如？"曰："子思国色，自当是国色。"马曰："此即不敢望。但三金何能买妇？"妇曰："此月老注定，非人力也。"马问："何遽言别？"曰："戴月披星终非了局。使君自有妇，搪塞何为？"天明而去，授黄末一刀圭，曰："别后恐病，服此可疗。"

次日果有媒来，先诘女貌，答："在妍媸之间。""聘金几何？""约四五数。"马不难其价，而必欲一亲见其人。媒恐良家子不肯炫露，既而约与俱去，相机因便。既至其村，媒先往，使马候诸村外。久之来曰："谐矣！余表亲与同院居，适往见女，坐室中，请即伪为谒表亲者而过之，咫尺可相窥也。"马从之。果见女子坐室中，伏体于床，倩人爬背。马趋过，掠之以目，貌诚如媒言。及议聘，并不争直，但求一二金装女出阁。马益廉之，乃纳金并酬媒氏及书券者，计三两已尽，亦未多费一文。择吉迎女归，入门，则胸背皆驼，项缩如龟，下视裙底，莲船盈尺。乃悟狐言之有因也。

异史氏曰："随人现化，或狐女之自为解嘲；然其言福泽，良可深信。余每谓：非祖宗数世之修行，不可以博高官；非本身数世之修行，不可以得佳人。信因果者，必不以我言为河汉也。"

【译文】

农家子马天荣，二十多岁了，丧妻以后因为家中贫困不能再娶。有一天，他正在田间除草，看见一位盛妆的少妇踩着禾苗从田垄上穿过。她的脸色很红，情致也很风流。马天荣怀疑她是迷路了，他看看四周没有人，就迎上前去挑逗调戏

她。少妇似乎也不拒绝，马天荣就想要和她野合。少妇笑着说："青天白日之下，怎么能干那种事呢？你回家后，虚掩着房门等着我，黑夜时我一定去找你。"马天荣不相信，少妇对天一阵儿赌咒发誓。马天荣这才把自家的具体位置告诉她，少妇走了。

到了半夜时分，少妇果然来了。两个人同床共枕，相悦相爱。马天荣觉得少妇的肌肤特别细嫩，点上灯一看，她的皮肤又红又薄，就像初生的婴儿一样，她的全身还长满了细绒毛，马天宁感到很奇怪。马天荣又觉得少妇来路不明，心中暗自生疑：她莫非是狐狸变的？所以他就半开玩笑地问她是不是狐仙，少妇也毫不掩饰地承认了。

马天荣说："你既然是位仙人，自然就会心里想要什么就会得到什么。既然我已承蒙你的眷爱，你还不弄来几两银子救济一下我眼前的贫困？"少妇答应了他。第二天夜里，少妇来了，马天荣向她索要银子。少妇故作惊愕地说："不巧忘记了。"少妇临走的时候，马天荣又嘱咐她下次不要忘记带银子来。到了夜里，马天荣又问她："我求你的事大概没忘记吧？"少妇笑了，请马天荣再等上几天。过了几天，马天荣又向她索要银子。少妇就笑着从袖子中拿出两锭白银，估计有五六两银子。银锭边上翘起，镶着细细的花纹，雅致可爱。马天荣非常高兴，把它收藏在匣子里。半年以后马天荣偶然急需用钱，才把银锭拿出来给别人看。有个人说："这是锡！"说着就用牙使劲一咬，立即就被咬下一块儿。马天荣大为吃惊，收起两块锡锭就回了家。到了夜里，少妇来了，马天荣气愤地指责她骗人。少妇却笑着说："你的命薄，给了你真银子恐怕你也无福消受。"随后她嫣然一笑，就把这件事搪塞过去了。

马天荣说："我听说狐仙都是国色天香，美貌非凡，其实也并非如此。"少妇说："我们狐仙都是根据交往的对象随时变化的。你连享受一两银子的福都没有，就是白送你一位沉鱼落雁的美人，你又如何消受得了？以我的丑陋愚蠢，当然不配去侍奉上流人物。但是跟那种驼背弯腰，长着一双大脚板的女人比起来，我也算是国色了。"

过了几个月，少妇忽然拿出三两银子送给马天荣，说："你屡次向我索要银子，我都因为你命薄不该蓄有银子而没有给你。如今你就要娶妻了，我送给你聘定一位妇人的钱，也借此作为告别赠礼。"马天荣解释说自己并没有娶妇的想法。少妇说："一二天之内肯定有媒人上门。"马天荣："你所说的那位新妇容貌如何？"少妇说："你想要国色，自然便是国色了。"马天荣说："我实在不敢奢望国色女子，但是只有三两银子怎么能买下一个妇人呢？"少妇说："这是月下老人安排的，不是人为所能够做到的。"马天荣又问："你为什么忽然跟我告别呀？"少妇说："我每天披星戴月地来去，终究不是长久之计，你有你自己的妻子，我还苟且相从有什么意思？"天亮以后，少妇就匆匆离去了。临走前，她交给马天荣一小撮黄色的粉末，说："我们分手以后，恐怕你会生一场病，服用这

些粉末，就可以治好病。"

第二天，果然有媒人前来提亲。马天荣先问女子的相貌，媒人说："女子的相貌不美也不丑。"马天荣又问："要多少聘金?"媒人说："大约要四五两银子。"马天荣说聘金不成问题，但一定要亲自看看本人。媒人担心良家妇女不肯抛头露面。最后他们约定一起到女方家走一遭，媒人嘱咐马天荣要相机行事，不要暴露。

到了女方家所在的村子，媒人先走一步，让马天荣在村外等着。过了好半天，媒人才回来，并说："事情办妥了。我有一位表亲和女子是同院的邻居。刚才我到他们家去，看见女子正在屋里坐着呢。你就装做去拜访我的表亲，在她家门前一过，就可以就近看上一眼。"马天荣照媒人的吩咐做了。果然看见女子在屋里坐着，上身正伏在床上，请人在背上搔痒。马天荣在她家门前快步走过时，目光也在女子脸上迅速扫过，看见女子的相貌正和媒人说的一样。等到商议聘金的时候，女方家并不争银子多少，只求有一二两银子给女子置办些新衣服、送女子出阁就成。马天荣又还了点价，才拿出了银子。结果马天荣拿出的聘金加上酬谢媒人和书写婚约文书先生的费用，正好用了三两银子，一文也没有多花。等选好良辰吉日迎娶女子过门的时候，马天荣才看清女子鸡胸驼背，脖子缩着像乌龟一样，再往下看，裙子下边的脚就像小船一样大，有一尺来长。马天荣这才醒悟，狐女当初说的话都是有原因的。

异史氏说：狐仙的相貌随着对象的不同而发生变化，也许是狐女为自己的相貌自我解嘲。然而，她所说的关于福泽的道理，实在教人深信不疑。我常常说：如果没有祖上几辈人的修行，不可以做到高官；如果没有本人几辈子的修行，也不可能娶到美人为妻。相信因果报应的人，一定不会认为我的这番言论迂阔难信吧!

[何守奇] 农人思国色，始知好色人之所欲，性也；然有命焉。

翩 翩

【原文】

罗子浮，邠人，父母俱早世，八九岁依叔大业。业为国子左厢，富有金缯而无子，爱子浮若己出。十四岁为匪人诱去，作狭邪游，会有金陵娼侨寓郡中，生悦而惑之。娼返金陵，生窃从遁去。居娼家半年，床头金尽，大为姊妹行齿冷，然犹未遽绝之。无何，广疮溃臭，沾染床席，逐而出。丐于市，市人见辄遥避。自恐死异域，乞食西行，日三四十里，渐至邠界。又念败絮脓秽，无颜入里门，尚逡趑近邑间。

日就暮，欲趋山寺宿，遇一女子，容貌若仙，近曰："何适?"生以实告。

女曰："我出家人，居有山洞，可以下榻，颇不畏虎狼。"生喜从去。入深山中，见一洞府，入则门横溪水，石梁驾之。又数武，有石室二，光明彻照，无须灯烛。命生解悬鹑，浴于溪流，曰："濯之，疮当愈。"又开幛拂褥促寝，曰："请即眠，当为郎作裤。"乃取大叶类芭蕉，剪缀作衣，生卧视之。制无几时，折叠床头，曰："晓取着之。"乃与对榻寝。生浴后，觉疮痒无苦。既醒摸之，则痂厚结矣。诘旦将兴，心疑蕉叶不可着，取而审视，则绿锦滑绝。少间具餐，女取山叶呼作饼，食之果饼；又剪作鸡、鱼烹之，皆如真者。室隅一罂贮佳酝，辄复取饮，少减，则以溪水灌益之。数日疮痂尽脱，就女求宿。女曰："轻薄儿！甫能安身，便生妄想！"生云："聊以报德。"遂同卧处，大相欢爱。

一日有少妇笑入曰："翩翩小鬼头快活死！薛姑子好梦几时做得？"女迎笑曰："花城娘子，贵趾久弗涉，今日西南风紧，吹送也！小哥子抱得未？"曰："又一小婢子。"女笑曰："花娘子瓦窑哉！那弗将来？,'曰："方鸣之，睡却矣。"于是坐以款饮。又顾生曰："小郎君焚好香也。"生视之，年二十有三四，绰有余妍，心好之。剥果误落案下，俯地假拾果，阴捻翘凤。花城他顾而笑，若不知者。生方恍然神夺，顿觉袍裤无温，自顾所服悉成秋叶，几骇绝。危坐移时，渐变如故。窃幸二女之弗见也。少顷酬酢间，又以指搔纤掌。花城坦然笑谑，殊不觉知。突突怔忡间，衣已化

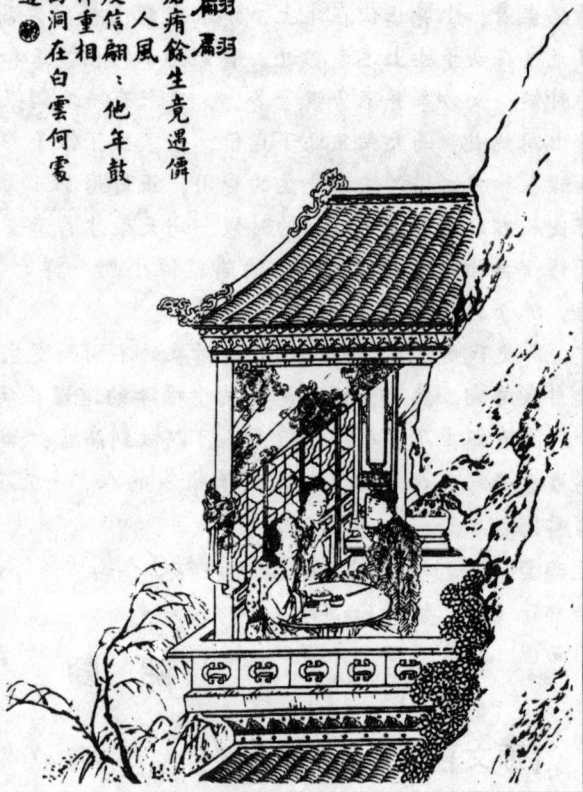

翩翩

疮痍余生竟过偶
仙人风度信翩翩　他年
捋重相
遍访洞在白云何处

叶，移时始复变。由是惭颜息虑，不敢妄想。花城笑曰："而家小郎子，大不端好！若弗是醋葫芦娘子，恐跳迹入云霄去。"女亦哂曰："薄幸儿，便值得寒冻杀！"相与鼓掌。花城离席曰："小婢醒，恐啼肠断矣。"女亦起曰："贪引他家男儿，不忆得小江城啼绝矣。"花城既去，惧贻消责，女卒晤对如平时。居无何，秋老风寒，霜零木脱，女乃收落叶，蓄旨御冬。顾生肃缩，乃持襆掇拾洞口白云为絮复衣，着之温暖如襦。而轻松常如新绵。

逾年生一子，极惠美，日在洞中弄儿为乐。然每念故里，乞与同归。女曰："妾不能从。不然，君自去。"因循二三年，儿渐长，遂与花城订为姻好。生每以叔老为念。女曰："阿叔腊故大高，幸复强健，无劳悬耿。待保儿婚后，去住由君。"女在洞中，辄取叶写书，教儿读，儿过目即了。女曰："此儿福相，放教入尘寰，无忧至台阁。"未几儿年十四，花城亲诣送女，女华妆至，容光照人。夫妻大悦。举家宴集。翩翩扣钗而歌曰："我有佳儿，不羡贵官。我有佳妇，不羡绮纨。今夕聚首，皆当喜欢。为君行酒，劝君加餐。"既而花城去，与儿夫妇对室居。新妇孝，依依膝下，宛如所生。生又言归，女曰："子有俗骨，终非仙品。儿亦富贵中人，可携去，我不误儿生平。"新妇思别其母，花城已至。儿女恋恋，涕各满眶。两母慰之曰："暂去，可复来。"翩翩乃剪叶为驴，令三人跨之以归。

大业已归老林下，意侄已死，忽携佳孙美妇归，喜如获宝。入门，各视所衣悉蕉叶，破之，絮蒸蒸腾去，乃并易之。后生思翩翩，偕儿往探之，则黄叶满径，洞口路迷，零涕而返。

异史氏曰："翩翩、花城，殆仙者耶？餐叶衣云，何其怪也！然帏幄诽谑，狎寝生雏，亦复何殊于人世？山中十五载，虽无'人民城郭'之异，而云迷洞口，无迹可寻，睹其景况，真刘、阮返棹时矣。"

【译文】

罗子浮是陕西邠州人，父母死得很早。他从八九岁时，就由叔叔罗大业抚养。罗大业是国子监的官员，家产很富有却没有子嗣，他特别珍爱罗子浮，把他当成自己的儿子一样。罗子浮在十四岁时，受了坏人的引诱而沉迷于寻花问柳。当时有个从金陵来的妓女，侨居邠州，罗子浮非常喜欢她并深深为之吸引。妓女返回金陵时，罗子浮也偷偷跟随她离开了家门。他在妓女家住了半年，带的银子全都花光了，他开始遭到妓女们的嘲笑和摒弃，只不过没有马上被赶出妓院的大门而已。不久，罗子浮得了性病，下身溃烂，肮脏的脓液弄得床席到处都是，妓女们终于把他扫地出门了。罗子浮一身是病，身无分文，沦落成乞丐，在街市上向人们乞讨。人们远远地看见他都唯恐避之不及。罗子浮担心自己会客死他乡，所以一路西行，一边讨饭，一边往家乡走。他每天大约能走三四十里的路，日复一日，他渐渐走到了邠州的界内。他看到自己这身破烂的衣服，一身溃烂的脓疮，实在无颜见亲人，最后只得在邠州附近徘徊，不再前进。

一天傍晚，罗子浮打算投到山中的庙里过夜，在山前遇到一位女子，美貌非凡，像天上的仙女一样。当罗子浮走近时，她问道："你要到哪里去？"罗子浮把自己的情况如实告诉了她。女子说："我是出家人，我住的地方有山洞，你可以住下，一点儿也不必害怕虎狼。"罗子浮非常高兴，就跟着她走了。走到深山之中，果然看见有一个大山洞。进洞之后发现洞门前还横着一条小溪，溪水上面

还架着一座小石桥。再往洞里走上几步，就看见有两间石室，室内一片光明，不用点灯举烛。女子让罗子浮脱下一身破烂衣裳，到小溪里去洗澡。还说："洗一洗，身上的烂疮自然就会痊愈。"罗子浮浴后，一身轻松。女子撩开帷帐，铺好被褥催促他早点睡下，说："你赶快睡吧，我要给你做套衣裤。"说着，就取来一片像芭蕉叶似的大叶子，用它又剪又缝地做衣服。罗子浮躺在床上看着她做。不一会儿，衣服做好了，女子把衣服叠好放在他的床头，说："明天一早起来就穿上吧！"然后，女子就在他对面的床上睡下了。

罗子浮在溪水中洗浴后，身上的溃疮就不再疼了。半夜他从梦中醒来，一摸身上的溃疮，都结了厚厚的一层疮痂。第二天早晨，罗子浮要起床，想起床边芭蕉叶做的衣服，不免有些心疑。他拿起衣服一看，却是光滑无比的绿色锦缎。过了一会儿，该吃早饭了。女子取了一些山上的树叶来，说是饼，罗子浮一吃，果真是饼。女子又用树叶剪成鸡、鱼的形状，放在锅里烹制，罗子浮夹起来一吃，全跟真的没有两样。石室的角落里有一个大坛子，里面装满了美酒，女子常常倒出来饮用。坛中的美酒只要稍稍喝掉一些，女子就往里灌进一些溪水作为补充。罗子浮在山中住了几天，身上的疮痂全都脱落了，他就要求和女子同宿。女子说："你这轻薄的家伙，刚刚保全性命安下身来，你就开始胡思乱想了。"罗子浮说："我只不过是想报答你的恩德。"从此，两个人同床而眠，相亲相爱，十分快乐。

有一天，一位少妇笑着走进洞来，一进门就说："翩翩，你这个小鬼头快活死了！你们俩的好事是什么时候做成的呀？"翩翩迎了出去，笑着说："是花城娘子来了，你这贵客可是好久没有光临了。今天一定是西南风吹得紧，把你给吹来了。小相公抱上了没有？"花城娘子说："哪里是小相公，又是一个小丫头。"翩翩笑着说："花城娘子有弄瓦之喜了！那你怎么没有把她抱来呀？"花城娘子说："刚才哭了一会儿，现在正睡着呢。"说着，花城娘子款款坐下，端起酒杯，慢慢啜饮着。花城娘子又看着罗子浮说："小郎君你烧高香了。"罗子浮仔细端详花城娘子，她的年龄也就二十三四岁，容貌姣好，举止动人。罗子浮心里又爱上她了。罗子浮神不守舍地剥着果皮，不慎把一颗果子掉在了桌子下面，他弯下腰假装拾果子，却偷偷地捏了一把花城娘子的脚。花城娘子眼睛瞧着别处说笑着，好像什么都不知道。罗子浮正迷迷糊糊地乱想着，忽然觉得身上的衣裤变凉了，再看看身上的衣服，也全都变成秋天的枯叶了。罗子浮差点给吓死过去，赶紧收心坐正。他端端正正地坐了一会儿，身上的衣服才渐渐变回原来的样子。罗子浮暗中庆幸二位女子没有看见他的窘态。又过了一会儿，罗子浮借着劝酒的机会，用手指轻轻挠了挠花城娘子的手心。花城娘子谈笑自如，好像完全没有察觉。罗子浮心怦怦乱跳，神情有些恍惚，他猛然发现身上的衣服又变成树叶了，过了好一会儿才又变了回来。罗子浮满面羞惭，这才打消了调戏花城娘子的念头，不敢再有妄想了。花城娘子笑着说："你家这个小郎君可不太老实。如果不是醋葫芦娘子管教，恐怕他要跳到天上去。"翩翩也微笑着说："薄情的东西，真该把你冻死！"两个女子都拍着手笑了起来。花城娘子起身离席，告辞说："小丫头快醒了，恐怕她会哭断肠子的。"翩翩也站起来说："光顾着勾引人家男人，小江城哭死你都想不起来。"花城走后，罗子浮心里七上八下的，生怕翩翩责骂他，可翩翩对他还是和往常一样。

又过了一些日子，到了深秋时节，寒风凛冽，霜打叶落。翩翩开始收集一些落叶，积蓄食物，准备过冬。她看到罗子浮冻得缩着脖子发抖，就扯过一块头巾，拾起洞口片片白云包上一包，然后当作棉花为他做了件夹袄。罗子浮穿在身上，感到暖乎乎的，就跟穿棉袄一样，而且它还轻软蓬松，与新棉花差不多。

第二年，翩翩生了个儿子，非常聪明漂亮。罗子浮每天在洞中以逗弄儿子为乐。可是他还常常思念故乡，请翩翩跟他一同回去。翩翩说："我不能跟你一道回去，要不你自个回去吧！"就这样又过了二三年，儿子渐渐长大了，就与花城娘子的女儿订了婚。罗子浮常常惦念他年迈的叔叔。翩翩宽慰他说："叔叔虽然年事已高，可是身体还很健壮，不用你挂念。等我们抚育儿子长大成人，办完婚事以后，去留就随你的便了。"翩翩在山洞中，经常在树叶上写字教儿子读书，儿子天赋很高，过目不忘。翩翩说："这个孩子有福相，将来放回到尘世，做个宰相那么大的官恐怕也不是难事。"

几年以后，他们的儿子十四岁了。花城娘子亲自把女儿江城送来完婚。江城身穿华丽的礼服，美目流盼，光彩照人。罗子浮和翩翩喜欢得不得了，全家人聚在一起大摆喜宴。在宴席上，翩翩敲着金钗唱着："我有好儿郎，不羡做宰相。我有好儿媳，不羡穿锦衣。今晚聚一起，大家要欢喜。为君敬杯酒，劝君多进餐。"后来花城娘子走了。翩翩夫妇和儿子儿媳对门住着。新媳妇特别孝顺，常依偎在婆婆的膝下，就像他们的亲生女儿。罗子浮又提起返回故乡的事。翩翩说："你身有俗骨，终究不是可以成仙的人。儿子也是富贵中人，可以一起带走，我不想耽误儿子的前程。"新娘子正想和母亲告别，花城娘子已经来了。一对小儿女跟他们的母亲恋恋不舍，依依惜别，他们的眼泪都装满了眼眶。两位母亲安慰他们说："你们暂且先去，以后可以再回来。"于是翩翩用树叶剪成驴子，让他们三位骑驴上路。

这时，罗子浮的叔叔罗大业已经告老还乡，在家闲居，他以为侄子罗子浮早就死了。这一天，忽然看见侄儿带着英俊的孙子和美貌的孙媳回来了，他高兴得如获至宝。三个人一进门，各自看看自己身上的衣服，都是芭蕉叶。用手一扯，芭蕉叶破了，衣中絮的白云也慢慢地升到了天空。于是三人都换了衣服。后来罗子浮思念翩翩，带着儿子去深山之中寻找，只见他们熟悉的小路已经落满了黄叶，洞口也被弥漫着的厚厚的白云遮住了，无从辨认。罗子浮父子只好流着眼泪回去了。

异史氏说：翩翩、花城娘子大概都是仙人吧？吃树叶、穿白云，又是多么奇

怪的事呵！然而，闺房之中的喜笑怒骂、男欢女爱、生儿育女，又和人世间有什么不同呢？罗子浮在山中生活十五年，虽然没有经历城廓如故、人民已非的时事变迁，然而，当他重返山洞寻找翩翩时，那里却是白云缥缈，旧迹无处可寻，这种景况，真和东汉时刘晨、阮肇重访仙女的情形差不多呀！

聊斋志异

余 德

【原文】

武昌尹图南有别第，尝为一秀才税居，半年来亦未尝过问。一日遇诸其门，年最少，而容仪裘马，翩翩甚都。趋与语，却又蕴藉可爱。异之，归语妻，妻遣婢托遗问以窥其室。室有丽姝，美艳逾于仙人。一切花石服玩，俱非耳目所经。尹不测其何人，诣门投谒，适值他出。翼日却来拜答，展其刺呼，始知余姓德名。语次细审官阀，言殊隐约，固诘之，则曰："欲相还往，仆不敢自绝。应知非寇窃逋逃者，何须必知来历。"尹谢之。命酒款宴，言笑甚欢。向暮，有昆仑捉马挑灯，迎导以去。

明日折简报主人。尹至其家，见屋壁俱用明光纸裱，洁如镜，金猊犹燕异香，一碧玉瓶插凤尾孔雀羽各二，各长二尺余；一水晶瓶浸粉花一树，不知何名，亦高二尺许，垂枝覆几外，叶疏花密，含苞未吐，花状似湿蝶敛翼，蒂即如须。筵间不过八簋，丰美异常。即命童子击鼓催花为令。鼓声既动，则瓶中花颤颤欲折，俄而蝶翅渐张，既而鼓歇，渊然一声，蒂须顿落，即为一蝶飞落尹衣。余笑起飞一巨觥，酒方引满，蝶亦飏去。顷之鼓又作，两蝶飞集余冠。余笑云："作法自毙矣。"亦引二觥。三鼓既终，花乱堕，翩翩而下，惹袖沾衿。鼓童笑来指数：尹得九筹，余得四筹。尹已薄醉，不能尽筹，强引三爵，离席亡去。由是益奇之。

然其为人寡交与，每阖门居，不与国人通吊庆。尹逢人辄宣，闻其异者争交欢余，门外冠盖相望。余颇不耐，忽辞主人去。去后，尹入其家，空庭洒扫无纤

余德

画堂小酌报居停
蝶舞花飞醉不醒
留得龙宫书水器
好从残石乞延龄

尘，烛泪堆掷青阶下，窗间零帛断绵，指印宛然。惟舍后遗一小白石缸，可受石许。尹携归贮水养朱鱼，经年水清如初贮，后为佣保移石误碎之，水蓄并不倾泻。视之缸宛在，扪之虚软。手入其中，水随手泄，出其手则复合。冬月不冰。一夜忽结为晶，鱼游如故。尹畏人知，常置密室，非子婿不以示也。久之渐播，索玩者纷错于门。腊月忽解为水，阴湿满地，鱼亦渺然，其旧缸残石犹存。忽有道士踵门求之，尹出以示，道士曰："此龙宫蓄水器也。"尹述其破而不泄之异。道士曰："此缸之魂也。"殷殷然乞得少许。问其何用，曰："以屑合药，可得永寿。"予一片，欢谢而去。

【译文】

武昌人尹图南有一所别墅，一度被一位秀才租住。时间过了半年，尹图南也不曾过问过。

一天，尹图南在门口遇到了秀才，只见他非常年轻，风度翩翩，显出一种轻裘肥马的豪华气派。尹图南上前与他交谈，又觉得他性情含蓄，令人喜爱。尹图南认为此人不同寻常，回家告诉了妻子，妻子打发丫环备礼探望，借以窥视他家的情况。结果发现他家有一位美女，长得比仙人还要娇美艳丽，屋里所有的奇花异石和服饰珍玩，都是没见过、没听说过的。

尹图南想不出秀才是干啥的，就递上名帖，登门求见，却正赶上秀才外出。第二天，秀才立即答谢回访。打开名帖一看，才知秀才姓余名德。言谈话语之间，尹图南详细打听余德的门第，他的回答支支吾吾，闪烁其词。尹图南再三盘诘，余德却说："你想与我交往，我不敢单方面加以拒绝。但你应该知道我不是在逃的盗贼，何必加以逼问，一定要知道我的来历？"尹图南表示歉意，命设酒宴，加以款待，两人说说笑笑，都很高兴。直到日暮时分，才有两个奴仆牵着马，提着灯，把他接走。

第二天，余德写便柬回请尹图南。尹图南来到他家，看见房屋的四壁都是用明光纸裱糊的，明净如镜，金狮子香炉里点燃着珍贵的奇香。一个碧玉瓶插着凤尾和孔雀羽各两支，每支长二尺有余。

一个水晶瓶浸着一树粉花，不知啥名，也是高二尺左右，垂下的枝条覆盖了几案仍有余荫，树叶稀疏，花朵繁密，含苞未放，花朵就像沾水后收拢双翅的蝴蝶，花蒂就像蝶须。

宴席上只摆了八样菜肴，却异常丰盛精美。入席后，余德让童子行击鼓催花的酒令。鼓声一响，水晶瓶中的花朵就颤颤悠悠地即将绽开，一会儿蝶翅状的花朵渐渐张开了。接着鼓声停歇下来，随着一声沉沉的鼓声，蝶须状的花蒂顿时凋落，当即变成一只蝴蝶，飞落到尹图南的衣服上。余德笑着站起身来，斟了一大杯酒，尹图南把满杯的酒刚喝完，蝴蝶也飞走了。

一会儿，鼓声再次响起，两只蝴蝶都飞落在余德的帽子上。余德笑着说：

"我作法自毙啦。"于是也干了两杯。

鼓声响过三遍后，花瓣乱落，飘摇而下，落满二人的衣袖衣襟。击鼓的童子笑着上前指认分数各落多少，结果尹图南应喝九杯，余德应喝四杯。尹图南已经微有醉意，不能如数喝光，勉强喝了三杯，离席逃走，从此对余德越发赏识了。

然而余德为人不喜交游，往往闭门独居，与周围的人没有婚丧往来。尹图南逢人就讲，听到这等奇事的，都争先恐后地与余德交好，余德家门外达官贵人来访的车马经常前后相望。余德很不耐烦，忽然向尹图南告辞离去。

余德走后，尹图南走进余家，只见空无一人的庭院洒扫得净无纤尘，烧落的烛油堆放在青石阶下，窗间零散的布帛和扯断的纱线上面仿佛还留着指印。只有房后留下一只小白石缸，大约可盛一担粮食。尹图南把石缸带回，盛水来养金鱼。

历时一年，缸中的水仍像刚倒进去时那样清澈。后来由于佣人移动石头，不慎打碎了石缸，但水仍凝聚着，并不四溢，乍一看，石缸好似没破，用手一摸，才觉得软软的，并没有缸，把手伸到水中，水就会随着手的伸入而外溢。把手抽回，水又合在一起。这水到冬天也不结冰。有一天夜里这水忽然结成了晶体，而鱼仍然在里面游动。尹图南怕让外人知道，一直把它放在密室里，除了儿子女婿，谁都不给看。

时间长了，消息逐渐传开，要求观赏水晶的人纷至沓来，盈塞家门。腊月的一天夜里，水晶忽然化成清水，致使满地阴湿，鱼也消失不见，但原来那缸残存的石片仍然存在。

忽然，有一位道士登门索看石缸，尹图南给他拿出残石来看。道士说："这是龙宫蓄水的器物。"尹图南讲起缸破而水不外溢的奇异特点，道士说："这是因为石缸有魂。"便殷殷切切地要讨一点儿残石。尹图南问他有何用场，道士说："用此缸的石屑调和药物，吃了可以长寿。"尹图南给了道士一片，道士高兴地道谢一番，走了。

[何守奇] 缸有魂，甚怪。然取精多而用物宏，则物有精固当有魂矣。腊夜忽解为水，无亦游魂为变者乎？噫！异矣！

杨　千　总

【原文】

毕民部公即家起备兵洮岷时，有千总杨花麟来迎，冠盖在途，偶见一人遗便路侧。杨关弓欲射之，公急呵止。杨曰："此奴无礼，合小怖之。"乃遥呼曰："遗厕者，奉赠一股会稽藤簪绾髻子。"即飞矢去，正中其髻。其人急奔，便液污地。

【译文】

户部尚书毕自严公，家居被起用为兵备道，驻防洮州、岷州时，有个千总杨化麟前来迎接。车马仪仗行进在中途，偶然发现有一人在路边大便。杨化麟拉满弓要射那人，毕公连忙呵斥制止。杨化麟说："这奴才太无礼，应稍吓他一下。"便在远处喊道："屙屎的！送你一枝会稽的藤簪子挽发髻吧！"当即一箭射去，正中发髻。那人急忙逃跑，屎尿弄了一地。

瓜 异

【原文】

康熙二十六年六月，邑西村民圃中，黄瓜上复生蔓，结西瓜一枚，大如碗。

【译文】

康熙二十六年六月，淄川县城西村民的菜园里，黄瓜上又生出蔓来，结了一个西瓜，碗口那么大。

青 梅

【原文】

白下程生，性磊落，不为畛畦。一日自外归，缓其束带，觉带端沉沉，若有物堕，视之，无所见。宛转间，有女子从衣后出，掠发微笑，丽甚。程疑其鬼，女曰："妾非鬼，狐也。"程曰："倘得佳人，鬼且不惧，而况于狐！"遂与狎。二年生一女，小字青梅。每谓程："勿娶，我且为君生子。"程遂不娶，亲友共诮姗之。程志夺，聘湖东王氏。狐闻之大怒，就女乳之，委于程曰："此汝家赔钱货，生之杀之俱由尔，我何故代人作乳媪乎！"出门径去。

青梅长而慧，貌韶秀，酷肖其母。既而程病卒，王再醮去。青梅寄食于堂叔，叔荡无行，欲鬻以自肥。适有王进士者，方候铨于家，闻其慧，购以重金，使从女阿喜服役。喜年十四，容华绝代，见梅忻悦，与同寝处。梅亦善候伺，能以目听，以眉语，由是一家俱怜爱之。

邑有张生字介受，家屡贫，无恒产，税居王第。性纯孝，制行不苟，又笃于学。青梅偶至其家，见生据石啖糠粥，入室与生母絮语，见案上具豚蹄焉。时翁卧病，生入，抱父而私，便液污衣，翁觉之而自恨。生掩其迹，急出自濯，恐翁知。梅以此大异之。归述所见，谓女曰："吾家客非常人也。娘子不欲得良匹则已，欲得良匹，张生其人也。"女恐父厌其贫。梅曰："不然，是在娘子。如以为可，妾潜告使求伐焉。夫人必召商之，但应之曰'诺'也，则谐矣。"女恐终

贫为天下笑。梅曰："妾自谓能相天下士，必无谬误。"明日往告张媪，媪大惊，谓其言不祥。梅曰："小姐闻公子而贤之也，妾故窥其意以为言。冰人往，我两人祖焉，计合允遂。纵其否也，于公子何辱乎？"媪曰："诺。"乃托侯氏卖花者往。夫人闻之而笑以告王，王亦大笑。唤女至，述侯氏意。女未及答，青梅亟赞其贤，决其必贵。夫人又问曰："此汝百年事。如能啜糠覈也，即为汝允之。"女俯首久之，顾壁而答曰："贫富命也。倘命之厚，则贫无几时，而不贫者无穷期矣。或命之薄，彼锦绣王孙，其无立锥者岂少哉？是在父母。"初王之商女也，将以博笑，及闻女言，心不乐曰："汝欲适张氏耶？"女不答；再问，再不答。怒曰："贱骨子不长进！欲携筐作乞人妇，宁不羞死！"女涨红气结，含涕引去，媒亦遂奔。

青梅见不谐，欲自谋。过数日，夜诣生，生方读，惊问所来，词涉吞吐。生正色却之，梅泣曰："妾良家子，非淫奔者，徒以君贤，故愿自托。"生曰："卿爱我，谓我贤也。昏夜之行，自好者不为，而谓贤者为之乎？夫始乱之而终成之，君子犹曰不可，况不能成，彼此何以自处？"梅曰："万一能成，肯赐援拾否？"生曰："得人如卿又何求？但有不可如何者三，故不敢轻诺耳。"曰："若何？"曰："卿不能自主，则不可如何；即能自主，我父母不乐，则不可如何；即乐之，而卿之身直必重，我贫不能措，则尤不可如何。卿速退，瓜李之嫌可畏也！"梅临去，又嘱曰："倘君有意，乞共图之。"生诺。

梅归，女诘所往，遂跪而自投。女怒其淫奔，将施扑责。梅泣白无他，因以实告。女叹曰："不苟合礼也，必告父母孝也，不轻然诺信也，有此三德，天必祐之，其无患贫也已。"既而曰："子将若何？"曰："嫁之。"女笑曰："痴婢能自主乎？"曰："不济，则以死继之。"女曰："我必如所愿。"梅稽首而拜之。又数日谓女曰："曩而言之戏乎，抑果欲慈悲耶？果尔，尚有微情，并祈垂怜焉。"女问之，答曰："张生不能致聘，婢又无力可以自赎，必取盈焉，嫁我犹不嫁也。"女沉吟曰："是非我之能为力矣。我日嫁汝且恐不得当，而日必无取直焉，是大人所必不允。亦余所不敢言也。"梅闻之泣下，但求怜拯。女思良久，曰："无已，我私蓄数金，当倾囊相助。"梅拜谢，因潜告张。张母大喜，多方乞贷，共得如干数，藏待好音。会王授曲沃宰，喜乘间告母曰："青梅年已长，今将莅任，不如遣之。"夫人固以青梅太黠，恐导女不义，每欲嫁之，而恐女不乐也，闻女言甚喜。逾两日，有佣保妇白张氏意，王笑曰："是只合偶婢子，前此何妄也！然鬻膝高门，价当倍于曩昔。"女急进曰："青梅待我久，卖为妾，良不忍。"王乃传语张氏，仍以原金署券，以青梅嫔于生。

入门，孝翁姑，曲折承顺，尤过于生，而操作更勤，餍糠秕不为苦。由是家中无不爱重青梅。梅又以刺绣作业，售且速，贾人候门以购，惟恐弗得。得资稍可御穷。且劝勿以内顾误读，经纪皆自任之。因主人之任，往别阿喜。喜见之，泣曰："子得所矣，我固不如。"梅曰："是何人之赐，而敢忘之？然以为不如婢

聊斋志异（图文版）

子，是促婢子寿。"遂泣相别。

王如晋半载，夫人卒，停枢寺中。又二年，王坐行赇免，罚赎万计，渐贫不能自给，从者逃散。是时疫大作，王染疾亦卒。惟一媪从女，未几媪亦卒，女伶仃益苦。有邻媪劝之嫁，女曰："能为我双葬亲者，从之。"媪怜之，赠以斗米而去。半月复来，曰："我为娘子极力，事难合也：贫者不能为葬，富者又嫌子为陵夷嗣。奈何！尚有一策，但恐不能从也。"女曰："若何？"曰："此间有李郎欲觅侧室，倘见姿容，即遣厚葬，必当不惜。"女大哭曰："我搢绅裔而为人妾耶！"媪无言遂去。日仅一餐，延息待贾，居半年益不可支。一日媪至，女

青梅

何幸鸦鬃匹宰官
更欣旧主共围炉
甘居妾媵辞当夕
难得青梅味不酸

泣告曰："困顿如此，每欲自尽，犹恋恋而苟活者，徒以有两枢在。己将转沟壑，谁收亲骨者？故思不如依汝言也。"媪即导李来，微窥女，大悦。即出金营葬，双槥具举。已，乃载女去，入参冢室。冢室故悍妒，李初未敢言妾，但托买婢。及见女，暴怒，杖逐而出，不听入门。

女披发零涕，进退无所。有老尼过，邀与同居，女喜从之。至庵中，拜求祝发，尼不可，曰："我视娘子非久卧风尘者，庵中陶器脱粟粗可自支，姑寄此以待之。时至，子自去。"居无何，市中无赖窥女美，每打门游语为戏，尼不能止。女号泣欲自尽。尼往求吏部某公揭示严禁，恶少始稍敛迹。后有夜穴寺壁者，尼惊呼始去。因复告吏部，捉得首恶者，送郡笞责，始渐安。又年余，有贵公子过，见女惊绝，强尼通殷勤，又以厚赂啖尼。尼婉语之曰："渠簪缨胄，不甘媵御。公子且归，迟迟当有以报命。"既去，女欲乳药死。夜梦父来，疾首曰："我不从汝志，致汝至此，悔之已晚。但缓须臾勿死，凤愿尚可复酬。"女异之。天明盥已，尼望之而惊曰："睹子面浊气尽消，横逆不足忧也。福且至，勿忘老身。"语未既闻扣户声。女失色，意必贵家奴。尼启扉果然。骤问所谋，尼笑语承迎，但请缓以三日。奴述主言，事若无成，俾尼自复命。尼唯唯敬应，谢令

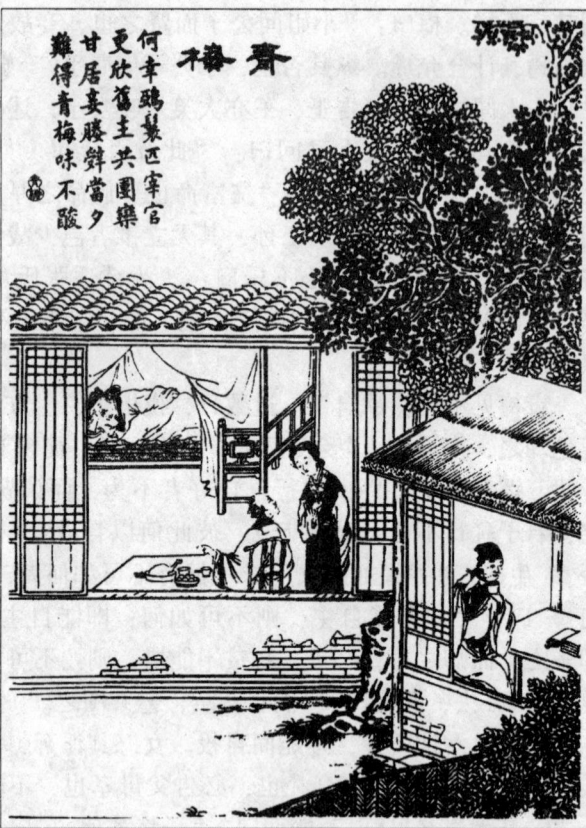

聊斋志异（图文版）

去。女大悲，又欲自尽，尼止之。女虑三日复来，无词可应。尼曰："有老身在，斩杀自当之。"

次日方晡，暴雨翻盆，忽闻数人挝户大哗。女意变作，惊怯不知所为。尼冒雨启关，见有肩舆停驻，女奴数辈捧一丽人出，仆从煊赫，冠盖甚都。惊问之，云："是司李内眷，暂避风雨。"导入殿中，移榻肃坐。家人妇群奔禅房，各寻休憩。入室见女，艳之，走告夫人。无何雨息，夫人起，请窥禅室。尼引入，睹女艳绝，凝眸不瞬，女亦顾盼良久。夫人非他，盖青梅也。各失声哭，因道行踪。盖张翁病故，生起复后，连捷授司李。生先奉母之任，后移诸眷口。女叹曰："今日相看，何啻霄壤！"梅笑曰："幸娘子挫折无偶，天正欲我两人完聚耳。倘非阻雨，何以有此邂逅？此中具有鬼神，非人力也。"乃取珠冠锦衣，催女易妆。女俯首徘徊，尼从中赞劝。女虑同居其名不顺，梅曰："昔日自有定分，婢子敢忘大德！试思张郎，岂负义者？"强妆之，别尼而去。抵任，母子皆喜。女拜曰："今无颜见母。"母笑慰之。因谋涓吉合卺，女曰："庵中但有一丝生路，亦不肯从夫人至此。倘念旧好，得受一庐，可容蒲团足矣。"梅笑而不言。及期抱艳妆来，女左右不知所可。俄闻乐鼓大作，女亦无以自主。梅率婢媪强衣之，挽扶而出，见生朝服而拜，遂不觉盈盈而自拜也。梅曳人洞房，曰："虚此位以待君久矣。"又顾生曰："今夜得报恩，可好为之。"返身欲去。女捉其裾，梅笑曰："勿留我，此不能相代也。"解指脱去。

青梅事女谨，莫敢当夕，而女终惭沮不自安。于是母命相呼以夫人。梅终执婢妾礼，罔敢懈。三年，张行取入都，过尼庵，以五百金为尼寿，尼不受。强之，乃受二百金，起大士祠，建王夫人碑。后张仕至侍郎。程夫人举二子一女，王夫人四子一女。张上书陈情，俱封夫人。

异史氏曰："天生佳丽，固将以报名贤，而世俗之王公，乃留以赠纨袴，此造物所必争也。而离离奇奇，致作合者无限经营，化工亦良苦矣。独是青夫人能识英雄于尘埃，誓嫁之志，期以必死，曾俨然而冠裳也者，顾弃德行而求膏粱，何智出婢子下哉！"

【译文】

南京人程生，生性磊落，不拘俗套。

有一天，程生外出归来，松一松衣带，觉得衣带的一头沉甸甸的，像有东西掉下来。往那儿一看，却一无所见。而转身之间，有一个女子从身后走出，掠一掠头发，微微一笑，程生怀疑来人是鬼，女子说："我不是鬼，是狐狸。"程生说："只要能得到佳人，连鬼都不怕，何况狐狸！"与她亲热起来。

两年后，狐女生了一个女儿，小名青梅。狐女时常对程生说："你别娶妻啦，我将为你生个儿子。"程生相信这话，便不娶妻。但是，亲友都讥笑诽谤程生，程生被迫改变初衷，娶了湖东的王氏。狐女听说后，怒火中烧，俯身给女儿喂完

奶，把女儿丢给程生说："这是你家的陪钱货，养她杀她都由你，我干吗替人当奶妈子！"便出门走了。

青梅长大后很聪明，容貌秀美，酷似她妈。后来程生病逝，王氏再嫁，离开程家，青梅依靠堂叔生活。堂叔行为放荡，品行恶劣，想把青梅卖掉，自己赚点儿钱。恰巧有一位王进士，正在家等候吏部选授官职，得知青梅聪明，便用重金买了青梅，让青梅侍候女儿阿喜。

阿喜十四岁，容貌冠绝当代。她见到青梅很喜欢，与青梅同住同行。青梅也善于察言观色，眼一瞥，眉一皱，便能领悟其意，因此一家人都喜欢她。

城里有位张生，字介受，家境贫寒，没有房业田产，租住王进士的房屋。张生生性极为孝顺，注重德行，一丝不苟，并且专心向学。青梅偶然到张生家去，看见张生坐在石头上吃糠粥。她进屋与张生的母亲唠叨闲话，看见案子上放着炖猪蹄。当时，父亲卧病在床，张生进屋抱起父亲，让他小解，尿液弄脏张生的衣裳，张父觉察之后不免埋怨自己，而张生遮掩住尿迹，急忙出门清洗，唯恐父亲得知。青梅因此对张生大为赏识。

回来后，青梅讲了目睹的情景，对阿喜说："我家的房客，不是常人。小姐不想找如意郎君就算了，要找如意郎君，张生就是这个人。"阿喜担心父亲嫌张生太穷，青梅说："不在这个，就看小姐的。如果你认为可以，我就暗中告诉他，让他请媒人来求亲。夫人肯定要叫你去商量，你只要回答说行，事就成了。"阿喜担心终身受穷，为人耻笑，青梅说："我自以为能相看天下之士，决不会错的。"

第二天，青梅前往告知张母，张母大吃一惊，认为她说的未必是好事。青梅说："小姐听说公子是个有贤德的人，我有意试探过她的心意，才来说的。媒人去了，我们俩从中帮忙，想来会答应的。即使不同意，对公子有何损害？"张母说："就听你的。"便托卖花的侯氏前去说媒。

王夫人听说张家提亲，觉得好笑，便告诉了王进士，王进士也哈哈大笑。他们把阿喜叫来，讲了侯氏的来意，阿喜没来得及回答，青梅连忙称赞张生如何好，断言将来一定大贵。王夫人又问阿喜说："这是你的百年大事，如果你能吃糠咽菜，我就替你应了这门亲事。"阿喜把头低了许久，看着墙壁回答说："穷富都是命中注定的。假如命好，就穷不了几天，不穷的日子长着哩。假如命薄，那些贵族子弟贫无立锥之地的难道少吗？这事就由父母做主。"

起初，王进士叫阿喜来商量，只是为了博取她的一笑，及至听了阿喜说的，心中不乐，说："你想嫁给张生吗？"阿喜不作回答，再问，还是不作回答。王进士生气地说："贱骨头！不长进！想提个筐当乞丐的老婆，难道不羞死人了！"阿喜涨红了脸，气得说不出话来，含着眼泪，抽身离去，媒婆也只好逃之夭夭。

青梅见提亲不成，便想为自己打算。过了几天，她在夜里去见张生。张生正在读书，惊讶地问青梅从哪里来，青梅回话时吞吞吐吐。张生态度严肃地要她走

开。青梅哭着说："我是良家之女，不是私奔的女人。只是认为你是个有贤德的人，所以愿意以身相托。"张生说："你爱我，说我有贤德。在黑夜里私会，自爱的人都不这么干，你难道以为有贤德的人会这么干吗！以胡来开始，以成婚告终，君子还说这么做不行，何况婚事不成，你我怎么做人？"青梅说："万一婚事能成，你肯收留我吗？"张生说："娶妻如你，还有什么可求？只是有三点是无可奈何的，所以我不敢轻易答应。"青梅问："怎么讲？"张生说："你不能自己做主，这便无可奈何。即使你能自己做主，但我父母不满意，还是无可奈何。即使父母满意，但你的身价一定很高，我穷，不能把钱备齐，尤其是无可奈何。你快走，瓜田李下，备受嫌疑，太可怕了！"青梅临走时又嘱咐说："如果你有意，请与我一起想办法。"张生答应下来。

青梅回去后，阿喜问她到哪儿去了，她便跪下来承认自己去见了张生。阿喜对她的私奔非常生气，打算加以责打。青梅哭着表白自己没干非礼之事，于是据实相告。阿喜赞叹张生说："不肯苟合，是礼。一定要告诉父亲，是孝。不轻易许诺，是信。具有这三种品德，一定会得到上天的保佑，他不用为自己的贫穷担忧了。"接着又说："你想怎么办？"青梅说："嫁给他。"阿喜笑着说："傻丫头能自己做主吗？"青梅说："要不行，一死了之！"阿喜说："我一定让你如愿。"青梅行了伏地叩头的拜礼。

又过了几天，青梅对阿喜说："你前些天是说笑话，还是真的大发慈悲？要是大发慈悲，我还有些难言的隐衷一并请你垂怜。"阿喜问隐衷是什么，青梅回答："张生不能来下聘礼，我又无力为自己赎身，一定要交满赎金，说是嫁我，等于不嫁。"阿喜沉吟着说："这不是我能出力的了。我说嫁你，恐怕还不合适；而说一定不要赎金，父母一定不会答应，也不是我敢说的。"青梅听了，泪水流成了线，只求阿喜怜悯她，拯救她。阿喜想了许久，说："没办法，我存了一些私房钱，一定倾囊相助。"青梅行礼道谢，于是暗中告知张生。张母大喜，经多方借贷，共得到若干钱，存了起来，等待着好消息。

恰巧王进士被任命为曲沃县令，阿喜乘机对母亲说："青梅年纪已大，现在父亲要去上任，不如把她打发了吧。"王夫人本来就认为青梅太机灵，恐怕会引诱阿喜干坏事，每每想把青梅嫁出去，只是担心阿喜不乐意，现在听了阿喜说的，也很高兴。

过了两天，有个佣人的老婆来讲了张家的意思。王进士笑着说："他只配娶个丫头，此前太狂妄了！不过把她卖给大户人家做妾，价钱应照当初加倍支付。"阿喜连忙上前说："青梅侍候我很久了，把她卖为妾，我实在过意不去。"于是王进士给张家传话，仍然按原来的身价签署契约，把青梅嫁给张生。

进了张家的门，青梅孝敬公婆，曲意顺从，超过张生，同时操持家务更为勤快，吃糠咽菜，不以为苦，因此全家没有不喜欢不看重青梅的。青梅又以刺绣为业，卖得很快，商人在门口等候收购，唯恐买不到手，这样挣的钱稍可应付家中

的穷日子。青梅还劝张生不要因顾家而误了读书，对全家的管理照料都由她一人承担。

由于主人要去上任，青梅前去与阿喜告别，阿喜见了青梅，笑着说："你有了归宿，我就不如你。"青梅说："这是谁赐给的，我怎敢忘记！但你认为自己不如我，会折我的寿的。"于是二人悲泣告别。

王进士来到山西，半年后夫人去世，灵柩停放在寺院里。又过了两年，王进士因行贿被免职，罚交赎金数以万计，逐渐穷得不能自给，仆从四散而逃。这时，瘟疫大作，王进士也染病身亡，只有一个老妈子跟着阿喜。没有多久，老妈子也死了，阿喜愈发孤苦伶仃。

有个邻家的老太太劝阿喜出嫁，阿喜说："谁能为我安葬双亲，我就嫁他。"老太太可怜阿喜，送来一斗米，走了。半月后老太太又来说："我为小姐费尽力气，事情还是难成。穷人不能为你安葬双亲，富人又嫌你是没落人家的后代，真没办法！我还有一个主意，只怕你不会同意。"阿喜说："什么主意？"老太太说："此间有位李郎，想找一个偏房，倘若他看到你的身段容貌，即使让他予以厚葬，也一定不会疼钱。"阿喜放声大哭，说："我是官宦人家的女儿，却要给人家当妾吗！"老太太没说什么，随即走了。阿喜每天只吃一顿饭，苟延残喘，等待有人出钱安葬双亲。

过了半年，阿喜愈发难以支撑下去。一天，老太太来了，阿喜哭着对老太太说："活得这么难，常想自杀。我至今还偷生苟活，只是因为有这两具灵柩。我要是转死沟壑了，还有谁来收双亲的尸骨？所以我想不如就依了你所说的。"于是老太太领着李郎，暗中偷看阿喜。李郎非常满意，当即出钱办理入葬之事，两具薄棺都已抬送入土。

事后，李郎用车把阿喜接走，让她去参见正室。正室一向凶悍妒忌，李郎一开始不敢说阿喜是妾，只托称是买的丫头。及至正室见了阿喜，暴跳如雷，勃然大怒，用木棒把阿喜赶走，不让阿喜进门。阿喜披头散发，泪流满面，进退无路。

这时有个老尼路过这里，邀阿喜与自己同住。阿喜心中喜欢，就跟老尼前往。来到尼庵，阿喜请求削发，老尼不同意，说："我看小姐不是久没风尘的人，庵中粗茶淡饭，大致可以支撑，你姑且寄住在这里等待一时，时运一到，你就走。"

没过多久，城里的无赖子弟见阿喜长得漂亮，总来敲门，说挑逗的话取乐，老尼无法制止，阿喜号啕大哭，想自杀。老尼前去求吏部某公张贴告示，严加禁止，无赖少年这才稍有收敛。后来，有人半夜在尼庵墙壁上打洞，老尼发现后大声呼喊，来人这才离去。于是老尼又上告到吏部，捉住首恶分子，送到州衙加以责打，这才逐渐太平无事。

又过了一年多，有一位贵公子经过尼庵，看到阿喜，为之惊叹绝倒，强求老

尼传达情意，并用厚礼贿赂老尼。老尼委婉地告诉他说："她是官宦人家的后代，不甘心做妾。公子先回去，稍后我会给你个答复。"

贵公子走后，阿喜打算服毒自杀。当天夜里，阿喜梦见父亲前来，痛心疾首地说："我没满足你的意愿，致使你弄成现在这个样子，后悔已经晚了。你只须延缓不长的时间不死，你的夙愿还可以实现。"阿喜惊异不已。天亮后，盥洗已毕，老尼望见阿喜吃惊地说："我看你脸上的浊气完全消失，厄运不足为忧。福气就要来了，别忘了我呀。"

话音未落，就听到敲门声。阿喜变了脸色，心想来人一定是贵公子家的仆人。老尼开门一看，果真如此。仆人开门见山地问谋求的事情办得如何，老尼好言好语地陪话接待，只要求缓期三天。仆人转述贵公子的话，说是如果事情办不成，就让老尼自己前去复命。老尼恭敬应命，表示歉意，让仆人回去。阿喜异常悲痛，又想自杀，老尼把她劝住。阿喜担心三天后那仆人再来，将无言以对。老尼说："有我在，是斩是杀，都由我承当。"

第二天，刚到申时，暴雨倾盆，忽然听到有几个人一边敲门，一边乱喊乱叫。阿喜心想发生了事变，又惊又怕，不知所措。老尼冒雨开了庵门，看见门前停放着轿子，几个女仆扶着一位丽人走出，仆从很有气派，车马都很豪华。老尼吃惊地问来人是谁，回答说："这是司理官人的家眷，到这里避一避风雨。"

老尼将夫人一行领到大殿里，搬来坐椅，请夫人坐下。其余家人妇女直奔禅房，各自找休息的地方。她们进屋后见到阿喜，认为阿喜长得艳丽，便跑回去告知夫人。不久，雨停了，夫人起身请求看看禅房。老尼把夫人领进禅房，夫人见到阿喜，大为惊骇，不眨眼地盯住阿喜，阿喜也把夫人上下打量了许久。原来夫人不是别人，正是青梅。

两人都痛哭失声。青梅于是讲起自己的行踪。原来张父病故，张生在守丧期满后，连续考中举人、进士，被任命为司理，张生先侍奉着母亲去上任，再来接家眷。阿喜感叹说："今天相见，何止霄壤之别！"青梅笑着说："幸亏小姐连受挫折，没有对象，这是上天要我们两人相聚哩。如果不在这场大雨中受阻，怎能有今天的相遇？这里面都有鬼神相助，不是人力可为。"

青梅于是拿出珠冠锦衣，催阿喜换装。阿喜低头徘徊，老尼从中帮着劝阿喜同意。阿喜担心与青梅同居名义不顺，青梅说："往日自有固定的名分，我怎敢忘记你的大德！你再想一想张郎，岂是不义之人！"便强迫阿喜换了装，告别老尼，一起离去。

抵达任所后，张家母子都很高兴。阿喜下拜说："今天没脸来见伯母！"张母笑容满面，把她安慰一番。此后便商量选择吉日，举行婚礼。阿喜说："只要庵中有一点儿生路，我也不肯跟夫人到这里来。倘若顾念往日的情谊，给我一间草房，可以放下蒲团，我就心满意足了。"青梅只是笑，不说话。

到结婚那天，青梅抱着艳装前来。阿喜左右为难，不知如何是好。一会儿听

见鼓乐大作，阿喜也无法由自己做主。青梅率领老少女仆给阿喜强行穿衣，把她搀扶出来。阿喜看见张生身穿朝服向她下拜，她也不由自主地盈盈下拜。随后，青梅把阿喜拽进洞房，说："空着这个位置等你很久了。"又看着张生说："你今儿能报恩了，要好自为之。"便转身要走，阿喜抓住青梅的衣襟，青梅笑着说："别留我，这是不能代替的。"掰开阿喜的手指，走开了。

青梅侍奉阿喜非常恭敬，不敢代替正妻侍寝，而阿喜终究惭愧不安。于是张母命两人互称夫人，但青梅始终奉行婢妾之礼，不敢懈怠。

三年后，张生被调进京，路过尼庵时，赠给老尼五百两银子，老尼不收。张生坚持要给，老尼便收了二百两，建起观音大士庙，树起王夫人碑。

后来，张生官至侍郎。程夫人青梅生了二子一女，王夫人阿喜生了四子一女。张生上书陈述其事，二人都被封为夫人。

异史氏说：上天降生佳丽之人，本来是要报偿名贤的，而作为世俗之人的王公，却要留着赠给纨袴子弟，这是造物主一定要与之相争的。而事情离离奇奇，致使撮合者费尽经营之力，可见造化之工也是用心良苦了。唯有青梅夫人能识英雄于困厄之时，立下嫁给张生的誓言，决心以死相期。曾经衣冠端庄的人，反而蔑视德行，谋求膏粱，其见识在一个丫环之下，这是为什么？

[王士禛] 天下得一知己，可以不恨，况在闺阃耶！青梅，张之知己也，乃王女者又能知青梅。事妙文妙，可以传矣。

[何守奇] 凡德施于贫贱，则易为力；施于富贵，则难为功。青夫人能识张于尘埃之中，其智殆不可及也，孰谓福非自己求乎？

罗刹海市

【原文】

马骥字龙媒，贾人子，美丰姿，少倜傥，喜歌舞。辄从梨园子弟，以锦帕缠头，美如好女，因复有"俊人"之号。十四岁入郡庠，即知名。父衰老，罢贾而归，谓生曰："数卷书，饥不可煮，寒不可衣，吾儿可仍继父贾。"马由是稍稍权子母。

从人浮海，为飓风引去，数昼夜至一都会。其人皆奇丑，见马至，以为妖，群哗而走。马初见其状，大惧，迨知国中之骇己也，遂反以此欺国人。遇饮食者则奔而往，人惊遁，则啜其余。久之入山村，其间形貌亦有似人者，然褴褛如丐。马息树下，村人不敢前，但遥望之。久之觉马非噬人者，始稍稍近就之。马笑与语，其言虽异，亦半可解。马遂自陈所自，村人喜，遍告邻里，客非能搏噬者。然奇丑者望望即去，终不敢前；其来者，口鼻位置，尚皆与中国同。共罗浆酒奉马，马问其相骇之故，答曰："尝闻祖父言：西去二万六千里，有中国，其

人民形象率诡异。但耳食之，今始信。"问其何贫，曰："我国所重，不在文章，而在形貌。其美之极者，为上卿；次任民社；下焉者，亦邀贵人宠，故得鼎烹以养妻子。若我辈初生时，父母皆以为不祥，往往置弃之，其不忍遽弃者，皆为宗嗣耳。"问："此名何国？"曰："大罗刹国。都城在北去三十里。"马请导往一观。于是鸡鸣而兴，引与俱去。

天明，始达都。都以黑石为墙，色如墨，楼阁近百尺。然少瓦，覆以红石，拾其残块磨甲上，无异丹砂。时值朝退，朝中有冠盖出，村人指曰："此相国也。"视之，双耳皆背生，鼻三孔，睫毛覆目如帘。又数骑出，曰："此大夫也。"以次各指其官职，率狰狞怪异。然位渐卑，丑亦渐杀。无何，马归，街衢人望见之，噪奔跌蹶，如逢怪物。村人百口解说，市人始敢遥立。既归，国中咸知有异人，于是搢绅大夫，争欲一广见闻，遂令村人要马。每至一家，阍人辄阖户，丈夫女子窃窃自门隙中窥语，终一日，无敢延见者。村人曰："此间一执戟郎，曾为先王出使异国，所阅人多，或不以子为惧。"造郎门。郎果喜，揖为上客。视其貌，如八九十岁人。目睛突出，须卷如猬。曰："仆少奉王命出使最多，独未至中华。今一百二十余岁，又得见上国人物，此不可不上闻于天子。然臣卧林下，十余年不践朝阶，早旦为君一行。"乃具饮馔，修主客礼。酒数行，出女乐十余人，更番歌舞。貌类夜叉，皆以白锦缠头，拖朱衣及地。扮唱不知何词，腔拍恢诡。主人顾而乐之。问："中国亦有此乐乎？"曰："有。"主人请拟其声，遂击桌为度一曲。主人喜曰："异哉！声如凤鸣龙啸，从未曾闻。"

翼日趋朝，荐诸国王。王忻然下诏，有二三大夫言其怪状，恐惊圣体，王乃止。郎出告马，深为扼腕。居久之，与主人饮而醉，把剑起舞，以煤涂面作张飞。主人以为美，曰："请君以张飞见宰相，厚禄不难致。"马曰："游戏犹可，何能易面目图荣显？"主人强之，马

乃诺。主人设筵，邀当路者，令马绘面以待。客至，呼马出见客。客讶曰："异哉！何前媸而今妍也！"遂与共饮，甚欢。马婆娑歌"弋阳曲"，一座无不倾倒。明日交章荐马，王喜，召以旌节。既见，问中国治安之道，马委曲上陈，大蒙嘉叹，赐宴离宫。酒酣，王曰："闻卿善雅乐，可使寡人得而闻之乎？"马即起舞，亦效白锦缠头，作靡靡之音。王大悦，即日拜下大夫。时与私宴，恩宠殊异。久而官僚知其面目之假，所至，辄见人耳语，不甚与款洽。马至是孤立，恫然不自安。遂上疏乞休致，不许；又告休沐，乃给三月假。

于是乘传载金宝，复归村。村人膝行以迎。马以金资分给旧所与交好者，欢声雷动。村人曰："吾侪小人受大夫赐，明日赴海市，当求珍玩以报。"问："海市何地？"曰："海中市，四海鲛人，集货珠宝。四方十二国，均来贸易。中多神人游戏。云霞障天，波涛间作。贵人自重，不敢犯险阻，皆以金帛付我辈代购异珍。今其期不远矣。"问所自知，曰："每见海上朱鸟往来，七日即市。"马问行期，欲同游瞩，村人劝使自贵。马曰："我顾沧海客，何畏风涛？"未几，果有踵门寄资者，遂与装资入船。船容数十人，平底高栏。十人摇橹，激水如箭。凡三日，遥见水云幌漾之中，楼阁层叠，贸迁之舟，纷集如蚁。少时抵城下，视墙上砖皆长与人等，敌楼高接云汉。维舟而入，见市上所陈，奇珍异宝，光明射目，多人世所无。

一少年乘骏马来，市人尽奔避，云是"东洋三世子"。世子过，目生曰："此非异域人。"即有前马者来诘乡籍。生揖道左，具展邦族。世子喜曰："既蒙辱临，缘分不浅！"于是授生骑，请与连辔。乃出西城，方至岛岸，所骑嘶跃入水。生大骇失声。则见海水中分，屹如壁立，俄睹宫殿，玳瑁为梁，鲂鳞作瓦，四壁晶明，鉴影炫目。下马揖入。仰视龙君在上。世子启奏："臣游市廛，得中华贤士，引见大工。"生前拜舞。龙君乃言："先生文学士，必能衙官屈、宋。欲烦椽笔赋'海市'，幸无吝珠玉。"生稽首受命。授以水晶之砚，龙鬣之毫，纸光似雪，墨气如兰。生立成千余言，献殿上。龙君击节曰："先生雄才，有光水国矣！"遂集诸龙族，宴集采霞宫。

酒炙数行，龙君执爵向客曰："寡人所怜女，未有良匹，愿累先生。先生倘有意乎？"生离席愧荷，唯唯而已。龙君顾左右语。无何，宫女数人扶女郎出，佩环声动，鼓吹暴作，拜竟睨之，实仙人也。女拜已而去。少时酒罢，双鬟挑画灯，导生入副宫，女浓妆坐伺。珊瑚之床饰以八宝，帐外流苏缀明珠如斗大，衾褥皆香软。天方曙，雏女妖鬟，奔入满侧。生起，趋出朝谢。拜为驸马都尉。以其赋驰传诸海。诸海龙君，皆专员来贺，争折简招驸马饮。生衣绣裳，坐青虬，呵殿而出。武士数十骑，背雕弧，荷白桔，晃耀填拥。马上弹筝，车中奏玉。三日间，遍历诸海。由是"龙媒"之名，噪于四海。

宫中有玉树一株，围可合抱，本莹澈如白琉璃，中有心淡黄色，稍细于臂，叶类碧玉，厚一钱许，细碎有浓阴。常与女啸咏其下。花开满树，状类蓇葖。每

一瓣落，铿然作响。拾视之，如赤瑙雕镂，光明可爱。时有异鸟来鸣，毛金碧色，尾长于身，声等哀玉，恻人肺腑。生闻之，辄念故土。因谓女曰："亡出三年，恩慈间阻，每一念及，涕膺汗背。卿能从我归乎？"女曰："仙尘路隔。不能相依。妾亦不忍以鱼水之爱，夺膝下之欢。容徐谋之。"生闻之，涕不自禁。女亦叹曰："此势之不能两全者也！"明日，生自外归。龙王曰："闻都尉有故土之思，诘旦趣装，可乎？"生谢曰："逆旅孤臣，过蒙优宠，衔报之思，结于肺腑。容暂归省，当图复聚耳。"入暮，女置酒话别。生订后会，女曰："情缘尽矣。"生大悲，女曰："归养双亲，见君之孝。人生聚散，百年犹旦暮耳，何用作儿女哀泣？此后妾为君贞，君为妾义，两地同心，即伉俪也，何必旦夕相守，乃谓之偕老乎？若渝此盟，婚姻不吉。倘虑中馈乏人，纳婢可耳。更有一事相嘱：自奉衣裳，似有佳娠，烦君命名。"生曰："其女耶可名龙宫，男耶可名福海。"女乞一物为信，生在罗刹国所得赤玉莲花一对，出以授女。女曰："三年后四月八日，君当泛舟南岛，还君体胤。"女以鱼革为囊，实以珠宝，授生曰："珍藏之，数世吃着不尽也。"天微明，王设祖帐，馈遗甚丰。生拜别出宫，女乘白羊车，送诸海涘。生上岸下马，女致声珍重，回车便去，少顷便远。海水复合，不可复见。生乃归。

自浮海去，家人无不谓其死；及至家人皆诧异。幸翁媪无恙，独妻已去帷。乃悟龙女"守义"之言，盖已先知也。父欲为生再婚，生不可，纳婢焉。谨志三年之期，泛舟岛中。见两儿坐在水面，拍流嬉笑，不动亦不沉。近引之，儿哑然捉生臂，跃入怀中。其一大啼，似嗔生之不援己者，亦引上之。细审之，一男一女，貌皆俊秀。额上花冠缀玉，则赤莲在焉。背有锦囊，拆视，得书云："翁姑俱无恙。忽忽三年，红尘永隔；盈盈一水，青鸟难通。结想为梦，引领成劳。茫茫蓝蔚，有恨如何也！顾念奔月姮娥，且虚桂府；投梭织女，犹怅银河。我何人斯，而能永好？兴思及此，辄复破涕为笑。别后两月，竟得孪生。今已啁啾怀抱，颇解言笑，觅枣抓梨，不母可活，敬以还君。所贻赤玉莲花，饰冠作信。膝头抱儿时，犹妾在左右也。闻君克践旧盟，意愿斯慰。妾此生不二，之死靡他。奁中珍物，不蓄兰膏；镜里新妆，久辞粉黛。君似征人，妾作荡妇，即置而不御，亦何得谓非琴瑟哉？独计翁姑已得抱孙，曾未一觌新妇，揆之情理，亦属缺然。岁后阿姑窀穸，当往临穴，一尽妇职。过此以往，则'龙宫'无恙，不少把握之期；'福海'长生，或有往还之路。伏惟珍重，不尽欲言。"生反覆省书揽涕。两儿抱颈曰："归休乎！"生益恸，抚之曰："儿知家在何许？"儿啼，呕哑言归。生视海水茫茫，极天无际，雾鬟人渺，烟波路穷。抱儿返棹，怅然遂归。

生知母寿不永，周身物悉为预具，墓中植松槚百余。逾岁，媪果亡。灵舆至殡宫，有女子缞绖临穴。众惊顾，忽而风激雷轰，继以急雨，转瞬已失所在。松柏新植多枯，至是皆活。福海稍长，辄思其母，忽自投入海，数日始还。龙宫以

女子不得往，时掩户泣。一日昼暝，龙女急入，止之曰："儿自成家，哭泣何为?"乃赐八尺珊瑚一株，龙脑香一帖，明珠百粒，八宝嵌金合一双，为嫁资。生闻之突入，执手啜泣。俄顷，迅雷破屋，女已无矣。

异史氏曰："花面逢迎，世情如鬼。嗜痂之癖，举世一辙。'小惭小好，大惭大好'。若公然带须眉以游都市，其不骇而走者盖几希矣! 彼陵阳痴子，将抱连城玉向何处哭也? 呜呼! 显荣富贵，当于蜃楼海市中求之耳!"

【译文】

马骥字龙媒，商人的儿子。他生得风度翩翩，仪态优雅。他从小风流倜傥，喜欢歌舞，经常跟梨园弟子一起演戏，扮成锦帕缠头的旦角，就像美女一样好看，所以他又有"俊人"的雅号。

十四岁时，马骥进府学读书，就很有名气。父亲年老体衰，停了生意，在家闲居。他对马骥说："就凭这几卷书，饿了不能当饭吃，冷了不能当衣穿，我儿还是接替老爹经商吧。"马骥从此便逐渐学起做买卖来。

马骥跟人到海外经商，船被飓风吹走，经过几天几夜，来到一座都市。那里的人丑得出奇，看见马骥来了，认为是妖怪，连喊带叫，纷纷逃跑。马骥刚看到这种情景，也大为恐惧，及至知道这是该国人害怕自己时，反而借此来欺负该国人了。遇到吃东西的，马骥就跑上前去，人们惊慌逃跑，马骥便吃剩下的食物。

不久后，马骥进了一座小山村。那里的人，有相貌像人的，但是衣衫褴褛，像乞丐。马骥在树下休息，村人不敢上前，只是在远处看他。时间长了，村人觉得马骥不会吃人，才逐渐凑上前来。马骥笑着和他们谈话，语言虽然不同，但仍能听懂一半。于是马骥讲述自己的来历，村人大喜，遍告邻里说，来客并不捉人吃。不过，奇丑的人看一看就走，终究不敢近前。

那些近前的人，五官位置还都和中国人相同，他们一起摆下酒食来请马骥。马骥问他们怕自己的原因，回答说："曾听祖父说，由此往西二万六千里，有一个中国，当地人民的样子大都长得非常奇怪，但只是听说，今天才相信这是真的。"

马骥问他们为什么穷，回答说："我国所看重的，不是文章，而是体貌。那些体貌最美的当上卿，次一点儿的当地方官，再差一点儿的也可以求得贵人的宠爱，所以能有美食来养活妻子儿女。像我们这些人，刚生下来就被父母看作不祥之物，往往被抛弃了。那些不愿抛弃的，其实都是为了传宗接代。"

马骥问这国家叫什么，回答说："叫大罗刹国。都城在此地以北三十里处。"马骥请求领他前去观光，于是人们鸡叫起身，带领马骥一同前往。

天色大亮后，他们才抵达都城。都城用黑石砌成城墙，颜色如墨，楼阁高近百尺，但屋顶很少用瓦，而用红石覆盖。拣来红石碎块在指甲上磨，和丹砂没有两样。

当时正值宫中退朝，朝廷中驶出一辆伞盖华美的车子，村人指点说："这是相国。"马骥一看，相国的双耳都长反了，有三个鼻孔，睫毛盖着眼睛，像帘子一样。接着又有几人骑马出宫，村人说："这是大夫。"并依次分别指明他们的官职。这些人都长得狰狞怪异，只是随着职位的逐渐降低，也相应地不那么丑了。

没过多久，马骥走上归程。街上的人望见马骥，都连喊带叫，跌跌撞撞地逃跑，像遇到怪物似的。村人极力解释，街上的人才敢在远处站住。

马骥回村后，国中无论大人小孩，都知道村中来了异人。于是士绅官宦争着要开开眼界，便让村人邀请马骥前去做客。然而马骥每到一家，看门人就关上大门，一家男女都偷偷地从门缝中边看边议，过了一整天，还是没人敢接见马骥。

村人说："这里有一位执戟郎，曾为先王出使外国，见过的人多了，或许不会怕你。"马骥登门拜访执戟郎，执戟郎果然很高兴，把马骥奉为贵宾。一看执戟郎的长相，像个八九十岁的人，眼睛凸出，胡须卷曲浓密，就像刺猬。执戟郎说："早年我奉国王之命，承担出使的使命最多，唯独不曾到过中国。现在我已一百二十多岁，又得以见到上国人物，这不能不上报天子。不过，我退隐山林，十余年没踏朝廷的台阶了。明天早晨，我为你走一遭。"便摆上酒饭，尽主人待客之礼。

酒过数巡，执戟郎叫出歌姬舞女十余人，轮番表演歌舞。这些人长得像夜叉似的，都用白锦缠头，红衣拖在地上，也不知道唱的是什么歌词，唱腔与节拍都很离奇。执戟郎看得高兴起来，问马骥："中国也有这些音乐吗？"马骥说："有。"执戟郎请马骥学唱这种音乐，马骥便敲着桌子唱了一支曲子。主人高兴地说："真奇妙，歌声如同凤鸣龙啸，我从没听过。"

第二天，执戟郎前往朝廷，把马骥推荐给国王，国王欣然下诏接见。只因有两三个大臣说马骥长得古怪，恐怕使圣体受惊，国王才没下诏。执戟郎立即出宫告知马骥，表示深为惋惜。

过了很长时间，马骥与执戟郎喝醉了酒，舞起剑来，把煤涂在脸上，扮作张飞。执戟郎认为这样很美，说："请你以张飞的面目去见宰相，宰相一定愿意任用你，丰厚的俸禄就不难得到啦。"马骥说："咳！当作游戏还行，怎能换一张脸去谋求荣耀显达？"执戟郎坚持要他这么做，马骥才答应下来。

执戟郎摆了宴席，邀请执政要员喝酒，让马骥画好脸等待。不久，执政要员来到，执戟郎叫马骥出来见客，执政官员惊讶地说："真奇怪！怎么原先丑陋，现在变漂亮啦？"便与马骥一起喝酒，喝得非常高兴。马骥婆娑起舞，唱起《弋阳曲》，满座无不为之倾倒。

第二天，执政要员纷纷上奏章推荐马骥，国王大喜，派使者手持旌节去召马骥。见面后，国王问中国的治邦安国之道如何，马骥委婉陈述，大受嘉许赞叹。国王在离宫设宴款待马骥。酒兴正浓时，国王说："听说你善于演奏雅乐，可以

让寡人听一听吗?"马骥立刻即席起舞,也学歌姬舞女的样子以白锦缠头,唱了一些靡靡之音。国王大悦,当天任命马骥为下大夫。马骥时常参加国王的私宴,受到的恩宠极不寻常。

时间长了,朝中百官对马骥假扮的面目颇有察觉,无论马骥走到哪里,总是看见人们交头接耳地议论他,与他不甚亲密。至此,马骥感到孤立,惴惴不安。他随即上疏请求辞官退休,国王没有答应;又要求短期休假,国王便给他三个月的假。于是他乘坐驿车,载着黄金和珠宝,又回到山村,村人敬畏地跪着行走,来迎接他。他把钱财分给往日与自己交好的人,村人欢声雷动。

村人说:"我们这些小民受了大夫的赏赐,明天我们去赶海市,应能找到珍宝玩物来报答大夫。"马骥问:"海市在什么地方?"回答说:"那是海中的集市,四海的鲛人聚集在这里出售珍宝,四方十二国都来这里贸易,还有许多神人游戏其间。那里云霞遮天蔽日,间或波涛大作,而贵人看重自己的性命,不敢经受艰难困苦,都把钱财交给我们,让我们去代买奇珍异宝。现在离赶海市的日子已经不远了。"马骥问他们怎么知道哪天有海市,回答说:"每当看见海上有朱鸟飞来飞去,七天后便有海市。"马骥问出发的日期,想与村人一起游观海市,村人劝马骥看重自己的身份,马骥说:"我本是漂洋过海的客商,还怕风浪吗?"

不久,果然有人登门交钱托购珍宝,马骥便与村人把钱财装上船。船能容下几十人,平平的船底,高高的栏杆,十人一齐摇橹,激起层层浪花,船行如箭。大约走了三天,远远看见水云荡漾的海中,楼阁层层叠叠,贸易的船只密集如蚁。不一会儿,他们抵达城下,只见城墙上的砖都与人一样长,城楼高耸云天。他们系船停泊,登岸进城,只见海市陈列的奇珍异宝光彩耀眼,大多是人间没有的。

这时,一个少年骑着骏马跑来,市上的人纷纷奔逃躲避,说此人是"东洋三太子"。太子经过这里时,看着马骥说:"这不是异邦之人吗?"当即有为太子开道的人来问马骥的乡籍。马骥在路边行礼,把自己的籍贯姓氏一一陈述。太子高兴地说:"既然承蒙光临,真是缘分不浅!"于是给马骥一匹马,请他与自己并肩骑马同行。

他们出了西城,刚到海岛的岸边,人们骑的马嘶叫着跳进水中。马骥恐骇异常,惊叫失声。只见海水向两边分开,如同屹立的高墙,不久马骥看见一座宫殿,以玳瑁装饰屋梁,以鲂鱼鳞铺成屋瓦,四壁亮晶晶的,光可鉴人,十分耀眼。

马骥下马拱手行礼,走进宫殿,抬头看见龙王高高在上。太子启奏说:"臣在商市闲逛,遇到一位中国的贤士,领来进见大王。"马骥上前行拜舞礼。龙王又说:"马先生是才学之士,文章定能超过屈原与宋玉。我想有劳马先生挥动如椽大笔,写一篇《海市赋》,万望不吝倾珠泻玉的妙笔,成此美文。"马骥伏地叩头,接受命令。于是给马骥拿来水晶砚、龙鬣笔,纸张光洁似雪,墨气芳香如

兰，马骥立即写下一千余言，献到殿上。龙王十分赞赏地说："马先生才能出众，为水国增光不少！"便召集龙族各支，在采霞宫聚饮。

酒过数巡，龙王向马骥举杯说："寡人有个心爱的女儿还没有如意的对象，希望能嫁给先生，先生或许还有意吧！"马骥离开座席，充满感激，惭愧不安地应承下来。龙王对身边的人说了些什么，不久便有几个宫女把龙女扶了出来。于是珮环"叮咚"作响，乐曲骤然奏起。拜礼结束后，马骥偷偷一看，龙女真是一位漂亮的仙女。龙女拜完后，起身离去。

不多时，酒宴结束，头结双鬟的婢女打着彩绘的宫灯，领马骥走进旁宫，龙女身着浓妆，坐在那里，等待马骥的到来。只见珊瑚床上装饰着金银、珍珠、玛瑙等八种珠宝，帷帐上的流苏缀着斗大的明珠，被褥芳香而轻软。

天刚亮，妖艳年少的双鬟婢女便跑来侍候，在他们身旁站满。马骥起身后，快步走出，前去上朝拜谢。马骥被封为驸马都尉，那篇赋被传送到诸海。诸海龙王都派专人前来祝贺，争先恐后地送请柬叫驸马赴宴。马骥穿着锦绣的衣裳，骑着无角的青龙，前面有人喝道，后面有人簇拥，一行人出得宫来。数十名骑马的武士一律身佩雕弓，肩扛大仗，光彩闪耀，填塞道路。一路上马上有人弹筝，车中有人吹笛，只用了三天，便游遍了诸海。从此马龙媒的称号传遍四海。

龙宫中有一棵玉树粗可合抱，树干像白琉璃一样晶莹透明，中间有淡黄色的树心，树梢比胳膊细些，树叶类似碧玉，约有一枚铜钱那么厚，细碎的叶片垂下浓密的树荫。马骥经常与龙女在树下歌唱。树上开满类似栀子的花儿，花儿每落一瓣，都发出清脆的金玉之声，拾起花瓣一看，如同红玛瑙雕镂的，亮光闪闪，逗人喜爱。

龙宫时常有一种奇异的鸟叫着飞来。此鸟生着金碧间杂的羽毛，尾上的翎子比鸟身还长，发出的叫声如同哀怨的笛声一般悲切动人肺腑。每当马骥听到这种鸟的叫声，就会想念故乡，于是对龙女说："我外出三年，远离父母，每当想到这里，就涕泪满脸，汗流浃背，你能跟我回家去吗？"龙女说："仙凡道路阻隔，我不能陪你回去。我也不忍心因夫妻之爱，夺去你与父母的天伦之乐。容我慢慢想个办法。"马骥听了不禁流下了眼泪，龙女也叹息说："这势必不能两全其美了。"

第二天，马骥外出归来，龙王说："听说你想家了，明天早晨整装启程行吗？"马骥表示感谢说："作为旅居外乡的孤臣，承蒙错爱，加以优待宠爱，衔环报恩的心愿郁结在肺腑之中。请让我暂时回家探亲，我会想办法再来相聚。"

晚上，龙女摆下酒宴，与马骥话别。马骥要订日后相会的日期，龙女说："情缘已经了结啦。"马骥悲伤异常，龙女说："要回家奉养父母，体现了你的孝心。人生的聚会离散，一辈子就像一朝一夕一样，作妇孺伤心哭泣之态又有何用？从此以后，我为你守贞，你为我守义，两地同心，就是夫妻，何必朝夕厮守，才算白头偕老？如果谁违背了今天的盟誓，就只有不幸的婚姻。假如担心无

人料理家务，纳一个婢女做妾就可以了。还有一事相告，自结婚以来，我似乎有了身孕，请你现在就为孩子起个名字。"马骥说："是女孩，可叫龙宫；是男孩，可叫福海。"

龙女要马骥留下一件信物，马骥拿出在罗刹国得到的一对红玉莲花，交给龙女。龙女说："三年后的四月八日，你可乘船到南岛来，那时我把亲生骨肉还给你。"便拿出一个鱼皮袋子，装满珠宝，交给马骥说："把这东西珍藏起来，几代人吃穿也用不完的。"

天刚微微发亮，龙王摆下饯行的酒宴，送给马骥许多礼物。马骥施礼告别，出了龙宫，龙女坐着羊车，把马骥送到海边。马骥登上海岸，跳下马来，龙女说了一句"请多珍重"，回车便走，一会儿就走远了。海水重新合拢，龙女再也无法望见，于是马骥返回家乡。

自从马骥乘船出海以后，大家都认为他已经死了。等马骥回到家里，家人无不感到诧异。幸好父母健在，只是妻子已经改嫁。马骥这才明白龙女说要他"守义"的话，恐怕已预知今日之事。父亲想让马骥再婚，马骥没同意，只是收了个婢女做妾。

马骥牢记三年的期限，届时乘船来到南岛，看见两个小孩坐在水面上漂浮着，拍水嬉笑，位置不动，也不下沉。马骥近前去拉孩子，一个孩子无声地笑着，拽住马骥的胳膊，跳到他的怀里。另一个孩子大声哭泣，似乎在埋怨马骥没有来拉自己。马骥也把这个孩子拉上岸来。仔细一看，孩子是一男一女，全都容貌秀美。孩子头戴花冠，花冠缀着美玉，美玉便是那红玉莲花。孩子的背上有个锦囊，打开一看，有一封信，上面写道：

想来公婆均平安无恙。匆匆三年过去，一道红尘把我们永远隔开，一湾清浅的海水使我们音信难通。对你思念不已，终于郁结成梦；时时引领远望，徒然只增劳顿。面对蔚蓝的茫茫大海，满腔怨恨又能如何！想起奔月的嫦娥还在月宫孤身独处，投梭的织女仍在惆怅地面对天河，我是何人，却能与你永远相爱？一想到这里，我又总是破涕为笑。

分别两个月后，竟生了一对孪生儿女。他们现在已经能在母亲怀里咿呀学语，对大人的言笑也颇能领会其意，已会找枣吃，抓梨吃，离开母亲也能生活了，所以我把他们恭敬地送给你。我把你赠送的红玉莲花缀在花冠上作为标记，当你把孩子抱在膝头时，就像我也在你身边一样。

听说你能履行往日的盟誓，我的心愿得到抚慰。我这一生决不变心，至死也决无二心。梳妆盒中珍藏的物品，不再是兰香袭人的脂膏；镜里照见新近的打扮，也久已不施粉黛。你像远行的游子，我是游子的妻子。即使两地分隔，不能亲近，又怎能说不是夫妻和谐？

只是我还在想，虽然公婆已经抱上孙子孙女，却不曾与儿媳见面，按情理推断，也算缺憾。一年后婆婆去世后，我会亲临墓穴送葬，以尽为妇之道。从此以后，女儿龙官平安无事，不会没有见面的日子；儿子福海长生不老，或许还有往来的途径。

请多加珍重。说不尽的心里话就说到这里。

马骥反复看信，直抹眼泪。

两个孩子抱着马骥的脖子说："我要回家！"马骥愈加悲恸，抚摸着两个孩子说："你们知道家在哪里？"两个孩子哭个没完，稚声稚气地只喊回家。马骥望茫茫海水，辽阔无际，与天相接，只是头梳如雾的环形发髻的龙女却渺无所见，如烟的波涛间并无道路可通，只好抱着孩子登船返航，怅然回到家里。

马骥知道母亲活不长了，就把周身衣服都预备齐全，在墓地种了一百多棵松树和槚树。过了一年，母亲果然去世。当灵车来到墓穴旁边时，只见有一个女子披麻戴孝，站在墓穴前面。大家正在惊讶地打量她时，忽然急风骤起，雷声轰鸣，接着下起暴雨，转眼之间，那女子已不知去了哪里。而新种的松柏原先枯死许多，至此全都活了。

儿子福海渐渐长大，常常想念自己的母亲，有一次忽然自己跳到海里，几天后才回来。女儿龙宫因是女孩，不能前往，就时常关上房门流泪。有一天，白天骤然变暗，龙女忽然走进门来，劝龙宫说："你自己也要成家的，干吗哭哭啼啼？"便给她一株八尺高的珊瑚树、一包龙脑香、一百颗明珠、一对八宝嵌金盒，作为嫁妆。马骥听见龙女的声音，突然闯进屋里，拉着龙女的手哽咽哭泣。不一会儿，一声惊雷破屋而入，龙女已经无影无踪。

异史氏说：装出一副虚假的面孔去迎合风俗，人情与鬼无异。有爱吃疮痂癣好的人，天下哪里都有。自觉小有惭愧的文章，人们说文章小好；自觉大为惭愧的文章，人们说文章大好。如果公然作为一个须眉男子到都市游玩，人们不被吓跑的恐怕很少。那被封为陵阳侯的痴人卞和，将抱着价值连城的璧玉到哪里去痛哭？唉唉，荣华富贵只能到蜃楼海市中去找了！

[何守奇] 世人以美为恶，以恶为美，使无脂韦之骨，即强为举涂抹，终觉面目非真，遂令世界茫茫，几无处安此一副面孔；正恐蜃楼海市，显荣富贵，亦终不可得耳。悲夫！

[但明伦] 花面逢迎，以出身为游戏，固自好者所不屑；即遭逢极盛，得志于时，只忠孝廉节，才是实地，余皆海市蜃楼耳，不可为无，不可为有。何者可指为真无？何者可指为真有？知其无而有有之用，知其有而皆无之归。以其本有，而有所当有；以其终无，而无所当无。乃可以有，可以无；可以无而有，可以有而无。是谓无有，是谓无无；是谓非无有，是谓非无无。

田 七 郎

聊斋志异（图文版）

【原文】

武承休，辽阳人，喜交游，所与皆知名士。夜梦一人告之曰："子交游遍海内，皆滥交耳。惟一人可共患难，何反不识？"问："何人？"曰："田七郎非与？"醒而异之。诘朝见所与游，辄问七郎。客或识为东村业猎者，武敬谒诸家，以马棰挝门。未几一人出，年二十余，貙目蜂腰，着腻帢，衣皂犊鼻，多白补缀，拱手于额而问所自。武展姓氏，且托途中不快，借庐憩息。问七郎，答曰："我即是也。"遂延客入。见破屋数椽，木岐支壁。入一小室，虎皮狼蜕，悬布槛间，更无机榻可坐，七郎就地设皋比焉。武与语，言词朴质，大悦之。遽贻金作生计，七郎不受；固予之，七郎受以白母。俄顷将还，固辞不受。武强之再四，母龙钟而至，厉色曰："老身止此儿，不欲令事贵客！"武惭而退。归途展转，不解其意。

适从人于室后闻母言，因以告武。先是，七郎持金白母，母曰："我适睹公子有晦纹，必罹奇祸。闻之：受人知者分人忧，受人恩者急人难。富人报人以财，贫人报人以义。无故而得重赂，不祥，恐将取死报于子矣。"武闻之，深叹母贤，然益倾慕七郎。翼日设筵招之，辞不至。武登其堂，坐而索饮。七郎自行酒，陈鹿脯，殊尽情礼。越日武邀酬之，乃至。款洽甚欢。赠以金，即不受。武托购虎皮，乃受之。归视所蓄，计不足偿，思再猎而后献之。入山三日，无所猎获。会妻病，守视汤药，不遑操业。浃旬妻淹忽以死，为营斋葬，所受金稍稍耗去。武亲临唁送，礼仪优渥。既葬，负弩山林，益思所以报武。武探得其故，辄劝勿亟。切望七郎姑一临存，而七郎终以负债为憾，不肯至。武因先索旧藏，以速其来。七郎检视故革，则蠹蚀殃败，毛尽脱，懊丧益甚。武知之，驰行其庭，极意慰解之。又视败革，曰："此亦复佳。仆所欲得，原不以毛。"遂轴鞟出，兼邀同往。七郎不可，乃自归。

七郎终以不足报武为念，裹粮入山，凡数夜，忽得一虎，全而馈之。武喜，治具，请三日留，七郎辞之坚，武键庭户使不得出。宾客见七郎朴陋，窃谓公子妄交。武周旋七郎，殊异诸客。为易新服却不受，承其寐而潜易之，不得已而受。既去，其子奉媪命，返新衣，索其敝褚。武笑曰："归语老姥，故衣已拆作履衬矣。"自是，七郎日以兔鹿相贻，召之即不复至。武一日诣七郎，值出猎未返。媪出，踦闾而语曰："再勿引致吾儿，大不怀好意！"武敬礼之，惭而退。半年许，家人忽白："七郎为争猎豹，殴死人命，捉将官里去。"武大惊，驰视之，已械收在狱。见武无言，但云："此后烦恤老母。"武惨然出，急以重金赂邑宰，又以百金赂仇主。月余无事，释七郎归。母慨然曰："子发肤受之武公子

田七郎

重金募力
典鬻无
日将一德
拼大酬
龙门积利
客若传
并里深
千秋共刺

耳，非老身所得而爱惜者。但祝公子百年无灾患，即儿福。"七郎欲诣谢武，母曰："往则往耳，见武公子勿谢也。小恩可谢，大恩不可谢。"七郎见武，武温言慰藉，七郎唯唯。家人咸怪其疏，武喜其诚笃，厚遇之，由是恒数日留公子家。馈遗辄受，不复辞，亦不言报。

会武初度，宾从烦多，夜舍履满。武偕七郎卧斗室中，三仆即床下卧。二更向尽，诸仆皆睡去，两人犹刺刺语。七郎背剑挂壁间，忽自腾出匣数寸，铮铮作响，光闪烁如电。武惊起，七郎亦起，问："床下卧者何人？"武答："皆厮仆。"七郎曰："此中必有恶人。"武问故，七郎曰："此刀购诸异国，杀人未尝濡缕，迄佩三世矣。决首至千计，尚如新发于硎。见恶人则鸣跃，当去杀人不远矣。公子宜亲君子，远小人，或万一可免。"武颔之。七郎终不乐，辗转床席。武曰："灾祥数耳，何忧之深？"七郎曰："我别无恐怖，徒以有老母在。"武曰："何遽至此？"七郎曰："无则更佳。"

盖床下三人：一为林儿，是老弥子，能得主人欢；一僮仆，年十二三，武所常役者；一李应，最拗拙，每因细事与公子裂眼争，武恒怒之。当夜默念，疑此人。诘旦唤至，善言绝令去。武长子绅，娶王氏。一日武他出，留林儿居守。斋中菊花方灿，新妇意翁出，斋庭当寂，自诣摘菊。林儿突出勾戏，妇欲遁，林儿强挟入室。妇啼拒，色变声嘶。绅奔入，林儿始释手逃去。武归闻之，怒觅林儿，竟已不知所之。过二三日，始知其投身某御史家。某官都中，家务皆委决于弟。武以同袍义，致书索林儿，某弟竟置不发。武益恚，质词邑宰。勾牒虽出，而隶不捕，官亦不问。武方愤怒，适七郎至。武曰："君言验矣。"因与告诉。七郎颜色惨变，终无一语，即径去。武嘱干仆逻察林儿。林儿夜归，为逻者所获，执见武。武掠楚之，林儿语侵武。武叔恒，故长者，恐侄暴怒致祸，劝不如治以官法。武从之，縶赴公庭。而御史家刺书邮至，宰释林儿，付纪纲以去。林

聊斋志异（图文版）

儿意益肆，倡言丛众中，诬主人妇与私。武无奈之，忿塞欲死。驰登御史门，俯仰叫骂，里舍慰劝令归。

逾夜，忽有家人白："林儿被人脔割，抛尸旷野间。"武惊喜，意稍得伸。俄闻御史家讼其叔侄，遂偕叔赴质。宰不听辨，欲笞恒。武抗声曰："杀人莫须有！至辱搢绅，则生实为之，无与叔事。"宰置不闻。武裂眦欲上，群役禁摔之。操杖隶皆绅家走狗，恒又老耄，签数未半，奄然已死。宰见武叔垂毙，亦不复究。武号且骂，宰亦若弗闻者。遂舁叔归，哀愤无所为计。因思欲得七郎谋，而七郎终不一吊问。窃自念待伊不薄，何遽如行路人？亦疑杀林儿必七郎。转念果尔，胡得不谋？于是遣人探索其家，至则阋镭寂然，邻人并不知耗。

一日，某弟方在内廨，与宰关说。值晨进薪水，忽一樵人至前，释担抽利刃直奔之。某惶急以手格刃，刃落断腕，又一刀始决其首。宰大惊，窜去。樵人犹张皇四顾。诸役吏急阖署门，操杖疾呼。樵人乃自刭死。纷纷集认，识者知为田七郎也。宰惊定，始出验，见七郎僵卧血泊中，手犹握刃。方停盖审视，尸忽崛然跃起，竟决宰首，已而复踣。衙官捕其母子，则亡去已数日矣。武闻七郎死，驰哭尽哀。咸谓其主使七郎，武破产赇缘当路，始得免。七郎尸弃原野月余，禽犬环守之。武厚葬之。其子流寓于登，变姓为佟。起行伍，以功至同知将军。归辽，武已八十余，乃指示其父墓焉。

异史氏曰："一钱不轻受，正一饭不敢忘者也。贤哉母乎！七郎者，愤未尽雪，死犹伸之，抑何其神？使荆卿能尔，则千载无遗恨矣。苟有其人，可以补天网之漏。世道茫茫，恨七郎少也。悲夫！"

【译文】

武承休，辽阳人，喜欢交游，交往的都是知名之士。在夜里，武承休梦见有一人告诉他说："你的朋友遍及海内，其实都是滥交。只有一个人可以与你共患难，为什么你反而不认识他？"武承休问："他是谁？"那人说："田七郎不是吗？"武承休醒来深感奇怪。

清晨，武承休见到与自己交往的人便问谁是田七郎。有人认识田七郎，说他是东村的猎户。武承休恭敬地登门拜访，用马鞭敲门。不多时，出来一个人，二十多岁，虎目蜂腰，戴一顶沾满油污的便帽，穿一条黑色短裤，上面打了许多白布补丁。他拱手直至额前，问武承休从哪里来。武承休通报了姓名，托称途中不适，希望给找间房子休息。他又打听田七郎，那人回答说："我就是。"便请武承休进屋。

只见那是几间破屋，用木杈支撑着墙壁。他们进了一间小屋，只见虎皮狼皮悬挂在楹柱间，根本没有凳子椅子可坐，田七郎便就地铺一张虎皮请客人坐。武承休与田七郎交谈，田七郎言词质朴，武承休非常喜欢。武承休马上送银两给田七郎作为生活用费，田七郎没有接受。武承休一定要给，田七郎接过来去禀报母

亲。一会儿，田七郎把银两拿回来还给武承休，再三推辞，不肯收下。武承休又连续多次硬给，田母老态龙钟地来到小屋，正颜厉色地说："我只有这个儿子，不想让他侍奉你！"武承休面有惭色，退出小屋。

在回家路上，武承休左思右想，不解其意。恰巧随从在房后听到田母说的话，于是告诉了武承休。此前，田七郎拿着银两去告知母亲，田母说："我刚才看那公子脸上有预示晦气的皱纹，定会遭受横祸。你听着：受人知遇就要为人分忧，受人恩惠就要急人之难。富人用钱财报答别人，穷人用义气报答别人。所以无故得到重礼不是好事，恐怕要以死来报答这人了。"武承休听了，深深赞叹田母的贤德，对田七郎也更加倾慕。

第二天，武承休请田七郎赴宴，田七郎推辞不来。武承休到田七郎家去，坐下来就要酒喝，田七郎亲自给他倒酒，以鹿肉干待客，既有情义，又有礼貌。隔了一天，武承休又作回请，田七郎这才前来。两人交谈融洽欢畅，武承休要以银两相赠，田七郎不肯接受。武承休托称是用来买虎皮的，田七郎这才收下。

田七郎回家一看，估计收藏的虎皮不值那些银子，打算再猎取一些，然后一起交给武承休。不料他进山三天，什么也没打着，又赶上妻子生病，需要他熬汤煎药，顾不上打猎。过了十天，妻子匆匆去世，为备办斋祭送葬诸事，接受的银两被稍微花去了一些。武承休又亲自前来吊唁送葬，采用的礼节规格很高。

妻子入葬后，田七郎背上弓弩，进入深山老林，更想用猎物来报答武承休，但是始终一无所获。武承休打听到事情的原由，总是劝田七郎不要着急，说是恳切希望田七郎能抽空来看自己，但田七郎终究因负债而不安，不肯前去。

于是武承休说先要田七郎家中原有的虎皮，以便促使田七郎快来。田七郎查看家中原有的虎皮，发现已被虫子蛀坏，毛已脱光，因而愈加懊丧。武承休得知后，骑马赶到田家，极力加以慰解。看到那些蛀坏的皮子，武承休又说："这也挺好。我想要的，本来不在乎是否带毛。"便卷起皮子往外走，同时请田七郎同往，田七郎不去，于是自己回家。

田七郎考虑这些皮子终究不足以报偿武承休，便带着干粮进山，经过几夜，打到一只老虎，整个送给了武承休。武承休大喜，备办酒食，请田七郎小住三天，田七郎坚决推辞。武承休锁上大门，让他出不去。

武氏的宾客见田七郎土里土气，私下都说武承休乱交朋友。

而武承休与田七郎揖揖让让的礼节，超过诸位宾客许多。武承休要为田七郎更换新衣，田七郎推却不受，武承休乘田七郎睡着时给偷偷换上，田七郎不得已，只好接受。田七郎回家后，他的儿子奉祖母之命，送还新衣，并要讨回父亲的破衣服，武承休笑着说："你回去告诉奶奶，旧衣服拆了，做鞋里子啦。"

从此，田七郎每天都给武承休送兔鹿野味，但请他去，他却不去。有一天，武承休去看望田七郎，正值田七郎外出打猎没回来。田母走出来，倚着门框对武承休说："你别再勾引拉拢我儿子，大大地不怀好意！"武承休恭敬行礼，羞惭

地离开田家。

过了半年左右，家人忽然说："田七郎因打猎与人争执，打死了人，捉到官府去了。"武承休大惊，驰马前去探望，田七郎已刑具在身，收押在监狱里。见了武承休，田七郎没说什么，只是说："今后烦你关照我的老母。"武承休悲伤地走出来，赶紧用重金贿赂县官，又用一百两银子贿赂死者一方，过了一个多月，没事了，田七郎被释放回家。田母感慨地说："儿子的性命都是武公子给的，不是老身所能爱惜的了。我只祝愿武公子活到百年都无灾祸，这就是儿子的福气啦。"

田七郎要去拜谢武承休，田母说："去就去吧，见到武公子不用表示感谢。小恩可以感谢，大恩无法感谢。"田七郎见到武承休，武承休用温和的话加以安慰，田七郎只是连声应承。家人都嫌田七郎冷淡，武承休却喜欢他诚实厚道，对他更加优待。从此，田七郎经常一连几天住在武承休家，送给他什么东西，他就收下，不再推让，也不表示报答。

这一天，正好赶上武承休的生日，宾客仆人很多，夜间屋里住满客人。武承休和田七郎一起睡在一间小屋里，三个仆人就在床下铺干草过夜。二更将尽时，仆人都已睡着，他们二人却仍然谈得火热。当时田七郎挂在墙上的佩刀，突然从刀鞘中腾出好几寸高，发出"铮铮"的声音，闪烁着如电的寒光。武承休为之一惊，连忙起身，田七郎也起来问："床下睡的什么人？"武承休回答："都是仆人。"田七郎说："这几个里一定有坏人。"武承休问何以见得，田七郎说："这把刀买自外国，杀人从来血不沾衣，至今传了三代人，斩首数以千计，仍然如同新磨的一般。这把刀见到坏人就会发出声响，跃出刀鞘，可能离杀人不远了。公子应当亲近君子，疏远小人，或许还有免遭祸难的一线希望。"武承休连连点头。

田七郎终究郁郁不乐，在床上翻来覆去，不能入睡。武承休说："吉凶灾变都是天数，干吗这么忧虑重重？"田七郎说："我什么都不怕，要说忧虑重重，只因老母还在。"武承休说："何至于骤然就到了这般地步！"田七郎说："没事就好。"

原来床下睡的三个仆人，一个叫林儿，是个备受宠爱的娈童，最让主人喜欢。一个是童仆，十二三岁，武承休经常使唤他。一个叫李应，最为愚顽不驯，往往因小事瞪着眼与武承休争执，武承休经常生他的气。当天夜里，武承休默默地想来想去，怀疑一定就是此人。第二天清晨，武承休把他叫来，用好话打发他走了。

武承休的长子武绅，娶王氏为妻。有一天，武承休外出，留林儿看家。书斋中的菊花刚好开得金灿灿的，王氏心想公公出去了，书斋一定没人，便独自去摘菊花。这时林儿冲出来，便加勾引调戏。王氏打算逃跑，林儿把她强行挟持到屋里，王氏边哭边抵抗，脸色大变，声音嘶哑。武绅跑进书斋，林儿才撒手逃走。武承休回家后得知此事，怒冲冲地去找林儿，而林儿竟已不知去向。

过了两三天，才知道林儿在某御史家中藏身。某御史在京城做官，家务都交给弟弟处理。武承休以朋友之谊写信索取林儿，某御史的弟弟竟然把信丢开，不肯拆封。武承休更加愤怒，向县令提请诉讼。拘捕公文虽然下达，但是役人不去捉拿，县令也不去过问。

正当武承休愤恨恼怒时，恰好田七郎赶来。武承休说："你的话应验了。"便把事情告诉了田七郎。田七郎变得面色凄惨，始终没说一句话，就径自起身离去。

武承休吩咐干练的仆人巡察林儿的行踪。林儿夜间回家，被巡逻的仆人捉获，押着去见武承休。武承休拷打林儿，林儿仍说冒犯武承休的话。武承休的叔叔武恒本是一位忠厚长者，恐怕侄儿盛怒之下招致灾祸，劝侄儿不如按官府的法律惩治林儿。武承休依言而行，将林儿押送公堂。

然而，御史家的书信送到县里，县令放了林儿，让御史家的管家把他带走。林儿愈加肆意妄为。在聚集的人群中扬言污蔑说，主人的儿媳与自己私通。武承休对林儿无可奈何，气得要死，骑马跑到御史门前，指天画地，放声叫骂，邻居出面劝解安慰，他才回家。

过了一夜，忽然有个仆人禀报说："林儿被人肢解，尸体扔在旷野里。"武承休又惊又喜，也算稍微出了一口恶气。不久又听说御史家控告武家叔侄，于是二人前去对质。县令不容分辩，要打武恒。武承休大声说："杀人罪名莫须有！至于辱骂官绅，确实是我干的，与我叔叔没关系。"县令就像根本没听见。武承休怒目圆睁，要上前去救武恒，一帮差役上前阻止，把他揪住。手拿刑杖的差役都是御史家的走狗，武恒又是七八十岁的人，板子没打到一半，就已气息微弱，昏死过去。县令见武恒就要死了，也就不再追究。武承休边哭号边大骂，县令也像没听见似的。

武承休于是把叔叔武恒抬回家，满腔悲愤，束手无策。他想找田七郎商量，而田七郎连吊祭死者，慰问家属都没来过一次，所以心中暗想："我待七郎不薄，为什么他对我忽然如同陌生的路人？"也怀疑一定是田七郎杀的林儿，但转念又想："果真如此，怎能不来商量一下？"于是派人到田七郎家打探消息，到那里才发现，大门锁着，寂无人声，邻居也不知道田七郎的音信。

一天，御史的弟弟正在县衙内舍与县令疏通关节，适值清晨来人送柴送水，忽然有一个樵夫走上前来，放下担子，抽出刀来，直奔御史的弟弟。御史的弟弟惊慌失措，用手挡刀，而刀劈落处，砍断了手腕，樵夫再加一刀，才砍下他的首级。县令大吃一惊，狼狈逃窜。樵夫还在大模大样地东张西望，一帮差役急忙关上衙署的大门，手握棍棒，大声呼叫，于是樵夫自刎而死。众人纷纷聚拢上去辨认樵夫是谁，有人识得这人便是田七郎。

县令惊魂稍定，才出来覆核本案，只见田七郎僵卧在血泊中，手里还握着刀。正当县令停下仔细察看时，尸体忽然直挺挺地一跃而起，竟砍下县令的首

级，然后又倒下去。县衙的官吏去捉田七郎的母亲和儿子，而他们几天前就已逃走了。

武承休听说田七郎死了，跑去大哭一场，极尽哀思。人们都说是武承休指使田七郎干的。武承休倾家荡产，买通当权者，才得以免受追究。田七郎的尸体被扔在野地里长达三十多天，却有鹰犬在周围守护。武承休为田七郎收尸，并加以厚葬。

田七郎的儿子流落到登州居住，改姓为佟，他从当兵开始，因功官至同知将军。他回辽阳时，已经八十多岁的武承休，领他去看了父亲的坟墓。

异史氏说：不轻易接受一文钱的帮助，这正是不忘一饭之恩的人之所为，可见田母多么贤明！至于田七郎，愤怒未能全消，死后还要伸雪其恨，又多么神奇不凡！假使荆轲也能如此，千年以来就没有遗憾了。如果有这种人，就可以弥补天网的疏漏。可惜世道黑暗，像田七郎这种人太少了，真可悲！

[何守奇] 如读《刺客传》。

[但明伦] 彼七郎者。问其业，则猎者耳；睹其貌，则狙目蜂腰耳；观其服，则腻袷衣、皂犊鼻耳。知名士见之，必且鄙夷不屑与言矣。迨观其取与不苟，内外如一，其事亲也如此，其交友又如此，一片赤心，满腔热血，此皆博古通今，摛华染翰，弋取闻誉者所不敢为，不能为，不肯为者，然后叹天下知名士何太多，如田七郎者又何太少也！

保 住

【原文】

吴藩未叛时，尝谕将士：有独力能擒一虎者，优以廪禄，号"打虎将"。将中一人名保住，健捷如猱。邸中建高楼，梁木初架。住沿楼角而登，顷刻至颠，立脊檩上，疾趋而行，凡三四返；已，乃踊身跃下，直立挺然。

王有爱姬善琵琶，所御琵琶，以暖玉为牙柱，抱之一室生温。姬宝藏，非王手谕不出示人。一夕宴集，客请一观其异。王适惰，期以翼日。时住在侧，曰："不奉王命，臣能取之。"王使人驰告府中，内外戒备，然后遣之。住逾十数重垣，始达姬院，见灯辉室中，而门扃锢，不得入。廊下有鹦鹉宿架上，住乃作猫子叫，既而学鹦鹉鸣，疾呼"猫来"。摆扑之声且急，闻姬云："绿奴可急视，鹦鹉被扑杀矣！"住隐身暗处。俄一女子挑灯出，身甫离门，住已塞入。见姬守琵琶在几上，住携趋出。姬愕呼"寇至"，防者尽起。见住抱琵琶走，逐之不及，攒矢如雨。住跃登树上，墙下故有大槐三十余章，住穿树行杪，如鸟移枝。树尽登屋，屋尽登楼，飞奔殿阁，不啻翅翎，瞥然不知所在。客方饮，住抱琵琶飞落檐前，门扃如故，鸡犬无声。

【译文】

平西王吴三桂没反叛时，曾经晓谕将士，谁能独自一人捉住一只虎，俸禄从

优发给，授以"打虎将"的称号。

打虎将中有一人名叫保住，像猿猴一样矫健敏捷。王府中兴建高楼，刚架起大梁和木檩。保住沿着楼角向上攀登，顷刻便到了楼顶。他站在屋脊的檩木上，快步行走了三四个来回，之后纵身跳下，笔直地站在地上。

平西王有一个爱姬，善弹琵琶，使用的琵琶是用暖玉做的琴牙和弦柱，抱在怀里，满屋温暖。爱姬珍藏着琵琶，没有平西王的手谕就不拿给人看。

一天晚上，正在宴饮集会，客人请求观赏琵琶的妙处。适值平西王犯懒，答应明天再看。当时，保住站在身旁说："不用王爷的命令，我能把琵琶拿来。"平西王让人快速告知王府里里外外，加以戒备，然后让保住出发。

保住越过十几道院墙，才抵达爱姬所在的院落。只见屋里灯火通明，屋门紧闭，无法进去。幸好走廊有一只鹦鹉在架上栖息，保住便学猫叫，接着再学鹦鹉叫，大呼"猫来了"，又发出急切的摆动扑打声，只听见爱姬说："绿奴，快去看看，鹦鹉被扑死啦！"保住便在暗处躲藏起来。

一会儿，一个女子挑着灯走出门来，她身刚离开屋门，保住已经挤了进去。他看见爱姬守着放在几案上的琵琶，便径自拿走琵琶，快步走出。爱姬惊呼："贼来了！"防卫人员一齐出动，看见保住抱着琵琶飞跑，根本追不上，便把箭放得密集如雨，只见保住一跃而起，窜上大树。墙下原有三十多棵大槐树，保住在树梢上穿行，就像飞鸟从一个树枝跳到另一个树枝。在树间穿行完了，又窜上屋顶；屋顶跑尽了，又窜上楼顶；他在殿宇楼阁间飞奔，就像长了翅膀一般，转眼间已不知去向。

客人正在喝酒，保住抱着琵琶飞身落在酒席前，门仍然关着，鸡犬无声无息。

[何守奇] 如读《剑侠传》。

公孙九娘

【原文】

于七一案，连坐被诛者，栖霞、莱阳两县最多。一日俘数百人，尽戮于演武场中，碧血满地，白骨撑天。上官慈悲，捐给棺木，济城工肆，材木一空。以故伏刑东鬼，多葬南郊。

甲寅间，有莱阳生至稷下，有亲友二三人亦在诛数，因市楮帛，酹奠榛墟，就税舍于下院之僧。明日，入城营干，日暮未归。忽一少年，造室来访。见生不在，脱帽登床，着履仰卧。仆人问其谁，合眸不对。既而生归，则暮色朦胧，不甚可辨。自诣床下问之，瞠目曰："我候汝主人，絮絮逼问，我岂暴客耶！"生笑曰："主人在此。"少年即起着冠，揖而坐，极道寒暄。听其音，似曾相识。急呼灯至，则同邑朱生，亦死于七之难者。大骇却走，朱曳之云："仆与君文字之交，何寡于情？我虽鬼，故人之念，耿耿不忘。今有所渎，愿无以异物猜薄之。"生乃坐，请所命。曰："令女甥寡居无偶，仆欲得主中馈。屡通媒妁，辄以无尊长命为辞。幸无惜齿牙余惠。"先是，生有女甥，早失恃，遗生鞠养，十五始归其家。俘至济南，闻父被刑，惊而绝。生曰："渠自有父，何我之求？"朱曰："其父为犹子启椟去，今不在此。"问："女甥向依阿谁？"曰："与邻媪同居。"生虑生人不能作鬼媒。朱曰："如蒙金诺，还屈玉趾。"遂起握生手，生固辞，问："何之？"曰："第行。"勉从与去。

北行里许，有大村落，约数十百家。至一第宅，朱以指弹扉，即有媪出。豁开两扉，问朱："何为？"曰："烦达娘子，云阿舅至。"媪旋反，顷复出，邀生入，顾朱曰："两椽茅舍子大隘，劳公子门外少坐候。"生从之入。见半亩荒庭，列小室二。甥女迎门啜泣，生亦泣，室中灯火荧然。女貌秀洁如生时，凝目含涕，遍问妗姑。生曰："具各无恙，但荆人物故矣。"女又呜咽曰："儿少受舅妗抚育，尚无寸报，不图先葬沟渎，殊为恨恨。旧年伯伯家大哥迁父去，置儿不一念。数百里外，伶仃如秋燕。舅不以沉魂可弃，又蒙赐金帛，儿已得之矣。"生以朱言告，女俯首无语。媪曰："公子曩托杨姥三五返，老身谓是大好。小娘子不肯自草草，得舅为政，方此意慊得。"

言次，一十七八女郎，从一青衣遽掩入，瞥见生，转身欲遁。女牵其裾曰："勿须尔！是阿舅。"生揖之。女郎亦敛衽。甥曰："九娘，栖霞公孙氏。阿爹故家子，今亦'穷波斯'，落落不称意。且晚与儿还往。"生睨之，笑弯秋月，羞晕朝霞，实天人也。曰："可知是大家，蜗庐人焉得如此娟好！"甥笑曰："且是女学士，诗词俱大高作。儿稍得指教。"九娘微哂曰："小婢无端败坏人，教阿舅齿冷也。"甥又笑曰："舅断弦未续，若个小娘子，颇能快意否？"九娘笑奔出，曰："婢子颠疯作也！"遂去。言虽近戏，而生殊爱好之。甥似微察，乃曰：

公孙九娘

月底振林壑，冥冰人释自
穷得掷掷一
罗禮臨歧變
贈猶年碧
血腥

"九娘才貌无双，舅倘不以粪壤致猜，儿当请诸其母。"生大悦，然虑人鬼难匹。女曰："无伤，彼与舅有夙分。"生乃出。女送之，曰："五日后，月明人静，当遣人往相迓。"生至户外，不见朱。翘首西望，月衔半规，昏黄中犹认旧径。见南面一第，朱坐门石上，起逆曰："相待已久，寒舍即劳垂顾。"遂携手入，殷殷展谢。出金爵一、晋珠百枚，曰："他无长物，聊代禽仪。"既而曰："家有浊醪，但幽室之物，不足款嘉宾，奈何！"生执谢而退。朱送至中途，始别。

生归，僧仆集问，隐之曰："言鬼者妄也，适赴友人饮耳。"后五日，朱果来，整履摇筵，意甚欣。方至户，望尘即拜。笑曰："君嘉礼既成，庆在旦夕，便烦枉步。"生曰："以无回音，尚未致聘，何遽成礼？"朱曰："仆已代致之。"生深感荷，从与俱去。直达卧所，则女甥华妆迎笑。生问："何时于归？"女曰："三日矣。"生乃出所赠珠，为甥助妆。女三辞乃受，谓生曰："儿以舅意白公孙老夫人，夫人作大欢喜。但言老耄无他骨肉，不欲九娘远嫁，期今夜舅往赘诸其家。伊家无男子，便可同郎往也。"朱乃导去。村将尽，一第门开，二人登其堂。俄白："老夫人至。"有二青衣扶妪升阶。生欲展拜，夫人云："老朽龙钟，不能为礼，当即脱边幅。"指画青衣，进酒高会。朱乃唤家人，另出肴俎，列置生前；亦别设一壶，为客行觞。筵中进馔，无异人世。然主人自举，殊不劝进。

既而席罢，朱归。青衣导生去，入室，则九娘华烛凝待。邂逅含情，极尽欢昵。初，九娘母子，原解赴都。至郡，母不堪困苦死，九娘亦自到。枕上追述往事，哽咽不成眠。乃口占两绝云："昔日罗裳化作尘，空将业果恨前身。十年露冷枫林月，此夜初逢画阁春。""白杨风雨绕孤坟，谁想阳台更作云？忽启镂金箱里看，血腥犹染旧罗裙。"天将明，即促曰："君宜且去，勿惊厮仆。"自此昼来宵往，绻惑殊甚。

一夕问九娘："此村何名?"曰："莱霞里。里中多两处新鬼，因以为名。"生闻之欷歔。女悲曰："千里柔魂，蓬游无底，母子零孤，言之怆恻。幸念一夕恩义，收儿骨归葬墓侧，使百年得所依栖，死且不朽。"生诺之。女曰："人鬼路殊，君不宜久滞。"乃以罗袜赠生，挥泪促别。生凄然出，切怛不忍归。因过叩朱氏之门。朱自足出逆；甥亦起，云鬟笼松，惊来省问。生惆怅移时，始述九娘语。女曰："妗氏不言，儿亦凤夜图之。此非人世，不可久居。"于是相对决澜。生亦含涕而别。叩寓归寝，展转申旦。欲觅九娘之墓，则忘问志表。及夜复往，则千坟累累，竟迷村路，叹恨而返。展视罗袜，着风寸断，腐如灰烬，遂治装东旋。

半载不能自释，复如稷门，冀有所遇。及抵南郊，日势已晚，息树下。趋诣丛葬所。但见坟兆万接，迷目榛荒，鬼火狐鸣，骇人心目。惊悼归舍。失意遨游，返辔遂东。行里许，遥见一女立丘墓上，神情意致，怪似九娘。挥鞭就视，果九娘。下与语，女径走，若不相识。再逼近之，色作怒，举袖自障。顿呼"九娘"，则烟然灭矣。

异史氏曰："香草沉罗，血满胸臆；东山佩玦，泪渍泥沙。古有孝子忠臣，至死不谅于君父者。公孙九娘岂以负骸骨之托，而怨恝不释于中耶? 脾膈间物，不能掬以相示，冤乎哉!"

【译文】

在于七造反一案中株连被杀的人，以栖霞、莱阳两县为最多。有一天捉了几百人，统统在演武场杀死，鲜血满地，尸骨如山。上头的官员慈悲为怀，捐给棺材，济南府城的作坊里，木材都被用光。所以那些被处死的鲁东的冤鬼，大多埋葬在济南的南郊。

康熙十三年，有一位莱阳生来到济南，由于有两三个亲友也在被诛之列，因此买了纸钱，在荒野里给以祭奠，然后就近在寺院下院租房住下。

第二天，莱阳生进城办事，天黑还没回来。忽然有一位年轻人到房间来访，见莱阳生不在，便摘下帽子，上了床，穿着鞋仰卧在床上。仆人问他是何人，他眼睛一闭，不作回答。

不久，莱阳生回来了，在朦胧的暮色中，很难认出他是谁来，便亲自走到床前加以询问。来人瞪着眼睛说："我等你的主人。絮絮叨叨地紧紧追问，难道我是强盗吗?"莱阳生笑了笑说："主人就在这里。"年轻人急忙起身戴上帽子，拱手施礼后坐下来，极力寒暄起来。

莱阳生听到来人的声音似曾相识，急忙喊人来点灯，这才认出来人是同县朱生，也是在于七之难中死的。莱阳生大为惊骇，转身就跑，朱生拽住他说："我与你是文字之交，你怎么不讲情分? 我虽然是鬼，但对友人的思念，却萦回在心，难以忘记。今天有所搅扰，希望不要因为我是鬼便加以猜疑。"莱阳生便坐

下来，问他来干什么。朱生说："你的外甥女一人独居，没有配偶，我想娶为妻室。我多次请人说媒，她总是借口没有长辈做主而加以推辞，所以希望你能为我美言几句。"

此前，莱阳生有一个外甥女，早年死了母亲，交给莱阳生抚养，十五岁时才回她自己的家。她被抓到济南，听说父亲被杀，惊骇悲痛交集，也断了气。莱阳生说："她自有父亲做主，干吗求我？"朱生说："她父亲的棺材已被侄子迁走，现在不在这里。"莱阳生问："我外甥女一向依靠何人？"朱生说："与一位邻居老太太同住。"莱阳生担心活人不能为鬼做媒，朱生说："如果承蒙允诺，还得请你走一遭。"便起身握住莱阳生的手。莱阳生一再推辞，并问："去哪儿？"朱生说："你只管走。"莱阳生勉强跟他走了。

朝北走了一里左右，有一个很大的村庄，约有百十来户人家。来到一座宅第前，朱生敲了敲门，便走出一位老太太，打开两扇门，问朱生来干吗。朱生说："烦你告诉小姐，她舅舅来了。"老太太转身回去，一会儿又出来请莱阳生进屋，同时看着朱生说："两间茅草房子太窄，有劳公子在门外坐下稍候。"莱阳生跟老太太走进门，只见半亩大小的荒芜的院子里有两间小屋，外甥女啜泣着在门口迎接，莱阳生也流下了眼泪。

屋里灯火微弱，外甥女面容秀美明洁，如同生前。她含着眼泪，凝视着莱阳生，把舅妈姑妈的情况逐个打听了一遍。莱阳生说："她们都平安无事，只是我的妻子去世了。"外甥女又呜呜咽咽地说："我小时受舅舅、舅妈的抚育，连一丝一毫都还没有报答，没想到却先葬身沟渠，实在遗憾。去年伯伯家的大哥把我父亲迁走，把我丢在一边，一点儿也不关心，我置身数百里外，就像秋燕一样孤苦伶仃。现在舅舅不因我是亡魂就抛弃不管，又承蒙舅舅赐给钱物，我已收到了。"

于是莱阳生把朱生的话告诉了外甥女，外甥女低下了头，沉默无语。老太太说："以前朱公子托姥姥来过三五回，我认为此事大好。但小姐不肯自己草率行事，得有舅舅做主，才能令她满意。"

正说话间，一个十七八岁的女郎，身后跟着一个丫环，忽然推门而入，一眼瞥见莱阳生，又转身要走。外甥女拉着她的衣襟说："不必如此！这是我舅舅，不是外人。"莱阳生向女郎拱手作揖，女郎也整饬衣襟还礼。外甥女说："这是九娘，栖霞县公孙家的。她父亲是大户人家的子弟，如今也是穷于奔波，零落不堪，不能称心如意，只是早晚与我往来。"

莱阳生偷偷一看，女郎笑起来两眉弯弯如新月，害羞时面带红晕如朝霞，实在就像天仙一般，于是说："一看就是大家闺秀，小户人家的姑娘哪能这么清秀美丽！"外甥女笑着说："她还是个女学士呢！诗词写得都非常好，以前我还稍稍得到过她的指教。"公孙九娘微微一笑说："小丫头无故说人坏话，让你舅舅笑话。"外甥女又笑着说："舅舅丧妻后还没续弦，这么个小娘子，还能满意

吧?"公孙九娘笑着跑出门去，说："小丫头发疯啦。"便走开了。

话虽近乎玩笑，但莱阳生确实非常喜欢公孙九娘。外甥女似乎稍有觉察，便说："九娘才貌无双，倘若舅舅不因她是入土之人而心怀疑虑，我会问她母亲是否同意的。"莱阳生非常高兴，但又担心人与鬼难以成婚。外甥女说："不妨。她与舅舅前世有缘。"于是莱阳生走出屋门，外甥女随后相送，说："五天后，月明人静的时候，我会派人前去迎接你。"

莱阳生走到门外，没有看见朱生。他抬头向西望去，天上挂着半轮明月，在昏黄的月光下，还能认出来时走过的老路。只见南面有一座宅第，朱生坐在门前的石基上，这时起身迎接说："已经等你许久，就请你光临寒舍。"便拉着莱阳生的手走进宅第，情深意长地表示感谢，拿出一只金酒杯，一百颗晋珠，说："我没有别的好东西。姑且用这些东西作为聘礼吧。"不一会儿又说："家中本来也有浊酒，只是阴间的东西，不能款待贵宾，真没办法!"莱阳生谦和地表示不必喝酒，随即告辞而回。朱生把他送到半路，两人才分手告别。

莱阳生回到寺院，僧人和仆人都围拢上来问长问短。莱阳生隐去实情说："说见了鬼是胡扯，刚才我到朋友那里喝酒去了。"

五天后，朱生果然前来，只见他穿着新鞋，摇着扇子，十分高兴畅快。他刚走进院子，远远望见莱阳生就施礼下拜，稍停，又笑着说："你的婚礼已经准备妥当，喜事近在今宵，现在便有劳你动身前往。"莱阳生说："由于没有回音，我还没送聘礼，怎能仓促举行婚礼?"朱生说："我已经替你送了聘礼。"莱阳生深深表示感谢，便跟他前去。

他们一直来到朱生的住处，只见外甥女打扮华美艳丽，面带笑容地迎了出来。莱阳生问："你什么时候过门的?"朱生说："过门三天了。"莱阳生便拿出朱生赠送的晋珠，让外甥女添置衣裳，外甥女经再三推让，才肯接受。她告诉莱阳生说："我把舅舅的意思告知公孙老夫人，老夫人非常喜欢，只是说自己七老八十，没有别的亲生骨肉，不想让九娘远嫁，希望舅舅今天夜里入赘到她家。她家没有男人，你这就可以与朱郎一同前往。"朱生便为莱阳生引路。

快走到村庄尽头时，一座宅第敞着大门，二人直接进了厅堂。一会儿，有人禀报说："老夫人到。"只见有两个丫环扶着夫人登上台阶。莱阳生准备行礼，夫人说："我上了年纪，行动不便，不能行礼，这些规矩就免了吧。"便指使丫环摆上酒席，举行盛大的宴会。于是朱生招呼仆人，另外端出菜肴，摆放在莱阳生面前，并另放一个酒壶，以备为客人斟酒。宴席上的饭菜与人间没有不同，只是主人只顾自斟自饮，根本不劝人喝酒。

不久，宴席吃完，朱生回家，丫环也把莱阳生领走。走进洞房，公孙九娘已在花烛前专心等待。于是两人互相爱悦，含情脉脉，极尽欢乐亲昵之事。原来，公孙九娘母子两人本来要押送到京城，到济南府时，母亲被困苦折磨而死，公孙九娘也自刎身亡。公孙九娘在枕上追叙往事，哽咽悲泣，难以入睡，便随口作成两首绝句，其一云：

> 昔日罗裳化作尘，空将业果恨前身。
>
> 十年露冷枫林月，此夜初逢画阁春。

其二云：

> 白杨风雨绕孤坟，谁想阳台更作云？
>
> 忽启缕金箱里看，血腥犹染旧罗裙。

天快亮了，公孙九娘便催莱阳生说："你该走了，别惊动仆人。"莱阳生从此晚上来白天归，对公孙九娘宠爱迷恋很深。

一天晚上，莱阳生问公孙九娘："这村子叫什么名？"公孙九娘说："叫莱霞里。里中大多是莱阳、栖霞两县的新鬼，所以叫这个名。"莱阳生听了叹息连声，公孙九娘也难过地说："离家千里的一缕柔魂，像飘蓬般的无处归依。我们母子孤苦伶仃，说来令人凄怆。万望你能顾念夫妻情义，为我收拾尸骨，送到祖坟旁边埋葬，使我有个百世的归宿，此恩我将永世不忘。"莱阳生答应下来。公孙九娘说："人与鬼所走的道路各有不同，你也不宜久留。"便把一双丝罗的袜子送给莱阳生，流着眼泪，催他快走。

莱阳生凄然走出，失魂落魄，悲恸欲绝，心中惆怅怨恨，不愿意马上回去，因而又去敲朱生的家门。朱生光着双脚出来迎接，外甥女也爬了起来，如云的双鬓乱蓬蓬的，吃惊地来问候。莱阳生惆怅多时，才重述了公孙九娘的话。外甥女说："即使舅母不说，我也在日夜考虑此事。这里不是人间，确实不适于久住。"于是，两人面对面哭得泪水涟涟，莱阳生含着泪水告别离去。

莱阳生敲开寺门，回屋躺下，辗转反侧，直到天亮。他想寻找公孙九娘的坟墓，却忘了问碑志墓表。等到夜里，他再去寻找，只见上千座坟墓重重叠叠，竟然再找不到通往村庄的道路，只得叹息连声，抱恨而归。他打开丝罗的袜子来看，袜子经风一吹，碎成一片片的，霎时烂得如同灰烬一般。于是他打点行装，返回东鲁。

过了半年，莱阳生仍然忘不了公孙九娘，又来到济南，希望在哪里遇到她。等抵达南郊时，日色已晚，他把马拴在院中的树上，便快步赶往乱葬的坟场。在那里，只见无数的坟茔连接起来，丛生的荒草迷茫一片.鬼火点点，狐鸣声声，使人触目惊心。莱阳生惊恐伤悼交集地回到住处，无心嬉游，便掉转马头，返回东鲁。

走出一里左右，莱阳生看见一位女郎，独自在坟丘间行走，神情风致很像公孙九娘。他挥鞭追赶，近前一看，果然是公孙九娘。他跳下马来，正要说话，公孙九娘竟然跑开.就像素不相识一般。他再次逼近公孙九娘，公孙九娘显出怒气冲冲的神色，便用袖子遮住自己的脸。他顿足高呼"九娘"，公孙九娘还是湮没不见了。

异史氏说：以香草自况的屈原自沉于汨罗江，他的热血还在胸中激荡；讨伐

东山皋落氏的太子申生佩带着玉块，他的眼泪浸透了泥沙。自古便有忠臣孝子到死不被君父谅解的事例。难道公孙九娘认为莱阳生背弃了迁移尸骨的重托，心中的怨恨才难以消除吗？脾膈之间的那个东西，不能掏给人看，莱阳生也太冤枉了。

[何守奇] 此亦幽婚也。不以葬处相示，彼此都疏，乃独归究于莱阳，此异史氏所以有"冤哉"之叹也。

[但明伦] 生被株连，死成梓里。以慧丽女子，赍恨重泉，游魂异域；虽复阳台云作，画阁春生，而露冷枫林，血腥罗裙，人鬼异类，岂能白头相守哉？

[方舒岩] 荒冢累累，全凭志表而别，莱阳生不能问，九娘亦不能告，二者均失。言恳言冤，俱未当也。

促　织

【原文】

宣德间，宫中尚促织之戏，岁征民间。此物故非西产。有华阴令，欲媚上官，以一头进，试使斗而才，因责常供。令以责之里正。

市中游侠儿，得佳者笼养之，昂其直，居为奇货。里胥猾黠，假此科敛丁口，每责一头，辄倾数家之产。

邑有成名者，操童子业，久不售。为人迂讷，遂为猾胥报充里正役，百计营谋不能脱。不终岁，薄产累尽。会征促织，成不敢敛户口，而又无所赔偿，忧闷欲死。妻曰："死何益？不如自行搜觅，冀有万一之得。"成然之。早出暮归，提竹筒铜丝笼，于败堵丛草处探石发穴，靡计不施，迄无济。即捕得三两头，又劣弱，不中于款。宰严限追比，旬余，杖至百，两股间脓血流离，并虫亦不能行捉矣。转侧床头，惟思自尽。

时村中来一驼背巫，能以神卜。成妻具资诣问，见红女白婆，填塞门户。入其室，则密室垂帘，帘外设香几。问者燕香于鼎，再拜。巫从旁望空代祝，唇吻翕辟，不知何词，各各竦立以听。少间，帘内掷一纸出，即道人意中事，无毫发爽。成妻纳钱案上，焚香以拜。食顷，帘动，片纸抛落。拾视之，非字而画，中绘殿阁类兰若，后小山下怪石乱卧，针针丛棘，青麻头伏焉；旁一蟆，若将跳舞。展玩不可晓。然睹促织，隐中胸怀，折藏之，归以示成。成反复自念："得无教我猎虫所耶？"细瞩景状，与村东大佛阁真逼似。乃强起扶杖，执图诣寺后，有古陵蔚起。循陵而走，见蹲石鳞鳞，俨然类画。遂于蒿莱中侧听徐行，似寻针芥，而心、目、耳力俱穷，绝无踪响。冥搜未已，一癞头蟆猝然跃去。成益愕，急逐之。蟆入草间，蹑迹披求，见有虫伏棘根，遽扑之，入石穴中。掭以尖草不出，以筒水灌之始出。状极俊健，逐而得之。审视：巨身修尾，青项金翅。大

喜，笼归，举家庆贺，虽连城拱璧不啻也。上于盆而养之，蟹白栗黄，备极护爱。留待限期，以塞官责。

成有子九岁，窥父不在，窃发盆；虫跃踯径出，迅不可捉。及扑入手，已股落腹裂，斯须就毙。儿惧，啼告母。母闻之，面色灰死，大骂曰："业根！死期至矣！翁归，自与汝复算耳！"儿涕而出。未几成入，闻妻言如被冰雪。怒索儿，儿渺然不知所往；既而得其尸于井。因而化怒为悲，抢呼欲绝。夫妻向隅，茅舍无烟，相对默然，不复聊赖。

日将暮，取儿藁葬。近抚之，气息惙然，喜置榻上，半夜复苏，夫妻心稍慰。但儿神气痴木，奄奄思

睡。成顾蟋蟀笼虚，则气断声吞，亦不复以儿为念，自昏达曙，目不交睫。东曦既驾，僵卧长愁。忽闻门外虫鸣，惊起觇视，虫宛然尚在，喜而捕之。一鸣辄跃去，行且速。覆之以掌，虚若无物；手裁举，则又超忽而跃。急趁之，折过墙隅，迷其所往。徘徊四顾，见虫伏壁上。审谛之，短小，黑赤色，顿非前物。成以其小，劣之；惟彷徨瞻顾，寻所逐者。壁上小虫，忽跃落襟袖间，视之，形若土狗，梅花翅，方首长胫，意似良。喜而收之。将献公堂，惴惴恐不当意。思试之斗以觇之。

村中少年好事者，驯养一虫，自名"蟹壳青"，日与子弟角，无不胜。欲居之以为利，而高其直，亦无售者。径造庐访成。视成所蓄，掩口胡卢而笑。因出己虫，纳比笼中。成视之，庞然修伟，自增惭怍，不敢与较。少年固强之。顾念蓄劣物终无所用，不如拼博一笑。因合纳斗盆。小虫伏不动，蠢若木鸡。少年又大笑。试以猪鬣毛撩拨虫须，仍不动。少年又笑。屡撩之，虫暴怒，直奔，遂相腾击，振奋作声。俄见小虫跃起，张尾伸须，直齮乞敌领。少年大骇，解令休止。虫翘然矜鸣，似报主知。成大喜。

方共瞻玩，一鸡瞥来，径进一啄。成骇立愕呼。幸啄不中，虫跃去尺有咫。

鸡健进，逐逼之，虫已在爪下矣。成仓猝莫知所救，顿足失色。旋见鸡伸颈摆扑；临视，则虫集冠上，力叮不释。成益惊喜，掇置笼中。

翼日进宰。宰见其小，怒诃成。成述其异，宰不信。试与他虫斗，虫尽靡；又试之鸡，果如成言。乃赏成，献诸抚军。抚军大悦，以金笼进上，细疏其能。既入宫中，举天下所贡蝴蝶、螳螂、油利挞、青丝额……一切异状，遍试之，无出其右者。每闻琴瑟之声，则应节而舞，益奇之。上大嘉悦，诏赐抚臣名马衣缎。抚军不忘所自，无何，宰以"卓异"闻。宰悦，免成役；又嘱学使，俾入邑庠。后岁余，成子精神复旧，自言："身化促织，轻捷善斗，今始苏耳。"抚军亦厚赉成。不数岁，田百顷，楼阁万椽，牛羊蹄躈各千计。一出门，裘马过世家焉。

异史氏曰："天子偶用一物，未必不过此已忘，而奉行者即为定例。加之官贪吏虐，民日贴妇卖儿，更无休止。故天子一跬步皆关民命，不可忽也。第成氏子以蠹贫，以促织富，裘马扬扬。当其为里正、受扑责时，岂意其至此哉！天将以酬长厚者，遂使抚臣、令尹，并受促织恩荫。闻之，一人飞升，仙及鸡犬。信夫！"

【译文】

明朝宣德年间，皇宫中盛行斗蟋蟀的游戏，每年都向民间征收蟋蟀。这东西本来不是陕西的特产，而有位华阴县令想讨好上司，便进献了一头蟋蟀，让它试斗了一回，还真厉害，所以朝廷便责成华阴县年年进贡蟋蟀，县令又把差事责成给里正。街市上的游手好闲之徒捉到好的蟋蟀便养在竹笼里，抬高价格，当作稀有的东西待价而沽。乡里的差役狡猾奸诈，借此名目按丁口加以摊派，每指定交一头蟋蟀，就能使好几家破产。

县里有一个叫成名的，是个童生，多年没考中秀才，他为人迂腐，拙于辞令，于是被狡诈的差役上报让他来承担里正的差事。他想尽办法都没推掉这个差事，不到一年，不多的家产都赔光了。

这次正赶上征收蟋蟀，成名不敢按户摊派，而自己又无法赔偿，心中愁闷，简直想死。妻子说："死有什么用！不如自己去找找看，也许还有一线希望。"成名认为言之有理。

成名早出晚归，提着竹筒和铜丝笼子，在败壁残垣、杂草丛生的地方，翻石头，挖洞穴，无计不施，始终一无所获。即使捉到三两头蟋蟀，又懦弱无力，不合规格。县令按严格的期限催促追逼，在十多天里，他就挨了上百板子，两股间脓血直淌，连蟋蟀也捉不成了，于是在床上辗转反侧，唯一的念头就是自杀。

当时村里来了一个驼背的巫婆，能通过神灵预卜凶吉。成名的妻子准备好钱财前去讨教，只见红妆少女和白发老妇挤满了门口。进到屋里，一间密室挂着布帘，布帘前面摆着香案。讨教者在香炉里点上香，拜两拜。巫婆在旁边朝天祷

告，嘴里念念有词，却不知说的什么，每个人都恭敬地站着静听。没多久，帘子后面扔出一张纸，写的便是人们要问的事，丝毫不差。

成名的妻子把钱放在案头，也像前面的人一样烧香行礼，过了一顿饭的工夫，帘子掀动，一张纸抛落在地。捡起来一看，上面没有字，却有画，中间画着殿堂楼阁，类似寺庙；后面小山下，怪石随机摆布，丛生的荆棘刺儿尖尖，下面伏着一头青麻头蟋蟀；旁边有一只蛤蟆，像要跳起来似的。她反复玩味，莫明其妙，不过画上有蟋蟀，却也隐隐切中心事，于是把画折好了收起来，回家拿给成名看。

成名自己反复琢磨，莫非指点我捉蟋蟀的地点吗？细看那些景物，酷似村东的大佛阁。于是他勉强起身，拄着拐杖，拿着图画，来到寺院后面。那里古墓高高隆起，沿墓地前行，只见乱石蹲伏，密集如鱼鳞，俨然与图画完全相似。他随即在野草中侧耳细听，缓步徐行，就像在找一根针，找一个芥子。然而，心力、目力、耳力完全用尽，却既没看见蟋蟀的影，也没听见蟋蟀叫。

成名仍然不停地尽量寻找，一只癞蛤蟆忽然一跃而去。他愈加惊愕，急忙追赶过去。这时癞蛤蟆跳进草丛，他紧盯着癞蛤蟆的踪迹，扒开杂草寻找，看见一头蟋蟀伏在草根上。他连忙去扑蟋蟀，蟋蟀钻进了石缝。他用尖细的草叶去拨蟋蟀，蟋蟀还是不肯出来。他用竹筒往里灌水，蟋蟀才蹦了出来。蟋蟀的外观很好，也很矫健。他追上去捉住了蟋蟀，仔细一看，只见蟋蟀形体很大，双尾很长，青色的颈项，金黄的翅膀。他非常高兴，把蟋蟀放到笼子里。回家去了。

全家都为此庆贺，比得到价值连城的璧玉还要高兴。成名把蟋蟀放在盆里喂养，给它吃白白的蟹肉，黄黄的粟实，爱护备至，准备只等限期一到，拿它应付官差。

成名有个九岁的儿子，见父亲不在，偷偷把盆打开，蟋蟀一跃跳出盆来，快得来不及去捉。等扑到手里时，蟋蟀已经掉了大腿，破了肚子，一会儿就死了。儿子心中害怕，哭着告诉了母亲。母亲一听，面如死灰，大骂道："孽种！你的死期到了！你爹回来，自然会跟你算账！"儿子流着眼泪出门走了。

不久，成名回到家里，听妻子一说，就像冰雪浸透了全身。他怒气冲冲地去找儿子，儿子却无影无踪，不知去了哪里。后来，他在井中找到了儿子的尸体，因此愤怒化为悲伤，呼天抢地，几乎晕死过去。夫妻向隅而泣，无心做饭，只面对面地沉默不语，再没有指望了。

天快黑时，成名打算把儿子草草埋葬了事，近前一摸，还有微弱的气息，便高兴地把儿子放到床上。半夜里，儿子苏醒过来，夫妻二人心里稍感宽慰。但是蟋蟀笼还空着，只要往那儿瞅一眼，成名就气上不来，话说不出，再也无心去管儿子。从黄昏到天亮，他始终没合眼。

太阳从东方升边，成名还呆呆地躺在床上发愁。忽然，他听见门外有蟋蟀在叫，心中一惊，连忙起身察看，却见蟋蟀真真切切地还伏在那里。他欢欢喜喜地

去捉蟋蟀，蟋蟀叫了一声就跳走了。跳得还很快。他用手掌把蟋蟀罩住，掌中仿佛空无一物，可是刚把手抬起来，蟋蟀便又迅速跳走。他急忙追赶，刚转过墙角，就不知去向了。

成名徘徊不前，四处张望，看见蟋蟀伏在墙壁上。仔细一看，蟋蟀形体短小，黑中带红，根本不是刚才那头蟋蟀。他嫌这头蟋蟀太小，没看上眼，只好走来走去，东张西望，找刚才要捉的那头蟋蟀。这时伏在墙壁上的小蟋蟀，忽然跳落在他的衣襟衣袖之间，一看，这蟋蟀形如土狗，梅花翅膀，方头长腿，觉得似乎还挺好，便高兴地捉到笼里。

将要把蟋蟀献给官府时，成名惴惴不安，惟恐上面不满意，想试斗一回，看看如何。正巧村中有个好事的年轻人，驯养了一头蟋蟀，自己给它取名叫"蟹壳青"，每天与其他年轻人斗蟋蟀，从来都是取胜。他想靠这头蟋蟀发财，但是要价太高，也就没人买他的。他径自登门去找成名，看了成名养的小蟋蟀，掩口哑然失笑。他随即拿出自己的蟋蟀，放到斗蟋蟀用的笼子里。成名一看，那蟋蟀形体既长又大，自然备感惭愧，不敢较量。那年轻人硬要比试，成名心想养一头次货终究也没有用，不如拼一拼，以博一笑，因此把蟋蟀倒进了斗盆。

小蟋蟀伏着不动，呆若木鸡，年轻人又哈哈大笑。他用猪鬃撩拨小蟋蟀的须子，小蟋蟀仍然不动。年轻人又笑了起来。由于受到多次撩拨，小蟋蟀被激得大怒，直奔向前，于是彼此腾跃搏击，振翅长鸣。一会儿，只见小蟋蟀纵身跃起，张尾伸须，径直去咬蟹壳青的颈部。年轻人大吃一惊，忙把双方分开，让它们停止角斗。这时，小蟋蟀张开两翅，骄傲地鸣叫起来，好像在向主人报捷。成名大喜。

两人正在观赏这只小蟋蟀，一只公鸡突然跑来，上前便啄，成名吓得站在那里直喊。幸亏公鸡没有啄中，小蟋蟀一下跳出一二尺远。公鸡健步向前，紧紧追逼，眼看小蟋蟀已落在鸡爪之下，成名仓促间不知如何去救，急得直踩脚，脸色大变。不久，只见公鸡伸长脖子直扑棱，近前一看，原来小蟋蟀落在鸡冠上，用力咬着不放。成名愈加惊喜，便捉住蟋蟀，放进竹笼。

第二天，成名把小蟋蟀献给县令，县令嫌蟋蟀太小，怒从中来，把成名训斥了一顿。成名讲了小蟋蟀奇异不凡的本领，县令不肯相信。不过，试着拿它与其它蟋蟀斗，其它蟋蟀个个惨败，又试着拿它与公鸡斗，也果然与成名说的一样。于是县令奖赏成名，把小蟋蟀献给巡抚。巡抚非常高兴，把小蟋蟀盛在金丝笼子里献给皇上，并上表详细陈述小蟋蟀的本领。

小蟋蟀进宫后，拿全国各地进献的蝴蝶、螳螂、油利挞、青丝额等所有的名贵的蟋蟀与它斗，没有比它厉害的。每当听到琴瑟的声音，还能按节拍跳舞，所以它越发被人们所赏识。皇上也非常高兴，大加赞许，下诏赐给巡抚名马和锦缎。巡抚也没有忘本，没多久县令在考核中被评为"政绩优异"上报。县令自然也很高兴，便免去成名的差役，还嘱托主考官，让成名进了县学。

过了一年多，成名的儿子精神复原。他自己说，他的身体化作蟋蟀，轻健敏捷，善于角斗，至今才苏醒过来。巡抚也重赏成名。没几年工夫，成家良田百顷，楼阁万间，牛羊各二百头；每当外出时，穿轻裘，骑肥马，比世家大族还排场。

异史氏说：天子偶然用过一种东西，未必是过后就已忘了，而奉行的官员便将进献的物品著为定例。加上官吏贪婪暴虐，百姓为此每天都要典妻卖子，再无终止之日。所以天子的一举一动，都关系到百姓的死活，决不可疏忽。唯独成氏之子成名因蠹吏敲诈而贫穷，因进献蟋蟀而富有，轻裘肥马，得意扬扬。当他担任里正、忍受责打时，哪能想到会有今天！上天打算让宽厚老实的人得到报偿，于是使巡抚县令都受到蟋蟀的庇佑。曾有人说，一人得道升天，连他家的鸡犬也会成仙，的确如此！

[王士禛] 宣德治世，宣宗令主，其台阁大臣，又三杨、蹇、夏诸老先生。顾以草虫织物，殃民至此耶？惜哉！抑传闻异辞耶？

[何守奇] 韩氏城南，贾相秋壑，之二物本好斗。促织敌鸡，实所创闻，抚公进此，岂平章军国重事耶？

柳 秀 才

【原文】

明季，蝗生青兖间，渐集于沂，沂令忧之。退卧署幕，梦一秀才来谒，峨冠绿衣，状貌修伟，自言御蝗有策。询之，答云："明日西南道上有妇跨硕腹牝驴子，蝗神也。哀之，可免。"

令异之。治具出邑南。伺良久，果有妇高髻褐帔，独控老苍卫，缓塞北度。即爇香，捧卮酒，迎拜道左，捉驴不令去。妇问："大夫将何为？"令便哀求："区区小治，幸悯脱蝗口。"妇曰："可恨柳秀才饶舌，泄我密机！当即以其身受，不损禾稼可耳。"乃尽三卮，瞥不复见。

后蝗来飞蔽天日，竟不落禾田，尽集杨柳，过处柳叶都尽。方悟秀才柳神也。或云："是宰官忧民所感。"诚然哉！

【译文】

明朝末年，蝗虫在青州、兖州之间产生，逐渐飞落到沂县，这可愁坏了沂县县令。

回到衙署后房躺下后，县令梦见有一位秀才前来求见。秀才高冠绿衣，身材高大，自称有治蝗良策。县令连忙请教，秀才回答说："明天县城西南的大道上，有一位妇人骑着大肚子母驴，她就是蝗神。哀求她，蝗灾便可免除。"县令认为此梦不同寻常，便备办酒食，赶往城南。

等了许久，果然有一位妇人梳着高高的发髻，披着褐色的斗篷，独自骑着一头老青驴，缓慢地向北跛行。县令立即点上香，捧一杯酒，在道旁跪拜迎接，牵住驴，不让离开。

妇人问："长官想干什么？"县令便苦苦恳求说："区区小县，万望多加怜悯，使它摆脱蝗虫之口！"妇人说："可恨柳秀才多嘴多舌，泄露了我的机密！我就让他以身体来承受，不损伤庄稼就可以了。"便喝了三杯酒，转眼不见了。

后来蝗虫飞来，遮天蔽日，但不往庄稼地里落，却飞落到杨柳树上，所过之处，柳叶全光。县令这才明白，秀才本是柳神。有人说，这是县令忧民感动上天的结果，确实如此！

[王士禛] 柳秀才有大功德于沂，沂虽百世祀可也。

[冯镇峦] 叶尽而不伤枝干根本，柳固无恙也，然功在苍生。渔洋评以百世祀，宜哉！

水 灾

【原文】

康熙二十一年，山东旱，自春徂夏，赤地千里。六月十三日小雨，始种粟。十八日大雨后，乃种豆。一日，石门庄有老叟，暮见二羊斗山上，告村人曰："大水至矣！"遂携家播迁。村人共笑之。无何，雨暴注，平地水深数尺，居庐尽没。一农人弃其两儿，与妻扶老母奔避高阜。下视村中，汇为泽国，并不复念及两儿。水落归家。一村尽成墟墓，入己门，则一屋独存，见两儿尚并坐床头，嬉笑无恙。咸叹谓夫妇孝感所致。此六月二十二日事也。

康熙二十四年，平阳地震，人民死者十有七八。城郭尽墟；仅存一舍，则孝子某家也。茫茫大劫中，惟孝嗣无恙，谁谓天公无皂白耶？

【译文】

康熙二十一年，山东发生旱灾，从春天到夏天，土地一片荒凉，不生青草。

三
七
二

六月十三日，下了小雨，才有种谷子的。同月十八日，大雨下充足了，才有种豆的。

一天，石门庄有一个老汉，傍晚看见两头牛在山上角斗，告诉村人说："大水即将来了！"便带着家眷搬走，村人都报以哂笑。不久，突然大雨如注，彻夜不停，平地水深数尺，住宅统统淹没。

当时，一个农民丢下两个孩子，与妻子搀扶着老母，跑到高冈避难。他们往下一看，村庄已成水乡泽国，只好都不再去想孩子。他们在大水退后回家，只见全村都变成了坟地。进门一看，却有一所房屋仅存，两个孩子并排坐在床头玩耍欢笑，一点事儿都没有。人们都说这是对夫妻尽孝的报偿。这是六月二十二日的事情。

康熙二十四年，平阳发生地震，百姓死了十分之七八，全城内外，尽成废墟，只有一所房屋幸存，却是孝子某人的家。在茫茫的大劫难中，只有孝子孝孙平安无事，谁说天公黑白不分？

诸城某甲

【原文】

诸城孙景夏学师言：其邑中某甲，值流寇乱，被杀，首坠胸前。寇退，家人得尸，将舁瘗之。闻其气缕缕然，审视之，咽不断者盈指。遂扶其头，荷之以归。经一昼夜能呻，以匕箸稍哺饮食，半年竟愈。又十余年，与二三人聚谈，或作一解颐语，众为哄堂，甲亦鼓掌。一俯仰间，刀痕暴裂，头堕血流，共视之已死。父讼笑者，众敛金赂之，乃葬甲。

异史氏曰："一笑头落，此千古第一大笑也。头连一线而不死，直待十年后成一笑狱，岂非二三邻人，负债前生者耶！"

【译文】

县学老师孙景夏先生说，诸城县城里的某甲，正赶上流寇作乱，被人杀了，

头耷拉在胸前。流寇退走后，家人找到他的尸首，打算抬走掩埋，却听见一丝微弱的呼吸，仔细一看，咽喉处有一指多宽没砍断，于是家人扶着他的头，背回家去。经过一天一夜，他开始呻吟，家人用羹匙筷子喂他少许吃的，半年后竟痊愈了。

又过了十多年，某甲与两三个人聚会闲谈，有人说了一句笑话，大家哄堂大笑，某甲也鼓掌大笑，没想到在前仰后合之际，刀口突然破裂，人头落地，鲜血涌流。大家一看，某甲已经断气。某甲的父亲控告说笑话的人，大家凑了些钱送去，又出钱安葬某甲，才算完事。

异史氏说：一下把头笑掉了，这是千古第一大笑。头与脖子一线相连却没死，直等到十年后还促成一桩有关笑话讼案，岂不是那两三个邻居前生负债的结果吗！

库　官

【原文】

邹平张华东，奉旨祭南岳，道出江淮间，将宿驿亭。前驱白："驿中有怪异，不可宿。"张弗听，宵分冠剑而坐，俄闻靴声入，则一颁白叟，皂纱黑带。怪而问之，叟稽首曰："我库官也。为大人典藏有日矣。幸节钺遥临，下官释此重负。"问："库存几何？"答云："二万三千五百金。"公虑多金累缀，约归时盘验，叟唯唯而退。张至南中，馈遗颇丰。及还，宿驿亭，叟复出谒。及问库物，曰："已拨辽东兵饷矣。"深讶其前后之乖。叟曰："人世禄命，皆有额数，锱铢不能增损。大人此行，应得之数已得矣，又何求？"言已竟去。张乃计其所获，与库数适相吻合。方叹饮啄有定，不可妄求也。

【译文】

邹平县的张华东公，奉旨祭祀南岳衡山，途中经过江淮一带，将要在驿亭过夜。先行开路的人员说："驿亭中有怪事，在那里住宿，一定会惹麻烦的。"张华东不加理睬。

半夜时分，张华东仍然官服在身。一会儿，只听见有一阵靴子发出的脚步声

进了驿亭，原来是一个须发斑白的老汉，黑纱帽，黑腰带。张华东奇怪地问他是谁，老汉伏地叩头说："我是库官，为大人掌管库存财物多日了。幸好大驾远道光临，我才可以卸去这个重任。"张华东问："库存现有多少?"老汉回答："银子二万三千五百两。"张华东担心银子带多了是个累赘，约定等自己回来盘点后再作处理，老汉连声答应，转身离去。

张华东来到南方，收到许多礼物。等回到江淮，在驿亭留宿时，老头又来拜见。及至问到库存时，老汉说："已拨给辽东充当兵饷了。"张华东对他前后抵触的说法大为惊诧不解。老汉说："人生命定享有多少进项，都有一定的数额，一分一厘也不能增减。大人此次南行，应得数额已经得到了，还求什么?"说罢起身离去。

于是张华东算了算所得的钱财，与老汉所说的库存银两数恰好吻合，这才感叹一餐一饭皆为命定，不可妄加追求。

[何守奇] 财分有定也，不受命也奚为?

[但明伦] "人知禄命有定数，则无妄求心，省却多少憧扰，免却多少愁烦，顾得多少廉耻，留得多少品行，而且行得多少阴骘。"如张公不过受馈遗耳，非受贿枉法之可比也;然犹且准其应得之数而折除之，况有甚于此者乎? 谚有之:"君子乐得为君子，小人枉自为小人。"清夜思之，味乎其言。

酆都御史

【原文】

酆都县外有洞，深不可测，相传阎罗界。其中一切狱具，皆借人工。桎梏朽败，辄掷洞口，邑宰即以新者易之，经宿失所在。供应度支，载之经制。

明有御史行台华公，按临酆都，闻之不以为信，欲入洞以决其惑，众云不可。公弗听，乃秉烛入，以二役从。入里许，烛暴灭。视之，阶道阔朗，有广殿十余间，列坐尊官，袍笏俨然。惟东首虚一座。尊官见公至，降阶而迎，笑问曰:"至矣乎? 别来无恙否?"公问:"此何处所?"尊官曰:"此冥府也。"公愕

然告退。尊官指虚座曰："此为君坐，那可复还。"公益惧，固请宽宥，尊官曰："定数何可逃也！"遂检一卷示公，上注云："某月日，某以肉身归阴。"公览之，战栗如濯冰水，念母老子幼，泫然流涕。

俄有金甲神人，捧黄帛书至，群拜舞启读已，乃贺公曰："君有回阳之机矣。"公喜致问。曰："适接帝诏，大赦幽冥，可为君委折原例耳。"乃示公途而出。数武之外，冥黑如漆，不辨行路，公甚窘苦。忽一神将，轩然而入，赤面长鬣，光射数尺。公迎拜而哀之，神人曰："诵佛经可出。"言已而去。公自计经咒多不记忆，惟《金刚经》颇曾习之，乃合

掌而诵，顿觉一线光明，映照前路。偶有遗忘，则目前顿黑，定想移时，复诵复明；乃始得出。其二役，则不可问矣。

【译文】

酆都县城外有一个洞，深不可测，相传这就是阎罗王的地府。那里使用的一切刑具，都借助人工完成。一旦脚镣手铐用坏了，就扔到洞口，县令立即给换新的，在那里放上一夜，就不见了。供应物品的各项开支，都由附加税内报销。

明朝有一位御史行台华公，巡视到酆都，得知这种说法，不肯相信，想进洞看一看，以解除心中的疑惑。人们都说不能去，华公不听，拿着火把进洞，让两名差役跟在身后。

在洞里走了一里左右，火把突然熄灭。仔细一看，作为通道的台阶宽广而又明朗，上面有十间大殿，鬼官依次坐在殿上，个个身穿朝服，手执朝笏，态度严肃庄重，只是在东头还空着一个座位。

鬼官见华公前来，便走下台阶迎接，笑着问："你来啦，别后一向可好？"华公问："这是什么地方？"鬼官说："这是地府。"华公大吃一惊，便请求离去。

鬼官指着空座位说："这是你的座位，哪能再回去！"

华公更加恐惧，再三请求宽宥。鬼官说："定数哪能逃脱！"便找出一卷文书给华公看。文书上面写着："某月某日，某人以肉身回到阴间。"华公看罢浑身发抖，就像泡在冰水里一般。又想到母亲年迈，孩子年幼，不禁哭得泪水涟涟。

一会儿，有一位身披金甲的神人捧着黄帛诏书前来，大家齐行拜舞之礼，神人打开诏书宣读完毕，才向华公祝贺说："你有回阳间的机会了。"华公高兴询问缘由，神人说："刚才接到天帝的诏书，宣布阴间实行大赦，所以可以为你曲折援引成例了。"给华公指明归路后，便走出了大殿。

华公刚走了几步，四周阴森可怖，漆黑一片，无法辨认道路。正当华公十分困苦时，忽然气宇轩昂地走来一位神将，红红的面孔，长长的胡须，身放神光，照亮了数尺以外的地方。华公迎上去施礼请求帮助，神人说："诵读佛经，就能出去。"说罢离去。

华公心想，经咒自己大多记不清了，只有《金刚经》还比较熟悉，便合掌诵读起来。于是华公顿觉眼前现出一线光明，照亮前面的道路；有的句子偶有遗忘，眼前顿时变黑；停下来默想多时，再诵读时又会变亮。华公就这样走出了地府。至于两个随从人员，就不知下落了。

[王士禛] 阎罗天子庙，在酆都南门外平部山上，旁即王方平洞，亦无他异。但山半有九蟒御史庙。神甚狞恶，事亦荒唐。

[何守奇] 华公虽正直，仍不当履险。

狐 谐

【原文】

万福字子祥，博兴人，幼业儒，家贫而运蹇，年二十有奇，尚不能掇一芹。乡中浇俗，多报富户役，长厚者至碎破其家。万适报充役，惧而逃，如济南，税居逆旅。夜有奔女，颜色颇丽，万悦而私之。问姓氏，女自言："实狐，然不为君祟。"万喜而不疑。女嘱勿与客共，遂日至，与共卧处。凡日用所需，无不仰给于狐。

居无何，二三相识，辄来造访，恒信宿不去。万厌之，而不忍拒，不得已以实告客。客愿一睹仙容，万白于狐。狐曰："见我何为哉？我亦犹人耳。"闻其声，不见其人。客有孙得言者，善谑，固请见，且曰："得听娇音，魂魄飞越。何吝容华，徒使人闻声相思？"狐笑曰："贤孙子！欲为高曾母作行乐图耶？"众大笑。狐曰："我为狐，请与客言狐典，颇愿闻之否？"众唯唯。狐曰："昔某村旅舍，故多狐，辄出祟行客。客知之，相戒不宿其舍，半年，门户萧索。主人大忧，甚讳言狐。忽有一远方客，自言异国人，望门休止。主人大悦。甫邀入门，

即有途人阴告曰：'是家有狐。'客惧，自主人，欲他徙。主人力白其妄，客乃止。入室方卧，见群鼠出于床下。客大骇，骤奔，急呼：'有狐！'主人惊问。客怒曰：'狐巢于此，何诳我言无？'主人又问：'所见何状？'客曰：'我今所见，细细幺麽，不是狐儿，必当是狐孙子！'"言罢，座客粲然。孙曰："既不赐见，我辈留勿去，阻尔阳台。"狐笑曰："寄宿无妨。倘有小迕犯，幸勿介怀。"客恐其恶作剧，乃共散去，然数日必一来，索狐笑骂。狐谐甚，每一语即颠倒宾客，滑稽者不能屈也。群戏呼为"狐娘子"。

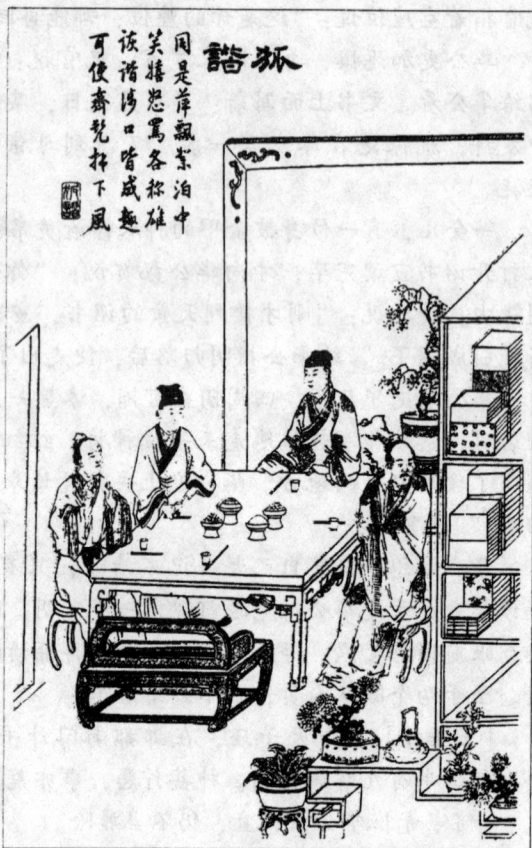

一日，置酒高会，万居主人位，孙与二客分左右坐，上设一榻待狐。狐辞不善酒。咸请坐谈，许之。酒数行，众掷骰为瓜蔓之令。客值瓜色，会当饮，戏以觥移上座曰："狐娘子太清醒，暂借一杯。"狐笑曰："我故不饮。愿陈一典，以佐诸公饮。"孙掩耳不乐闻。客皆曰："骂人者当罚。"狐笑曰："我骂狐何如？"众曰："可。"于是倾耳共听。狐曰："昔一大臣，出使红毛国。着狐腋冠见国王。王见而异之，问：'何皮毛，温厚乃尔？'大臣以狐对。王曰：'此物生平未曾得闻。狐字字画何等？'使臣书空而奏曰：'右边是一大瓜，左边是一小犬。'"主客又复哄堂。二客，陈氏兄弟，一名所见，一名所闻。见孙大窘，乃曰："雄狐何在，而纵雌狐流毒若此？"狐曰："适一典谈犹未终，遂为群吠所乱，请终之。国王见使臣乘一骡，甚异之。使臣告曰：'此马之所生。'又大异之。使臣曰：'中国马生骡，骡生驹驹。'王细问其状。使臣曰：'马生骡，是"臣所见"；骡生驹驹，是"臣所闻"。'"举坐又大笑。众知不敌，乃相约：后有开谑端者，罚作东道主。

顷之酒酣，孙戏谓万曰："一联请君属之。"万曰："何如？"孙曰："妓者出门访情人，来时'万福'，去时'万福'。"众属思未对。狐笑曰："我有之矣。"对曰："龙王下诏求直谏，鳖也'得言'，龟也'得言'。"众绝倒。孙大恚曰："适与尔盟，何复犯戒？"狐笑曰："罪诚在我，但非此不能确对耳。明日设席，

以赎吾过。"相笑而罢。狐之诙谐，不可殚述。

居数月，与万偕归。及博兴界，告万曰："我此处有葭莩亲，往来久梗，不可不一讯。日且暮，与君同寄宿，待旦而行可也。"万询其处，指言"不远"。万疑前此故无村落，姑从之。二里许，果见一庄，生平所未历。狐往叩关，一苍头出应门。入则重门叠阁，宛然世家。俄见主人，有翁与媪，揖万而坐。列筵丰盛，待万以姻娅，遂宿焉。狐早谓曰："我遽偕君归，恐骇闻听。君宜先往，我将继至。"万从其言，先至，预白于家人。未几狐至，与万言笑，人尽闻之，而不见其人。逾年，万复事于济，狐又与俱。忽有数人来，狐从与语，备极寒暄。乃语万曰："我本陕中人，与君有夙因，遂从许时。今我兄弟来，将从以归，不能周事。"留之不可，竟去。

【译文】

万福字子祥，博兴县人，从小修习儒学，家中薄有资财，但运气很坏，到二十多岁时还没考中秀才。

乡下有一种浇薄的习俗，多报富户去承担差役，宽厚老实人家往往因此倾家荡产。这一回，恰好万福被报充差役，吓得逃到济南，在旅店租房住下。

一夜，有一个女子私自来会万福，长得很漂亮，万福爱上了她，便与她成了相好。问她姓名，她自称："我实际是狐狸，但不会害你的。"万福心中喜欢，深信不疑。她嘱咐万福不要与客人同住，便每天都来，与万福同床共枕。从此，凡是万福的日用花销，都靠狐女提供。

没过多久，有两三个朋友总来拜访万福，总是住了两夜还不走。万福讨厌他们，却不好意思不让他们来，迫不得已，便如实告诉了朋友。朋友希望一睹狐女的芳容，万福便告诉了狐女。狐女对朋友说："干吗看我？我也和人一样。"听声音婉转悦耳，如在眼前，而向四周望去，却又看不见什么。

朋友中有一个叫孙得言的，喜欢开玩笑，再三请狐女现身相见，还说："听到你娇滴滴的声音，使人魂魄飞扬。何必吝惜你的月容花貌，干叫人听到你的声音便染上相思！"狐女笑着说："真是孝子贤孙！是想为你高、曾祖奶奶作行乐图吗？"诸位朋友都笑了起来。

狐女说："我是狐狸，请让我给诸位讲一讲狐狸的典故，还算愿意听吗？"大家都说愿意听。

狐女说："从前，在某村的旅店里一向有许多狐狸，总是出来捉弄旅客。旅客得知后，都彼此告诫，别住这个旅店。这样持续了半年，旅店门庭冷落，主人大发其愁，非常忌讳谈到狐狸。忽然来了一位远方的旅客，自称是外国人，在店门前站住了，店主非常高兴。刚要请旅客进门，便有路人悄悄告诉旅客说：'这家旅店有狐狸。'旅客为之恐惧，告诉店主说，想找其他旅店。店主竭力说明那是胡扯，旅客才住了下来。进屋刚躺下，就看见床下钻出一群老鼠，旅客大为恐

骇，赶紧逃跑，并高声大叫：'有狐狸！'店主吃惊地问发生了何事，旅客埋怨说：'狐狸窝就在这里，你怎么骗我说店里没狐狸？'店主又问：'你看见的狐狸是什么样的？'旅客说：'我刚才看到的，细细的，小小的，不是狐狸儿子，就是狐狸孙子！'"说罢，在座的朋友都开口大笑。

孙得言说："既然不肯赏光相见，我们就留下过夜，都不走，坏你们的好事。"狐女笑着说："住下无妨。假如稍有冒犯，请别介意。"朋友怕狐女恶作剧，便一齐散去。

不过，朋友们隔几天必然要来一次，找狐女互相笑骂。狐女非常诙谐，每句话都使朋友们为之倾倒，连善于滑稽逗笑的人也逗不过她，大家都戏称她为"狐娘子"。

有一天，摆上酒席，举行宴会，万福坐在主人的席位上，孙得言和两个朋友分别坐左右两侧的座位，上首摆了一张坐榻，是留给狐女的。狐女推辞说自己不会喝酒，大家都请她入座谈话，她答应了。

酒过数巡，大家掷骰子，玩瓜蔓令的酒令。一人掷瓜色的，应该喝酒，便开玩笑地把酒杯移向上座说："狐娘子很清醒，请代喝一杯。"狐女笑着说："我从来不喝酒。但我愿意讲一个故事，为诸位喝酒助兴。"孙得言捂住耳朵说不愿意听，客人都说："谁骂人就罚谁。"狐女笑着说："我骂狐狸怎样？"大家说："行。"于是一齐侧耳倾听。

狐女说："从前有一位大臣，出使红毛国，戴着狐腋毛皮帽，进见国王。国王见了大为惊奇问：'这是哪种皮毛，这么暖和厚实？'使臣回答说是狐狸腋毛。国王说：'这东西我生平没听说过，狐字的笔画怎么写？'使臣用手在空中写着狐字，上奏说：'右边是一个大瓜，左边是一个小犬。'"主客又哄堂大笑。

那两位客人是陈氏兄弟，一个叫陈所见，一个叫陈所闻，他们见孙得言非常尴尬，便说："公狐狸哪里去了，竟让母狐狸这般恶语伤人！"狐女说："刚才的故事还没讲完，就被一阵犬吠打断，请让我讲完。国王见使臣骑一匹骡子，甚感奇怪，使臣告诉国王说：'这是马生的。'国王又大为奇怪，使臣说：'在中国，马生骡子，骡子生驹驹。'国王仔细打听其事，使臣说：'马生骡子，是臣（陈）所见，骡子生驹驹，是臣（陈）所闻？'"满座又是一阵大笑。

大家知道逗不过狐女，便互相约定，以后玩笑由谁带头，就罚谁请客。

一会儿，大家喝得酒兴酣畅，孙得言跟万福开玩笑说："我有上联，请你对下联。"万福说："上联怎讲？"孙得言说："妓者出门访情人，来时'万福'，去时'万福'。"所有在座的人都构思不出下联。狐女笑着说："我有下联了。"大家都要听这下联，只听狐女说："龙王下诏求直谏，鳖也'得言'，龟也'得言'。"四座无不笑得前仰后合。

孙得言大为不满，说："刚跟你约定好了，你怎么犯规？"狐女笑着说："我确有过错。只是不这样就对不出工整的对子了。明天我摆酒席，以赎回我的过

错。”大家开心欢笑了一阵儿才散。狐女的诙谐是说不完的。

过了几个月，狐女与万福一起回家。到博兴县境时，狐女告诉万福说：“我在这里有一门远亲，许久未通来往，不能不去看望。天快黑了，我与你一起去借住一宿，等明早再走正好。”万福问远亲住在哪里，狐女向前一指说：“不远了。”万福觉得以前那里似乎一向没有村落，只是姑且跟着往前走。

走了二里左右，果然看见一座庄园，万福生平从没到过。狐女前去敲门，一个老仆应声出来开门，进去后，里面又是一道道的门，一层层的楼阁，仿佛是一个世代享受爵禄的大户人家。一会儿，万福见到了主人，主人是老翁老妇两人，他们施礼请万福坐下，摆上丰盛的筵席，把万福视为姻亲，而狐女和万福便在这里留宿。

第二天清早，狐女对万福说：“我骤然跟你回家，恐怕骇人听闻。最好你先去，我随后就到。”万福依言而行，先回到家里，预先告知家人。不久，狐女前来，跟万福说说笑笑，人们都能听到，只是看不见本人。

过了一年，万福因事又去济南，狐女也跟他同去。忽然有几个人走过来，狐女与他们交谈，寒暄备至，便对万福说：“我本来是陕西人，与你有前世的姻缘，所以跟了你这么些日子。现在我的兄弟来了，我将跟他们回去，不能侍候你了。”万福留不住她，让她走了。

[王士禛] 此狐辨而黠，自是东方曼倩一流。

[何守奇] 此狐可作谈友。

雨 钱

【原文】

滨州一秀才读书斋中，有款门者，启视则一老翁，形貌甚古。延入，通姓氏，翁自言：“养真，姓胡，实狐仙。慕君高雅，愿共晨夕。”生故旷达，亦不为怪。相与评驳今古，翁殊博洽，镂花雕绩，粲于牙齿，时抽经义，则名理湛深，出人意外。生惊服，留之甚久。

一日密祈翁曰：“君爱我良厚。顾我贫若此，君但一举手，金钱自可立致，何不小周给？”翁默然，少间笑曰：“此大易事。但须得十数钱作母。”生如其请。翁乃与共入密室中，禹步作咒。俄顷，钱有数十百万从梁间锵锵而下，势如骤雨，转瞬没膝，拔足而立又没踝。广丈之舍，约深三四尺余。乃顾生曰：“颇厌君意否？”曰：“足矣。”翁一挥，钱画然而止，乃相与扃户出。生窃喜暴富矣。

顷之入室取用，则阿堵化为乌有，惟母钱十余枚尚在。生大失望，盛气向翁，颇怼其诳。翁怒曰：“我本与君文字交，不谋与君作贼！便如秀才意，只合寻梁上君子交好得，老夫不能承命！”遂拂衣去。

聊斋志异（图文版）

雨钱

文字交情自有
真灵名高雅
悔人秀才应
愧偶延误满
室金钱不疗贫

滨州有一位秀才，在书斋读书，听见有人敲门，开门一看，原来是一位须发皆白的老汉，风度古雅异常。秀才把老翁迎接到屋里，请问他的姓名。老汉自称："我叫胡养真，实际是个狐仙。仰慕你高雅的情怀，愿意与你朝夕来往。"秀才本来心胸旷达，也就不以为怪，便与老汉评古论今。老汉的学识非常广博，文辞如雕镂繁花彩绘，谈吐如百花灿烂绚丽；有时阐发经义，辨别名称与道理也很深刻，更使人觉得出于意料之外。秀才惊叹佩服，留老汉住了很长时间。

有一天，秀才悄悄乞求老汉说："你对我厚爱有加，但是我如此贫困，而你只要举手之劳，金钱马上可以到手，干吗不周济我一点？"老汉沉默无言，似乎很不赞成，停了一会儿笑着说："这是很容易的事，只需要十几枚钱作本钱。"秀才如言照办。于是老汉与书生走进密室，口念咒诀，迈步作法。

不一会儿，有数十百万枚钱从房梁间"叮叮当当"地落了下来，势如暴雨倾泻。转眼间钱没了膝盖，拔出脚来站在钱上，钱又没了脚踝，一丈见方的屋子堆了大约三四尺厚的钱。于是老汉看了看秀才说："你还算满意吗？"秀才说："够了。"老汉把手一挥，顿时停止落钱，便与秀才锁上门走了。秀才暗暗高兴，以为自己陡然暴富起来。

一会儿，秀才到密室去拿钱花，只见满屋的钱都化为乌有，只有十多枚本钱，还稀稀落落地剩在那里。秀才大失所望，怒气冲冲地去找老汉，埋怨他欺骗自己。老汉生气地说："我与你本来是文字之交，不想和你一起做贼！假如要合你的意，只有去找梁上君子做朋友才成，老夫不能遵命！"便拂衣离去。

[何守奇] 文字交不谋作贼，自好者当深味此言。

聊斋志异（图文版）

妾杖击贼

隙击妾

身擅绝技，
有谁纾如鞭
挞横施然
不尚汝此
俯睒来暮
穿叶兰无
凌见停时

【原文】

益都西鄙有贵家某巨富，蓄一妾颇婉丽，而冢室凌折之，鞭挞横施，妾奉事惟谨，某怜之，常私语慰抚，妾殊无怨言。

一夜数人逾垣入，撞其扉几坏。某与妻惶恐惴栗，不知所为。妾起，默无声息，暗摸屋中得挑水木杖，拔关遽出。群贼乱如蓬麻，妾舞杖动，风鸣钩响，立击四五人仆地；贼尽靡，骇愕乱奔，墙急不得上，倾跌咿哑，亡魂失命。妾挂杖于地，顾笑曰："此等物事，不直下手打得，亦学作贼！我不汝杀，杀嫌辱我。"悉纵之逸去。

某大惊，问曰："何自能尔？"则妾父故枪棒师，妾得尽传其术，殆不啻百人敌也。妻尤骇甚，悔向之迷于物色。由是善视妾，遇之反如嫡，然而妾则终无纤毫失礼。邻妇谓妾曰："嫂击贼若豚犬，顾奈何俯首受挞楚？"妾曰："是吾分也，他何敢言。"闻者益贤之。

异史氏曰："身怀绝技，居数年而人莫知之，一旦捍患御灾，化鹰为鸠。呜呼！射雉既获，内人展笑；握槊方胜，贵主同车。技之不可以已也如是夫！"

【译文】

益都西郊的富贵人家某某，十分富有，钱财很多。他养了一个小妾，生得秀美多姿。但大婆对小妾百般凌辱折磨，横加鞭打，小妾侍奉大婆却很恭敬。某某可怜小妾，经常私下里加以好言安慰，小妾却从来没有怨言。

一天夜里，几十个强盗越墙而入，几乎把屋门撞坏。某某与大婆吓得惊怒万状，失魂落魄，浑身发抖，不知所措。小妾这时挺身而起，沉默无声地在屋里暗中摸索，摸到一根挑水扁担，便拉开门闩，骤然冲了出去。

强盗一时大乱，如蓬似麻。小妾舞动扁担，风声呼呼，铁钩"叮当"作响，

把四五个人都打倒在地，强盗斗志全消，惊愕地四处乱逃，仓促间爬不上墙去，掉下来摔得嗷嗷乱叫，像丢了魂没了命似的。小妾把扁担拄在地上，看了看他们，笑着说："这种东西，不值我亲自下手打，居然也来学当强盗！我不杀你们，杀你们还嫌玷辱了我。"便一律放他们逃走。

某某大吃一惊地问："你怎么有这等本事？"原来小妾的父亲是枪棒教师，对于父亲的本领，小妾完全得到了真传，大抵上百人还不是她的对手。

大婆尤其怕得要命，后悔自己一向为外表的形貌所迷惑，从此用良好的态度对待小妾，而小妾始终没有丝毫失礼的地方。

有些邻家妇女对小妾说："大嫂打强盗像打猪狗一样，为什么反而俯首贴耳地挨鞭抽棍打？"小妾说："这是我的名分所在，哪敢说别的。"人们听了这话，更加称赞她的贤德。

异史氏说：小妾身怀绝技，住了几年却没人知道，终于抵御了祸难，使大婆化凶悍为善良。唉唉！贾大夫射中了野鸡，终使妻子开颜欢笑；薛万彻赌胜了佩刀，丹阳公主便与之同车回家。可见技艺就是这样不可弃置不用。

[但明伦] 循分自安，女其善为养晦者欤？然使终其身不遇贼，虽怀绝技，其谁知之？以此知风尘中埋没英雄不少。

[王芑孙] 此亦女中之铮铮者矣。

秀才驱怪

【原文】

长山徐远公，胡明诸生，鼎革后，弃儒访道，稍稍学敕勒之术，远近多耳其名。某邑一巨公，具币，致诚款书，招之以骑。徐问："召某何意？"仆曰："不知。但嘱小人务屈降临。"徐乃行。至则中亭宴馔，礼遇甚恭，然终不道其相迎之旨。徐因问曰："实欲何为？"幸祛疑抱。主人辄言："无他。"但劝杯酒。言词闪烁，殊所不解。谈话之间，不觉向暮，邀徐饮园中。园颇佳胜，而竹树蒙翳，景物阴森，杂花丛丛，半没草莱。抵一阁。覆板之上悬蛛错缀，似久无人住者。酒数行，天色曛暗，命烛复饮。徐辞不胜酒，主人即罢酒呼茶。诸仆仓皇撤肴器，尽纳阁之左室几上。茶啜未半，主人托故竟去。仆人持烛引宿左室，烛置案上，遽返身去，颇甚草草。徐疑或携朴被来伴，久之，人声杳然，乃自起扃户就寝。

窗外皎月，入室侵床，夜鸟秋虫，一时啾唧，心中怛然，寝不成寐。顷之，板上橐橐似踏蹴声，甚厉。俄下护梯，俄近寝门。徐骇，毛发猬立，急引被蒙首，而门已豁然顿开。徐展被角微伺之，见一物兽首人身，毛周遍体，长如马鬃，深黑色；牙粲群蜂，目炯双炬。及几，伏饴器中剩肴，舌一过，数器辄净

如扫。已而趋近榻，嗅徐被。徐
骤起，翻被幂怪头，按之狂喊。
怪出不意，惊脱，启外户窜去。
徐披衣起遁，则园门外局，不可
得出。缘墙而走，跃逾短垣，则
主人马厩。厩人惊，徐告以故，
即就乞宿。

　　将旦，主人使伺徐，不见，
大骇。已而出自厩中。徐大怒曰：
"我不惯作驱怪术，君遣我，又秘
不一言，我橐中蓄有如意钩，又
不送达寝所，是欲死我也！"主人
谢曰："拟即相告，虑君难之，初
亦不知橐有藏钩。幸宥十死！"徐
终怏怏，索骑归。自是怪绝。后
主人宴集园中，辄笑向客曰："我
终不忘徐生功也。"

　　异史氏曰："黄狸黑狸，得鼠
者雄。此非空言也。假令翻被狂
喊之后，隐其骇惧，公然以怪之绝为己能，则人将谓徐生真神人不可及矣。"

【译文】

　　长山县的徐远公，是明朝的诸生。改朝换代后，他放弃读书应举之业，改为
访求道法，逐渐学会了画符驱鬼的法术，远近各地的人多闻其名。

　　某县有一位大员，备下礼物，送来诚恳相邀的书信，派仆人骑马请他前去。
徐远公问："叫我干吗？"仆人推托说："不知道，只嘱咐小人务必请你屈驾光
临。"徐远公便上了路。

　　来到主人家，只见厅堂正中摆着宴席，主人以礼相待，非常恭敬，但始终没
讲之所以接他前来的意图。徐远公忍耐不住，便问："究竟想让我干什么？请解
除我的疑问。"主人却说并无他意，只是频频劝酒，说话闪烁其辞，令人费解。

　　言谈之间，不觉天色向晚，主人又邀徐远公到花园中喝酒。花园建造得很优
美，竹丛掩映，高树蔽日，景物阴森，各种野花一丛丛的，在杂草中时隐时现。
野花杂草一直延伸到一座小楼面前，小楼的隔板上布满错综交织的蜘蛛网，大大
小小，上上下下，不可胜数。

　　酒过数巡，天色黑了下来，主人命点上蜡烛，继续喝酒。徐远公推辞说酒量
已过，主人便命撤席看茶。众仆人慌慌张张地撤去酒菜器皿，都放到小楼左侧一

聊斋志异（图文版）

个房间的小几上。茶没喝到一半，主人竟借故离去。

仆人便拿着蜡烛，领徐远公到小楼左侧的房间过夜，蜡烛放到案上去，连忙转身离去，礼数很不周到。徐远公猜测也许是去拿被褥来跟自己做伴，但过了许久，连人影都不见，便自己起身关门就寝。窗外一派皎洁的月光，照射到屋里，散布在床上，入夜间的小鸟与秋虫同时"唧唧啾啾"地在叫。徐远公心中恐惧，不能入睡。

一会儿，隔板上发出"橐橐"的声响，就像踢球的声音似的，那声音又重又响，接着声音下了护梯，走近房门。徐远公大为恐骇，毛发竖立，急忙用被子盖住自己的头。这时房门"咣当"一声，顿时大敞四开，徐远公掀开被角，偷偷一看，只见有一个兽面人身的怪物，周身覆盖着马鬃般的深黑色的长毛，口中露出两排尖峭如峰的牙齿，眼睛闪着两道明亮如火炬的目光。不多时，怪物低头去舔盘中的剩菜，舌头舔过之处，盘子干净得如同洗过了一般。接着怪物又走近床前，去闻徐远公的被子。徐远公骤然起身，翻过被子来盖住怪物的头，紧紧按住，大声喊叫起来。怪物出乎意料，惊慌地挣脱开来，打开大门，蹿了出去。

徐远公披上衣服，起身逃跑，而花园的门从外面锁着，没法出去。他只得顺着墙根逃跑，找到一段矮墙翻了过去，那里原来是老人的马厩。马夫见状大惊，徐远公告知其中的原由，便请求在此留宿。

天将亮时，主人派人去察看徐远公的情况，见徐远公不知所在，大为恐骇。后来，在马厩找到了徐远公。徐远公走出马厩，极为恼怒地说："我本来就不习惯运用驱怪术；你叫我驱怪，又密而不宣；我行囊里放着一个如意钩，又不送到住处来，这是想害死我吗？"主人道歉说："原打算告诉你，怕你为难，而当初也不知道你的行囊中放着如意钩。万望原谅我的大罪。"徐远公终究怏怏不乐。要一匹马骑着走了。

从此怪物销声灭迹。主人在花园里设宴聚会时，总是笑着向客人说："我不能忘记徐生的功劳。"

异史氏说："不管黄狸黑狸，能逃脱的才是好狸。"这不是空话。假如徐远公在翻过被子盖住怪物并放声大喊之后，隐瞒自己的恐惧，而公然说怪物的逃跑是自己施展本领的表现，天下人必将会说徐远公真是不可企及的神人了。

姊妹易嫁

【原文】

掖县相国毛公，家素微，其父常为人牧牛。时邑世族张姓，有新阡在东山之阳。或经其侧，闻墓中叱咤声曰："若等速避去，勿久混贵人宅！"张闻，亦未深信。既又频得梦警曰："汝家墓地，本是毛公佳城，何得久假此？"由是家数不利。客劝徙葬吉，张乃徙焉。

聊斋志异（图文版）

一日相国父牧，出张家故墓，猝遇雨，匿身废圹中。已而雨益甚，潦水奔穴，崩淘灌注，遂溺以死。相国时尚孩童。母自诣张，丐咫尺地掩儿父。张问其姓氏，大异之。往视溺死所，俨当置棺处，更骇；乃使就故圹窆焉。且令携若儿来。葬已，母偕儿诣张谢。张一见，辄喜，即留其家，教之读，以齿子弟行。又请以长女妻儿，母谢不敢。张妻卒许之。然其女甚薄毛家，怨惭之意时形言色。且曰："我死不从牧牛儿！"及亲迎，新郎入宴，彩舆在门，女方掩袂向隅而哭。催之妆不妆，劝亦不解。俄而新郎告行，鼓乐大作，女犹眼零雨而首飞蓬也。父入劝女，不听，怒逼之，哭益厉，父无奈。家人报新郎欲行，父急出曰："衣妆未竟，烦郎少待。"又奔入视女。往复数番，女终无回意。其父周张欲自死，皇急无计。其次女在侧，因非其姊，苦逼劝之。姊怒曰："小妮子，亦学人喋聒！尔何不从他去？"妹曰："阿爷原不曾以妹子属毛郎；若以妹子属毛郎，何烦姊姊劝驾耶？"父听其言慷爽，因与伊母窃议，以次易长。母即向次女曰："忤逆婢不遵父母命，今欲以儿代姊，儿肯行否？"女慨然曰："父母之命，即乞丐不敢辞；且何以见毛家郎便终身饿莩死乎？"父母大喜，即以姊妆妆女，仓猝登车径去。入门，夫妇雅敦好逑。第女素病赤鬝，毛郎稍介意。及知易嫁之说，由是益以知己德女。

居无何，毛郎补博士弟子，往应乡试。经王舍人庄，店主先一夕梦神曰："且夕有毛解元来，后且脱汝于厄，可善待之。"以故晨起，专伺察东来客，及得公，甚喜。供具甚丰，且不索直。公问故，特以梦兆告。公颇自负；私计女发鬔鬔，虑为显者笑，富贵后当易之。及试，竟落第，偃蹇丧志，赧见主人，不敢复由王舍，迂道归家。

逾三年再赴试，店主人延候如前。公曰："尔言不验，殊惭祇奉。"主人曰："秀才以阴欲易妻，故被冥司黜落，岂吾梦不足践耶？"公愕然，问故。主人曰："别后复梦神告，故知之。"公闻而惕然悔惧，木立若偶。

主人又曰："秀才宜自爱，终当作解首。"入试，果举贤书第一。夫人发亦寻长，云鬓委绿，倍增妩媚。

其姊适里中富儿，意气自高。夫荡惰，家渐陵替，贫无烟火。闻妹为孝廉妇，弥增愧怍，姊妹辄避路而行。未几，良人又卒，家落。毛公又擢进士。女闻，刻骨自恨，遂忿然废身为尼。及公以宰相归，强遣女行者诣府谒问，冀有所贻。比至，夫人馈以绮縠罗绢若干匹，以金纳其中。行者携归见师，师失所望，恚曰："与我金钱，尚可作薪米费，此物我何所须！"遽令送回。公与夫人疑之，启视，则金具在，方悟见却之意。笑曰："汝师百金尚不能任，焉有福泽从我老尚书也。"遂以五十金付尼去，且嘱曰："将去作尔师用度。但恐福薄人难承受耳。"行者归，告其师。师哑然自叹，私念生平所为，率自颠倒，美恶避就，繄岂由人耶？后王舍店主人以人命逮系囹圄，公乃为力解释罪。

异史氏曰："张家故墓，毛氏佳城，斯已奇矣。余闻时人有'大姨夫作小姨夫，前解元为后解元'之戏，此岂慧黠者所能较计耶？呜呼！彼苍者天久已梦梦，何至毛公，其应如响耶？"

【译文】

明朝的大学士掖县人毛纪，家境一向贫寒，父亲经常给人家放牛。当时本县的世家大族张某，在东山南麓有一座新坟。有人在旁边经过，听见墓中发出呵斥声说："你们快点儿迁走，不要总是扰乱贵人的住宅！"张某听了也没深信。接着张某又多次在梦里受到警告说："你家的墓地，本来是毛公家的坟场，你怎能长期占据此地！"此后家中接连发生不幸。客人劝张某择吉迁葬，张某接受意见，把坟迁走了。

有一天，毛纪的父亲放牧时，经过张家原先的坟墓，突然赶上天降大雨，毛父躲到废弃的墓穴里。不久，雨越下越大，地上的积水向墓穴奔涌，"哗哗"响着灌到墓穴里，毛父于是被水淹死。

当时毛纪还是小孩，母亲亲自去找张某，希望求得咫尺之地，以掩埋孩子的父亲。张某问知死者的姓氏，非常惊异，他去看毛父淹死的地方，俨然正是应当安放棺材的地方，便越发惊骇，于是就让毛父在原有的墓穴里下葬，并让毛母把孩子带来看看。

毛父安葬完毕，毛母和儿子去向张某道谢，张某一见毛纪就很喜欢，便留在家中，教他读书，把他当作自家的子弟看待。张某又提出把大女儿嫁给毛纪为妻的要求，毛母吓得不敢应承。张妻说："既然话已出口，怎能中途反悔？"毛母最终还是答应下来。

然而这个大女儿很看不起毛家，怨恨之心，惭愧之意，流露在神色上，体现在言谈中，只要有人偶然谈及毛家，就捂住耳朵不听。她每每对别人说："我死也不嫁放牛汉的儿子！"

到迎亲那天，新郎上了宴席，花轿停在门口，而大女儿却用衣袖遮住面孔，对着墙角哭泣，催她梳妆，她不梳妆，劝解也不奏效。一会儿，新郎告辞请行，鼓乐大声奏起，而大女儿还是泪下如雨，发如飞蓬。张某止住女婿，亲自进屋去劝大女儿，大女儿只是流泪，置若罔闻。张某生气地强迫她上轿，她更是痛哭失声，弄得张某也无可奈何。这时又有家人传话说："新郎要走了。"张父急忙出来说："穿衣打扮还没完，请你停下稍等。"立刻跑进去看大女儿。就这样脚不停步地进进出出了好几次，拖延了一点儿时间，外面催得更紧，大女儿始终没有回心转意。

张父束手无策，焦躁急迫，简直就想自杀。小女儿在一旁看了，认为姐姐做得很不对，便苦苦相劝。大女儿怒气冲冲地说："小妮子也学别人多嘴多舌！你怎么不嫁给他去！"小女儿说："阿爸原先没把我许配给毛郎，如果把我许配给毛郎，哪里还需要姐姐劝我上轿？"

父亲听这话说得干脆爽快，便与她母亲暗中商议，打算让小女儿顶替大女儿出嫁。母亲随即对小女儿说："不孝的大丫头不听父母的话，我们想让你顶替你姐姐，你肯不肯？"小女儿毫不踟蹰地说："父母让我出嫁，就是嫁给乞丐也不敢不去，再说怎见得毛家郎君最终就一定饿死？"父母听了这话，非常高兴，立即把大女儿的婚装给小女儿穿上，急匆匆地送小女儿登车上了路。

过门后，夫妻感情非常融洽，但是小女儿从小患有秃疮，毛纪稍感不足。时间长了，他逐渐得知代姐出嫁的说法，因此更把小女儿视为知己，对她心怀感激。

没过多久，毛纪考中秀才，去参加秋天的乡试，途经王舍人庄的客店，店主人前一天夜里梦见一位神人说："明天会有一位毛解元前来，日后将由他帮你摆脱苦难。"因此早晨起床后，就专门察看东方来的客人。等见到毛纪，甚为喜悦，提供的酒食特别丰盛，却不收钱，只是把自己梦中预示的事情郑重地拜托毛纪帮忙。毛纪也很自负，他暗自想起妻子头发稀少，担心会招致显贵的讥笑，打算在富贵后就另娶一个。后来正榜揭晓，他竟然名落孙山。他唉声叹气，步履蹒跚，懊恼怅恨，沮丧失望，由于心中羞愧，不好意思去见原来那位店主人，不敢再取道王舍人庄，只好改道回家。

三年后，毛纪再去赴试，店主人仍然像当初那样迎候毛纪。毛纪说："你先前的话没有应验，受你的照顾甚感惭愧。"店主人说："你暗中想另娶妻子，所以被阴间的长官除名，怎能认为那是妖妄之梦，不能实现？"毛纪惊愕地问此话怎讲，原来店主人在别后又在梦中听说的。毛纪闻言，警觉醒悟，悔恨戒惧交集，站在那里像木偶一般。店主人告诉毛纪说："你应该自爱，终究会当解元的。"不久，毛纪果然考中举人第一名。夫人的头发不久也长了出来，如云的发髻乌黑闪亮，更增加了几分妖媚。

再说大女儿嫁给乡里一位富户的儿子，颇为洋洋得意。丈夫放荡不羁，好吃

懒做，家境逐渐破败，屋中空空，没有炊烟。她听说妹妹成了举人的妻子，更加惭愧。姐妹俩走路时都互相避开。又过了不久，丈夫死了，家道败落。而不久毛纪又考中了进士。大女儿听说后，刻骨铭心地痛恨自己，于是愤然舍身出家，当了尼姑。

等毛纪当了大学士，重归故乡时，大女儿勉强打发一名尚未剃发的女弟子到毛府来问候，希望毛府能赠送些钱财。及至来到毛府，毛夫人赠给绫罗绸缎若干尺，把银子夹在中间，而女弟子并不知道。她把赠品带回去见师父，师父大失所望，怨恨地说："给我金钱还可以去买柴米。这些用于礼仪的东西，我哪里需要！"便命人送回。

毛纪和毛夫人不明其意，等打开一看，银两都在，才领会了退还礼物的意思，于是拿出银子，笑着说："你师父连一百多两银子都承受不起，哪有跟着我老尚书享受的福分！"便把五十两银子交给女弟子带回，说："拿去给你师父花销，给多了恐怕她福薄难以消受！"女弟子回去一一告诉师父，师父沉默无语，感叹不已，想起一生的作为，自己总是颠倒错乱，有美事就躲开，有恶事就上前，怎能去怪别人？

后来，店主人因命案逮捕入狱，毛纪为他极力开脱，终于赦免其罪。

异史氏说：张家的旧墓，成了毛家的新坟，这已够出奇了。我听说时人有"大姨夫变成小姨夫，前解元成了后解元"的玩笑话，这岂是聪明伶俐的人所能安排的？唉唉！那苍天早就问而难应了，为什么对毛公作出的反应却如回声相应？

续 黄 粱

【原文】

福建曾孝廉，捷南宫时，与二三同年，遨游郊外。闻毗卢禅院寓一星者，往诣问卜。入揖而坐。星者见其意气扬扬，稍佞谀之。曾摇箑微笑，便问："有蟒玉分否？"星者曰："二十年太平宰相。"曾大悦，气益高。

值小雨，乃与游侣避雨僧舍。舍中一老僧，深目高鼻，坐蒲团上，淹蹇不为礼。众一举手，登榻自话，群以宰相相贺。曾心气殊高，便指同游曰："某为宰相时，推张年丈作南抚，家中表为参、游，我家老苍头亦得小千把，余愿足矣。"一座大笑。

俄闻门外雨益倾注，曾倦伏榻间。忽见有二中使，赍天子手诏，召曾太师决国计。曾得意荣宠，亦乌知其非有也，疾趋入朝。天子前席，温语良久，命三品以下，听其黜陟，不必奏闻。即赐蟒服一袭，玉带一围，名马二匹。曾被服稽拜以出。入家，则非旧所居第，绘栋雕榱，穷极壮丽，自亦不解何以遽至于此。然拈须微呼，则应诺雷动。俄而公卿赠海物，伛偻足恭者叠出其门。六卿来，倒屣

续黄粱

却报南宫意
气燄光闷卷
诸见走邯郸
梦一诣□菜邯
道屯作发邯

而迎；侍郎辈，揖与语；下此者，颔之而已。晋抚馈女乐十人，皆是好女子，其尤者为袅袅，为仙仙，二人尤蒙宠顾。科头休沐，日事声歌。

一日，念微时尝得邑绅王子良周济，我今置身青云，渠尚蹉跎仕路，何不一引手？早旦一疏，荐为谏议，即奉谕旨，立行擢用。又念郭太仆曾睚眦我，即传吕给谏及侍御陈昌等，授以意旨。越日，弹章交至，奉旨削职以去。恩怨了了，颇快心意。偶出郊衢，醉人适触卤簿，即遣人缚付京尹，立毙杖下。接第连阡者，皆畏势献沃产，自此富可埒国。无何而袅袅、仙仙，以次殂谢，朝夕遐想，忽忆曩年见东家女绝美，每思购充媵御，辄以绵薄违宿愿，今日幸可适志。乃使干仆数辈，强纳资于其家。俄顷藤舆昇至，则较之昔望见时尤艳绝也。自顾生平，于愿斯足。

又逾年，朝士窃窃，似有腹非之者，然揣其意，各为立仗马，曾亦高情盛气，不以置怀。有龙图学士包拯上疏，其略曰："窃以曾某，原一饮赌无赖，市井小人。一言之合，荣膺圣眷，父紫儿朱，恩宠为极。不思捐躯摩顶，以报万一，反恣胸臆，擅作威福。可死之罪，擢发难数！朝廷名器，居为奇货，量缺肥瘠，为价重轻。因而公卿将士，尽奔走予门下，估计贪缘，俨如负贩，仰息望尘，不可算数。或有杰士贤臣，不肯阿附，轻则置之闲散，重则褫以编氓。甚且一臂不袒，辄连鹿马之奸；片语方干，远窜豺狼之地。朝士为之寒心，朝廷因而孤立。又且平民膏腴，任肆吞食；良家女子，强委禽妆。沴气冤氛，暗无天日！奴仆一到，则守、令承颜；书函一投，则司、院枉法。或有厮养之儿，瓜葛之亲，出则乘传，风行雷动。地方之供给稍迟，马上之鞭挞立至。荼毒人民，奴隶官府，扈从所临，野无青草。而某方炎炎赫赫，怙宠无悔。召对方承于阙下，姜菲辄进于君前；委蛇才退于自公，声歌已起于后苑。声色狗马，昼夜荒淫；国计民生，罔存念虑。世上宁有此宰相乎！内外骇讹，人情汹汹。若不急加斧锧之诛，势必酿成操、莽之祸。臣拯夙夜祗惧，不敢宁处，冒死列款，仰达宸听。伏祈断奸佞之头，籍贪冒之产，上回天怒，下快舆情。如果臣言虚谬，刀锯鼎镬，即加臣身。"云云。疏上，曾闻之气魄悚骇，如饮冰水。幸而皇上优容，留中不发。又继而科、道、九卿，交章劾奏，即昔之拜门墙、称假父者，亦反颜相向。

奉旨籍家，充云南军。子任平阳太守，已差员前往提问。

曾方闻旨惊怛，旋有武士数十人，带剑操戈，直抵内寝，褫其衣冠，与妻并系。俄见数夫运资于庭，金银钱钞以数百万，珠翠瑙玉数百斛，幄幕帘榻之属，又数千事，以至儿褓女舄，遗坠庭阶。曾一一视之，酸心刺目。又俄而一人掠美妾出，披发娇啼，玉容无主。悲火烧心，含愤不敢言。俄楼阁仓库，并已封志，立叱曾出。监者牵罗曳而出，夫妻吞声就道，求一下驷劣车，少作代步，亦不可得。十里外，妻足弱，欲倾跌，曾时以一手相攀引。又十余里，己亦困惫。欻见高山，直插云汉，自忧不能登越，时挽妻相对泣。而监者狞目来窥，不容稍停驻。又顾斜日已坠，无可投止，不得已，参差鳌蓐而行。比至山腰，妻力已尽，泣坐路隅。曾亦憩止，任监者叱骂。

忽闻百声齐噪，有群盗各操利刃，跳梁而前。监者大骇，逸去。曾长跪告曰："孤身远谪，橐中无长物。"哀求宥免。群盗裂眦宣言："我辈皆被害冤民，只乞得佞贼头，他无索取。"曾怒叱曰："我虽待罪，乃朝廷命官，贼子何敢尔！"贼亦怒，以巨斧挥曾项，觉头堕地作声。

魂方骇疑，即有二鬼来反接其手，驱之行。行逾数刻，入一都会。顷之，睹宫殿，殿上一丑形王者，凭几决罪福。曾前，匍伏请命，王者阅卷，才数行，即震怒曰："此欺君误国之罪，宜置油鼎！"万鬼群和，声如雷霆。即有巨鬼捽至墀下，见鼎高七尺已来，四围炽炭，鼎足皆赤。曾觳觫哀啼，窜迹无路。鬼以左手抓发，右手握踝，抛置鼎中。觉块然一身，随油波而上下，皮肉焦灼，痛彻于心，沸油入口，煎烹肺腑。念欲速死，而万计不能得死。约食时，鬼方以巨叉取曾出，复伏堂下。王又检册籍，怒曰："倚势凌人，合受刀山狱！"鬼复捽去。见一山，不甚广阔，而峻削壁立，利刃纵横，乱如密笋。先有数人胃肠刺腹于其上，呼号之声，惨绝心目。鬼促曾上，曾大哭退缩。鬼以毒锥刺脑，曾负痛乞怜。鬼怒，捉曾起，望空力掷。觉身在云霄之上，晕然一落，刃交于胸，痛苦不可言状。又移时，身驱重赘，刀孔渐阔，忽焉脱落，四支蠖屈。鬼又逐以见王。王命会计生平卖爵鬻名，枉法霸产，所得金钱几何。即有髯须人持筹握算，曰："二百二十一万。"王曰："彼既积来，还令饮去！"少间，取金钱堆阶上如丘陵，渐入铁釜，熔以烈火。鬼使数辈，更相以杓灌其口，流颐则皮肤臭裂，入喉则脏腑腾沸。生时患此物之少，是时患此物之多也。半日方尽。

王者令押去甘州为女。行数步，见架上铁梁，围可数尺，绾一火轮，其大不知几百由旬，焰生五采，光耿云霄。鬼挞使登轮。方合眼跃登，则轮随足转，似觉倾坠，遍体生凉。开目自顾，身已婴儿，而又女也。视其父母，则悬鹑败絮；土室之中，瓢杖犹存。心知为乞人子，日随乞儿托钵，腹辘辘不得一饱。着败衣，风常刺骨。十四岁，鬻与顾秀才备媵妾，衣食粗足自给。而冢室悍甚，日以鞭棰从事，辄用赤铁烙胸乳。幸良人颇怜爱，稍自宽慰。东邻恶少年，忽逾墙来逼与私，乃自念前身恶孽，已被鬼责，今那得复尔。于是大声疾呼，良人与嫡妇

尽起，少年始窜去。一日，秀才宿诸其室，枕上喋喋，方自诉冤苦；忽震厉一声，室门大辟，有两贼持刀入，竟决秀才首，囊括衣物。团伏被底，不敢作声。既而贼去，乃喊奔嫡室。嫡大惊，相与泣验。遂疑妾以奸夫杀良人，状白刺史。刺史严鞫，竟以酷刑诬服，律拟凌迟处死，挈赴刑所。胸中冤气扼塞，距踊声屈，觉九幽十八狱无此黑黯也。

正悲号间，闻游者呼曰："兄魇耶？"豁然而寤，见老僧犹跏趺座上。同侣竞相谓曰："日暮腹枵，何久酣睡？"曾乃惨淡而起。僧微笑曰："宰相之占验否？"曾益惊异，拜而请教。僧曰："修德行仁，火坑中有青莲也。山僧何知焉。"曾胜气而来，不觉丧气而返，台阁之想由此淡焉。后入山，不知所终。

异史氏曰："梦固为妄，想亦非真。彼以虚作，神以幻报。黄粱将熟，此梦在所必有，当以附之邯郸之后。"

【译文】

福建有一位曾举人，在会试中考中进士时，与两三个同榜的新贵人到城郊游玩，偶然听说昆卢禅院寄住着一个星象术士，便一起骑马前去问卜。进门施礼入座后，星象术士见他扬扬得意的样子，便略加巧言奉承。曾某手摇轻扇，微微一笑，开口便问："有蟒袍玉带加身的缘分吗？"星象术士面色严肃地断言他可以当二十年太平宰相。曾某喜悦异常，更加意气飞扬。

这时正值天下小雨，曾进士便与游伴在僧房避雨。僧房中有一位老和尚，深眼窝，高鼻梁，坐在蒲团上，态度傲慢无礼。大家向他举手作礼后，便坐在榻上各自闲谈起来，于是，人们又祝贺曾某是未来的宰相。曾进士心高气傲，指着游伴说："我当宰相时，推举同年张老先生担任应天巡抚，我家的中表兄弟担任参将、游去，我家的老仆人也得当个小小的千总、把总，我的心愿就满足了。"在座的人都大笑起来。

不久，只听见门外的雨越下越大，曾某困倦地伏在榻上，忽然看见两名宫中派出的宦官，带来天子的手诏，叫曾太师去决断国家大计，曾某心中得意，连忙快步前往朝廷。天子听他说话时，不觉移身向前凑近，与他温和地谈了许久，命令三品以下官员的贬黜与提升均由曾某决定，当即赐给蟒袍、玉带和骏马。曾某穿好蟒袍，佩好玉带，伏地叩头后出宫。

回家一看，已经不是原来住的宅第，彩绘的屋梁，雕饰的屋椽，那宅第极其壮丽。曾某自己也不明白为什么骤然达到这般地步。不过只要他捻着胡须轻声招呼一下，众多的侍从回答的声音就会震动如雷。一会儿，公卿大臣前来赠送海外珍宝，一些点头哈腰巴结奉承的人接连不断地到他家来。六卿来了，他急忙迎接；侍郎一类的人来了，他拱手施礼，说几次话；更小的官来了，他只是点点头而已。山西巡抚送来歌姬十人，都是漂亮女子，其中最出色的一个叫袅袅，一个叫仙仙，这两人尤其受到宠爱。每当衣着随便地在家休假时，他总是整天观赏她们的歌舞。

有一天，曾某想起寒微时曾得到本县乡绅王子良的周济，如今自己身在青云之上，而他仍然仕途失意，干吗不拉他一把？第二天一早，他上疏推荐王子良为给事中，当即得到圣旨的批准，决定立刻加以擢拔任用。他又想起郭太仆与自己有些微不足道的怨恨，便叫来给事中吕某和侍御陈昌等人，把自己的意图告诉了他们。第二天，弹劾郭氏的奏章纷纷上呈，郭氏于是遵旨削职离去。曾某报恩报怨，一一实现，心中颇感快意。

曾某偶尔在郊外的大街上经过，一个醉汉正巧冲撞了他的仪仗，他便派人把醉汉绑送京兆尹，立即打死在刑杖之下。与他宅第相接、田地相连的人，都畏惧他的权势，向他进献肥美的田产，从此，他的富有程度简直可与封国相比。

不久，袅袅、仙仙相继亡故，曾某朝思暮想。忽然他想起早年看见东邻的女儿美丽绝伦，多次想买来做姬妾，总是由于财微力薄而不能一偿往日的心愿，幸好今天可以称心如意了。于是他指使几名干练的仆人把钱财强行送给东邻，不一会儿便把那女子用藤轿抬来，却见那女子比往日见到的时候还要艳美动人。他回顾自己的一生，觉得可以心满意足了。

又过了一年，朝廷官员窃窃私议，似乎有人对曾某心怀不满，但这些人像唐代宗宫门外的立仗马一样终日沉默。曾某也心高气盛，没放在心里。这时，有一位龙图阁包学士上陈奏疏，奏疏大略说：

我个人认为，曾某原来是一个嗜酒好赌的无赖之徒，是一个市井小人。只因一句话合于圣意，便有幸深得圣上的眷顾，父亲穿紫色的朝服，儿子穿朱色的朝服，所受的恩宠可谓登峰造极。但是他不想摩顶放踵，为国捐躯，以报答圣恩于万一，反而肆意而为，擅自作威作福，若要数清他所犯的死罪，比数清他的头发还难！

朝廷的官位，他居为奇货，根据官缺的肥瘦，定出或高或低的价码。所以自公卿以至将士都在他门下奔走，盘算得失，寻找时机，俨然就像担货贩卖一般，对他仰承鼻息、望尘而拜的人多得数不过来。

有些杰出的人士，贤良的大臣不肯曲意附合曾某，轻的被置于闲散之地，重的被削职为民。甚至一事不肯顺从，就触怒这指鹿为马的权奸；片言有所冒犯，就被贬放到遥远的野兽出没之地。百官为此寒心，朝廷因此孤立。

还有平民的良田任凭他肆意蚕食，良家的妇女被他强行聘为姬妾，邪气充斥，冤气弥漫，简直暗无天日！曾家的奴仆每到一地，太守县令都看其脸色行事。曾某的私信一经发出，布政使、按察使和总督、巡抚就会徇情枉法。有些奴才仆役的儿子，辗转相攀的亲戚，出门乘坐驿车，快如疾风吹过，声如雷声滚滚，地方供给稍有延迟，立刻在马上挥鞭狠抽。他们残害人民，奴役官府，其扈从人员所经之处，田野里连草都不生长。

而曾某气焰正盛，自恃得宠，毫不悔改。每当在宫中召见问事之时，便在陛

下面前进献谗言，才从朝廷从容自得地回到家中，后花园里便响起娱乐的歌声。他沉湎于声色犬马，日以继夜，荒淫无度，却从不把国计民生放在心上，难道世上有这样的宰相吗？

当前，内外惊扰不安，人情骚乱不宁，如不赶快将他置于利斧之下处死，势必酿成曹操、王莽篡夺帝位的祸患。我日夜心怀戒惧，不敢安居，冒死罗列曾某罪行的款项，止报陛下知道。我请求砍下这奸佞之辈的人头，抄没他贪污得来的财产，上息天帝之怒，下快众人之心。如果我所说的虚假荒谬，可将刀劈油烹的刑罚加在为臣身上。

奏疏进呈，曾某听说后，吓得失魂落魄，像喝了冰水似的，心中透凉。幸亏皇上宽大为怀，将奏疏扣压在宫中，没有下达。

然而科道谏官和九卿纷纷进呈奏章弹劾曾某，就是往日投靠门下、称他为干爹的，也跟他翻了脸。于是圣旨下达，决定抄没家产，将曾某发配到云南充军。曾某的儿子担任平阳太守，也已经派人前去传讯审问。

曾某听了圣旨，正在惊恐之际，旋即有数十名武士，手持宝剑、长矛，一直前往内室。剥下他的朝服朝冠，将他与妻子绑在一起。不久，只见几名役夫把财物搬运到院子里，金银钱钞有数百万，珠宝、翡翠、玛瑙、玉器有几百斛，帐幕、帘子、床榻之类又有数千件，以至婴儿的襁褓、女子的绣鞋，都遗落在堂前的台阶上。曾某逐一看过，感到件件心酸，样样刺目。又过了一会儿，有一人把曾某的美妾拽出，只见她披头散发，娇声哭泣，神色无主，曾某心中燃烧着悲郁的烈火，满腔愤怒，不敢说出。

一会儿，楼阁仓库都贴完了封条，曾某立即被呵斥出门。押送者牵着绳头，把他拽出，夫妻二人悲泣着上了路，乞求给一辆老马破车以代步行也办不到。走了十多里，曾妻足下无力，总要跌倒，曾某只得不时用一只手搀扶着她走。又走了十多里，曾某本人也疲惫不堪。忽然又见一座高山直插云霄，曾某担心自己无法翻越，手挽妻子相对流泪，而押送者以凶恶的目光瞪着他们，一步也不许停。曾某又见斜阳西沉，无处投宿，不得已只得一前一后地匍匐而行。等来到山腰时，曾妻力气已经用完，坐在路边哭泣，曾某也停歇下来，任凭押送者破口责骂。

忽然听见许多人齐声鼓噪，有一群强盗个个手持锋利的兵器，腾跃向前，押送者大为惊骇，一逃而光。曾某直身跪下，说："我孤身发配远方，行李中没有值钱的东西。"这群强盗怒目圆睁，声称："我们都是受你迫害的冤民，只要索取你这奸贼的人头，别无所求。"曾某怒斥说："我虽然有罪等待处置，却也是朝廷的命官，你们这些强盗怎敢如此！"强盗也为之恼怒，挥动大斧，向曾某的脖子砍去。

曾某只觉自己的头落地有声，正当魂在惊疑之际，便有两名小鬼走来，反绑他的双手，驱赶他上路。走了几刻时间，走进一座都市，顷刻便看见一座宫殿，

殿上有一位形貌丑陋的大王，正在伏案判决鬼魂应当何罪，应有何福。曾某趴在地上，请求饶命。

大王审阅案卷，才看了几行，就怒气冲冲地说："这种欺君误国的罪行，应该扔到油鼎里去！"众鬼齐声附和，声如雷霆。随即有一个巨鬼把曾某一把抓到殿阶之下，只见油鼎七尺来高，四周炭火熊熊。连鼎足都已烧红。曾某吓得浑身发抖，伤心哀泣，欲逃无路。鬼用左手抓着头发，右手握着双脚，把曾某扔进油锅。曾某顿觉整个身体随着油波上下翻滚，皮肉焦烂，疼得钻心，沸腾的油灌进口中，连肺腑也受到烹煎。这时，他只想死得快些，但想尽办法都死不了。大约一顿饭的工夫，鬼才用巨叉把曾某挑出，又扔到堂前趴着。

大王又翻检记事的簿册，生气地说："仗势欺人，应该受上刀山的刑！"鬼又把曾某抓走，只看见一座不甚广阔的山，陡峭高峻，山上尖刀纵横，就像丛生的竹笋。此前已有数人被刀山刺破肚子，挂住肠子，呼号的声音惨不忍听。鬼催曾某上山，曾某放声大哭，退缩不前。鬼用毒锥扎曾某的后脑，曾某忍痛乞求可怜。鬼恼怒发火，抓起曾某，向空中用力抛去。曾某顿觉身体钻入云霄，接着晕乎乎地向下一落，交错的尖刀刺进胸口，痛苦无法形容。又过了一段时间，曾某的身躯沉重下坠，刀扎的孔洞逐渐变大，忽然掉下刀山，四肢像毛毛虫一样蜷曲着，于是鬼又赶他去见大王。

大王命令统计曾某一生卖官鬻爵、枉法霸占财产所得的钱财有多少，立即有一个胡须蓬乱的人手拿记数用的算筹说："三百二十一万。"大王说："那玩意儿既存下来，还是让他喝下去吧！"不一会儿，拿来的金钱堆在殿阶上，像丘陵一般，接着被陆续放进铁锅，用烈火加以熔化。几名鬼使轮流用勺子往曾某口中灌铜汁，铜汁流到面颊上，皮肤便会焦烂发臭，流进喉咙里，五脏六腑便会沸腾起来。活着的时候总嫌这玩意太少，这时就嫌这玩意太多。用了半天时间，铜汁才算灌完。

大王命令将曾某押解到甘州去当女人。曾某刚走了几步，只见架上有一个周长可达数尺的铁梁，上面套着一个周长不知有几百由旬的火轮，火焰发出五色光彩，光芒直冲云霄。鬼用鞭子抽打着，让曾某登上火轮。曾某刚闭上眼睛，跃上火轮，火轮随着双脚转动，似乎觉得自己在向下跌落，浑身发凉。当曾某睁眼自顾时，已经变成了婴儿的身体，而且还是个女孩。一看自己的父母，身穿破衣烂衫，土屋子里还放着要饭的瓢和打狗棍，于是心里明白自己成了乞丐的女儿。

她每天跟着乞丐父亲托钵要饭，肚子饿得"咕咕"直叫，却经常吃不上一顿饱饭。她身穿破烂的衣服，挡不住刺骨的寒风。十四岁时，她被卖给顾秀才做妾，吃穿基本可以自给，但大婆非常凶悍，每天用鞭棒抽打对付她，甚至用烧红的烙铁烙她的胸部和乳房。幸好顾秀才对她颇为疼爱，她才自觉稍有宽慰。

一次，东邻的一个无赖少年，突然翻墙过来逼她与自己私通。她想自己前身罪孽深重，已经遭受阴间的惩罚，现在哪能再干这事？于是放声大喊，顾秀才和大婆都被喊了起来，那无赖少年这才逃走。

没过多久，顾秀才在她房里过夜，她正在枕上喋喋不休地诉说自己的冤屈和苦楚，忽然一声巨响，房门大开，有两个强盗持刀闯进屋里，竟然砍下顾秀才的头，把衣物抢个精光。她缩成一团，躲在被里，再也不敢作声，强盗离去，她才喊叫着跑到大婆的房间。大婆大吃一惊，与她一起哭哭啼啼地去验看尸首，于是怀疑她和奸夫一齐杀害了顾秀才，因而呈状上告知州。知州严加审讯，竟然施以酷刑，使罪案成立，依照刑律，以剐刑处死，于是绑赴刑场。她胸中冤气郁塞，跺脚喊冤，觉得连阴间的十八层地狱，也没有这么黑暗。

正在伤心哭号时，曾某听见游伴叫他说："老兄做噩梦了吗？"曾某一下睁眼醒来，只见老和尚还在蒲团上结跏趺坐。同伴争着对他说："天色已晚，肚子已饿，你怎么熟睡了这么久？"曾某于是面色凄惨地站起身来，老和尚微微一笑，说："当宰相的卦灵验吗？"曾某越发惊异，施礼请教，老和尚说："只要修德行仁，火坑中也有青莲护指。我这么个山僧懂啥？"

曾某来时气概不凡，走时不觉垂头丧气，当宰相的念头也从此淡薄，后来进了山，不知下落。

异史氏说：降福给行善的人，降祸给淫恶的人，这是永恒的天道。听说自己能当宰相就心中沾沾自喜的人，必然不喜欢此职所需要的鞠躬尽瘁的精神，是可想而知的。这时曾某心中宫室妻妾无所不有，但梦境本来就虚妄，幻想也不现实。他作凭空想象，神便用幻想回答。黄粱快煮熟时，这样的梦是必然要做的，所以本文应作为《邯郸记》的续篇。

[何守奇] 梦幻之中，何所不有？倏忽已历再生，即不必现诸果报，已令人废然返矣。

[王岂孙] 观此篇工，世之自命不凡者，倘能穷者独善，远则兼善，方且功名垂之竹帛，何有此景况哉！

小 猎 犬

【原文】

山右卫中堂为诸生时，假斋僧院。苦室中蝎虫蚊蚤甚多，夜不成寐。食后偃息在床，忽见一小武士首插雉尾，身高二寸许，骑马大如蜡，臂上青鞲，有鹰如绳。自外而入，盘旋室中，行且驶。公方疑注，忽又一人入，装亦如之，腰束小弓矢，牵猎犬如巨蚁。又俄顷，步者、骑者，纷纷来以数百辈，鹰犬皆数百。见有蚊蝇飞起，纵鹰腾击，尽扑杀之。猎犬登床缘壁，搜噬虮蚤，凡罅有所伏藏，嗅之无不出者，顷刻之间，决杀殆尽。公伪睡睨之，鹰集犬窜于其身。既而一黄衣人，着平天冠如王者，登别榻，系驷苇簟间。从骑皆下，献飞献走，纷集盈侧，亦不知作何语。无何，王者登小辇，卫士仓皇，各命鞍马，万蹄攒奔，纷如

撒菽，烟飞雾腾，斯须散尽。公历历在目，骇诧不知所由。

蹑履外窥，渺无迹响，返身周视，都无所见，惟壁砖遗一细犬。公急捉之，且驯。置砚匣中，反复瞻玩。毛极细茸，项上有小环。饲以饭颗，一嗅辄去。跃登床榻，寻衣缝，啮杀虮虱。旋复来伏卧。逾宿公疑其已往，视之则盘伏如故。公卧，则登床榻，遇虫辄啖毙，蚊蝇无敢落者。公爱之甚于拱璧。一日昼卧，犬潜伏身畔。公醒转侧，压于腰底。公觉有物，固疑是犬。急起视之，已扁而死，如纸剪成者。然自是壁虫无噍类矣。

【译文】

山西人卫周祚大学士当诸生时，厌倦事务繁杂，便搬进寺院去住。可是屋里臭虫、蚊子、跳蚤非常之多，卫周祚吃尽苦头，往往彻夜难以入睡。

一天吃完饭后，卫周祚躺在床上休息，忽然有一个身高两寸左右的小武士，头插雉尾，骑一匹蚂蚱那么大的马，胳膊上套着青色的皮臂衣，上面有一只苍蝇那么大的猎鹰。他从外面进来，在屋里盘旋着，边走边跑。正当卫周祚凝神注视时，忽然又有一个小人进屋，装束与前一人相同，胸间带着小小的弓箭，手牵大蚂蚁那么大的一只猎犬。

又过了一会儿，步行的、骑马的小武士，乱纷纷地来了数百人，猎鹰也有数百只，猎犬也有数百条。只要蚊子、苍蝇一飞起来，小武士便放鹰腾空出击，扑杀一光。猎犬登上卧床，爬上墙壁，找臭虫、跳蚤吃，就是躲藏在缝隙中的，只要闻一闻，没有捉不到的，顷刻之间，捉吃殆尽。

卫周祚假装睡着，却在斜着眼睛偷看，只见猎鹰飞落在他的身上，猎犬在他身上窜来窜去。接着来了一个身穿黄衣，头戴平天冠，像是国王的人，登上另一张榻，把马系在席子上，随从的骑士都跳下马来，进献蚊子苍蝇和臭虫跳蚤，纷纷在国王身边围满，也不知他们在说些什么。没多久，国王登上小车，卫士匆忙骑到马上，马蹄飞奔，声如撒豆，烟尘飞腾，刹时不见。

卫周祚看得清清楚楚，心中深感惊异，也不知他们来自哪里。他拖着鞋子向外察看，既不见踪迹，又不闻声响。他转身环顾四周，也是一无所见，只是壁砖上落下一条小猎犬。他连忙把小猎犬捉住，而小猎犬还挺驯服。

卫周祚把小猎犬放在盛砚台的匣子里反复观赏，只见小猎犬身上的茸毛很细，脖子上戴着一个小环，拿饭粒喂它，它闻一闻就丢下走开。它跳上床，在衣缝间搜寻，把虮子虱子全都咬死，随即又到匣里趴着。过了一宿，卫周祚猜想小猎犬已经走了，一看，仍然趴在那里。卫周祚一躺下，它就跳上床席，见到虫子就咬死，蚊子苍蝇都不敢落下来。卫周祚喜爱小猎犬，胜过珍贵的璧玉。

一天，卫周祚在午睡，小猎犬无声在趴在他的身边。他醒来一翻身，把小猎犬压在腰下。他觉得身下有东西，当然想到可能是小猎犬，急忙起身一看，小猎犬已经压扁死去，扁得就像用纸剪的似的。不过自此以后，屋里再没有虫子。

[冯镇峦] 此篇奇在化大为小，以小见妙，可当袁在公《广庄子》文。

[何守奇] 此是武士为中堂驱除耳，然要是异闻。

棋 鬼

【原文】

扬州督同将军梁公，解组乡居，日携棋酒，游林丘间。会九日登高与客弈，忽有一人来，逡巡局侧，耽玩不去。视之，面目寒俭，悬鹑结焉，然意态温雅，有文士风。公礼之，乃坐，亦殊拘谦。公指棋谓曰：“先生当必善此，何不与客对垒？”其人逊谢移时，始即局。局终而负，神情懊热，若不自已。又着又负，益愤惭。酌之以酒，亦不饮，惟曳客弈。自晨至于日昃，不遑溲溺。方以一子争路，两互喋聒。忽书生离席悚立，神色惨沮。少间，屈膝向公座，败颡乞救。公骇疑，起扶之曰：“戏耳，何至是？”书生曰：“乞嘱付围人，勿缚小生颈。”公又异之，问：“围人谁？”曰：“马成。”

先是，公围役马成者，走无常，十数日一入幽冥，摄牒作勾役。公以书生言异，遂使人往视成，则已僵卧三日矣。公乃叱成不得无礼，瞥见书生即地而灭，公叹咤良久，乃悟其鬼。越日马成瘳，公召诘之。成曰：“渠湖襄人，癖嗜弈，产荡尽。父忧之，闭置斋中。辄逾垣出，窃引空处，与弈者狎。父闻诟詈，终不可制止，父赍恨死。阎王以书生不德，促其年寿，罚入饿鬼狱，于今七年矣。会东岳凤楼成，下牒诸府，征文人作碑记。王出之狱中，使应召自赎。不意中道迁延，大愆限期。岳帝使直曹问罪于王。王怒，使小人辈罗搜之。前承主人命，故未敢以缧绁系之。”公问：“今日作何状？”曰：“仍付狱吏，永无生期矣。”公叹曰：“癖之误人也如是夫！”

异史氏曰：“见弈遂忘其死；及其死也，见弈又忘其生。非其所欲有甚于生者哉？然癖嗜如此，尚未获一高着，徒令九泉下，有长死不生之弈鬼也。哀哉！”

【译文】

扬州副总兵梁公辞官罢任，回乡居住，每天带着棋和酒，在林木丘石间游乐。

聊斋志异（图文版）

棋鬼

长日消磨一局棋
楼应名克却期判
诸奇辞忘生死胜负
断二未决持然

这一天适值九月九日重阳节登高游玩，与朋友下棋，忽然来了一个书生，在棋局旁走来走去，专心玩赏，不肯走开。梁公一看，书生面貌寒酸，破衣烂衫，但是态度温文尔雅，有文士的风度。梁公以礼相邀，他才坐下，仍然非常谦逊。梁公指着棋说："先生一定精于此道，何不与这位朋友下一盘？"书生谦逊地推辞了许久，才开始对局。

第一局对完，书生输了，神情烦躁，好像难以控制。再开局着子又输了，书生越发惭愧气恼。给他斟酒，他也不喝，只是拉着那位朋友下棋，从早晨到天黑，连小解的空都没有。

正当以一子争路，两人言语相争时，书生忽然离开座位，惶恐而立，神色凄惨而又沮丧。稍停，他向梁公屈膝跪下，叩头出血，乞求相救。梁公惊骇疑惑，起身去扶书生说："本是游戏，何至如此？"书生说："请嘱咐你的马夫，不要绑我脖子。"梁公又莫名其妙，问他说："马夫是谁？"书生说："马成。"

此前，梁公的马夫马成能走无常，往往每隔十几天到阴间去一次，手拿文书，充当勾魂使者。梁公因书生说得离奇，便让人去看马成，这时马成僵卧在床，已经两天了。梁公于是呵斥马成不得无礼，转眼书生便在原地消失。梁公感叹良久，才明白书生是鬼。

过了一天，马成醒了，梁公叫来盘问情由。马成说："书生是湖北襄阳人，嗜棋成癖，家产荡尽。父亲为此发愁，把他关在书斋里，而他总是翻墙而去，把棋友领到清静无人的地方，一块儿玩棋。父亲闻讯破口大骂，但始终不能制止他下棋。父亲愤怒忧郁，含恨而死。阎王因书生无德，缩短他的寿命，罚他进了饿鬼地狱，至今已达七年之久。适值东岳凤楼建成，文书下达各府，征集文人撰写碑记，阎王把书生从地狱提出，让他应召撰文，为自己赎罪。不料他中途逶延时间，严重地误了限期，东岳大帝派值日官员向阎王问罪，阎王大怒，让我们这些人去搜捕他。前不久得到您的命令，所以我没敢用绳子绑他。"

梁公问："书生今天情况如何？"马成说："仍然交付地狱官吏，永无再生的时候。"梁公说："癖好竟然如此误人！"

异史氏说：见到棋就忘了死，等死后见到棋又忘了生，莫非他喜欢的东西比生还重要吗？然而癖好达到这种程度，却还没有一步高着，徒然使九泉之下有一个长死不生的棋鬼，真可哀！

[冯镇峦] 人有酷好作文，无一佳篇，酷好作诗，无一佳句。不谓之癖而有似于癖，其亦此弈鬼类也夫！

[何守奇] 癖性不改，则永无生期矣，独耽弈也乎哉！

[但明伦] 此鬼以嗜弈而促寿，复以贪弈而忘生；乃一局即负，其癖而死，亦枉耳。窃以为天下事皆不可癖：癖者必愚，而其业终不能精。学问之道亦然。

辛十四娘

【原文】

广平冯生，少轻脱，纵酒。昧爽偶行，遇一少女，着红帔，容色娟好。从小奚奴，蹑露奔波，履袜沾濡。心窃好之。

薄暮醉归，道侧故有兰若，久芜废，有女子自内出，则向丽人也，忽见生来，即转身入。阴思：丽者何得在禅院中？絷驴于门，往觇其异。入则断垣零落，阶上细草如毯。彷徨间，一斑白叟出，衣帽整洁，问："客何来？"生曰："偶过古刹，欲一瞻仰。"因问："翁何至此？"叟曰："老夫流寓无所，暂借此安顿细小。既承宠降，山茶可以当酒。"乃肃宾入。

见殿后一院，石路光明，无复榛莽。入其室，则帘幌床幕，香雾喷人。坐展姓字，云："蒙叟姓辛。"生乘醉遽问曰："闻有女公子未适良匹，窃不自揣，愿以镜台自献。"辛笑曰："容谋之荆人。"生即索笔为诗曰："千金觅玉杵，殷勤手自将。云英如有意，亲为捣玄霜。"主人笑付左右。少间，有婢与辛耳语。辛起慰客耐坐，牵幕入，隐约数语即趋出。生意必有佳报，而辛乃坐与喁喁，不复有他言。生不能忍，问曰："未审意旨，幸释疑抱。"辛曰："君卓荦士，倾风已久，但有私衷所不敢言耳。"生固请，辛曰："弱息十九人，嫁者十有二。醮命任之荆人，老夫不与焉。"生曰："小生只要得今朝领小奚奴带露行者。"辛不应，相对默然。闻房内嘤嘤腻语，生乘醉搴帘曰："伉俪既不可得，当一见颜色，以消吾憾。"内闻钩动，群立愕顾。果有红衣人，振袖倾鬟，亭亭拈带。望见生入，遍室张皇。辛怒，命数人摔生出。酒愈涌上，倒榛芜中，瓦石乱落如雨，幸不着体。

卧移时，听驴子犹龁草路侧，乃起跨驴，踉跄而行。夜色迷闷，误入涧谷，狼奔鸱叫，竖毛寒心。踟蹰四顾。并不知其何所。遥望苍林中灯火明灭，疑必村落，竟驰投之。仰见高阁，以策挝门，内问曰："何人半夜来此？"生以失路告，

内曰："待达主人。"生累足鹄俟。忽闻振管辟扉，一健仆出，代客捉驴。生入，见室甚华好，堂上张灯火。少坐，有妇人出，问客姓氏，生以告。逾刻，青衣数人扶一老妪出，曰："郡君至。"生起立，肃身欲拜。妪止之坐，谓生曰："尔非冯云子之孙耶?"曰："然。"妪曰："子当是我弥甥。老身钟漏并歇，残年向尽，骨肉之间，殊多乖阔。"生曰："儿少失怙，与我祖父处者，十不识一焉。素未拜省，乞便指示。"妪曰："子自知之。"生不敢复问，坐对悬想。

妪曰："甥深夜何得来此?"生以胆力自矜诩，遂历陈所遇。妪笑曰："此大好事。况甥名士，殊不玷于姻娅，野狐精何得强自高? 甥勿虑，我能为若致之。"生谢唯唯。妪顾左右曰："我不知辛家女儿遂如此端好。"青衣人曰："渠有十九女，都翩翩有风格，不知官人所聘行几?"生曰："年约十五余矣。"青衣曰："此是十四娘。三月间，曾从阿母寿郡君，何忘却?"妪笑曰："是非刻莲瓣为高履，实以香屑，蒙纱而步者乎?"青衣曰："是也。"妪曰："此婢大会作意，弄媚巧。然果窈窕，阿甥赏鉴不谬。"即谓青衣曰："可遣小狸奴唤之来。"青衣应诺去。

移时，入白："呼得辛家十四娘至矣。"旋见红衣女子，望妪俯拜。妪曰："后为我家甥妇，勿得修婢子礼。"女子起，娉娉而立，红袖低垂。妪理其鬓发，捻其耳环，曰："十四娘近在闺中么么生?"女低应曰："闲来只挑绣。"回首见生，羞缩不安。妪曰："此吾甥也。盛意与儿作姻好，何便教迷途，终夜窜溪谷?"女俯首无语。妪曰："我唤汝非他，欲为吾甥作伐耳。"女默默而已。妪命扫榻展裀褥，即为合卺。女觍然曰："还以告之父母。"妪曰："我为汝作冰，有何舛谬?"女曰："郡君之命，父母当不敢违，然如此草草，婢子即死，不敢奉命!"妪笑曰："小女子志不可夺，真吾甥妇也!"乃拔女头上金花一朵，付生收之。命归家检历，以良辰为定。乃使青衣送女去。听远鸡已唱，遣人持驴送生

出。数步外，欻一回顾，则村舍已失，但见松楸浓黑，蓬颗蔽冢而已。定想移时，乃悟其处为薛尚书墓。

薛乃生故祖母弟，故相呼以甥。心知遇鬼，然亦不知十四娘何人。咨嗟而归，漫检历以待之，而心恐鬼约难恃。再往兰若，则殿宇荒凉，问之居人，则寺中往往见狐狸云。阴念：若得丽人，狐亦自佳。至日除舍扫途，更仆眺望，夜半犹寂，生已无望。顷之门外哗然，屣履出窥，则绣幰已驻于庭，双鬟扶女坐青庐中。妆奁亦无长物，惟两长鬣奴扛一扑满，大如瓮，息肩置堂隅。生喜得佳丽偶，并不疑其异类。问女曰："一死鬼，卿家何帖服之甚？"女曰："薛尚书，今作五都巡环使，数百里鬼狐皆备扈从，故归墓时常少。"生不忘蹇修，翼日往祭其墓。归见二青衣，持贝锦为贺，竟委几上而去。生以告女，女曰："此郡君物也。"

邑有楚银台之公子，少与生共笔砚，颇相狎。闻生得狐妇，馈遗为馂，即登堂称觞。越数日，又折简来招饮。女闻，谓生曰："曩公子来，我穴壁窥之，其人猿睛鹰准，不可与久居也。宜勿往。"生诺之。翼日公子造门，问负约之罪，且献新什。生评涉嘲笑，公子大惭，不欢而散。生归笑述于房，女惨然曰："公子豺狼，不可狎也！子不听吾言，将及于难！"生笑谢之。后与公子辄相谑噱。前隙渐释。会提学试，公子第一，生第二。公子沾沾自喜，走怦来邀生饮，生辞；频招乃往。至则知为公子初度，客从满堂，列筵甚盛。公子出试卷示生，亲友叠肩叹赏。酒数行，乐奏于堂，鼓吹伧伧，宾主甚乐。公子忽谓生曰："谚云：'场中莫论文。'此言今知其谬。小生所以忝出君上者，以起处数语略高一筹耳。"公子言已，一座尽赞。生醉不能忍，大笑曰："君到于今，尚以为文章至是耶！"生言已，一座失色。公子断怂气结。客渐去，生亦遁。醒而悔之，因以告女。女不乐曰："君诚乡曲之儇子也！轻薄之态，施之君子，则丧吾德；施之小人，则杀吾身。君祸不远矣！我不忍见君流落，请从此辞。"生惧而涕，且告之悔。女曰："如欲我留，与君约：从今闭户绝交游，勿浪饮。"生谨受教。

十四娘为人勤俭洒脱，日以红织为事。时自归宁，未尝逾夜。又时出金帛作生计，日有赢余，辄投扑满。日杜门户，有造访者辄嘱苍头谢去。

一日，楚公子驰函来，女焚爇不以闻。翼日，出吊于城，遇公子于丧者之家，捉臂苦约，生辞以故。公子使圉人挽辔，拥捽以行。至家，立命洗腆。继辞凤退。公子要遮无已，出家姬弹筝为乐。生素不羁，向闭置庭中，颇觉闷损，忽逢剧饮，兴顿豪，无复萦念。因而醉酣，颓卧席间。公子妻阮氏，最悍妒，婢妾不敢施脂泽。日前，婢入斋中，为阮掩执，以杖击首，脑裂立毙。公子以生嘲慢故，衔生，日思所报，遂谋醉以酒而诬之。乘生醉寐，扛尸床间，合扉径去。生五更醒解，始觉身卧几上，起寻枕榻，则有物腻然，继绊步履。摸之，人也。意主人遣僮伴睡。又蹴之不动，举之而僵，大骇，出门怪呼。厮役尽起，燕之，见尸，执生怒闹。公子出验之，诬生逼奸杀婢，执送广平。隔日，十四娘始知，潜

泣曰："早知今日矣！"因按日以金钱遗生。生见府尹，无理可伸，朝夕榜掠，皮肉尽脱。女自诣问，生见之，悲气塞心，不能言说。女知陷阱已深，劝令诬服，以免刑宪。生泣听命。

女还往之间，人咫尺不相窥。归家咨愧，遽遣婢子去。独居数日，又托媒媪购良家女，名禄儿，年及笄，容华颇丽，与同寝食，抚爱异于群小。生认误杀拟绞。苍头得信归，怆述不成声。女闻，坦然若不介意。既而秋决有日，女始皇皇躁动，昼去夕来，无停履。每于寂所，於邑悲哀，至损眠食。一日，日晡，狐婢忽来，女顿起，相引屏语。出则笑色满容，料理门户如平时。翼日，苍头至狱，生寄语娘子一往永诀。苍头复命，女漫应之，亦不怆恻，殊落落置之；家人窃议其忍。忽道路沸传：楚银台革职，平阳观察奉特旨治冯生案。苍头闻之，喜告主母。女亦喜，即遣人府探视，则生已出狱，相见悲喜。俄捕公子至，一鞫，尽得其情。生立释宁家。归见女，泫然流涕，女亦相对怆楚，悲已而喜，然终不知何以得达上听。女笑指婢曰："此君之功臣也。"生愕问故。

先是，女遣婢赴燕都，欲达宫闱，为生陈冤抑。婢至，则宫中有神守护，徘徊御沟间，数月不得入。婢惧误事，方欲归谋，忽闻今上将幸大同，婢乃预往，伪作流妓。上至勾栏，极蒙宠眷。疑婢不似风尘人，婢乃垂泣。上问："有何冤苦？"婢对曰："妾原籍直隶广平，生员冯某之女。父以冤狱将死，遂鬻妾勾栏中。"上惨然，赐金百两。临行，细问颠末，以纸笔记姓名；且言欲与共富贵。婢言："但得父子团聚，不愿华阮也。"上颔之，乃去。婢以此情告生。生急起拜，泪眦双荧。

居无几何，女忽谓生曰："妾不为情缘，何处得烦恼？君被逮时，妾奔走戚眷间，并无一人代一谋者。尔时酸衷，诚不可以告诉。今视尘俗益厌苦。我已为君蓄良偶，可从此别。"生闻，泣伏不起，女乃止。夜遣禄儿侍生寝，生拒不纳。朝视十四娘，容光顿减；又月余，渐以衰老；半载，黯黑如村妪；生敬之，终不替。女忽复言别，且曰："君自有佳侣，安用此鸠盘为？"生哀泣如前日。又逾月，女暴疾，绝饮食，羸卧闺闼。生侍汤药，如奉父母。巫医无灵，竟以溘逝。生悲悼欲绝。即以婢赐金，为营斋葬。数日，婢亦去，遂以禄儿为室。逾年，生一子。然比岁不登，家益落。夫妻无计，对影长愁。忽忆堂陬扑满，常见十四娘投钱于中，不知尚在否。近临之，则豉具盐盏，罗列殆满。头头置去，箸探其中，坚不可入。扑而碎之，金钱溢出。由此顿大充裕。

后苍头至太华，遇十四娘，乘青骡，婢子跨蹇以从，问："冯郎安否？"且言："致意主人，我已名列仙籍矣。"言讫不见。

异史氏曰："轻薄之词，多出于士类，此君子所悼惜也。余尝冒不韪之名，言冤则已迁，然未尝不刻苦自励，以勉附于君子之林，而祸福之说不与焉。若冯生者，一言之微，几至杀身，苟非室有仙人，亦何能解脱囹圄，以再生于当世耶？可惧哉！"

【译文】

　　广平人冯生，是明朝正德年间的人。他年轻时行为轻佻，纵酒无度。一天拂晓，偶然外出，他遇到一位少女，穿着红斗篷，容貌娟秀。少女身边跟着一个丫环，踩着露水，辛苦赶路，鞋袜都已湿透。冯生暗自爱上了这位少女。

　　薄暮时分，冯生醉酒回家，路旁原来有一座荒废已久的寺院，有一位女子从中走出，却是先前遇到的那位丽人。她忽然看见冯生前来，立即转身进了寺院。冯生暗想，这位丽人怎么住在寺院里？便把驴拴在门口，前去察看个究竟。

　　进门后，只见断壁残垣，零落不堪，台阶上细草茸茸，宛如地毯。正当冯生徘徊不前之际，走出一位头发斑白、衣帽整洁的老汉问："客人从哪里来？"冯生说："偶然经过这座古寺，打算瞻仰一回。老先生为什么到这里来？"老汉说："老夫漂泊在外，没有住所，暂时借此处安顿家小。既然蒙你光临，请喝一杯山茶，权当喝酒。"便把客人迎进寺院。

　　冯生看见大殿后面有个院子，石板路又光又平，再没有丛生的杂草。进到屋里，却是帘幕床帐香气袭人。入座后，老汉陈述姓名说："老汉姓辛。"冯生借着醉意突然问辛老汉说："听说你有一位女公子，没遇到合适的配偶。敝人不揣冒昧，愿意自媒求婚。"辛老汉面带笑容地说："容我与老妻商量。"冯生当即要来笔，写了一首诗：

　　　　千金觅玉杵，殷勤手自将。云英如有意，亲为捣玄霜。
辛老汉笑着交给身边的人。

　　不一会儿，有一个丫环在辛老汉耳边说了些什么，辛老汉站起身来请冯生耐心地坐一会儿，自己掀开帐幕进了里屋，只听得隐隐约约说了三几句话，便快步走了出来。冯生心想一定会有佳音，辛老汉却坐下来跟他说说笑笑，不再说别的。

　　冯生忍耐不住，问道："不知你意思如何，希望能消除我的疑虑。"辛老汉说："你是卓尔不群的人物，我久已仰慕你的风采。但是我有些心里话，不便说出。"冯生再三请他快说，辛老汉说："我有十九个女儿，嫁出去十二个，嫁女的使命都由老妻完成，老夫不管。"冯生说："小生只要今天早晨领着丫环踩着露水赶路的那位。"辛老汉不答腔，两个相对沉默无语。

　　这时冯生听见屋里传来亲昵交谈的细语，冯生借着醉意掀开帘子说："既然不能成为夫妻，也应看看容貌，以解除我的遗憾。"里屋的人听到帘钩响动，都站在那里惊愕地看着冯生。其中果然有一位红衣女子，挥一挥袖子，微低着环形发髻，体态轻盈地站在那里，手里拈着衣带。看见冯生进来，满屋的人都惊惶失措。辛老汉大怒，让几个人把冯生拽了出去。冯生愈发醉意上涌，一头倒在杂草丛中。瓦片石块雨点般打来，幸好没有打在身上。

　　躲了一些时候，冯生听见驴还在路边吃草，就起身跨上驴背，跟跟跄跄地上

了路。夜色迷蒙，错误地走进一条溪涧山谷中，在那里狼在跑，猫头鹰在叫，吓得他毛发直竖，浑身发抖。他踟蹰不前，茫然四顾，不知这是什么地方。他远远望见苍茫的树林里灯火掩映，估计一定有一个村落，便赶快前去投宿。

冯生抬头看见一户人家的高高的大门，便用鞭子敲门。里面有人问冯生说："你是哪里来的客人，半夜到这里来？"冯生以迷路相告。问话的人说："等我告知主人。"冯生小心站在那里，翘首等待回音。忽然听见开锁开门的声音，一个健壮的仆人走出来，替客人牵驴。冯生进门后，看见房屋非常华美，堂上点着灯火。刚坐了一会儿，有一位妇女出来问客人的姓名，冯生当即相告。

过了一段时间，几名婢女把一位老太太扶出来说："郡君到。"冯生起身站立，整理一下衣服就要行礼，老太太连忙阻止，让他坐下，对他说："你莫不是冯云子的孙子吗？"冯生说："是。"老太太说："你应是我的远房外甥。我一生将过，残年将尽，骨肉之间很少见面。"冯生说："我从小失去父亲，与我祖父相处的人，十人中不认识一人，一向不能看望，请您告诉我。"老太太说："你自己会知道的。"冯生不敢再问，坐在对面猜来想去。老太太问："你怎么深夜到这里来？"冯生一向夸耀自己有胆量，便把自己遇到的情景一一讲述出来。老太太说："这是大好事，何况你是名士，一点儿也不玷污姻亲。野狐狸精怎能硬要自高自大？你别担心，我能为你成就这段姻亲。"冯生口说"行行"，连声称谢。

老太太看着身边的人说："我没想到辛家的女儿竟长得这么漂亮！"丫环说："他家有十九个女儿，都风流潇洒，饶有风韵，不知您要娶的行几？"冯生说："年纪大约十五岁多些的那个。"丫环说："这是十四娘，三月间十四娘曾跟母亲来给郡君祝寿，怎么忘了？"老太太笑着说："莫不是鞋的木底镂刻着莲瓣花纹，里面装了香粉，蒙着纱巾走路的那个？"丫环说："对。"老太太说："这丫头特别会别出心裁，耍娇媚，弄乖巧。不过的确宛窕多姿，外甥的眼光不差。"便对丫环说："可以打发小狸奴把她叫来。"丫环答应了一声，便前去叫人。

过了一段时间，丫环进来禀告："把辛家十四娘已经叫来了。"旋即看见一位红衣女子向老太太俯身下拜。老太太把她拽起来说："以后你是我家的外甥媳妇，不能行丫环的礼。"辛十四娘站起身来，体态轻盈优雅地站在那里，红袖低垂。老太太理一理她的鬓发，捻一捻她的耳环，说："十四娘最近在家做什么活？"辛十四娘低着头回答说："闲时只是刺绣。"回头看见冯生，羞涩不安。老太太说："这是我外甥。他满心要跟你结婚，干吗让他迷路，一整夜都在溪谷里乱窜？"十四娘低头无语。老太太说："我叫你来，没别的，我想为我外甥做媒。"辛十四娘仍然保持沉默。

老太太吩咐扫卧榻，铺被褥，当即成亲，辛十四娘腼腆地说："我要回去告诉父母。"老太太说："我为你做媒，错得了吗？"辛十四娘说："郡君的命令，父母当然不敢违抗。但是如此草率，即使我死了，也不敢从命。"老太太笑了笑说："小女孩志气不可屈，真是我的外甥媳妇！"便在辛十四娘头上拔下一朵金花，交给冯生收藏，命辛十四娘回家查阅历书，找一个吉日良辰作为婚期，随即打发婢女把辛十四娘送回。

这时，只听见远处的雄鸡已在报晓，老太太派人牵驴送冯生出门。出门几步以外，冯生猛然回头一看，村庄房舍已经消失，只见松树楸树黑魆魆的，生满蓬草的一坯黄土覆盖着一座坟墓而已。冯生定神默想了一段时间，才想起这里是薛尚书的坟墓，薛尚书是冯生已故的祖母的弟弟，所以薛老太太叫他外甥。

冯生心里明白自己遇到了鬼，但仍不知道辛十四娘是什么人。他唉声叹声地回到家里，漫不经心地选了一个吉日。并等待这一天的到来，但心里唯恐与鬼的婚约靠不住。他再去寺院，只见那里殿宇荒凉，向居民打听，说是寺中往往出现狐狸。他暗中想，如能得到丽人，即使是狐狸也挺好。

到了结婚那一天，冯生把房屋道路打扫干净，派仆人轮流等候丽人的到来，但直至半夜，仍然声迹杳然，冯生觉得已经没有希望了。不一会儿，门外人声喧哗，冯生趿着鞋出屋一看，只见花轿已经停在院里，丫环已把辛十四娘搀扶到新房里坐下。嫁妆也没有值钱的东西，只有两个大胡子奴仆扛了一个瓮般大小的钱罐子，卸下来放在堂屋的角落里。

冯生为得到一个漂亮的媳妇而高兴，并没有怀疑辛十四娘不是人类。他问辛十四娘："一个死鬼，你家为什么对她那么百般顺从？"辛十四娘说："薛尚书如今当了五都巡环使，几百里以内的鬼狐都是他的侍从护卫，所以通常回墓的时间很少。"冯生没忘记自己的媒人，第二天便前去祭奠薛尚书的坟墓。回家后看见两个丫环拿着绣花锦缎前来祝贺，把锦缎放在几案上便起身离去。冯生告知辛十四娘，辛十四娘一看锦缎，说："这是郡君家的东西。"

本县一位通政使楚某的儿子，小时与冯生是同学，关系亲近。楚公子听说冯生娶的是狐妻，婚后三天送来酒食，随即到冯家举杯祝贺。过了几天，楚公子又送便条叫冯生去喝酒。辛十四娘闻讯对冯生说："前几天楚公子前来时，我从墙缝中一看，此人猴眼睛，鹰钩鼻，跟他不能过多往来，最好别去。"冯生同意不去。

第二天，楚公子登门来责问失约之罪，并送来新作。冯生评论中含有嘲笑，楚公子大为惭愧，两人不欢而散。冯生回屋后笑着叙述其事，辛十四娘面色凄惨地说："楚公子狠如豺狼，不可亲近。你不听我的话，将会祸难临头！"冯生只是笑笑，表示感谢。后来，冯生见到楚公子总是恭维说笑，以前的嫌隙逐渐消除了。

这次适值提督学政主持考试，楚公子第一，冯生第二，楚公子沾沾自喜，派人来邀冯生喝酒。冯生表示推辞，经多次相邀才去。到场才知道是楚公子的生日，宾客满堂，宴席非常丰盛。楚公子拿出试卷来给冯生看，亲朋好友肩叠肩地凑上来欣赏赞叹。酒过数巡，堂上奏起音乐，吹吹打打，音调粗野，宾主都很

高兴。

忽然，楚公子对冯生说："谚语说：'考场中莫论文。'现在知道这话大错特错。我所以名次忝居于你的前面，是因为起首处的几句话略高一筹。"楚公子说罢，满座宾客啧啧称赞。冯生醉中不能隐忍，放声大笑说："到现在你还以为自己的文章有这么好吗?"冯生说完，满座宾客都变了脸色。楚公子羞惭愤恨，气得说不出话来，客人渐渐散去，冯生也逃之夭夭。

冯生酒醒后深悔失言，于是告知辛十四娘。辛十四娘不高兴地说："你真是个乡下的浮薄刁巧的子弟！用轻薄的态度对待君子，会使自己丧失品德，用来对待小人，是给自己招惹杀身之祸。你离祸事已经不远了，我不忍心看着你衰落破败，请让我现在就和你告别。"冯生心中害怕，脸上流泪，并把自己的悔意告诉了辛十四娘。辛十四娘说："如果想让我留下，我与你约定，从今天起你必须闭门不出，杜绝交游，不许随意喝酒。"冯生全听她的。

辛十四娘持家勤俭，办事利落，每天纺纱织布度日。也时常自己回娘家，但从不过夜。她又时常拿出钱帛来维持生活，当天有盈余的钱，就投到大钱罐子里去。她整天关门闭户，有来访的，就吩咐仆人加以谢绝。

一天，楚公子派人送信来，辛十四娘把信烧了，没告诉冯生。第二天，冯生进城吊丧，在死者家里遇到了楚公子，楚公子抓住他的胳膊苦苦相邀，冯生借故推辞。楚公子让马夫给冯生牵马，自己推着他走。

来到楚家，楚公子立即吩咐摆上丰盛的酒食，冯生又说要早点儿回家。楚公子不断地拦阻，又叫家姬出来弹筝作乐。冯生一向放纵不羁，近来被关在家中，觉得非常烦闷，现在忽然遇上痛饮的机会，豪兴顿起，不再把辛十四娘的嘱咐放在心上，因此喝得大醉，在席间颓然倒下。

楚公子的妻子阮氏最为凶悍妒忌，家中的丫环姬妾都不敢涂脂抹粉。前一天，有一个丫环进了书斋，被阮氏抓住，用木杖去打头部，打得脑浆迸裂，立即毙命。楚公子因受冯生的讥嘲挖苦，怀恨在心，天天都想有所报复，于是图谋用酒把冯生灌醉而加以诬陷。这时，楚公子乘冯生醉倒酣睡，把丫环的尸体扛到床上，关上屋门，径自离去。

五更时分，冯生醒过酒来，才发现自己躺在几案上。他起身去找卧榻和枕头，却觉得有个腻软的东西绊住自己的脚，用手一摸，是一个人。他以为是主人打发来陪他睡觉的小僮，又用脚去踢此人，此人一动不动，身体已经僵硬。他大为恐骇，跑出门就怪声喊叫，奴仆全部出动，点上火一看，看见了尸首，便抓住冯生，愤怒地叫闹。楚公子出来验尸，诬蔑冯生强奸杀人，把他押送到广平县。

过了一天，辛十四娘才听到消息。她泪流满面地说："我早就知道会有今天！"便按日给冯生送些钱去。冯生见了府尹，说不出理来，早晚遭受拷打，被打得皮开肉绽。辛十四娘亲自前去看望，冯生见面后，悲郁的冤气堵在心上，说不出话来。辛十四娘知道设下的陷阱已经很深，劝冯生无辜认罪，以免受刑，冯

生流着眼泪表示听命。

　　辛十四娘往来于自家与监牢之间，人们近在咫尺也看不见她。她回到家中，叹息不止，急忙把丫环打发出去。独自住了几天，她又托媒婆买了一个良家女子，名叫禄儿，已到结发插簪的年龄，容貌颇为漂亮。她与禄儿同寝共食，对禄儿的关怀爱护超过所有的仆从。

　　冯生承认了酒后误杀丫环的罪名，被判为绞刑。仆人把得到的消息带回，边说边哭，泣不成声。辛十四娘听后神色坦然，好像并不介意。不久秋天处决犯人的日子临近，辛十四娘惶恐不安，焦急奔走，昼去夜来，脚不停步，每当寂静无人时，呜呜咽咽，悲切哀痛，以至睡眠与饮食大减。

　　有一天午后申时，原先派出的狐女丫环忽然赶了回来，辛十四娘立即站起身来，领她到没人的屋里交谈，出屋后笑容满面，像平时一样料理家务去了。第二天，仆人前往监牢，冯生捎话要辛十四娘前去作最后的告别。仆人回来复命，辛十四娘随便应了一声，也不悲痛，很冷淡地放在一边，家人都暗中议论她心太狠。

　　忽然，街头沸沸扬扬地哄传通政使楚某革职，平阳观察使接到特旨来办冯生的案件。仆人闻讯大喜，告知辛十四娘。辛十四娘也很高兴，立即差人到府衙去探望冯生，而冯生已经出狱，主仆悲喜交集。不一会儿，将楚公子捉拿到案，一经审讯，尽得实情，冯生立刻释放回家。

　　冯生回家见到辛十四娘，哭得泪水涟涟，辛十四娘面对冯生也露出悲苦之色。难过完了，又高兴起来。但冯生始终不知道自己的案子是怎么让皇上知道的，辛十四娘笑指丫环说："这就是你的功臣。"冯生惊愕地问其中的缘由。

　　在此之前，辛十四娘打发丫环赶赴燕京，想直达皇宫，为冯生申冤。丫环赶到后，发现宫中有神守护，只好在御沟间徘徊，好几个月也进不去。丫环害怕误事，正想回来再作计议，忽然听说当今的皇上将要巡幸大同，于是丫环预先赶到大同，扮作流落至此的妓女。皇上来到妓院，丫环极受宠爱眷顾，皇上觉得丫环不像风尘女子，丫环于是低头流泪。皇上问："你有什么冤枉苦楚？"丫环回答："我原籍隶属广平县，是生员冯某的女儿，父亲因冤狱将被处死，于是把我卖进妓院。"皇上面色凄惨，赐给黄金百两。临行前，皇上详细询问了案件的始末，拿纸笔记下姓名，并说想与丫环共享富贵。丫环说："我只求父女团聚，不愿华衣美食。"皇上点头首肯，丫环于是离去。丫环把这些情况告诉冯生，冯生急忙下拜，两眼泪光闪闪。

　　没过多久，辛十四娘忽然对冯生说："我若不是为情缘所牵，哪里会招致烦恼？你被逮捕时，我奔走在亲戚间，并没有一个人替我想办法。这种悲痛的心情，真是没处去讲。现在我看到尘世越发感到厌烦悲苦。我已为你备好如意的配偶，我们可以从此分别了。"冯生闻言，哭泣不止，伏地不起，辛十四娘这才没走。夜里，辛十四娘打发禄儿陪冯生去睡，冯生拒不接受。

第二天清早，冯生见辛十四娘容貌顿时减色。又过了一个多月，她逐渐显得衰老，半年后面色发黑，像一个乡村老太太，但冯生敬重她，始终没有变心。这时她忽然又要告别，并说："你自有称心的伴侣，干吗要我这丑老婆？"冯生伤心哭泣，依旧像以前一样对她。

又过了一个月，辛十四娘突然生病，不进饮食，虚弱地躺在房中。冯生侍候汤药，像对待父母一般。但是巫术医药全都无效，辛十四娘最终还是溘然长逝。冯生悲恸欲绝，便将皇上赐给丫环的钱，为辛十四娘料理斋祭下葬诸事。过了几天，丫环也走了，冯生于是以禄儿为妻，一年后生了一个儿子。

然而，连年歉收，家境日益破败，夫妻二人没有办法，形影相对，整天发愁。他们忽然想起厅堂角落的大钱罐子，过去经常看见辛十四娘往里投钱，不知是否还在。走近一看，那里摆满了酱缸盐豉，他们把这些东西一件一件地移开后，用筷子往大钱罐子里一插，里面很坚硬，插不进去，只好把它砸碎，金钱撒了一地。从此，他们顿时大为富裕起来。

后来，老仆人来到太华山，看见辛十四娘骑着青骡，丫环骑驴跟随其后。辛十四娘问："冯郎安好吗？"并说："请告诉你的主人，我已名列仙籍啦。"说罢消失不见。

异史氏说：轻薄的言词，多出于读书人，这是君子所痛心惋惜的。我也曾经落得个说轻薄话的罪名，想为此鸣冤已太迂腐。然而我未尝不刻苦自励，以勉励自己跻身于君子的行列，至于说那是祸是福就不管了。像冯生这样的人，一言不慎，几乎招致杀身之祸，如果不是家有仙人，又怎能从监牢脱身，在当世重新生存下去？真可怕！

[何守奇] "轻薄之态，施之君子则丧吾德，施之小人则丧吾身"，能守斯言，虽至圣贤可也，岂但神仙哉！辛十四娘名列仙籍而不与俱，正恐佻脱者非其器也。

[方舒岩] 十四娘刚介若李赞女，知人若山公妻，险阻不惊，艰难求济，若许允妇，谁谓妇人不可比踪英杰耶？

白 莲 教

【原文】

白莲教某者，山西人，大约徐鸿儒之徒。左道惑众，堕其术者甚众。一日将他往，堂中置一盆，又一盆覆之，嘱门人坐守，戒勿启视。去后门人启之，见盆贮清水，水上编草为舟，帆樯具焉。异而拨以指，随手倾侧；急扶如故，仍覆之。俄而师来，怒责曰："何违吾命？"门人立白其无。师曰："适海中舟覆，何得欺我？"又一夕，烧巨烛于堂上，戒恪守，勿以风灭。漏二滴，师不至，儚然

而殆，就床暂寐，及醒烛已竟灭，急起爇之。既而师入，又责之。门人曰："我固不曾睡，烛何得息？"师怒曰："适使我暗行十余里，尚复云云耶？"门人大骇。奇行种种，不可胜书。

后有爱妾与门人通，觉之，隐而不言。遣门人饲豕，门人入圈，立地化为豕，某即呼屠人杀之，货其肉，人无知者。门人父以子不归，过问之，辞以久弗至。门人家各处探访，杳无消息。有同师者隐知其事，泄诸门人之父，父告之邑宰。宰恐其遁，不敢捕治，详请官兵千人围其第，妻子皆就执。闭置樊笼，将以解都。途经太行山，山中出一巨人，高与树等，目如盘，

白莲教
左道由来幻术多
一家城邑太行通
巨人吞辰从容去
竟浮安然脱纲罗

口如盆，牙长尺许。兵士愕立不敢行。某曰："此妖也，吾妻可以却之。"甲士脱妻缚，妻荷戈往，巨人怒，吸吞之，众愈骇。某曰："既杀吾妻，是须吾子。"复出其子，巨人又吞之。众相觑，莫知所为。某泣且怒曰："既杀吾妻，又杀吾子，情何以甘！非某自往不可也。"众果出诸笼，授之刃而遣之。巨人盛气而逆。格斗移时，巨人抓攫入口，伸颈咽下。从容竟去。

【译文】

白莲教某人，山西人，已忘了他的姓名，大约是徐鸿儒一类的人。他以左道迷惑群众，仰慕他的法术的人，多拜他为师。

有一天，白莲教徒准备外出，在堂屋放一个盆，再用一个盆盖上，吩咐徒弟坐在旁边看守，告诫徒弟不能掀开盆盖。他离去后，徒弟掀开盆，看见盆里盛的清水，水上有草编的小船，船帆桅杆一应俱全。徒弟好奇，用手指拨船，船被随手碰翻，急忙把船扶成原样，又盖上盆。不久他回来了，生气地责备说："为什么违背我的命令？"徒弟立刻分辩说没有违背命令，他说："刚才海中船翻了，怎能骗得了我？"

聊斋志异（图文版）

卷四

四一一

又有一天晚上，白莲教徒在堂屋点了根大蜡烛，告诫徒弟小心看守蜡烛，不要让风吹灭。二更时分，他仍没回来，徒弟困乏得厉害，就上床暂时睡一会儿，到醒来时，大蜡烛竟然已经熄灭，急忙起来点着。不久，他进门后又责备徒弟。徒弟说："我的确没睡，蜡烛怎会熄灭？"他生气地说："刚才使我在黑暗中走了十多里，还敢这么说？"徒弟大为恐骇。像这样的奇异行为，一桩又一桩，写不过来。

后来，白莲教徒的爱妾与徒弟私通，他发觉了，却佯装不知，也不说破。他打发徒弟去喂猪，徒弟一进猪圈，立刻变成了猪。他当即叫屠夫来杀猪，卖了猪肉，没人知道此事的缘由。徒弟的父亲因儿子没回家，就来问儿子的下落，他说这个徒弟很久没来了。徒弟家到各处寻找打听，仍然毫无消息。

有位同门暗中知道此事，把实情透露给徒弟的父亲。徒弟的父亲向县令控告，县令怕白莲教徒逃走，不敢逮捕究办，而是报告上司，请来甲士一千名，包围了他的住宅，妻子儿女都被捉获。他被关在木笼子槛车里，将被押解到京城。

途中经过太行山时，山中出来一个巨人，像大树那么高，眼大如碗口，口大如瓦盆，牙长一尺左右，士兵吓得站下来，不敢前进。白莲教徒说："这是妖怪，我妻子可以打败它。"于是如言而行，给他妻子松绑，他妻子荷戈前往，巨人大怒，只一吸气就把她吞了，大家更加害怕。白莲教徒说："既然杀了我的妻子，现在该我儿子的啦。"于是又放出他的儿子，又像刚才一样被吞掉。大家面面相觑，不知所措。白莲教徒边哭边生气地说："既杀我妻子，又杀我儿子，我怎甘心！现在非我亲自上阵不可了。"大家果真将他从槛车中放出，给他一件兵器，派他出阵。巨人气势汹汹地迎上前来，经过一段时间的格斗，巨人把他抓住放进口中，一伸脖子，咽了下去，然后从容离去。

[何守奇] 兵士无识，乃为邪术所愚。

双　灯

【原文】

魏运旺，益都盆泉人，故世族大家也。后式微，不能供读。年二十余废学，就岳业酤。

一夕独卧酒楼上，忽闻楼下踏蹴声，惊起悚听。声渐近，循梯而上，步步繁响。无何，双婢挑灯，已至榻下。后一年少书生，导一女郎，近榻微笑。魏大愕怪。转知为狐，毛发森竖，俯首不敢睇。书生笑曰："君勿见猜，舍妹与有前因，便合奉事。"魏视书生，锦貂炫目，自惭形秽，不知所对。书生率婢，遗灯竟去。魏细视女郎，楚楚若仙，心甚悦之，然惭怍不能作游语。女顾笑曰："君非抱本头者，何作措大气？"遂近枕席，暖手于怀。魏始为之破颜，捋裤相嘲，遂与狎昵。晓钟未发，双鬟即来引去。复订夜约。

至晚女果至，笑曰："痴郎何福，不费一钱，得如此佳妇，夜夜自投到也。"

魏喜无人，置酒与饮，赌藏枚，女子十有九赢。乃笑曰："不如妾握枚子，君自猜之，中则胜，否则负。若使妾猜，君当无赢时。"遂如其言，通夕为乐。既而将寝，曰："昨宵衾褥涩冷，令人不可耐。"遂唤婢褷被来，展布榻间，绮縠香软。顷之，缓带交偎，口脂浓射，真不数汉家温柔乡也。自此，遂以为常。

后半年魏归家，适月夜与妻话窗间，忽见女郎华妆坐墙头，以手相招。魏近就之，女援之，逾垣而出，把手而告曰："今与君别矣。请送我数武，以表半载绸缪之意。"魏惊叩其故，女曰："姻缘自有定数，何待说也。"语次，至村外，前婢挑双灯以待，竟赴南山，登高处，乃辞魏言别。留之不得，遂去。魏伫立彷徨，遥见双灯明灭，渐远不可睹，怏怏而反。是夜山头灯火，村人悉望见之。

【译文】

魏运旺，益都盆泉人，原来出自世族大家，后来家道式微，不能供他读书，二十多岁时便中止学业，跟随岳父卖酒。

一天晚上，魏运旺独自躺在酒楼上，忽然听见楼下有脚步声。他吃惊地直起身来，恐惧地倾听着，声音越来越近，沿着楼梯上行，一步比一步响。不久，两个丫环提着灯，已经来到他的床前。后面有一个年轻的书生领着一个女郎，面带微笑地走近床前。

魏运旺大为惊异，再一想知道他们是狐狸，毛发森然耸立，低下头来，不敢斜视。书生笑着说："你不用猜疑。我妹妹与你有前世的姻缘，正该侍候你。"魏运旺看看书生，锦衣貂裘，光彩炫目，于是自惭形秽，满脸羞愧之色，不知如何回答才好。

书生留下灯，领着丫环离去。魏运旺仔细打量那位女郎，楚楚动人，仙女一般，心中非常喜欢，却自觉惭愧，说不出戏谑的话来。女郎看着魏运旺笑一笑说："你不是啃书本的，干吗也冒穷酸气?"便骤然凑上前来，把手放在魏运旺的怀里取暖。魏运旺这才露出笑容，将裤调情，跟她亲近。早晨的钟声还没敲

响，两个丫环便把女郎接走。他们又相约夜间相会。

夜晚降临，女郎果然前来，面带笑容地说："傻小子有什么福分，不花一文钱，就得到这么漂亮的女人，天天夜里主动送上门来。"魏运旺见没有外人，心中高兴，便摆上酒来，与她相对喝酒，玩猜手中钱物以赌胜负的游戏，结果十次有九次都是女郎取胜。于是女郎笑着说："不如让我来握钱物，由你来猜，猜中了就获胜，猜不中就认输。要让我猜，你就不会有取胜的时候。"便照女郎说的来玩，高兴地玩了一个通宵。

后来要睡觉时，女郎说："昨天夜里被褥冷涩，让人受不了。"便叫丫环把铺盖卷拿来，在床上铺开，绫罗被褥，又香又软。一会儿，两人宽衣解带，依偎在一起，口红芬芳四射，真是胜过了汉成帝的温柔乡。从此，他们每天都是这样。

半年后，魏运旺回到家里，适值月夜，与妻子在窗下说话，忽然看见女郎穿着华美的服装，坐在墙头，向他招手。他走近前去，女郎拉他一把，翻墙出去，拉着他的手告诉他说："今天要与你分别啦，请送我几步，以表半年来缠绵恩爱的情义。"他吃惊地问其中的缘故，女郎说："姻缘自然都有定数，还用说吗？"

谈话间，两人来到村外，先前的丫环提着两盏灯在那里等候。她们一直前往南山，登上高处，才与魏运旺告辞分别。魏运旺留不住她们，便任她们离去。

魏运旺站在那里，心神不宁，远远望见双灯时隐时现，渐渐远去，消失不见，便郁郁不乐地回到家里。这天夜里山头的灯火，村人全都看见了。

[但明伦] 来也突焉，去也忽焉。汉家温柔乡不敌邯郸黄粱一梦也。双灯导来，双灯引去，直是双眸之恍惚耳。有缘麾不去，无缘留不住，一部《聊斋》，作如是观；上下古今，俱作如是观。

捉鬼射狐

【原文】

李公著明，睢宁令襟卓先生公子也，为人豪爽无馁怯，为新城王季良内弟。季良家多楼阁，往往见怪异。公常暑月寄宿，爱阁上晚凉。或告之异，公笑不听，固命设榻，主人如言。嘱仆辈伴公宿，公辞曰："生平不解怖。"主人乃使爇香于炉，请祏何趾，始息烛覆扉而去。公就枕移时，于月色中见几上茗碗，倾侧旋转，不坠亦不休。公咄之，铿然立止。又若有人拔香炷，炫摇空际，纵横作花缕。公起叱曰："何物鬼魅敢尔！"裸裼下榻，欲就捉之。以足觅床下，仅得一履，不暇冥搜，赤足挝摇处，炷顿插炉，竟寂无兆。公俯身遍摸暗陬，忽一物腾击颊上，觉似履状，索之，亦殊不得。乃启覆下楼，呼从人燕火烛之，空无一物，乃复就寝。既明，使数人搜履，翻席倒榻，不知所在。主人为公易履。越日

偶一仰首，见一履夹塞椽间，挑拨
而下，则公履也。

公益都人，侨居于淄川孙氏第。
第綦阔，皆置闲旷，公仅居其半。
南院临高阁，止隔一堵，时见阁扉
自启闭，公亦不置念。偶与家人话
于庭，阁门开，忽有一小人面北而
坐，身不满三尺，绿袍白袜。众指
顾之，亦不动。公曰："此狐也。"
急取弓矢，对阁欲射。小人见之，
哑哑作揶揄之声，遂不复见。公捉
刀登阁，且骂且搜，竟无所睹，乃
返。异遂绝。公居数年，平安无恙。
公长公友三，为余姻家，其所目睹。

异史氏曰："予生也晚，未得奉
公杖履。然闻之父老，大约慷慨刚
毅丈夫也。观此二事，大概可睹。
浩然中存，鬼狐何为乎哉！"

【译文】

李著明公是睢宁县令李襟卓先生的公子，为人豪爽，从不气馁胆怯。他是新
城王季良先生的内弟，王季良先生家颇多楼阁，往往可以见到怪异现象。

李著明夏天曾经来这里寄宿，喜欢楼阁上晚间的凉爽。有人告诉他这里有怪
异，他只是为之一笑，并不听从劝告，执意命人在这里摆上床。主人依言而行，
嘱咐仆人陪他睡觉，他推辞说："我喜欢独自睡觉，一生不知道什么是恐怖。"
主人便吩咐在香炉中点上一炷安息香，问明睡觉时脚朝哪方，才熄了蜡烛，关上
门后离去。

李著明在枕上躺了一段时间，在月光下看到几案上的茶杯倾斜着旋转，既不
掉，也不停。李著明一声呵斥，茶杯响了一声，立刻停转。随即好像有人拔了一
炷香，在空中纵横摇动，使香头画出如花的线条。李著明起身呵斥说："什么鬼
怪竟敢如此！"赤身露体地下了床，想当场将它抓住。他把脚伸到床下找鞋，只
找到一只，顾不得细找，光着脚用鞋去打香摇动的空间，香顿时插到火炉里，竟
然静悄悄的，毫无踪迹。

李著明俯身摸遍黑暗的角落，忽然有一个东西飞来打在面颊上，觉得像是只
鞋，找鞋又没找到。于是他开门下楼，招呼仆人，点着蜡烛到处照着查找，结果
什么都没有，便重新去睡。

天亮后，李著明让几个人去找鞋，掀开席，移开床，仍没找到，主人只好为他换了一双鞋。第二天，他偶然抬头，看见一只鞋夹在椽子上，挑下来一看，正是他的鞋。

李著明是益都人，曾寄居在淄川县孙氏的住宅里。住宅很大，都空着没人使用，李著明也只住了一半。南院面对一座高阁，中间只隔一堵墙，时常可以看见阁门自开自关，李著明也没放在心上。

一次，李著明偶然在院子里和家人谈话，忽然阁门打开，出现一个小人，面朝北坐着，身高不满三尺，绿袍白袜。大家对他手指目视，他仍然不动。李著明说："这是狐狸精！"急忙拿来弓箭，对准阁门就要射，小人发出"呀呀"的嘲笑声，于是不再出现。李著明拿着刀登上楼阁，边骂边搜索，终究一无所见，只好返回，但怪异也从此绝迹。李著明在这里住了数年，始终平安无事。李著明的长兄李友三是我的亲家，此事便是他的亲眼所见。

异史氏说：我生得太晚，未能侍奉李公。但听老年人讲，他大约是一位慷慨而又刚毅的大丈夫。从这两件事看，他的风范大致可见。心中有浩然之气，鬼狐有何能为！

[何守奇] 豪气。

塞偿债

【原文】

李公著明，慷慨好施。乡人王卓，佣居公家。其人少游惰，不能操农务，家屡贫。然小有技能，常为役务，每赉之厚。时无晨炊，向公哀乞，公辄给以升斗。一日告公曰："小人日受厚恤，三四口幸不饿殍，然何可以久？乞主人贷我绿豆一石作资本。"公忻然授之。卓负去，年余，一无所偿。及问之，豆资已荡然矣。公怜其贫，亦置不索。

公读书萧寺。后三年余，忽梦卓来曰："小人负主人豆直，今来投偿。"公慰之曰："若索尔偿，则平日所负欠者，何可算数？"卓愀然曰："固然，凡人少有所为而受人千金，可不报也。若无端受人资助，升斗且不容昧，况其多哉！"言已竟去。公愈疑。既而家人白公曰："夜牝驴产一驹，且修伟。"公忽悟曰："得毋驹乃王卓耶？"越数日归，见驹，戏呼王卓，驹奔赴，若有知识。自此遂以为名。公乘赴青州，衡府内监见而悦之，愿以重价购之，议直未定。适公以家务，急不可待，遂归。又逾岁，驹与雄马同枥，龁折胫骨，不可疗。有牛医至公家，见之，谓公曰："乞以驹付小人，朝夕疗养，需以岁月。万一得瘥，得直与公剖分之。"公如所请。后数月，牛医售驴得钱千八百，以半献公。公受钱顿悟，其数适符豆价也。噫！昭昭之债，而冥冥之偿，此足以劝矣。

李著明性情慷慨，乐于施舍。同乡某人住在他家当雇工，该人从小到处游荡，生性懒惰，不肯以农为业，家境穷困。不过，他有些手艺，经常干些杂活，往往赏钱颇丰。有时早晨没米做饭，向李著明哀求借点儿粮食，李著明总是给他一升半斗的。

有一天，同乡对李著明说："小人天天受您丰厚的周济，一家三四口人才幸免饿死。不过这哪能长久维持下去，求您借给我一石绿豆做本钱吧。"李著明欣然同意，立即命人给他绿豆。同乡背走绿豆，一年多以后仍然一点儿也没偿还，等问起此事时才知道，一石绿豆的本钱已经荡然无存。李著明可怜他穷，也就放在一边，没去索债。

李著明在寺院里读书，过了三年多时间，忽然梦见同乡前来，说："小人欠您绿豆钱，现来偿还。"李著明安慰他说："我如果找你偿还，那你平时所欠的，怎么算得清？"同乡愁容满面地说："固然如此。大凡一个人做过些什么而接受别人上千两的银子，可以不再回报。如果无故接受别人的资助，连一升半斗的都不容含糊不清，何况欠了那么多！"说罢起身离去。

李著明醒来愈觉疑惑不解。不久家人禀告李著明说："夜里母驴生了一头小驴驹子，挺高大的。"李著明忽然明白过来，说："莫非小驴驹子便是同乡吗！"过了几天，李著明回到家中，看见小驴驹子，开玩笑叫出同乡的名字来，小驴驹子便跑到他跟前，像听懂他的话似的，从此，李著明便以同乡的名字称呼小驴驹子。

李著明前往青州时，衡王府内监见到小驴非常喜欢，愿意用高价买驴，价钱还没谈妥，适值李著明家中有急事不能再等，便回家了。

又过了一年，小驴与一匹雄马同拴在一个槽里，被雄马咬断胫骨，无法治好。有一位兽医前往李著明家见到小驴，对李著明说："请把小驴交给我，我早晚加以治疗调养，需要一定的时间。万一能够治好，卖了钱与您平分。"李著明同意了他的请求。

几个月后，兽医卖驴得到一千八百钱，把一半送给李著明。李著明接过钱来，顿时明白过来，这个数目正好与绿豆的价钱相符。

唉，阳间的债务，到阴间也要偿还，这是对世人的最好的劝导。

［何守奇］负欠豆价一石，遂至为驴以报；今负欠动数万者，其为报不知何如矣。

鬼 作 筵

【原文】

杜生九畹，内人病。会重阳，为友人招作茱萸会。早起盥已，告妻所往。冠服欲出，忽见妻昏愦，絮絮若与人言，杜异之，就问卧榻，妻辄"儿"呼之。家人心知其异。时杜有母枢未殡，疑其灵爽所凭。杜祝曰："得毋吾母耶？"妻骂曰："畜生！何不识尔父？"杜曰："既为吾父，何乃归家祟儿妇？"妻呼小字曰："我专为儿妇来，何反怨恨？儿妇应即死。有四人来勾致，首者张怀玉。我万端哀乞，甫能允遂。我许小馈送，便宜付之。"杜即于门外焚纸钱。妻又曰："四人去矣。彼不忍违吾面目，三日后当治具酬之。尔母年老龙钟，不能料理中馈。及期，尚烦儿妇一往。"杜曰："幽冥殊途，安能代庖？望恕宥。"妻曰："儿勿惧，去去即复返。此为渠事，当毋惮劳。"言已，曰："吾且去。"妻即冥然，良久乃苏。杜问所言，茫不记忆。但曰："适见四人来，欲捉我去。幸阿翁哀请，且解囊赂之，始去。我见阿翁锚袱尚余二锭，欲窃取一锭来，作糊口计。翁窥见，叱曰：'尔欲何为！此物岂尔所可用耶！'我乃敛手，未敢动。"杜以妻病革，疑信相半。

越三日，方笑语间，忽瞪目久之，语曰："尔妇綦贪，曩见我白金便生觊觎，然大要以贫故，亦不足怪。将以妇去为我敦庖务，勿虑也。"言甫毕，奄然竟毙。约半日许始醒，告杜曰："适阿翁呼我去，谓曰：'不用尔操作，我烹调自有人，只须坚坐指挥足矣。我冥中喜丰满，诸物馔都覆器外，切宜记之。'我诺。至厨下，见二妇操刀砧于中，俱绀帔而绿缘之，呼我以嫂。每盛炙于簋，必请觇视。曩四人都在筵中。进馔既毕，酒具已列器中。翁乃命我还。"杜大愕异，每语同人。

【译文】

　　秀才杜九畹的妻子得了病。适值重阳节，杜九畹被朋友邀去登山饮菊花酒，清晨起来，洗漱完毕，跟妻子说一声自己到哪里去，戴上帽子，穿好衣服，准备出门，忽然发现妻子神志不清，絮絮叨叨地像跟人说话。杜九畹好生奇怪，就在床前问她在干啥，不料妻子却叫他"儿子"，家里人心想一定是出了问题，当时杜九畹的母亲的灵柩还没下葬，所以怀疑是杜母的魂附在杜妻身上。

　　杜九畹祷告说："莫不是母亲吗？"妻子骂道："畜生！怎么不认识你父亲！"杜九畹说："既然是我父亲，干吗回家在儿媳身上作祟？"妻子叫着杜九畹的小名说："我专为儿媳来的，怎么反而埋怨我？儿媳本该马上就死，有四个人前来勾魂，为首的叫张怀玉。我万般哀求他们别勾，才得到允许。我应许送他们一点儿礼物，你这就应该送给他们。"杜九畹依言而行，在门外烧了纸钱。

　　妻子又说："那四个人去了。他们不愿拂我的情面，三天后，得办桌酒席答谢他们。你母亲上了年纪，行动不便，不能料理膳事，到时还得让儿媳走一遭。"杜九畹说："阴阳两界的存在方式不同，怎能替你做饭？希望父亲原谅。"妻子说："你别害怕，她去一下就回来。这是为她办事，她应该不怕辛劳。"说罢就神志昏迷，许久才苏醒过来。

　　杜九畹问妻子刚才说了什么，妻子一点儿也记不起来，只是说："刚才看见来了四个人，要把我捉走，幸亏公公哀求别捉，还掏钱贿赂他们，他们这才离去。我见公公的钱袋里还剩下两锭银子，想偷一锭来，过日子用。公公发现此举，斥责说：'你想干什么！难道这东西是你能用的吗？'我便缩回手去没敢动。"杜九畹因认为妻子病情沉重，对这话将信将疑。

　　过了三天，正在谈笑时，妻子忽然把眼睛瞪了许久，对杜九畹说："你媳妇太贪婪，前几天见到我的银子便生出非分之想。不过主要是由于太穷，也不怪她。我准备领你媳妇去，为我料理膳食，你不用挂虑。"话才说完，就突然死去。

　　大约过了半日，妻子才苏醒过来。她告诉杜九畹说："刚才公公把我叫去，告诉我说：'不用你动手去做，我自有下手烹调的人。你只须要坐住了，指挥一下就可以了。我们阴间喜欢丰满，各种饭菜都要盛得漫出碗盘，一定记住。'我应承下来。来到厨房，只见两个女人在里面切菜，都穿着镶着绿边的天青色的坎肩，都叫我嫂子，每当把菜肴盛到簋里时，总是请我过目。上次勾魂的四个人都坐在宴席上。把食物送上去以后，酒具也已经放在器皿中，公公就让我回来了。"杜九畹大为惊异，往往讲给朋友听。

　　[何守奇] 鬼爱媳妇亦犹人。

胡四相公

聊斋志异（图文版）

【原文】

　　莱芜张虚一者，学使张道一之仲兄也，性豪放自纵。闻邑中某宅为狐狸所居，敬怀刺往谒，冀一见之。投刺隙中，移时扉自辟，仆大愕却走。张肃衣敬入，见堂中几榻宛然，而阒寂无人，揖而祝曰："小生斋宿而来，仙人既不以门外见斥，何不竟赐光霁？"忽闻空中有人言曰："劳君枉驾，可谓跫然足音矣。请坐赐教。"即见两座自移相向。甫坐，即有镂漆朱盘贮双茗盏，悬目前。各取对饮，吸呦有声，而终不见其人。茶已，继之以酒。细审官阀，曰："弟姓胡，行四，曰相公，从人所呼也。"于是酬酢议论，意气颇洽。鳖羞鹿脯，杂以芳蓼。进酒行炙者，似小辈甚夥。酒后思茶，意才动，香茗已置几上。凡有所思，应念即至。张大悦，尽醉而归。自是三数日必一往，胡亦时至张家，俱如主客往来礼。

　　一日，张问胡曰："南城中巫媪，日托狐神渔利。不知其家狐君识之否？"曰："妄耳，实无狐。"少间，张起溲溺，闻小语曰："适所言南城狐巫，未知何如人。小人欲从先生往观之，烦一言请于主人。"张知为小狐，乃应曰："诺。"即席请于狐曰："我欲得足下服役者一二辈，往探狐巫，敬请君命。"狐固言不必，张言之再三，乃许之。既而张出，马自至，如有控者。既骑而行，狐相语于途，曰："今后先生于道途间，觉有细沙散落衣襟上，便是吾辈从也。"语次入城，至巫家。巫见张至，笑逆曰："贵人何忽降临？"张曰："闻尔家狐子大灵应，果否？"巫正

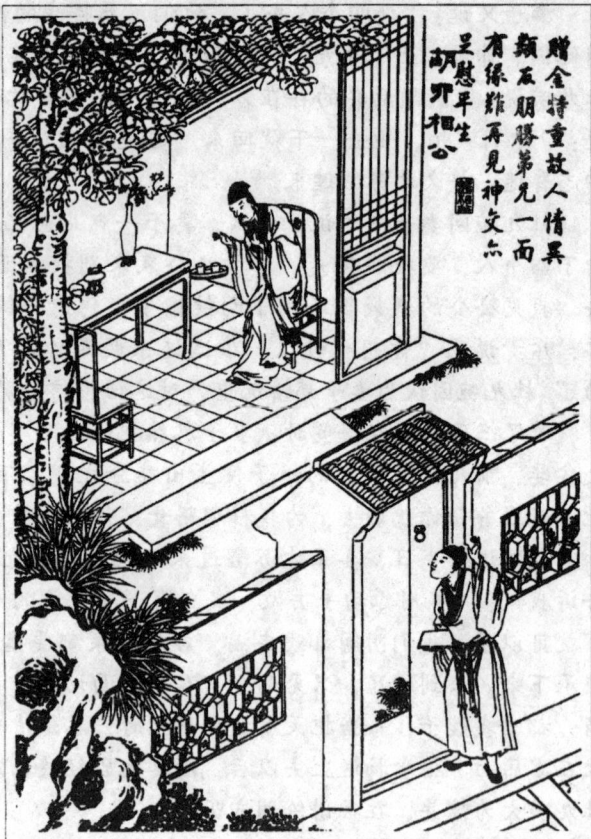

赠金持童故人情异　颊瓦阴骘第兄一面　有缘难再见神文点　呈慈平生胡邪相公

容曰："若个蹀躞语，不宜贵人出得！何便言狐子？恐吾家花姊不欢！"言未已，空中发半砖来，中巫臂，踉跄欲跌。惊谓张曰："官人何得抛击老身也？"张笑

曰:"婆子盲也!几曾见自己额颅破,冤诬袖手者?"巫错愕不知所出。正回惑间,又一石子落,中巫,颠踬,秽泥乱坠,涂巫面如鬼。惟哀号乞命。张请恕之,乃止。巫急起奔遁房中,阖户不敢出。张呼与语曰:"尔狐如我狐否?"巫惟谢过。张招之,且仰首望空中,戒勿伤巫,巫始惕惕而出。张笑谕之,乃还。

自此独行于途,觉尘沙渐渐然,则呼狐语,辄应不讳。虎狼暴客,恃以无恐。如是年余,愈与莫逆。尝问其甲子,殊不自记忆,但言:"见黄巢反,犹如昨日。"一夕共话,忽墙头苏然作响,其声甚厉。张异之,胡曰:"此必家兄。"张云:"何不邀来共坐?"曰:"伊道颇浅,只好攫得两头鸡啖,便了足耳。"张谓胡曰:"交情之好如吾两人,可云无憾;终未一见颜色,大是恨事。"胡曰:"但得交好足矣,见面何为?"一日,置酒邀张,且告别。问:"将何往?"曰:"弟陕中产,将归去矣。君每以对面不觌为憾,今请一识数载之交,他日可相认耳。"张四顾都无所见。胡曰:"君试开寝室门,则弟在焉。"张即推扉一觑,则内有美少年,相视而笑。衣裳楚楚,眉目如画,转瞬之间,不复睹矣。张反身而行,即有履声藉藉随其后,曰:"今日释君憾矣。"张依恋不忍别。狐曰:"离合自有数,何容介介。"乃以巨觥劝酒。饮至中夜,始以纱烛导张归。明日往探,则空屋冷落而已。

后道一先生为西州学使,张请如晋。因往视弟,愿望颇奢。比归,甚违初意,咨嗟马上,嗒丧若偶。忽一少年骑青驴,蹑其后。张回顾,见裘马甚丽,意亦骚雅,遂与闲语。少年察张不豫,诘之。张告以故。少年亦为慰藉。同行里许,至歧路中,少年拱手而别,且曰:"前途有一人,寄君故人一物,乞笑纳之。"复欲询之,驰马径去。张莫解所由。又二三里许,见一苍头持小簏子,献于马前,曰:"胡四相公敬致先生。"张豁然顿悟。启视,则白镪满中。及顾苍头,不知所往。

【译文】

莱芜人张虚一,是山西学政张道一的二哥,性情豪放不羁。他听说县里某人的住宅有狐狸居住,便恭敬地带上名帖前去拜见,希望能见上一面。他把名帖投入门缝,过了一段时间,门便自动打开。仆人大为惊愕,吓得步步后退,而他整理一下衣服,恭敬地走进大门。

张虚一看见厅堂中几案卧榻真真切切地摆在那里,只是静悄悄的,没个人影。于是他作揖祷告说:"小生斋戒而来,既然仙人没把我排斥在门外,干吗不索性让我得见尊容?"忽然只听得空荡荡的屋子里有人说:"有劳你屈驾光临,可以说是在空谷中听到'沙沙'的脚步声了。请坐下讲话。"就看见两个座位自动移成相对的位置。他刚坐下,就有一个镂花的红漆盘子,托着两个茶杯悬在眼前。他们各自拿一杯茶相对而饮,只听见喝得有声有响,却始终不见其人。

喝完茶,接着喝酒。张虚一详细打听对方的门第,对方说:"小弟姓胡,排

行第四，称为相公，是手下人的叫法。"于是互相敬酒，互相交谈，志趣十分相投。他们吃的是鳖肉鹿肉制成的佳肴，吃时用香料和辣菜调味，递酒递菜的，似乎有许多仆从。张虚一酒后很想喝茶，刚一动念，香茶就放到桌上。凡是他想要什么，随着念头一起，立刻送到。张虚一大为高兴，尽情喝醉后才回家。

从此，张虚一每隔三五天准去拜访一次胡四相公，胡四相公也时常到张家来，并且都遵循着主客往来的礼节。

有一天，张虚一问胡四相公说："南城有个巫婆，每天托狐神治病，赚病人的钱，不知她家的狐狸，你认识吗？"胡四相公说："她瞎说，其实她家没有狐狸。"稍停片刻，张虚一起身小解，听见有人细语说："刚才说的城南的狐巫，不知是什么人。小人想跟先生前去看看，有劳您向主人说一声。"张虚一知道说话的是小狐狸，便答应说："行。"就在席上向胡四相公请求说："我想带着您手下的一两个仆从，前去打探狐巫的虚实，敬请你开口下令。"胡四相公坚持说没有必要，张虚一再三请求，胡四相公便答应了。

不久，张虚一走出门来，马自动来到身边，像有人牵着似的。骑马上路后，狐狸与张虚一一路交谈，对张虚一说："以后先生在路上如果觉得有细沙落在衣襟上，就是我们在跟着您。"说话间进了城，来到巫婆家。

巫婆见张虚一前来，笑脸出迎说："贵人怎么忽然来啦？"张虚一说："听说你家的狐子很灵验，当真吗？"巫婆神色严肃地说："这种轻薄话，贵人不该说出口！怎能叫狐子，恐怕我家花姐听了不高兴！"话没说完，空中飞过半块砖来，打中巫婆的胳膊，巫婆踉踉跄跄，险些跌倒。巫婆吃惊地对张虚一说："官人怎可用砖打老身？"张虚一笑着说："老太婆瞎眼啦！何时看见自己额头破了，却要冤枉袖手旁观者？"巫婆惊愕发愣，不知砖从何处投来，正惶惑时，又有一个石子投来，打中了巫婆，使她跌倒在地；接着污泥纷纷落下，把她的脸涂得像鬼一样，她只有哀号声声，乞求饶命。张虚一请饶了她，打击于是停止。

巫婆急忙逃奔到屋里，关上屋门，不敢出来。张虚一喊着对巫婆说："你的狐狸比得上我的狐狸吗？"巫婆只是一味道歉认错。张虚一抬头望着空中，告诫自己的狐狸不要再伤害巫婆，巫婆这才战战兢兢地走出屋来。张虚一笑着把她开导一番，于是起身返回。

从此，每当张虚一在路上独自行走，觉得细沙"沙沙"落下时，招呼狐狸交谈，就有狐狸答应，从来不错，即使遇到虎狼或强盗，也有恃无恐。

这样过了一年多，张虚一与胡四相公的交情更加深厚。他曾经问胡四相公的年龄，胡四相公自己也记不清了，只是说："我看见黄巢造反，仿佛发生在昨天。"

一天晚上，张虚一与胡四相公正在谈话，忽然墙头"苏苏"作响，声音很大，张虚一感到诧异。胡四相公说："这一定是我哥哥。"张虚一说："干吗不请来一起坐坐？"胡四相公说："它的道行很浅，能捉只鸡吃就满足了。"张虚一对胡四相公说："交情好得像我们两人这样，可以说没有缺憾。但始终不能见你一面，实属遗憾。"胡四相公说："只要交情很好就够了，干吗见面？"

一天，胡四相公备好酒席请张虚一，准备告别。张虚一问："准备到哪里去？"胡四相公说："小弟生于陕中，现将回家。你每每为面对面却看不见人而遗憾，现在请你认识一下交往数年的朋友，将来才可相认。"张虚一四处张望，什么都没看见。胡四相公说："你可以打开寝室的门，小弟在那里。"张虚一依言而行，推门一看，只见屋里有一位英俊少年在看着他笑。少年衣装整洁，眉清目秀，转眼之间就消失不见。

张虚一转身走回，便有杂乱的脚步声跟在身后，说："今天总算解除了你的遗憾。"张虚一依依不舍，不愿分别。胡四相公说："聚散离合是注定的，何必放在心上。"便拿大杯劝酒，一直喝到半夜，才拿纱灯送张虚一回家。等天亮后，张虚一前去探望，只有冷冷落落的一所空房而已。

后来，张道一先生担任四川学政，张虚一仍像往日那样清贫，因此前去看望弟弟，心中抱着得到丰厚馈赠的过高的愿望。一个多月后回家时，当初的愿望远远没有达到，他骑在马上唉声叹气，灰心丧气，呆若木偶。

忽然，有一位少年骑一匹青马，跟随其后，张虚一一回头望去，只见少年轻裘肥马，甚为豪华，气度也很文雅，便跟他闲谈起来。少年发现张虚一很不高兴，便问何故如此。张虚一于是长吁短叹地把原由告知少年，少年也对他安慰一番。两人同行了一里多路，来到岔路口，少年便拱手告别说："前面的路上有一个人，送给你一样老朋友赠送的东西，请你笑纳。"张虚一还想再问，少年径自打马飞驰而去。张虚一莫明其妙。

又走了二三里路，张虚一看见一个老仆，拿一个小竹箱，在马前献上来说："胡四相公敬送给先生的。"张虚一顿时彻底明白过来。他接过竹箱打开一看，里面装满了白银。再看老仆，已不知去向。

[何守奇]　此胡蕴藉可人。但云"见黄巢反犹如昨日"，仍美少年何也？不知归途所遇，是此少年否？果尔，则当时倏忽一睹，亦不复记忆矣。

[但明伦]　开首便大书特书曰"学使张道一之仲兄"，即放下，叙入谒狐交狐一事，几乎上下分成两撅，令人将以此一句为赘疣矣。乃读至终篇，而知通幅精神，皆从此一句生出，古史之笔也。爰为之解曰："既亡兄弟，绝少知交。有狐绥绥，量殊斗筲。邂逅相遇，旨酒嘉肴。非吾族类，不害同胞。故人一物，聊以解嘲。"

念　秧

【原文】

异史氏曰："人情鬼蜮，所在皆然；南北冲衢，其害尤烈。如强弓怒马，御

人于国门之外者，夫人而知之矣。或有劙囊刺橐，攫货于市，行人回首，财货已空，此非鬼蜮之尤者耶？乃又有萍水相逢，甘言如醴，其来也渐，其入也深。误认倾盖之交，遂罹丧资之祸。随机设阱，情状不一；俗以其言辞浸润，名曰'念秧'。今北途多有之，遭其害者尤众。"

余乡王子巽者，邑诸生。有族先生在都为旗籍太史，将往探讯。治装北上，出济南，行数里，有一人跨黑卫驰与同行，时以闲语相引，王颇与问答。其人自言："张姓，为栖霞隶，被令公差赴都。"称谓执卑，祗奉殷勤，相从数十里，约以同宿。王在前则策蹇追及，在后则祗候道左。仆疑之，因厉色拒去，不使相从。张颇自惭，挥鞭遂去。既暮休于旅舍，偶步门庭，则见张就外舍饮。方惊疑间，张望见王，垂手拱立，谦若厮仆，稍稍问讯。王亦以泛泛适相值，不为疑，然王仆终夜戒备之。鸡既唱，张来呼与同行，仆咄绝之，乃去。

朝暾已上，王始就道。行半日许，前一人跨自卫，约四十许，衣帽整洁，垂首蹇分，眠寐欲堕。或先或后，因循十余里。王怪问："夜何作，致迷顿乃尔？"其人闻之，猛然欠伸，言："青苑人，许姓，临淄令高橤是我中表。家兄设帐于官署，我往探省，少获馈贻。今夜旅舍，误同念秧者宿，惊惕不敢交睫，遂致白昼迷闷。"王故问："念秧何说？"许曰："君客时少，未知险诈。今有匪类，以甘言诱行旅，夤缘与同休止，因而乘机骗赚。昨有葭莩亲，以此丧资斧。吾等皆宜警备。"王颔之。先是，临淄宰与王有旧，曾入其幕，识其门客，果有许姓，遂不复疑。因道寒温，兼询其兄况。许约暮共主人，王诺之。仆终疑其伪，阴与主谋，迟留不进，相失，遂杳。

翼日卓午，又遇一少年，年可十六七，骑健骡，冠服修整，貌甚都。同行久之，未交一言。日既夕，少年忽曰："前去曲律店不远矣。"王微应之。少年因咨嗟欷歔，如不自胜。王略致诘问，少年叹曰："仆江南金姓。三年膏火，冀博一第，不图竟落孙山！家兄为部中主政，遂载细小来，冀得排遣。生平不曾跋涉，扑面尘沙，使人薄恼。"因取红巾试面，叹咤不已。听其语，操南音，娇婉若女子。王心好之，稍为慰藉。少年曰："适先驰出，眷口久望不来，何仆辈亦无至者？日已将暮，奈何！"迟留瞻望，行甚缓。王遂先驱，相去渐远。晚投旅邸，既入舍，则壁下一床，先有客解装其上。王问主人，即有一人入，携之而出，曰："但请安置，当即移他所。"王视之则许。王止与同舍，许遂止，因与坐谈。少间，又有携装入者，见王、许在舍，返身遽出，曰："已有客在。"王审视，则途中少年也。王未言，许急起曳留之，少年遂坐。许乃展问邦族，少年又以途中言为许告。俄顷，解囊出资，堆累颇重，秤两余付主人，嘱治肴酒，以供夜话。二人争劝止之，卒不听。

俄而酒炙并陈。筵间，少年论文甚风雅。王问江南闱题，少年悉告之。且自诵其承破，及篇中得意之句。言已，意甚不平，共扼腕之。少年又以家口相失，夜无仆役，患不解牧圉，王因命仆代摄荁豆，少年深感谢。居无何，忽蹶然曰："生平蹇滞，出门亦无好况。昨夜逆旅与恶人居，掷骰叫呼，聒耳沸心，使人不眠。"南音呼骰为兜，许不解，固问之，少年手摹其状。许乃笑，于囊中出色一枚，曰："是此物否？"少年诺。许乃以色为令，相欢饮。酒既阑，许请共掷，赢一东道主，王辞不解。许乃与少年相对呼卢，又阴嘱王曰："君勿漏言。蛮公子颇充裕，年又雏，未必深解五木诀。我赢些须，明当奉屈耳。"二人乃入隔舍。旋闻轰赌甚闹，王潜窥之，见栖霞隶亦在其中。大疑，展衾自卧。又移时，众共拉王赌，王坚辞不解。许愿代辨枭雉，王又不肯；遂强代王掷。少间，就榻报王曰："汝赢几筹矣。"王睡梦应之。

忽数人排阖而入，番语啁嘈。首者言佟姓，为旗下逻捉赌者。时赌禁甚严，各大惶恐。佟大声吓王，王亦以太史旗号相抵。佟怒解，与王叙同籍，笑请复博为戏。众果复赌，佟亦赌。王谓许曰："胜负我不预闻。但愿睡，无相混。"许不听，仍往来报之。既散局，各计筹马，王负欠颇多，佟遂搜王装囊取偿。王愤起相争。金捉王臂，阴告曰："彼都匪人，其情叵测。我辈乃文字交，无不相顾。适局中我赢得如干数，可相抵。此当取偿许君者，今请易之。便令许偿佟，君偿我。不过暂掩人耳目，过此仍以相还。终不然，以道义之交，遂实取君偿耶？"王故长厚，遂信之。少年出，以相易之谋告佟。乃对众发王装物，估入己囊，佟乃转索许、张而去。

少年遂襆被来，与王连枕，衾褥皆精美。王亦招仆人卧榻上，各默然安枕。久之，少年故作转侧，以下体昵就仆。仆移身避之，少年又近就之。肤着股际，滑腻如脂。仆心动，试与狎，而少年殷勤其至，衾息鸣动。王颇闻之，虽其骇怪，终不疑其有他也。昧爽，少年即起，促与早行。且云："君蹇疲殆，夜所寄物，前途请相授耳。"王尚无言，少年已加装登骑，王不得已从之。骤行驶，去渐远，王料其前途相待，初不为意。因以夜间所闻问仆，仆以实告。王始惊曰："今被念秧者骗矣！焉有宧室名士，而毛遂于圉仆？"又转念其谈词风雅，非念秧所能，急追数十里，踪迹殊杳。始悟张、许、佟皆其一党，一局不行，又易一

局，务求其必入也。偿债易装，已伏一图赖之机，设其携装之计不行，亦必执前说篡夺而去。为数十金，委缀数百里，恐仆发其事，而以身交欢之，其术亦苦矣。

后数年，又有吴生之事：

邑有吴生字安仁，三十丧偶，独宿空斋。有秀才来与谈，遂相知悦。从一小奴，名鬼头，亦与吴僮报儿善。久而知其为狐。吴远游，必与俱，同室之中，人不能睹。吴客都中，将旋里，闻王生遭念秧之祸，因戒僮警备。狐笑曰："勿须，此行无不利。"

至涿，一人系马坐烟肆，裘服齐楚。见吴过，亦起，超乘从之。渐与吴语，自言："山东黄姓，提堂户部。将东归，且喜同途不孤寂。"于是吴止亦止，每共食必代吴偿值。吴阳感而阴疑之。私以问狐，狐曰："不妨。"吴意释。

及晚，同寻寓所，先有美少年坐其中。黄入，与拱手为礼，喜问少年："何时离都？"答云："昨日。"黄遂拉与共寓，向吴曰："此史郎，我中表弟，亦文士，可佐君子谈骚雅，夜话当不寥落。"乃出金资，治具共饮。少年风流蕴藉，遂与吴大相爱悦。饮间，辄目示吴作觥弊，罚黄，强使醻，鼓掌作笑。吴益悦之。既而更与黄谋赌博，共牵吴，遂各出橐金为质。狐嘱报儿暗锁板扉，嘱吴曰："倘闻人喧，但寐无吣。"吴诺。吴每掷，小注则输，大注则赢。更余，计得二百金。史、黄错囊垂罄，议质其马。

忽闻挝门声甚厉，吴急起，投色于火，蒙被假卧。久之，闻主人觅钥不得，破扃启关，有数人汹汹入，搜捉博者。史、黄并言无有。一人竟捋吴被，指为赌者，吴叱咄之。数人强检吴装。方不能与之撑拒，忽闻门外舆马呵殿声。吴急出鸣呼，众始惧，曳之入，但求无声。吴乃从容苞苴付主人。卤簿既远，众乃出门去。

黄与史共作惊喜状，取次觅寝，黄命史与吴同榻。吴以腰囊置枕头，方伸被而睡。无何，史启吴衾，裸体入怀，小语曰："爱兄磊落，愿从交好。"吴心知其诈，然计亦良得，遂相偎抱。史极力周奉，不料吴固伟男，大为凿枘，口颏呻殆不可任，窃窃哀免。吴固求讫事。手扪之，血流漂杵矣。乃释令归。及明，史惫不能起，托言暴病，请吴、黄先发。吴临别，赠金为药饵之费。途中语狐，乃知夜来卤簿，皆狐所为。

黄于途，益诣事吴。暮复同舍，斗室甚隘，仅容一榻，颇暖洁，吴以为狭。黄曰："此卧两人则隘，君自卧则宽，何妨？"食已径去。吴亦喜独宿可接狐友，坐良久，狐不至，倏闻壁上小扉，有指弹之声。吴拔关探视，一少女艳妆遽入，自扃门户，向吴展笑，佳丽如仙。吴喜致研诘，则主人之子妇也。遂与狎，大相爱悦。女忽潸然泣下。吴惊问之，女曰："不敢隐匿，妾实主人遣以饵君者。曩时入室，即被掩执，不知今宵，何久不至？"又呜咽曰："妾良家女，情所不甘。今已倾心于君，乞垂拔救！"吴闻骇惧，计无所出，但遣速去，女惟俯首泣。

忽闻黄与主人捶阃鼎沸，但闻黄曰："我一路祗奉，谓汝为人，何遂诱我弟室！"吴惧，逼女令去。闻壁扉外亦有腾击声。吴仓卒汗流如沈，女亦伏泣。又闻有人劝止主人，主人不听，推门愈急。劝者曰："请问主人，意将何为？如欲杀耶，有我等客数辈，必不坐视凶暴。如两人中有一逃者，抵罪安所辞？如欲质之公庭耶，帷薄不修，适以取辱。且尔宿行旅，明明陷诈，安保女子无异言？"主人张目不能语。吴闻窃感佩，而不知何人。初，肆门将闭，即有秀才共一仆来，就外舍宿。携有香酝，遍酌同舍，劝黄及主人尤殷。两人辞欲起，秀才牵裾。苦不令去。后乘间得遁，操杖奔吴所。秀才闻喧，始入劝解。吴伏窗窥之，则狐友也，心窃喜。又见主人意稍夺，乃大言以恐之。又谓女子："何默不一言？"女啼曰："恨不如人，为人驱役贱务！"主人闻之，面如死灰。秀才叱骂曰："尔辈禽兽之情，亦已毕露。此客子所共愤者！"黄及主人皆释刀杖，长跪而请。吴亦启户出，顿大怒詈，秀才又劝止吴，两始和解。

女子又啼，宁死不归。内奔出姬婢，捽女令入。女子卧地，哭益哀，秀才劝重价货吴生，主人俯首曰："作老娘三十年，今日倒绷孩儿，亦复何说。"遂依秀才言。吴固不肯破重资，秀才调停主客间，议定五十金。人财交付后，晨钟已动，乃共促装，载女子以行。女未经鞍马，驰驱颇殆。午间稍息憩，将行，唤报儿，不知所往。日已夕，尚无踪响，颇怀疑讶。遂以问狐。狐曰："无忧，将自至矣。"星月已出，报儿始至。吴诘之，报儿笑曰："公子以五十金肥奸伧，窃所不平。适与鬼头计，反身索得。"遂以金置几上。吴惊问其故，盖鬼头知女止一兄，远出十余年不返，遂幻化作其兄状，使报儿冒弟行，入门索姊妹。主人惶恐，诡托病殂。二僮欲质官，主人益惧，啖之以金，渐增至四十，二僮乃行。报儿具述其状，吴即赐之。

吴归，琴瑟綦笃。家益富。细诘女子，曩美少年即其夫，盖史即金也。袭一襂绸帔，云是得之山东王姓者。盖其党羽甚众，逆旅主人，皆其一类。何意吴生所遇，即王子巽连天呼苦之人，不亦快哉！旨哉古言："骑者善堕。"

【译文】

异史氏说：人情险恶如同鬼域，各地都是一样，特别是南北交通要道，祸害尤为厉害。像那些挽强弓、骑烈马，把人们阻御到国门之外的人，大家都知道他们。但有人割包剌袋偷东西，在街市上抢掠财物，往往过路人一回头之间，财产货物已空，这不是比鬼域更厉害吗？有的人萍水相逢，便甜言蜜语，从慢慢接近你，到逐步加深，往往误认为是倾心相交的朋友，结果遭遇钱财损失的祸事。这些人随机设置陷阱，种种手段不一。民间认为这些人言词浸润温和，所以称为"念秧"。如今北方大道上多有这种人，受害的人也特别多。

我的同乡王子巽，是县里入学的诸生。他有位本家前辈在京城任旗籍的太史，于是准备去探望。他打点好行装后北上，从济南出去，走了几里路，遇上一

个人骑着黑色的牲口，追上来和他同行。这个人时常说些闲话引逗王生说话，王生也不时答话。这个人自己说："姓张，是栖霞县的差隶，被县令派遣到京城办事。"他称呼谦卑，侍奉殷勤，相随走了几十里路，又提出要和王生同住一个旅店。王生在前面时，他就鞭打牲口追上来；王生在后面时，他又在道旁等候。王生的仆人对他怀疑，便严词厉色地赶他走，不让他跟从。张某自己感到不好意思，便挥鞭走了。

到了晚上，王生住旅店休息，偶然在门前散步，看见张某在外院吃喝。王生惊讶怀疑中，张某望见王生，立刻垂后站立，谦恭得像个仆人，彼此稍稍说了几句客套话。王生以为彼此寻常相遇，没有怀疑，然而王生的仆人整夜都对他戒备。清早，鸡打鸣时，张某过来招呼王生一起走。王生仆人呵叱着拒绝了，他便走了。太阳升起好高了，王生才上路。走了半天左右的路，发现前面有个骑着白色牲口，年纪四十来岁的人，见他衣帽穿戴整齐干净，低着头骑着牲口，打着盹几乎要掉下来。有时走到了王生前头，有时又落到王生后头，这样走了十多里路。

王生以为这个人好生奇怪，便问道："夜里做什么呢，怎么弄得这般迷糊瞌睡？"那人听到有人问话，猛地伸了个懒腰，说："我是清苑人，姓许。临淄县高蘖是我的中表亲。家兄在他的衙门里教书，我到那里去探望，得到一些礼钱。昨天夜里住宿，误同念秧们住在一起，我警惕丢钱，一夜没敢合眼，结果造成白天里这样迷顿。"王生故意问道："念秧是怎么回事？"许某说："你出外做客时间短，不知道什么是险诈。如今有一类匪徒，专门用甜言蜜语诱骗行人旅客，与你纠缠在一起，一起走，一起住，寻找机会骗取钱财。昨天我有个不怎么往来的亲戚，就是因为遇到这事，把路费都丢光了。我们都要有所警惕。"王生点头称是。

先前，临淄县县令与王生有些交往，王生曾经做过那里的幕僚，认识他的门客，其中确实有姓许的。于是，不再怀疑他，便说起家常话，并打听他哥哥的情况。许某便约会王生，天黑后住一个旅店。王生答应下来。王生的仆人始终怀疑这个人是假的，私下与主人商量，耽搁时间，不往前走，这样就彼此走失了，不见踪迹。

第二天，天到了正午的时候，又遇到一个少年，年约十六七岁，骑着一头健壮的骡子，衣服帽子秀丽整洁，容貌也很漂亮。他们一同走了很长时间，从来没有说过一句话。太阳偏西，少年忽然说道："前面离屈律店不远啦。"王生微微答应他一声。少年接着唉声叹气，抽泣不止，好像不能控制。王生略微打听了一下，少年叹道："我是江南人，姓金。三年的灯火，期望能够考上，没想到名落孙山。家兄在某部主持政务，于是带着家眷来，希望散散心。生来不习惯长途跋涉，扑面的尘沙，使人烦恼。"说着，取出红面巾擦脸，不断地叹息。听少年说话，操着南方口音，娇声婉转如同女孩子一般。王生心里喜欢他，便稍稍安慰了

他几句。少年说："刚才我是自己先跑出来的，家眷久等也不见到来，不知为什么仆人也不来？天快黑了，如何是好？"少年呆在原地望着远方，向前走得很慢。王生于是赶路，离少年越走越远了。

天黑时，王生投宿旅店。走进客房，靠墙边有一张床，已有行李放在上面。王生正问主人，有一个人进来，抢起行李就要走，说："请在这里安歇，我就搬到别的地方去。"王生一看，这人就是许生。王生止住他，让他留下同住一间房子，许某便留下来了。于是彼此坐下来说话。不大工夫，又有一个带行李的人进来，一见王生、许某在屋里，便返身就走，说："已有客人啦。"王生审视，原来是途中遇到的少年。王生还没说话，许某急忙起身，拽他留下，少年便坐下来。许某就打听少年的家族及祖籍，少年便把途中说的又说了一遍。

不一会儿，少年打开钱袋，掏出钱两堆在一起，显得很重。他秤了一两多银子，交给店主，嘱咐准备酒菜，以供夜里聊天时吃喝。王、许二人争着劝阻少年，少年不听。工夫不大，酒菜一齐摆上来了。饮酒之间，少年谈论文章之道，很是风流儒雅。王生询问江南考场中的试题，少年全都告诉了他。还把自己文章中承题破题的文字及得意的句子，背诵出来。说罢，还流露出愤愤不平之意。大家也为他扼腕惋惜。少年又说起家眷丢失，身边没有仆人，不懂喂牲口的话，王生便叫自己的仆人帮助他照料。少年深表感谢。大家坐着呆着，少年不安地说："生平困顿不顺，出门也没有好事。昨天夜里住店，遇上一帮坏人，他们掷骰子，呼叫着，吵得人心烦睡不着觉。"南方话呼"骰"为"兜"，许某不明白，一再追问。少年便用手比划着形状。许某这才笑着从口袋里摸出一枚骰子，说："是不是这东西啊？"少年答应是。许某便以骰子为酒令，大家一起高兴地喝。

酒喝到兴头时，许某请大家一起掷骰子玩，说是要赢个东道主做。王生推辞说不会玩。许某便与少年相对玩起来。许某还暗中嘱咐王生说："你不要说出来。南蛮公子哥很有钱，年纪又小，未必深知赌道。我赢些钱，明天我送给你些。"说完，两个人便进了另一间屋。不久，便听到闹哄哄的赌博的声音。王生偷偷看了看，见栖霞县的差人也在其中玩，非常疑惑。他打开被褥，自己独自躺下睡觉。又过了一阵，众人都来拉王生去赌，王生坚决以不会玩为由拒绝去赌。许某提出愿意代王生去赌，王生还不是肯。但最终他们强要代王生参加赌博。

不久，他们跑到王生床前报告说："你赢了几个赌码了。"王生睡梦中应着。后来，忽然有几个人推门闯进来，说着听不懂的番话。领头的说是姓佟，是旗下巡逻抓赌的。当时禁赌令很严，大家都显得非常惶恐。姓佟的大声吓唬王生，王生也以太史旗号对付他们。姓佟的怒气消失了，与王生扯起同乡来，笑着请大家继续玩。众人果然又赌起来，姓佟的也参加赌。王生对许某说："胜负我不管，只想睡觉，不要打扰。"许某还是不听，仍然往来报信。

赌局散了，各计赌码，王生负欠很多。姓佟的就来搜王生的行李，要取来顶债。王生生起气来，与他们相争。少年拉着王生的手臂小声说："他们都是些土

匪，很难预料干出什么来。我们是文人相交，不能不互相关照。刚才我在赌局中赢了若干钱，可以抵你的债。我本来应当从许君那里取赌债的，现在换一下：便叫许君偿还给姓佟的，你偿还给我。这不过暂时掩人耳目，过了这段时间仍然还给你。不然的话，从朋友的道义讲，我能真的让你还债吗？"王生本来就厚道，听他这么一说，也就相信了。少年走出房去，把相换抵债的办法告诉姓佟的。于是当着大家面，打开王生的行李，按着赌债估算所值的东西装入少年的口袋里，姓佟的转而去找许某、张某讨债去了。

少年把自己的被褥抱过来，与王生连枕，他的被褥都很精美华丽。王生也叫仆人到床上来睡，各自安静地就枕睡觉。很长时间，少年故意做出辗转反侧的样子，用下体贴近仆人。仆人移开身子躲避他，少年又靠过去。仆人的皮肤接触到少年的大腿根，只感到滑润如油脂一般。仆人心里活动了，试着与少年亲昵。少年殷勤备至，被子掀动与发出气息的声音，王生都听到了。虽然感到非常吃惊奇怪，却始终没有怀疑有不好的企图。

天刚刚亮，少年就起床了，催促一起早走。他还说："您很疲劳了，夜里所寄放的东西，我到前面再还给您。"王生还没来得及说话，少年已经骑上马，不得已，只好跟从。少年的骡子跑起来，越跑越远。王生料想少年会在前面等待，起初并不在意。他问起仆人有关夜间的事，仆人如实相告，这时才大惊说："现在被念秧们骗了！哪有官宦子弟会毛遂自荐和仆人干出这种来事？"转念又一想，他的谈吐风雅，又不像念秧的人所能做到的。王生急追几十里，还是踪迹不见，这才醒悟这姓张的、姓许的、姓佟的，都是他们一伙的，一个骗局不成，又换一个骗局，一定想要达到让人人圈套的目的。他们搞的还债换装，已经伏下企图要赖的预谋；假使换装之计行不通，势必如前面所说的强抢而去。为了几十两银子，尾随了几百里路；又怕仆人揭发他们的阴谋，竟用自己的身子获取仆人的欢心，这个计谋也太苦了。

过了几年，又发生了吴生的事。

城里有个吴生，字安仁，三十岁时死了妻子，独自住在空荡荡的书斋里。有个秀才来聊天，于是彼此很投机，相好。来客跟随一个仆人，名叫鬼头，他与吴生的小仆人报儿友好。时间长了，吴生知道他们是狐狸。吴生出远门，他们必定也要跟着。虽然住着一间屋里，可是别人都看不见。

吴生旅居在京城里，准备回家去，这时听说了王生遇到了念秧祸害，便告诫仆人作好戒备。'狐狸笑着说："不必，这次出门没有什么不顺利的。"他们到了涿州，见一个人拴着马坐在烟铺里，穿着讲究整齐。这个人看见吴生来到，也站起来，赶到吴生的前边，然后又尾随在后面，渐渐地与吴生搭起话来。这个人自言："山东人，姓黄，是户部人员，准备东去回家，很高兴大家同路，免得孤独寂寞。"于是，吴生停止不走，姓黄的也停止不走；每次一起吃饭，都是姓黄的主动掏钱付款。吴生表面感谢而内心怀疑他，私下问狐狸，狐狸只是说："没关

聊斋志异（图文版）

系。"于是，吴生的心也就放松了。

到了晚上，大家一起找住的地方，先有个美少年已经坐在旅店里了。姓黄的一进门，便与少年拱手，高兴地问："何时离开京城的？"少年回答说："昨天。"姓黄的便拉着他一齐住宿，并向吴生介绍说："这是史郎，我的表弟，也是个文人，可以陪伴先生谈论诗文，夜里聊天不会冷清了。"说完，拿出钱来置办酒菜一起喝。这位少年风流蕴藉，于是与吴生相互爱慕。饮酒间，史郎向吴生示意姓黄的喝酒作弊，于是罚姓黄的，强行让他喝酒，大家高兴地拍掌大笑。吴生更是喜欢这个少年了。

不久，史郎和姓黄的商量要赌钱，一起拉着吴生玩，于是大家从口袋里拿出钱来做赌本。狐狸嘱咐报儿暗地里把房门锁上，又嘱咐吴生说："若听到喧哗声，只管躺着睡觉不动。"吴生点头答应。吴生每次掷骰子，下小注时就输，下大注时就赢。到一更后，共计赢了二百多两银子。史郎和姓黄的掏干了钱袋，没钱了，便商量用马做抵押。这时，忽然听到猛烈的敲门声，吴生急忙站起来，把骰子扔进火里，蒙上被子假装睡觉。过了许久，只听店主说找不到钥匙，就有几个人打破门，气势汹汹闯进来，搜抓赌钱的人。史、黄二人都说没有赌博。有个人竟然掀起吴生的被子，说他是赌钱的。吴生驳斥他们，有几个人强行要搜查吴生的行装。正当吴生抗拒快顶不住的时候，忽然听到门外大队车马经过的声音，吴生急忙跑出来喊叫。众人害怕极了，忙把吴生拉进屋，求他不要声张。吴生这才从容地把包袱交给店主。车马走远了，这群人才出门而去。姓黄的与史郎都做出惊喜的样子，开始寻找床铺睡觉。姓黄的叫史郎跟吴生同睡一床。吴生把腰间缠的包袱枕在头下，然后拉开被子睡觉。不一会儿，史郎掀开吴生的被子，裸着身子钻入吴生的怀里，小声说："我喜欢兄长磊落，愿和你相好。"吴生心里明知这是欺诈，但考虑这也不错，于是和他偎抱起来。史郎极力奉承，不料吴生是个壮汉子，如同斧凿。史郎难以承受，不断呻吟，偷偷哀求吴生不要再干了。吴生原本想干完了再说，用手一摸，已经见血了，于是放开史郎，让他回去睡觉。

到了天明，史郎疲惫不堪，起不了床，假称得了暴病，请吴、黄二人先出发。吴生临走时，赠给史郎一些钱作为医疗费。吴生在路上和狐狸说话，这才知道夜里的车马声，都是狐狸干的，姓黄的在路上，更加向吴生献殷勤。到了晚上，他们还是同住一个旅店。店屋狭小，姓黄的说："这屋里住两个人是窄了些，若是你一个人睡在这里不就宽敞了吗？"吃过饭后就走了。吴生也是喜欢独自住一间屋，这样可以接待狐狸朋友。吴生坐了很久，狐狸还没有到。突然，他听见墙上小窗户出现了手指弹打的声音。吴生过去打开门栓去探视，一个年轻女子穿着鲜艳的衣服跑进来，她自己插上了门，向吴生露出笑脸，佳丽美好如同仙女。吴生很喜欢她，追问她是什么人，原来是店主人的儿媳妇。于是，他们亲昵一番，非常爱悦。忽然间女子伤心地掉下泪来，吴生惊问，女子说："不敢隐瞒。我是店主人派我来引诱你的，往常我一进屋，当即就派人来抓我，不知今晚上为

聊斋志异（图文版）

什么这么久还不到?"又哭着说:"我是良家女子,不甘心做这种事情。如今我把心里话都讲了,乞求你救救我!"吴生听后,非常害怕,又想不出个办法,只好叫她快快回去。女子不走,只是低头哭泣。

忽然间,听到姓黄的与店主人打起门来,急匆匆地像开了锅一样。又听见姓黄的大喊:"我一路上侍奉你,是看重你的为人,为何引诱我兄弟的媳妇!"吴生惧怕,逼着女子快走。又听到门外出现打闹的声音,吴生急得汗如雨下,女子也是趴着哭泣。又听到有人劝主人的声音,主人不听,更急促地推打门。那劝的人说:"请问店主你想怎么办?如果想杀了他们,有我们这几位客人在,必定不会坐视你们行凶。如果两人中有一人逃跑了,抵罪时怎么说?如果想告到公堂,说明了你家管教不严,正是自己找侮辱。况且他是旅客住店,明明是陷害欺诈,怎能保证女子不说实话?"店主人瞪着眼睛无话可说。吴生听了,暗暗感谢佩服解劝的人,但不知是谁。

起初,旅店快要关门的时候,有个秀才带个仆人,来到店里外院住。他带着好酒,让遍所有的客人,尤其是对店主人和姓黄的更是热情。店主人和姓黄的起身告辞,秀才扯着他们的衣服,苦苦挽留不让走。后来,他们找到机会溜走了,就抄起棍棒跑到吴生住的房屋。秀才听到喧闹声,这才进去劝解。

吴生趴在窗上窥视,原来是狐狸朋友,心里暗暗高兴。又见店主气势已被压下去,就说大话吓唬他们。又对女子说:"为何不吭一声?"女子哭着说:"只恨自己不如人,被人驱使干这种贱事!"店主听了,吓得面如死灰。秀才叱骂道:"你们这伙所干的禽兽不如的行为,已经完全暴露了。这是我们客人所愤恨的事情。"这时,姓黄的和店主都放下了手中刀棍,跪在那里请求原谅。吴生开门出来,怒气冲冲地把他们大骂了一顿。秀才又劝解吴生,双方这才和解。

女子又哭了起来,宁死不回去。从内房里跑出几个女仆,揪住女人往屋里拉。女子趴在地上,哭得更加哀痛。秀才劝店主高价把这个女人卖给吴生。店主低着头说:"我做了三十年的老娘,今日倒赔了孩子。既然是这样,还有什么好说的。"于是就依从了秀才的办法。吴生不肯破费重资,秀才在主客之间调停,最后议定五十两银子。双方人钱交付后,晨钟已经敲响。人们催促吴生赶快收拾行李,载着女子离开。女子没有骑过马,跑起来精疲力竭,到了午间才稍稍休息一会儿。

休息后将要上路,叫报儿,报儿不知哪去了。太阳已经偏西了,还不见报儿的踪影。吴生很是纳闷,便问狐狸。狐狸说:"不要担忧,他快回来了。"星月已经出现了,报儿这才回来。吴生盘问他。报儿笑着说:"公子拿出五十两银子肥了这个奸贼,我心里不平。刚才与鬼头商议好,返身去要钱。"说着把银子放在桌子上。吴生惊奇地询问怎么得的,原来鬼头知道女子只有一个哥哥,出远门十几年不回来,于是幻化成她哥哥的形状,让报儿假冒她的弟弟,到店主家要找姐姐妹妹。店主一见就被唬住了,非常恐慌,假托她病亡了。这两个人说要报

官，店主更害怕了，便拿银子贿赂他们。贿赂的价码渐渐增到四十两银子，这两个人才答应离开。报儿把过程说了一遍，吴生便把这些钱送给了报儿。

吴生回家后，与这个女人情义很深厚，家里更富裕了。后来，细细询问女子，才知道路上遇到的美少年就是她的丈夫，史郎就是那个姓金的。她穿着一件披肩，说是从山东一个姓王的那里得到的。原来这帮党羽人很多，包括旅店主人，他们都是一伙的。哪里想到吴生所遇到的即是王子巽为之叫苦连天的那些人，这种巧合，不也叫人感到痛快吗？古人说过："骑马的人往往容易摔下来。"

[何守奇] 客途可畏。

[但明伦] 计既不行，不得已而为苦肉之计，又不得已而为局陷之谋。乃藐兹鸟道，徒伤力士之椎；隐矣仙源，竟泛渔人之棹。机已巧而愈拙，事已假而成真。饵之者垂芳以投，吞之者脱钩而去。焉得行李之往来，尽借此友朋，珍斯鬼蜮。

寒月芙蕖

【原文】

济南道人者，不知何许人，亦不详其姓氏。冬夏着一单帢衣，系黄绦，无裤襦。每用半梳梳发，即以齿衔髻，如冠状。日赤脚行市上；夜卧街头，离身数尺外，冰雪尽熔。初来，辄对人作幻剧，市人争贻之。有井曲无赖子，遗以酒，求传其术，不许。遇道人浴于河津，骤抱其衣以胁之，道人揖曰："请以赐还，当不吝术。"无赖者恐其绐，固不肯释。道人曰："果不相授耶？"曰："然。"道人默不与语，俄见黄绦化为蛇，围可数握，绕其身六七匝，怒目昂首，吐舌相向。某大愕，长跪，色青气促，惟言乞命。道人乃竟取绦。绦竟非蛇；另有一蛇，蜿蜒入城去。由是道人之名益著。

缙绅家闻其异，招与游，从此往来乡先生门。司、道俱耳其名，每宴集，必以道人从。一日，道人请于水面亭报诸宪之饮。至期，各于案头得道人速帖，亦不知所由至。诸官赴宴所，道人伛偻出迎。既入，则空亭寂然，几榻未设，或疑其妄。道人启官宰曰："贫道无僮仆，烦借诸扈从，少代奔走。"官共诺之。道人于壁上绘双扉，以手挝之。内有应门者，振管而启。共趋觇望，则见憧憧者往来于中，屏幔床几，亦复都有。即有人一一传送门外，道人命吏胥辈接列亭中，且嘱勿与内人交语。两相授受，惟顾而笑。顷刻，陈设满亭，穷极奢丽。既而旨酒散馥，热炙腾熏，皆自壁中传递而出，座客无不骇异。亭故背湖水，每六月时，荷花数十顷，一望无际。宴时方凌冬，窗外茫茫，惟有烟绿。一官偶叹曰："此日佳集，可惜无莲花点缀！"众俱唯唯。少顷，一青衣吏奔白："荷叶满塘矣！"一座皆惊。推窗眺瞩，果见弥望菁葱，间以菡萏。转瞬间，万枝千朵，一齐都开，朔风吹面，荷香沁脑。群以为异。遣吏人荡舟采莲，遥见吏人人花深

聊斋志异（图文版）

寒月芙蓉

能将幻术惊官宰
顷刻雕花闹衙六
神拍案大家齐叫绝
尖刊人是温刑人

处，少间返棹，素手来见。官诘之，吏曰："小人乘舟去，见花在远际，渐至北岸，又转遥遥在南荡中。"道人笑曰："此幻梦之空花耳。"无何，酒阑，荷亦凋谢，北风骤起，摧折荷盖，无复存矣。

济东观察公甚悦之，携归署，日与狎玩。一日公与客饮。公故有传家美酝，每以一斗为率，不肯供浪饮。是日客饮而甘之，固索倾酿，公坚以既尽为辞。道人笑谓客曰："君必欲满老饕，索之贫道而可。"客请之。道人以壶入袖中，少刻出，遍斟座上，与公所藏无异。尽欢而罢。公疑，入视酒瓻，封固宛然，瓶已罄矣。心窃愧怒，执以为妖，杖之。杖才加，公觉股暴痛，再加，臀肉欲裂。道人虽声嘶阶下，观察已血殷座上。乃止不答，逐令去。道人遂离济，不知所往。后有人遇于金陵，衣装如故，问之，笑不语。

【译文】

济南府有一位道士，不知是哪里人，也不知姓名。无论冬夏，他只穿一件夹衣，腰系一根黄丝绳，不穿别的套裤与短袄。他经常用半个梳子梳理头发，便把梳齿插在发髻上，像帽子一样。他每天光着脚行走在街市上，夜间便睡在街头，在身体四周数尺之内，冰雪无不消溶。

道士刚来到济南时，往往给人表演幻术，市民都争先施舍钱财。有一个里巷间的无赖少年，送来些酒，请求把幻术传给自己，道士没有答应。正赶上道士在河边洗澡，无赖突然抱走衣服，加以要挟，道士拱手作揖说："请还我衣服，我会教给你的。"

无赖怕道士骗人，坚决不还。道士说："你真的不还吗？"无赖少年说："对。"道士默不作声，不久便见黄丝绳变成一条蛇，身粗可达数握，在无赖少

年身上绕了六七圈，昂起头来，怒目而视，朝他脸上吐着芯子。无赖少年惊愕异常，直身跪下，脸色发青，呼吸急促，一味只说"饶命"。于是道士终于拿下黄丝绳来，原来黄丝绳并不是蛇，另有一条蛇弯弯曲曲地爬进城去。

由于此事，道士更加有名。官僚士绅之家听说道士本领超常，都愿与他交往，他从此便在乡绅家中往来，司、道长官都得闻其名，每当宴饮聚会时，便让道士参加。

一天，道士要在水面亭设宴回请诸位长官。到了约定的日期，诸位长官各自在案头见到道士的请帖，也不知道怎么送来的。诸位长官来到设宴的处所，道士躬身出迎。大家进去后，却见静悄悄的一座空亭，连坐榻几案也没摆放，所以都怀疑道士胡闹。

道士看了看诸位长官说："贫道没有仆人，请借用诸位的随从人员，替我稍微张罗一下。"诸位长官都答应下来。道士在墙壁上画出两扇门，并用手敲门，门内便有人答应，把锁打开。大家一齐近前去看，却见有一些人影影绰绰地在里面走动，屏风、帐幔、床榻、几案样样俱全，立即有人把这些东西传送到门外。道士让差役接过来，摆放在亭中，并嘱咐大家不要与门内的人交谈，所以门内门外传送东西时，只是相顾一笑而已。

不久，亭中摆满了器具，极为奢侈豪华。接着，美酒飘香，酒菜热气腾腾，一样样都从墙壁中传递出来，在座的客人无不惊异。

水面亭本来背临湖水，每年六月时，数十顷荷花一望无际。但此宴时当寒冬，窗外茫茫一片，只有含烟的绿波。一位长官偶然感叹道："可惜今天的盛会没有莲花点缀！"大家都随声附和。不一会儿，一名青衣差役跑来禀告说："荷叶满塘啦！"满座无不惊讶，推开窗子，放眼望去，果然满眼都是青葱的荷叶，间杂着一些荷花，转眼间万枝千朵，一齐绽放，北风吹来，荷花的香气沁人心脾。

大家感到诧异，打发差役去划船采莲。远远望见差役驶进荷花深处，不一会儿划船返回，空手来见长官。长官问何至如此，差役说："小人乘船前往，看见荷花开在远处。我们逐渐划到北岸，反而又远远看见荷花开在南面的水面上。"道士笑了笑说："这是梦幻中的空花。"没多久，酒宴将尽，荷花也在凋谢，北风骤然吹起，把荷叶摧折得一点儿不剩了。

济东道道员非常高兴，把道士带回衙门，每天陪自己游玩。一天道员与客人喝酒，道员向有家传好酒，每次只请客人喝一斗酒，不肯让人随意多喝。这一天，客人喝完酒觉得味道甘美，一再要求再给斟酒，道员却说酒已喝光。道士笑着对客人说："如果你想过把酒瘾，可以找我来要。"客人请道士兑现诺言，道士把酒壶放到袖子里，不一会儿又把酒壶拿出，给在座每人斟酒，那酒与道员的家藏美酒根本没有两样儿，于是大家喝个痛快才散。

道员心中疑惑，进屋去看酒坛，却见外面封缄仍然完好无缺，里面却没有了

酒。道员心中暗自羞愧恼怒，把道士当妖人抓起来，加以拷打。不料棍子刚打下去，道员就觉屁股剧痛，再打下去，屁股上的肉疼得如同撕裂一般。虽然道士在堂下喊疼，道员却已血染坐椅，只好停止拷打，把道士赶走了。

于是道士离开济南，不知去向。后来有人在金陵遇见过道士，穿着仍然如故，问他什么，只是笑，不说话。

[何守奇] 狡狯。

酒　狂

【原文】

缪永定，江西拔贡生，素酗于酒，戚党多畏避之。偶适族叔家，与客滑稽谐谑，遂共酣饮。缪醉，使酒骂座，忤客；客怒，一座大哗。叔为排解，缪谓左袒客，益迁怒叔。叔无计，奔告其家。家人来，扶挟以归。才置床上，四肢尽厥，抚之，奄然气绝。

缪见有皂帽人萦己去。移时至一府署，缥碧为瓦，世间无其壮丽。至墀下，似欲伺见官宰，自思无罪，当是客讼斗殴。回顾皂帽人，怒目如牛，又不敢问。忽堂上一吏宣言，使讼狱者翼日早候，于是堂下人纷纷散去。缪亦随皂帽人出，更无归着，缩首立肆檐下。皂帽人怒曰："颠酒无赖子！日将暮，各去寻眠食，尔欲何往？"缪战栗曰："我且不知何事，并未告家人，故毫无资斧，庸将焉归？"皂帽人曰："颠酒贼！若酤自啖，便有用度！再支吾，老拳碎颠骨子！"缪垂首不敢声。

忽一人自户内出，见缪，诧异曰："尔何来？"缪视之，则其母舅。舅贾氏，死已数载。缪见之，始悟其已死，心益悲惧，向舅涕零曰："阿舅救我！"贾顾皂帽人曰："东灵非他，屈临寒舍。"二人乃入。贾重揖皂帽人，且嘱青眼。俄顷

出酒食，团坐相饮。贾问："舍甥何事，遂烦勾致？"皂帽人曰："大王驾诣浮罗君，遇令甥醉骂，使我捉得来。"贾问："见王未？"曰："浮罗君会花子案，驾未归。"又问："阿甥将得何罪？"答曰："未可知也。然大王颇怒此等人。"缪在侧，闻二人言，觳觫汗下，杯箸不能举。无何，皂帽人起，谢曰："叨盛酌，已经醉矣。即以令甥相付托，驾归，再容登访。"乃去。贾谓缪曰："甥别无兄弟，父母爱如掌上珠，常不忍一诃。十六七岁，每三杯后，喃喃寻人疵，小不合，辄挝门裸骂，犹谓齿稚。不意别十余年，甥了不长进。今且奈何！"缪伏地哭，懊悔无及。贾曳之曰："舅在此业酤，颇有小声望，必合极力。适饮者乃东灵使者，舅常饮之酒，与舅颇相善。大王日万几，亦未必便能记忆。我委曲与言，浼以私意释甥去，或可允从。"又转念曰："此事担负颇重，非十万不能了也。"缪谢诺，即就舅氏宿。次日，皂帽人早来觇望。贾请间，语移时，来谓缪曰："谐矣。少顷，即复来。我先罄所有用压契，余待甥归从容凑致之。"缪喜曰："共得几何？"曰："十万。"曰："甥何处得如许？"贾曰："只金币钱纸百提，足矣。"缪喜曰："此易办耳。"待将亭午，皂帽人不至。

缪欲出市上少游瞩，贾嘱勿远荡，诺而出。见街里贸贩，一如人间。至一所，棘垣峻绝，似是图圄，对门一酒肆，往来颇夥。肆外一带长溪，黑潦涌动，深不见底。方伫足窥探，闻肆内一人呼曰："缪君何来？"缪急视之，则邻村翁生，乃十年前文字交。趋出握手，欢若平生。即就肆内小酌，各道契阔。缪庆幸中，又逢故知，倾怀尽醵。大醉，顿忘其死，旧态复作，渐絮絮瑕疵翁。翁曰："数年不见，若复尔耶？"缪素厌人道其酒德，闻言益愤，击桌大骂。翁睨之，拂袖竟出。缪又追至溪头，捋翁帽，翁怒曰："此真妄人！"乃推缪颠堕溪中。溪水殊不甚深，而水中利刃如麻，刺胁穿胫，坚难摇动，痛彻骨脑。黑水杂溲秽，随吸入喉，更不可耐。岸上人观笑如堵，绝不一为援手。

时方危急，贾忽至，望见大惊，提携以归，曰："尔不可为也！死犹弗悟，不足复为人！请仍从东灵受斧锧。"缪大惧，泣拜知罪。贾乃曰："适东灵至，候汝立券，汝乃饮荡不归，渠迫不能待。我已立券，付千缗令去，余以旬尽为期。子归，宜急措置，夜于村外旷莽中，呼舅名焚之，此案可结也。"缪悉如命，乃促之行，送之郊外，又嘱曰："必勿食言，累我无益。"乃示途令归。

时缪已僵卧三日，家人谓其醉死，而鼻息隐隐如悬丝。是日苏，大呕，呕出黑沈数斗，臭不可闻。吐已，汗湿裀褥，气味熏腾，与吐物无异，身始凉爽。告家人以异。旋觉刺处痛肿，隔夜成疮，犹幸不大溃腐。十日渐能杖行。家人共乞偿冥负，缪计所费，非数金不能办，颇生吝惜，曰："曩或醉乡之幻境耳。纵其不然，伊以私释我，何敢复使冥王知？"家人劝之，不听。然心惕惕然，不敢复纵饮。里党咸喜其进德，稍稍与共酌。年余，冥报渐忘，志渐肆，故状渐萌。一日饮于子姓之家，又骂座，主人摈斥出，阖户径去。缪噪逾时，其子方知，扶持归家。入室，面壁长跪，自投无数，曰："便偿尔负！便偿尔负！"言已仆地，

视之气已绝矣。

【译文】

　　缪永定是江西的拔贡生，一向酗酒，亲族大多不敢接近他。他偶然来到堂叔家，因他为人滑稽，善于说笑话，客人一跟他交谈，都喜欢他，便在一起开怀痛饮。他喝醉了，便撒酒疯，骂在座的人，得罪了客人。客人大为恼火，群情愤激，议论纷纷。堂叔用身体左拦右挡地为他排解，而他认为堂叔偏袒客人，又把更大的怒火转嫁到堂叔身上。堂叔无计可施，跑到他家，告知其事，家人前来，把他扶回。刚把他放到床上，他的四肢已经变凉，一摸，已经断气。

　　缪永定死后，有个戴黑帽子的人把他绑走。过了一阵子，来到官署前，屋顶覆盖着淡青的琉璃瓦，世间没有这么壮丽的建筑。来到台阶下，黑帽人似乎要等候去见长官，缪永定心想，我有何罪，恐怕是客人指控我打架斗殴吧。他回头看见黑帽人，含怒的眼睛瞪得像牛眼睛似的，又不敢问为什么。不过他估计自己作为一名贡生与人发生争吵，也许犯不了大罪。

　　忽然，堂上有一名差役宣称，要打官司的明天早晨再来候审，于是堂下的人乱纷纷地一哄而散。缪永定也跟黑帽人走出官署，根本没有个去处，便缩头缩脑地站在店铺的屋檐下。黑帽人怒冲冲地说："你这撒酒疯的无赖！天快黑了，人们各自都去找吃饭过夜的地方，你上哪里去？"缪永定浑身发抖，说："我连为什么抓我都不知道，也没有告诉家人，所以没带一点儿盘缠，能到哪里去？"黑帽人说："撒酒疯的傢伙！要是给自己买酒喝，你就有钱了！你再对付我，老拳打碎你的骨头！"缪永定低下头来，不敢作声。

　　忽然，有一个人走出门来，看见缪永定，诧异地说："你怎么来啦？"缪永定一看那人，却是自己的舅舅。舅舅姓贾，已经死了数年。缪永定见到舅舅，才恍然明白自己已死，心中愈加悲伤恐惧，便向舅舅流着眼泪说："阿舅救我！"贾某看着黑帽人说："东灵使者不是外人，请屈驾光临寒舍。"缪永定与黑帽人二人便走进屋里。

　　贾某向黑帽人深深作揖，并请他多加关照。不一会儿，端出酒菜，三人围桌而坐，一起喝酒。贾某问："我外甥因什么事，以致劳你大驾，把他抓来？"黑帽人说："大王去见罗浮君，碰见你外甥撒酒疯骂人，便让我把他抓来。"贾某问："见过大王了吗？"黑帽人说："在罗浮君那里会审花子案，还没回来。"贾某又问："我外甥会定什么罪？"黑帽人回答说："还不知道。不过大王很痛恨这种人。"缪永定在旁边听了二人的谈话，浑身发抖，汗水直流，连酒杯和筷子都没动过一下。不久，黑帽人起身表示谢意说："叨扰你备办了这么丰盛的酒菜，我已经喝醉啦。我先把令甥托付给你。等大王回来，容我再登门拜访。"说完便起身离去。

　　贾某对缪永定说："你没有兄弟，父母把你视为掌上明珠，从来舍不得斥责

你。你十六七岁时，三杯酒过后，就醉话连篇，找别人的岔，稍不合意，就砸门叫骂。那时认为你年纪小，没想到分别十多年来，你还是一点儿也不长进，现在看你怎么办？"缪永定跪在地上，痛哭流涕，只是说自己悔之莫及。

贾某把缪永定拉起来说："我在这里卖酒，还有点儿小名气，我一定会尽力的。刚才喝酒的人是东灵君的使者，我经常请他喝酒，他与我也很要好。大王日理万机，也未必就能记住你。我委曲婉转地跟他说说，央求他顾念私情，把你放走，也许他能答应。"随即又转念一想说："这事风险很大，非有十万两银子不能了结。"缪永定表示感谢，痛快答应由自己承担费用，贾某承诺为外甥说情。这天缪永定便在舅舅家里过夜。

第二天，黑帽人很早就来探望，贾某请求与黑帽人个别交谈，谈了一阵子，前来告诉缪永定说："谈妥啦，他再过一会儿就来。我先把所有的钱都给他，作为抵押，剩下的等你回去慢慢凑足了给他。"缪永定高兴地说："一共要多少钱？"贾某说："十万钱。"缪永定说："我哪里弄得来这么多钱？"贾某说："只要一百刀金裱纸钱就够了。"缪永定大喜，说："这好办。"

等到正午时分，黑帽人还没来。缪永定想去逛街，稍微游览一番。贾某嘱咐别走远了，他一口答应，走出门来。只见街市里巷，交易贩卖，与人间完全一样。他来到一个地方，插着荆棘的墙垣非常高峻，似乎是一座监狱。监狱对门有一家酒店，乱哄哄地进进出出的人很多。酒店外有一条如带的小溪，溪中翻涌着黑水，深不见底。

缪永定停下脚步，去看溪水，就听见酒店里有一人大喊："缪君从哪里来？"缪永定忙看是谁，原来是邻居的翁生，十年前的文字之交，快步走出店来，与自己握手，像生前一样快活。他们随即在酒店里随便喝一些酒，各叙别后的情况。

缪永定正庆幸自己能回人间，又遇见老友，于是开怀痛饮，喝得大醉，顿时忘了自己是死人，老毛病重新发作，逐渐絮絮叨叨地指责翁生。翁生说："几年不见，你还这样？"缪永定一向讨厌别人提自己酒后昏乱的行为，听了翁生说的，更加愤怒，便一拍桌子，顿时破口大骂。翁生瞥了他一眼，一甩袖子，走出酒店。

缪永定追赶到溪头，扯下翁生的帽子。翁生生气地说："你真是个胡作非为的人！"便把缪永定推落到溪水中。溪水并不太深，但水中立着繁密的尖刀，刺穿他的肋部和小腿，只要艰难地动上一动，就会痛彻骨髓，痛贯大脑。黑乎乎的溪水掺杂着屎尿，顺着呼吸进入喉咙，更难忍受。岸上的人挤成一堵墙，都在围观哄笑，并没有一人肯拉他上岸。

正当危急时刻，贾某忽然赶到，见此情景大惊，把缪永定拉上岸，带回家，说："你真是不可救药！至死仍不悔悟，不配再当人了！请你仍然到东灵那里去受刀劈斧剁！"缪永定非常恐惧，流着眼泪说："我知罪啦！"贾某这才说："刚才东灵使者前来，等你立字据，你却又去喝酒，游荡不归。他时间紧迫，不能再等，我已立字据，交了一千贯钱，让他先走，余下应交的钱，以十天为限。你回去后，要赶紧筹措，夜里到村外的旷野荒地里，喊着我的名字，把纸钱烧了，你许下的这个愿就可以了结。"缪永定满口答应。于是贾某催他快走，送到郊外，又嘱咐说："你千万不能食言连累我！"便指明道路，让他回家。

当时，缪永定已经僵卧了三天，家人认为他已醉死，但鼻孔间隐约还有一丝气息。这一天，缪永定苏醒过来，大吐一场，吐出数斗黑汁，臭不可闻。吐完以后，汗湿透了裤子，身体这才觉得凉爽起来。他把死后的奇遇告诉家人，不久觉得被尖刀刺到的地方在肿痛，过了一夜变成了疮，幸好没有太溃烂。

十天后，缪永定渐渐能拄着拐杖走路，家人都要他去偿还阴间的欠账。缪永定把费用算了一下，没有几两银子不能备办，大大生出疼钱之心，说："以前那事也许是醉梦中的幻境。纵然不是幻梦，他以私情把我放走，怎敢让阎王知道？"家人劝他还愿，他不肯听。但他心里也提心吊胆，不敢再去酗酒。邻里都为他德行增进而高兴，逐渐又与他一起喝酒了。

过了一年多，缪永定把阴间报应渐渐忘却，心志逐渐放肆，故态也逐渐复发。一天，他在一位同族家里喝酒，又当场大骂主人。主人把他赶出屋去，关上大门，自己径自离开。他在门外叫嚷了一个多时辰，他儿子才得到消息，把他扶回家去。

一进屋，缪永定面对墙壁，直身跪下，磕头无数，说："这就还你的债！这就还你的债！"说罢仆倒在地，已经断气。

[何守奇] 其狂可为也，其客不可为也。

卷五

聊斋志异

阳武侯

【原文】

阳武侯薛公禄，胶州薛家岛人。父薛公最贫，牧牛乡先生家。先生有荒田，公牧其处，辄见蛇兔斗草莱中，以为异，因请于主人为宅兆，构茅而居。后数年，太夫人临蓐，值雨骤至，适二指挥使奉命稽海，出其途，避雨户中。见舍上鸦鹊群集，竞以翼覆漏处，异之。既而翁出，指挥问："适何作？"因以产告。又询所产，曰："男也。"指挥又益愕，曰："是必极贵。不然，何以得我两指挥护守门户也？"咨嗟而去。

侯既长，垢面垂鼻涕，殊不聪颖。岛中薛姓，故隶军籍。是年应翁家出一丁口戍辽阳，翁长子深以为忧。时侯十八岁，人以太憨生，无与为婚。忽自谓兄曰："大哥啾唧，得无以遣戍无人耶？"曰："然。"笑曰："若肯以婢子妻我，我当任此役。"兄喜，即配婢。

侯遂携室赴戍所。行方数十里，暴雨忽集。途侧有危崖，夫妻奔避其下。少间雨止，始复行。才及数武，崖石崩坠。居人遥望两虎跃出，逼附两人而没。侯自此勇健非常，丰采顿异。后以军功封阳武侯世爵。

至启、祯间，袭侯某公薨，无子，止有遗腹，因暂以旁支代。凡世封家进御者，有娠即以上闻，官遣媪伴守之，既产乃已。年余，夫人生女，产后，腹犹震动，凡十五年，更数媪，又生男。应以嫡派赐爵，旁支噪之，以为非薛产。官收诸媪，械梏百端，皆无异言。爵乃定。

【译文】

阳武侯薛禄，是胶州薛家岛人。父亲薛太公非常贫穷，给一位乡宦先生家放

牛。乡宦先生有一块荒地，薛公在那里放牛，总是看见蛇兔在杂草中搏斗，认为此地不同寻常，因而请求主人给他做墓地，在那里盖间茅屋住下。

几年后，太夫人临产，正值大雨骤至。恰巧有两位指挥使奉命检察海防，经过这里，在门前避雨，看见屋顶落下成群的乌鸦，争着用翅膀覆盖漏雨的地方，甚感诧异。后来薛太公走出屋来，指挥使问："刚才屋里在干啥？"薛太公告诉他们在生小孩。指挥使又问生的是男是女，薛太公说："是男孩。"指挥使更加惊讶，说："这孩子一定非常尊贵！不然怎会由我们两个指挥使守护大门？"两人叹息着起身离去。

薛禄长大后，面带污垢，鼻淌清涕，很不聪明。薛家岛上薛姓从来隶属军籍，这一年应该由薛太公家出一个男丁去戍守辽阳，这可愁坏了薛太公的长子。当时薛禄十八岁，人们认为他太傻，没人跟他结亲。这时薛禄忽然自动对哥哥说："大哥唉声叹气，莫非由于无人充军吗？"大哥说："对。"薛禄一笑，说："如果大哥肯把丫环嫁给我，我会承担这个差事。"哥哥大喜，立即把丫环许配给薛禄。

薛禄于是带着妻子奔赴戍守之地。刚走了几十里，忽然下起了暴雨。路边有块陡立的崖石，薛禄夫妻跑到崖石下避雨，不一会儿，停止降雨，才又上路。刚走了几步，崖石崩落，当地居民远远望见有两只虎跃出崖石，走近前来，附到两人身上，便无影无踪。薛禄从此变得非常骁勇矫健，顿时具有不同寻常的丰采，后来因军功被封为阳武侯世爵。

到了天启、崇祯年间，承袭阳武侯爵的某公死后没有儿子，只是夫人怀了身孕，因此暂时以旁支代为袭爵。当时的制度规定，凡是世袭封爵之家侍寝的妻妾怀了身孕的，应立即奏报皇上知道，由官府指派老妇人与产妇做伴并加守护，直到生完孩子为止。过了一年多时间，夫人生了一个女孩，产后腹部仍然震动不止，经过十五年，换了几位陪伴守护夫人的老妇人，又生了一个男孩。这个男孩应当以嫡系得赐封爵，旁支哗然反对，认为这男孩不是薛氏的后裔。官府将几位陪伴守护夫人的老妇人加以收捕，百般刑讯，还是全然没有不同的说法，于是这个男孩的爵位才得以确定。

[何守奇] 薛公禄乃靖难时候；前明公侯与国终始者只六国。

[但明伦] 鸦鹊覆翼，指挥守门，贵人诞生，恒多异兆。顾何以垢面垂涕，幼而不聪，必至危崖崩，虎逼附，而后勇健非常，丰采顿异耶？岂两人皆两虎之所化耶？抑天有以葆其真、韬其光，不欲使之轻泄耶？

赵 城 虎

【原文】

赵城妪，年七十余，止一子。一日入山，为虎所噬。妪悲痛，几不欲活，号啼而诉之宰。宰笑曰："虎何可以官法制之乎？"妪愈号啕，不能制之。宰叱之

亦不畏惧，又怜其老，不忍加以威怒，遂给之，诺捉虎。妪伏不去，必待勾牒出乃肯行。宰无奈之，即问诸役，谁能往者。一隶名李能，醺醉，诣座下，自言："能之。"持牒下，妪始去。隶醒而悔之，犹谓宰之伪局，姑以解妪扰耳，因亦不甚为意。持牒报缴，宰怒曰："固言能之，何容复悔？"隶窘甚，请牒拘猎户，宰从之。隶集猎人，日夜伏山谷，冀得一虎庶可塞责。月余，受杖数百，冤苦罔控。遂诣东郭岳庙，跪而祝之，哭失声。

无何，一虎自外来，隶错愕，恐被咥噬。虎入，殊不他顾，蹲立门中。隶祝曰："如杀某子者尔也，其俯听吾缚。"遂出缧索絷虎项，虎帖耳受缚。牵达县署，宰问虎曰："某子尔噬之耶？"虎颔之。宰曰："杀人者死，古之定律。且妪止一子，而尔杀之，彼残年垂尽，何以生活？倘尔能为若子也，我将赦之。"虎又颔之，乃释缚令去。妪方怨宰之不杀虎以偿子也，迟旦启扉，则有死鹿，妪货其肉革，用以资度。自是以为常，时衔金帛掷庭中。妪从此丰裕，奉养过于其子。心窃德虎。虎来，时卧檐下，竟日不去。人畜相安，各无猜忌。数年，妪死，虎来吼于堂中。妪素所积，绰可营葬，族人共瘗之。坟垒方成，虎骤奔来，宾客尽逃。虎直赴冢前，嗥鸣雷动，移时始去。土人立"义虎祠"于东郭，至今犹存。

【译文】

　　赵城有位老太太，七十多岁，只有一个儿子。一天，儿子进山被虎吃掉，老太太非常悲痛，几乎不想活了，便连哭带号地向县官告状，县令笑着说："怎么才能用官法制裁虎呢？"老太太越发号啕大哭，没人能把她止住。县令加以喝斥，她也不怕。县令又可怜她上了年纪，不忍心对她大发脾气，便答应为她捉虎。

　　可是老太太伏地不起，一定要等捉虎的公文下达，才肯离去。县令无可奈何，便问各个差役，谁能前去捉虎。一个名叫李能的差役，喝得大醉，这时走到

县令座前说："我能。"便领了公文退下，老太太这才离去。

李能酒醒后就翻悔了，但还以为县令只是摆摆样子，姑且摆脱老太太的纠缠，所以也没太在意，到期复命，交回文书。县令怒气冲冲地说："你本来说能捉虎，怎容翻悔？"李能非常为难，请求行文召聚猎户服役，县令依言而行。

李能把众猎户召集起来，日夜潜伏在山谷里，希望捉到一只虎，或许便可交差，可是过了一个多月也没捉到。李能挨了好几百板子，冤苦无处可诉，便前往东郊山神庙跪下祷告，痛哭失声。

一会儿，一只虎从外面走过来。李能仓促间感到惊愕，怕被吃掉。虎走进庙来，根本不看别处，蹲在大门中央。李能祷告说："如果是你吃了老太太的儿子，就低下头来让我绑上。"便拿出绳索，系住虎颈，虎则俯首贴耳地让他绑。

李能把虎牵到县衙，县令问虎说："老太太的儿子是你吃的吗？"虎点点头。县令说："杀人应该处死，是自古就有的法律。而且老太太只有一个儿子，却被你吃了，她残年将尽，怎么生活？假如你能当她的儿子，我就免你的罪。"虎又点点头，于是松了绑，让它走了。

老太太正怨县令不杀虎给儿子偿命，早晨开门时，门口却有一只死鹿，于是她卖掉鹿肉鹿皮，用来维持生活。从此，这便成为惯例，有时虎还衔来钱财，丢到院子里，老太太从此富裕起来，虎对她的奉养超过自己的儿子，所以她心里暗中感激这只虎。虎来时，经常趴在屋檐下，整天不走，人畜相安，互不猜忌。

几年后，老太太死了，虎来到堂前吼叫示哀。老太太平时的积蓄，用来料理丧葬之事绰绰有余，族人便一起把她埋葬。坟刚堆好时，虎又骤然跑来，吓得宾客一逃而光。虎直接来到坟前，发出如雷的哀号，过了一阵子才肯离去。

本地人在东郊建了一座"义虎祠"，至今还在。

[何守奇] 虎义矣，岂亦宰之仁政有以使之然欤？观其不加威怒于媪，而诺为捉虎，是岂俗吏所能；宰庶几其不为赵城虎者。

螳螂捕蛇

【原文】

张姓者偶行溪谷，闻崖上有声甚厉。寻途登觇，见巨蛇围如碗，摆扑丛树中，以尾击柳，柳枝崩折。反侧倾跌之状，似有物捉制之，然审视殊无所见，大疑。渐近临之，则一螳螂据顶上，以刺刀攫其首，擛不可去。久之，蛇竟死。视额上革肉，已破裂云。

【译文】

姓张的偶然在溪谷间赶路，听见山崖上发出一种非常尖厉的声音。他找到通路，登上山崖一看，只见一条碗口粗的大蛇在树丛中扑棱，尾巴抽打到柳树上，

柳枝顿时折断。他看那大蛇折腾来折腾去的样子，好像受到什么东西的箝制，但仔细察看仍然毫无所见，于是疑心大起。他逐渐走到蛇前，却见一只螳螂盯在大蛇的头顶上，在用尖利的前臂猛抓大蛇的脑袋，大蛇怎么折腾也甩不开它。过了许久，大蛇终于死去，一看大蛇的额头，皮肉已经破裂。

武 技

【原文】

李超字魁吾，淄之西鄙人，豪爽好施。偶一僧来托钵，李饱啖之。僧甚感荷，乃曰：“吾少林出也。有薄技，请以相授。”李喜，馆之客舍，丰其给，且夕从学。三月艺颇精，意甚得。僧问：“汝益乎？”曰：“益矣。师所能者，我已尽能之。”僧笑，命李试其技。李乃解衣唾手，如猿飞，如鸟落，腾跃移时，诩诩然交叉而立。僧又笑曰：“可矣。子既尽吾能，请一角低昂。”李忻然，即各交臂作势。既而支撑格拒，李时时蹈僧瑕，僧忽一脚飞掷，李已仰跌丈余。僧抚掌曰：“子尚未尽吾能也。”李以掌致地，惭沮请教。又数日，僧辞去。

李由此以武名，邀游南北，罔有其对。偶适历下，见一少年尼僧弄艺于场，观者填溢。尼告众客曰：“颠倒一身，殊大冷落。有好事者，不妨下场一扑为戏。”如是三言。众相顾，迄无应者。李在侧，不觉技痒，意气而进。尼便笑与合掌。才一交手，尼便呵止曰：“此少林宗派也。”即问：“尊师何人？”李初不言，尼固诘之，乃以僧告。尼拱手曰：“憨和尚汝师耶？若尔，不必交手足，愿拜下风。”李请之再四，尼不可。众怂恿之，尼乃曰：“既是憨师弟子，同是个中人，无妨一戏。但两相会意可耳。”李诺之。然以其文弱故，易之。又年少喜胜，思欲败之，以要一日之名。方颉颃间，尼即遽止，李问其故，但笑不言，李以为怯，固请再角。尼乃起。少间李腾一踔去，尼骈五指下削其股，李觉膝下如中刀斧，蹶仆不能起。尼笑谢曰：“孟浪迕客，幸勿罪！”李舁归，月余始愈。后年余，僧复来，为述往事。僧惊曰：“汝大卤莽！惹他何为？幸先以我名告之，不然，股已断矣！”

【译文】

李超字魁吾，淄川西郊人，性情豪爽，乐于施舍。这天偶然有一个和尚前来托钵化缘，李超让他吃得饱饱的。和尚非常感激李超，便说：“我是少林寺的，会一些武艺，请让我传授给你。”李超心中喜欢，请他住进招待宾客的房子里，提供丰富的给养，早晚跟他学练武艺。

三个月后，李超的武艺已经相当精湛，自己也很得意。和尚问：“你有进步吗？”李超说：“有进步。老师会的，我已经全会了。”和尚只是一笑，让李超展

示自己的武艺。于是李超脱去衣服，向手心唾了一口唾沫，动作像猿猴跃起，似飞鸟降落，左腾右跃地演练了一阵子，然后骄傲自得地站在一边。和尚又是一笑，说："行啦，既然你把我的武艺都学会了，就让我们一比高低吧。"李超欣然同意，两人便各自交叉双臂，摆开架势。接着你抵挡我招架地格斗起来，李超不断寻找和尚的破绽，和尚忽然飞起一脚，李超早已仰面朝天地跌出一丈多远。和尚拍手说："你还没有学透我的武艺！"李超用手掌撑地，惭愧沮丧地请求指教。

又过了几天，和尚告别离去，李超从此以武艺超群出了名，游历南北各地，都没对手。

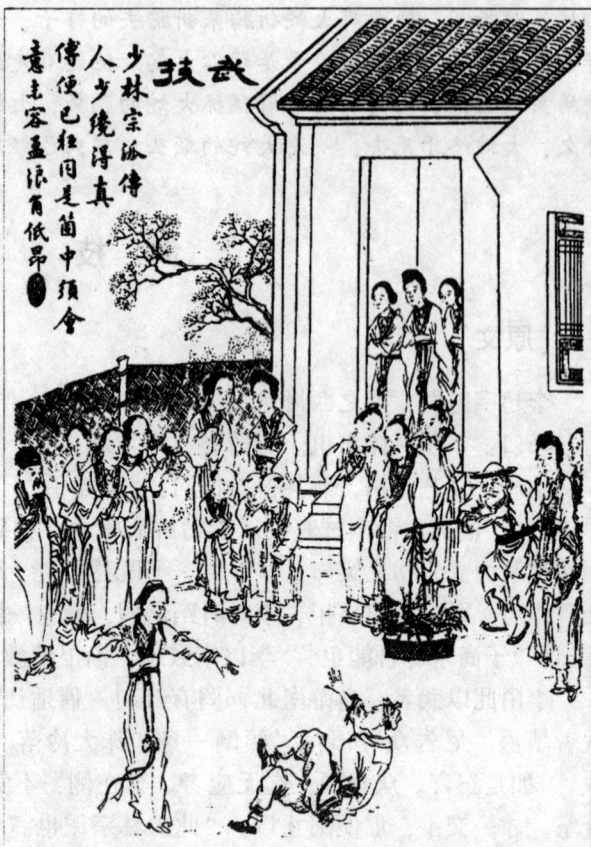

一次，李超偶然前往济南，看见一位年轻的尼姑在场子里表演武艺，观众挤得水泄不通。尼姑对观众说："一人表演，太冷落了。有喜欢武艺的，不妨到场子中来交手比试，玩上一场。"这样说了三遍，大家面面相觑，始终没有应战的。李超在一旁不觉技痒，意气风发地走到场中，尼姑便笑着合掌施礼。刚一交手，尼姑便喊他住手，说："你这武艺是少林一派的。"随即便问："尊师是谁？"李超开始不说，尼姑再三追问，才告诉她是那位和尚。尼姑胸前拱手说："憨和尚是你的老师吗？假若如此，就不必在拳脚上比高低，我甘拜下风。"李超多次请求比试，尼姑都不同意。后经大家一再怂恿，尼姑才说："既然你是憨师的弟子，就是深谙此道的人，不妨玩上一回，只要对方心里明白就可以了。"李超答应下来，但尼姑长得文弱，有轻视之心，又因少年好胜，想打败她，以博得一时的名声。两人腾跃进退刚一交手，尼姑就突然住手不打，李超问为什么，她只是笑，不说话。李超以为她怕了，坚持要求再作较量，于是她又起身动手。不一会儿，李超飞起一脚，朝她踢去，她并拢五指向下往腿上一削，李超觉得膝下像被刀斧砍中似的，跌倒在地，站不起来。尼姑笑着道歉说："鲁莽冒犯你了，请别怪罪!"李超被抬回家去,一个多月才痊愈。

一年多以后,和尚又来到李超家,李超向他讲起这件往事。和尚吃惊地说:"你太鲁莽!干嘛惹她!幸亏你先把我的名字告诉了她,否则腿已断了!"

[何守奇] 今所传仍有两派,但世俗多说少林,要亦耳食者众耳。

小 人

【原文】

康熙间有术人携一椟,椟藏小人长尺许。投一钱,则启椟令出,唱曲而退。至掖,掖宰索椟入署,细审小人出处。初不敢言,固诘之,方自述其乡族。盖读书童子,自塾中归,为术人所迷,复投以药,四体暴缩,彼遂携之,以为戏具。宰怒,杖杀术人。

【译文】

康熙年间,有个变戏法的人带着一个盒子,盒子里装着一个小人,高一尺左右。给他扔钱,他就打开盒子,让小人出来,唱一首曲子,再回盒子里去。

那人来到掖县,掖县令把盒子要下来,搬到县衙里,仔细审问小人的来历。起初小人不敢实说,经再三盘问,才讲出自己的家乡和宗族。原来小人是一个读书的小孩,从塾中回家时,被变戏法的人迷住,再给他服药,使四肢猛缩,那人便作为演出工具带着他走。

县令大怒,杀死变戏法的人,把小孩留下,想给他医治,可是还没找到医治的办法。

秦 生

【原文】

莱州秦生制药酒，误投毒味，未忍倾弃，封而置之。积年余，夜适思饮，而无所得酒。忽忆所藏，启封嗅之，芳烈喷溢，肠痒涎流，不可制止。取盏将尝，妻苦劝谏。生笑曰："快饮而死，胜于馋渴而死多矣。"一盏既尽，倒瓶再斟。妻覆其瓶，满屋流溢，生伏地而牛饮之。少时，腹痛口噤，中夜而卒。妻号泣，为备棺木，行入殓。次夜，忽有美人入，身长不满三尺，径就灵寝，以瓯水灌之，豁然顿苏。叩而诘之，曰："我狐仙也。适丈夫入陈家，窃酒醉死，往救而归，偶过君家，彼怜君子与己同病，故使妾以余药活之也。"言讫不见。

余友人邱行素贡士，嗜饮。一夜思酒，而无可行沽，辗转不可复忍，因思代以醋。谋诸妇，妇嗤之。邱固强之，乃煨醯以进。壶既尽，始解衣甘寝。次日，竭壶酒之资，遣仆代沽。道遇伯弟襄宸，诘知其故，因疑嫂不肯为兄谋酒。仆言："夫人云：'家中蓄醋无多，昨夜已尽其半；恐再一壶，则醋根断矣。'"闻者皆笑之。不知酒兴初浓，即毒药甘之，况醋乎？此亦可以传矣。

【译文】

莱州人秦生，炮制药酒，错下了有毒的配料，舍不得倒掉，封好存放起来。过了一年多，正当秦生夜里想喝酒又哪里都找不到酒的时候，忽然想起存放的毒酒，启封后一闻，浓烈的酒香喷薄而出，馋得他肚子发痒，口水直流，无法控制。

秦生拿过酒杯，准备喝点儿，妻子苦苦劝阻。秦生笑着说："痛饮而死，比让酒馋死渴死强多了。"一杯喝完，再拿瓶子倒酒，妻子把酒瓶倒提起来，屋里满地淌酒，秦生便趴在地上像牛一样地大喝特喝。不多时，秦生肚子疼痛，不能说话，半夜里便一命呜呼。妻子连哭带号，备好棺材，准备入殓。

第二天夜里，忽然有一位身高不满三尺的美女走了进来。她直接走到灵柩前，用碗里的水给秦生灌下去，秦生顿时复活。夫妻叩头感谢，问美女是谁，美女说："我是狐仙。刚才我丈夫到陈家偷酒喝，醉死在那里，我去救他回来，偶然路过你家，他与你同病相怜，所以让我用剩下的药把你救活。"说罢消失不见了。

我的朋友丘行素是一位进士，嗜好喝酒。一天夜里想喝酒却无处去买，急得翻来覆去，睡不着觉，再也忍不住了，便想以醋代酒。他跟妻子商量，妻子笑话他。他再三逼妻子把醋拿来，妻子只好把醋烫好端来。他喝完一壶醋，才脱了衣服，安然睡去。

第二天，妻子拿出一壶酒钱打发仆人去买醋，半路上遇到丘行素的叔伯弟弟丘襄宸，丘襄宸问清买醋的缘由，便怀疑嫂子不肯为哥哥买酒。仆人说："夫人说，家中存的醋本来不多，昨天夜里已喝掉一半，如果再喝一壶，恐怕醋根就断了。"听了这话的人都觉好笑。岂不知在酒兴正浓时连毒药都甘之如饴，何况是醋？这事也可以流传一时了。

[何守奇] 同病相怜，代以醋，可发一笑。

鸦 头

【原文】

诸生王文，东昌人，少诚笃。薄游于楚，过六河，休于旅舍，乃步门外。遇里戚赵东楼，大贾也，常数年不归。见王，相执甚欢，便邀临存。至其所，有美人坐室中，愕怪却步。赵曳之，又隔窗呼妮子去。王乃入。赵具酒馔，话温凉。王问："此何处所？"答云："此是小勾栏。余因久客，暂假床寝。"话间，妮子频来出入，王局促不安，离席告别，赵强捉令坐。

俄见一少女经门外过，望见王，秋波频顾，眉目含情，仪容娴婉，实神仙也。王素方直，至此惘然若失，便问："丽者何人？"赵曰："此媪次女，小字鸦头，年十四矣。缠头者屡以重金唻媪，女执不愿，致母鞭楚，女以齿稚哀免。今尚待聘耳。"王闻言，俯首默然痴坐，酬应悉乖。赵戏之曰："君倘垂意，当作冰斧。"王怃然曰："此念所不敢存。"然日向夕，绝不言去。赵又戏请之，王曰："雅意极所感佩，囊涩奈何！"赵知女性激烈，必当不允，故许以十金为助。王拜谢趋出，馨资而至，得五数，强赵致媪，媪果少之。鸦头言于母曰："母日责我不作钱树子，今请得如母所愿。我初学作人，报母有日，勿以区区放却财神去。"媪以女性拗执，但得允从，即甚欢喜。遂诺之，使婢邀王郎。赵难中悔，加金付媪。

王与女欢爱甚至。既，谓王曰："妾烟花下流，不堪匹敌，既蒙缱绻，义即

至重。君倾囊博此一宵欢，明日如何？"王泫然悲哽。女曰："勿悲。妾委风尘，实非所愿。顾未有敦笃如君可托者。请以宵遁。"王喜遽起，女亦起。听谯鼓已三下矣。女急易男装，草草偕出，叩主人扉。王故从双卫，托以急务，命仆便发。女以符系仆股并驴耳上，纵辔极驰，目不容启，耳后但闻风鸣，平明至汉口，税屋而止。王惊其异，女曰："言之，得无惧乎？妾非人，狐耳。母贪淫，日遭虐遇，心所积懑，今幸脱苦海。百里外即非所知，可幸无恙。"王略无疑贰，从容曰："室对芙蓉，家徒四壁，实难自慰，恐终见弃置。"女曰："何必此虑。今市货皆可居，三数口，淡薄亦可自给。可鬻驴子作资本。"王如言，即门前设小肆，王与仆人躬同操作，卖酒贩浆其中。女作披肩，刺荷囊，日获赢余，顾赡甚优。积年余，渐能蓄婢媪。王自是不着犊鼻，但课督而已。

女一日悄然忽悲，曰："今夜合有难作，奈何！"王问之，女曰："母已知妾消息，必见凌逼。若遣姊来吾无忧，恐母自至耳。"夜已央，自庆曰："不妨，阿姊来矣。"居无何，妮子排闼入，女笑逆之。妮子骂曰："婢子不羞，随人逃匿！老母令我缚去。"即出索子縶女颈。女怒曰："从一者得何罪？"妮子益忿，捽女断衿。家中婢媪皆集，妮子惧，奔出。女曰："姊归，母必自至。大祸不远，可速作计。"乃急办装，将更播迁。媪忽掩人，怒容可掬，曰："我固知婢子无礼，须自来也！"女迎跪哀啼，媪不言，揪发提去。王徘徊怆恻，眠食都废，急诣六河，冀得赂赎。至则门庭如故，人物已非，问之居人，俱不知其所徙。悼丧而返。于是俵散客旅，囊资东归。

后数年偶入燕都，过育婴堂，见一儿，七八岁。仆人怪似其主，反复凝注之。王问："看儿何说？"仆笑以对，王亦笑。细视儿，风度磊落。自念乏嗣，因其肖己，爱而赎之。诘其名，自称王孜。王曰："子弃之襁褓，何知姓氏？"曰："本师尝言，得我时，胸前有字，书山东王文之子。"王大骇曰："我即王文，乌得有子？"念必同己姓名者，心窃喜，甚爱惜之。及归，见者不问而知为王生子。孜渐长，孔武有力，喜田猎，不务生产，乐斗好杀，王亦不能钳制之。又自言能见鬼狐，悉不之信。会里中有患狐者，请孜往觇之。至则指狐隐处，令数人随指处击之，即闻狐鸣，毛血交落，自是遂安。由是人益异之。

王一日游市廛，忽遇赵东楼，巾袍不整，形色枯黯。惊问所来，赵惨然请间。王乃偕归，命酒。赵曰："媪得鸦头，横施楚掠。既北徙，又欲夺其志。女矢死不二，因囚置之。生一男弃之曲巷，闻在育婴堂，想已长成，此君遗体也。"王出涕曰："天幸孽儿已归。"因述本末。问："君何落拓至此？"叹曰："今而知青楼之好，不可过认真也。夫何言！"先是，媪北徙，赵以负贩从之。货重难迁者，悉以贱售。途中脚直供亿，烦费不资，因大亏损，妮子索取尤奢。数年，万金荡然。媪见床头金尽，且夕加白眼。妮子渐寄贵家宿，恒数夕不归。赵愤激不可耐，然亦无可如何。适媪他出，鸦头自窗中呼赵曰："勾栏中原无情好，所绸缪者，钱耳。君依恋不去，将掇奇祸。"赵惧，如梦初醒。临行窃往视女，女授

聊斋志异（图文版）

书使达王，赵乃归。因以此
情为王述之。即出鸦头书，
书云："知孜儿已在膝下矣。
妾之厄难，东楼君自能缅
悉。前世之孽，夫何可言！
妾幽室之中，暗无天日，鞭
创裂肤，饥火煎心，易一晨
昏，如历年岁。君如不忘汉
上雪夜单衾，送互暖抱时，
当与儿谋，必能脱妾于厄。
母姊虽忍，要是骨肉，但嘱
勿致伤残，是所愿耳。"王
读之，泣不自禁，以金帛赠
赵而去。

时孜年十八矣，王为述
前后，因示母书。孜怒眦欲
裂，即日赴都，询吴媪居，
则车马方盈。孜直入，妮子
方与湖客饮，望见孜，愕立
变色。孜骤进杀之，宾客大
骇，以为寇，及视女尸，已

化为狐。孜持刃径入，见媪督婢作羹。孜奔近室门，媪忽不见，孜四顾，急抽矢
望屋梁射之。一狐贯心而堕，遂决其首。寻得母所，投石破扃，母子各失声。母
问媪，曰："已诛之。"母怨曰："儿何不听吾言！"命持葬郊野。孜伪诺之，剥
其皮而藏之。检媪箱箧，尽卷金资，奉母而归。夫妇重谐，悲喜交至。既问吴
媪，孜言："在吾囊中。"惊问之，出两革以献。母怒，骂曰："忤逆儿！何得此
为！"号痛自挝，转侧欲死。王极力抚慰，叱儿瘗革。孜忿曰："今得安乐所，
顿忘挞楚耶？"母益怒，啼不止。孜葬皮反报，始稍释。

王自女归，家益盛，心德赵，报以巨金，赵始知媪母子皆狐也。孜承奉甚
孝；然误触之，则恶声暴吼。女谓王曰："儿有拗筋，不刺去，终当杀身倾产。"
夜伺孜睡，潜絷其手足。孜醒曰："我无罪。"母曰："将医尔虐，其勿苦。"孜
大叫，转侧不可开。女以巨针刺踝骨侧三四分许，用刀掘断，崩然有声，又于肘
向脑际并如之。已乃释缚，拍令安卧。天明，奔候父母，涕泣曰："儿早夜忆昔
所行，都非人类！"父母大喜，从此温和如处女，乡里贤之。

异史氏曰："妓尽狐也，不谓有狐而妓者，至狐而鸨，则兽而禽矣。灭理伤
伦，其何足怪？至百折千磨，之死靡他，此人类所难，而乃于狐也得之乎？唐太

宗谓魏征更饶妩媚，吾于鸦头亦云。"

【译文】

生员王文，东昌县人，从小真诚厚道。他游历楚地，经过六河，在旅馆里歇息。他在门外悠闲地散步，遇见乡亲赵东楼。赵东楼是一个大商人，经常几年不回家，现在见了王文，握着他的手，感到非常高兴，便邀他到自己的住处看看。

到了赵东楼的住处，有一位美女坐在屋里，王文大为惊奇，望而却步。赵东楼把王文一把拽住，又隔着窗户喊了一声"妮子走开"，王文这才进屋。赵东楼备好酒饭，两人说起问寒问暖的话来。王文问："这里是什么地方？"赵东楼回答说："这里是小妓院。我因客居在外时间长了，暂时住在这里。"谈话间，女孩频频出入，王文局促不安，离开座位，要告别离去，赵东楼勉强拽他入坐。

一会儿，只见一个少女从门外经过，望见王文时频送秋波，眉眼之间含情脉脉，容貌漂亮，风度文雅，实在就像神仙一般。王文一向人品端庄正直，到这时也惘然若失，便问："那个漂亮的女子是什么人？"赵东楼说："这是老太太的二女儿，小名鸦头，十四岁啦。嫖客多次用重金利诱老太太，鸦头执意不肯接客，以致遭到老娘的鞭打，鸦头以年幼为由，苦苦哀求，才幸免接客，现在还在等着出嫁哩。"王文听说后低头不语，坐着发呆，连说应酬话都乱套了。赵东楼逗王文说："如果你有意，我就做媒人。"王文茫然若失地说："我可不敢有这个念头。"但直到日色向晚，绝口不说要走。赵东楼又开玩笑请王文去见鸦头，王文说："我非常感谢你的好意，只是囊中羞涩，如何是好？"

赵东楼知道鸦头性情刚烈，一定不会答应，便故意许诺拿十两银子帮助王文。王文拜谢后快步离去，把所有的钱都拿到妓院，只有五两银子，硬要赵东楼去交给老太太。老太太果然嫌少，鸦头对母亲说："母亲天天责备我不当摇钱树，请让我今天就叫母亲如愿。我刚学做人，还有报答母亲的日子，不要因为钱少就放走财神。"老太太知道鸦头性情倔犟，只要同意接客就很高兴了，所以便应允下来，打发丫环去请王文。赵东楼不好意思中途翻悔，又加上十两银子，交给老太太。

王文与鸦头欢爱之极。其后，鸦头对王文说："我是下贱的烟花女子，配不上你。既然蒙你相爱，情义就最珍贵，你倒光钱袋换来这一夜的快活，明天怎么办？"王文泪水涟涟，伤心哽咽。鸦头说："别难过。我沦落风尘，实不情愿，只是没有像你这样忠厚老实、可以依托的人。让我们连夜逃去吧。"王文大喜，连忙起床，鸦头也起身下地，这时城楼上的更鼓已经敲了三声。

鸦头急忙改换男装，两人仓促出了妓院，叫开旅店的门。王文原先带来两头毛驴，他托称要办急事，吩咐仆人立即出发。鸦头在仆人的腿和毛驴的身上系了符，放开缰绳飞奔，快得连眼睛都睁不开，耳边只听见风声"呼呼"直响。到天亮时，他们来到汉口，租房住下。

王文对鸦头异乎寻常的本领感到惊奇，鸦头说："说出来，你不会害怕吧！其实，我不是人，而是狐狸。我母亲过于贪婪，我每天都受虐待，心中有郁积已久的愤懑，幸亏今天脱离苦海。逃到一百里以外，母亲无法知道，就可以平安无事了。"王文毫无异心，从容地说："在屋里面对面如芙蓉的美女，却除了四周的墙壁以外一无所有，我实在难以自慰，恐怕终究要被你丢弃。"鸦头说："干嘛担心这个？现在买点货物都可以存起来卖钱，一家三几口人，过清寒的日子还可以自给，你可以卖了毛驴做本钱。"

王文依言而行，就在门前开了一个小商店。王文亲自与仆人一起干活，在商店里卖酒贩浆，鸦头则做披肩，绣荷包。他们每天都获得盈利，吃的喝的都很好。一年多以后，他们逐渐养了丫环和老妈子，王文从此不再亲自干活，只是负责督察考核而已。

有一天，鸦头忽然暗自悲伤，说："今天夜里会有祸难降临，如何是好？"王文问其中的缘由，鸦头说："母亲已经得知我的消息，一定会威胁逼迫我回去。如果派姐姐来，我不发愁，就怕母亲亲自前来。"夜色已尽时，鸦头庆幸地说："没关系，姐姐来了。"没过多久，妮子推门走进屋里，鸦头含笑迎接。妮子骂道："你这丫头不害臊，跟人家逃出来隐匿在这里！老娘让我绑你回去。"马上拿出绳索，系在鸦头的脖子上。鸦头生气地说："我只嫁一人有什么罪？"妮子更加愤怒，拽断了鸦头的衣襟。这时家中的丫环、老妈子都集合起来，妮子心中害怕，逃了出去。

鸦头说："姐姐一回去，母亲一定亲自前来，大祸已经临近，要赶紧想个主意。"便急忙打点行装，准备迁徙他乡。这时老太太忽然闯进门来，怒气满面地说："我早就知道你这丫头对你姐姐无礼，我得亲自前来！"鸦头跪下迎接母亲，伤心哭泣。老太太二话不说，揪住鸦头的头发，扯着就走。

王文坐立不安，悲痛难抑，废寝忘食。他急忙赶往六河，希望把鸦头赎回。一到六河，只见门庭依然如故，人物却已改变。他向居民打听情况，都不知道老太太搬到了哪里。他只得悲伤沮丧地返回汉口，于是遣散佣工，带着钱返回山东。

几年以后，王文偶然来到燕都，路过育婴堂时看见一个七八岁的小孩。仆人觉得小孩酷似主人，就反复打量小孩。王文问："干嘛盯着这个小孩？"仆人笑着作了回答，王文也为之一笑。王文细看这个小孩，风度壮伟英俊。王文心想自己正没儿子，由于小孩很像自己，自己很喜欢他，便将他赎了出来。

王文问小孩的姓名，小孩说自己叫王孜。王文说："你是在襁褓中被遗弃的，怎么知道自己的姓氏？"王孜说："我的老师说过，捡到我时，胸前有字，写着'山东王文之子'。"王文异常惊骇地说："我就是王文，哪有儿子？"心想一定是与自己姓名相同的人的儿子，心里暗暗喜欢，对王孜疼爱备至。等回家后，人们见到王孜也不用问，就说是王文的儿子。

　　王孜渐渐成长起来。他勇猛有力，喜欢打猎，不经营产业，喜欢打斗，嗜杀成性，连王文也管不了他。王孜又说自己能看见鬼狐，人们却不相信他的话。恰巧有个同里的人被狐狸迷住，请王孜前去察看。王孜一到，就指出狐狸的隐身之处，叫几个人往他指的地方猛打，立即便听见狐狸的号叫，毛在落，血在流，那个、从此平安无事，人们因此认为他不同寻常。

　　有一天，王文去逛市场，忽然遇见了赵东楼，穿戴很不整饬，身体枯瘦，面色黧黑。王文惊讶地问赵东楼从哪里来，赵东楼面色凄惨地请找个地方谈话，王文便将赵东楼领回家去，吩咐上酒招待。赵东楼说："老太太找到鸦头，狠狠痛打一顿。把家北迁后，又想强迫鸦头改变初心，鸦头誓死不渝，便将鸦头囚禁起来。鸦头生下一个男孩，被扔在偏僻的小巷里，听说后来这孩子收养在育婴堂里，想来已经长大成人，这孩子便是你的亲生骨肉。"王文流着眼泪说："托上天之福，孽子已回到我的身边。"便讲述了事情的经过，接着问赵东楼说："你怎么这样景况凄凉？"赵东楼叹口气说："今天我才知道，跟妓女相好，不能过于认真，还说什么！"

　　原来，老太太全家北迁时，赵东楼一边担货贩卖，一边跟她家走，把过于沉重难于搬迁的货物全部贱价卖掉。途中的运输费用和生活供应，花费多得难以计算，因此亏损甚大，妮子索取的东西更多。几年时间，数不尽的钱财荡然无存，老太太见赵东楼钱财耗尽，早晚都以白眼相看。妮子渐渐到高门大族之家过夜，经常几夜不回。赵东楼愤激异常，难以忍耐，但也奈何不了她。这一天正值老太太外出，鸦头在窗下叫住赵东楼说："妓院里本来没有爱情，她们对钱才最情意殷切，如果你还留在这里，不愿离去，就会招来奇祸。"赵东楼深感恐惧，如梦初醒。临走时，赵东楼偷偷去看鸦头，鸦头递给他一封信，让他转交给王文，于是他返回家乡。

　　赵东楼向王文讲完这些情况，便拿出鸦头的信来。信上说：

　　我知道孜儿已在你的膝下。我蒙受的祸难，东楼君自然能备述无遗。前世的孽缘，哪能说清！我被关在没有光亮的屋子里，暗无天日，鞭子抽裂了肌肤，饥饿如烈火煎心，生挨过一个早晨和黄昏，就像挨过了整整一年。你如果还没忘记汉江口雪夜薄被里互相拥抱取暖的情景，就应与儿子商量，定能使我摆脱苦难。母亲和姐姐虽然太狠心，毕竟是骨肉之情，只须嘱咐儿子别伤害她们，这便是我的心愿。

　　王文读了信，不禁流下了眼泪。他送给赵东楼一些钱财，赵东楼告辞离去。

　　这时王孜十八岁了。王文向他讲述了事情的经过，于是给他看了他母亲的信。王孜气得瞪圆双眼，当天便赶往京城，打听到吴老太太的住所，却见门前停满了车马。王孜直接闯进屋里，这时妮子正在和湖客喝酒，看见王孜，惊愕地站起身来，变了脸色，王孜骤然上前，杀死妮子。客人异常恐骇，以为来了强盗，等他去看妮子的尸体，已经变成了狐狸。王孜持刀径自往前闯，看见老太太督促

丫环在做吃的。王孜跑到门前时，老太太忽然消失不见了。王孜环顾四周，急忙抽出箭向屋梁射去，接着便有一只被中心口的狐狸掉了下来，于是王孜砍下它的脑袋。

王孜找到母亲被囚的处所，用石头砸开门锁，母子都失声痛哭。母亲问老太太现在哪里，王孜说："已经杀了。"母亲埋怨说："你怎么不听我的话！"命把狐狸带到郊外埋了，王孜假装答应，却剥下狐狸皮存放起来。他又检查了老太太的箱柜，拿走所有的钱财，扶着母亲回了家。

王文夫妻重逢，悲喜交集，后来问到吴老太太，王孜说："在我的袋子里。"夫妻两人吃惊地问这是什么意思，王孜拿出两张狐狸皮献上来。母亲大怒，骂道："忤逆的东西，怎能这么干！"痛苦地号啕大哭，乱打自己，翻来覆去地总要寻死，王文极力加以安慰，喝斥王孜把狐狸皮埋掉。王孜气愤地说："如今刚获得安乐，马上就忘了鞭打吗？"母亲更加气恨，哭个不停。王孜埋葬了狐狸皮回家禀告，母亲才稍稍消气。

自从鸦头回来，王文的家道日益兴盛。王文心里感激赵东楼，用很多钱财来加以报答，赵东楼这才知道老太太母女都是狐狸。

王孜侍奉父母非常孝顺，但是一不小心触犯了他，就会恶声恶气地狂吼乱叫。鸦头对王文说："这孩子有一根拗筋，如不除掉，早晚要出人命，倾家荡产的。"一夜，鸦头等王孜睡着后，偷偷捆住他的手脚。王孜醒过来说："我没罪。"鸦头说："我要治你的暴虐，你别怕苦。"王孜大声吼叫，左翻右转，没有挣脱。鸦头用大针在王孜的踝骨旁边刺进去三四分深，用刀"嘣"的一声挑断了拗筋，才给王孜松绑，拍他安然入睡。天亮后，王孜跑去侍候父母，流着眼泪说："我夜里想起过去的事情，都不是人干的！"父母大喜。王孜从此像姑娘那样温和，乡里乡亲对他都大加称赞。

异史氏说：妓女都是狐狸，没想到狐狸也当妓女。至于狐狸当鸨母，那就是禽兽——灭绝天理，毁坏人伦，有什么值得奇怪的？至于历尽百挫折千磨难，誓死不渝，连人类都难以做到这一点，怎么却让狐狸给做到了？唐太宗说魏徵比别人更可爱，我说鸦头也是这样。

[何守奇] 贞狐。

酒　虫

【原文】

长山刘氏，体肥嗜饮，每独酌辄尽一瓮。负郭田三百亩，辄半种黍，而家豪富，不以饮为累也。一番僧见之，谓其身有异疾。刘答言："无。"僧曰："君饮尝不醉否？"曰："有之。"曰："此酒虫也。"刘愕然，便求医疗。曰："易耳。"

问：“需何药？”俱言不需。但令于日中俯卧，縶手足，去首半尺许置良酝一器。移时燥渴，思饮为极，酒香入鼻，馋火上炽，而苦不得饮。忽觉咽中暴痒，哇有物出，直堕酒中。解缚视之，赤肉长二寸许，蠕动如游鱼，口眼悉备。刘惊谢，酬以金，不受，但乞其虫。问：“将何用？”曰：“此酒之精，瓮中贮水，入虫搅之，即成佳酿。”刘使试之。果然。刘自是恶酒如仇。体渐瘦，家亦日贫，后饮食至不能给。

异史氏曰：“日尽一石，无损其富；不饮一斗，适以益贫。岂饮啄固有数乎哉？或言：‘虫是刘之福，非刘之病，僧愚之以成其术。’然欤否欤？”

【译文】

长山县人刘某，身体肥胖，嗜酒成性，每次独自喝酒，总是喝光一坛子酒。他有靠近城郊的良田三百亩，总是用一半去种黍子，由于家中非常富有，喝酒也并不成为拖累。

有一位西域僧人看到刘某，说刘某身上有一种奇特的病，刘某回答说：“没有。”僧人说：“你是不是喝酒从来不醉？”刘某说：“有这回事。”僧人说：“这是因为你有酒虫。”刘某大为惊愕，便请僧人给予治疗。僧人说：“这好办。”刘某问需要什么药，僧人说一概不需要，只是让刘某在中午的烈日下俯卧，绑好手足，在离头半尺左右处放一坛美酒。

过了一段时间，刘某感到口渴，极想喝酒，这时酒香扑面而来，馋火向上越烧越烈，却深受喝不到口的折磨。忽然，他觉得喉咙奇痒，“哇”的一声吐出一个东西，直接掉到酒里。松绑后，刘某一看，原来是一块三寸左右的红肉，像游鱼一样蠕动着，口眼俱全。

刘某吃惊地向僧人表示感谢，给他钱，他不要，只要这个肉虫。刘某问他有什么用，他说：“这是酒的精华。瓮中盛好水，把酒虫放进去，再加以搅动，立即就成了美酒。”刘某让他演示，果然如此。

刘某从此厌酒，视酒如仇。他的身体逐渐变瘦，家境日益贫困，后来到了吃饭不能自给的地步。

异史氏说：一天喝一石酒，不影响富有；连一斗酒也不喝，反而更加贫困。难道饮食本来就有定数吗？有人说，酒虫是刘某的福，不是刘某的病，僧人为了表现自己的医术，便愚弄了他。

[何守奇] 不以饮为累，亦何恶于饮？刘终是愚人。

[但明伦] 尝见有酒力初不甚佳，而嗜饮无度；其继也，日饮石余，而不见其醉；试再投之，竟成无底之壑矣。拟以此进之而不果，其人亦不久而死矣。可知刘之虫，其痛也，非福也。

木雕美人

【原文】

商人白有功言：在泺口河上，见一人荷竹篓，牵巨犬二。于篓中出木雕美人，高尺余，手自转动，艳妆如生。又以小锦鞯被犬身，便令跨坐。安置已，叱犬疾奔。美人自起，学解马作诸剧，镫而腹藏，腰而尾赘，跪拜起立，灵变不讹。又作昭君出塞，别取一木雕儿，插雉尾，披羊裘，跨犬从之。昭君频频回顾，羊裘儿扬鞭追逐，真如生者。

【译文】

商人白有功说，在沫河口，看见一个人背着竹箱，牵着两条大狗。他从竹箱中拿出一个一尺多高的木雕美人，手能活动，眼能转动，身著艳妆，像活人一样。他又把一个锦制的小鞍垫披在狗背上，便让木雕美人跨上去坐好。安排就绪后，他喝令大狗飞奔。美人自动站起身来，模仿马戏的各种表演动作，时而踩着脚镫子躺到狗腹下，时而从狗腰滑到狗尾，再从狗尾飞身跃上狗背，时而跪拜，时而站起，灵活变化，毫无差错。

此人又表演昭君出塞。他另拿出一个木雕男子，帽上插着野鸡的翎子，身上披着羊皮衣，骑

木雕美人

乡明妃侣也登场如
见明妃塞上装金
将锦鞯人此逐羊
袁雄尾夹晓忙

在狗上，跟在木雕美人后边。木雕美人频频回顾，木雕男子扬鞭追赶，真是活灵活现。

[冯镇峦] 大抵有情人虽遇无情之物亦觉有情，无情人君父且路人视之矣。情博则心忍，心忍斯无所不至矣。

封 三 娘

聊斋志异（图文版）

【原文】

范十一娘，曈城祭酒之女，少艳美，骚雅尤绝。父母钟爱之，求聘者辄令自择，女恒少所可。会上元日，水月寺中诸尼作"盂兰盆会"。是日，游女如云，女亦诣之。方随喜间，一女子步趋相从，屡望颜色，似欲有言。审视之，二八绝代姝也。悦而好之，转用盼注。女子微笑曰："姊非范十一娘乎？"答曰："然。"女子曰："久闻芳名，人言果不虚谬。"十一娘亦审里居，女笑曰："妾封氏，第三，近在邻村。"把臂欢笑，词致温婉，于是大相爱悦，依恋不舍。十一娘问："何无伴侣？"曰："父母早逝，家中止一老妪留守门户，故不得来。"十一娘将归，封凝眸欲涕，十一娘亦惘然，遂邀过从。封曰："娘子朱门绣户，妾素无葭莩亲，虑致讥嫌。"十一娘固邀之。答："俟异日。"十一娘乃脱金钗一股赠之，封亦摘髻上绿簪为报。

十一娘既归，倾想殊切。出所赠簪，非金非玉，家人都不之识，甚异之。日望其来，怅然遂病。父母讯得故，使人于近村咨访，并无知者。时值重九，十一娘赢顿无聊，倩侍儿强扶窥园，设褥东篱下。忽一女子攀垣来窥，觇之，则封女也。呼曰："接我以力！"侍儿从之，蓦然遂下。十一娘惊喜，顿起，曳坐褥间，责其负约，且问所来。答云："妾家去此尚远，

时来舅家作耍。前言近村者，缘舅家耳。别后悬思颇苦，然贫贱者与贵人交，足未登门，先怀惭怍，恐为婢仆下眼觑，是以不果来。适经墙外过，闻女子语，便一攀望，冀是小姐，今果如愿。"十一娘因述病源，封泣下如雨，因曰："妾来当须秘密。造言生事者，飞短流长，所不堪受。"十一娘诺，偕归同榻，快与倾怀，病寻愈。订为姊妹，衣服履舄，辄互易着。见人来，则隐匿夹幕间。

积五六月，公及夫人颇闻之。一日，两人方对弈，夫人掩入。谛视，惊曰："真吾儿友也！"因谓十一娘："闺中有良友，我两人所欢，胡不早言？"十一娘因达封意。夫人顾谓三娘曰："伴吾儿，极所忻慰。何昧之？"封羞晕满颊，默然拈带而已。夫人去，封乃告别，十一娘苦留之，乃止。一夕，自门外匆忙奔入，泣曰："我固谓不可留，今果遭此大辱！"惊问之。曰："适出更衣，一少年丈夫，横来相干，幸而得逃。如此，复何面目！"十一娘细诘形貌，谢曰："勿须怪，此妾痴兄。会告夫人，杖责之。"封坚辞欲去。十一娘请待天曙。封曰："舅家咫尺，但须一梯度我过墙耳。"十一娘知不可留，使两婢逾墙送之。行半里许，辞谢自去。婢返，十一娘扶床悲惋，如失伉俪。

后数月，婢以故至东村，暮归，遇封女从老妪来。婢喜，拜问。封亦恻恻，讯十一娘兴居。婢捉袂曰："三姑过我。我家姑姑盼欲死！"封曰："我亦思之，但不乐使家人知。归启园门，我自至。"婢归告十一娘，十一娘喜，从其言，则封已在园中矣。相见，各道间阔，绵绵不寐。视婢子眠熟，乃起，移与十一娘同枕，私语曰："妾固知娘子未字。以才色门第，何患无贵介婿，然纨袴儿敖不足数，如欲得佳偶，请无以贫富论。"十一娘然之。封曰："旧年邂逅处，今复作道场，明日再烦一往，当令见一如意郎君。妾少读相人书，颇不参差。"

昧爽封即去，约俟兰若。十一娘果往，封已先在。眺览一周，十一娘便邀同车。携手出门，见一秀才，年可十七八，布袍不饰，而容仪俊伟。封潜指曰："此翰苑才也。"十一娘略睨之。封别曰："娘子先归，我即继至。"入暮果至，曰："我适物色甚详，其人即同里孟安仁也。"十一娘知其贫，不以为可。封曰："娘子何堕世情哉！此人苟长贫贱者，予当抉眸子，不复相天下士矣。"十一娘曰："且为奈何？"曰："愿得一物，持与订盟。"十一娘曰："姊何草草？父母在，不遂如何？"封曰："妾此为，正恐其不遂耳。志若坚，生死何可夺也？"十一娘必不可。封曰："娘子姻缘已动，而魔劫未消。所以故，来报前好耳。请即别，即以所赠金凤钗，矫命赠之。"十一娘方谋更商，封已出门去。

时孟生贫而多才，意将择耦，故十八犹未聘也。是日，忽睹两艳，归涉冥想。一更向尽，封三娘款门而入。烛之，识为日中所见，喜致诘问。曰："妾封氏，范十一娘之女伴也。"生大悦，不暇细审，遽前拥抱。封拒曰："妾非毛遂，乃曹丘生。十一娘愿缔永好，请倩冰也。"生愕然不信，封乃以钗示生。生喜不自已，矢曰："劳眷注如此，仆不得十一娘，宁终鳏耳。"封遂去。生诘旦，浼邻媪诣范夫人。夫人贫之，竟不商女，立便却去。十一娘知之，心失所望，深恨

封之误己也，而金钗难返，只须以死矢之。

又数日，有某绅为子求婚，恐不谐，浼邑宰作伐。时某方居权要，范公心畏之。以问十一娘，十一娘不乐，母诘之，默默不言，但有涕泪。使人潜告夫人，非孟生不嫁。公闻益怒，竟许某绅家；且疑十一娘有私意于生，遂涓吉速成礼。十一娘忿不食，日惟耽卧。至亲迎之前夕，忽起，揽镜自妆，夫人窃喜。俄侍女奔曰："小姐自缢死！"举家惊涕，痛悔无所复及。三日遂葬。

孟生自邻媪反命，愤恨欲绝。然遥遥探访，妄冀复挽。察知佳人有主，忿火中烧，万虑俱断矣。未几，闻玉葬香埋，憷然悲丧，恨不从丽人俱死。向晚出门，意将乘昏夜一哭十一娘之墓。欻有一人来，近之，则封三娘。向生道喜曰："喜姻好可就矣。"生泫然曰："卿不知十一娘亡耶？"封曰："我所谓就者，正以其亡。可急唤家人发冢，我有异药能令苏。"生从之，发墓破棺，复掩其穴。生自负尸，与三娘俱归，置榻上，投以药，逾时而苏。顾见三娘，问："此何所？"封指生曰："此孟安仁也。"因告以故，始知复生。封惧漏泄，相将去五十里，避匿山村。

封欲辞去，十一娘乞留作伴，使别院居。因货殉葬之饰，用为资度，亦称小有。封每遇生来辄避去，十一娘从容曰："吾姊妹骨肉不啻也，然终无百年聚。计不如效英、皇。"封曰："妾少得异诀，吐纳可以长生，故不愿嫁耳。"十一娘笑曰："世传养生术，汗牛充栋，行而效者谁也？"封曰："妾所得非人世所知。世所传并非真诀，惟华陀五禽图差为不妄。凡修炼家，无非欲血气流通耳，若得厄逆症，作虎形立止，非其验耶？"十一娘阴与生谋，使伪为出者。入夜，强劝以酒，既醉，生潜入污之。三娘醒曰："妹子害我矣！倘色戒不破，道成当升第一天。今堕奸谋，命耳！"乃起告辞。十一娘告以诚意而哀谢之。封曰："实相告：我乃狐也。缘瞻丽容，忽生爱慕，如茧自缠，遂有今日。此乃情魔之劫，非关人力。再留则魔更生，无底止矣。娘子福泽正远，珍重自爱。"言已而逝。夫妻惊叹久之。

逾年，生乡、会果捷，官翰林。投刺谒范公，公愧悔不见；固请之，乃见。生入，执子婿礼，伏拜甚恭。公愧怒，疑生儇薄。生请间，具道情事。公不深信，使人探诸其家，方大惊喜。阴戒勿宣，惧有祸变。又二年，某绅以关节发觉，父子充辽海军。十一娘始归宁焉。

【译文】

范十一娘是瞷城祭酒的女儿，年轻漂亮，尤工诗文。父母对她特别喜爱，有求婚的，就让她自己决定，而她很少中意的。

适值正月十五，水月寺的众尼姑举行盂兰盆会。这一天，出游的女子密集如云，范十一娘来到了寺院。正在游览时，有一个女子快步紧随其后，屡次察颜观色，像要说些什么。范十一娘仔细打量那个女子，却是一位年方十六岁的绝代美

人，因而很喜欢她，便回身注目细看。那女子微微一笑说："姐姐莫不是范十一娘吗？"范十一娘回答："我是。"女子说："久闻你的芳名，人们说的果然不错。"范十一娘又问她住在哪里，女子回答："我是封氏，排行第三，住在邻近的村里。"便拉着范十一娘的手臂欢笑，说话的语气温和而又委婉，于是两人互相都很爱慕，恋恋不舍。范十一娘问："你怎么没人陪伴？"封三娘说："我父母早就过世，家中只有一个老妈子，留下看家，所以来不了。"

范十一娘准备回家，封三娘目不转睛地望着范十一娘，几乎要哭出来。范十一娘也惘然若失，便邀封三娘到家做客。封三娘说："你家是高门富户，我与你一向不沾亲带故，怕受讥议，招嫌恶。"范十一娘再三邀请，封三娘回答说："等将来再说吧。"范十一娘便从头上摘下一支金钗送给封三娘，封三娘也从发髻上摘下一枚绿簪作为回赠。

范十一娘回家后，对封三娘异常思念，拿出所赠的绿簪细看，既非金属，又非玉石，家人都无法辨认，感到非常奇怪。范十一娘每天盼望封三娘前来，心情惆怅，终于想出病来，父母问清缘由，打发人到附近各村察访，根本没有知道封三娘的。

当时正值九月九日，范十一娘消瘦憔悴，百无聊赖，让丫环搀扶着，勉强到花园里看看，在篱下放好了褥垫。忽然，有一位女子攀上墙头偷看，而范十一娘一瞧，原来却是封三娘。封三娘喊道："用力接住我！"丫环依言而行，封三娘漫不经心地跳了下来。范十一娘又惊又喜，顿时站起身来，拉封三娘在褥垫上坐下，责备她负约，并问她从哪里来。封三娘回答说："我家离这里很远，但我常到舅舅家来玩。上次我说家在附近的村子里，说的是舅舅家。分别后把你想得好苦，不过贫贱人与富贵人交往，脚没登门，先觉惭愧，恐怕让丫环仆人低看一眼，所以终于没来。刚才我在墙外经过，听见女子说话，便攀上墙头张望，希望能看到你，现在果然如愿。"

范十一娘于是讲了生病的根源，封三娘泪如雨下，便说："一定要为我保密，造谣生事的人说长论短的，让人不堪忍受。"范十一娘答应照办。与她一起回屋，同床而卧，快活地向她倾吐心怀，不久病就好了。她们结为姊妹，连衣服和鞋都互相换着穿。看见有人前来，封三娘就躲到夹帐里。这样一连过了五六个月，范公与夫人听到了一些消息。

一天，两人正在下棋，夫人出其不意地走进屋来，对封三娘仔细端详一番，惊讶地说："做我女儿的朋友太合适了！"便对范十一娘说："闺房来了好朋友，我们老俩口都会喜欢的，你怎么不早告诉我们？"范十一娘便转述了封三娘的意思。夫人看着封三娘说："给我女儿做伴，我极欣慰，干嘛要隐瞒？"封三娘羞得红晕满脸，只是默默地拈弄衣带。夫人走后，封三娘便要告别，范十一娘苦苦挽留，她才没走。

一天晚上，封三娘从门外慌张地跑进屋来，哭着说："我本来说不能住下，

现在果然遭受莫大的污辱!"范十一娘吃惊地问出了什么事，封三娘说："刚才我出去上厕所，有一个青年男子蛮横地侵犯于我，幸亏还能逃脱出来。都这样了，还有脸见人吗?"范十一娘仔细问清那人的形体相貌后道歉说："请别见怪，这人是我的傻哥哥。我一定告诉我妈，用棍子打他。"封三娘执意要走，范十一娘说请等天亮再走，封三娘说："舅舅家离这里很近，只需要用梯子把我送过墙去。"范十一娘知道无法挽留，便打发两名丫环翻墙去送封三娘。走了半里地左右，封三娘谢过丫环，独自离去。丫环回来后，范十一娘趴在床上伤心叹息，就像夫妇分离似的。

几个月以后，丫环有事前往东村，晚上回来时，遇见封三娘跟着一位老太太走了过来。丫环大喜，上前施礼问候，封三娘也忧伤地向范十一娘问好。丫环拉着封三娘的袖子说："三姑娘请到我家去，我家姑娘把你盼得要死!"封三娘说："我也想你家姑娘，只是我不愿意让你家人知道我去，你回去打开花园的门，我自然会到。"丫环回去告知范十一娘，范十一娘高兴地依言而行，这时封三娘已经来到花园里了。

两人相见，各自叙说久别之苦，情意绵绵，难以入睡。封三娘见丫环已经睡熟，便起身移到范十一娘旁边，与她共枕一个枕头，小声说："我本来就知道你没许配人。就凭你的才貌门第，不愁找不到一个地位尊贵的女婿，不过纨袴弟子傲慢无礼，不值得考虑。如果你想找个如意的配偶，请不要用贫富来衡量。"范十一娘认为言之有理。封三娘说："去年我们相遇的地点现在又要做道场，明天烦你走一遭，我会让你见到一位如意郎君。我从小就读相面的书，看人一般不会出错。"

拂晓时分，封三娘便离开范家，约定在寺院等候范十一娘。范十一娘果然前往，而封三娘已经到了那里。四处观光了一遍，范十一娘便邀请封三娘一起乘车回家。两人手拉手走出大门，看见一位秀才，约有十七八岁，穿着布袍，不加修饰，容貌英俊，仪表出众，封三娘偷偷指着秀才说："这人是翰林院的人材。范十一娘略微瞥了一眼，封三娘告别说："你先回去，我随后就到。"

暮色降临时，封三娘果然来到范家，说："刚才我了解得很详细，这人就是同乡孟安仁。"范十一娘知道孟安仁很穷，认为不行。封三娘说："你怎么也落入世俗的偏见!如果此人永远贫贱下去，我就挖掉眼珠子，不再给天下人相面。"范十一娘说："那将怎么办?"封三娘说："我希望有你的一件东西，拿去与他订立婚约。"范十一娘说："姐姐怎么这样草率!父母都在，不同意怎么办?"封三娘说："我这么干，正是怕他们不同意。如果态度坚决，就是死也改变不了自己的决心!"范十一娘坚决不同意。封三娘说："你的姻缘已经萌动，劫难却没有消除，我所以这么做，是要报答你以前的友谊。请让我马上就去，把你送给我的金凤钗，以你的名义送给孟安仁。"范十一娘正想再加商量，封三娘已经出门走了。

当时，孟安仁家境贫寒而才华出众，又想由自己来选择配偶，所以十八岁还没订婚。这一天，他忽然见到两位艳丽的女子，回家后仍然想念不已。一更将尽时，封三娘敲门进屋，他用蜡烛一照，认出是白天见到的女子，便高兴地搭腔问话。封三娘说："我是封氏，是范氏十一娘的女伴。"孟安仁喜悦异常，来不及询问，便上前拥抱封三娘。封三娘表示拒绝，说："我不是自我推荐的毛遂，而是引荐别人的曹丘生。范十一娘愿意与你缔结百年之好，请你叫媒人提亲吧。"孟安仁非常惊讶，不肯相信。封三娘便把金凤钗拿给孟安仁看，孟安仁按耐不住心头的喜悦，发誓说："承蒙如此重爱，我不得到十一娘，就终身不娶。"封三娘随即离去。

清晨，孟安仁央求邻居家的老太太去见范夫人，范夫人嫌孟安仁太穷，竟然不跟女儿商量，立即加以回绝。范十一娘得到消息后，心中大失所望，深深埋怨封三娘误了自己。但是金凤钗不能要回来，只得誓死守约。

又过了几天，有位乡绅的儿子求婚，担心说合不成，央求县令来当媒人。当时该乡绅正有权势，范公心怀畏惧，就此去问范十一娘的意见，范十一娘表示不愿意。范夫人问这是为什么，范十一娘沉默不语，只是流泪，又打发人暗中告诉范夫人，除了孟安仁，死也不嫁！范公听了更加生气，竟然许下该乡绅家的这桩婚事。而且范公还怀疑范十一娘与孟安仁有私情，于是选定吉日，让范十一娘赶紧完婚。

范十一娘气得吃不下饭，整天只是躺在床上昏睡。到迎亲的前一天晚上，她忽然起身下床，对着镜子给自己打扮起来，范夫人暗自高兴。一会儿，丫环跑来禀告说："小姐上吊啦！"全家人在惊讶之余，都哭哭啼啼的，留下深切的痛悔，但也于事无补了。三天后，范家便安葬了范十一娘。

自从邻家老太太回来讲了范家的态度，孟安仁气得要死，但仍然在一边打听消息，没来由地希望事情还能挽回。当他察知范十一娘已经许配给别人时，怒火中烧，万念俱灰。不久，他得知范十一娘玉殒香消时，悲恨交集，意气颓丧，恨不能与范十一娘一道去死。

天色向晚时，孟安仁走出家门，心中打算趁昏黑的夜晚到范十一娘墓前痛哭一场，这时忽然走过一个人来，近前一看，原来是封三娘。封三娘对孟安仁说："恭喜你婚姻良缘可以实现了。"孟安仁泪水涟涟地说："你不知道十一娘死了吗？"封三娘说："我所说的良缘实现，正因为她死了。你可以赶紧叫家人来掘开坟墓，我有一种奇药，能让她复活。"孟安仁依言而行，掘开坟墓，启开棺材，取出尸体，再把墓穴埋好。孟安仁亲自背着尸体，与封三娘一起回到家里，把尸体放到床上，封三娘用过药，过了一个多时辰，范十一娘便复活过来。范十一娘一看见封三娘，就问："这是什么地方？"封三娘指了指孟安仁说："这是孟安仁。"便向范十一娘讲了事情的经过，范十一娘这才如梦初醒。

封三娘怕消息泄露，便把她们领到五十里外的山村里躲藏。封三娘要告辞离

去，范十一娘哭着留她做伴，让她在另一个院子里住下。他们靠卖殉葬的首饰，作为度日的费用，也还算薄有资财。

每当封三娘见到孟安仁前来时，就回避走开。范十一娘慢条斯理地说："我们是姐妹，无异于亲骨肉，但终究不能团聚一辈子，想来不如效法娥皇、女英，一起嫁给孟生。"封三娘说："我从小得到异乎寻常的秘诀，通过吐气纳气可以长生，所以不愿嫁人。"范十一娘笑着说："世上流传的养生术汗牛充栋，哪个行之有效啦？"封三娘说："我得到的秘诀，世人根本不知道。世上流传的并不是真诀，只有华佗的五禽图还算大体不虚。凡是修炼的人无非想使气血流通，如果气逆打嗝，炼虎形那一式，立刻就好，这不就是效验吗？"

范十一娘暗中与孟安仁谋划一番，让孟安仁假装去出远门。到了夜间，范十一娘硬劝封三娘喝酒，当她喝醉后，孟安仁偷偷进屋，与她同床。封三娘醒来说："妹子把我害了！如色戒不破，得道后能升到第一重天，如今中了奸计，这是命啊！"便起身告辞。

范十一娘把自己的诚意告诉了封三娘，并伤心地表示歉意。封三娘说："说实话，我是狐狸。因为见你容貌漂亮，忽然生出爱慕之心，如同作茧自缚，才有今天。这是情魔造成的劫难，与人力无关。再留在这里，情魔还会产生，就没完没了了。你还有许多日子来享受福禄，请珍重自爱。"说罢消失不见，夫妻二人久久惊叹不止。

过了一年，孟安仁乡试、会试果然考中，在翰林院任职。他递上名帖，去见范公，范公惭愧悔恨交集，不愿相见。他再三请求，范公才同意见面。他走进屋，按女婿身份行礼，伏地叩头，非常恭敬。范公恼羞成怒，怀疑他在玩弄轻佻浮薄的花样。他请范公单独谈话，一一讲出事情的经过，范公不肯深信，派人到他家调查属实，才大为惊喜地相信了。范公暗中告诫家人不要把事情讲出去，怕招致灾祸变故的发生。

又过了两年，那位乡绅因暗中疏通关节的行为被发觉，父子都被发配到辽海卫充军，范十一娘这才回娘家看望父母。

[何守奇] 忽生爱慕，如茧自缠，斯言也狐且不可，而况于人乎？

[但明伦] 闺中有良友，而针砭药石，生死不渝，遂致嘉耦终谐，不陷于权要。古人出处之大节，每得诸良朋规戒之间；若十一娘之于封，所谓因不失其亲者也，足以为法矣。

狐　梦

【原文】

余友毕怡庵，倜傥不群，豪纵自喜，貌丰肥，多髭，士林知名。尝以故至叔刺史公之别业，休憩楼上。传言楼中故多狐。毕每读《青凤传》，心辄向往，恨

不一遇。因于楼上摄想凝思，既而归斋，日已浸暮。

时暑月燠热，当户而寝。睡中有人摇之，醒而却视，则一妇人，年逾四十，而风韵犹存。毕惊起，问为谁，笑曰："我狐也。蒙君注念，心窃感纳。"毕闻而喜，投以嘲谑。妇笑曰："妾齿加长矣，纵人不见恶，先自惭沮。有小女及笄，可侍巾栉。明宵，无寓人于室，当即来。"言已而去。至夜，焚香坐伺，妇果携女至。态度娴婉，旷世无匹。妇谓女曰："毕郎与有夙缘，即须留止。明旦早归，勿贪睡也。"毕乃握手入帏，款曲备至。事已笑曰："肥郎痴重，使人不堪。"未明即去。

既夕自来，曰："姊妹辈将为我贺新郎，明日即屈同去。"问："何所？"曰："大姊作筵主，此去不远也。"毕果候之。良久不至，身渐倦惰。才伏案头，女忽入曰："劳君久伺矣。"乃握手而行。奄至一处，有大院落，直上中堂，则见灯烛荧荧，灿若星点。俄而主人至，年近二旬，淡妆绝美。敛衽称贺已，将践席，婢入白："二娘子至。"见一女子入，年可十八九，笑向女曰："妹子已破瓜矣。新郎颇如意否？"女以扇击背，白眼视之。二娘曰："记儿时与妹相扑为戏，妹畏人数胁骨，遥呵手指，即笑不可耐。便怒我，谓我当嫁僬侥国小王子。我谓婢子他日嫁多髭郎，刺破小吻，今果然矣。"大娘笑曰："无怪三娘子怒诅也！新郎在侧，直尔憨跳！"顷之，合尊促坐，宴笑甚欢。

忽一少女抱一猫至，年可十二三，雏发未燥，而艳媚入骨。大娘曰："四妹妹亦要见姊丈耶？此无坐处。"因提抱膝头，取肴果饵之。移时，转置二娘怀中，曰："压我胫股酸痛！"二姊曰："婢子许大，身如百钧重，我脆弱不堪；既欲见姊丈，姊丈故壮伟，肥膝耐坐。"乃捉置毕怀。入怀香软，轻若无人。毕抱与同杯饮，大娘曰："小婢勿过饮，醉失仪容，恐姊丈所笑。"少女孜孜展笑，以手弄猫，猫戛然鸣。大娘曰："尚不抛却，抱走蚤虱矣！"二娘曰："请以狸奴为令，执箸交传，鸣处则饮。"众如其教。至毕辄鸣；毕故豪饮，连举数觥，乃知小女子故捉令鸣也，因大喧笑。二姊曰："小妹子归休！压杀郎君，恐三姊怨人。"小女郎乃抱猫去。

大姊见毕善饮，乃摘髻子贮酒以劝。视髻仅容升许，然饮之觉有数斗之多。比干视之，则荷盖也。二娘亦欲相酬，毕辞不胜酒。二娘出一口脂合子，大于弹丸，酌曰："既不胜酒，聊以示意。"毕视之，一吸可尽，接吸百口，更无干时。女在旁以小莲杯易合子去，曰："勿为奸人所算。"置合案上，则一巨钵。二娘曰："何预汝事！三日郎君，便如许亲爱耶！"毕持杯向口立尽。把之，腻软；审之，非杯，乃罗袜一钩，衬饰工绝。二娘夺骂曰："猾婢！何时盗人履子去，怪道足冰冷也！"遂起，入室易舄。

女约毕离席告别，女送出村，使毕自归。瞥然醒寤，竟是梦景，而鼻口醺醺，酒气犹浓，异之。至暮女来，曰："昨宵未醉死耶？"毕言："方疑是梦。"女曰："姊妹怖君狂噪，故托之梦，实非梦也。"女每与毕弈，毕辄负。女笑曰："君日嗜此，我谓必大高着。今视之，只平平耳。"毕求指诲，女曰："弈之为术，在人自悟，我何能益君？朝夕渐染，或当有益。"居数月，毕觉稍进。女试之，笑曰："尚未，尚未。"毕出，与所尝共弈者游，则人觉其异，稍咸奇之。

毕为人坦直，胸无宿物，微泄之。女已知，责曰："无惑乎同道者不交狂生也！屡嘱慎密，何尚尔尔？"怫然欲去。毕谢过不遑，女乃稍解，然由此来浸疏矣。积年余，一夕来，兀坐相向。与之弈，不弈；与之寝，不寝。怅然良久，曰："君视我熟如青风？"曰："殆过之。"曰："我自惭弗如。然聊斋与君文字交，请烦作小传，未必千载下无爱忆如君者。"曰："夙有此志。曩遵旧嘱，故秘之。"女曰："向为是嘱，今已将别，复何讳？"问："何往？"曰："妾与四妹妹为西王母征作花鸟使，不复得来矣。曩有姊行，与君家叔兄，临别已产二女，今尚未醮；妾与君幸无所累。"毕求赠言，曰："盛气平，过自寡。"遂起，捉手曰："君送我行。"至里许，洒涕分手，曰："彼此有志，未必无会期也。"乃去。

康熙二十一年腊月十九日，毕子与余抵足绰然堂，细述其异。余曰："有狐若此，则聊斋笔墨有光荣矣。"遂志之。

【译文】

我的朋友毕怡庵，卓然不群，以豪放不羁的行为自得其乐，长得很胖，胡须浓密，在文人中知名。

有一次，毕怡庵因事来到担任刺史的叔叔的别墅，在楼上歇息。传说楼中原来有许多狐狸，毕怡庵每当读《青凤传》时，心中就向往见到狐狸，为从未相见而遗憾，因此便在楼上聚精会神地沉思起来。

后来毕怡庵回到书斋，天色已经逐渐向晚。当时正值夏月，天气闷热，他在门口睡下。睡着后有人摇晃他，他醒来一看，原来是一个妇人，年过四十，却也风韵犹存。他吃惊地起来问她是谁，妇人笑着说："我是狐狸，蒙你思念，深受

感动，特来接受你的情意。"毕怡庵闻言大笑，便跟那妇人调笑戏谑起来。妇人笑了笑说："我年龄大了，即使别人还不嫌弃，自己先已羞愧沮丧了。我有个小女儿已经到了头上插簪的年纪，可以侍候你梳洗。明天夜里，屋里不住别人，她就会来。"说罢起身离去。

第二天夜里，毕怡庵点香坐候其来，妇人果然把女儿带来。女郎姿态娴雅温柔，举世无双。妇人对女郎说："毕郎与你有前世的姻缘，你就应该住下，明天早点儿回家，不要贪睡。"毕怡庵握着女郎的手，一齐进了帐子，亲热至极。事后女郎笑吟吟地说："胖乎乎的郎君太笨重，叫人受不了！"天没亮就走了。

一到晚上，女郎独自前来，说："姐妹们要为我祝贺新婚，请你明天就屈驾与我同去。"毕怡庵果然等候赴宴。等了许久，仍没到来，他渐渐感到身体困倦。刚伏在案上，女郎忽然走进门来说："有劳你久久等候啦。"便握着他的手出发。

他们忽然来到一个地方，那里有座大院落。他们直接走进中堂，只见灯烛荧荧闪光，灿若星辰。不久主人走了出来，这是一位年近二十的女子，妆束浅淡，绝顶漂亮。主人恭敬地整理一下衣襟，施礼祝贺完毕，准备入席，这时丫环进来说："二姐到。"只见一个女子大约十八九岁，笑着对女郎说："妹子已经尝过结婚的滋味，新郎还算如意吧？"女郎用扇子打二姐的后背，用白眼瞪她。二姐说："记得小时和妹子玩相扑的游戏，妹子怕人数肋骨，只要在远处一喊，用手一指，就笑得合不上口。妹子就生我的气，说我会嫁给矮人国的小王子，我说你这丫头将来嫁给一个大胡子的男人，那胡子刺破你的小嘴，今天果真如此。"大姐笑着说："难怪三妹气得咒你，新郎就在身边，你竟这般胡闹！"

一会儿，大家共同喝了一杯，靠近坐下，一边吃吃喝喝，一边说说笑笑，都非常快活。忽然有一个小女孩抱着一只猫前来，她大约十一二岁，童发尚未脱尽，娇艳妩媚却深透骨髓。大姐说："四妹妹也要来见姐夫吗？这里没地方坐了。"便拉过来抱在膝上，夹菜肴果品给她吃。过了一阵子，大姐把四妹放在二姐的怀里，说："把我的腿压得酸疼！"二姐说："丫头这么大了，身子好像有几十斤重，而我身子单薄，也不经压。既然是来见姐夫的，姐夫本来就高大健壮，膝头胖胖的，也经坐。"便把四妹放到毕怡庵的怀里。

在毕怡庵的怀里，四妹又香又软，轻若无人，毕怡庵便抱着她同杯喝酒。大姐说："小丫头别喝太多，喝醉了会有失风度，恐怕姐夫会笑话的。"四妹不停地开颜欢笑，用手逗猫，猫"喵喵"直叫。大姐说："还不把猫丢开，把跳蚤虱子都抱到身上啦！"二姐说："请大家用猫来行酒令，大家往下传筷子，猫叫时传到谁手，谁就喝酒。"大家依言进行，筷子传到毕怡庵手里猫就叫，毕怡庵本来喜欢痛饮，这时一连喝了好几杯，却发现是四妹故意把猫掐叫的，于是大家放声哄笑。二姐说："小妹子回去休息去，压坏了新郎，恐怕你三姐要埋怨人。"四妹便抱着猫离席而去。

大姐见毕怡庵能喝酒，便摘下髻子来盛上酒请他喝。他看髻子只能盛一升左

右的酒，但喝起来觉得有数斗之多，等喝光一看，那瓒子却是一张大荷叶。二姐也要敬酒，毕怡庵推辞说酒量到了。二姐拿出一个比弹丸稍大的口红盒子，斟上酒说："既然酒量到了，就用它表示一下意思。"毕怡庵一看，认为可以一口喝完，而接连喝了上百口酒，仍然没有喝光。女郎在旁边用小莲花杯换了口红盒子，说："别让奸人捉弄了。"把口红盒子放到案上，却是一只巨钵。二姐说："关你何事！才当了你三天的郎君，就这样亲爱吗！"毕怡庵拿起酒杯，送到嘴边，一饮而尽，却觉得手里拿着的酒杯变得滑腻柔软，仔细一看，那不是酒杯，却是一只绣鞋，做工工巧绝伦。二姐夺过绣鞋骂道："狡猾的丫头！什么时候偷走了人家的鞋子，怪不得脚冷冰冰的！"便起身进屋换鞋。

女郎叫着毕怡庵离开酒席，告别众人，把他送出村子，让他自己回家。这时他忽然醒来，知道刚才是在做梦，可是口鼻之间醉醺醺的，还在发出浓香的酒气，因此深感诧异。到暮色来临时，女郎回来说："昨夜没醉死吗？"毕怡庵说："我正怀疑那是做梦。"女郎说："姐妹们怕你乱喊乱叫，所以假托做梦，其实不是梦。"

女郎每次与毕怡庵下棋，毕怡庵总是落败。女郎笑嬉嬉地说："你整天嗜好此道，我以为一定会有出奇的高招，现在看来，只是平平。"毕怡庵求女郎指点，女郎说："下棋作为一种技艺，靠人自己领悟，我哪能使你长进？经常受到潜移默化的影响，也许能有所提高。"过了几个月，毕怡庵觉得稍有进境，女郎试了试他的棋力，笑着说："还不成，还不成。"

毕怡庵出门与曾经一起对弈的朋友下棋，人们都觉得他很有长进，都感到莫名其妙。毕怡庵为人坦荡直率，心里存不住事，就稍微透露了一些情况。女郎得知后，责备毕怡庵说："无怪乎同道之人不与狂生交往。我屡次嘱咐你要谨慎地保守秘密，你怎么还这个样子！"气得要马上离去，毕怡庵一味道歉认错，女郎才稍稍消气，但从此逐渐来得少了。

过了一年多，女郎在一天晚上到来后，面对毕怡庵直楞楞地坐着，跟她下棋，她不下，跟她去睡，她不睡，惆怅了许久，才说："你看我与青凤谁强？"毕怡庵说："恐怕你比她强。"女郎说："我却自愧不如。不过聊斋先生与你是诗文相交的朋友，请烦他为我作一篇小传，千年以后未必没有像你这样喜欢我想念我的人。"毕怡庵说："我早就有这个想法，只是过去遵守你原先的嘱咐，所以秘而不宣。"女郎说："以往我是这样嘱咐的，现在就要分别了，还隐讳什么？"

毕怡庵问女郎到哪里去，女郎说："我和四妹妹被西王母征召为花鸟使，不能再来。以前有个姐姐辈的与你家的叔伯哥哥相好，临别前已经生下两个女孩，现在还没出嫁。幸亏我与你没有什么拖累。"毕怡庵请女郎临别赠言，女郎说："平息盛气，自然少错。"便站起身来，拉着毕怡庵的手说："你送我走。"走了一里左右，女郎流着泪水分手告别说："只要你我有意，未必没有相见的日子。"便一人走了。

康熙二十一年腊月十九日，毕怡庵与我在偬然堂脚对脚地同榻共寝，详细讲

述了这个奇异的故事。我说："有这样的狐狸可写，聊斋的笔墨就放射光芒了。"便记述其事。

［冯镇峦］通篇毕子不多着语，最喜小女儿声口——如绘。

［何守奇］狐幻矣，狐梦更幻；狐梦幻矣，以为非梦，更幻。语云："梦中有梦原非梦。"其梦也耶？其非梦也耶？吾不得而知矣。

［但明伦］为读《青凤传》凝想而成，则遇女即梦也。设筵作贺，而更托之梦，复以为非梦。非梦而梦。梦而非梦一何者非梦，何者非非梦，何者非非非梦？毕子述梦，自知其梦而非梦；聊斋志梦，则谓其非梦，而非非非梦。

布　客

【原文】

长清某，贩布为业，客于泰安。闻有术人工星命之学，诣问休咎。术人推之曰："运数大恶，可速归。"某惧，囊资北下。途中遇一短衣人，似是隶胥，渐渍与语，遂相知悦，屡市餐饮。呼与共啜。短衣人甚德之，某问所营干，答曰："将适长清，有所勾致。"问为何人，短衣人出牒，示令自审，第一即己姓名。骇曰："何事见勾？"短衣人曰："我乃蒿里人，东四司隶役。想子寿数尽矣。"某出涕求救。鬼曰："不能。然牒上名多，拘集尚需时日。子速归处置后事，我最后相招，此即所以报交好耳。"

无何，至河际，断绝桥梁，行人艰涉。鬼曰："子行死矣，一文亦将不去。请即建桥利行人，虽颇烦费，然于子未必无小益。"某然之，及归，告妻子作周身具。克日鸠工建桥。久之，鬼竟不至，心窃疑之。一日，鬼忽来曰："我已以建桥事上报城隍，转达冥司矣。谓此一节可延寿命。今牒名已除，敬以报命。"某喜感谢。后再至泰山，不忘鬼德，敬赍楮锭，呼名酬奠。既出，见短衣人匆遽而来曰："子几祸我！适司君方莅事，幸不闻知。不然，奈何！"送之数武，曰："后勿复来。倘有事北往，自当迂道过访。"遂别而去。

【译文】

长清县的某人，以卖布为业，客居于泰安。他听说有个术士精通星命之学，便去问祸福。术士推算一番说："你的运气很坏，应快快回家。"卖布的为之恐惧，带着钱财北归。

卖布的在途中遇到一个身穿短衣的人，像是差役，渐渐在一起交谈，便互相熟悉亲热起来。卖布的多次买来餐饮，呼短衣人一起吃喝，短衣人甚为感激。卖布的问短衣人去办何事，短衣人回答说："准备到长清县去捉人。"卖布的问捉何人，短衣人拿出公文，让他自己细看，公文上第一个写的就是卖布人自己的

姓名。

卖布人惊骇地说："干嘛抓我?"短衣人说："我不是活人，而是嵩里山东四司的差役，想必是你的寿命完结了。"卖布人流着泪水求救。鬼差说："我没办法。不过公文上名字很多，捉到一起还需要一些时日，你快回家处理后事，我最后招你，这就是我对交情的报答了。"

不久，来到河边，河上桥梁已断，行人艰难地趟水过河。鬼差说："你要死啦，一文钱也带不走。请马上建一座桥来方便行人，虽然花费许多钱财，但对你未必没有一点儿好处。"卖布的深以为然，回家后告诉妻子准备棺材，限期修建新桥。过了多日，鬼差始终没来，卖布的心里暗生疑虑。

一天，鬼差忽然前来说："我把建桥的事上报城隍，城隍已经转达阴司，阴司说这一件事可以延长寿命。如今你已在拘命公文上除名，我特意告诉你一声。"卖布的高兴地表示感谢。

后来，卖布的又来到泰山。他念念不忘鬼差的恩德，恭敬地烧化纸钱，喊着鬼差的名字加以祭奠。刚出庙门，只见鬼差匆忙走来说："你几乎害了我! 幸亏东四司的长官刚才正在办公，不知此事，要是知道了，可怎么办?"送了卖布的几步，说："以后你别再来。如果我有事到北边去，自然会绕道前去拜访。"便告别离去。

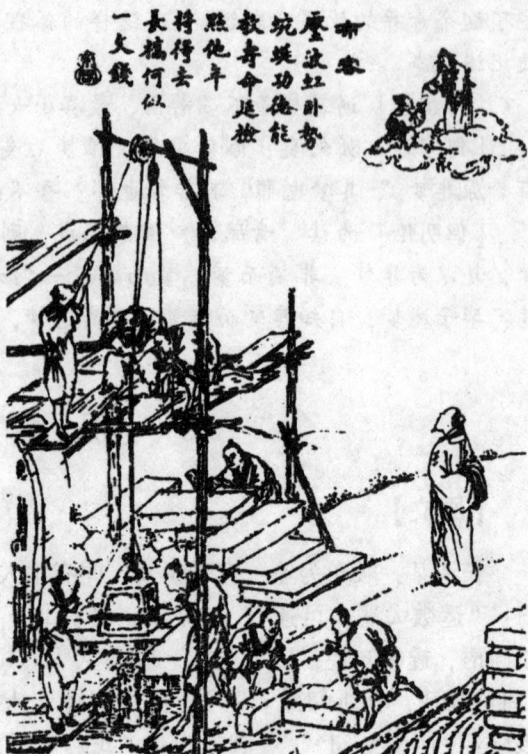

农 人

【原文】

有农人耕于山下，妇以陶器为饷，食已置器垄畔，向暮视之，器中余粥尽空。如是者屡。心疑之，因睨注以觇之。有狐来，探首器中。农人荷锄潜往，力击之，狐惊窜走。器囊头，苦不得脱，狐颠蹶触器碎落，出首，见农人，窜益急，越山而去。

后数年，山南有贵家女，苦狐缠祟，敕勒无灵。狐谓女曰："纸上符咒，能

聊斋志异（图文版）

奈我何!”女绐之曰：“汝道术良深，可幸永好。顾不知生平亦有所畏者否?”狐曰：“我罔所怖。但十年前在北山时，尝窃食田畔，被一人戴阔笠，持曲项兵，几为所戮，至今犹悸。”女告父。父思投其所畏，但不知姓名、居里，无从问讯。会仆以故至山村，向人偶道。旁一人惊曰：“此与予曩年事适相符，将无向所逐狐，今能为怪耶?”仆异之，归告主人。主人喜，即命仆持马招农人来，敬白所求。农人笑曰：“曩所遇诚有之，顾未必即为此物。且既能怪变，岂复畏一农人?”贵家固强之，使披戴如尔日状，入室以锄卓地，咤曰：“我日觅汝不可得，汝乃逃匿在此耶! 今相值，决杀不宥!”言已，即闻狐鸣于室。农人益作威怒，狐即哀告乞命，农人叱曰：“速去，释汝。”女见狐捧头鼠窜而去。自是遂安。

农人
阿紫含皇兑
遁形荷锄
带笠俨神灵
人间教勒
非无咒合与
秋歌一例听

【译文】

有一个农民在山下锄地，妻子用陶罐来盛午饭，农民吃完饭，把陶罐放在田垄旁边，到傍晚一看，陶罐中的剩粥全都没了，一连几次都是这样。农民心怀疑虑，从一旁斜着眼睛注意察看，只见有一只狐狸前来，把头伸进陶罐里，农民拿着锄头悄悄上前，用力猛打，狐狸惊慌逃窜，可是陶罐套在头上，很难摆脱。狐狸跌了一跤，碰碎了陶罐，露出头来，看见农民，逃得更快，翻过山去了。

几年以后，山南有个大户人家的女儿，深受狐狸纠缠作祟的困扰，画符驱邪都不灵验。狐狸对那女儿说：“纸上的符咒，能把我怎样!”女儿哄骗狐狸说：“你的道术很深，我愿跟你永远相好。但不知你一生也有害怕的人没有?”狐狸说：“我什么都不怕，只是十年前在北山时，我曾到田边偷吃东西，被一个戴大沿斗笠的人拿弯把武器差点儿没打死，至今心里还在害怕。”女儿告诉了父亲，父亲想用这个使狐狸害怕的人来治狐狸，但是不知姓名住址，也没处打听。

恰巧仆人因事来到山村，向人偶然提起此事，旁边有一个人惊讶地说：“这与我往年的经历正好相同，莫非我从前追赶的那只狐狸，现在能作怪了?”仆人感到诧异，回去告诉了主人。

主人非常高兴，立即吩咐仆人用马把农民接来，恭敬地讲了自己的请求。农

民笑着说：“以前遇到狐狸实有其事，但未必就是现在这只。况且这只狐狸已能变化作怪，怎会还怕一个农民？”

大户人家再三勉强农民去驱邪，让他穿戴成往日的样子。农民走进屋里，以锄头挂地，喝斥说：“我天天找你没找到，原来你却逃避到这里！今天让我碰上，一定打死，决不饶恕！”说罢便听见狐狸在屋里哀叫，农民越发作出盛怒的样子，狐狸当即哀求饶命。农民呵斥说：“快走！这次放了你。”女儿看见狐狸抱头鼠窜而去，从此平安无事。

[何守奇] 世有久假不归，便欲以为真有，持之以吓人者，类如农人之于此狐矣。

章 阿 端

【原文】

卫辉戚生，少年蕴藉，有气敢任。时大姓有巨第，白昼见鬼，死亡相继，愿以贱售。生廉其直，购居之。而第阔人稀，东院楼亭，蒿艾成林，亦姑废置。家人夜惊，辄相哗以鬼。两月余，丧一婢。无何，生妻以暮至楼亭，既归得疾，数日寻毙。家人益惧，劝生他徙，生不听。而块然无偶，憭栗自伤。婢仆辈又时以怪异相聒。生怒，盛气襆被，独卧荒亭中，留烛以觇其异。久之无他，亦竟睡去。

忽有人以手探被，反复扪抓。生醒视之，则一老大婢，挛耳蓬头，臃肿无度。生知其鬼，捉臂推之，笑曰：“尊范不堪承教！”婢惭，敛手蹀躞而去。少顷，一女郎自西北隅出，神情婉妙，闯然至灯下，怒骂：“何处狂生，居然高卧！”生起笑曰：“小生此间之地主，候卿讨房税耳。”遂起，裸而捉之。女急遁，生先趋西北隅阻其归路，女既穷，便坐床上。近临之，对烛如

章阿端
一林故尼兼新鬼纵侠刘肠
已自伤额有遗憾觉惭悔
梦中曾说见端娘

仙，渐拥诸怀。女笑曰："狂生不畏鬼耶？将祸尔死！"生强解裙襦，则亦不甚抗拒。已而自白曰："妾章氏，小字阿端。误适荡子，刚愎不仁，横加折辱，愤悒夭逝，瘞此二十余年矣。此宅下皆坟冢也。"问："老婢何人？"曰："亦一故鬼，从妾服役。上有生人居，则鬼不安于夜室，适令驱君耳。"问："扪拶何为？"笑曰："此婢三十年未经人道，其情可悯，然亦太不自量矣。要之：馁怯者，鬼益侮弄之，刚肠者不敢犯也。"听邻钟响断，着衣下床，曰："如不见猜，夜当复至。"

入夕果至，绸缪益欢。生曰："室人不幸殂谢，感悼不释于怀。卿能为我致之否？"女闻之益戚，曰："妾死二十年，谁一置念忆者！君诚多情，妾当极力。然闻投生有地矣，不知尚在冥司否。"逾夕告生曰："娘子将生贵人家。以前生失耳环，挞婢，婢自缢死，此案未结，以故迟留。今尚寄药王廊下，有监守者。妾使婢往行贿，或将来也。"生问："卿何闲散？"曰："凡枉死鬼不自投见，阎摩天子不及知也。"二鼓向尽，老婢果引生妻而至。生执手大悲，妻含涕不能言。女别去，曰："两人可话契阔，另夜请相见也。"生慰问婢死事。妻曰："无妨，行结矣。"上床偎抱，款若平生之欢。由此遂以为常。

后五日，妻忽泣曰："明日将赴山东，乖离苦长，奈何！"生闻言，挥涕流离，哀不自胜。女劝曰："妾有一策，可得暂聚。"共收涕询之。女请以钱纸十提，焚南堂杏树下，持贿押生者，俾缓时日，生从之。至夕妻至，曰："幸赖端娘，今得十日聚。"生喜，禁女勿去，留与连床，暮以暨晓，惟恐欢尽。过七八日，生以限期将满，夫妻终夜哭。问计于女，女曰："势难再谋。然试为之，非冥资百万不可。"生焚之如数。女来，喜曰："妾使人与押生者关说，初甚难，既见多金，心始摇。今已以他鬼代生矣。"自此，白日亦不复去，令生塞户牖，灯烛不绝。

如是年余，女忽病，瞀闷懊憹，恍惚如见鬼状。妻抚之曰："此为鬼病。"生曰："端娘已鬼，又何鬼之能病？"妻曰："不然。人死为鬼，鬼死为聻。鬼之畏聻，犹人之畏鬼也。"生欲为聘巫医。曰："鬼何可以人疗？邻媪王氏，今行术于冥间，可往召之。然去此十余里，妾足弱不能行，烦君焚刍马。"生从之。马方爇，即见婢女牵赤骝，授绥庭下，转瞬已杳，少间，与一老姬叠骑而来，絷马廊柱。姬入，切女十指。既而端坐，首偈僛作态。仆地移时，蹶然起曰："我黑山大王也。娘子病大笃，幸遇小神，福泽不浅哉！此业鬼为殃，不妨，不妨！但是病有瘳，须厚我供养，金百锭、钱百贯，盛筵一设，不得少缺。"妻一一噭应。姬又仆而苏，向病者呵叱，乃已。既而欲去，妻送诸庭外，赠之以马，欣然而去。入视女郎，似稍醒。夫妻大悦，抚问之。女忽言曰："妾恐不得再履人世矣。合目辄见冤鬼，命也！"因泣下。越宿，病益沉殆，曲体战栗，若有所睹。拉生同卧，以首入怀，似畏扑捉。生一起，则惊叫不宁。如此六七日，夫妻无所为计。会生他出，半日而归，闻妻哭声，惊问，则端娘已毙床上，委蜕犹存。启

之，白骨俨然。生大恸，以生人礼葬于祖墓之侧。

一夜，妻梦中呜咽，摇而问之，答云："适梦端娘来，言其夫为瘗鬼，怒其改节泉下，衔恨索命去，乞我作道场。"生早起，即将如教。妻止之曰："度鬼非君所可与力也。"乃起去。逾刻而来，曰："余已命人邀僧侣。当先焚钱纸作用度。"生从之。日方落，僧众毕集，金铙法鼓，一如人世。妻每谓其聒耳，生殊不闻。道场既毕，妻又梦端娘来谢，言："冤已解矣，将生作城隍之女。烦为转致。"

居三年，家人初闻而惧，久之渐习。生不在，则隔窗启禀。一夜，向生啼曰："前押生者，今情弊漏泄，按责甚急，恐不能久聚矣。"数日果疾，曰："情之所钟，本愿长死，不乐生也。今将永诀，得非数乎！"生皇遽求策，曰："是不可为也。"问："受责乎？"曰："薄有所责。然偷生之罪大，偷死之罪小。"言讫不动。细审之，面庞形质，渐就渐灭矣。生每独宿亭中，冀有他遇，终亦寂然，人心遂安。

【译文】

卫辉府的戚生，年纪轻轻，含而不露，任性使气，敢做敢当。

当时，一家世家大族有一座颇具规模的宅第，白天闹鬼，接连死人，愿意低价出售。戚生认为价格便宜，便买来居住。然而宅第空阔，人口稀少，东院楼亭周围，荒蒿野艾繁密成林，也暂且搁置不住。在夜里，家人受到惊扰，总是大喊有鬼，经过两个多月，死了一个丫环。不久，戚生的妻子在傍晚前往楼亭，回来就得了病，没几天便一命呜呼。

家人更加恐惧，劝戚生搬家，戚生不听。但他孤身独处，没人做伴，心境凄凉，为自己伤感不已。众丫环仆人又不时向他絮叨种种怪异之事，惹得他大发脾气，一怒之下，抱着被褥，独自在罕有人迹的亭子中躺下，仍然点着蜡烛，来察看会有什么怪事出现。

等了许久，并无异常现象，戚生终于昏昏入睡。忽然，有人把手伸进被里反复摸来摸去，戚生醒来一看，原来是一个年纪很大的丫环，耳朵蜷曲，头发蓬乱，极为肥胖。戚生知道她是鬼，捉住她的胳膊一推，笑嘻嘻地说："这副尊容，难以领教！"丫环自惭形秽，缩回手去，迈着小步走开。

不一会儿，一个美妙动人的女郎从西北角走出，不管不顾地来到灯下，生气地骂道："哪里来的胆大妄为的家伙，居然悠闲地大睡！"戚生起身一笑，说："我是这所宅第的主人，等着找你要房租的。"便站起身来，光着身子去捉女郎，女郎急忙逃跑。

戚生抢先跑到西北角，拦住归路，女郎无路可走，便在床上坐下。戚生走近了女郎，在烛光下一看，简直美如天仙，便慢慢把她抱在怀里。女郎笑吟吟地说："狂妄的家伙，不怕鬼吗，会害死你的！"戚生强行解开女郎的衣裙，女郎

也不太抵抗。

事后女郎介绍自己说："我姓章，小名阿端，误嫁一个浪荡汉子，他自以为是，残暴不仁，对我横加折磨羞辱，使我悲愤抑郁，早年夭折，埋在这里二十多年了。这所宅第下面全是坟墓。"戚生问："那个老丫环是谁？"章阿端说："她也是一个死鬼，侍候我的。上面有活人居住，鬼在墓中就不安宁。刚才是我让她把你赶走。"戚生问："她干嘛摸来摸去的？"章阿端笑着说："这丫环三十多年没跟男人睡过，那情形挺可怜的，不过她也太不自量了。总之，谁胆怯，鬼就加劲予以辱弄，谁刚强，鬼就不敢加以侵犯。"听到近处的晨钟已经响过，便穿衣下床，说："如果你不猜疑，夜里我会再来。"

到了晚上，章阿端果然前来，两人缠缠绵绵，更加欢乐。戚生说："我的妻子不幸去世，感伤哀悼难以从心中排除，你能把她为我招来吗？"章阿端听了更加伤心，说："我死了二十年，谁想念过我一次？你真是多情，我会尽力帮忙。不过，听说她已有了投生的地方，不知是否还在阴间。"

过了一晚，章阿端告诉戚生说："你的妻子即将投生到贵人家。由于她前生丢了耳环，便打丫环，丫环上吊而死，这案子还没了结，所以滞留阴间，现在还寄身于药王廊下，并有人看守。我打发丫环前去行贿，也许快来了。"戚生问："为什么你是闲散自由的？"章阿端说："冤死鬼只要自己不去投案进见，阎王就没工夫过问。"

二更将尽时，老丫环果然把戚生的妻子领来。戚生握着妻子的手万分悲恸，妻子眼含泪水，说不出话来。章阿端告别要走，说："你们两人可以共话久别之情，让我们改天夜里相见。"戚生关心地问起妻子前生的丫环上吊的案件，妻子说："不害事，快结案了。"两人上床依偎拥抱，亲热起来像妻子活着时一样欢乐，从此便经常如此。

五天以后，妻子忽然哭哭啼啼地说："明天我要到山东投生，离别的时间太长，如何是好？"戚生听了这话，哭得泪水淋漓，悲不自胜。章阿端劝解说："我有一个主意，能使你们暂时团聚。"夫妻二人都止住哭泣，问有何高见。章阿端请戚生拿十挂纸钱在南堂的杏树下焚烧，拿去贿赂押送投生的差役，让他延缓一些日子，戚生依言而行。

到了晚上，妻子前来说："幸亏端姑娘的主意，现在我们还能相聚十天。"戚生大喜，留下章阿端，不许走开，给她又接了一张床，从日暮到破晓，惟恐欢乐到头。

过了七八天，戚生因限期将满，夫妻整夜哭个不停，又向章阿端问计，章阿端说："看情形很难再有办法。不过可以试试看，只是非有阴间的一百万钱不可。"戚生如数烧了纸钱，章阿端前来高兴地说："我让人跟押送投生的差役说情，起初很难说通，后来看到钱多，才动了心，现在已经让别的鬼代为投生去了。"从此，她们在白天也不用离开，让戚生关闭门窗，整天点着灯烛。

就这样过了一年多时间，章阿端忽然得了头昏目眩的病，心情烦闷，神志恍惚不清，像看见鬼的样子。戚妻抚摸着章阿端说："这是鬼病。"戚生说："端姑娘已经是鬼，还有什么鬼能让她生病吗？"戚妻说："并非如此。人死后变成鬼，鬼死后变成聻，鬼怕聻犹如人怕鬼。"戚生想给章阿端请巫医，戚妻说："鬼的病怎能用人来治？邻居老太太王氏如今在阴间当巫医，可以去叫她来。不过离这里有十里多地，我脚下软弱无力，不能走路，麻烦你烧一匹纸马。"戚生依言而行。纸马刚烧完，就见丫环牵着一匹红毛黑尾的快马，在院里把缰绳交给戚妻，戚妻转眼消失不见。

没多久，戚妻和一个老太太同骑一马回来，把马拴在廊柱上。老太太进屋按住章阿端的十指进行诊断，接着端正地坐好，脑袋颤动作态，仆倒在地一阵子，跳起来说："我是黑山大王。这姑娘病情非常严重，幸亏遇到小神，福分不浅哩！这是业报之鬼造的祸殃，没关系，没关系。只是病愈以后，必须给我丰厚的供养，一百锭银子，一百贯钱，一桌丰盛的酒席，一样不能少。"戚妻一项一项地高声答应下来。老太太又倒在地上苏醒过来，向病人吆喝一番，才算完事。之后老太太要走，戚妻送到门外，把纸马送给了她，她高兴地走了。

进屋来看章阿端，似乎在逐渐清醒，夫妻二人大悦，加以好言抚慰。章阿端忽然说："我恐怕不能再到人间了。一闭眼就看见冤鬼，这是命啊！"便流下眼泪。过了一夜，她的病情越发沉重，生命垂危，弯曲着身子发抖，好像看到了什么。她拉戚生与自己一起躺下，把头埋在戚生的怀里，似乎怕被捉住，戚生一起身，就不安地惊叫。

就这样过了六七天，夫妻二人束手无策。恰好这一天戚生外出，半天后回到家里，就听到妻子的哭声。戚生心中一惊，忙问出了何事，原来端姑娘已经死在床上，衣服还在，掀开一看，却是真真切切的一具白骨。戚生万分悲恸，按人类的葬礼把她埋在祖坟旁边。

一天夜里，妻子在梦中呜呜咽咽地哭泣起来。戚生摇醒妻子，问哭什么，妻子回答说："刚才梦见端姑娘前来，说她的丈夫变成聻鬼，恼怒她在阴间不守贞节，怀恨在心，想要她的命，请我给她做道场。"戚生很早起床，准备照办，妻子阻止说："超度鬼不是你能使上劲的。"便起身出去。过了一阵儿，妻子回来说："我已经让人去请僧侣，应该先烧纸钱作为费用。"戚生依言而行。

太阳刚刚落下，僧众都已到齐，使用的铜铙法鼓与人间完全相同。妻子不时说声音刺耳，而戚生根本听不见。做完道场后，妻子又梦见端姑娘前来表示感谢，说："冤仇已经消除，我将生为城隍的女儿，请转告戚生。"

妻子在家住了三年，家人刚听说时有点儿害怕，天长日久就习惯了，戚生不在时，家人就隔着窗户禀告家事。一天夜里，妻子哭哭啼啼地对戚生说："以前押送投生的差役，如今他作弊的情况已经泄露出来，追查得很紧，我们恐怕不能长久团聚了。"

几天后，妻子果然生病。她说："由于钟情于你，我本来只愿长死，不愿投生。现在即将永别，莫非是命运使然吗！"戚生惶恐问计，妻子说："这是没法挽回的。"戚生问："要受责罚吗？"妻子说："会有轻微的惩罚，不过偷生罪大，偷死罪小。"说罢不能再动。仔细一看，面容和形体渐渐消失不见。

戚生时常独自住在荒亭里，希望另外再相遇一次，但始终平静无事，于是人心安定下来。

[何守奇] 鬼聋复有死生，荒唐极矣！

孝 子

【原文】

青州东香山之前，有周顺亭者，事母至孝。母股生巨疽，痛不可忍，昼夜□颐呻。周抚肌进药，至忘寝食。数月不瘥，周忧煎无以为计。梦父告曰："母疾赖汝孝。然此疮非人膏涂之不能愈，徒劳焦恻也。"醒而异之。乃起，以利刃割胁肉，肉脱落，觉不甚苦。急以布缠腰际，血亦不注。于是烹肉持膏，敷母患处，痛截然顿止。母喜问："何药而灵效如此？"周诡对之。母疮寻愈。周每掩护割处，即妻子亦不知也。既瘥，有巨疤如掌，妻诘之，始得其详。

异史氏曰："刲股伤生，君子不贵。然愚夫妇何知伤生为不孝哉？亦行其心之所不自已者而已。有斯人而知孝子之真，犹在天壤耳。"

【译文】

青州城东香山的前面，有个叫周顺亭的，侍奉母亲极为孝顺。

母亲的腿上生了一个大毒疮，疼痛难忍，日夜皱着眉头呻吟不止。周顺亭给母亲按摩上药，以至废寝忘食。然而母亲的病持续了好几个月仍不痊愈，周顺亭忧心如煎，无计可施。

一天，周顺亭梦见父亲告诉自己说："你妈的病要靠你的孝心才能治好。不

过这疮除非外敷人肉膏才能治好，着急难过都没用。"周顺亭醒来，认为此梦异乎寻常，便马上起床，用快刀去割肋上的肉，肉从肋上脱落下来，觉得也不太疼。他急忙用布把腰部缠好，也不怎么往外流血。

于是周顺亭把肉煮成膏状，敷在母亲的毒疮上，疼痛顿时终止。母亲高兴地问："这是什么药，这么灵验有效？"周顺亭编个说法搪塞过去。不久，母亲的毒疮好了，周顺亭经常遮掩着割肉的部位，就是妻子也不知其事。

周顺亭的伤口愈合后，留下一个巴掌似的大伤疤，经妻子追问，才知实情。

异史氏说：割股疗亲是伤生的事，君子不加推崇。但是无知的男女怎知伤生也是不孝？他们也只是在做内心中无法不做的事情而已。有这种人才知道孝子的真面目还存在于天地之间，掌管风俗教化的人，重要的事务很多，没工夫加以表彰，所以阐明隐微的道理，尚有赖于这篇浅陋的短文。

狮 子

【原文】

暹逻国贡狮，每止处，观者如堵。其形状与世所传绣画者迥异，毛黑黄色，长数寸。或投以鸡，先以爪抟而吹之。一吹，则毛尽落如扫，亦理之奇也。

【译文】

暹逻国来进贡狮子，每当半路停下时，人们前来围观，像围起一堵墙来。那狮子的形状与世间流传的绣的画的迥然不同，毛色黑黄，长达数寸。有人扔给它一只鸡，它先用爪子把鸡抓起来，再用嘴去吹。只要一吹，鸡毛就落得一干二净。这也是一个奇特的事理。

[何守奇]《如是我闻》言狮状与此略同。

阎 王

【原文】

李常久，临朐人。壶榼于野，见旋风蓬蓬而来，敬酹奠之。后以故他适，路旁有广第，殿阁弘丽。一青衣人自内出，邀李，李固辞。青衣人要遮甚殷，李曰："素不相识，得无误耶？"青衣云："不误。"便言李姓字。问："此谁家？"第云："人自知之。"入，进一层门，见一女子手足钉扉上，近视之其嫂也，大骇。李有嫂，臂生恶疽，不起者年余矣。因自念何得至此。转疑招致意恶，畏沮却步，青衣促之，乃入。至殿下，上一人，冠带如王者，气象威猛。李跪伏，莫敢仰视。王者命曳起之，慰之曰："勿惧。我以曩昔扰子杯酌，欲一见相谢，无他故也。"李心始安，然终不知故。王者又曰："汝不忆田野酹奠时乎？"李顿悟，知其为神，顿首曰："适见嫂氏，受此严刑，骨肉之情，实怆于怀。乞王怜宥！"王者曰："此甚悍妒，宜得是罚。三年前，汝兄妾盘肠而产，彼阴以针刺肠上，俾至今脏腑常痛。此岂有人理者！"李固哀之，乃曰："便以子故宥之。归当劝悍妇改行。"李谢而出，则扉上无人矣。

归视嫂，嫂卧榻上，创血殷席。时以妾拂意故，方致诟骂。李遽劝曰："嫂勿复尔！今日恶苦，皆平日忌嫉所致。"嫂怒曰："小郎若个好男儿，又房中娘子贤似孟姑姑，任郎君东家眠，西家宿，不敢一作声。自当是小郎大乾纲，到不得代哥子降伏老媪！"李微哂曰："嫂勿怒，若言其情，恐欲哭不暇矣。"嫂曰："便曾不盗得王母笄中线，又未与玉皇案前吏一眨眼，中怀坦坦，何处可用哭者！"李小语曰："针刺人肠，宜何罪？"嫂勃然色变，问此言之因，李告之故。嫂战惕不已，涕泗流离而哀鸣曰："吾不敢矣！"啼泪未干，觉疼顿止，旬日而瘥。由是立改前辙，遂称贤淑。后妾再产，肠复堕，针宛然在焉。拔去之，腹痛乃瘳。

异史氏曰："或谓天下悍妒如某者，正复不少，恨阴网之漏多也。余日不然。冥司之罚，未必无甚于钉扉者，但无回信耳。"

【译文】

李久常是临朐人。有一次，他自带酒具在野外自斟自饮，看见旋风"呼呼"吹过，便恭敬地以酒洒地，加以祭奠。

后来，李久常因事外出，看见路旁有所极具规模的宅第，殿阁宏伟壮丽。这时一个丫环从宅中走出，请他进宅，他一再推辞。丫环拦住去路，非让他进去不可，他说："我们素不相识，莫非你认错人了？"丫环说："我没认错人。"便说出他的姓名。他问："这是谁家？"丫环回答说："你进去后自然就会知道。"

李久常进了大门，走过一道门，看见一个女子手脚都钉在门上，走近一看，是自己的嫂子，于是大为恐骇。李久常有个嫂子，胳膊生了一个恶性的毒疮，已有一年多时间不能起床，于是他想嫂子怎能到这里来，转念一想，又怀疑请他进宅恐怕是出于恶意，于是停住脚步，畏缩不前，在丫环的催促下，才走进门。

来到大殿前，只见殿上有一个人，穿戴如同王者，气度威严，神志凶猛，他便是阎王。李久常跪伏在地，不敢仰视。阎王吩咐他起来，安慰说："你别害怕，因为过去我叨扰过你的酒喝，所以想与你相见，当面感谢，没有别的原由。"李久常这才安下心来，但终究不知道叫自己来干什么。阎王又说："你不记得在田野里曾祭奠过我吗？"李久常顿时明白：此人是神。

于是李久常伏地叩头说："刚才看见我的嫂子遭受这么严酷的刑罚，出于骨肉之情，心里实在难过，请大王怜悯她，宽恕她！"阎王说："这人极为蛮横妒忌，应受这种惩罚。三年前，你哥哥的妾生孩子时大肠坠出，她暗中把针扎在肠子上，使这个妾至今肚子经常作痛，这人哪里还有人性！"李久常再三哀求，阎王才说："就看你的面子宽恕她，你回去要劝这悍妇的行为改一改。"李久常谢过阎王，走出大殿，门上钉着的人已然不见。

李久常回家后去看嫂子，嫂子躺在床上，疮口在流血，染红了炕席。当时由于妾违背了自己的意志，嫂子正在破口大骂。李久常连忙劝阻说："嫂子别再这样！你今天的痛苦，都是平时的妒忌造成的。"嫂子发火说："小叔子是这样一个好男人，房中的媳妇又像孟光一样贤惠，任凭你东家眠，西家宿，不敢吱一声。你自然是有好大的夫权，却也不能替你哥哥来降伏老娘！"李久常微笑着说："嫂子别生气，如果我讲出实情，恐怕你想哭都来不及了。"嫂子说："我从来没有偷过王母娘娘针线筐箩中的线，又没有跟玉皇大帝的香案吏眉目传情，心中坦然，有用得着哭的地方吗？"李久常压低声音说："把针扎在别人的肠子上，该当何罪？"

嫂子聚然变了脸色，问说这话的根据。李久常讲出原由，嫂子吓得浑身不停地发抖，哭得涕泪淋漓，哀号着说："我再也不敢这么干啦！"眼泪没干，便觉

聊斋志异（图文版）

得疼痛顿时消失，历时十天，疮口愈合。

从此，嫂子痛改前非，于是以贤惠为人称道。

后来，妾又生孩子，肠子再次坠出，那根针真真切切地扎在上面，把针拔掉后，妾肚子疼的毛病才告痊愈。

异史氏说：有人认为天下像李久常的嫂子这么蛮横妒忌的人还真不少，可惜阴间的法网疏漏太多。我认为其实不然，阴间的惩罚未必没有比钉在门板上更重的，只是没给阳间把信捎回而已。

土 偶

【原文】

沂水马姓，娶妻王氏，琴瑟甚敦。马早逝，王父母欲夺其志，王矢不他。姑怜其少，亦劝之，王不听。母曰："汝志良佳，然齿太幼，儿又无出。每见有勉强于初，而贻羞于后者，固不如早嫁，犹恒情也。"王正容，以死自誓，母乃任之。女命塑工肖夫像，每日醑献如生时。

一夕将寝，忽见土偶人欠伸而下。骇心愕顾，即已暴长如人，真其夫也。女惧呼母，鬼止之曰："勿尔。感卿情好，幽壤酸辛。一门有忠贞，数世祖宗皆有光荣。吾父生有损德，应无嗣，遂至促我茂龄。冥司念尔苦节，故令我归，与汝生一子承桃绪。"女亦沾襟，遂燕好如平生。鸡鸣，即下榻去。如此月余，觉腹微动。鬼乃泣曰："限期已满，从此永诀矣！"遂绝。

女初不言，既而腹渐大不能隐，阴告其母。母疑涉妄，然窥女无他，大惑不解。十月，果举一男。向人言之，闻者无不匿笑，女亦无以自伸。有里正故与马有隙，告诸邑令。令拘讯邻人，并无异言。令曰："闻鬼子无影，有影者伪也。"抱儿日中，影淡淡如轻烟然。又刺儿指血付土偶上，立入无痕；取他偶涂之，一拭便去。以此信之。长数岁，口鼻言动，无一不肖马者。群疑始解。

聊斋志异（图文版）

【译文】

沂水县有个姓马的，娶妻王氏，夫妻感情很深。马某婚后死得很早，王氏的父母想让女儿改嫁，王氏发誓不嫁别人。婆婆可怜王氏年轻，也劝儿媳改嫁，王氏不肯依从。婆婆说："你的意愿很好，只是太年轻，我往往看见有人当初勉强不嫁，后来却招致羞辱，当然不如及早改嫁，这是人之常情。"王氏神色严肃，发誓死也不嫁，婆婆这才由她去了。

王氏让人雕塑了一尊丈夫的泥像，每当吃饭时，就像丈夫活着一样，也给他端上一份吃的。一天夜里，王氏准备就寝，忽然看见泥塑的丈夫打个呵欠，伸伸懒腰，走了下来。王氏惊骇地看着，泥塑的丈夫已经暴长得像活人一样，一看还真是自己的丈夫。

王氏心中害怕，便喊婆婆。鬼加以阻止说："别这样，我感念你的深情，在地下也觉辛酸，我们家有个忠贞的媳妇，几代祖宗都有光彩。我父亲在世时做过损德的事，应该无后，以至使我盛年早亡。阴间念你矢志坚守节操，所以让我回来，和你生一个儿子来传宗接代。"王氏泪湿衣襟，于是像当年那样夫妻恩爱，到鸡叫时，鬼便下床离去。

就这样持续了一个多月，王氏觉得腹中微动，鬼于是哭着说："限期已满，从此永别了！"便再也不来。

王氏起初没有声张，后来肚子渐大，无法隐瞒，便偷偷告诉了婆婆。婆婆怀疑媳妇胡说，但观察王氏没有越轨行为，也感大惑不解。十个月后，王氏竟然生下一个男孩。向人说明其事，人们听了无不暗暗发笑，王氏也无法为自己申辩。

恰好里正原先与马某有嫌隙，便告到县令那里。县令传讯邻居，邻居的说法也都一致。县令说："听说鬼生的孩子没有影子，有影子就是假的。"把孩子抱到日头底下，影子就像淡淡的轻烟。又刺出小孩的指血来，涂到泥塑肖像上，立刻渗透到泥像里，把别的泥像涂上血，却一擦就掉。因此，县令相信王氏所言属实。

小孩长到数岁后，相貌言行没有一处不像马某，众人的怀疑这才解消。

长治女子

【原文】

陈欢乐，潞之长治人，有女慧美。一道士行乞，睨之而去。由是日持钵近廛间。适一瞽人自陈家出，道士追与同行，问何来。瞽云："适从陈家推造命。"道士曰："闻其家有女郎，我中表亲欲求姻好，但未知其甲子。"瞽为述之，道士乃别而去。居数日，女绣于房，忽觉足麻痹，渐至股，又渐至腰腹，俄而晕然倾仆。定逾刻，始恍惚能立，将寻告母。及出门，则见茫茫黑波中，一路如线，

骇而却退，门舍居庐，已被黑水淹没。又视路上，行人绝少，惟道士缓步于前。遂遥尾之，冀见同乡以相告语。走数里，忽睹里舍，视之，则己家门。大骇曰："奔驰如许，固犹在村中。何向来迷罔若此！"欣然入门，父母尚未归。复至己房，所绣业履，犹在榻上。自觉奔波殆极，就榻憩坐。道士忽入，女大惊欲遁。道士捉而捺之，女欲号，则喑不能声。道士急以利刃剖女心，女觉魂飘飘离壳而立，四顾家舍全非，惟有崩崖若覆。视道士以己心血点木人上，又复叠指诅咒，女觉木人遂与己合。道士嘱曰："自兹当听差遣，勿得违误！"遂佩戴之。

陈氏失女，举家惶惑。寻至牛头山，始闻村人传言，岭下一女子剖心而死。陈奔验，果其女也。泣以诉宰。宰拘岭下居人，拷掠几遍，迄无端绪。姑收群犯，以待覆勘。道士去数里外，坐路旁柳树下，忽谓女曰："今遣汝第一差，往侦邑中审狱状，去当隐身暖阁上。倘见官宰用印，即当趋避，切记勿忘！限汝辰去巳来。迟一刻，则以一针刺汝心中，令作急痛；二刻，刺二针；至三针，则使汝魂魄销灭矣。"女闻之，四体惊悚，飘然遂去。瞬息至官廨，如言伏阁上。一时岭下人罗跪堂下，尚未讯诘。适将钤印公牒，女未及避，而印已出匣。女觉身躯重软，纸格似不能胜，曝然作响，满堂愕顾。宰命再举，响如前；三举，翻坠地下，众悉

闻之。宰起祝曰："如是冤鬼，当便直陈，为汝昭雪。"女哽咽而前，历言道士杀己、遣己状。宰差役驰去，至柳树下，道士果在。捉还，一鞫而服。人犯乃释。宰问女："冤雪何归？"女曰："将从大人。"宰曰："我署中无处可容，不如暂归汝家。"女良久曰："官署即吾家，我将入矣。"宰又问，音响已寂。退入宅中，则夫人生女矣。

【译文】

陈欢乐是潞州长治县人。他有一个女儿，聪明伶俐，长得漂亮。那天，有一个道士在乞讨时瞥了陈女一眼，然后离去，从此每天都拿着钵在陈家附近转悠。恰巧有一个瞎子从陈家走出，道士便追上前去，与他同行，问他从哪里来。瞎子说："刚才我到陈家算命去了。"道士说："听说陈家有个姑娘，我的表亲想去求

婚，但不知那姑娘的年龄。"瞎子对道士说了出来，道士这才告别离去。

过了几天，陈女在屋里绣花，忽然觉得双脚麻木，逐渐扩展到大腿，又逐渐扩展到腰腹，不久便昏沉沉地跌倒在地。持续了好一阵子，陈女才能迷迷糊糊地站起身来，打算去找母亲，告知发生在自己身上的怪事。

等陈女走出门来，只见四周都是茫茫黑波，中间有一条如线的小路。她吓得直往后退，却见房门房舍都被黑水淹没，再往路上一看，只见路上没有行人，只有道士迈着缓缓的脚步，走在前面。于是她远远地跟在道士后边，希望遇见一位同乡，诉说自己的境遇。大约走了数里，她忽然看见村舍，仔细一看，却是自己的家门。她大为惊骇地说："奔走了这么久，原来仍在村中，刚才怎么这样糊涂！"她欣然走进门来，却见父母还没回家，便又回到自己的房里，她绣的花鞋还放在床上。

陈女觉得自己奔波得极为疲倦，便坐在床上歇息。这时道士忽然走了进来，陈女大惊，便想逃走。道士把她一把抓住，按在床上，她想喊，却哑然无声。道士连忙用快刀去剜她的心，她觉得自己的灵魂飘飘乎乎地离开躯壳，站在那里。这时她向四周一看，自家的房屋全都没有，只有悬崖压在头顶上。她见道士把自己的心血点在木人上，又并起剑指，念诵咒语，于是觉得木人便与自己合为一体。道士嘱咐说："从此你要听候差遣，不得有误！"便把木人佩戴在身上。

陈家丢了女儿，全家疑惧不安。他们寻找到牛头岭，才听村民传说，岭下有一个女子被剜心而死。陈欢乐赶去验看，果然是自己的女儿，便哭着告知县令。县令拘捕了岭下的居民，几乎都拷打遍了，仍然没有头绪，只好暂时收押众嫌疑犯，等候复查。

道士在离县城数里之外，坐在路旁的柳树下面，忽然对陈女说："现在派你第一个差事，就是前往县城查看办案情况。到县里后你可以在暖阁上藏身，如果看见县令盖印章，要赶快躲避，一定记住别忘！限你辰时去，巳时回。晚回来一刻，就在你心上扎一针，让你剧烈疼痛；晚回来两刻，就扎两针；扎到第三针，就让你魂消魄散。"陈女听了，吓得毛骨悚然，于是飘然飞去。

陈女一瞬间来到官署，依言伏在暖阁上。这时牛头岭下的居民排成行跪在堂上，还没进行审问。恰巧在准备往公文上盖印时，陈女来不及躲避，而官印已经拿出了印匣。陈女觉得身躯沉重发软，暖阁的纸窗格子好像承受不住，发出"咔咔"的声响，满堂的人都愕然四顾。县令让人第二次钤印，声响如前，到第三次钤印时，陈女坠落到地下，大家都听得很清楚。

于是县令起身祷告说："如果是冤鬼，你就直说，我为你昭雪。"陈女哽哽咽咽地走上前去，一一讲出道士杀害自己和差遣自己的情况，县令打发差役骑马赶到柳树下，道士果然就在那里。捉回来后，一经审讯，立即招供，于是将在押人犯释放。

县令问陈女说："冤屈已经昭雪，你打算回哪里去？"陈女说："打算跟随大人。"县令说:"我的官署中没有地方安置你,你不如权且回你家去。"陈女停了许久说:"官署就是我家,我要进去了。"县令再问话,已经毫无声响。县令回到内宅,这时夫人已生了一个女儿。

[何守奇] 术险可畏,亦惟好令替人推算,有以致之。

义 犬

【原文】

潞安某甲,父陷狱将死,搜括囊蓄。得百金,将诣郡关说。跨骡出,则所养黑犬从之。呵逐使退。既走,则又从之,鞭逐不返,从行数十里。某下骑,趋路侧私焉。既,乃以石投犬,犬始奔去;某既行,则犬歘然复来,啮骡尾。某怒鞭之,犬鸣吠不已。忽跃在前,愤龁骡首,似欲阻其去路。某以为不祥,益怒,回骑驰逐之。视犬已远,乃返辔疾驰,抵郡已暮。及扪腰囊,金亡其半,涔涔汗下,魂魄都失。辗转终夜,顿念犬吠有因。候关出城,细审来途。又自计南北冲衢,行人如蚁,遗金宁有存理。逡巡至下骑所,见犬毙草间,毛汗湿如洗。提耳起视,则封金俨然。感其义,买棺葬之,人以为义犬冢云。

【译文】

潞安府的某甲,父亲陷身牢狱,将被处死。他把以往的积蓄都拿出来,得到一百两银子,准备到府里去疏通关节。

某甲跨上骡子,走出门来,他所养的黑狗也跟在身后。他把黑狗呵斥回去,刚一上路,黑狗又在身边跟随,用鞭子也没把它赶回去。黑狗随行了数十里,某甲跳下骡子,到路旁小解,之后用石子打黑狗,黑狗这才跑开。

某甲上路后,黑狗忽然又跑出来,去咬骡子的尾巴和蹄子。某甲生气地用鞭子抽打黑狗,黑狗叫个不停,忽然跳到骡子前面,愤怒地去咬骡子的头,似乎要拦住某甲的去路。某甲认为这不是吉兆,更加生气,便调转方向,骑着骡子往回赶黑狗,见黑狗已经跑远,才回身骑着骡子飞跑起来。

抵达潞安府时,天色已经向晚。等某甲去摸腰间的钱袋时,发现银子已经丢了一半,汗水"哗哗"直淌,吓得魂飞魄散。

義犬

不辭報逐失賂
猛死守遺金若
有神義犬家有
曾旁嗚跨救報
主天何人

聊斋志异(图文版)

某甲整个一夜辗转反侧，骤然想到狗叫事出有因，等城门一开，便出了城，在来路上仔细地寻找。他又想，这是一条南北向的交通要道，行人如蚁，哪有丢了钱还能找到的道理？他迟疑不决地来到自己跳下骡子的地方，只见黑狗死在草间，毛上都是汗，像被水洗过一般。他提着耳朵把黑狗拉起来一看，成包的银子俨然就在身下。

某甲为黑狗的情义所感动，买来棺材，加以安葬，人们称之为义犬冢。

[但明伦] 下骑失金，啮骡尾以留之，龁骡首以阻之，奔驰至死，守而不去，其义也曷以加焉？尤奇其先事追随，鞭逐不返，若预为之防也者，或亦知其为某甲救父之事，而切切于心欤？其义也，而智实克之矣。

鄱 阳 神

聊斋志异（图文版）

【原文】

翟湛持，司理饶州，道经鄱阳湖。湖上有神祠，停盖游瞻。内雕丁普郎死节神像，翟姓一神，最居末座。翟曰："吾家宗人，何得在下！"遂于上易一座。既而登舟，大风断帆，桅樯倾侧，一家哀号。俄一小舟，破浪而来，既近官舟，急挽翟登小舟，于是家人尽登。审视其人，与翟姓神无少异。无何，浪息，寻之已杳。

【译文】

翟湛持出任饶州司理参军，途经鄱阳湖，见湖上有一座神庙，便下车前去游览。庙里陈列着丁普郎等死节忠臣的塑像，其中有个翟姓的神像居于最末位，翟湛持说："与我同族的人，怎能居于下首！"便与上首的神像调换了位置。

后来，翟湛持上船赶路，大风吹断船帆，桅杆倒向一边，全家人都在伤心哭号。一会儿，一只小船破浪而来，靠近官船后，急忙扶翟湛持上了小船，接着全家人也都上了小船。翟湛持细看那人，与翟姓神像没有任何一点儿不像。不久，风浪平息，再找那人，已没了踪影。

[何守奇] 三仁贵戚，不能行之于纣；霍光异姓。乃能行之于昌邑：此又委任权力之不同，不可以执一论也。乃徒以宗人之故，辄思易位，其险可知。

伍 秋 月

【原文】

秦邮王鼎字仙湖，为人慷慨有力，广交游。年十八，未娶，妻殒。每远游，恒经岁不返。兄鼐，江北名士，友于甚笃。劝弟勿游，将为择偶。生不听，命舟抵镇江访友，友他出，因税居于逆旅阁上。江水澄波，金山在目，心甚快之。

次日，友人来，请生移居，辞不去。居半月余，夜梦女郎，年可十四五，容华端妙，上床与合，既寤而遗。颇怪之，亦以为偶然。入夜，又梦之：如是三四夜。心大异，不敢息烛，身虽偃卧，惕然自警。才交睫，梦女复来，方狎，忽自惊寤，急开目，则少女如仙，俨然犹在抱也。见生醒，顿自愧怯。生虽知非人，意亦甚得，无暇问讯，直与驰骤。女若不堪，曰："狂暴如此，无怪人不敢明告也。"生始诘之，答云："妾伍氏秋月。先父名儒，邃于易数。常珍爱妾，但言不永寿，故不许字人。后十五岁果夭殁，即攒瘞阁东，令与地平，亦无冢志，惟立片石于棺侧，曰：'女秋月，葬无冢，三十年，嫁王鼎。'今已三十年，君适至。心喜，亟欲自荐，寸心羞怯，故假之梦寐耳。"王亦喜，复求讫事。曰："妾少须阳气，欲求复生，实不禁此风雨。后日好合无限，何必今宵。"遂起而去。次日复至，坐对笑谑，欢若平生。灭烛登床，无异生人，但女既起，则遗泄流离，沾染茵褥。

一夕，明月莹澈，小步庭中，问女："冥中亦有城郭否？"答曰："等耳。冥间城府，不在此处，去此可三四里。但以夜为昼。"问："生人能见之否？"答云："亦可。"生请往观，女诺之。乘月去，女飘忽若风，王极力追随，欻至一处，女言："不远矣。"生瞻望殊无所见。女以唾涂其两眦，启之，明倍于常，视夜色不殊白昼。顿见雉堞在杳霭中。路上行人，趋如墟市。俄二皂絷三四人过，末一人怪类其兄；趋近视之，果兄，骇问："兄那得来？"兄见生，潸然零涕，言："自不知何事，强被拘囚。"王怒曰："我兄秉礼君子，何至缧绁如此！"便请二皂，幸且宽释。皂不肯，殊大傲睨，生恚，欲与争，兄止之曰："此是官命，亦合奉法。但余乏用度，索贿良苦。弟归，宜措置。"生把兄臂，哭失声。皂怒，猛掣项索，兄顿颠蹶。生见之，忿火填胸，不能制止，即解佩刀，立决皂首。一皂喊嘶，生又决之。女大惊曰："杀官使，罪不宥！迟则祸及！请即觅舟北发，归家勿摘提幡，杜门绝出入，七日保无虑也。"

王乃挽兄夜买小舟，火急北渡。归见吊客在门，知兄果死。闭门下钥，始入，视兄已渺，入室，则亡者已苏，便呼："饿死矣！可急备汤饼。"时死已二

聊斋志异（图文版）

四九〇

伍秋月

片石留题易致精
埋香卅载竟重生
生冥途恃有灵符
符在秋月於今
十倍明

日，家人尽骇，生乃备言其故。七日启关，去丧幡，人始知其复苏。亲友集问，但伪对之。

转思秋月，想念颇烦，遂复南下，至旧阁，秉烛久待，女竟不至。朦胧欲寝，见一妇人来，曰："秋月小娘子致意郎君：前以公役被杀，凶犯逃亡，捉得娘子去，见在监押，押役遇之虐。日日盼郎君，当谋作经纪。"王悲愤，便从妇去。至一城都，入西郭，指一门曰："小娘子暂寄此间。"王入，见房舍颇繁，寄顿囚犯甚多，并无秋月。又进一小扉，斗室中有灯火。王近窗以窥，则秋月在榻上，掩袖鸣泣。二役在侧，撮颐捉履，引以嘲戏，女啼益急。一役挽颈曰："既为罪犯，尚守贞耶？"王怒，不暇语，持刀直入，一役一刀，摧斩如麻，篡取女郎而出，幸无觉者。裁至旅舍，蘧然即醒。方怪幻梦之凶，见秋月含睇而立。生惊起曳坐，告之以梦。女曰："真也，非梦也。"生惊曰："且为奈何！"女叹曰："此有定数。妾待月尽，始是生期。今已如此，急何能待！当速发瘗处，载妾同归，日频唤妾名，三日可活。但未满时日，骨软足弱，不能为君任井臼耳。"言已，草草欲出。又返身曰："妾几忘之，冥追若何？生时，父传我符书，言三十年后可佩夫妇。"乃索笔疾书两符，曰："一君自佩，一粘妾背。"

送之出，志其没处，掘尺许即见棺木，亦已败腐。侧有小婢，果如女言。发棺视之，女颜色如生。抱入房中，衣裳随风尽化。粘符已，以被褥严裹，负至江滨，呼拢泊舟，伪言妹急病，将送归其家。幸南风大竞，甫晓已达里门。抱女安置，始告兄嫂。一家惊顾，亦莫敢直言其惑。生启衾，长呼秋月，夜辄拥尸而寝。日渐温暖，三日竟苏，七日能步。更衣拜嫂，盈盈然神仙不殊。但十步之外，须人而行，不则随风摇曳，屡欲倾侧。见者以为身有此病，转更增媚。每劝生曰："君罪孽太深，宜积德诵经以忏之。不然，寿恐不永也。"生素不佞佛，至此皈依甚虔。后亦无恙。

异史氏曰："余欲上言定律，'凡杀公役者，罪减平人三等'。盖此辈无有不可杀者也。故能诛锄蠹役者，即为循良；即稍苛之，不可谓虐。况冥中原无定法，倘有恶人，刀锯鼎镬，不以为酷。若人心之所快，即冥王之所善也。岂罪致冥追，遂可幸而逃哉！"

【译文】

高邮县人王鼎，字仙湖，为人慷慨激昂，勇武有力，广交朋友。他十八岁那年，还没成亲，未婚妻一命呜呼。他每次外出远游，总是经年不归。哥哥王鼐是江北的名士，兄弟情谊非常深厚。王鼐劝王鼎别外出，准备给他找个对象。王鼎不听，乘船抵达镇江，去拜访朋友。正好朋友外出，他便在旅馆的阁楼上租下住处，只见江水翻着澄澈的波澜，金山历历在目，心中非常快活。第二天，朋友来请王鼎到家去住，王鼎推辞没去。

住了半个多月，王鼎在夜里梦见一位女郎，大约十四五岁，容貌端庄美妙，上床与他同睡，醒来便有遗泄。他颇感奇怪，仍然认为出于偶然。再到夜里，他又梦见那位女郎。就这样过了三四夜，他心中大为诧异，不敢吹熄灯烛，身子虽然躺在床上，却时刻保持着警惕。可是刚一合眼，梦见女郎又一次前来。正亲热时，他忽然惊醒，急忙睁开眼睛，却见一位美如天仙的少女还真真切切地抱在自己的怀里。

女郎见王鼎醒来，颇为羞怯。王鼎虽然知道女郎不是人类，却也很得意，顾不上问明情况，就真与她尽情欢爱起来。女郎好像不堪忍受，说："你这样狂暴，难怪人家不敢当面告诉你。"王鼎这才问女郎的情况，女郎回答说："我叫伍秋月，先父是一位名儒，深通《周易》象数之学，对我非常疼爱，只是说我寿命不长，所以不许我嫁人。后来，我在十五岁时果然天亡，父亲把我掩埋在阁楼东侧，让下葬处不高出地面，也不立墓志，只是在棺材旁边立了一块片石，上面写着：'女儿秋月，葬不起坟，三十年后，嫁给王鼎。'现在已经过了三十年，正好你便前来。我心中高兴，很想自荐给你，可是心中羞怯，所以便借睡梦与你相会。"

王鼎也很喜欢，又要做完那事。伍秋月说："我需要一些阳气，想获得再生，实在经受不住这般风雨。将来的和谐生活无限多，何必就在今宵？"便起身离去。

第二天，伍秋月又来找王鼎，坐在王鼎对面嘻笑戏谑，就像生前一样欢乐。吹灭灯烛上床，她跟活人没有区别。但是伍秋月起身时，遗泄淋漓，弄脏了被褥。

一天夜里，明月晶莹澄澈，两人在院中散步，王鼎问伍秋月："阴间也有城市吗？"伍秋月回答："和人间一样，阴间的城市不在这里，离这里大约还有三四里。但是那里把黑夜当作白天。"王鼎问："活人能去看吗？"伍秋月回答说："也可以。"王鼎要求前去参观，伍秋月答应下来。

他们乘着月色前往，伍秋月飘飘忽忽的，走起路来快得像一阵风，王鼎极力追赶。忽然来到一个处所，伍秋月说："不远啦。"王鼎四处张望，却毫无所见。伍秋月把唾液涂在王鼎的两眼角上，睁开眼睛一看，眼睛较平时加倍明亮，看夜色与白昼无异，顿时就看见在迷茫的云雾中有一座城市，路上的行人像在赶集。

一会儿，两名皂衣差役绑着三四个人从他们身边走过，最后一个人很像哥哥王鼐。王鼎走近一看，果然是哥哥，便惊骇地问："哥哥怎么到这里来的？"王鼐一见王鼎，潸然泪下，说："我自己也不知道因为何事，就被强行拘捕了。"王鼎气愤地说："我哥哥是奉行礼义的君子，何至于这样大捆大绑的！"便请两名差役姑且给哥哥松绑。差役不肯答应，还非常傲慢地瞥着王鼎。王鼎气得要跟差役争论，王鼐制止说："这是长官的命令，他们也应该依法办事。但是我缺乏费用，而他们索取贿赂，实在狠毒。弟弟回去后，要给筹措些钱来。"王鼎拉着王鼐的胳膊，痛哭失声。差役也发起火来，猛然去拽王鼐脖子上的绳索，王鼐顿时跌倒。

王鼎见此情景，怒火填胸，无法遏制，便解下佩刀，立即砍下一个差役的头来。另一个差役大声嘶喊，王鼎又砍下他的头来。伍秋月异常惊讶地说："杀死官差，罪不可恕！逃晚了就会大祸临头，请立刻找一条船北去，回家后别把哥哥的丧幡摘掉，关上大门，绝不外出，七天后保证没事。"王鼎便扶着哥哥连夜雇了一条小船，火速北上。

王鼎回到家中，看见吊唁的人们还在门前，知道哥哥果真已死。他关上门，上了锁，刚一进门，见哥哥已经杳然不见，进屋后，却见哥哥已经复活过来，便喊："饿死我啦！赶快拿汤饼来！"当时王鼐已经死了两天，家人无不惊骇。王鼎一一讲出其中的原由，十天后开了门，摘去丧幡，人们才知道王鼐已经复苏。亲友纷纷赶来打听内情，王鼎只得编一套假话作为回答。

王鼎逐渐又想起伍秋月来，想念得心烦意乱，便再度南下，来到原先住过的阁楼里，点上灯烛，等待了许久，但伍秋月始终没来。王鼎睡眼朦胧地正要就寝，却见一位妇人前来，说："秋月小娘子告诉你：前些日子因公差被杀，凶犯逃亡，便将秋月抓去，现在押在监牢里。看守犯人的差役虐待她，她天天盼望你去，好给她想个办法。"王鼎心中悲愤，便随妇人前往。

他们来到一座城市，从西边的外城进城，妇人指着一个大门说："秋月小娘子暂时就押在这里。"王鼎走进大门，看见许多房舍，关押的囚犯很多，却并没有伍秋月。又进了一个小门，看见一间小屋里透出灯光。他走近窗前一看，却见伍秋月坐在床上，用衣袖掩面，呜呜咽咽地哭泣，身旁有两名差役在捏脸蛋摸小脚，逗引调戏。伍秋月哭得更加厉害，一名差役搂着她的脖子说："已经成了罪犯，还守贞节吗？"王鼎怒火中烧，也顾不上发话，持刀径直闯进屋里，一刀一个，像砍麻杆似地杀了两名差役，将伍秋月从屋里夺取出来，幸好无人发觉。

刚到旅店，王鼎突然醒来，正嫌梦境凶险，就见伍秋月站在那里眉目含情地

望着自己。王鼎惊讶地站起身来，拉伍秋月坐下，把梦中的情景告诉了她。伍秋月说："都是真的，不是梦。"王鼎吃惊地说："这可怎么办？"伍秋月叹了一口气说："这是命运的安排。等到月底才是我再生的日期，如今已到这个地步，事情急迫，怎能等待。你可赶紧挖开我的葬身之处，把我背回家去，每天频频呼唤我的名字，三天后我就可以复活。只是我在阴间的日期没满，骨头还软，足下无力，不能为你操持家务。"说罢就要匆匆离去，又回过身来说："我几乎忘了，阴间来追怎么办？我在世时，父亲传给写符的方法，说三十年后可把符佩带在我们夫妇二人身上。"便要来笔，飞快地写了两道符，说："一道你自己佩带，一道贴在我的背上。"

王鼎把伍秋月送出门来，在伍秋月消失的地方作了标记，在那里往下挖了一尺左右，便露出了棺材，棺材已经腐烂。旁边立着一个小石碑，上面写的果然是伍秋月说的那番话。打开棺材一看，伍秋月面色如生。王鼎把伍秋月抱进屋里，她的衣服随风全部化尽。王鼎给她贴完符，用被褥把她裹得严严实实，背到江边，喊来一条停泊在那里的船，编个理由说妹妹得了急病，打算送回家去。幸亏南风刮得很大，天刚破晓，已经抵达乡里。他把伍秋月抱下来安顿好了，这才告知兄嫂。全家人惊慌地张望着，却也不敢直言说出心中的疑惑。

王鼎打开被子，连声呼唤伍秋月的名字，夜里便抱着尸体就寝，尸体一天天逐渐有了温暖的气息。三天后伍秋月终于复活过来，七天后能下地走路。她换好衣服去拜见嫂子，轻盈的身体与仙女没有区别。不过她走到十步以上，需要有人搀扶，否则就会随风摇晃，总是要跌倒。人们见此情景，以为伍秋月身患这样的病，反而增加几分妖媚。

伍秋月时常劝王鼎说："你的罪孽太深，应该多积德，多诵经，以示忏悔，否则恐怕寿命不会太长。"王鼎一向不信佛，从此皈依佛法，态度非常虔诚，后来也就平安无事。

异史氏说：我想进言建议制定一条法律："凡是杀死公差的，较杀死平民减罪三等。"因为这些人没有不该杀的。所以，能铲除害人的差役的，就是奉公守法的官吏，即使举措稍嫌苛刻，也不能谓之暴虐。何况阴间本来没有固定的法规，倘若遇到坏人，刀砍锯截，用锅烹煮，都不算残酷。做的事只要能大快人心，阎王便认为做得好。哪有犯了需要阴司追捕的罪还能侥幸逃脱的？

[何守奇] 伍氏易数甚神，惟符书稍涉怪异。岂五行占验，其流弊必至此欤？

[但明伦] 寄真于梦，假梦作真。数定生前，情殷死后。雁行散而复聚、鸳梦幻而旋真。友于之报则然，慷慨之行所致也。蠹役频诛，何害焉！

[方舒岩] 鼎诚勇者哉！虽数决蠹役不免蹊田夺牛，要皆激于义而过之。读罢犹觉其英风飒飒，想见忿气填胸，持刀直入时。

莲花公主

【原文】

胶州窦旭,字晓晖。方昼寝,见一褐衣人立榻前,逡巡惶顾,似欲有言。生问之,答云:"相公奉屈。"生问:"相公何人?"曰:"近在邻境。"从之而出。转过墙屋,导至一处,叠阁重楼,万椽相接,曲折而行,觉万户千门,迥非人世。又见宫人女官往来甚夥,都向褐衣人问曰:"窦郎来乎?"褐衣人诺。俄,一贵官出,迎见生甚恭。既登堂,生启问曰:"素既不叙,遂疏参谒。过蒙爱接,颇注疑念。"贵官曰:"寡君以先生清族世德,倾风结慕,深愿思晤焉。"生益骇,问:"王何人?"答云:"少间自悉。"

无何,二女官至,以双旌导生行。入重门,见殿上一王者,见生入,降阶而迎,执宾主礼。礼已,践席,列筵丰盛。仰视殿上一匾曰"桂府"。生局蹐不能致辞。王曰:"忝近芳邻,缘即至深。便当畅怀,勿致疑畏。"生唯唯。酒数行,笙歌作于下,钲鼓不鸣,音声幽细。稍间,王忽左右顾曰:"朕一言,烦卿等属对:'才人登桂府。'"四座方思,生即应云:"君子爱莲花。"王大悦曰:"奇哉!莲花乃公主小字,何适合如此?宁非夙分?传语公主,不可不出一晤君子。"移时,佩环声近,兰麝香浓,则公主至矣。年十六七,妙好无双。王命向生展拜,曰:

"此即莲花小女也。"拜已而去。生睹之,神情摇动,木坐凝思。王举筋劝饮,目竟罔睹。王似微察其意,乃曰:"息女宜相匹敌,但自惭不类,如何?"生怅然若痴,即又不闻。近坐者蹑之曰:"王揖君未见,王言君未闻耶?"生茫乎若失,懊忡自惭,离席曰:"臣蒙优渥,不觉过醉,仪节失次,幸能垂宥。然日旰

君勤，即告出也。"王起曰："既见君子，实惬心好，何仓卒而便言离也？卿既不住，亦无敢于强，若烦萦念，更当再邀。"遂命内官导之出。途中，内官语生曰："适王谓可匹敌，似欲附为婚姻，何默不一言？"生顿足而悔，步步追恨，遂已至家。

忽然醒寤，则返照已残。冥坐观想，历历在目。晚斋灭烛，冀旧梦可以复寻，而邯郸路渺，悔叹而已。一夕，与友人共榻，忽见前内官来，传王命相召。生喜，从去，见王伏谒。王曳起，延止隅坐，曰："别后知劳思眷。谬以小女子奉裳衣，想不过嫌也。"生即拜谢。王命学士大臣，陪侍宴饮。酒阑，宫人前白："公主妆竟。"俄见数十宫人拥公主出，以红锦覆首，凌波微步，挽上氍毹，与生交拜成礼。已而送归馆舍。洞房温清，穷极芳腻。生曰："有卿在目，真使人乐而忘死。但恐今日之遭，乃是梦耳。"公主掩口曰："明明妾与君，那得是梦？"诘旦方起，戏为公主匀铅黄，已而以带围腰，布指度足。公主笑问曰："君颠耶？"曰："臣屡为梦误，故细志之。倘是梦时，亦足动悬想耳。"

调笑未已，一宫女驰入曰："妖入宫门，王避偏殿，凶祸不远矣！"生大惊，趋见王。王执手泣曰："君子不弃，方图永好。讵期孽降自天，国祚将覆，且复奈何！"生惊问何说。王以案上一章，授生启读。章曰："含香殿大学士臣黑翼，为非常妖异，祈早迁都，以存国脉事。据黄门报称：自五月初六日，来一千丈巨蟒盘踞宫外，吞食内外臣民一万三千八百余口，所过宫殿尽成丘墟，等因。臣奋勇前窥，确见妖蟒：头如山岳，目等江海。昂首则殿阁齐吞，伸腰则楼垣尽覆。真千古未见之凶，万代不遭之祸！社稷宗庙，危在旦夕！乞皇上早率宫眷，速迁乐土"云云。生览毕，面如灰土。即有宫人奔奏："妖物至矣！"合殿哀呼，惨无天日。王仓遽不知所为，但泣顾曰："小女已累先生。"生垒息而返。公主方与左右抱首哀鸣，见生入，牵衿曰："郎焉置妾？"生怆恻欲绝，乃捉腕思曰："小生贫贱，惭无金屋。有茅庐三数间，姑同窜匿可乎？"公主含涕曰："急何能择，乞携速往。"生乃挽扶而出。

未几至家，公主曰："此大安宅，胜故国多矣。然妾从君来，父母何依？请别筑一舍，当举国相从。"生难之。公主曰："不能急人之急，安用郎也！"生略慰解，即已入室。公主伏床悲啼，不可劝止。焦思无术，顿然而醒，始知梦也。而耳畔啼声，嘤嘤未绝，审听之，殊非人声，乃蜂子二三头，飞鸣枕上。大叫怪事。友人诘之，乃以梦告，友人亦诧为异。共起视蜂，依依裳袂间，拂之不去。友人劝为营巢，生如所请，督工构造。方竖两堵，而群蜂自墙外来，络绎如绳，顶尖未合，飞集盈斗。迹所由来，则邻翁之旧圃也。圃中蜂一房，三十余年矣，生息颇繁。或以生事告翁，翁觇之，蜂户寂然。发其壁，则蛇据其中，长丈许，捉而杀之。乃知巨蟒即此物也。蜂入生家，滋息更盛，亦无他异。

【译文】

胶州人窦旭，字晓晖。正午睡时，窦旭看见一个穿粗布衣服的人站在床前，

迟疑不决，惶恐不安地望着自己，似乎想开口说话。窦旭问有何事，来人回答说："相公有请。"窦旭问："相公是谁？"来人说："他就在附近。"窦旭跟着他走出门来，转过一些房屋，被领到一个处所，楼阁层层叠叠，万椽相接，他们又在这里曲曲折折地往前走。窦旭觉得这里万户千门，绝非人间。他又看见宫女和女官来来往往，人数众多，都向穿粗布衣服的人发问："窦郎来了吗？"穿粗布衣服的人作了肯定的回答。

一会儿，一位显贵官员走出迎接，非常恭敬地拜见窦旭。登上大堂后，窦旭开口相问，说："我们一向没有交往，我也不曾前来拜访，错蒙盛情接待，使我疑惑不解。"显贵官员说："我们大王因先生家族清白，世代有德，倾慕你的风采，很想见你一面。"窦旭更加惊骇地问："大王是谁？"显贵官员回答说："稍等一会儿，你自然知道。"

不久，两名女官前来，用两面旌旗引导窦旭前行。走过一道道宫门后，只见大殿上有一位大王，见窦旭进殿，便走下台阶迎接，采用的是宾主相见之礼。施礼完毕，步入坐席，那里陈列的筵席非常丰盛。窦旭抬头看见殿上挂一块匾额，上面写着"桂府"二字。他感到局促不安，不知说什么才好。大王说："你我能够成为近邻，可见缘分很深。你应开怀痛饮，不用疑虑重重，心怀畏惧。"窦旭连连称是。

酒过数巡，下面奏起笙歌，不用钲鼓，音调幽雅纤细。稍作停顿，大王忽然看着左右两边的臣属说："朕说一个上联：'才人登桂府'，请你们对出下联。"在座的人正在思索，窦旭就对答说："君子爱莲花。"大王大为高兴地说："真是奇了！莲花是公主的小名，怎么如此巧合？难道不是前世的缘分？向公主传我的话，她不能不出来见这位先生一面。"

过了一段时间，佩环"叮咚"作响的声音渐近，传来兰草与麝香的浓郁的香气，原来是公主已经来到。公主十六七岁，长得美妙动人，无人可比。大王命公主向窦旭施礼，说："这就是小女莲花。"公主行礼后离去，窦旭看了心旌摇荡，木然呆坐，想得出了神，连大王举杯劝酒都没看见。

大王对窦旭的心思似乎微有觉察，便说："小女与你也算般配，只是为自己与你不是同类而惭愧，如何是好？"窦旭心意惆怅，如醉如痴，又没听见。坐在旁边的人踩他脚一下说："没看见大王请你喝酒，没听见大王跟你说话吗？"窦旭茫然若失，深感羞断，离开坐席说："臣承蒙款待，不觉喝得大醉，有失礼节，万望原谅。现在天色已晚，大王已经疲劳，我要告辞了。"大王站起身来说："见到你后，心中实在惬意，干嘛匆匆忙忙地就说要走？既然你不想留下，我也不敢勉强。如果你还惦念这里，自然会再请你来的。"便命宦官把他领出。

在路上，宦官对窦旭说："刚才大王说你与公主般配，似乎想跟你结亲，你怎么沉默不语？"窦旭后悔得直跺脚，每走一步，都追悔一番，就这样回到家里。

窦旭忽然醒来，这时夕阳返照将要隐没，他坐在昏暗中返观回想，一切都历

历在目。晚饭后熄灯睡觉，他希望还能重温旧梦，然而旧梦渺茫难寻，只有悔恨感叹而已。

一天晚上，窦旭和友人一起睡在一张床上，忽然看见先前那个宦官前来，传达大王的命令，叫窦旭进宫，窦旭大喜，便随同前往。见大王后，窦旭叩头拜见，大王把窦旭拉起来，请他坐在一旁的座位上，说："知道你分别后还思念眷恋着这里，现冒昧把小女许配给你，想来你不致过于嫌弃。"窦旭当即行礼感谢，大王吩咐学士大臣陪同窦旭参加宴会。

酒筵将尽时，宫女前来禀告说："公主打扮完毕。"一会儿便见数十名宫女拥簇着公主走了出来，公主头上罩着红锦，迈着轻盈步履，宛如行于水波之上。宫女把她扶到地毯上，与窦旭对拜成婚。接着将二人送回住处，洞房布置温馨有致，极为芬芳滑腻。窦旭说："眼前有你，真使人只知快活，忘记生死。只怕今天的遇合，却是一梦。"公主掩口一笑说："明明我和你在一起，怎能是梦？"

第二天清晨，刚刚起床，窦旭给公主描眉搽粉玩，接着便用带子去量公主的腰，用手指去量公主的脚。公主笑着问："你疯了吗？"窦旭说："我多次为梦所误，所以要仔细记住。假如这次也是梦，也足以使我时时思念了。"

两人还在戏谑逗笑，一名宫女跑进来说："妖怪进了宫门，大王躲进偏殿，祸事即将来临了！"窦旭大吃一惊，急忙去见大王。大王拉着窦旭的手说："你不嫌弃我们，我们甚想与你永远相好。不料祸从天降，国运即将终结，将来如何是好？"窦旭吃惊地问为什么说这话，大王把案上的一本奏章递给窦旭看。奏章云：

含香殿大学士臣黑翼，为出现不同寻常的怪异现象，请求及早迁都，以维系国家命脉一事：

据黄门官员禀报说，从五月初六日起，来了一条千丈巨蟒，盘踞在宫廷外面，吞食内外臣民一万三千八百余人，所过之处，宫殿尽成废墟，等等。臣奋勇前去查看，确实看见这条妖蟒头如山岳，目似江海，一昂首能把殿阁一齐吞没，一伸腰可将楼墙全部压塌，这真是千古未见的凶象，万年不遇的灾祸！国家命运危在旦夕，请皇上及早带领宫中眷属，火速迁往乐土。

窦旭看完奏章，面如死灰。紧接着有宫女跑进来报告说："妖物来到了！"整个大殿上的人都在哀叫，惨无天日。大王仓促间不知所措，只是泪水涟涟地望着窦旭说："我把小女托给先生啦！"

窦旭气喘吁吁地跑回住处，公主正与身边的宫女抱头哀哭，一见窦旭进来，便扯着他的衣襟说："郎君怎样安置我？"窦旭悲痛欲绝，拉着公主的手腕若有所思地说："我贫穷寒微，可惜不能金屋藏娇。我有三几间茅屋，暂时一起在那里躲避好吗？"公主眼含泪水说："情况危急，哪能选择？请快带我去！"窦旭便搀扶着公主走出住处。

不久，他们来到家里，公主说："这是非常安全的住宅，比我家强多了！然

而我跟你前来，我的父母依靠谁？请你另盖一所房舍，全国人都会跟来的。"窦旭感到为难。公主号啕大哭，说："不能急人之难，要你还有何用？"窦旭略加安慰劝解，便走进屋里，公主趴在床边伤心哭泣，无法劝住。

窦旭正苦心思考，束手无策时，忽然醒来，才知道自己做了一梦，然而他耳边还响着公主"嘤嘤"不断的哭声，仔细一听，根本不是人类发出的声音，而是两三只蜜蜂在枕头上飞鸣。

窦旭大呼一声"怪事"，朋友问这话怎讲，窦旭讲出梦中的情形，朋友也很诧异。他们一起起身去看蜜蜂，蜜蜂依恋在袍袖间，赶也不走。朋友劝窦旭给蜜蜂造巢，窦旭依言而行，督促工匠来建造蜂巢。刚竖起两面墙，群蜂便从墙外飞来，络绎不绝，前后相继。巢顶还没合拢，蜜蜂便落满蜂房。

窦旭追寻蜜蜂的来处，却是邻家老翁先前的菜园子。菜园子中有一房蜜蜂，绵延三十多年，繁衍生息，甚为兴旺。有人把窦旭的故事告知老翁，老翁前去查看，蜂房寂静无声。掀开蜂房的一面墙，却见有一条长达一丈左右的蛇盘踞在里面，于是将这蛇捉住杀死。窦旭这才知道，所谓巨蟒指的就是这条蛇。

蜜蜂到窦旭家后，繁殖得更加旺盛，也没发生其它异常之事。

[何守奇] 招贤桂府，坦腹槐安，蚁穴蜂房，后先一辙；乃知缘情生幻，仲种无常。至其以物从人，终得所依托，殆未可以常理论也。吁！亦灵矣！

绿 衣 女

【原文】

于璟，字小宋，益都人，读书醴泉寺。夜方披诵，忽一女子在窗外赞曰："于相公勤读哉！"因念深山何处得女子？方疑思间，女子已推扉笑入，曰："勤读哉！"于惊起，视之，绿衣长裙，婉妙无比。于知非人，因诘里居。女曰："君视妾当非能咋噬者，何劳穷问？"于心好之，遂与寝处。罗襦既解，腰细殆不盈掬。更筹方尽，翩然遂出。由此无夕不至。

一夕共酌，谈吐间妙解音律。于曰："卿声娇细，倘度一曲，必能消魂。"女笑曰："不敢度曲，恐消君魂耳。"于固请之。曰："妾非吝惜，恐他人所闻。君必欲之，请便献丑，但只微声示意可耳。"遂以莲钩轻点床足，歌云："树上乌臼鸟，赚奴中夜散。不怨绣鞋湿，只恐郎无伴。"声细如蝇，裁可辨认。而静听之，宛转滑烈，动耳摇心。

歌已，启门窥曰："防窗外有人。"绕屋周视，乃入。生曰："卿何疑惧之深？"笑曰："谚云：'偷生鬼子常畏人。'妾之谓矣。"既而就寝，惕然不喜，曰："生平之分，殆止此乎？"于急问之，女曰："妾心动，妾禄尽矣。"于慰之曰："心动眼睏，盖是常也，何遽此云？"女稍释，复相绸缪。更漏既歇，披衣下榻。方将启关，徘徊复返，曰："不知何故，只是心怯。乞送我出门。"于果

起，送诸门外。女曰："君伫望我，我逾垣去，君方归。"于曰："诺。"

视女转过房廊，寂不复见。方欲归寝，闻女号救甚急。于奔往，四顾无迹，声在檐间。举首细视，则一蛛大如弹，抟捉一物，哀鸣声嘶。于破网挑下，去其缚缠，则一绿蜂，奄然将毙矣。捉归室中置案头，停苏移时，始能行步。徐登砚池，自以身投墨汁，出伏几上，走作"谢"字。频展双翼，已乃穿窗而去。自此遂绝。

【译文】

书生于璟字小宋，益都人，住在醴泉寺里读书。一天夜里，于璟正在捧书诵读，忽然一位女子在窗外称赞说："于相公读书真勤奋！"于璟于是心想，深山里哪里来的女人？正疑虑时，女子已经推门笑着走进屋来，说："读书真勤奋！"于璟吃惊地站起身来一看，那女子穿着绿衣长裙，柔美动人，无可比拟。

于璟知道这女子不是人类，再三问她住在哪里，女子说："你看我该不是吃人的怪物，干嘛一再追问？"于璟心中喜欢这个女子，便与她睡在一起。女子解开绸制的短衣，腰肢细得几乎不满一把。五更刚过，女子翩翩离去，从此她没有一夜不来。

一天晚上，女子和于璟一起喝酒，在谈话时讲了许多精通音律的话。于璟说："你声音娇柔纤细，如能唱一支歌，定能使人销魂。"女子笑了笑说："我不敢唱歌，是怕销了你的魂。"于璟一再让女子唱歌，女子说："不是我吝惜什么，是怕别人听见。你一定要我唱，我这就献丑来唱，但是只能小声唱，表达出意味来就行了。"便用纤足轻轻点着床腿，唱道：

树上乌白鸟，赚奴中夜散。不怨绣鞋湿，只恐郎无伴。

声音纤细如蝇，刚能听出唱的是什么，但静心去听，歌声抑扬动听，圆润清亮，悦人耳，摇人心。

唱完歌，女子开门出去察看说："要提防窗外有人。"围着屋子走了一圈，

聊斋志异（图文版）

都看了一遍，才肯进屋。于璟说："你为什么疑虑恐惧这么严重？"女子笑着说："谚语说'偷生的鬼子常畏人'，说的就是我。"

接着，两人上床睡觉，女子提心吊胆，心中不乐，说："我们一生的缘分，恐怕到此为止了吧？"于璟急忙问何出此言，女子说："我突感心跳，气运已尽。"于璟安慰她说："心跳眼跳都是常事，怎么突然说这个？"女子稍微高兴一些，又互相缠绵恩爱起来。

五更过后，女子披衣下床，刚要开门，又迟疑不决地走回来说："不知为什么，就是心中害怕，请送我出门。"于璟果然起床，送到门外。女子说："你站在这里看着我，等我翻墙走了，你再回去。"于璟说："好吧。"

于璟望着女子转过房廊，杳然不见，正要回屋睡觉，就听见女子急切的呼救声。于璟跑到那里，环顾四周，没有踪迹，声音发自屋檐间。他抬头仔细一看，有一只弹丸大小的蜘蛛，捉住一个昆虫，正是昆虫发出声嘶力竭的哀鸣。他划破蛛网，挑下昆虫，去掉缠缚在身的蛛丝，却是一只绿蜂，气息奄奄，快死了。

于璟把绿蜂拿回到屋里，放在案头，静息多时，才能爬行。绿蜂缓缓爬上砚台，把自己的身体投到墨汁里，出来后卧在案上，爬出一个"谢"字，然后频频搧动双翅，从窗户飞走。

从此，绿衣女再没出现过。

［方舒岩］观此与莲主，悉温柔可喜。觉"莫予荓蜂，自求辛螫"。诗人翻为过虑。

黎 氏

【原文】

龙门谢中条者，佻达无行。三十余丧妻，遗二子一女，晨夕啼号，萦累甚苦。谋聘继室，低昂未就。暂雇佣媪抚子女。

一日，翔步山途，忽一妇人出其后。待以窥觇，是好女子，年二十许。心悦之，戏曰："娘子独行，不畏怖耶？"妇走不对。又曰："娘子纤步，山径殊难。"妇仍不顾。谢四望无人，近身侧，遽挲其腕，曳入幽谷，将以强合。妇怒呼曰："何处强人，横来相侵！"谢牵挽而行，更不休止，妇步履跌蹶，困窘无计，乃曰："燕婉之求，乃如此耶？缓我，当相就耳。"谢从之。偕入静壑，野合既已，遂相欣爱。

妇问其里居姓氏，谢以实告。既亦问妇，妇言："妾黎氏。不幸早寡，姑又殒殁，块然一身，无所依倚，故常至母家耳。"谢曰："我亦鳏也，能相从乎？"妇问："君有子女无也？"谢曰："实不相欺，若论枕席之事，交好者亦颇不乏。只是儿啼女哭，令人不耐。"妇踌躇曰："此大难事，观君衣服袜履款样，亦只平平，我自谓能办。但继母难作，恐不胜诮让也。"谢曰："请毋疑阻。我自不

言，人何干与?"妇亦微纳。转而
虑曰："肌肤已沾，有何不从。但
有悍伯，每以我为奇货，恐不允
谐，将复如何?"谢亦忧皇，谋与
逃窜。妇曰："我亦思之烂熟。所
虑家人一泄，两非所便。"谢云：
"此即细事。家中惟一孤媪，立便
遣去。"妇喜，遂与同归。

　　先匿外舍，即入遣媪讫，扫
榻迎妇，倍极欢好。妇便操作，
兼为儿女补缀，辛勤甚至。谢得
妇，嬖爱异常，日惟闭门相对，
更不通客。月余，适以公事出，
反关乃去。及归，则中门严闭，
扣之不应。排闼而入，渺无人迹。
方至寝室，一巨狼冲门跃出，几
惊绝。入视，子女皆无，鲜血殷
地，惟三头存焉。返身追狼，已
不知所之矣。

　　异史氏曰："士则无行，报亦惨矣。再娶者，皆引狼入室耳；况将于野合逃
窜中求贤妇哉!"

【译文】

　　龙门的谢中条，轻薄放荡，品行不端。他三十多岁丧妻，留下二男一女，早
晚连哭带叫的，受到苦不堪言的拖累，想娶继室，又高不成低不就，只得暂时雇
个老妈子抚养子女。

　　一天，谢中条在山路上缓缓行走，忽然有个妇人出现在他的身后。他略加等
候，偷偷一瞧，是个漂亮女人，二十岁左右。他心生爱悦，调戏说："娘子独自
赶路，不害怕吗?"妇人只管走路，不作回答。他又说："娘子这么纤弱的脚步，
山路实在难走。"妇人仍然没看他一眼。

　　谢中条见四周无人，走近妇人身旁，突然抓住她的手腕，拽进幽深的山谷，
准备强行欢爱。妇人生气地大喊："哪里来的强盗，竟来野蛮欺人!"谢中条连
拉带拽，继续前行，仍不停步。妇人脚步跌跌撞撞，尴尬异常，无计可施，于是
说："要求恩爱，就这样干吗?把我放开，我就依你。"谢中条按她说的去做，
两人一起走进寂静的山谷，野合以后，便互相爱悦起来。

　　妇人问谢中条的住处和姓名，谢中条如实相告后，也问妇人同样的问题。妇

人说："我姓黎，不幸早年死了丈夫，又死了婆婆，孑然一身，无依无靠，所以常回娘家。"谢中条说："我也死了老婆，你能跟我吗？"妇人问："你有没有子女？"谢中条说："实不相瞒，若说枕席之事，相好的也挺不少，只是儿哭女号，让人受不了。"妇人犹豫地说："这事最难办！看你衣服鞋袜的款式，也只是一般，我自以为都会做。但是继母难当，恐怕受不了人们的指责。"谢中条说："请不用顾虑重重，我本人不说什么，别人怎么干预？"

黎氏也有点儿同意，转而担心地说："肌肤都让你碰了，有什么不依你的？但是我还有个蛮横的大伯子，总是把我视为奇货可居，恐怕不会和谐相处，又将怎么办？"谢中条忧虑不安，要黎氏偷跑到自己家去。黎氏说："我也想得烂熟了，只担心家人一旦泄露出去，对你我两人都不利。"谢中条说："这是小事一桩。家里只有一个孤老妈子，我立即就打发她走。"

黎氏显得高兴起来，便与谢中条一齐回家。黎氏先躲在外边的房子里，谢中条立即进屋把老妈子打发走后，便扫净床铺，迎接黎氏，两人加倍亲热。黎氏马上操持家务，同时为儿女缝缝补补，极为辛勤。谢中条得到黎氏，宠爱异常，每天关起大门和黎氏厮守，再也不与外人交往。

一个多月后，谢中条恰巧因公事外出，便反锁门后离去。等他回到家里，却见里外屋之间的门关得严严实实，去敲门也没人答应。他破门而入，里面没有一人。他正要到卧室去，一只大狼冲出门来，几乎把他吓死。他进屋一看，儿子女儿一个没有，却见鲜血染红了屋地，只有三个人头还在。他回身去追大狼，大狼已不知去向。

异史氏说：读书人行为不端，所受报应也够惨的。连再娶都是引狼入室，何况要在野合私奔中寻找贤惠的妻子！

［何守奇］谢实有以自取，求而得之，又何怪焉。

荷花三娘子

【原文】

湖州宗湘若，士人也。秋日巡视田垄，见禾稼茂密处，振摇甚动。疑之，越陌往觇，则有男女野合，一笑将返。即见男子觍然结带，草草径去。女子亦起，细审之，雅甚娟好。心悦之，欲就绸缪，实惭鄙恶。乃略近拂试曰："桑中之游乐乎？"女笑不语。宗近身启衣，肤腻如脂。于是挼莎上下几遍，女笑曰："腐秀才！要如何，便如何耳，狂探何为？"诘其姓氏。曰："春风一度，即别东西，何劳审究？岂将留名字作贞坊耶？"宗曰："野田草露中，乃山村牧猪奴所为，我不习惯。以卿丽质，即私约亦当自重，何至屑屑如此？"女闻言，极意嘉纳。宗言："荒斋不远，请过留连。"女曰："我出已久，恐人所疑，夜分可耳。"问

宗门户物志甚悉，乃趋斜径，疾行而去。更初，果至宗斋。殢雨尤云，备极亲爱。积有月日，密无知者。

会有番僧卓锡村寺，见宗惊曰："君身有邪气，曾何所遇？"答曰："无之。"过数日，悄然忽病。女每夕携佳果饵之，殷勤抚问，如夫妻之好。然卧后必强宗与合。宗抱病，颇不耐之。心疑其非人，而亦无术暂绝使去。因曰："曩和尚谓我妖惑，今果病，其言验矣。明日屈之来，便求符咒。"女惨然色变，宗益疑之。次日，遣人以情告僧。僧曰："此狐也。其技尚浅，易就束缚。"乃书符二道，付嘱曰："归以净坛一事置榻前，即以一符贴坛口。待狐窜入，急覆以盆，再以一符贴盆上。投釜汤烈火烹煮，少顷毙矣。"家人归，并如僧教。夜深，女始至，探袖中金橘，方将就榻问讯。忽坛口飓飓一声，女已吸入。家人暴起，覆口贴符，方欲就煮。宗见金橘散满地上，追念情好，怆然感动，遽命释之。揭符去覆，女子自坛中出，狼狈颇殆，稽首曰："大道将成，一旦几为灰土！君仁人也，誓必相报。"遂去。

数日，宗益沉绵，若将陨坠。家人趋市，为购材木。途中遇一女子，问曰："汝是宗湘若纪纲否？"答云："是。"女曰："宗郎是我表兄，闻病沉笃，将便省视，适有故不得去。灵药一裹，劳寄致之。"家人受归。宗念中表迄无姊妹，知是狐报。服其药，果大瘳，旬日平复。心德之，祷诸虚空，愿一再觌。一夜，闭户独酌，忽闻弹指敲窗。拔关出视，则狐女也。大悦，把手称谢，延止共饮。女曰："别来耿耿，思无以报高厚。今为君觅一良匹，聊足塞责否？"宗问："何人？"曰："非君所知。明日辰刻，早越南湖，如见有采菱女着冰縠帔者，当急趋之。苟迷所往，即视堤边有短干莲花隐叶底，便采归，以蜡火爇其蒂，当得美妇，兼致修龄。"宗谨受教。既而告别，宗固挽之。女曰："自遭厄劫，顿悟大道。奈何以衾裯之爱，取人仇怨？"厉色辞去。

宗如言。至南湖，见荷荡佳丽颇多，中一垂髫人衣冰縠，绝代也。促舟劙逼，忽迷所往。即拨荷丛，果有红莲一枝，干不盈尺，折之而归。入门置几上，削蜡于旁，将以燕火。一回头，化为姝丽。宗惊喜伏拜。女曰："痴生！我是妖狐，将为君祟矣！"宗不听。女曰："谁教子者？"答曰："小生自能识卿，何待教？"捉臂牵之，随手而下，化为怪石，高尺许，面面玲珑。乃携供案上，焚香再拜而祝之。入夜，杜门塞窦，惟恐其亡。平旦视之，即又非石，纱帔一袭，遥闻芳泽，展视领衿，犹存余腻。宗覆衾拥之而卧。暮起挑灯，既返，则垂髫人在枕上。喜极，恐其复化，哀祝而后就。女笑曰："孽障哉！不知何人饶舌，遂教风狂儿屑碎死！"乃不复拒。而款洽间若不胜任，屡乞休止。宗不听，女曰："如此，我便化去！"宗惧而罢。

由是两情甚谐。而金帛常盈箱箧，亦不知所自来。女见人喏喏，似口不能道辞，生亦讳言其异。怀孕十余月，计日当产。入室，嘱宗杜门禁款者，自乃以刀割脐下，取子出，令宗裂帛束之，过宿而愈。又六七年，谓宗曰："夙业偿满，请告别也。"宗闻泣下，曰："卿归我时，贫苦不自立，赖卿小阜，何忍遽离逖？且卿又无邦族，他日儿不知母，亦一恨事。"女亦怅惋曰："聚必有散，固是常也。儿福相，君亦期颐，更何求？妾本何氏。倘蒙思眷，抱妾旧物而呼曰：'荷花三娘子！'当有见耳。"言已解脱，曰："我去矣。"惊顾间，飞去已高于顶。宗跃起，急曳之，捉得履。履脱及地，化为石燕，色红于丹朱，内外莹彻，若水精然。拾而藏之。检视箱中，初来时所着冰縠帔尚在。每一忆念，抱呼"三娘子"，则宛然女郎，欢容笑黛，并肖生平，但不语耳。

【译文】

湖州的宗湘若是个读书人。他在秋天到田地里巡视，看见在庄稼茂密的地方，摇摆晃动得厉害。他心中起了疑心，跨过田垄去看，却见一对男女在野合。他笑了笑就要往回走，当即看见一个男人羞惭地系上腰带，慌忙离去。这时女子也站起身来，他仔细一瞧，长得还很漂亮。

宗湘若心中喜欢这个女人，想马上缠绵一回，却又为这粗野行为感到惭愧，便稍微近前，轻轻擦过，说："你们的幽会快活吗？"女子只是笑，不说话。宗湘若走近女子身旁，解开衣服，只见肌肤细腻如脂，于是浑身上下几乎都摸了一遍。女子笑着说："迂腐的秀才！要怎样就怎样，干什么乱摸？"宗湘若问女子姓什么，女子说："恩爱一回，就各自东西，何必细问？难道还要留下姓名来立贞节牌坊吗？"

宗湘若说："在野地里荒草露水中恩爱，山村放猪的奴才才这么干，我不习惯。就凭你这么漂亮，即使私会也应该自重，怎至于这么忙？"女子听了这话，非常赞成。宗湘若说："我家离这里不远，请你去呆一会儿。"女子说："我已出来很长时间，恐怕被人怀疑，半夜里可以。"详细问清宗湘若家门前的标志，就

聊斋志异（图文版）

走上一条小路，快步离去。一更时分，女子果然来到宗湘若家，沉浸于云雨欢会之中，极为亲爱。过了一个月，还没人知道这个秘密。

这时恰巧有一位番僧住在村中的寺庙里，见到宗湘若吃惊地说："你身上有邪气，曾经遇到过什么吧？"宗湘若回答说："什么也没遇到。"过了几天，宗湘若忽然无声无息地病倒，女子每夜都带上好的果品给他吃，殷勤地加以安慰，就像夫妻一般恩爱，只是躺下后一定勉强要宗湘若跟她欢合。宗湘若有病在身，有些不能忍受，心中怀疑她不是人类，但也无法暂时断绝其事，让她走开，于是说："前些日子有个和尚说我被妖精迷惑，现在果然患病，他的话应验了。明天我请他前来，就向他要一道符咒。"女子伤心难过，变了脸色，宗湘若对她也更加怀疑。

第二天，宗湘若派家人把情况告知番僧，番僧说："这女子是狐狸，本事还小，容易捉住。"便写了两道符，交给家人，嘱咐说："回去拿个洁净的坛子放在床前，便用一道符贴在坛口上。等狐狸窜进坛子后，赶紧用盆盖住，再把另一道符贴在盆上，放到盛着热水的锅里用烈火加以烹煮，不一会儿就会毙命。"家人返回后，便一切都按番僧说的去做。

夜深以后，女子才到，拿出袖中的金桔，正要到床前问候病情，忽然坛口发出"飕飕"一声，女子已被吸进坛里。家人猛然起身冲出，盖住坛口，贴上第二道符。刚要拿去烹煮，宗湘若看见金桔散落在地上，回想起以往的恩爱，心中悲伤，触动了感情，连忙吩咐把她放了。揭去符，拿走盖住坛口的盆，女子从坛中出来，一副狼狈不堪的样子，伏地叩头说："我大道即将修成，不料几乎化为灰土！你是一位仁人，我发誓一定要报答你。"随即离去。

过了几天，宗湘若病情更加沉重，好像快要死了。家人到市上去给他买棺材，途中遇到一个女子，发问说："你是宗湘若的仆人吗？"家人回答说："是。"女子说："宗郎是我的表哥。听说他病情沉重，想去看望，正好因事无法前去，这里有一包灵药，麻烦你给他带去。"家人接过药来，返回家中，宗湘若心想表亲中根本没有姐妹，知道这是狐狸报恩。他服了药，果然病情大为减轻，十天后恢复健康。他感激狐女，便向空中祷告，希望与她再见一面。

一天夜里，宗湘若闭门独自喝酒，忽然听到用手指敲窗户的声音，开了门闩，出门一看，却是狐女。宗湘若喜悦异常，握着她的手表示感谢，请她坐下一起喝酒。狐女说："分别后心事萦回，不能释怀，心想无法来报答你的恩德。如今我为你找了一个如意的配偶，勉强还能塞责吗？"宗湘若问："她是什么人？"狐女说："这不是你能知道的。明天早上辰时，你早些前往南湖，如果看见一位披着白绫纱披肩的采菱女郎，就赶快划船追赶。如果你把她追丢了，就会看见岸边有一枝短杆莲花隐藏在荷叶下面。你就把它采回家去，用蜡烛的火烧花蒂，就会得到一位美妇，还能获得长寿。"宗湘若恭敬地接受指教。之后，狐女说是要走，宗湘若再三挽留，狐女说："自从遭受劫难，顿时领悟大道。怎能因男女枕席欢爱，招人仇视怨恨？"便神色严肃地告别离去。

宗湘若依言而行，来到南湖，见荷花荡中佳人丽女很多，其中有一位头发下垂的少女，穿着雪白的绉纱披肩，容色绝代。他催船速行，逼近少女，忽然就不知少女的去向。他当即拨开荷丛，果然看见一枝红莲，莲杆不满一尺，便把红莲折下来回家。进门后，他把红莲放在桌上，在一旁削剪烛芯，准备点火，刚一回头，红莲就变成了美女。

宗湘若又惊又喜，伏地跪拜，女郎说："傻书生！我是妖狐，要给你作祟了！"宗湘若连听也不听。女郎说："谁教你的？"宗湘若回答说："我本来就能认出你来，还用教吗？"便抓住胳膊去拉女郎，女郎随手滑下，化为怪石，高一尺左右，面面玲珑剔透。于是宗湘若把怪石供在桌上，点上香，拜了两拜，祈祷一番。

到夜间后，宗湘若关紧门窗，惟恐女郎逃走。天亮时一看，却又不是怪石，而是一件薄纱披肩，远远地就能闻到香气，打开领口衣襟一看，还有女性留下的柔腻。宗湘若盖上被子，抱着披肩躺下，傍晚起来点灯，回床上时，却见头发下垂的女郎躺在枕头上。

宗湘若高兴到了极点。他先苦苦哀求，然后才凑上前去。女郎笑嘻嘻地说："孽障啊！不知是谁饶舌，以致让这疯狂的家伙把我纠缠死！"便不再拒绝。然而在亲热时，女郎好像承受不住，屡次要求停止，宗湘若置若罔闻。女郎说："你要这样，我就变了！"宗湘若怕她变，才停下来。

从此，两人感情非常和谐，而钱财经常装满箱箱柜柜，也不知道是哪里来的。女郎遇见了人时便"嗯嗯"地顺从应诺，好像不善于言谈辞令，宗湘若对女郎异乎寻常的来历也避而不谈。后来，女郎怀孕十多个月，按日子一算该临产了，便走进屋里，嘱咐宗湘若关上门，不许敲门，自己用刀剖开肚子，取出孩子，让宗湘若撕块布把肚子裹好，过了一夜，伤口愈合。

又过了六七年，女郎对宗湘若说："以前的业债已经还完，请让我们分别吧。"宗湘若闻言直流眼泪，说："你嫁我时，我贫寒清苦，不能自立，因为有了你才稍稍富裕了一些，怎么忍心突然就说离去？而且你又没有家族，将来孩子不知道母亲是谁，也是一件遗憾的事。"女郎也惆怅抑郁地说："有聚必有散，本是常理。儿子一脸福相，你也能长命百岁，还有什么可求？我本来姓何，如果承蒙思念，抱着我的旧物喊一声'荷花三娘子'，就会见到我。"说完挣脱出去，说："我走啦。"就在宗湘若惊讶地向她望去的瞬间，她已飞得高于头顶。宗湘若纵身跃起，急忙去拽女郎，却只抓到一只鞋，鞋脱手落在地上，变成石燕，颜色比朱砂还红，内外莹澈透明，像水晶似的。他便把石燕捡起，加以收藏。

宗湘若查看箱子，女郎刚来时穿的白绉纱披肩还在。每当他想念女郎时，抱着披肩喊一声"三娘子"，于是抱的便是真真切切的女郎，欢乐的面容，含笑的眉眼，都与女郎平素一模一样，只是不能说话。

骂　鸭

【原文】

　　白家庄民某，盗邻鸭烹之。至夜，觉肤痒；天明视之，茸生鸭毛，触之则痛。大惧，无术可医。夜梦一人告之曰："汝病乃天罚。须得失者骂，毛乃可落。"邻翁素雅量，每失物未尝征于声色。民诡告翁曰："鸭乃某甲所盗。彼深畏骂焉，骂之亦可警将来。"翁笑曰："谁有闲气骂恶人。"卒不骂。某益窘，因实告邻翁。翁乃骂，其病良已。

　　异史氏曰："甚矣，攘者之可惧也：一攘而鸭毛生！甚矣，骂者之宜戒也：一骂而盗罪减！然为善有术，彼邻翁者，是以骂行其慈者也。"

【译文】

　　城西白家庄的居民某某，偷邻居的鸭子煮吃了，到夜里，觉得皮肤发痒，天亮一看，长出毛茸茸的一身鸭毛，一碰就疼。他大为恐惧，可又无法医治。夜里，梦见有一个人告诉他："你的病是天罚，必须挨失主的骂，鸭毛才能脱落。"

　　然而邻居老汉一向气度宽宏，平时丢了东西，从来不露声色。某某假意告诉老汉说："鸭子是某甲偷的，他最怕挨骂，你骂他一顿，也可以警告他以后别再来偷。"老汉笑了一笑，说："谁会生闲气去骂一个坏人。"结果始终不骂。某某更加尴尬，只好如实告知邻家老汉，老汉于是骂他一顿，他的病便好了。

　　异史氏说：偷东西的后果太可怕了，一偷鸭子就生出鸭毛来！骂人的后果也太应该注意了，一骂小偷就减轻了偷盗的罪过。然而行善也有不同的方法，那位邻家老汉是用骂人来体现了自己的慈悲。

　　[但明伦] 余遇有负己者，

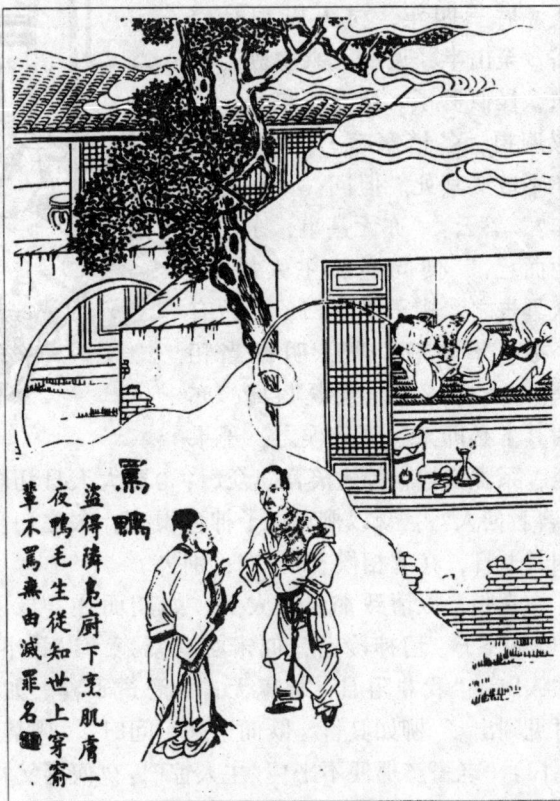

每笑而置之，未尝一骂；今乃知不骂适以害之。自今以始，将日日早起而骂之。且劝人之遇恶人者，皆大发慈悲而共骂之。特恐骂之不可胜骂，使人不得常行其慈耳。

柳氏子

【原文】

胶州柳西川，法内史之主计仆也。年四十余生一子，溺爱甚至。纵任之，惟恐拂。既长，荡佚逾检，翁囊积为空。无何，子病。翁故蓄善骡，子曰："骡肥可啖。杀啖我，我病可愈。"柳谋杀骖劣者。子闻之，即大怒骂，疾益甚。柳惧，杀骡以进，子乃喜。然尝一脔，便弃去。病卒不减，寻死，柳悼叹欲绝。

后三四年，村人以香社登岱。至山半，见一人乘骡驶行而来，怪似柳子。比至，果是。下骡遍揖，各道寒暄。村人共骇，亦不敢诘其死。但问："在此何作？"答云："亦无甚事，东西奔驰而已。"便问逆旅主人姓名，众具告之。柳子拱手曰："适有小故，不暇叙间阔，明日当相谒。"上骡遂去。众既归寓，亦谓其未必即来。厌旦俟之，子果至，系骡厩柱，趋进笑言。众曰："尊大人日切思慕，何不一归省侍？"子讶问："言者何人？"，众以柳对。子神色俱变，久之曰："彼既见思，请归传语：我于四月七日，在此相候。"言讫，别去。

众归，以情致翁。翁大哭，如期而往，自以其故告主人。主人止之，曰："曩见公子，情神冷落，似未必有嘉意。以我卜之，殆不可见。"柳啼泣不信。主人曰："我非阻君，神鬼无常，恐遭不善。如必欲见，请伏榻中，察其词色，可见则出。"柳如其言。既而子来，问曰："柳某来否？"主人曰："无。"子盛气骂曰："老畜产那便不来！"主人惊曰："何骂父？"答曰："彼是我何父！初与义

为客侣，不意包藏祸心，隐我血资，悍不还。今愿得而甘心，何父之有！"言已出门，曰："便宜他！"柳在椟中，历历闻之，汗流接踵，不敢出气。主人呼之出，狼狈而归。

异史氏曰："暴得多金，何如其乐？所难堪者偿耳。荡费殆尽，尚不忘于夜台，怨毒之于人甚矣！"

【译文】

胶州的柳西川是法若真内史的财务管家。他四十多岁时生了一个儿子，极为溺爱，总是放纵不管，唯恐拂逆其意。儿子长大后，奢侈放荡，不知检点，把柳西川积蓄的钱财挥霍一空。

不久，儿子病了。柳西川原先养了一头上好的骡子，儿子说："这骡子长得很肥，肉好吃，杀了骡子，给我吃肉，我的病就能好。"柳西川想杀一头劣等的骡子，儿子闻言，怒气冲冲，破口大骂，病情更加严重。柳西川心里害怕，便杀了上好的骡子，把肉端给儿子吃，儿子这才高兴起来。然而儿子只尝了一块肉，就把肉扔掉，病情始终不减，不久死去。柳西川哀伤叹息，痛不欲生。

三四年后，村人结伙到泰山去烧香，来到半山腰时，看见一个人骑着骡子走来，形貌与柳西川的儿子十分相像，等来到跟前一看，果然便是他的儿子。儿子下了骡子，向大家都拱手作揖，分别寒暄一番，村人都很惊骇，也不敢就他原先的死打听什么，只是问："你在这里干什么？"儿子回答说："也没什么事，只是东奔西跑而已。"便问旅店主人的姓名，大家一一告知。儿子拱手行礼说："凑巧有点儿小事，来不及叙谈别情，明天我会去看大家。"说着跨上骡子离去。大家回到旅店后，也都认为他未必就来。

第二天早晨，大家正在等候，儿子果然到来，把骡子拴在马厩的柱子上，走上前来说笑。大家说："你父亲天天都在苦苦想念你，你为什么不回家看望他？"儿子惊讶地问："你们说的是谁？"大家回答说的是柳西川。儿子神色大变，过了许久才说："他既然想我，请你们回去传话：在四月七日，我在这里等他。"说罢告别离去。

大家回村后，把情况告知柳西川。柳西川大哭一场，按期前往，自然把来意告诉了旅店主人。主人阻止他说："前些日子我见公子神情冷漠，似乎未必会有好意。据我估计，恐怕不能去见他。"柳西川直流眼泪，不肯相信。主人说："不是我不让你去，是鬼神无常，恐怕会遭遇不幸。如果一定要去相见，请你藏在柜子里，等他到来后，看他的态度如何，如果可以相见，你再出来。"柳西川依言而行。

后来，儿子果然到来，问旅店主人说："柳某来了吗？"主人回答说："没来。"儿子满腔怒气地骂道："老畜生怎么不来！"主人吃惊地说："你怎么骂自己的父亲？"儿子回答说："他是我什么父亲！起初我与他是合伙经商的关系，

不料他包藏祸心，暗中吞没了我的血本，蛮不讲理，就是不还。现在我杀了他才觉痛快，哪来的什么父亲！"说完走出屋门，说："便宜了他！"柳西川在柜子里听得清清楚楚，吓得大汗一直淌到了后脚跟，连大气也不敢出。主人喊他，他才出来，狼狈而归。

异史氏说：突然得到许多钱财，多么快活，所难以承受的却是偿还。把冤家的家财几乎消耗一空，死后还不能忘怀，人们的怨恨太深了！

[何守奇] 报固多端，乃必为之子，殆不可解。

上　仙

【原文】

　　癸亥三月，与高季文赴稷下，同居逆旅。季文忽病。会高振美亦从念东先生至郡，因谋医药。闻袁鳞公言：南郭梁氏家有狐仙，善"长桑之术"。遂共诣之。

　　梁，四十以来女子也，致绥绥有狐意。入其舍，复室中挂红幕。探幕一窥，壁间悬观音像。又两三轴，跨马操矛，骖从纷沓。北壁下有案，案头小座，高不盈尺，贴小锦褥，云仙人至，则居此。众焚香列揖。妇击磬三，口中隐约有词。祝已，肃客就外榻坐。妇立帘下，理发支颐与客语，具道仙人灵迹。久之，日渐曛。众恐碍夜难归，烦再祝请。妇乃击磬重祷，转身复立，曰："上仙最爱夜谈，他时往往不得遇。昨宵有候试秀才，携酒肴来与上仙饮，上仙亦出良酝酬诸客，赋诗欢笑。散时，更漏向尽矣。"

　　言未已，闻室中细细繁响，如蝙蝠飞鸣。方凝听间，忽案上若堕巨石，声甚厉。妇转身曰："几惊怖煞人！"便闻案上作叹咤声，似一健叟。妇以蕉扇隔小座。座上大言曰："有缘哉！有缘哉！"抗声让坐，又似拱手为礼。已而问客："何所谕教？"高振美遵念东先生意，问："见菩萨否？"答云："南海是我熟径，如何不见！""阎罗亦更代否？"曰："与阳世等耳。""阎罗何姓？"曰："姓曹。"已乃为季文求药。曰："归当夜

祀茶水，我于大士处讨药奉赠，何恙不已。"众各有问，悉为剖决。乃辞而归。过宿，季文少愈。余与振美治装先归，遂不暇造访矣。

【译文】

癸亥年三月，我与高季文前往济南，同住一家旅店，高季文忽然病了。恰巧高振美也跟高念东先生来到府城，便一起商量如何医治。听袁鳞公说，南郊梁氏家有狐仙，擅长医疗之术，便一起前去拜访。

梁氏是个四十来岁的女子，慢吞吞地走路的样子很有狐狸的意味。走进梁氏的屋里，内室中挂着红色的帘幕。撩开帘幕一看，墙上悬挂着观音菩萨的肖像，还有两三幅画，画上的人物骑在马上，手握长矛，骑马的侍从人员纷乱繁杂。北墙下有个案子，案头放着一个小小的座位，高不满一尺，铺着小小的锦褥子，说是仙人到来，便坐这个座位。大家点上香，列队拱手作揖。梁氏敲磬三声，口中念念有词。祷告完毕，梁氏请大家到外屋的坐榻上就坐，梁氏站在帘幕下，整理一下头发，用手支着下巴，跟大家谈话，说的都是大仙显灵的事迹。

过了许久，天色渐黑，大家担心夜里难以回家，请梁氏再给祷告求仙。梁氏便又去敲磬，重新祷告，然后转身又站在帘幕下说："大仙最喜欢夜间谈话，其它时间往往遇不上大仙。昨天夜里有一位等候考试的秀才带着酒菜前来与大仙喝酒，大仙也拿出美酒款待秀才，两人又是写诗，又是欢笑。等分手时，已经夜色将尽。"话没说完，便听见屋里有一种细细的繁密的声响，就像蝙蝠连飞带叫。正当大家仔细倾听时，忽然案子上面像落下一块巨石，声音很大。梁氏转过身来说："几乎吓死人了！"马上听见案子上传来叹息声，发出叹息的似乎是一个健壮的老汉。

梁氏用巴蕉扇遮住小座位，只听见座位上有人大声说："有缘啊！有缘啊！"便高声让座，又似乎在拱手行礼，接着便问大家："你们有何见教？"高振美遵照高念东先生的意思问："你见到菩萨了吗？"回答说："去南海是我的熟路，怎能见不到？"高振美又问："阎王也更换吗？"回答说："与人间一样。"高振美问："阎王姓什么？"回答说："姓曹。"问完后便为高季文求药，回答说："回去后要在夜间用茶水祭祀，我在观音大士那里要药赠送给你们，什么病治不好？"大家也各有所问，大仙都给作了决断。于是大家告辞返回。

过了一夜，高季文的病稍好一些。我与高振美打点行装先回家乡，就没有时间去拜访梁氏了。

侯 静 山

【原文】

高少宰念东先生云："崇祯间，有猴仙．号静山。托神于河间之叟，与人谈

诗文，决休咎，娓娓不倦。以肴核置案上，啖饮狼藉，但不能见之耳。"时先生祖寝疾。或致书云："侯静山，百年人也，不可不晤。"遂以仆马往招叟。叟至经日，仙犹未来。焚香祠之，忽闻屋上大声叹赞曰："好人家！"众惊顾。俄檐间又言之，叟起曰："大仙至矣。"群从叟岸帻出迎，又闻作拱致声。既入室，遂大笑纵谈。时少宰兄弟尚诸生，方入闱归。仙言："二公闱卷亦佳，但经不熟，再须勤勉，云路亦不远矣。"二公敬问祖病，曰："生死事大，其理难明。"因共知其不祥。无何，太先生谢世。

旧有猴人，弄猴于村。猴断锁而逸，不可追，入山中。数十年，人犹见之。其走飘忽，见人则窜。后渐入村中，窃食果饵，人皆莫之见。一日，为村人所睹，逐诸野，

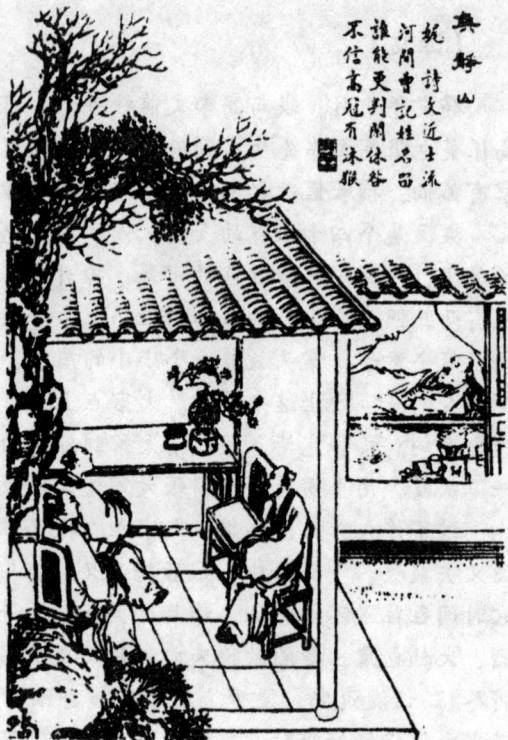

射而杀之。而猴之鬼竟不自知其死也，但觉身轻如叶，一息百里。遂往依河间叟，曰："汝能奉我，我为汝致富。"因自号静山云。

【译文】

吏部侍郎高念东先生说，崇祯年间，有一位猴仙，号静山。他在一位河间的老汉身上托神，与人们谈论诗文，判断吉凶，娓娓道来，不知疲倦。把菜肴果品放在桌上，他连吃带喝，搞得杯盘狼藉，只是无法见到他。

当时，高念东先生的祖父卧病在床，有人写信来说："侯静山是百年不死之人，不能不与他相见。"高念东先生便派仆从车马去请老汉。

老汉来了一整天，猴仙仍然没来，只好又烧香祭祀一番。忽然，人们听见屋顶上有人大声赞叹说："好人家！"大家惊讶地去看屋顶。一会儿，屋檐上又有人说话。老汉起身说："大仙到了。"大家推起头巾，露出前额，随老汉出来迎接大仙，于是又听见拱手致意的声音。

进屋后，大仙放声大笑，任情畅谈。当时高念东兄弟还是诸生，刚参加乡试回来。大仙说："两位的答卷还不错，只是经书读得不熟，需要再勤奋些，青云之路也快走上了。"高念东兄弟二人恭敬地询问祖父的病情，大仙说："生死大

事，其中的道理难以讲清。"于是兄弟二人都知道祖父的病已经难以治愈。没过多久，高先生的祖父便离开了人世。

从前有个养猴的人，在乡村耍猴。猴挣断锁链逃跑，没有追上，猴子逃到山中。数十年后，人们还可看见它。它行走飘忽，见人就逃。后来，它逐渐进村偷吃果品食物，人们都看不见它的踪影。一天，它被村民见到，在野地里追它，把它射死。然而猴的鬼魂竟然不知道自己已经死去，只觉得身体轻得像一片树叶，一口气能走百里之遥。于是它去依附在河间老汉的身上，说："如果你能尊奉我，我就让你致富。"便自号静山。

长沙有一只猴，脖子上系着金链，经常出现在士大夫家，见到它的肯定会有喜庆之事。给他果子，它也吃。不知道它从哪里来，也不知道它往哪里去。有一位九十多岁的老人说："小时还看见它的金链上有一个牌，上面有前明藩王府邸的识记。"想来它也成仙了。

郭　生

【原文】

郭生，邑之东山人。少嗜读，但山村无所就正，年二十余，字画多讹。先是，家中患狐，服食器用，辄多亡失，深患苦之。一夜读，卷置案头，狐涂鸦甚，狼藉不辨行墨。因择其稍洁者辑读之，仅得六七十首，心恚愤而无如何。又积窗课二十余篇，待质名流。晨起，见翻摊案上，墨汁浓泚殆尽。恨甚。

会王生者，以故至山，素与郭善，登门造访。见污本，问之。郭具言所苦，且出残课示王。王谛玩之，其所涂留，似有春秋。又复视沅卷，类冗杂可删。讶曰："狐似有意。不惟勿患，当即以为师。"过数月，回视旧作，顿觉所涂良确。于是改作两题，置案上，以观其异。比晓，又涂之。积年余，不复涂，但以浓墨洒作巨点，淋漓满纸。郭异之，持以白王。王阅之曰："狐真尔师也，佳幅可售矣。"是岁，果入邑庠。郭以是德狐，恒置鸡黍，备狐啖饮。每市房书名稿，不自选择，但决于狐。由是两试俱列前名，入闱中副车。

时叶、缪诸公稿。风雅绝丽，家弦而户诵之。郭有抄本，爱惜臻至。忽被倾浓墨碗许于上，污荫几无余字，又拟题构作，自觉快意，悉浪涂之：于是渐不信狐。无何，叶公以正文体被收，又稍稍服其先见。然每作一文，经营惨淡，辄被涂污。自以屡拔前茅，心气颇高，以是益疑狐妄。乃录向之洒点烦多者试之，狐又尽泚之。乃笑曰："是真妄矣！何前是而今非也？"遂不为狐设馔，取读本锁箱箧中。且见封锢俨然，启视则卷面涂四画，粗于指，第一章画五，二章亦画五，后即无有矣。自是狐竟寂然。后郭一次四等，两次五等，始知其兆已寓意于画也。

异史氏曰："满招损，谦受益，天道也。名小立，遂自以为是，执叶、缪之

余习，狃而不变，势不至大败涂地不止也。满之为害如是夫！"

聊斋志异（图文版）

【译文】

郭生是淄川东山人，从小酷爱读书，但是山村里无处请教，已经二十多岁，写字的笔划还有许多错误。

先前，郭生家里闹狐狸精，吃的穿的用的东西总是多所遗失，郭生深感苦恼。

一天夜里，读书时，郭生把书放在案头，遭到狐狸的涂抹，严重的地方墨色狼藉，字行难以分辨。郭生于是挑选字面稍微整洁一些的集中在一起来读，这样便只剩下了六七十首。郭生心里愤怒异常，却又毫无办法。

郭生又积存了二十多篇习作的文章，等候请教名流。早晨起床后，郭生见文章摊放在案头，墨汁蘸得浓浓的，涂抹殆尽。郭生愤恨有加。

正巧王生因事来到东山，因一向与郭生关系很好，便来登门拜访。王生见到涂抹的书本．问其原故。郭生把心中的苦恼和盘托出，并拿残缺不全的习作文章给王生看。王生经仔细玩味发现，那些涂掉的和保留的文字，似乎都褒贬有度，又重看涂抹过的书本，大抵行文冗杂，可以删除，因而惊讶地说："狐狸似乎是有意为之，不仅不必担心，还应以它为师。"

过了几个月，郭生重新审视自己的旧作，顿时觉得涂改得非常正确。于是他改写了两篇旧作，放在案头，以观察有何异常。等天破晓时，文章又被涂改。经过一年多时间，文章不再被涂改，只是被洒上许多浓浓的大墨点子，漓淋满纸。

郭生感到奇怪，拿着文章去告诉王生，王生看了一遍，说："这狐狸真是你的老师。改过的文章堪称佳作，准能考取功名。"这一年，郭生果然考中了秀才。

郭生因此而感激狐狸，经常摆上饭菜，供狐狸吃喝。每当买来进士平时所作范文名稿时，自己都不加选择，只凭狐狸决断。因此在以后的两次考试中，郭生都名列前茅，在乡试中被额外录取为副榜贡生。

当时，叶、缪诸公的文章风雅而又艳丽，家家户户都在传诵。郭生有一个诸公时文的抄本，爱惜备至，忽然都被一碗左右的浓墨倒在上面，污染得几乎不剩

一字。他又拟题写了一些文章，自己觉得心情爽快而又舒适，却全部被任意涂抹了。于是，他渐渐地不再相信狐狸。不久，叶公因纠正文体而被收捕，他又稍稍佩服狐狸的先见之明。

然而，郭生每作一篇文章，都是惨淡经营，却总是遭到涂抹。他自以为考试屡次名列前茅，心气颇为高傲，因此越发怀疑狐狸是在胡来。他便抄录以前倾洒墨点很多的文章来检验狐狸，狐狸又都涂抹掉了。于是他笑着说："这真是胡来了！怎么过去肯定的现在又否定了？"便不给狐狸备办食品，并把读本锁在箱柜里。

第二天早晨，只见箱柜仍然锁得好好的，打开一看，只见封面画了四条线，每条线比手指还粗。第一章画了五条线，第二章也画了五条线，后面就不画了。从此，狐狸始终寂无声迹。在后来的考试中，他一次考四等，两次考了五等，这才知道考试的预兆已经在笔划中寄托其意了。

异史氏说：满招损，谦受益，这是天道。小有名气，便自以为是，拘守叶、缪诸公残留的习气，习以为常，不加变通，势必不一败涂地就不终止，自满的危害就是如此。

[何守奇] 稍有所得，便沾沾自足，郭生固非进道之器也。

[但明伦] 善学者进一境，乃知前所历之境不及今所到之境；而今所未到之境，必远胜今现到之境。文境亦然。屡拔前茅，一乡一邑之前茅耳。乡、会闱中，谁非拔前茅者？而有胜有负，又何以言之？井底蛙自鸣得意，宜其败也。

金 生 色

【原文】

金生色，晋宁人也。娶同村木姓女。生一子，方周岁。金忽病，自分必死，谓妻曰："我死，子必嫁，勿守也！"妻闻之，甘词厚誓，期以必死。金摇手呼母曰："我死，劳看阿保，勿令守也。"母哭应之。既而金果死。

木媪来吊，哭已，谓金母曰："天降凶忧，婿遽遭命。女太幼弱，将何为计？"母悲悼中，闻媪言，不胜愤激，盛气对曰："必以守！"媪惭而罢。夜伴女寝，私谓女曰："人尽夫也。以儿好手足，何患无良匹？小儿女不早作人家，盹盹守此褓褓物，宁非痴子？倘必令守，不宜以面目好相向。"金母过，颇闻絮语，益恚。明日，谓媪曰："亡人有遗嘱，本不教妇守也。今既急不能待，乃必以守！"媪怒而去。

母夜梦子来，涕泣相劝，心异之。使人言于木，约殡后听妇所适。而询诸术家，本年墓向不利。妇思自炫以售，缞绖之中，不忘涂泽。居家犹素妆，一归宁，则崭然新艳。母知之，心弗善也，以其将为他人妇，亦隐忍之。于是妇益

肆。村中有无赖子董贵者，见而好之，以金啖金邻姬，求通殷勤于妇。夜分，由姬家逾墙以达妇所，因与会合。往来积有旬日，丑声四塞，所不知者惟母耳。

妇室夜惟一小婢，妇腹心也。一夕，两情方洽，闻棺木震响，声如爆竹。婢在外榻，见亡者自帏后出，带剑入寝室去。俄闻二人骇诧声，少顷，董裸奔出；无何，金捽妇发亦出。妇大嗥，母惊起，见妇赤体走去，方将启关，问之不答。出门追视，寂不闻声，竟迷所往。入妇室，灯火犹亮。见男子履，呼婢，婢始战惕而出，具言其异，相与骇怪而已。

董窜过邻家，团伏墙隅，移时，闻人声渐息，始起。身无寸缕，苦寒战甚，将假衣于媪。视院中一室，双扉虚掩，因而暂入。暗摸榻上，触女子足，知为邻子妇。顿生淫心，乘其寝，潜就私之。妇醒，问：“汝来乎？”应曰：“诺。”妇竟不疑，狎亵备至。先是，邻子以故赴北村，嘱妻掩户以待其归。既返，闻室内有声，疑而审听，音态绝秽。大怒，操戈入室。董惧，窜于床下，子就戮之。又欲杀妻；妻泣而告以误，乃释之。但不解床下何人，呼母起，共火之，仅能辨认。视之，奄有气息。诘其所来，犹自供吐。而刃伤数处，血溢不止，少顷已绝。姬仓皇失措，谓子曰：“捉奸而单戮之，子且奈何？”子不得已，遂又杀妻。

是夜，木翁方寝，闻户外拉杂之声，出窥则火炽于檐，而纵火人犹彷徨未去。翁大呼，家人毕集，幸火初燃，尚易扑灭。命人操兵弩，逐搜纵火者。见一人跻捷如猿，竟越垣去。垣外乃翁家桃园，园中四缭周堵皆峻固。数人梯登以望，踪迹殊杳。惟墙下块然微动，问之不应，射之而软。启扉往验，则女子白身卧，矢贯胸脑。细烛之，则翁女而金妇也。骇告主人，翁媪惊惕欲绝，不解其故。女合眸，面色灰败，口气细于属丝。使人拔脑矢不可出，足踏顶而后出之。女嘤然一声，血暴注，气亦遂绝。

翁大惧，计无所出。既曙，以实情白金母，长跽哀祈。而金母殊不怨怒，但告以故，令自营葬。金有叔兄生光，怒登翁门，诟数前非。翁惭沮，赂令罢归。而终不知妇所私者何人。俄邻子以执奸自首，既薄责释讫。而妇兄马彪素健讼，具词控妹冤。官拘妪，妪惧，悉供颠末。又唤金母，母托疾，令生光代质，具陈底里。于是前状并发，牵木翁夫妇尽出，一切廉得其情。木以诲女嫁，坐纵淫，笞；使自赎，家产荡焉。邻妪导淫，杖之毙。案乃结。

异史氏曰："金氏子其神乎！谆嘱醮妇，抑何明也！一人不杀，而诸恨并雪，可不谓神乎！邻妪诱人妇，而反淫己妇；木媪爱女，而卒以杀女。呜呼！'欲知后日因，当前作者是'，报更速于来生矣！"

【译文】

金生色是晋宁人，娶本村木家的女儿为妻，生了一个儿子，刚满周岁。金生色忽然得了病，自以为必死，对妻子说："我死后，你一定要改嫁，不要守节！"妻子听了，甜言蜜语，信誓旦旦，保证一定守节至死。金生色又摇摇手，叫来母亲说："我死后，有劳母亲照管孙子，别让他妈守节。"母亲哭着答应下来。

不久，金生色果然死去。木母前来吊唁，哭完对金母说："天降不幸，女婿突然死去，我女儿太年轻，将来怎么办？"金母在悲痛伤感中听了木母的话，不胜愤怒，也很激动，充满怒气地回答说："一定要守节！"木母心中惭愧，不再说话。

晚上，木母陪伴女儿过夜，私下对女儿说："人人都可以做丈夫，就凭我女儿的好模样，何愁没有如愿的配偶？年纪轻轻的女人不及早找个人家，只是眼巴巴地望着襁褓中的孩子，难道是傻子吗？如果一定让你守节，你也别拿好脸色看她。"恰巧金母经过这里，听到一些未尽之语，更加气愤。第二天，金母对木母说："我儿子有遗嘱，本来不让媳妇守节。既然如今她急不可待了，就一定要守节！"木母怒气冲冲地离去。

夜里，金母梦见儿子前来，流着眼泪劝她不要让木女守节，心中感到诧异，让人告诉木家，约定给儿子出殡后任凭木女嫁人。然而，向阴阳先生一打听，说是本年内墓向不利。

木女想通过炫耀自己，以求赶快嫁人，在戴孝期间，也不忘涂脂抹粉，住在婆家还穿素色的衣服，一回娘家，就穿崭新的艳装。金母得知后，心里很不好过，但因她即将成为别人的媳妇，也就隐忍下来。

于是，木女愈加放肆。村中有个无赖汉名叫董贵，见到木女就看上了，便用钱买通金家邻居的老太太，求她向木女传达衷情。半夜时分，董贵从老太太家翻墙前去木女的住处，于是与木女私通。两人往来了十多天，丑闻四处流传，只有金母还不知道。

木女屋里夜间只有一个小丫环，是木女的心腹。一天夜里，两人正缠绵时，就听见棺材震响，那声音像放爆竹似的。小丫环在外屋的床上看见死去的金生色从帷帐后面走出，手握宝剑，走进寝室，不久便听见董贵与木女的惊异的呼声。没多久董贵赤身露体跑了出来，不多时金生色揪着木女的头发也走出来。木母放

声号叫，金母被吵起来，看见木女光着身子走出去，正要开门，问木女也不作回答，追出门去一看，四周静悄悄的，没有一点儿声响，而木女竟然不知去向。金母走进木女的居室，灯还亮着，看见有一双男人的鞋，便招呼小丫环，小丫环这才战战兢兢地走出来，把发生的怪事一一讲出，两人相对惊讶不已。

董贵逃到邻居老太太的家里，缩成一团，蹲在墙角。过了好一阵子，他渐渐再也听不见人声，这才站起身来。他身上一丝不挂，冻得直打哆嗦，想向老太太去借衣服。他看见院里有一间房屋，两扇门虚掩着，便暂且走了进去。他在黑暗中摸到床上，碰到一只女人的脚，知道这是邻居老太太的儿媳妇，顿时生出淫念，乘那妇人还在睡觉，偷偷上床奸污。妇人醒来问："你回来啦？"他回答说："回来啦。"妇人竟然一点儿都不怀疑，便与他尽情亲热。

原来，邻居的儿子因事前往北村，嘱咐妻子关上门等他回来。他回来后，听见屋里有声音，顿生疑心，仔细一听，话语情态都极为秽亵。他心中大怒，拿起刀来，冲进屋里。董贵大为恐惧，钻到床下躲藏。邻居的儿子当场把董贵杀死，又想去杀妻子，妻子哭诉那是出于误会，这才放过了她。

但是，邻居之子不知道趴在床下的是谁，便把自己的母亲叫过来，拿灯一照，还能认出他是董贵。再一细看，董贵已经奄奄一息，问他怎么来的，还能供认事情的原委。然而，他被砍伤数处，血流不止，不一会儿便断了气。邻居老太太惊慌失措，对儿子说："捉奸应该捉双，现在却杀了其中一人，你将怎么处置？"儿子不得已，便又杀了妻子。

这天夜里，木父正在睡觉，便听见门外有杂乱的声音，出门一看，屋檐上着了火，而放火的人犹犹豫豫地还没走开。木父大声喊叫，家人全都赶来。幸好火刚烧着，还容易扑灭。木父命家人手拿兵器和弓箭去搜捕放火的人，家人看见有一个人像矫捷的猿猴一样逾墙而去。墙外是木家的桃园，桃园环绕的围墙高峻坚固。几个家人登在梯子上查看，根本不见放火人的踪迹，只见墙下有个东西还在微动，问话也不答应，便用箭去射，觉得这东西软绵绵的。家人开门前去查看，有一个女人赤条条地躲在那里，箭已射穿胸口和脑门。拿火把仔细一照，却原来是木家的女儿，金家的媳妇。

家人惊骇地告知主人，木父木母吓得要死，不知为什么会这样。木女双眼紧闭，面如死灰，呼吸的气息细如游丝。木父让人去拔射中脑门的箭，就是拔不出来，用脚踩住头顶，才拔出来。木女发出一声微弱的呻吟，血水猛喷，于是断了气。

木父大为恐惧，想不出什么主意来。天亮后，木父把实情告知金母，直身跪在地上哀求饶恕。金母却根本就不怨恨恼怒，只是把事情的经过告知木父，让木家自己去安葬女儿。

金生色有个叔伯哥哥名叫金生光，气愤地来到木家，数落责骂木女以往的丑事。木父羞愧沮丧，只得给点儿钱，让他回家。

聊斋志异（图文版）

然而，人们始终不知是谁与木女私通。不久，邻居的儿子自首捉奸杀人之事，官府稍加斥责，放走了事。而他的妻兄马彪一向好打官司，于是递上状词，为妹妹伸冤。官府拘捕了邻居老太太，邻居老太太为之恐惧，将事情的始末全部供述出来。官府又传唤金母，金母托称有病，打发金生光代为作证，一一讲出事情的底细。

这样，前案再发，木父木母都被牵扯进去，一切情况都调查清楚。木母因教唆女儿改嫁，判为纵淫罪，应遭笞打，让她花钱赎罪，结果荡尽家产。邻居老太太为通奸牵线，杖打毙命，于是案件了结。

异史氏说：金家的儿子真是神了！他谆谆嘱咐木女改嫁，是多么明智！他没杀一个人，而使各方面的怨恨都得到昭雪，能不说他神吗？邻居老太太诱使人家的媳妇与人通奸，反而使自己的儿媳妇遭到奸淫。木母疼爱女儿，却终于因此害了女儿。唉唉，要知道将来的姻缘，就看当前的作为，报应之迅速，还不用等到来生了。

[何守奇] 金木婚娶，疑是寓言，然报应处可以警世。

彭海秋

【原文】

莱州诸生彭好古，读书别业，离家颇远，中秋未归，岑寂无偶。念村中无可共语。惟邱生是邑名士，而素有隐恶，彭常鄙之。月既上，倍益无聊，不得已，折简邀邱。饮次，有剥啄者。斋僮出应门，则一书生，将谒主人。鼓离席，肃客入。相揖环坐，便询族居。客曰："小生广陵人，与君同姓，字海秋。值此良夜，旅邸倍苦。闻君高雅，遂乃不介而见。"视其人，布衣沾整，谈笑风流。彭大喜曰："是我宗人。今夕何夕，遭此嘉客！"即命酌，款若夙好。察其意，似甚鄙邱。邱仰与攀谈，辄傲不为礼。彭代为之惭，因挠乱其词，请先以俚歌侑饮。乃仰天再咳，歌"扶风豪士之曲"，相与欢笑。客曰："仆不能韵，莫报'阳春'。请代者可乎？"彭言："如教。"客问："莱城有名妓无也？"彭曰："无。"

客默良久，谓斋僮曰："适唤一人，在门外，可导入之。"僮出，果见一女子逡巡户外。引之入，年二八已来，宛然若仙。彭惊绝，掖坐。衣柳黄帔，香溢四座。客便慰问："千里颇烦跋涉也。"女含笑唯唯。彭异之，便致研诘。客曰："贵乡苦无佳人，适于西湖舟中唤得来。"谓女曰："适舟中所唱'薄幸郎曲'，大佳，请再反之。"女歌云："薄幸郎，牵马洗春沼。人声远，马声杳；江天高，山月小。掉头去不归，庭中空白晓。不怨别离多，但愁欢会少。眠何处？勿作随风絮。便是不封侯，莫向临邛去！"客于袜中出玉笛，随声便串；曲终笛止。

彭惊叹不已，曰："西湖至此，何止千里，咄嗟招来，得非仙乎？"客

"仙何敢言,但视万里犹庭户耳。今夕西湖风月,尤盛曩时,不可不一观也,能从游否?"彭留心以觇其异,诺曰:"幸甚。"客问:"舟乎,骑乎?"彭思舟坐为逸,答言:"愿舟。"客曰:"此处呼舟较远,天河中当有渡者。"乃以手向空中招曰:"船来!我等要西湖去,不吝偿也。"无何,彩船一只,自空飘落,烟云绕之。众俱登。见一人持短棹,棹末密排修翎,形类羽扇,一摇羽,清风习习。舟渐上入云霄,望南游行,其驶如箭。逾刻,舟落水中。但闻弦管敖嘈,鸣声喤聒。出舟一望,月印烟波,游船成市。榜人罢棹,任其自流。细视,真西湖也。客于舱后,取异肴佳酿,欢然对酌。少间,一楼船渐近,相傍而行。

彭海秋
玉笛新翻
薄倖郎
酒阑梦
醒客遥
鄉缕巾一
幅分明在美
把三年旧约忘

隔窗以窥,中有三两人,围棋喧笑。客飞一觥向女曰:"引此送君行。"女饮间,彭依恋徘徊,惟恐其去,蹴之以足。女斜波送盼,彭益动,请要后期。女曰:"如相见爱,但问娟娘名字,无不知者。"客即以彭绫巾授女,曰:"我为若代订三年之约。"即起,托女子于掌中,曰:"仙乎。仙乎!"乃扳邻窗,捉女入,窗目如盘,女伏身蛇游而进,殊不觉隘。俄闻邻舟曰:"娟娘醒矣。"舟即荡去。遥见舟已就泊,舟中人纷纷并去,游兴顿消。

遂与客言,欲一登岸,略同眺瞩。才作商榷,舟已自拢。因而离舟翔步,觉有里余。客后至,牵一马来,令彭捉之。即复去,曰:"待再假两骑来。"久之不至。行人亦稀,仰视斜月西转,天色向曙。邱亦不知何往。捉马营营,进退无主,振辔至泊舟所,则人船俱失。念腰囊空匮,倍益忧皇。天大明,见马上有小错囊;探之,得白金三四两。买食凝待,不觉向午。计不如暂访娟娘,可以徐察邱耗。比询娟娘名字,并无知者,兴转萧索。次日遂行。马调良,幸不蹇劣,半月始归。

方三人之乘舟而上也,斋僮归白:"主人已仙去。"举家哀啼,谓其不返。彭归,系马而入,家人惊喜集问,彭始具白其异。因念独还乡井,恐邱家闻而致

诘，戒家人勿播。语次，道马所由来。众以仙人所遗，便悉诣厩验视。及至，则马顿渺，但有邱生，以草缰縶枥边。骇极，呼彭出视。见邱垂首栈下，面色灰死，问之不言，两眸启闭而已。彭大不忍，解扶榻上，若丧魂魄，灌以汤酏，稍稍能咽。中夜少苏，急欲登厕，扶掖而往，下马粪数枚。又少饮啜，始能言。彭就榻研问之，邱云："下船后，彼引我闲语，至空处，戏拍项领，遂迷闷颠踣。伏定少刻，自顾已马。心亦醒悟，但不能言耳。是大辱耻，诚不可以告妻子，乞勿泄也！"彭诺之，命仆马驰送归。

彭自是不能忘情于娟娘。又三年，以姊丈判扬州，因往省视。州有梁公子，与彭通家，开筵邀饮。即席有歌姬数辈，俱来祗谒。公子问娟娘，家人白以病。公子怒曰："婢子声价自高，可将索子系之来！"彭闻娟娘名，惊问其谁。公子曰："此娼女，广陵第一人。缘有微名，遂倨而无礼。"彭疑名字偶同，然突突自急，极欲一见之。无何，娟娘至，公子盛气排数。彭谛视，真中秋所见者也。谓公子曰："是与仆有旧，幸垂原恕。"娟娘向彭审顾，似亦错愕。公子未遑深问，即命行筋。彭问："'薄幸郎曲'，犹记之否？"娟娘更骇，目注移时，始度旧曲。听其声，宛似当年中秋时。酒阑，公子命侍客寝。彭提手曰："三年之约，今始践耶？"娟娘曰："昔日从人泛西湖，饮不数卮，忽若醉。朦胧间，被一人携去置一村中，一僮引妾入，席中三客，君其一焉。后乘船至西湖，送妾自窗棂归，把手殷殷。每所凝念，谓是幻梦，而绫巾宛在，今犹什袭藏之。"彭告以故，相共叹咤。娟娘纵体入怀，哽咽而言曰："仙人已作良媒，君勿以风尘可弃，遂舍念此苦海人。"彭曰："舟中之约，未尝一日去心。卿倘有意，则泻囊货马，所不惜耳。"诘旦，告公子，又称贷于别驾，千金削其籍，携之以归。偶至别业，犹能识当年饮处云。

异史氏曰："马而人，必其为人而马者也；使为马，正恨其不为人耳。狮象鹤鹏，悉受鞭策，何可谓非神人之仁爱乎？即订三年约，亦度苦海也。"

【译文】

莱州诸生彭好古，在别墅读书，离家很远。时至中秋，彭好古还没回家，又没人做伴，甚感寂寞。他想到村中没可以交谈的人，只有丘生是县里的名士，却有一向不为人知的恶行，自己总是瞧不起他。月亮升上天空后，他备感无聊，迫不得已，写个便条，请丘生前来。

两人正在喝酒，有人前来敲门。书童出去开门，却见一位书生，要见主人。彭好古离开酒席，恭敬地请客人进屋，互相拱手施礼，围坐在酒席旁边，便问书生的姓氏籍贯，书生说："我是广陵人，与你同姓，字海秋。值此良宵，呆在旅馆里备感凄苦，听说你格调高雅，所以不经介绍，就来拜见。"彭好古细看书生，身穿整洁的布衣，言谈欢笑，风流儒雅。彭好古非常高兴地说："你我同族，今天是什么好日子，能遇到这样的嘉宾！"便吩咐给彭海秋斟酒，像老朋友一样款

待他。

　　彭好古观察彭海秋的用意，似乎非常鄙视丘生，丘生用仰慕的态度与彭海秋攀谈，彭海秋总是态度傲慢，不肯以礼相待。彭好古替丘生惭愧，便打断他们的谈话，提议先由自己唱首民间歌谣为喝酒助兴，于是仰望长天，咳嗽两声，唱了一首《扶风豪士之曲》，于是大家在一起又欢笑起来。

　　彭海秋说："我不懂音韵，不能与你这高雅的曲子相和，请人替我唱行吗？"彭好古说："就听你的。"彭海秋说："莱州城里有没有名妓？"彭好古回答说："没有。"彭海秋沉默许久，对书童说："恰巧我叫来一个人，就在门外，可以领她进来。"书童走出大门，果然看见一个女子在门外徘徊，便把她领进门来。

　　这女子大约十六岁多些，漂亮得像仙女一般，彭好古为之惊叹绝倒，连忙扶她坐下。女子身着柳黄色的披肩，香色飘散四座。彭海秋马上慰问女子说："麻烦你千里跋涉啦！"女子含笑应了一声。彭好古大为诧异，便要问个究竟。彭海秋说："可惜贵乡没有佳人，我刚从西湖的船中把她叫来。"对女子说："刚才你在船中唱的《薄幸郎曲》大好，请再唱一遍。"女子唱道：

　　薄幸郎，牵马洗春沼。人声远，马声杳；江天高，山月小。掉头去不归，庭中生白晓。不怨别离多，但愁欢会少。眠何处？勿作随风絮。便是不封侯，莫向临邛去！

　　彭海秋从膝袜中拿出玉笛，随着歌声吹奏，歌声结束，笛声中止。

　　彭好古惊叹不已，说："从西湖到这里，何止千里，你却能迅速把她叫来，莫非你是仙人吗？"彭海秋说："哪敢说是仙人，只是我看万里之遥就像一个院子。今晚西湖的清风明月比往常更美，不能不去观赏，你能跟我去吗？"彭好古有意看看彭海秋不同寻常的本领，便答应说："太荣幸了。"彭海秋问："坐船去还是骑马去？"彭好古心想乘船比较安逸，回答说："我想乘船。"彭海秋说："在这里叫船比较远，天河中应该有摆渡的船。"便向空中招手说："船快过来船快过来！我们要去西湖，多给酬金！"不久，便有一艘彩船从空中飘荡下来，周围缭绕着烟云。

　　大家都登上彩船，只见船上有一人拿着短桨，短桨的末端扎着繁密的长翎子，形状类似一把羽毛扇。短桨一划，清风习习，彩船渐渐升入云霄，向南航行，快如箭发。过了一段时间，船落到水上，只听见管弦四起，人声嘈杂，彭好古走出船舱一看，一轮明月倒映在烟波之上，游船多得像热闹的集市。船夫停止划桨，听任彩船顺水漂流，仔细一看，这里真是西湖。

　　彭海秋从后舱拿出美酒佳肴，高兴地和大家一起饮酒。不多时，一艘楼船渐渐靠近彩船。与彩船并排航行，隔窗向楼船里望去，里面有两三个人，围坐在一起下棋，大声喧闹欢笑。彭海秋递给女子一杯酒说："用这杯酒给你送行。"女子喝酒时，彭好古依依不舍地走来走去，惟恐她离去，便用脚暗中触她，她也斜着眼睛暗送秋波。彭好古更加动情，请求约定将来见面的日期，女子说："如蒙

相爱，只要打听娟娘的名字，没有不知道的。"彭海秋便把彭好古的一条绫子手帕交给女子，说："我替你订一个三年后相见的盟约。"随即站起身来，把女子托在手掌中，说："仙人啊！仙人啊！"便扳开邻船的窗子，把女子往里送。窗眼如盘子大小，女子贴身窗上，像蛇行一般地往里钻，根本不觉得狭窄。不久便听见邻船有人说："娟娘醒啦。"楼船立即划走。

彭好古远远望见楼船已经靠岸停泊，船中的人纷纷离去，顿觉没了游兴，便与彭海秋说，自己想到岸上去，和他一起略作观光。建议刚一提出，彩船已经靠岸。彭好古于是离开彩船，信步走去，觉得走了一里多地，彭秋海从后边赶来，牵来一匹马，让彭好古牵住，自己便再次离去，说："等我再借两匹马来。"但是去了许久也没回来。

这时行人已经非常稀少，彭好古抬头一看，月亮已经西斜，天色即将透出曙光。丘生也不知去向。彭好古牵着马徘徊不前，进退两难。他催马赶到泊船的地方，人和船却都不见踪影。他想到腰包里没钱，更加忧愁不安。

天大亮后，彭好古见马背上有一个金线绣成的小口袋，往里伸手一摸，摸到三四两银子，便买了吃的，专心等候，不觉便将近中午。他心想不如暂时去寻访娟娘，可以慢慢打听丘生的消息。当他问到娟娘的名字时，并没人知道，自觉兴味索然，第二天便骑马离去。幸亏马很驯良，足力不弱，走了半个月，他才回到家里。

当彭好古等三人乘船上天时，书童回家禀告说："主人已经成仙而去。"全家伤心流泪，认为他一去不回了。他回家后，拴好马，走进门，家人又惊又喜，都聚拢来打听情况，他这才一一讲了自己不同寻常的遭遇。他回想到自己独自返回家乡，恐怕丘家得知后会追问丘生的下落，所以告诫家人不要把消息传扬出去。

正说话间，讲到马的来历，大家认为这是仙人留下来的，便都到马厩去看。等大家来到马厩时，马已无踪无影，只有丘生被缰绳拴在马槽旁边。大家极为惊骇，便喊彭好古来看，只见丘生在马棚里低着头，面如死灰，问话也不回答，只是两眼张开闭上，闭上张开而已。

彭好古很不忍心，解开缰绳，把丘生扶到床上。丘生就像丢了魂似的，给他灌些稀粥，他能稍稍喝下一点儿。半夜时分，他略微清醒了一些，急忙要上厕所，彭生扶他前去，他便下几个马粪蛋。又给他喝了少量的稀粥，他才能够说话。

彭好古在床前细问究竟，丘生说："下船以后，彭海秋找我闲谈，来到没人的地方，开玩笑似地拍拍我的脖子，我便感到昏迷，跌倒在地。趴在地上，呆了片刻，一看自己，已经变成了马，心里还明白，只是不能讲话。这是莫大的耻辱，实在不能让妻子儿女知道，请你不要泄露出去！"彭好古满口答应，派出仆从车马，送他回家。

彭好古从此不能忘情于娟娘。过了三年，因姐夫担任扬州通判，彭好古前去探望。扬州有一位梁公子，与彭好古是世交，设宴请彭好古喝酒。宴席上有几名歌姬都前来拜见，梁公子问娟娘怎么没来，家人禀告说娟娘病了。梁公子生气地说："这丫头自以为声价很高，可以用绳子把她绑来！"

彭好古听到娟娘的名字，吃惊地问娟娘是谁，梁公子说："这人是个妓女，是扬州的第一美人。因为有点儿小名气，便傲慢无礼起来。"彭好古怀疑这是偶然同名，但心已"砰砰"直跳，非常想与这位娟娘见上一面。没过多久，娟娘到来，梁公子满脸怒气地斥责她一顿。彭好古仔细一看，她真是中秋节见到的娟娘，便对梁公子说："这人与我过去有交情，万望给以宽恕。"娟娘向彭好古这边细看，似乎也很惊愕。梁公子来不及细问，便命娟娘依次敬酒。彭好古问："你还记得《薄幸郎曲》吗？"娟娘更加惊骇，看了他多时，才唱起这支旧曲，听那声音，和当年中秋节时唱的一样。

喝完酒，梁公子命娟娘陪彭好古去睡，彭好古握住娟娘的手说："三年后相见的盟约，今天才实现吗？"娟娘说："上次跟人去游西湖，没喝几杯酒，忽然就像醉了一般，正神智不清时，被一个人带走，放在一个村子里。一个书童领我进门，酒席上有三个人，你是其中之一。后来乘船来到西湖，从窗棂间把我送回，你情深意重地握住我的手。每当我沉思此情此景，便认为是在做梦。不过绫制手帕还在，现在还把它包了一层又一层，小心珍藏着。"

彭好古把事情的经过告知娟娘，两人都感叹不已。娟娘把身子一下扑到彭好古的怀里，哽哽咽咽地说："仙人已经给我们做了良媒，你别以为风尘女子可以随意抛弃，就不再想到我这陷于苦海的人！"彭好古说："船中的盟约，我一天也没忘记过。如果你有意相从，就是倾尽囊中所有，卖掉坐骑，我也在所不惜！"

第二天早晨，彭好古把他们相爱的经历告知梁公子，又向当通判的姐夫借钱，用一千两白银削去娟娘的娼籍，带娟娘回到家里。重返别墅，娟娘还能认出当年喝酒的地方来。

异史氏说：马是由人变成的，一定是这个人的为人像畜类，让他变成马，正是恨他不能称其为人。狮、象、鹤、鹏全部受到鞭策，怎么可以说这不是神人对它们的仁爱？就是订下三年后相见的盟约，也是为了把人们超度出苦海。

[何守奇] 摆布丘处甚妙。如此名士，直可使变作驴。

堪　舆

【原文】

沂州宋侍郎君楚家，素尚堪舆，即闺阁中亦能读其书，解其理。宋公卒，两公子各立门户，为公卜兆。闻能善青乌之术者，不惮千里争罗致之。于是两门术

士，召致盈百。日日连骑遍郊野，东西分道出入，如两旅。经月余，各得牛眠地，此言封侯，彼言拜相。兄弟两不相下，因负气不为谋，并营寿域，锦棚彩幢，两处俱备。灵舆至歧路，兄弟各率其属以争，自晨至于日昃，不能决。宾客尽引去。舁夫凡十易肩，困惫不举，相与委柩路侧。因止不葬，鸠工构庐，以敝风雨。兄建舍于旁，留役居守，弟亦建舍如兄；兄再建之，弟又建之：三年而成村焉。

积多年，兄弟继逝，嫂与娣始合谋，力破前人水火之议，并车人野，视所择两地，并言不佳，遂同修聘赀，请术人另相之。每得一地，必具图呈闺闼，判其可否。日进数图，悉疵摘之。旬余，始卜一域。嫂览图，喜曰："可矣。"示娣。娣曰："是地当先发一武孝廉。"葬后三年，公长孙果以武生领乡荐。

异史氏曰："青乌之术，或有其理，而癖而信之则痴矣。况负气相争，委柩路侧，其于孝弟之道不讲，奈何冀以地理福儿孙哉！如闺中宛若，真雅而可传者矣。"

柩舆
牛眠吉壤在心
朽骨何能馀庆
阋墙有酒中贤
妯娌不散暴苴
散年年鸠工

【译文】

沂州宋君楚侍郎家，一向崇尚看风水，即便是闺阁中的妇女也能读这种书，懂得其中的道理。

宋君楚去世时，两位公子各立门户，分别为父亲选择墓地，只要听说有谁擅长青乌先生的风水之术，便不远千里，争先恐后地罗致门下。于是两家请来的风水先生多达百人，天天一个接一个地骑马走遍郊野，分为东西两路，出出人人，就像两支军队。

历时一个多月，兄弟两家各自选定一块风水极好的墓地，一个说葬在这里后人可以封侯，一个说葬在那里后人可以拜相。兄弟两人争执不下，于是互相赌气，不再商量，同时营造墓地，彩棚、彩幡也是两边分别准备。当灵车行至岔路口时，兄弟两人各自率领家人去争灵车，从早晨到太阳偏西，都不能作出决断，宾客全部离去，抬灵柩的人换了十次肩，疲惫不堪，再也抬不动了，便一起把灵柩丢在路边。

聊斋志异（图文版）

由于停止下葬，又聚集工匠盖灵棚，给灵柩遮风避雨。哥哥在灵棚旁边建起房舍，留仆役住下看守灵柩，弟弟也像哥哥那样建造房舍。哥哥再建房舍，弟弟也再建房舍，三年后这里成了一个村庄。

多年以后，兄弟两人相继去世，嫂子与弟媳这才共同商议，努力破除以前兄弟两人水火不相容的见解，并肩乘车前往野外，去看择定的两块墓地。两人都说不好，于是共同备好聘礼，请风水先生另行相看墓地，每选定一个地点，一定要画出图来，交给姒娌二人过目，断定是否可取。每天送来好几张图，都被挑出种种毛病来，过了十多天，才选出一块墓地。嫂子看图后高兴地说："这里行。"拿给弟媳看，弟媳说："这地方能使我家出一个武举人。"便将宋君楚安葬在这里。三年后，宋君楚的长孙果然在乡试中考中了武举人。

异史氏说：青乌先生的风水相看之术，也许有一定的道理，但是成为癖好，一味地相信，就流于痴迷了。何况赌起气来，互争高下，把灵柩丢在路旁，连孝悌之道都不讲，怎能指望通过地理环境使儿孙得福！像嫂子与弟媳这两位闺阁之人的做法，才是真正高雅可传的。

[何守奇] 闺阁言如操券，乃知两公子都不及也。

[但明伦] 卜窀穸，所以安亲耳。但使不受风，不受水，不受虫蚁；且他日不为城池，不为道路，不为沟渠，足矣。借此以求富贵，久而不葬，即令其术果精，然且不可；况如宋兄弟者，强作解人，以亲柩为负气之物，竟致委而不葬，卒之所云封侯拜相者，徒贻笑于闺中。何智出妇人下哉！

窦　氏

【原文】

南三复，晋阳世家也。有别墅，去所居十余里，每驰骑日一诣之。适遇雨，中途有小村，见一农人家，门内宽敞，因投止焉。近村人固皆威重南。少顷，主人出邀，踽踽甚恭，入其舍斗如。客既坐，主人始操箕，殷勤泛扫；既而泼蜜为茶。命之坐，始敢坐。问其姓名，自言："廷章，姓窦。"未几，进酒烹雏，给奉周至。有笄女行炙，时止户外，稍稍露其半体，年十五六，端妙无比。南心动，雨歇既归，系念綦切。

越日，具粟帛往酬，借此阶进。是后常一过窦，时携肴酒，相与留连。女渐稔，不甚避忌，辄奔走其前。睨之，则低鬟微笑。南益惑焉，无三日不往者。一日值窦不在，坐良久，女出应客。南捉臂狎之，女惭急，峻拒曰："奴虽贫，要嫁，何贵倨凌人也！"时南失偶，便揖之曰："倘获怜眷，定不他娶。"女要誓；南指矢天日，以坚永约，女乃允之。自此为始，瞰窦他出，即过缱绻。女促之曰："桑中之约，不可长也。日在骈朦之下，倘肯赐以姻好，父母必以为荣，当无不谐。宜速为计！"南诺之。转念农家岂堪匹偶，姑假其词以因循之。

会媒来议婚于大家,初尚踌躇,既闻貌美财丰,志遂决。女以体孕,催并益急,南遂绝迹不往。无何,女临蓐,产一男。父怒榜女,女以情告,且言:"南要我矣。"窦乃释女,使人问南,南立却不承。窦乃弃儿,益扑女。女暗哀邻妇,告南以苦,南亦置之。女夜亡,视弃儿犹活,遂抱以奔南。款关而告阍者曰:"但得主人一言,我可不死。彼即不念我,宁不念儿耶?"阍人具以达南,南戒勿内。女倚户悲啼,五更始不复闻。至明视之,女抱儿坐僵矣。窦忿,讼之上官,悉以南不义,欲罪南。南惧,以千金行赂得免。

其大家梦女披发抱子而告曰:"必勿许负心郎;若许,我必杀之!"大家贪南富,卒许之。既亲迎,奁妆丰盛,新人亦娟好,然喜悲,终日未尝睹欢容,枕席之间,时复有涕演。问之,亦不言。过数日,妇翁至,入门便泪,南未遑问故,相将入室。见女而骇曰:"适于后园,见吾女缢死桃树上,今房中谁也?"女闻言,色暴变,仆然而死。视之,则窦女。急至后园,新妇果自经死。骇极,往报窦。窦发女冢,棺启尸亡。前忿未蠲,倍益惨怒,复讼于官。官因其情幻,拟罪未决。南又厚饵窦,哀令休结;官亦受其赇嘱,乃罢。而南家自此稍替。又以异迹传播,数年无敢字者。

南不得已,远于百里外聘曹进士女。未及成礼,会民间讹传,朝廷将选良家女充掖庭,以故有女者,悉送归夫家去。一日,有妪导一舆至,自称曹家送女者。扶女入室,谓南曰:"选嫔之事已急,仓卒不能如礼,且送小娘子来。"问:"何无客?"曰:"薄有奁妆,相从在后耳。"妪草草径去。南视女亦风致,遂与谐笑。女俯颈引带,神情酷类窦女。心中作恶,第未敢言。女登榻,引被幪首而眠,亦谓新人常态,弗为意。日敛昏,曹人不至,始疑。捋被问女,而女已奄然冰绝。惊怪莫知其故,驰怦告曹,曹竟无送女之事。相传为异。时有姚孝廉女新葬,隔宿为盗所发,破材失尸。闻其异,诣南所征之,果其女。启衾一视,四体裸然。姚怒,质状于官,官因南屡行无理,恶之,坐发冢见尸,论死。

异史氏曰："始乱之而终成之，非德也，况誓于初而绝于后乎？挞于室，听之；哭于门，仍听之：抑何其忍！而所以报之者，亦比李十郎惨矣！"

【译文】

南三复是晋阳的世禄之家。他有一所别墅，离住处十余里，经常是每天都骑马去一次。这一次恰巧赶上下雨，途中经过一个小村庄时，他见一个农民的家里院子很宽敞，便进去避雨。附近的村民都忌惮南三复的威势，主人很快便出来请他进屋，行动拘谨，态度恭敬。

南三复走进屋里，却见那是一间斗室。他坐下后，主人才拿起笤帚，殷勤地四处洒扫，接着又冲了蜜水当茶献上。南三复让他坐下，他才敢坐下，问他的姓名，他自称姓窦名廷章。

不久，端来酒和炖的小鸡，窦廷章招待得很是周到。窦廷章有个头已插簪的女儿在上菜，不时站在门外，稍稍露出上半身来，十五六岁的样子，端庄漂亮，无与伦比，南三复一看便动了心。雨停后回到家里，他还是热切想着窦廷章的女儿。

过了一天，南三复带着粮米布帛前去表示答谢，借此加深关系。此后，他经常去拜访窦家，不时带着酒菜，和窦家的人度过一段时光。窦女跟南三复渐渐混熟了，也就不太回避，在他面前走来走去的，南三复瞧她，她就低头微笑。南三复越发迷恋窦女，隔不了三天，准去一次。

一天，正值窦廷章不在家，南三复坐了许久，窦女出来照应客人，南三复抓住窦女的胳臂，上前戏谑。窦女羞愧而又着急，严辞拒绝说："我虽穷，也要嫁人的，你怎能仗着门第高贵就倨傲欺人！"当时南三复的妻子已死，便拱手作揖说："如能得到你的爱怜，我一定不娶别人。"窦女要南三复起誓，南三复指着天日发了誓，表示坚决永不失约，窦女才应允了他。

从这一次开始，南三复一看窦廷章外出，就来与窦女缠绵。窦女催促南三复说："桑林中的男女幽会不能长久。我家天天都在你的庇荫之下，如果你肯与我结成美好姻缘，父母一定会引以为荣，应该不会不同意的，你快点儿作好安排！"南三复满口答应，但转念一想，农家女子怎么配得上自己？于是姑且找个借口把事情拖延下来。

这时正巧媒人为一个大户人家前来提亲，南三复开始还犹豫不定，后来听说女方长得漂亮，又很有钱，便拿定了主意。窦女因怀了孕，越发急切地催促结婚，于是南三复再也不到窦家去了。

不久，窦女临产，生了一个男孩。窦廷章怒打窦女，窦女讲出实情，并说："南三复说要娶我的。"窦廷章这才把窦女放开，让人去问南三复，而南三复马上推脱，不肯承认。于是窦廷章抛弃了婴孩，更加凶狠地痛打窦女。窦女暗中哀求邻家妇女把自己的苦楚告知南三复，南三复还是搁置不理。

窦女在夜里逃出家门，看见抛弃的孩子仍然活着，便抱起孩子，去投奔南三

复，敲门后告诉看门人说："只要得到你家主人的一句话，我就可以不死。即使他不为我着想，难道也不为他的孩子着想吗？"看门人一一转达给南三复，南三复告诫看门人不放窦女进门。窦女倚在门前伤心哭泣，直到五更时分才不再听到哭声。天亮后一看，窦女怀抱婴儿，坐在那里，人已僵死。

窦廷章心怀忿恨，告到官府，官府上下都认为南三复有亏道义，要惩治南三复。南三复为之恐惧，拿一千两白银行贿，才逃脱了惩处。

那个大户人家梦见窦女披头散发，抱着孩子，告诉自己说："你千万别把女儿许配给那个负心人。如果许配给他，我一定把她杀死！"大户人家贪图南三复饶有家财，终于把女儿许配给了南三复。

南三复结婚后，新娘嫁妆丰盛，人也长得清秀漂亮，但总是易于伤心难过，整天看不见欢乐的面容，在枕席之间也时常流泪，追问其中的原由，也不说话。过了几天，新娘的父亲前来，进门后就落泪。南三复来不及细问哭的原由，把他扶到屋里，他一见女儿，惊骇地说："刚才在后园里，看见我女儿吊死在桃树上，现在屋里的是谁？"女儿听这么一说，脸色骤变，倒地而死，一看，却是窦女。他们急忙赶到后园，新娘果然上吊自杀身亡。

南三复极为恐骇，前去告知窦廷章。窦廷章掘开女儿的坟墓，开棺一看，尸体不复存在。先前的忿怨还没消除，窦廷章倍加悲痛愤怒，又告到官府。官府因情节虚幻，难以定罪。南三复又用厚礼利诱窦廷章，哀求他停止起诉，同时官府也接受了他的贿赂请托，这才没有追究。然而，南三复家从此逐渐衰落，又因这件奇事传播开来，所以几年来都没人敢让女儿嫁他。

南三复迫不得已，在一百多里外和曹进士的女儿订婚。还没举行婚礼，适值民间讹传朝廷将要挑选良家女子充实后宫，所以有女儿的人家，都把女儿送归夫家。一天，有位老妇领着一乘轿子来到南家，自称是为曹家送女儿来的，把曹女扶进屋里，对南三复说："选嫔妃的事情已很吃紧，仓促间不能按礼仪办事，我姑且先把小娘子送来。"南三复问："怎么没有娘家的客人？"老妇说："还有点儿微薄的嫁妆送来，客人跟送嫁妆的都在后面。"说罢匆忙离去。

南三复见曹女也还风雅标致，便与曹女戏谑说笑。曹女低头摆弄衣带时，神情酷似窦女，南三复心中产生恶感，只是没敢说什么。曹女上床后，扯过被子来蒙头睡下，南三复认为这是新娘的常态，也没在意。天黑后，曹家的人仍然没来，南三复这才起了疑心。他掀起被来去问曹女，而曹女已经一命呜呼，身体冰凉。他深感惊异，不知其中的缘故，让人赶快告知曹进士，而曹进士根本没有来送女儿的事情，于是被一时传为奇闻。

当时，有一位姚举人的女儿新近下葬，隔了一宿，被盗墓者掘开，棺材毁坏，尸身失踪。姚举人听到这个奇闻，前往南三复家去查问，果然是自己的女儿。打开被子一看，女儿浑身赤条条的，姚举人大怒，向官府提出诉讼，官府因南三复总是品行不端，而深加厌恶，判为掘坟露尸罪，处以死刑。

　　异史氏说：开始胡搞而最终结婚是不道德的，何况当初信誓旦旦而后来却加以抛弃！窦女在家里挨打，南三复听之任之，在家门前哀哭，仍然听之任之，这是多么残忍！而南三复因此受到的报应，也比《霍小玉传》中的李益更惨。

　　[何守奇] 女之报南虽酷，然南之所以待女者亦忍矣。种瓜得瓜，种豆得豆，又何过焉？

　　[但明伦] 新人自至，窦女重来，以姚孝廉之女尸，作曹进士之女卧。假途灭虢，报冤者其为厉实奇。发冢见尸，授首者其获罪似枉。而回思天日之誓，与女"不念我不念儿"之言，则丧其室家，殄其后嗣，断其身首。谁曰不宜！

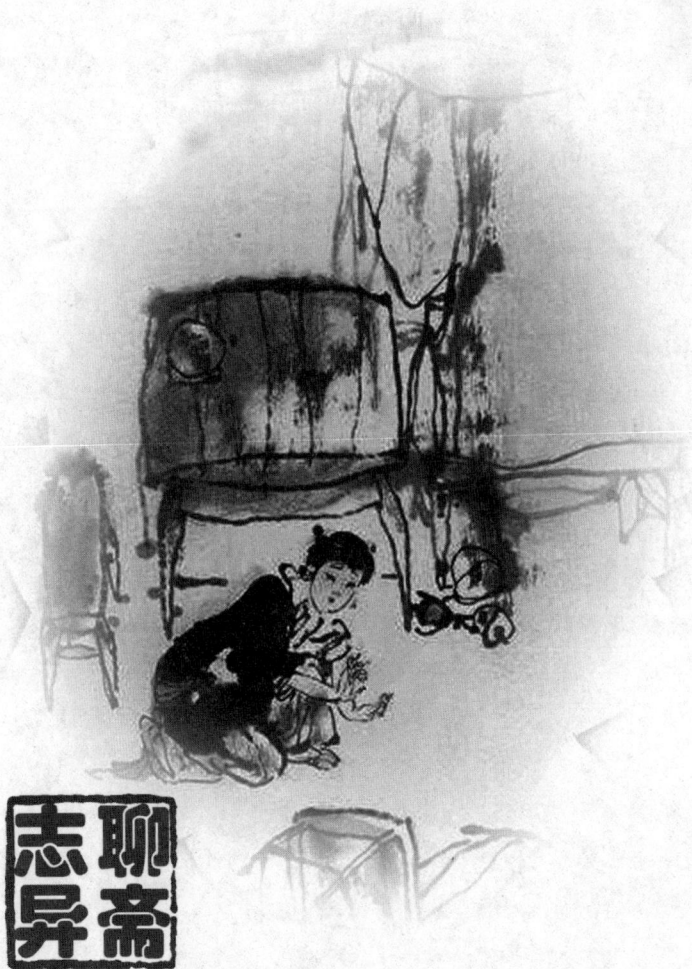

卷六

聊斋志异

潞令

【原文】

宋国英，东平人，以教习授潞城令。贪暴不仁，催科尤酷，毙杖下者狼藉于庭。余乡徐白山适过之，见其横，讽曰："为民父母，威焰固至此乎？"宋洋洋作得意之词曰："喏！不敢！官虽小，莅任百日，诛五十八人矣。"后半年，方据案视事，忽瞪目而起，手足挠乱，似与人撑拒状，自言曰："我罪当死！我罪当死！"扶入署中，逾时寻卒。呜呼！幸阴曹兼摄阳政，不然，颠越货多，则"卓异"声起矣，流毒安穷哉！

异史氏曰："潞子故区，其人魂魄毅，故其为鬼雄。今有一官握篆于上，必有一二鄙流，风承而痔舐之。其方盛也，则竭攫未尽之膏脂，为之具锦屏；其将败也，则驱诛未尽之肢体，为之乞保留。官无贪廉，每莅一任，必有此两事。赫赫者一日未去，则蚩蚩者不敢不从。积习相传，沿为成规，其亦取笑于潞城之鬼也已！"

【译文】

宋国英是东平人，以县学教习被任命为潞城县令。他为官贪婪暴虐，催逼赋税尤其严酷，毙命于杖刑之下的人，横七竖八地躺在县衙的庭院中。我乡的徐白山碰巧过访他，亲见了他的横暴，谴责他说："作为百姓的父母官，威风气焰竟到了这一步吗？"宋国英扬扬得意地说："哦，不敢当。官虽不大，但到任一百天，已经杀掉五十八人了。"半年后，他正坐在案前办公，忽然瞪大双目站立起来，手脚乱抓乱动，好像与别人撑持抗拒的样子，口中自语说："我罪该死！我

罪该死!"手下人把他扶入官署,过一会儿就死了。唉!幸亏有阴曹地府兼管人间政事,不然的话,杀人敛财甚多,就能扬起"政绩卓异"的名声,流毒怎能穷尽呢?

异史氏说:潞城县是春秋时潞子的封国故地。当地人被害死后精魂刚毅,所以便是鬼中雄杰。现今只要上面有一当官的执掌官印,下面必然有一两个卑鄙小人,望风逢迎,舐痈吮痔。当官的正得势,他们就竭力攫取没被榨干的民脂民膏,为上司供设银屏风;当官的要倒台时,他们就驱使未被杀绝的百姓,为其乞求留任。为官的无论贪官清官,每到一任,必定有这两样事。权势显赫的人一天不离任,老实憨厚的百姓就不敢不顺从。这种长期形成的坏习气相继流传,成为不成文的规矩。它不过被潞城之鬼嘲笑而已。

[何守奇] 观其扬扬得意数语,便非为民父母之言矣。不有冥诛,曷其有极乎?

马 介 甫

【原文】

杨万石,大名诸生也,生平有"季常之惧"。妻尹氏,奇悍,少迕之,辄以鞭挞从事。杨父年六十余而鳏,尹以齿奴隶数。杨与弟万钟常窃饵翁,不敢令妇知。然衣败絮,恐贻讪笑,不令见客。万石四十无子,纳妾王,旦夕不敢通一语。

兄弟候试郡中,见一少年,容服都雅。与语,悦之,询其姓字,自云:"介甫,马姓。"由此交日密,焚香为昆季之盟。既别,约半载,马忽携僮仆过杨。值杨翁在门外曝阳扪虱,疑以佣仆,通姓氏使达主人,翁披絮去。或告曰:"此即其翁也。"马方惊讶,杨兄弟岸帻出迎。登堂一揖,便请朝父,万石辞以偶恙。促坐笑语,不觉向夕,万石屡言具食而终不见至。兄弟迭互出入,始有瘦奴持壶酒来,俄顷饮尽。坐伺良久,万石频起催呼,额颊间热汗蒸腾。俄瘦奴以馔具出,脱粟失饪,殊不甘旨。食已,万石草草便去。万钟袯被来伴客寝,马责之曰:"曩以伯仲高义,遂同盟好。今老父实不温饱,行道者羞之!"万钟泫然曰:"在心之情,卒难申致。家门不吉,蹇遭悍嫂,尊长细弱,横被摧残。非沥血之好,此丑不敢扬也。"马骇叹移时,曰:"我初欲早旦而行,今得此异闻,不可不一目见之。请假闲舍,就便自炊。"万钟从其教,即除室为马安顿。夜深窃馈蔬稻,惟恐妇知。马会其意,力却之,且请杨翁与同食寝。自诣城肆市布帛,为易袍裤,父子兄弟皆感泣。万钟有子喜儿方七岁,夜从翁眠。马抚之曰:"此儿福寿,过于其父,但少年孤苦耳。"妇闻老翁安饱,大怒,辄骂,谓马强预人家事。初恶声尚在闺闼,渐近马居,以示瑟歌之意。杨兄弟汗体徘徊,不能制止;

而马若弗闻也者。

妾王，体妊五月，妇始知之，褫衣惨掠。已，乃唤万石跪受巾帼，操鞭逐出。值马在外，惭懅不前。又追逼之，始出。妇亦随出，又手顿足，观者填溢。马指妇叱曰："去，去！"妇即反奔，若被鬼逐，裤履俱脱，足缠萦绕于道上，徒跣而归，面色灰死。少定，婢进袜履，着已，嗷啕大哭。家人无敢问者。马曳万石为解巾帼，万石耸身定息，如恐脱落，马强脱之，而坐立不宁，犹惧以私脱加罪。探妇哭已，乃敢入，趑趄而前。妇殊不发一语，遽起，入房自寝。万石意始舒，与弟窃奇焉。家人皆以为异，相聚偶语。妇微有闻，益羞怒，遍挞奴婢。呼妾，妾创剧不

乾纲不振自贻羞
此病难将药力疗
瘵羸得仙人勤侑
置宗祠一线赖长留

能起。妇以为伪，就榻捞之，崩注堕胎。万石于无人处，对马哀啼，马慰解之。呼僮具牢馔，更筹再唱，不放万石去。

妇在闺房，恨夫不归，方大恚忿，闻撬扉声，急呼婢，则室门已辟。有巨人入，影蔽一室，狰狞如鬼；俄又有数人入，各执利刃。妇骇绝欲号，巨人以刀刺颈曰："号便杀却！"妇急以金帛赎命。巨人曰："我冥曹使者，不要钱，但取悍妇心耳！"妇益惧，自投败颡。巨人乃以利刃画妇心而数之曰："如某事，谓可杀否？"即一画。凡一切凶悍之事，责数殆尽，刀画肤革不啻数十。末乃曰："妾生子，亦尔宗绪，何忍打堕？此事必不可宥！"乃令数人反接其手，剖视悍妇心肠。妇叩头乞命，但言知悔。俄闻中门启闭，曰："杨万石来矣。既已悔过，姑留余生。"纷然尽散。

无何，万石入，见妇赤身绷系，心头刀痕，纵横不可数。解而问之，得其故，大骇，窃疑马。明日，向马述之，马亦骇。由是妇威渐敛，经数月不敢出一恶语。马大喜，告万石曰："实告君，幸勿宣泄，前以小术惧之。既得好合，请暂别也。"遂去。妇每日暮，挽留万石作侣，欢笑而承迎之。万石生平不解此乐，

遘遘之，觉坐立皆无所可。妇一夜忆巨人状，瑟缩摇战。万石思媚妇意，微露其假。妇遽起，苦致穷诘。万石自觉失言，而不能悔，遂实告之。妇勃然大骂，万石惧，长跽床下。妇不顾，哀至漏三下，妇曰："欲得我恕，须以刀画汝心头如干数，此恨始消。"乃起捉厨刀。万石大惧而奔，妇逐之。犬吠鸡腾，家人尽起。万钟不知何故，但以身左右翼兄。妇乃诟晋，忽见翁来，睹袍服，倍益烈怒，即就翁身条条割裂，批颊而摘翁髭。万钟见之怒，以石击妇，中颅，颠蹶而毙。万钟曰："我死而父兄得生，何憾！"遂投井中，救之已死。移时妇复苏，闻万钟死，怒亦遂解。

既殡，弟妇恋儿，矢不嫁。妇唾骂不与食，醮去之。遗孤儿，朝夕受鞭楚，俟家人食讫，始啖以冷块。积半岁，儿尪羸，仅存气息。一日马忽至，万石嘱家人，勿以告妇。马见翁褴缕如故，大骇；又闻万钟殒谢，顿足悲哀。儿闻马至，便来依恋，前呼马叔，马不能识，审顾始辨，惊曰："儿何憔悴至此！"翁乃嗫嚅具道情事，马忿然谓万石曰："我曩道兄非人，果不谬。两人止此一线，杀之，将奈何？"万石不言，惟伏首帖耳而泣。坐语数刻，妇已知之，不敢自出逐客，但呼万石入，批使绝马。含涕而出，批痕俨然。马怒之曰："兄不能威，独不能断'出'耶？殴父杀弟，安然忍之，何以为人！"万石欠伸，似有动容。马又激之曰："如渠不去，理须杀；即便杀却勿惧。仆有二三知交，都居要地，必合极力，保无亏也。"万石诺，负气疾行，奔而入。适与妇遇，叱问："何为？"万石遑遽失色，以手据地曰："马生教余出妇。"妇益恚，顾寻刀杖，万石惧而却步。马唾之曰："兄真不可教也已！"

遂开箧，出刀圭药，合水授万石饮。曰："此丈夫再造散。所以不轻用者，以能病人故耳。今不得已，暂试之。"饮下，少顷，万石觉忿气填胸，如烈焰中烧，刻不容忍，直抵闺闼，叫喊雷动。妇未及诘，万石以足腾起，妇颠去数尺有咫。即复握石成拳，擂击无算。妇体几无完肤，嗫嗫犹詈。万石于腰中出佩刀。妇骂曰："出刀子，敢杀我耶？"万石不语，割股上肉大如掌，掷地下。方欲再割，妇哀鸣乞恕。万石不听，又割之。家人见万石凶狂，相集，死力掖出。马迎去，捉臂相用慰劳。万石余怒未息，屡欲奔寻，马止之。少间，药力渐消，嗒焉若丧。马嘱曰："兄勿馁。乾纲之振，在此一举。夫人之所以惧者，非朝夕之故，其所由来者渐矣。譬之昨死而今生，须从此涤故更新。再一馁，则不可为矣。"遣万石入探之。妇股栗心憷，倩婢扶起，将以膝行。止之，乃已。出语马生，父子交贺。马欲去，父子共挽之。马曰："我适有东海之行，故便道相过，还时可复会耳。"

月余妇起，宾事良人。久觉黔驴无技，渐狎，渐嘲，渐骂；居无何，旧态全作矣。翁不能堪，宵遁，至河南隶道士籍，万石亦不敢寻。年余马至，知其状，怫然责数已，立呼儿至，置驴子上，驱策径去。由此乡人皆不齿万石。学使案临，以劣行黜名。又四五年，遭回禄，居室财物，悉为煨烬，延烧邻舍。村人执

以告郡，罚锾烦苛。于是家产渐尽，至无居庐，近村相戒，无以舍舍万石。尹氏兄弟，怒妇所为，亦绝拒之。万石既穷，质妾于贵家，偕妻南渡。至河南界，资斧已绝。妇不肯从，聒夫再嫁。适有屠而鳏者，以钱三百货去。

万石一身，丐食于远村近郭间。至一朱门，阍人诃拒不听前。少间一官人出，万石伏地啜泣。官人熟视久之，略诘姓名，惊曰："是伯父也！何一贫至此？"万石细审，知为喜儿，不觉大哭。从之入，见堂中金碧焕映。俄顷，父扶童子出，相对悲哽。万石始述所遭。初，马携喜儿至此，数日，即出寻杨翁来，使祖孙同居。又延师教读。十五岁入邑庠，次年领乡荐，始为完婚。乃别欲去，祖孙泣留之。马曰："我非人，实狐仙耳。道侣相候已久。"遂去。孝廉言之，不觉恻楚。因念昔与庶伯母同受酷虐，倍益感伤。遂以舆马赍金赎王氏归。年余生一子，因以为嫡。

尹从屠半载，狂悖犹昔。夫怒，以屠刀孔其股，穿以毛绠悬梁上，荷肉竟出。号极声嘶，邻人始知。解缚抽绠，一抽则呼痛之声，震动四邻。以是见屠来，则骨毛皆竖。后胫创虽愈，而断芒遗肉内，终不利于行，犹夙夜服役，无敢少懈。屠既横暴，每醉归，则挞詈不情。至此，始悟昔之施于人者，亦犹是也。一日，杨夫人及伯母烧香普陀寺，近村农妇并来参谒。尹在中帐立不前，王氏故问："此伊谁？"家人进白："张屠之妻。"便诃使前，与太夫人稽首。王笑曰："此妇从屠，当不乏肉食，何羸瘠乃尔？"尹愧恨，归欲自经，绠弱不得死。屠益恶之。岁余，屠死，途遇万石，遥望之，以膝行，泪下如麻。万石碍仆，未通一言。归告侄，欲谋珠还，侄固不肯。妇为里人所唾弃，久无所归，依群乞以食。万石犹时就尹废寺中，侄以为玷，阴教群乞窘辱之，乃绝。

此事余不知其究竟，后数行，乃毕公权撰成之。

异史氏曰："惧内，天下之通病也。然不意天壤之间，乃有杨郎！宁非变异？余尝作《妙音经》之续言，谨附录以博一噱：

'窃以天道化生万物，重赖坤成；男儿志在四方，尤须内助。同甘独苦，劳尔十月呻吟；就湿移干，苦矣三年口颐笑。此顾宗祧而动念，君子所以有伉俪之求；瞻井臼而怀思，古人所以有鱼水之爱也。第阴教之旗帜日立，遂乾纲之体统无存。始而不逊之声，或大施而小报；继则如宾之敬，竟有往而无来。只缘儿女深情，遂使英雄短气。床上夜叉坐，任金刚亦须低眉；釜底毒烟生，即铁汉无能强项。秋砧之杵可掬，不捣月夜之衣；麻姑之爪能搔，轻试莲花之面。小受大走，直将代孟母投梭；妇唱夫随，翻欲起周婆制礼。婆娑跳掷，停观满道行人；嘲哳鸣嘶，扑落一群娇鸟。

'恶乎哉！呼天吁地，忽尔披发向银床；丑矣夫！转目摇头，猥欲投缳延玉颈。当是时也：地下已多碎胆，天外更有惊魂。北宫黝未必逃，孟施舍焉能无惧？将军气同雷电，一入中庭，顿归无何有之乡；大人面若冰霜，比到寝门，遂有不可问之处。岂果脂粉之气，不势而威？胡乃肮脏之身，不寒而栗？犹可解

者：魔女翘鬟来月下，何妨俯伏皈依？最冤枉者：鸠盘蓬首到人间，也要香花供养。闻怒狮之吼，则双孔撩天；听牝鸡之鸣，则五体投地。登徒子淫而忘丑，"回波词"怜而成嘲。设为汾阳之婿，立致尊荣，媚卿卿良有故；若赘外黄之家，不免奴役，拜仆仆将何求？彼穷鬼自觉无颜，任其斫树摧花，止求包荒于悍妇；如钱神可云有势，乃亦婴鳞犯制，不能借助于方兄。

'岂缚游子之心，惟兹鸟道？抑消霸王之气，恃此鸿沟？然死同穴，生同衾，何尝教吟"白首"？而朝行云，暮行雨，辄欲独占巫山。恨煞"池水清"，空按红牙玉板；怜尔"妾命薄"，独支永夜寒更。蝉壳鹭滩，喜骊龙之方睡；犊车麈尾，恨驽马之不奔。榻上共卧之人，挞去方知为舅；床前久系之客，牵来已化为羊。需之殷者仅俄顷，毒之流者无尽藏。买笑缠头，而成自作之孽，太甲必曰难违；俯首帖耳，而受无妄之刑，李阳亦谓不可。酸风凛洌，吹残绮阁之春；醋海汪洋，淹断蓝桥之月。又或盛会忽逢，良朋即坐，斗酒藏而不设，且由房出逐客之书；故人疏而不来，遂自我广绝交之论。甚而雁影分飞，涕空沾于荆树；鸾胶再觅，变遂起于芦花。故饮酒阳城，一堂中惟有兄弟；吹竿商子，七旬余并无室家。古人为此，有隐痛矣。

'呜呼！百年鸳偶，竟成附骨之疽；五两鹿皮，或买剥床之痛。髯如戟者如是，胆似斗者何人？固不敢于马栈下断断祸胎，又谁能向蚕室中斩除孽本？娘子军肆其横暴，苦疗妒之无方；胭脂虎啖尽生灵，幸渡迷之有楫。天香夜爇，全澄汤镬之波；花雨晨飞，尽灭剑轮之火。极乐之境，彩翼双栖；长舌之端，青莲并蒂。拔苦恼于优婆之国，立道场于爱河之滨。咦！愿此几章贝叶文，洒为一滴杨枝水！'"

【译文】

杨万石是大名府的秀才，一向怕老婆。妻子尹氏，出奇的凶悍，稍微忤逆了她，就用鞭打来对待。杨父六十多岁失去老伴，尹氏就把他当做奴仆之辈。杨万石与弟弟杨万钟经常偷拿食物给老人吃，不敢让尹氏知晓。可是老人穿着破棉袄，怕给人笑话，不让他见客。杨万石四十无子，纳王氏为妾，整天不敢与王氏说一句话。哥俩到郡城等候考试时，遇见一个少年，仪容服饰漂亮高雅，与他交谈，非常喜欢他。询问他姓名，自道："姓马，名介甫。"从此交往日渐亲密，焚香立盟，结拜为兄弟。

别后约半年光景，马介甫忽然带着童仆过访杨氏兄弟，正赶上杨父在门外，边晒太阳，边捉虱子。马介甫觉得他好像是仆人，说了姓名，要他报知主人。杨父披上破棉袄进去了。有人告诉马介甫："这就是杨家的老父。"马介甫正在惊讶，杨氏兄弟头巾戴得高高的出来相迎。来到厅堂，施礼之后，马介甫就请求拜见杨父，杨万石以父亲偶有小恙推辞。三人促膝而坐，谈笑风生，不觉天色将晚。杨万石多次说已备了晚餐，却一直不见端上来。兄弟俩你出我进地催促，才

有个瘦奴拿来一壶酒，一会儿就喝光了。坐着等了半天，杨万石频频起身催叫，满脸冒着热汗，一会儿瘦奴端食具出来，糙米饭，又半生不熟，很不好吃。吃罢，杨万石匆匆忙忙就走了。杨万钟抱着被子来陪客睡觉。马介甫责备他说："先前我以为你们哥俩崇尚道义，就结为兄弟，现在老父亲实在连温饱都得不到，过路的对这件事都感到羞耻。"杨万钟一副伤心落泪的样子说："内心的真情，实在难以说出口。家门不幸，遇上个凶悍的嫂子，一门老小，横遭摧残。你若不是盟誓的兄弟，这种家丑不敢外扬。"马介甫惊骇叹息片刻，说："我本打算一早就走，现在听了这样的奇闻，不能不亲自见一见她。请借我一间闲房，顺便自己做饭吃。"杨万钟听从他的吩咐，立即打扫房间为马介甫安顿。深夜偷偷送来蔬菜米粮，惟恐尹氏得知。马介甫理会他的苦衷，极力推辞这些东西，并请来杨父一同吃住，亲自到城里店铺买来衣料，为老人更换衣裤。杨家一门父子兄弟都被感动得落泪。杨万钟有个儿子喜儿，刚七岁，晚上跟爷爷睡。马介甫抚摸着孩子说："这孩子的福寿，超过他父亲，只是少年孤苦。"

尹氏听说杨父安居温饱，大为恼怒，就骂说马介甫强行干预别人家私事。起初恶骂之声还不出闺房，渐渐地到马介甫居室近前骂，故意让马介甫听到。杨氏兄弟窘得出了一身的汗，急得转来转去，不能制止，而马介甫好像没听见一样。杨万石的妾王氏，怀孕五个月，尹氏刚一知晓此事，就剥去王氏衣服，重重拷打。打完，就叫杨万石跪下，给他戴上女人的头巾，操起鞭子赶他出去。正好马介甫在外面，杨万石羞惭惶恐得无法向前，尹氏又加追逼，才跑出门。尹氏也跟出来，叉手跳脚，看热闹的人都挤满了。马介甫手指尹氏呵斥说："去！去！"尹氏立即转身奔跑，像被鬼追赶一般。裤子和鞋子都跑掉了，裹脚布缠缠绕绕地丢弃在路上，光着脚跑回家，面如死灰。稍微定了会儿神，丫环奉上鞋袜，穿好之后号啕大哭，家里没一个敢问她的。马介甫把杨万石拽过来为他解头巾，杨万石直挺挺地站着，屏住呼吸，好像唯恐头巾脱落。马介甫强行解下头巾，杨万石坐立不安，好像害怕尹氏以私自摘去头巾加罪自己，探知尹氏哭闹已停，才敢进屋，畏畏缩缩不敢近前。尹氏一反常态，一言不发，忽然起身，入卧房睡下。杨万石的心情才舒展开来，与弟弟暗自称奇。家里人都觉得奇怪，凑到一起偶有议论。尹氏隐约听去了，越发羞愧恼怒，把奴婢统统鞭打一顿。尹氏又叫王氏，王氏创伤剧痛不能起身，尹氏以为她装相，就在床上打她。直打得大出血流产。杨万石背着人在马介甫面前哀哭，马介甫加以宽慰劝解，叫童仆备好酒食，到了二更天，还不放杨万石回家。

尹氏在闺房，恨丈夫不归，正怒火中烧。听到撬门声，忙喊丫环，房门已经洞开。有个巨人走进来，身影遮蔽了整个居室，面目狰狞，像鬼一样。一会儿，又有几个人进来，各自拿着锋利的尖刀。尹氏吓坏了，想喊叫，巨人用刀刺着她的颈项说："喊就杀了你！"尹氏急忙用钱财来赎命。巨人说："我是地狱的使者，不要钱，只取悍妇的心！"尹氏越发恐惧，连连磕头，额头都磕出了血。巨

人就用尖刀划着尹氏的心口并数落她说："比如某一件事，你说该不该杀？"就划一刀。凡是尹氏干的凶悍之事，差不多数落完了，刀划皮肤，不下数十下。最后巨人才说："王氏怀的孩子，也是你们杨家的后代，怎么忍心打得她堕胎？这件事决不能饶你！"就让几个人反绑尹氏的手，剖开她的心肠看看，尹氏磕头乞求饶命，一个劲儿地声言知道悔过了。一会儿传来中门开关的声音，巨人说："杨万石回来了。既然她已悔过，姑且留她性命。"就乱纷纷地消失了。不一会儿，杨万石进来，只见尹氏赤裸身体被捆绑着，胸口上的刀痕，纵横交错不可胜数，解开绳索询问尹氏，得知事情经过，大吃一惊，暗自怀疑是马介甫干的。第二天，杨万石向马介甫说及此事，马介甫也吃一惊。从此尹氏的威风渐渐收敛，一连几个月不敢说一句恶言恶语。马介甫十分高兴，告诉杨万石说："实话告诉你，你不要泄露出去，前些天是我略施小术吓一吓她，既然你们夫妻已经和好，我暂时也该告别了。"就走了。

尹氏每到晚上，挽留杨万石做伴，用欢笑奉承迎合杨万石。杨万石平生从来不懂这种闺房之乐，忽然遇到，觉得坐也不是，立也不是。一天夜晚尹氏想起巨人的模样，吓得瑟瑟发抖。杨万石想讨好尹氏，略微透露口风说，那事是假的。尹氏一下子坐起来，刨根问底。杨万石自知失言，又无法反悔，就如实告诉了尹氏。尹氏勃然大怒，破口大骂，杨万石吓得直挺挺地跪在床下赔礼，尹氏也不理，一直哀求到三更天。尹氏说："想要我饶了你，必须用刀在你心口也划那么多下，才能解恨。"就起身去拿菜刀，杨万石吓坏了奔逃而出，尹氏紧追不舍，闹得鸡飞狗叫，一家人都起来了。杨万钟不知嫂子为何要杀哥哥，只好用身体忽左忽右地护着哥哥。尹氏正在叫骂，忽然看见杨父走了过来，看见他一身新衣裤，更加暴跳如雷，就上前用刀在杨父身上乱划，把衣裤割成一条一条的，又打耳光，扯胡须。杨万钟见此大怒，用石头去砸尹氏，正击中头部，尹氏摔倒在地，昏死过去。杨万钟说："我死，而父亲、哥哥能有活路，还有什么遗憾呢！"就投了井，救上来已经断了气。过一会儿，尹氏苏醒过来，听说杨万钟已死，怒气也就消了。杨万钟下葬后，杨万钟的妻子顾念儿子喜儿，誓不改嫁，尹氏唾骂她，不给她饭吃，只好改嫁走了。剩下一个孤儿，天天挨鞭打，等全家人吃完饭才给口冷饭吃。过了半年，孩子瘦弱得只剩一口气了。

一天，马介甫忽然来了。杨万石嘱咐家人，不要告诉尹氏。马介甫见杨父衣衫褴褛和从前一样，大惊，又听说杨万钟死了，悲哀得直踩脚。喜儿听说马介甫来了，就来亲近，上前叫马叔叔。马介甫都不认识他了，端详之后才认出来，吃惊地说："孩子怎么憔悴成这样！"杨父这才吞吞吐吐把事情说了一遍。马介甫生气地对杨万石说："我先前就说老兄你不是人，果然没说错。你们兄弟只这一脉单传，害死他，你怎么办？"杨万石无言以对，只有俯首贴耳地哭泣。坐着说了半天话，尹氏已经知道马介甫来了，不敢自己出来逐客，只叫杨万石进去，搧他嘴巴，逼他和马介甫绝交。杨万石含泪出来，脸上的巴掌印还真真切切，马介

甫愤怒地对他说："老兄不能在老婆面前显威风，为何偏偏不把她休了呢？她打你父亲，害死你弟弟，你都能安然忍受，还算个人吗？"杨万石听后起身伸了伸胳膊，好像有些动容。马介甫又激他说："如果她不走，理当用威力强迫她，就是杀了她，也不用害怕。我有两三个朋友，都官属要职，必然会竭力帮你，保你不吃亏。"杨万石答应了，凭着在气头上快步走去。奔进房中，正与尹氏撞上，尹氏呵斥道："干什么！"杨万石张皇失色，用手扶着地趴在那里说："马生教我休了你。"尹氏越发恼怒，四下里寻找刀杖，杨万石害怕倒退着逃了出来。马介甫唾了他一口，说道："老兄真是不可救药！"就打开箱子，取出一小匙药，用水调好递给杨万石喝，说："这是丈夫再造散，所以不轻意用它，是因为它对人有伤害。现在万不得已，你只好先喝点儿试试。"药喝下去之后，一会儿，杨万石感到怒气填胸，犹如烈火中烧，一刻也不能忍受。他直奔内室，叫喊声像打雷一般。尹氏还没来得及发问，杨万石飞起一脚，把她踢到数尺之外，随即又用握紧石头般的拳头，雨点般地揍了尹氏一顿。尹氏几乎被打得体无完肤，哼哼唧唧地骂不绝口。杨万石从腰中拿出佩刀，尹氏骂道："拿刀子敢杀我呀！"杨万石不理她，上去就从她大腿上割下一块巴掌大的肉，扔在地上。正想再割，尹氏哀叫求饶，杨万石不听，又割。家里人见杨万石这么凶狂，就一起上前，拼死把杨万石拽出来。马介甫上前把杨万石拉过去，搂着他的手臂安慰他。杨万石余怒未息，屡次要跑出去找尹氏算账，马介甫制止了他。过一会儿，药力渐渐消退，杨万石又变成了垂头丧气的样子。马介甫嘱咐杨万石说："老兄不要气馁，振作大丈夫的威风，在此一举。人们怕某种事物，不是一朝一夕的缘故，而是日积月累渐渐形成的。这一次就好像你昨天死了今天新生了，应该从此涤除旧习，更新面貌。再要气馁，就一点儿办法都没有了。"他打发杨万石进屋探看动静，尹氏腿直发抖，心里害怕，让丫环搀扶起来，想要跪着走过来，杨万石阻止，这才作罢。出来告诉了马介甫，父子二人互相庆祝。马介甫要走，杨氏父子一同挽留。马介甫说："我正好是去东海，所以才顺路相访，回来时还可以再见面。"过了一个多月，尹氏伤好起床了，恭恭敬敬地侍奉丈夫。日子一长，觉得丈夫不过黔驴技穷，渐渐地开始不敬重他，渐渐地开始嘲讽他，渐渐地开始骂他。不久，故态复萌。杨父无法忍受，连夜逃走，到河南做了道士，杨万石也不敢去寻找。

　　过了一年多，马介甫回来，知道了杨家的情况，勃然大怒，斥责完了杨万石，立刻把喜儿叫来，将他放在驴背上，赶着驴走了。从此，乡里人都瞧不起杨万石。学政驾临大名府学，以品行恶劣为由，取消了杨万石的生员资格。又过了四五年，杨家遭了一场大火，房屋财产全部化为灰烬。大火把邻近的房舍也烧着了，村里人拽着杨万石到郡府告状，处罚的罚金十分繁细苛刻。于是家产渐渐光了，以至于没了住处。附近村子的人互相告诫，不要把房子给杨万石住。尹氏的兄弟们，对尹氏的所作所为十分气愤，也拒绝接纳他们。杨万石既已走投无路，就把妾王氏抵押给有钱人家得了点儿钱，带着尹氏渡河南行。到了河南，盘缠用

光，尹氏不肯再跟杨万石，吵闹着要改嫁。正好有个屠户没了妻子，就用三百钱把她买了去。杨万石只身一人在远近村庄城廓之间要饭。要到一个富贵人家，把门的呵斥他，不让他上前。一会儿，有个官人走出来，杨万石伏在地上抽泣。官人端详他好久，一问姓名，惊叫道："是伯父啊！怎么贫穷到这地步啦？"杨万石仔细一看，才看出是喜儿，禁不住大哭起来。从大门进来，只见堂上金碧辉映。一会儿，杨父扶着小童子出来，父子相对悲伤哽噎，杨万石才开始诉说自己的遭遇。当初马介甫带着喜儿来到这里，没几天，就出去找来杨父，让他们祖孙住在一块儿。又请老师教喜儿读书，十五岁考中了县学。第二年中了举人，才给他办了婚事。马介甫就要告别离去，祖孙二人流泪挽留。马介甫说："我不是人，实际是狐仙。道友们已经等我很久了。"就走了。喜儿说着这些往事，不禁悲痛伤心。又想到从前与庶伯母王氏同受残酷虐待的事情，更加哀伤。就坐上马车送去金钱把王氏赎了回来。过了一年多，王氏生了个儿子，杨万石就把她扶了正。

尹氏跟着屠户过了半年，还像从前一样蛮横无理。屠户大怒，用屠刀把她的大腿穿了个洞，穿上猪毛绳子，把她吊在房梁上。然后扛着肉就走了。尹氏拼命嚎叫，声音都嘶哑了，邻居才知道，给她解开捆绑，又抽去猪毛绳，每抽一下，尹氏的痛叫声就震动四邻。从此一见屠户来，就毛骨竦然。后来腿上的创伤虽然痊愈了，可是绳子的毛刺还留在肉里，一直行走不便。就这样还起早贪黑地劳作，一点儿不敢懈怠。屠户对尹氏开了横暴无礼的头，每次喝醉酒回家，就又打又骂，毫不留情。直到这时，尹氏才开始省悟过去自己施加于他人的残暴，也是这样的。

一天，杨夫人和伯母王氏去普陀寺烧香，附近村庄的农妇都来拜见。尹氏在人群中失意地站着不敢上前。王氏故意问："这女人是谁？"家仆上前禀报："是张屠户的妻子。"就呵斥她上前给太夫人磕头。王氏笑着说："这女人跟了屠户，该当不缺肉吃，为何瘦成这样？"尹氏又羞愧又气恨，回家想要上吊自尽，绳子不结实，没死成，屠户越发讨厌她。过了一年多，屠户死了。尹氏在道上遇见杨万石，远远地望着他，双膝跪地走过来，泪水涟涟，杨万石碍着仆人的面，没跟她说一句话。回家告诉了侄子，想要把尹氏领回来，侄子坚决反对。尹氏被乡里人所唾弃，一直无以为家，就依靠乞丐帮混饭吃。杨万石还时常到破庙中去看她。喜儿认为这样做有辱门风，暗地里叫乞丐们难堪羞辱杨万石，这才使杨万石断绝了和尹氏的往来。我不知这件事的结局如何，后面几行是毕公权撰写的。

异史氏说：怕老婆，是天下男子的通病，然而没想到天地之间竟有杨万石这样的人。莫不是他变成了异类？我曾经写过《妙音经》的续篇，谨附录于此，以博众位一笑：

我以为天道演化产生万物，主要依赖天地来完成。男儿志在四方，尤其须有贤良的妻子。夫妇同甘妻子独苦，劳你十月怀胎呻吟痛苦，孩子尿床，你睡湿处，他睡干处。辛苦啊三年中的"一颦一笑"。这是考虑到传宗接代，所以君子有伉俪之求。想到妻子家室之劳，古人两情相得如鱼水。只是妻子的威权在家中渐渐确立，就使丈夫的体统荡然无存。开始是出言不逊，大耍威风，丈夫还稍微反驳。接着丈夫敬重妻子如同上宾，妻子却来而不往。只因儿女情深，才使英雄气短。床上坐着母夜叉，任凭金刚一样的男儿也须低眉顺眼。悍妇气焰嚣张，任你刚铁硬汉也只得低首顺从。秋夜砧板上的木杵不用它月下捣衣，却捶起了男人的脊梁；麻姑的纤指虽能抓痒，却偏去抓男人的脸面。当丈夫的，小的责打就忍受，大的责打就逃走。这简直要代替孟母断织教子。妇唱夫随，想打着周婆制礼的旗号把持家政，张牙舞爪跳着脚，惹得满道行人驻足观看，吵吵闹闹，乌里哇啦，如同扑落了一群鸟雀。太可恶啦，呼天抢地，忽然之间披头散发要投井。太丑陋啦，装疯卖傻，伸长脖子要上吊。每当这时，丈夫早已吓破了胆，惊掉了魂。即使勇猛如同北宫黝的男子也未必不逃走，勇武如同孟施舍的男子怎能不害怕！将军豪气如雷电，一进中庭，顿时锐气全消。官大人面若冰霜，等到进了卧房，就有陪小心之处。难道女人的脂粉之气，真能无势而显威风？为何竟使堂堂男子不寒而栗？情有可原的是，妻子高耸发髻，美若天仙，不妨对她温顺依恋。最冤枉的是，妻子既老且丑，蓬头散发，却也像供佛一样用香与花来供养。为夫的一听到悍妇怒吼，就仰面承颜，一听到母鸡司晨，就五体投地。登徒子好色而不计老婆美丑，《回波词》成了对惧内者的嘲笑。假若是做了汾阳王郭子仪的女婿，能够立刻得到富贵尊荣，向老婆讨好还算有原故。假若入赘一平平富家，免不了被人役使，还要对人家一拜再拜，又图什么？那个穷汉子自觉无颜管束妻子，听凭她斫树摧花，滥施淫威，只求得妻子包容。如同财神一样的富贵人可谓有权有势，如果逆鳞触犯了悍妇，也难请孔方兄帮忙。难道束缚游子之心，仅此鸟道？消磨英雄之气，仅靠这条鸿沟？生则同衾，死则同穴，何曾让妻子有《白头》之叹！可是朝也行云，暮也行雨，就是要独自占有巫山。恨透了恋妓忘家的丈夫，徒然地拍击着红牙玉板，可怜你这薄命女子，独守空房直到深夜更寒，像金蝉脱壳般地解脱，似白鹭之踏滩般无声，趁着骊龙般的悍妇酣睡之时，赶快去与姬妾幽会，驾着牛车，挥动麈尾，尤恨老牛跑得太慢。疑心丈夫与女人同榻共眠，打去才知是阿舅。用绳子拴住床前的丈夫，醒来之时已化作白羊。需要妻子的殷勤温情只是片刻之间，而饱受妻子的刻毒却无尽无休。用钱买笑，是自己造下罪孽，太甲必然说难以逃避。俯首贴耳，却遭受意外的惩罚，李阳也说不应该。酸风凛冽，吹残绣阁春情，醋海汪洋，断送一段美妙姻缘。有时忽逢盛会，良朋就坐，吝啬的妻子连酒都不肯摆放，并且在闺房下出逐客之令。故交疏远而不敢上门，就等于自己和友人绝交。更有甚者，闹得兄弟分家，空流无奈之泪。妻死续娶，后妇便会干出以芦花代替棉絮虐待前妻子女之事。古代人阳城好饮酒，一堂之上尽为男子，终身不娶。好牧猪吹竽的商子，年逾七旬并无妻室。古人如此行事，必有难言之苦。呜呼！本应终身厮守的贤妻，竟成了附骨的毒疽。娶妻纳彩礼，有的人买来的却是切肤之痛。须眉硬如刀戟的男子怕老婆，胆大如

斗的男人还有吗？本来不敢杀死老婆埋在马棚下，谁又能自向蚕室承受官刑，铲除孽根？娘子军大肆横行暴虐，苦于没有治疗妒嫉的药方。"胭脂虎"吃尽生灵，幸亏迷津尚有渡船。只有深夜烧香，可以免受汤镬之刑；清晨诵经，可以免受地狱中刀山剑树之苦。夫妻间的极乐境地，是彩翼双栖。昔日的长舌之妇，今日能妻妾和美如同并蒂莲。去掉信佛女子心中的苦恼，在爱河边立起讲法诵经的道场。唉，愿这几页经文，变作一滴化恶为善的杨枝水。

[何守奇] 万石直是不可救药，投以丈夫再造散而不愈，即狐亦穷于术矣。介甫谓为非人，信然。

厍 将 军

【原文】

厍大有字君实，汉中洋县人，以武举隶祖述舜麾下。祖厚遇之，屡蒙拔擢，迁伪周总戎。后觉大势既去，潜以兵乘祖。祖格拒伤手，因就缚之，纳款于总督蔡。至都，梦至冥司，冥王怒其不义，命鬼以沸汤浇其足。既醒，足痛不可忍，后肿溃，指尽堕，又益之疟。辄呼曰："我诚负义！"遂死。

异史氏曰："事伪朝固不足言忠；然国士庸人，因知为报，贤豪之自命宜尔也。是诚可以惕天下之人臣而怀二心者矣。"

【译文】

厍大有，字君实，汉中洋县人。以武举人的身份在祖述舜手下做军官。祖述舜非常器重他，多次提拔，升为伪周的总兵。后来觉得伪周的大势已去，就暗中带着兵士去袭击祖述舜。格斗中祖述舜伤了手，厍大有就把他捆绑起来，归顺了总督蔡玉荣。

到了京城，厍大有梦见自己来到了阴曹地府，阎王爷对他卖主求荣的行为十分愤怒，命令手下的鬼往他脚上浇烧沸的油汤。醒来之后，他脚痛难忍。后来两脚脓肿溃烂，脚趾都烂掉了，又得了疟疾，就大叫："我真是忘恩负义呀！"就死了。

异史氏说：供事于伪朝的人本来不足以称忠。然而无论杰出之士还是一般百姓，对知遇之恩一定要报答。这也是贤豪之士自认为应该做的。这件事真可以警戒所有为人臣而怀有二心的人。

[但明伦]《论语》云："因不失其亲，亦可宗也。"所因非人，识者鄙之；况已受其伪职，听谓策名委贽。贰乃辟也。觉大势既去，然后以兵乘其伪帅而缚之，于国为叛民，于逆为叛将。沸油浇足，可以警世之立脚不稳者。

绛　妃

【原文】

癸亥岁，余馆于毕刺史公之绰然堂。公家花木最盛，暇辄从公杖履，得恣游赏。

一日眺览既归，倦极思寝，解屦登床。梦二女郎被服艳丽，近请曰："有所奉托，敢屈移玉。"余愕然起，问："谁相见召？"曰："绛妃耳。"恍惚不解所谓，遽从之去。俄睹殿阁高接云汉，下有石阶层层而上，约尽百余级，始至颠头。见朱门洞敞。又有二三丽者，趋入通客。无何，诣一殿外，金钩碧箔，光明射眼，内一妇人降阶出，环佩锵然，状若贵嫔。方思展拜，妃便先言："敬屈先生，理须首谢。"呼左右以毯贴地，若将行礼。余惶然无以为地，因启曰："草莽微贱，得辱宠召，已有余荣。况敢分庭抗礼，益臣之罪，折臣之福！"妃命撤毯设宴，对宴相向。酒数行，余辞曰："臣饮少辄醉，惧有愆仪。教命云何？幸释疑虑。"妃不言，但以巨杯促饮。

余屡请命，乃言："妾，花神也。合家细弱依栖于此，屡被封家女子横见摧残。今欲背城借一，烦君属檄草耳。"余惶然起奏："臣学陋不文，恐负重托；但承宠命，敢不竭肝膈之愚。"妃喜，即殿上赐笔札。诸姬者拭案拂座，磨墨濡毫。又一垂鬟人，折纸为范，置腕下。略写一两句，便二三辈叠背相窥。余素迟钝，此时觉文思若涌。少间稿脱，争持去启呈绛妃。妃展阅一过，颇谓不疵，遂复送余归。醒而忆之，情事宛然。但檄词强半遗忘，因足而成之：

"谨按封氏，飞扬成性，忌嫉为心。济恶以才，妒同醉骨；射人于暗，奸类含沙。昔虞帝受其狐媚，英、皇不足解忧，反借渠以解愠；楚王蒙其蛊惑，贤才未能称意，惟得彼以称雄。沛上英雄，云飞而思猛士；茂陵天子，秋高而念佳人。从此怙宠日恣，因而肆狂无忌。怒号万窍，响碎玉于王宫；澎湃中宵，弄寒声于秋树。倏向山林丛里，假虎之威；时于瀺灂堆中，生江之浪。

"且也，帘钩频动，发高阁之清商；檐铁忽敲，破离人之幽梦。寻帷下榻，反同入幕之宾；排闼登堂，竟作翻书之客。不曾于生平识面，直开门户而来；若非是掌上留裙，几掠妃子而去。吐虹丝于碧落，乃敢因月成阑；翻柳浪于青郊，谬说为花寄信。赋归田者，归途才就，飘飘吹薜荔之衣；登高台者，高兴方浓，轻轻落茱萸之帽。蓬梗卷兮上下，三秋之羊角抟空；筝声入乎云霄，百尺之鸢丝断系。不奉太后之诏，欲速花开；未绝座客之缨，竟吹灯灭。

"甚则扬尘播土，吹平李贺之山；叫雨呼云，卷破杜陵之屋。冯夷起而击鼓，少女进而吹笙。荡漾以来，草皆成偃；吼奔而至，瓦欲为飞。未施抟水之威，浮水江豚时出拜；陡出障天之势，书天雁字不成行。助马当之轻帆，彼有取尔；牵瑶台之翠帐，于意云何？至于海鸟有灵，尚依鲁门以避；但使行人无恙，愿唤尤郎以归。古有贤豪，乘而破者万里；世无高士，御以行者几人？驾炮车之狂云，遂以夜郎自大；恃贪狼之逆气，漫以河伯为尊。姊妹俱受其摧残，汇族悉为其蹂躏。纷红骇绿，掩苒何穷？擘柳鸣条，萧骚无际。雨零金谷，缀为藉客之祸；露冷华林，去作沾泥之絮。埋香瘗玉，残妆卸而翻飞；朱榭雕栏，杂佩纷其零落。减春光于旦夕，万点正飘愁；觅残红于西东，五更非错恨。翩跹江汉女，弓鞋漫踏春园；寂寞玉楼人，珠勒徒嘶芳草。

"斯时也：伤春者有难乎为情之怨，寻胜者作无可奈何之歌。尔乃趾高气扬，发无端之踔厉；催蒙振落，动不已之阑珊。伤哉绿树犹存，欷歔者绕墙自落；久矣朱幡不竖，娟娟者贲涕谁怜？堕溷沾篱，毕芳魂于一日；朝容夕悴，免荼毒于何年？怨罗裳之易开，骂空闻于子夜；讼狂伯之肆虐，章未报于天庭。诞告芳邻，学作蛾眉之阵；凡属同气，群兴草木之兵。莫言蒲柳无能，但须藩篱有志。且看莺俦燕侣，公覆夺爱之仇；请与蝶友蜂媒，共发同心之誓。兰桡桂楫，可教战于昆明；桑盖柳旌，用观兵于上苑。东篱处士，亦出茅庐；大树将军，应怀义

愤。杀其气焰，洗千年粉黛之冤；歼尔豪强，销万古风流之恨！"

【译文】

　　癸亥那年，我在毕刺史家的绰然堂设馆教书。毕公家花草树木最为繁茂，闲暇时我就随从毕公在园中漫步，得以尽情观赏。

　　一天，游园归来，我困倦极了，只想睡觉，就脱鞋上床。梦见两个衣着艳丽的女郎，近前对我说："主人有事奉托，请先生走一趟。"我吃惊地起身问道："谁叫我去？"回答说："是绛妃。"我恍恍惚惚，不知她们说的是谁，马上跟她们去了。

　　一会儿，看到了一处宫殿，高耸入云。下面有台阶，沿着石阶走上去，约走了一百余级，才来到最高处。只见朱门大开，又有两三个漂亮的女郎，快步进去通报。不久，来到一座大殿外面。金子的帘钩，碧玉的门帘，光明耀眼。从殿内走出一个女子降阶而下。身上佩带的玉环、玉佩发出铿锵悦耳的声音，看那模样像个贵嫔。我刚想下拜，绛妃已经先开口了："让先生屈尊到此，理应我先致谢。"她叫侍女把毡子铺在地上，像要行礼。我惶恐得手足无措，就启奏说："我是草莽微贱之人，承蒙您恩宠召见，已不胜荣耀，何敢分庭抗礼？这就加重了我的罪过，折损了我的福分。"绛妃听罢命人撤去毡子，摆设酒宴，我们面对面地宴饮。

　　酒过数巡，我辞谢说："我喝一点儿酒就醉，担心酒醉失礼。有何见教，请您吩咐，好去掉我的疑虑。"绛妃不答话，只是用大酒杯催我喝酒。我一再请求赐教，她才说："我是花神。全家纤细柔弱，依赖榛栖此地，屡次遭受狂风横暴摧残。今天想和狂风背水一战，烦扰先生草拟一篇讨敌的檄文。"我惶惶然地起身奏道："臣学识浅陋，不善文章，恐怕辜负您的重托，但是承蒙您宠信器重，敢不竭尽全力？"绛妃听罢大喜，就在殿上赐给纸笔。几个女郎忙着擦拭几案、坐椅，研好了墨，蘸好了笔，又有一个少女把纸折好格式，放在我手腕下。我刚写了一两句，她们便三三两两在我背后观看。我平素文思迟缓，此时顿觉文思泉涌。片刻之间，文章草成，她们争着拿去，呈送绛妃。绛妃展读一遍，说我写得很不错，就又送我回来了。

　　睡醒之后，回忆梦中之事，宛然如在目前。但是檄文的词句大半已经遗忘，于是补足成章：

　　谨查风氏：放纵恣肆成性，忌恨妒嫉是心。以歪才成恶，妒忌之性浸于骨髓。暗中害人，奸邪似含沙射影之蜮。从前帝舜曾经受你的狐媚，女英、娥皇不足以解忧，反歌《南风》以解民众的怨气。楚襄王受你的蛊惑，贤才的讽谏不能打动其心，只称道大王之风是雄风。汉高祖刘邦，见风起云飞而思得猛士；汉武帝刘彻，赋《秋风辞》而怀佳人。从此你仗恃着帝王之宠日益放纵，以至于肆虐无忌。你怒吼噪叫于天地间，把王宫中的风铎吹得叮当乱响。或夜半咆哮，

摇撼秋树发出瑟瑟寒声。忽然扑向山林草莽之间，假借虎逞威风，时而来到滟灏堆中，掀起触天的波浪。而且，你吹得帘钩频频摇动，在高阁上刮起秋风，风铃忽然敲响，惊破了离人情思绵绵的幽梦。你径直掀开床帐，竟同下榻的入幕宾客。你推门登堂，吹动书页，竟成了翻书之客。平生不曾相识，你就直闯进门户。若不是有人拽住裙子，你几乎卷掉妃子而去。你在天空吐出彩色的光环，竟敢借着月亮形成月晕来显示自己出现的征兆。你在初春的郊野翻起柳浪，胡说是为花寄信。归田隐居者，刚踏上归途，你就把他薜荔做的衣裳飘飘吹起。登高望远的人，兴致正浓，你就轻轻吹落那插着茱萸的帽子。蓬草随风起伏，三秋的羊角旋风却把它卷入高空。风筝带着哨音飞入云宵，你却吹断了它的百尺丝线。不奉则天太后的诏令，你让百花早早绽放。未绝楚庄王坐客的帽缨，你竟吹灭烛光。甚至你扬起烟尘播下泥土，要把李贺笔下的高山吹为平地。你呼云唤雨，卷破杜甫茅屋的屋顶。即使微风也会令水神冯夷鼓起波浪；而如笙一般的西风过后却是倾盆大雨。微风飘荡而来，草皆低伏。狂风奔吼而至，瓦片欲飞。未等你施展翻江作浪之威，江豚就时时浮出水面向你参拜。你陡然成遮天蔽日之势，长空雁阵就散乱无行。马当山你助王勃一帆风顺，尚有可取；可是你牵动瑶台翠帐，是何居心？至于说有灵气的海鸟，尚且知道依傍鲁门以躲避大风；只要使行人安全，愿替石娘唤回尤郎以平息风患。古有贤豪之士，愿乘长风破万里浪。今世不见高士，不慕荣利御风而行者能有几人？你暴风能驾御狂云席卷飞沙走石，便以夜郎自居。倚仗着贪狠暴风的威势，河水亦泛滥成灾，人们只好尊河伯至高无上。

　　姐妹都受到你的摧残，合族皆为你所蹂躏。红花纷纷，绿叶颤颤，被你摇撼得没完没了。擘柳风、鸣条风，吹折花木之声无尽无休。风吹雨打金谷园，落红无数已成游人的坐垫。白露为霜华林苑，柳絮飘零变泥土。落英委地，残红凋败随风飘荡。朱树雕栏旁边，飘落的杂英纷如玉片。旦夕之间春光顿减，飞红万点似春愁。四下里寻觅残红，只能怨恨五更风。翩翩江汉游女，玉足轻盈枉游春园；寂寞玉楼美人，鞍马空鸣徒对芳草。当此之时，伤春者怀着难以为情的哀怨，寻胜者发出无可奈何的歌吟。你却趾高气扬，无端地滥施淫威，摧残幼芽，摇落玉英，无休无止地刮着阑珊之风。哀伤啊，绿树犹存，花却扑簌簌绕墙而落。太久啦，对付风神的朱幡没有竖立，娇美的鲜花忧伤落泪有谁怜惜？堕入粪坑，挂在樊篱，一日之间芳魂消散。早晨盛开傍晚零落，何年才能免遭残害？抱怨罗裳易被春风吹开，咒骂之声只能空闻于《子夜歌》。控告风伯肆无忌惮，奏章却未上达天庭。广告众芳邻，结为鲜花阵营。凡属同类，群兴草木之兵。别说我们如蒲柳一般柔弱无能，只应有柳条编为篱笆的自卫之志，且看我们莺俦燕侣的众伙伴，共同报告风神的夺爱之恨。让我们结交蝴蝶蜜蜂，共发同仇敌忾的誓言。兰木之桨，桂木之楫，可在昆明池中教我们水战。桑叶为车盖，柳条为旌旗，为的是在上林苑中大阅兵。高逸的菊花，也将出来参战，独立的大树，理应

义愤填膺。灭掉风氏的嚣张气焰，洗雪千年花魂的冤屈。歼灭风氏豪强，销解万古风流的遗恨！

[何守奇] 此书之旨，在于赏善罚淫，而托之空言，无亦惟是幻里花神，空中风檄耳。"约尽百余级，始至颠头"，全书归宿，如是如是。

[但明伦] 若乃情关久锢，欲海将沉，亦见生生死死之中，渡来仙筏，终以色色空空之界，唤出迷津。

河 间 生

【原文】

河间某生，场中积麦穰如丘，家人日取为薪，洞之。有狐居其中，常与主人相见，老翁也。一日屈主人饮，拱生入洞，生难之，强而后入。入则廊舍华好。即坐，茶酒香烈；但日色苍黄，不辨中夕。筵罢既出，景物俱杳。翁每夜往夙归，人莫能迹，问之则言友朋招饮。生请与俱，翁不可；固请之，翁始诺。挽生臂，疾如乘风，可炊黍时，至一城市。入酒肆，见坐客良多，聚饮颇哗，乃引生登楼上。下视饮者，几案柈餐，可以指数。翁自下楼，任意取案上酒果，抔来供生。筵中人曾莫之禁。移时，生视一朱衣人前列金橘，命翁取之。翁曰："此正人，不可近。"生默念：狐与我游，必我邪也。自今以往，我必正！方一注想，觉身不自主，眩堕楼下。饮者大骇，相哗以妖。生仰视，竟非楼，乃梁间耳。以实告众。众审其情确，赠而遣之。问其处，乃鱼台，去河间千里云。

【译文】

河北河间府有个人，他家场院里堆积的麦秆像小山一样，家人每天取来作烧

聊斋志异（图文版）

柴。时间长了柴垛中出现了一个深洞，有只狐狸住在里面。狐狸常与主人见面，见面时它就化作一个老汉。

有一天，老汉请主人饮酒，拱手请他入洞。主人感到很为难，老汉强拉硬拽，这才勉强进去。然而进洞之后才发现屋舍华美。随即入座，茶香酒美。只是日色昏黄，分不清是中午还是傍晚。酒宴完毕，走出洞口，先前的景物全都杳然不见。

老汉每天夜出晨归，没人知晓他的踪迹。问他，就说是朋友请他饮酒。主人请求和他一块前往，老汉不肯。再三请求，这才答应下来。老汉挽着主人的胳膊，行走起来快如乘风。约蒸一顿饭的光景，来到一座城市，走进一家酒馆，只见坐客很多，聚在一块饮酒，十分喧哗。老汉就领主人来到楼上，俯视楼下的客人，几案菜肴，一目了然。老汉独自来到楼下，随意取来酒和果品，捧来供给主人，酒席上的人没有谁阻止他。过了一会儿，主人看到一身着朱红衣服的客人面前摆放着金橘，就让老汉去拿金橘。老汉说："这是个正人君子，我不敢靠近他。"主人心中暗想，狐狸与我交游，一定是我不正派了。从今往后，我一定要正派做人。刚一沉思，就觉得身不由主，头晕目眩，掉下楼去，楼下喝酒的人被吓了一跳，吵吵闹闹，都说他是妖怪。主人仰头望去，刚才所呆的地方并非楼上，竟然是房梁。他把实情告诉了众人，人们寻思他的话真实可信，就送些钱财，打发他回家。问此是何处，却是山东鱼台县，离河间府有千里之遥。

［何守奇］只一转念间邪正自别。所谓仁与欲非有两心，欲与至非有两候者如此。

云 翠 仙

【原文】

梁有才，故晋人，流寓于济，作小负贩，无妻子田产。从村人登岱。当四月交，香侣杂沓，又有优婆夷、塞，率男子以百十，杂跪神座下，视香炷为度，名曰跪香。才视众中有女郎，年十七八而美。悦之，诈为香客，近女郎跪，又伪为膝困无力状，故以手据女郎足。女回首似嗔，膝行而远之。才亦膝行而近之，少间又据之。女郎觉，遽起，不跪，出门去。才亦起，亦出履其迹，不知其往，心无望，怏怏而行。途中见女郎从媪，似为女也母者，才趋之。

媪女行且语，媪云："汝能参礼娘娘，大好事！汝又无弟妹，但获娘娘冥加护，护汝得快婿，但能相孝顺，都不必贵公子、富王孙也。"才窃喜，渐渍诘媪；媪自言为云氏，小女名翠仙，其出也。家西山四十里。才曰："山路濇，母如此踽踽，妹如此纤纤，何能便至？"曰："日已晚，将寄舅家宿耳。"才曰："适言相婿，不以贫嫌，不以贱鄙，我又未婚，颇当母意否？"媪以问女，女不应；媪数问，女曰："渠寡福，又荡无行，轻薄之心，还易翻覆。儿不能为逼伈儿作

妇。"才闻，朴诚自表，切矢曒日。媪喜，竟诺之。女不乐，勃然而已。母又强拍咻之。

才殷勤，手于橐，觅山兜二，舁媪及女，己步从，若为仆。过隘，辄诃兜夫不得颠摇，意良殷。俄抵村舍，便邀才同入舅家。舅出翁，姁出媪也。云兄之嫂之，谓："才吾婿。日适良，不须别择，便取今夕。"舅亦喜，出酒肴饵才。既，严妆翠仙出，拂榻促眠。女曰："我固知郎不义，迫母命，漫相随。郎若人也，当不须忧偕活。"才唯唯听受。

明日早起，母谓才："宜先去，我以女继至。"才归，扫户闼，媪果送女至。

名花高占一枝春
忍听黄言别
赠人昌浮黄金无
用云今明阿母误
兔身

入视室中，虚无有，便云："似此何能自给？老身速归，当小助汝辛苦。"遂去。次日，即有男女数辈，各携服食器具，布一室满之。不饭俱去，但留一婢。

才由此坐温饱，惟日引里无赖朋饮竞赌，渐盗女郎簪珥佐博。女劝之不听，颇不耐之，惟严守箱奁，如防寇。一日，博党款门访才，窥见女，适适然惊。戏谓才曰："子大富贵，何忧贫耶？"才问故，答曰："曩见夫人，真仙人也。适与子家道不相称。货为媵，金可得百；为妓，可得千。千金在室，而听饮博无资耶？"才不言，而心然之。归辄向女歆歠，时时言贫不可度。女不顾，才频频击桌，抛箸，骂婢，作诸态。一夕女沽酒与饮，忽曰："郎以贫故，日焦心。我又不能御贫，分郎忧衷，岂不愧怍？但无长物，止有此婢，鬻之，可稍稍佐经营。"才摇首曰："其值几何！"又饮少时，女曰："妾于郎，有何不相承？但力竭耳。念一贫如此，便死相从，不过均此百年苦，有何发迹？不如以妾鬻贵家，两所便益，得值或较婢多。"才故愕言："何得至此！"女固言之，色作庄。才喜曰："容再计之。"遂缘中贵人，货隶乐籍。中贵人亲诣才，见女大悦。恐不能即得，立券八百缗，事濒就矣。女曰："母以婿家贫，常常萦念，今意断矣，我将暂归省；且郎与妾绝，何得不告母？"才虑母阻，女曰："我顾自乐之，保无差贷。"才从之。

夜将半，始抵母家。挝闻入，见楼舍华好，婢仆辈往来憧憧。才日与女居，每请诣母，女辄止之。故为甥馆年余，曾未一临岳家。至此大骇，以其家巨，恐媵妓所不甘从也。女引才登楼上，媪惊问："夫妇何来？"女怨曰："我固道渠不义，今果然。"乃于衣底出黄金二锭，置几上，曰："幸不为小人赚脱，今仍以还母。"母骇问故，女曰："渠将鬻我，故藏金无用处。"乃指才骂曰："豺鼠子！曩日负肩担，面沾尘如鬼。初近我，熏熏作汗腥，肤垢欲倾塌，足手皴一寸厚，使人终夜恶。自我归汝家，安坐餐饭，鬼皮始脱。母在前，我岂诬耶？"才垂首不敢少出气。女又曰："自顾无倾城姿，不堪奉贵人；似若辈男子，我自谓犹相匹，有何亏负，遂无一念香火情？我岂不能起楼宇、买良沃？念汝儇薄骨、乞丐相，终不是白头侣！"言次，婢妪连衿臂，旋旋围绕之。闻女责数，便都唾骂，共言："不如杀却，何须复云云。"才大惧，据地自投，但言知悔。女又盛气曰："鬻妻子已大恶，犹未便是剧，何忍以同衾人赚作娼！"言未已，众眦裂，悉以锐簪、剪刀股攒刺胁膝。才号悲乞命，女止之，曰："可暂释却。渠便无仁义，我不忍其觳觫。"乃率众下楼去。

才坐听移时，语声俱寂，思欲潜遁。忽仰视，见星汉，东方已白，野色苍莽，灯亦寻灭。并无屋宇，身坐削壁上。俯瞰绝壑深无底，骇绝，惧堕。身稍移，塌然一声，随石崩坠，壁半有枯藤横焉，冒不得堕。以枯受腹，手足无着。下视茫茫，不知几何寻丈。不敢转侧，嗥怖声嘶，一身尽肿，眼耳鼻舌身力俱竭。日渐高，始有樵人望见之；寻绠来，缒而下，取置崖上，奄将溘毙。异归其家，至则门洞敞，家荒荒如败寺，床簏什器俱杳，惟有绳床败案，是己家旧物，零落犹存。嗒然自卧，饥时日一乞食于邻，既而肿溃为癫。里党薄其行，悉唾弃之。才无计，货屋而穴居，行乞于道，以刀自随。或劝以刀易饵，才不肯，曰："野居防虎狼，用自卫耳。"后遇向劝鬻妻者于途，近而哀语，遽出刀擎而杀之，遂被收。官廉得其情，亦未忍酷虐之，系狱中，寻瘐死。

异史氏曰："得远山芙蓉，与共四壁，与之南面王岂易哉！已则非人，而怨逢恶之友，故为友者不可不知戒也。凡狭邪子诱人淫博，为诸不义，其事不败，虽则不怨亦不德。迨于身无襦，妇无裤，千人所指，无疾将死，穷败之念，无时不萦于心；穷败之恨，无时不切于齿。清夜牛衣中，辗转不寐。夫然后历历想未落时，历历想将落时，又历历想致落之故，而因以及发端致落之人。至于此，弱者起，拥絮坐诅，强者忍冻裸行，篝火索刀，霍霍磨之，不待终夜矣。故以善规人，如赠橄榄；以恶诱人，如馈漏脯也。听者固当省，言者可勿戒哉！"

【译文】

梁有才原是山西人，流落到济南府，做小商贩为生，没有妻儿田产。

他随着村里人去登泰山。四月初，泰山的香客熙熙攘攘。还有一些佛教的善男信女，率领百十来个男女，纷纷跪在佛像下，以一炷香烧完为限度，叫做"跪

香"。梁有才发现众人之中有一女郎，年纪在十七八岁，容貌俊美，不由心生爱意。他假装香客，在女郎旁边跪下，又装作膝盖酸软无力的样子，故意用手去握女郎的脚，女郎回过头来，似有嗔怒之意，跪着移动了几步躲开了他。梁有才又跪着移向前去靠近她，一会儿，又去握女郎的脚。女郎发觉后，立即站起身，不再跪香，出门而去。梁有才也站起来跟踪出去，但已不知去向，他心里很失望，怏怏不乐地走着。

半道上，梁有才看见那女郎跟着个老太太，好像是她的母亲，便赶紧跟上去。母女俩边走边谈，老太太说："你能给娘娘上香，太好了。你又没有弟妹，只盼冥冥之中娘娘保佑你，保佑你嫁个称心如意的丈夫。只要互相能孝顺长辈，倒不必嫁公子王孙。"梁有才听了暗自高兴，就上前搭话，向老太太问这问那。老太太自称云氏，女孩儿名翠仙，是她女儿，家在山西边，离这四十里地。梁有才说："山路坎坷难走，老妈妈如此迈着碎步，妹妹又如此纤弱，怎么能很快到家呢？"老太太说："天不早了，我们先到她舅舅家住一宿。"梁有才说："刚才听您说相女婿，不嫌贫穷，不怕低贱，我又没成家，是不是很合您的心意？"老太太问女儿，女儿不回答。老太太问了几次，女儿说："他福分薄，又放荡无行，心性轻薄，还好反复无常，我不能给浪荡子做媳妇。"梁有才听了，赶紧表白自己朴实诚恳，恳切地指着太阳发誓。老太太一见很高兴，竟答应了这桩亲事。女儿不高兴，只能显出很生气的样子，母亲半是勉强半是抚慰地拍着她的背。梁有才赶紧献殷勤，掏出自己口袋里的钱，雇来两驾山兜，抬着母女二人赶路，自己徒步跟在后面，像个仆人。经过险要的路段，就呵斥抬山兜的人，不许山兜颠簸摇荡，照顾得很周到。

一会儿，来到一个村庄，老太太就邀请梁有才一同去女儿的舅舅家。舅舅出来是个老翁，舅母是个老太太。云氏叫他们哥哥、嫂子，说："有才是我女婿，今天正好是个好日子，不必另择吉日，今晚就让他们成亲吧。"舅舅听了很高兴，拿出酒菜款待梁有才。吃罢，把云翠仙盛装打扮了送出来，拂拭了床铺催他们早睡，云翠仙说："我本来知道你是个无情无义的人，迫于母命，胡乱跟了你。你若是个人，就不必忧愁一起生活。"梁有才唯唯诺诺，点头答应。第二天一早起床后，云翠仙母亲对梁有才说："你应先回去，我带女儿随后就到。"

梁有才回到家，打扫门户。云氏果然把云翠仙送来。进屋一瞧，家徒四壁，就说："像这样怎么生活？我赶快回去，稍微给你们解一解难。"说完就走了。第二天，来了几个男女，各自携带着衣服、食物、家什器具，把房间摆得满满的，连饭也没有吃就都走了，只留下一个丫环。梁有才从此坐享温饱，只是每日里招引乡里的无赖饮酒赌博，渐渐地发展到偷云翠仙的簪子耳环等首饰做赌资。云翠仙劝阻他，不听。云翠仙也不耐烦跟他多费唇舌，只是牢牢地守着自己的箱子，像防范盗贼一样。一天，一个赌友登门拜访梁有才，偷偷看到了云翠仙，非常吃惊，就戏弄梁有才说："你大富大贵，为啥为贫穷发愁呢？"梁有才问他何

出此言，回答说："先前看到你家夫人，真是美如天仙，恰恰和你的家境不相称。把她卖给别人做妾，可得百金，卖为妓女，可得千金。家有千金，还能让饮酒赌博没钱吗？"梁有才没说话，心里很赞成，回家就向云翠仙抽抽搭搭掉眼泪，还时不时地说日子穷得过不下去了。云翠仙不理他，梁有才就频频敲桌子，扔匙子筷子，骂丫环，做出各种丑态。

一天晚上，云翠仙买来酒与丈夫对饮，忽然说："郎君因为家里贫穷，天天焦心，我又不能解除困境，心中岂能不惭愧呢？只是我没有多余的东西，只有这个丫环，卖了她，可以稍微补贴家用。"梁有才摇摇头说："她才值几个钱！"又喝了会儿酒，云翠仙说："对于郎君来说，我有什么不能替你承担的呢！只是没有力量罢了。想到穷到这份上，就是到死跟着你，也不过两人在一块儿受一辈子苦，有何出头之日？不如把我卖到富贵人家，对你我都有好处，得到的钱财或许比卖丫环多。"梁有才故作惊愕地说："怎么至于到这步！"云翠仙一再坚持，脸色十分庄重。梁有才高兴地说："容我们再计议计议。"于是通过得宠的宦官把云翠仙卖给官府做乐妓。

那个宦官亲自到梁有才家，见到云翠仙的容色非常中意。唯恐不能买到手，就立了一张出价八百贯钱的契约，事情马上就要办成了。云翠仙说："母亲因为女婿家穷，常常挂念我。现在我们母女的情分要断了，我先回家几天探望母亲。况且你我已经一刀两断，怎么能不告诉母亲？"梁有才顾虑岳母阻止这件事，云翠仙说："是我自己乐意的事，保险没有差错。"梁有才依从了她。

快半夜时，才到岳母家，敲开门进去一看，只见楼台屋舍都很华美，奴婢仆人往来不绝。梁有才平常与云翠仙一起过活，每当他要去拜见岳母时，云翠仙就阻止他，所以当了一年多的女婿，从未登过岳母的门。到这时，他才大吃一惊，因为云翠仙家家财万贯，梁有才唯恐家里不甘心让云翠仙做妾或乐妓。云翠仙领着他来到楼上，云氏惊讶地问："小俩口干什么来啦？"云翠仙埋怨说："我本来就说他无情无义，现在果然如此。"于是从衣服里拿出两锭黄金，放在桌上，说："幸好没有被这小人赚了去，现在仍然还给母亲。"母亲吃惊地询问原委，云翠仙说："他要卖我，所以藏着金子也没用了。"就指着梁有才骂道："你个畜牲！过去你挑着担子，满脸灰尘像个鬼，刚接近我时，一身臭烘烘的汗气，皮肤上的积垢快腌了一床，手上脚上的皴有一寸厚，让人整夜恶心。自从我嫁给你，你四平八稳地吃上了饱饭，那层鬼皮才蜕掉。母亲在跟前，我难道诬蔑你了吗？"梁有才低着头，大气都不敢出。云翠仙又说："我自知没有倾城倾国的姿色，不能够侍奉贵人，像你这样的男子，我敢说还配得上。我哪里亏待了你，你就一点儿不念夫妻之情？我难道不能造楼房、买良田？想起你这副轻薄相、讨饭相，终究不是白头伴侣。"说话之间，丫环仆妇们手挽手，把梁有才团团围住，听到云翠仙的责骂数落，就跟着一起唾骂，齐声说："不如杀了他，何必跟他费话。"梁有才十分恐惧，趴在地上磕头，一个劲儿说自己错了。云翠仙又怒气冲冲地说：

"卖妻子已经够坏的了，还没有坏到极点，怎么忍心让同床共枕的妻子去做娼妓！"话音未落，众人气得眼眶要瞪裂了，一齐用簪子、剪刀刺梁有才的胸脯。梁有才哀号着乞求饶命，云翠仙制止众人说："先放了他，他即便无情无义，我还不忍心看他发抖的可怜相。"就领着众人下楼去了。

梁有才坐着听了好一会儿，周围的人声响动都沉寂下来。他想赶快逃走，忽然抬头望去，只见星光闪烁，东方已经发白，荒野一片苍莽。随即室内的灯光熄灭了，房屋也消失了，原来自己坐在峭壁上，下视山谷，深不见底。梁有才吓坏了，深怕掉下去。他刚一挪动身子，"轰"的一声，山石崩落，崖壁的半腰上横着一棵枯树，恰好把他挂住了，才没掉下去。枯树只托着他的肚子，手脚都悬在空中，没有着落。往下看茫茫一片，不知有多少丈深。他不敢转身，鬼哭狼嗥般的呼救声既恐怖又嘶哑，身上全都肿胀起来，全身没有一点儿力气。太阳渐渐升起来了，才被打柴的发现，打柴的找来绳子，把绳子垂下去，把他拉到崖上，已经奄奄一息。

打柴的把梁有才抬回家，只见屋门大开，家里破破烂烂如同破庙，床、箱子等家具都不见了，只有绳床、破桌子这些自己家的旧东西，零零落落的还在。梁有才无精打采地躺在床上，饥饿时，一天向邻居乞讨一回饭吃。不久，他身上肿胀的地方溃烂变成恶疮。乡里人瞧不起他的为人，都唾弃他。他没有办法，只好卖了房子住在山洞里。他沿街乞讨，身边还带了把刀，有人劝他用刀换点儿饭吃，他不肯，说："住在野外要防备虎狼，用刀可以自卫。"后来在道上遇到了那个先前让他卖妻子的人，梁有才就上前和他说着伤心话，突然抽出刀来把那人杀了。于是他被官府收押，当官的查清了他杀人的缘由，也不忍用酷刑虐待他，只把他关在狱中，不长时间，就在狱中死了。

异史氏说：娶一个眉若远山、面如芙蓉的妻子，与她共同生活，用南面王的地位作交换难道肯吗？自己就为人不正，而又怨恨迎合作恶的朋友，所以做别人朋友的人，不可不心存戒忌。但凡浪荡子引诱别人嫖赌，干下种种坏事，那些事没有败露时，虽然不会被人怨恨，也不会被人感谢。等到被拉下水的人身上没了衣服，妻子穿不上裤子，受到千人指责，没有病也要死去的时候，穷愁败落之念无时无刻不萦绕于心头，穷愁败落之恨无时无刻不令他咬牙切齿。清冷的夜里，躺在草编的牛衣之下，翻来复去不能成眠。然后一一回想没有败落之时，一一回想即将败落之时，又一一回想导致败落的缘故，因而想到制造祸端、导致自己堕落的人。想到这，懦弱的人起身，围着破被子坐着咒骂，强横的人忍受着寒冷，赤身而行，点上火找出刀来，霍霍磨刀，复仇的念头已经使他等不到天亮了。所以用善心规劝人，如同赠送橄榄；用邪念诱惑人，如同给人吃腐败变质的肉干。听人劝说的人当然应当省察，建言的一方可不谨慎小心吗？

[何守奇] 云仙母子固狐也，明知才翻覆无行，而顾从之，何耶？

[但明伦] 凡荡无行之人，欲之所在，务求必得。随人之所好，而委曲以投

之；因人之所苦，而慷爽以祛之。内存鬼蜮，外饰朴诚，甘其言，令其色，一若情种也者。迨其欲已遂，竟忘其所自来，而敝屣视之矣。岂前后判若两人哉？古今轻薄之人，无有不翻覆之事；而其所以易翻覆者，即可于其荡无行决之。以此观人，思过半矣。

跳　神

【原文】

济俗：民间有病者，闺中以神卜。倩老巫击铁环单面鼓，婆娑作态，名曰"跳神"。而此俗都中尤盛。良家少妇，时自为之。堂中肉于案，酒于盆，甚设几上。烧巨烛，明于昼。妇束短幅裙，屈一足，作"商羊舞"。两人捉臂，左右扶掖之。妇刺刺琐絮，似歌又似祝，字多寡参差，无律带腔。室数鼓乱挝如雷，蓬蓬聒人耳。妇吻辟翕，杂鼓声，不甚辨了。既而首垂，目斜睨，立全须人，失扶则仆。旋忽伸颈巨跃，离地尺有咫。室中诸女子，凛凛愕顾曰："祖宗来吃食矣。"便一嘘，吹灯灭，内外冥黑。人憟息立暗中，无敢交一语，语亦不得闻，鼓声乱也。食顷，闻妇厉声呼翁姑及夫嫂小字，始共燕烛，伛偻问休咎。

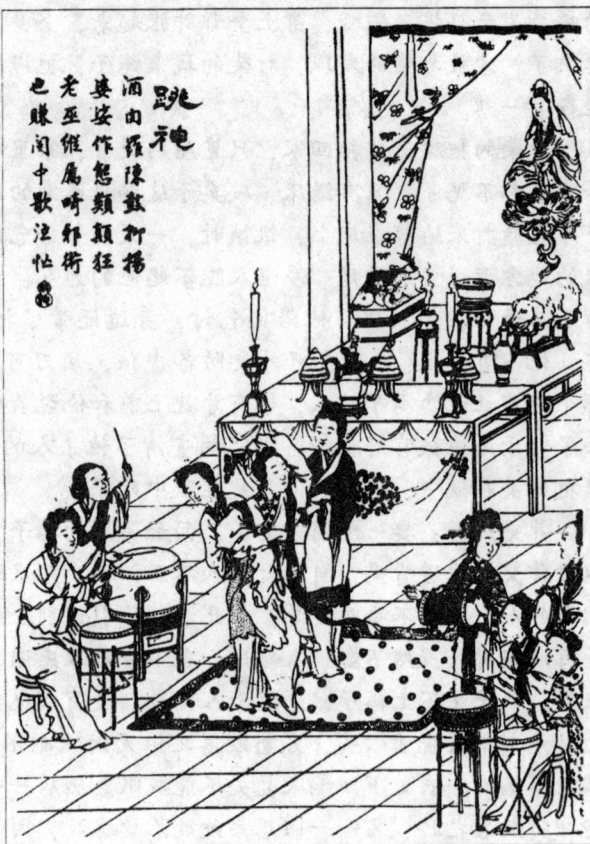

视樽中、盎中、案中，都空。望颜色，察嗔喜。肃肃罗问之，答若响。中有腹诽者，神已知，便指某姗笑我，大不敬，将褫汝裤。诽者自顾，莹然已裸，辄于门外树头觅得之。

满洲妇女，奉事尤虔。小有疑，必以决。时严妆，骑假虎、假马，执长兵，舞榻上，名"跳虎神"。马、虎势作威怒，尸者声伧伧。或言关、张、玄坛，不一号。赫气惨凛，尤能畏怖人。有丈夫穴窗来窥，辄被长兵破窗刺帽，挑入去。

一家妯媳姊若妹，森森蹙蹙，雁行立，无歧念，无懈骨。

【译文】

济南府一带有这样的风俗，民间有人生病了，就在内宅求神问卜，请老巫敲击铁环单面鼓，婆娑起舞，叫做"跳神"。这种风俗京师尤其盛行。

良家少妇，时常亲自跳神。在大堂之上，盛肉的碗、盛酒的盆，一齐摆在供桌上。室内燃起巨大的蜡烛，亮如白昼。跳神的女子身系一条短幅裙，屈起一只脚着地而舞，这叫"商羊舞"。旁边还有两个人抓住女子的胳膊，一左一右地架着她。女子口中絮絮叨叨没完没了，像是唱歌，又像祝祷。字句或多或少，参差不齐，不合音律，却拖着长腔。室内好几面鼓乱敲声响如雷，"蓬蓬"地聒噪人耳。女子嘴一张一合，夹杂着鼓声，说的什么不甚清楚。

然后，女子低下头，眼睛斜视；站立全靠人扶，不扶就会扑倒。忽然之间她伸长脖子，使劲往高跳，离地一尺有余。室内的其他女子神情严肃而惊愕地互相看着说："祖宗来吃饭啦！"于是，便一口气吹灭了蜡烛，室内外一片漆黑。人们吓得不敢出气站在黑暗中，不敢交谈一句。说话也听不见，鼓声太乱了。

约一顿饭的工夫，听见女子厉声呼叫公婆、丈夫、嫂嫂的名字，这才一块儿点燃蜡烛，躬身询问吉凶。一看酒樽、盆、盘，都空了。再望一望跳神女子的脸色，观察她的喜怒。大家毕恭毕敬地一一问这问那，有问必答。其中有人暗自不信，神已知道了。跳神女子便指出，某人讪笑我，是大不敬，要剥掉你的裤子。那人低头一看，自己已经赤裸裸了，就到门外树梢上找到了裤子。

满族妇女对跳神尤其虔诚，稍有犹豫不决的小事，必定用跳神来决断。跳神时，她们打扮得严严整整，骑上假虎、假马，手执长兵器，在榻起舞，名叫"跳虎神"。假马、假虎的样子凶猛，跳神的人声音粗重，或者有叫"跳关羽"、"跳张飞"、"跳玄坛"的，名号不一。威猛严厉，阴气森森，尤其令人害怕。如果有男子捅破窗纸偷看，就会被长兵器捅破窗户刺中帽子，挑进屋去。一家之中的婆婆、媳妇、姐姐及妹妹，一个挨一个紧靠着，一字排开，心无杂念，笔直地站着看跳神。

[冯镇峦] 此篇诘曲聱牙，于全部中另为一体，与《金和尚》一篇同看。

[何守奇] 此亦邪术之渐，断不可为。

[但明伦] 曲奥如《尚书》，瑰异如《冬官·考工》，反复读之，美不胜收，只是不忍释手。

铁布衫法

【原文】

沙回子得铁布衫大力法，骈其指，力斫之，可断牛项；横搠之，可洞牛腹。

曾在仇公子彭三家，悬木于空，遣两健仆极力撑去，猛反之，沙裸腹受木，砰然一声，木去远矣。又出其势，即石上，以木椎力击之，无少损。但畏刀耳。

【译文】

有个姓沙的回族人，学得了铁布衫大刀法。他将两手指并拢，使劲一砍，可砍断牛的脖颈。横着捅出去，可戳穿牛的肚皮。他曾在仇彭三公子家中表演。在空中悬着一根大木头，让两名体格强健的仆人用尽全力将木头推开去，然后猛地让木头返回来，姓沙的袒露腹部承受木头撞击，只听"砰"地一声，木头被他弹出去好远。又拿出他的生殖器官放在石头上，用木椎使劲击打，毫无损伤，只是怕动刀。

[何守奇] 大力法今犹有之。

大力将军

【原文】

查伊璜，浙人，清明饮野寺中，见殿前有古钟，大于两石瓮，而上下土痕手迹，滑然如新。疑之，俯窥其下，有竹筐受八升许，不知所贮何物。使数人抠耳，力掀举之，无少动，益骇。乃坐饮以伺其人。居无何，有乞儿入，携所得糗糒，堆累钟下。乃以一手起钟，一手掏饵置筐内，往返数回始尽。已复合之乃去，移时复来，探取食之。食已复探，轻若启椟。一座尽骇。查问："若个男儿胡行乞？"答以："啖噉多，无佣者。"查以其健，劝投行伍，乞人愀然虑无阶。查遂携归饵之，计其食，略倍五六人。为易衣履，又以五十金赠之行。

后十余年，查犹子令于闽，有吴将军六一者，忽来通谒。款谈间，问："伊璜是君何人？"答言："为诸父行。与将军何处有素？"曰："是我师也。十年之

别，颇复忆念。烦致先生一赐临也。”漫应之。自念叔名贤，何得武弟子？会伊璜至，因告之，伊璜茫不记忆。因其问讯之殷，即命仆马，投刺于门。将军趋出，逆诸大门之外。视之，殊昧生平。窃疑将军误，而将军伛偻益恭。肃客入，深启三四关，忽见女子往来，知为私廨，屏足立。将军又揖之。少间登堂，则卷帘者、移座者，并皆少姬。既坐，方拟展问，将军颐少动，一姬捧朝服至，将军遽起更衣，查不知其何为。众姬捉袖整衿讫，先命数人捺查座上不使动，而后朝拜，如觐君父。查大愕，莫解所以。拜已，以便服侍坐。笑曰：“先生不忆举钟之乞人耶？”查乃悟。既而华筵高列，家乐作于下。酒阑，群姬列侍。将军入室，请衽何趾，乃去。

查醉起迟，将军已于寝门三问矣。查不自安，辞欲返，将军投辖下钥，锢闭之。见将军日无别作，惟点数姬婢养厮卒，及骡马服用器具，督造记籍，戒无亏漏。查以将军家政，故未深叩。一日，执籍谓查曰：“不才得有今日，悉出高厚之赐。一婢一物，所不敢私，敢以半奉先生。”查愕然不受，将军不听。出藏镪数万，亦两置之。按籍点照，古玩床几，堂内外罗列几满。查固止之，将军不顾。稽婢仆姓名已，即令男为治装，女为敛器，且嘱敬事先生，百声悚应。又亲视姬婢登舆，厮卒捉马骡，阗咽并发，乃返别查。

后查以修史一案，株连被收，卒得免，皆将军力也。

异史氏曰：“厚施而不问其名，真侠烈古丈夫哉！而将军之报，其慷慨豪爽，尤千古所仅见。如此胸襟，自不应老于沟渎。以是知两贤之相遇，非偶然也。”

【译文】

查伊璜是浙江人。清明那天他在野外的寺庙里饮酒。见大殿前有口古钟，比能装二石东西的瓮还大。钟的上下有带着土痕的手印，手印很乱，像新的。他感到奇怪，就俯下身从钟的下边往里窥视，只见里面放着一只能盛八升左右东西的竹筐，不知筐里装的是什么东西。他让几个人抠着钟耳，用力往上掀，钟纹丝不动。他越发感到惊奇，就坐下饮酒，等待那个往钟里藏东西的人。没过多久，有个乞丐进到庙中。他把讨到的干粮，堆放在钟下。就用一只手提起钟，一只手拿起干粮放入筐中。这样往返数次，才把食物装干净。装完东西，又把钟扣在地上，才离去。过些时，乞丐又回来，到钟下探取食物吃。吃完又去取，掀钟的动作轻巧得就像在开一只木匣子似的，在场的人都惊呆了。查伊璜问他："你为什么行乞？"回答说："我吃得多，没人雇用我。"查伊璜看他很健壮，就劝他从军。乞丐变了脸色，忧虑没有门路。查伊璜就把他带回来给他饭吃。估计他的饭量，大约顶五六个人。为他更换了衣服鞋子，又赠给他五十两银子做路费。

过了十多年，查伊璜的侄子在福建做县令。有一个叫吴六的将军，忽然前来拜访。恳谈中，吴将军问："伊璜是您什么人？"回答说："是我叔伯辈，他与将军在何处有过交情？"回答说："他是我的老师，分别十年，我很思念，烦请转告先生光临寒舍。"查伊璜的侄子随口答应下来。自忖叔父是有名的贤人，哪里来的武弟子呢？正好查伊璜来到福建，侄子就把这件事告诉了查伊璜，查伊璜茫然毫无记忆。因为吴将军问候得殷切，就命仆人备马前往，到了门前递上名帖，吴将军赶紧出来，到大门外迎接。查伊璜看看他，根本不认识，暗自怀疑吴将军搞错了，而吴将军曲身弯背越发恭敬。他毕恭毕敬地请客人进门。经过三四道门，查伊璜忽然见到有女子往来，知道这是内宅，就停下脚步站住了。吴将军又拱手相让，一会儿来到了大堂之上。只见卷帘子的，摆放坐位的，都是年轻的侍姬。落座以后，查伊璜正想询问，吴将军下巴颏微微一动，一个侍姬捧上朝服，吴将军立刻起身更衣，查伊璜不知他要干什么。众侍姬有的捭袖子，有的整理衣衿，侍候他穿戴好了。吴将军先命令几个人把查伊璜按在座位上，不让他动弹。然后向他下拜，就如同拜见君父一样。查伊璜大为惊讶，摸不着头脑。拜完了，吴将军换上便服在一旁陪坐，笑着说："先生不记得那个举钟的乞丐了吗？"查伊璜这才恍然大悟。一会儿，吴将军摆下丰盛的筵席，家中乐队在堂下演奏助兴。酒快喝完时，众侍姬站成一排侍候客人。吴将军到卧室，亲自为客人安排住宿后才离去。

查伊璜因为醉酒，第二天起身很迟。而吴将军已在门外问候多次了。查伊璜心里很不安，就向吴将军告辞想回去。将军下了查伊璜车轴的键，锁上门，把他关在宅中。查伊璜见吴将军每日里别无他事，只是在清点侍姬婢女、差丁，以及骡马服用器具，督促登记造册，告诫不要遗漏。查伊璜觉得这是吴将军的家务事，所以没有深问。

一天，吴将军手拿册籍对查伊璜说："我之所以能有今天，全赖您高厚的恩赐。一个婢女，一样器物，我不敢独自据有，请把其中一半奉送先生。"查伊璜怔住了，不肯接受。吴将军不听他的，拿出所藏白银数万两，也分成两份。按照册籍查点对照，古玩、床、几，堂内外几乎摆放满了。查伊璜坚决制止他，吴将

军置之不理。核对完婢女仆人的姓名，立即命令男仆为查伊璜整治行装，女仆为他收拾器物，并嘱咐他们要好好侍奉查先生，众人诚惶诚恐地答应了。吴将军又亲自看着侍姬婢女登上车，马夫牵上骡马，车子启动了，这才返身和查伊璜话别。

后来查伊璜因修《明史》一案，受到牵连入狱，最终得以赦免，全靠吴将军的鼎力营救。

异史氏说：给人丰厚的施舍而不问人家的姓名，的确有侠肠古道的大丈夫襟怀，而吴将军的报恩，慷慨豪爽，尤其是千古之下少见的。有这样的胸怀，自然不应老死于沟壑而默默无闻。由此可知，这两位贤人的相遇，并非偶然。

颜　氏

【原文】

顺天某生，家贫，值岁饥，从父之洛。性钝，年十七，裁不能成幅。而丰仪秀美，能雅谑，善尺牍，见者不知其中之无有也。无何，父母继殁，孑然一身，授童蒙于洛汭。

时村中颜氏有孤女，名士裔也，少慧，父在时尝教之读，一过辄记不忘。十数岁，学父吟咏，父曰："吾家有女学士，惜不弁耳。"钟爱之，期择贵婿。父卒。母执此志，三年不遂，而母又卒。或劝适佳士，女然之而未就也。适邻妇逾垣来，就与攀谈。以字纸裹绣线，女启视，则某手翰，寄邻生者，反复之似爱好焉。邻妇窥其意，私语曰："此翩翩一美少年，孤与卿等，年相若也。倘能垂意，妾嘱渠依脆合之。"女默默不语。妇归，以意授夫。邻生故与生善，告之，大悦。有母遗金鸦环，托委致焉。刻日成礼，鱼水甚欢。

及睹生文，笑曰："文与卿似是两人，如此，何日可成？"朝夕劝生研读，严如师友。敛昏，先挑烛据案自哦，为丈夫率，听漏三下，乃已。如是年余，生制艺颇通，而再试再黜，身名蹇落，饔飧不给，抚情寂漠，嗷嗷悲泣。女诃之曰："君非丈夫，负此弁耳！使我易髻而冠，青紫直芥视之！"生方懊丧，闻妻言，睒睗而怒曰："闺中人，身不到场屋，便以功名富贵，似在厨下汲水炊白粥；若冠加于顶，恐亦犹人耳！"女笑曰："君勿怒。俟试期，妾请易装相代。倘落拓如君，当不敢复藐天下士矣。"生亦笑曰："卿自不知藥苦，直宜使请尝试之。但恐绽露，为乡邻笑耳。"女曰："妾非戏语。君尝言燕有故庐，请男装从君归，伪为弟。君以襁褓出，谁得辨其非？"生从之。女入房，巾服而出，曰："视妾可作男儿否？"生视之，俨然一少年也。生喜，遍辞里社。交好者薄有馈遗，买一羸蹇，御妻而归。

生叔兄尚在，见两弟如冠玉，甚喜，晨夕恤顾之。又见宵旰攻苦，倍益爱敬。雇一剪发雏奴为供给使，暮后辄遣去之。乡中吊庆，兄自出周旋，弟惟下帷读。居半年，罕有睹其面者。客或请见，兄辄代辞。读其文，瞵然骇异。或排闼入而迫之，一揖便亡去。客见丰采，又共倾慕，由此名大噪，世家争愿赘焉。叔兄商之，惟辗然笑。再强之，则言："矢志青云，不及第，不婚也。"会学使案临，两人并出。兄又落；弟以冠军应试，中顺天第四。明年成进士，授桐城令，有吏治。寻迁河南道掌印御史，富埒王侯。因托疾乞骸骨，赐归田里。宾客填门，迄谢不纳。

又自诸生以及显贵，并不言娶，人无不怪之者。归后渐置婢，或疑其私，嫂察之，殊无苟且。无何，明鼎革，天下大乱。乃告嫂曰："实相告：我小郎妇也。以男子阘茸，不能自立，负气自为之。深恐播扬，致天子召问，贻笑海内耳。"嫂不信。脱靴而示之足，始愕，视靴中则败絮满焉。于是使生承其衔，仍闭门而雌伏矣。而生平不孕，遂出资购妾。谓生曰："凡人置身通显，则买姬滕以自奉，我宦迹十年犹一身耳。君何福泽，坐享佳丽？"生曰："面首三十人，请卿自置耳。"相传为笑。是时生父母，屡受覃恩矣。缙绅拜往，尊生以侍御礼。生羞袭闺衔，惟以诸生自安，终身未尝舆盖云。

异史氏曰："翁姑受封于新妇，可谓奇矣。然侍御而夫人也者，何时无之？但夫人而侍御者少耳。天下冠儒冠、称丈夫者，皆愧死矣！"

【译文】

顺天府有个书生，家境贫困，正赶上荒年，跟从父亲来到洛阳。书生生性愚钝，十七岁了，还不能写出一篇完整的八股文。然而仪表俊秀，喜好幽默诙谐，尤其擅长书信，见过他的人并不知他腹中空空没有才学。不久，父母相继谢世，他孑然一身，在洛阳靠教授孩童读书为生。

当时，村中有个孤女颜氏，是名士的后代，自幼聪慧。她父亲在世时，曾教

她读书，读过一遍就过目不忘。十多岁时，学着父亲的样子吟哦诗篇。父亲说："我们家有个女学士，可惜不是个男儿。"父亲非常钟爱她，希望给她挑选一个贵婿。父亲死后，她母亲也抱着这样的心愿，三年不能如愿，后来也死了。有人劝颜氏嫁一个有才学的读书人，姑娘心中愿意，只是没有遇到合适的。

正巧邻家嫂子过墙来找她攀谈，嫂子拿的绣花线是用一张写字的纸包着。颜氏打开一看，是书生写给嫂子丈夫的亲笔信。反复看过，对写信人产生了好感。嫂子看出了她的心思，就小声说："这是一个翩翩美少年，父母双亡和你一样，年纪和你相当，你要是有意，我去和丈夫说，成全这件好事。"颜氏脉脉含情，没有答话。嫂子回到家中，把自己的主意告诉了丈夫。她丈夫原来就和书生要好，把这事对书生一说，书生非常高兴，拿出母亲留下的饰有金乌的指环作为聘礼，委托嫂子的丈夫转交颜氏。

双方订下日子举行了婚礼，婚后生活非常融洽欢乐。等到颜氏看到书生写的文章，笑道："文章与你这个人好像是两个人，如此这般，何日才可功成名就？她天天劝书生研读，要求严格如同良师益友。天黑下来，她先挑亮灯烛伏在案前独自吟哦，给丈夫做表率，直到三更天，才停下休息。

这样过了一年多，书生的八股文已经写得相当通达。然而两次应试，两次失败，在立身扬名上困顿失意，连吃饭都成了问题。想起科场失意的情形，书生非常苦闷，不禁嗷嗷悲泣。颜氏呵斥他说："你真不是个大丈夫，辜负了头上的男冠。假如让我换掉发髻而戴男冠，求取高官厚禄，在我来看就像拾取草芥一样容易。"书生正在懊恼沮丧，听到妻子一番话，瞪着眼睛发怒地说："女人家，没进过考场，就以为求取功名像你在厨房打水煮白粥一样。要是给你戴上男冠，恐怕你也和我一样。"颜氏笑着说："你别生气，等到下回考试，让我女扮男装替你考一次，倘若也像你一样落拓失意，就不敢再藐视天下的念书人了。"书生也笑着说："你自然不知道黄檗的苦味，真该让你尝尝，只是怕露了馅，被乡邻笑话。"颜氏说："我并不是开玩笑，你曾说顺天府的老家有老宅，让我女扮男装跟着你回去，装做你的弟弟。你从襁褓的时候就出来，谁能辨别我们的真假呢？"书生依从了她。颜氏进到房中，换上男装出来，说："你看我可做个男子吗？"书生看着她，俨然一个自命不凡的少年。书生大喜，一一辞别乡里，交情好的有所馈赠，他买了头瘦驴，就驮着妻子回老家了。

书生的堂兄还在，见两个弟弟美若冠玉，特别高兴。早晚顾惜他们。又见二人起早贪黑地用功苦读，倍加喜爱敬重。就雇了一个小童仆，供他们驱使。天黑以后，就把童仆打发走。乡中有个吊丧喜庆的事，哥哥出面周旋应酬，弟弟只管闭门苦读。住了半年，很少有人见过弟弟，有的客人想见见弟弟，哥哥就代为推辞。人们读到弟弟的文章，惊得目瞪口呆。有的人硬要推门进来要和弟弟相见，他作个揖就避开了。客人见到他的风采，都心生倾慕。从此名声大噪，世禄之家争相要招弟弟做上门女婿。堂兄来和他商量，只是笑笑而已。堂兄再勉强他，就

说："我立志平步青云，不中进士，不结婚。"正好学使大人亲临主考，兄弟俩一同去应试，哥哥又一次落第，弟弟以科第头名参加乡试，考中顺天府乡试第四名。第二年考中进士，授桐城县县令官职，治县政声雀起。不久升迁河南道掌印御史，富同王侯。于是他以疾病为由请求辞官，皇帝赐他回归故里。来求见想做宾客的人挤满了家门，他始终谢绝不肯接纳。从他当了秀才直到显贵，并没谈娶妻之事，人们无不对此感到奇怪。回归乡里后，渐渐地买了婢女，有人怀疑他同婢女有私情，嫂子察视他，毫无不正当之处。

不久，明朝灭亡，天下大乱。颜氏这才告诉嫂子说："实话对你说，我是你小叔子的妻子。因为丈夫无能，不能建立功名，就赌气自己应考为官。深怕事情张扬开去，以致天子问罪，让天下人笑话。"嫂子不信，她就脱了靴子伸出脚来，嫂子这才愣住了。再看那靴子里面，塞满了破棉絮。于是让书生接替了官衔，自己仍居深闺，闭门不出。颜氏生平没有生育，就出钱给丈夫买妾。她对丈夫说："一般身居达官显贵的人，就买姬妾供自己享用。我做官十年，还是一个人。你有什么福运，坐享漂亮的女子？"丈夫说："'面首三十人'，请你自己置办吧。"一时传为笑谈。这时书生的父母，多次受到朝廷封赐。达官显贵前来拜访，以拜见侍御史的礼数尊待书生，书生羞于承袭妻子的官衔，只是以秀才自居，一生未尝动用过侍御史的车驾。

异史氏说：公婆由于儿媳妇受到册封，称得上稀奇，然而身为侍御而怯弱如妇人的，何时没有？只是身为妇人而官居侍御的人少有罢了。天下戴儒冠、称作丈夫的人，都羞愧死了。

［何守奇］女也而男，公然仕宦，使非鼎革，则雌雄辨矣，不几于人妖欤！

杜翁

【原文】

杜翁，沂水人。偶自市中出，坐墙下，以候同游。觉少倦，忽若梦，见一人持牒摄去。至一府署，从来所未经。一人戴瓦垄冠自内出，则青州张某，其故人也。见杜惊曰："杜大哥何至此？"杜言："不知何事，但有勾牒。"张疑其误，将为查验。乃嘱曰："谨立此，勿他适。恐一迷失，将难救挽。"遂去，久之不出。

惟持牒人来，自认其误，释令归。杜别而行，途中遇六七女郎，容色美好，悦而尾之。下道，趋小径，行数十步，闻张在后大呼曰："杜大哥，汝将何往？"杜迷恋不已。俄见诸女入一圭窦，心识为王氏卖酒者之家。不觉探身门内，略一窥瞻，即觉身在苙中，与诸小豭同伏。豁然自悟，已化豕矣。而耳中犹闻张呼，大惧，急以首触壁。闻人言曰："小豕颠痫矣。"还顾，已复为人。速出门，则

张候于途。责曰："固嘱勿他往，何不听言？几至坏事！"遂把手送至市门，乃去。杜忽醒，则身犹倚壁间。诣王氏问之，果有一豕自触死云。

【译文】

杜翁，山东沂水人。有一次他从集市出来，坐在墙下，等候同伴，觉得有些倦怠，忽然之间就进入了梦乡。他梦见一个人手持公文把他抓走，来到一个从来没有过的官署，一个头戴瓦楞帽的人从里面走出来，正是青州人张某，杜翁的故交。他一见杜翁惊讶地问："杜大哥为何在这里？"杜翁说："不知什么事，只是有抓人的公文。"张某怀疑搞错了，要为杜翁查对，就嘱咐说："就站在这里，别到其他地方去，恐怕你一旦迷失，就很难挽救了。"说完就走了。过了很长时间不见他出来，只有一个手持公文的人前来，承认是抓错了，放他回家，然后告别杜翁离去。途中，杜翁遇到六七个女郎，容貌妖媚动人，杜翁心生喜爱，就尾随她们。走下大道，奔到一条小路上，走了十几步，听见张某在后面大叫说："杜大哥，你要去哪儿？"杜翁迷恋，也不停步。一会儿，见几个女郎进了一个小门。他认出是卖酒的王氏的家，不由得把身子探进门内，刚看一眼，就发现自己已身在猪圈，和几头小猪趴在一起。杜翁豁然醒悟，自己已经变成猪了，耳中仍然听到张某在叫自己。他吓坏了，急忙用头去撞墙壁。听见有人说："小猪发羊角疯了。"回头一看，自己又变成了人。赶快出了门，张某正在路边等他，责怪他说："本来就嘱咐你不要到别处去，怎么不听啊？险些坏事！"就拉着他的手把他送到集市门口，才离去。杜翁忽然醒来，身子仍然倚靠着墙壁。到王氏那里一问，果然有一头小猪撞死了。

小 谢

【原文】

渭南姜部郎第，多鬼魅，常惑人，因徙去。留苍头门之而死，数易皆死，遂

废之。里有陶生望三者，夙倜傥，好狎妓，酒阑辄去之。友人故使妓奔就之，亦笑纳不拒，而实终夜无所沾染。常宿部郎家，有婢夜奔，生坚拒不乱，部郎以是契重之。家綦贫，又有"鼓盆之戚"，茅屋数椽，溽暑不堪其热，因请部郎假废第。部郎以其凶故却之。生因作《续无鬼论》献部郎，且曰："鬼何能为！"部郎以其请之坚，诺之。

生往除厅事。薄暮，置书其中，返取他物，则书已亡。怪之，仰卧榻上，静息以伺其变。食顷，闻步履声，睨之，见二女自房中出，所亡书送还案上。一约二十，一可十七八，并皆姝丽。逡巡立榻下，相视而笑。生寂不动。长者翘一足踹生腹，少者掩口匿笑。生觉心摇摇若不自持，即急肃然端念，卒不顾。女近以左手捋髭，右手轻批颐颊作小响，少者益笑。生骤起，叱曰："鬼物敢尔！"二女骇奔而散。生恐夜为所苦，欲移归，又耻其言不掩，乃挑灯读。暗中鬼影憧憧，略不顾瞻。夜将半，烛而寝。始交睫，觉人以细物穿鼻，奇痒，大嚏，但闻暗处隐隐作笑声。生不语，假寐以俟之。俄见少女以纸条拈细股，鹤行鹭伏而至，生暴起诃之，飘窜而去。既寝，又穿其耳。终夜不堪其扰。鸡既鸣，乃寂无声，生始酣眠，终日无所睹闻。

日既下，恍惚出现。生遂夜炊，将以达旦。长者渐曲肱几上观生读，既而掩生卷。生怒捉之，即已飘散；少间，又抚之。生以手按卷读。少者潜于脑后，交两手掩生目，瞥然去，远立以哂。生指骂曰："小鬼头！捉得便都杀却！"女子即又不惧。因戏之曰："房中纵送，我都不解，缠我无益。"二女微笑，转身向灶，析薪溲米，为生执爨。生顾而奖之曰："两卿此为，不胜憨跳耶？"俄顷粥熟，争以匕、箸、陶碗置几上。生曰："感卿服役，何以报德？"女笑云："饭中溲合砒、鸩矣。"生曰："与卿夙无嫌怨，何至以此相加。"啜已复盛，争为奔走。生乐之，习以为常。

日渐稔，接坐倾语，审其姓名。长者云："妾秋容乔氏，彼阮家小谢也。"又研问所由来，小谢笑曰："痴郎！尚不敢一呈身，谁要汝问门第，作嫁娶耶？"生正容曰："相对丽质，宁独无情；但阴冥之气，中人必死。不乐与居者，行可耳；乐与居者，安可耳。如不见爱，何必玷两佳人？如果见爱，何必死一狂生？"二女相顾动容，自此不甚虐弄之。然时而探手于怀，捋裤于地，亦置不为怪。

一日，录书未卒业而出，返则小谢伏案头，操管代录。见生，掷笔睨笑。近视之，虽劣不成书，而行列疏整。生赞曰："卿雅人也！苟乐此，仆教卿为之。"乃拥诸怀，把腕而教之画。秋容自外入，色乍变，意似妒。小谢笑曰："童时尝从父学书，久不作，遂如梦寐。"秋容不语。生喻其意，伪为不觉者，遂抱而授以笔，曰："我视卿能此否？"作数字而起，曰："秋娘大好笔力！"秋容乃喜。生于是折两纸为范，俾共临摹，生另一灯读。窃喜其各有所事，不相侵扰。仿毕，祗立几前，听生月旦。秋容素不解读，涂鸦不可辨认，花判已，自顾不如小谢，有惭色。生奖慰之，颜始霁。二女由此师事生，坐为抓背，卧为按股，不惟不敢侮，争媚之。逾月，小谢书居然端好，生偶赞。秋容大惭，粉黛淫淫，泪痕如线，生百端慰解之乃已。因教之读，颖悟非常，指示一过，无再问者。与生竞读，常至终夜。小谢又引其弟三郎来拜生门下，年十五六，姿容秀美，以金如意一钩为贽。生令与秋容执一经，满堂咿唔，生于此设鬼帐焉。部郎闻之喜，以时给其薪水。

积数月，秋容与三郎皆能诗，时相酬唱。小谢阴嘱勿教秋容，生诺之；秋容阴嘱勿教小谢，生亦诺之。一日生将赴试，二女涕泪相别。三郎曰："此行可以托疾免；不然，恐履不吉。"生以告疾为辱，遂行。先是，生好以诗词讥切时事，获罪于邑贵介，日思中伤之。阴赂学使，诬以行简，淹禁狱中。资斧绝，乞食于囚人，自分已无生理。忽一人飘忽而入，则秋容也，以馔具馈生。相向悲咽，曰："三郎虑君不吉，今果不谬。三郎与妾同来，赴院申理矣。"数语而出，人不之睹。越日部院出，三郎遮道声屈，收之。秋容入狱报生，返身往侦之，三日不返。生愁饿无聊，度日如年。忽小谢至，怆惋欲绝，言："秋容归，经由城隍祠，被西廊黑判强摄去，逼充御媵。秋容不屈，今亦幽囚。妾驰百里，奔波颇殆；至北郭，被老棘刺吾足心，痛彻骨髓，恐不能再至矣。"因示之足，血殷凌波焉。出金三两，跛踦而没。部院勘三郎，素非瓜葛，无端代控，将杖之，扑地遂灭。异之。览其状，情词悲恻。提生面鞫，问："三郎何人？"生伪为不知。部院悟其冤，释之。

既归，竟夕无一人。更阑，小谢始至，惨然曰："三郎在部院，被廨神押赴冥司；冥王因三郎义，令托生富贵家。秋容久锢，妾以状投城隍，又被按阁不得入，且复奈何？"生忿然曰："黑老魅何敢如此！明日仆其像，践踏为泥，数城隍而责之。案下吏暴横如此，渠在醉梦中耶！"悲愤相对，不觉四漏将残，秋容飘然忽至。两人惊喜，急问。秋容泣下曰："今为郎万苦矣！判日以刀杖相逼，

今夕忽放妾归，曰：'我无他意，原以爱故；既不愿，固亦不曾污玷。烦告陶秋曹，勿见谴责。'"生闻少欢，欲与同寝，曰："今日愿与卿死。"二女戚然曰："向受开导，颇知义理，何忍以爱君者杀君乎？"执不可。然俯颈倾头，情均伉俪。二女以遭难故，妒念全消。

会一道士途遇生，顾谓"身有鬼气"。生以其言异，具告之。道士曰："此鬼大好，不拟负他。"因书二符付生，曰："归授两鬼，任其福命。如闻门外有哭女者，吞符急出，先到者可活。"生拜受，归嘱二女。后月余，果闻有哭女者，二女争奔而去。小谢忙急，忘吞其符。见有丧舆过，秋容直出，入棺而没；小谢不得入，痛哭而返。生出视，则富室郝氏殡其女。共见一女子入棺而去，方共惊疑；俄闻棺中有声，息肩发验，女已顿苏。因暂寄生斋外，罗守之。忽开目问陶生，郝氏研诘之，答云："我非汝女也。"遂以情告。郝未深信，欲舁归，女不从，径入生斋，偃卧不起。郝乃识婿而去。

生就视之，面庞虽异，而光艳不减秋容，喜惬过望，殷叙平生。忽闻呜呜然鬼泣，则小谢哭于暗陬。心甚怜之，即移灯往，宽譬哀情，而衿袖淋浪，痛不可解，近晓始去。天明，郝以婢媪赍送香奁，居然翁婿矣。暮入帏房，则小谢又哭。如此六七夜。夫妇俱为惨动，不能成合卺之礼。生忧思无策，秋容曰："道士，仙人也。再往求，倘得怜救。"生然之。迹道士所在，叩伏自陈。道士力言"无术"，生哀不已。道士笑曰："痴生好缠人。合与有缘，请竭吾术。"乃从生来，索静室，掩扉坐，戒勿相问，凡十余日，不饮不食。潜窥之，瞑若睡。一日晨兴，有少女搴帷入，明眸皓齿，光艳照人，微笑曰："跋履终日，惫极矣！被汝纠缠不了，奔驰百里外，始得一好庐舍，道人载与俱来矣。待见其人，便相交付耳。"敛昏，小谢至，女遽起迎抱之，翕然合为一体，仆地而僵。道士自室中出，拱手径去。拜而送之。及返，则女已苏。扶置床上，气体渐舒，但把足呻言趾股瘦痿，数日始能起。

后生应试得通籍。有蔡子经者与同谱。以事过生，留数日。小谢自邻舍归，蔡望见之，疾趋相蹑，小谢侧身敛避，心窃怒其轻薄。蔡告生曰："一事深骇物听，可相告否？"诘之，答曰："三年前，少妹夭殒，经两夜而失其尸，至今疑念。适见夫人，何相似之深也？"生笑曰："山荆陋劣，何足以方君妹？然既系同谱，义即至切，何妨一献妻孥。"乃入内室，使小谢衣殉装出。蔡大惊曰："真吾妹也！"因而泣下。生乃具述其本末。蔡喜曰："妹子未死，吾将速归，用慰严慈。"遂去。过数日，举家皆至。后往来如郝焉。

异史氏曰："绝世佳人，求一而难之，何遽得两哉！事千古而一见，惟不私奔女者能遭之也。道士其仙耶？何术之神也！苟有其术，丑鬼可交耳。"

【译文】

　　陕西渭南县姜侍郎的住宅，鬼魅很多，经常迷惑人，因此就搬家离去。只留下仆

人看门，仆人却死了。又换了几个人看门，也都死了，于是就把宅院废弃不用。

乡里有个书生，名叫陶望三，素来倜傥风流，好让妓女陪酒，酒喝得尽兴时却叫妓女离去。友人故意让妓女去勾引他，他也笑着接纳不拒，而实际整夜与妓女无染。他曾经寄宿在姜侍郎家，有个丫环夜里来找他，陶生坚决拒绝，不肯乱搞，姜侍郎由此很器重他。陶生家境极为贫穷，妻子又死了，几间茅屋，湿热的暑天热得人受不了，就向姜侍郎求借废宅。姜侍郎因为废宅多凶事，回绝了他。陶生就作了一篇《续无鬼论》献给姜侍郎，并且说："鬼能把我怎么样？"姜侍郎因他坚决要借，就许诺了。

陶生去打扫厅房。傍晚，他把书放在房中，回家去取东西，回来书已不见。他感到奇怪，就仰卧在床榻上，平心静气地等待着事情的变化。约过了一顿饭的工夫，听到了脚步声。斜眼一看，有两个女孩从房中走出，丢失的书已送还到桌案上。她们一个约二十岁，一个十七八岁，都很美丽。她们犹犹豫豫地来到床边，相视而笑。陶生静静躺着一动不动，年长的那个女孩翘起一只脚端陶生的肚子，年少的那个捂着嘴偷偷地笑。陶生顿觉心神摇荡，好像难以自持，赶紧严肃地正了正念头，到底没有理睬她们。年长的女孩又到近前用右手将陶生的髭须，用右手轻轻地打他耳光，发出轻微的声响，年少的笑得益发厉害。陶生猛然起身，骂道："鬼东西！敢无礼！"两个女孩吓得奔逃而散。陶生深恐夜里被两个女孩折磨，想搬回家去，又为自己说了大话却不能实行而感到羞耻，就挑灯夜读。黑暗中鬼影晃来晃去，陶生连看也不看。将近半夜了，他点着蜡烛睡下，刚一合眼，就感觉有人用很细的东西刺进自己的鼻孔，痒得厉害，不禁打了个大喷嚏，只听黑暗处隐隐传来笑声。陶生不说话，假装睡了等着她们。一会儿，见那个年少的女孩用纸条捻成细绳，迈着鹤步，猫着腰来到跟前。陶生暴跳起来呵斥她，她轻飘飘地逃窜而去。已经睡下了，女孩又来捅他耳朵，整夜被搅得受不了，雄鸡报晓，才沉寂下来，陶生这才睡熟了。整个白天一无所见，太阳偏西之后，恍恍惚惚的两个女孩又出现了。陶生就连夜做饭，想熬个通宵。年长的女孩渐渐地走过来，弯着胳臂伏在几案上，看着陶生读书，接着把陶生的书合上，陶生大怒去捉她，她马上飘然散去，一会儿又过来抚弄他。陶生用手按着书读，年少的女孩就悄悄跑到他身后，两手交叉蒙住他的眼睛，又迅速走开，远远地站在一旁微笑。陶生指着她骂道："小鬼头！让我捉住，便都杀了！"女孩走到近前又不惧怕。于是陶生戏弄她们说："房中纵送，我都不懂，纠缠我没用。"两个女孩微微一笑，转身奔向灶间，劈柴淘米，为陶生烧火做饭，陶生看着她们夸奖道："你们干这个，不比瞎闹腾好吗？"一会儿，粥煮熟了，她俩争着把饭匙、筷子、饭碗摆放在几案上。陶生说："你们为我劳累，令人感动，我怎么报答你们的好处呢？"女孩笑着说："饭中掺进砒霜和毒酒了。"陶生说："我和你们素来没有怨仇，何至于加害到这一步呢？"喝完粥，又盛上，两个女孩争相为他跑腿。陶生乐意她们这样，习以为常。渐渐地她们混得越来越熟了，坐在一起说着

心里话。陶生问两女孩的姓名，年长的女孩说："我叫秋容，姓乔，她是阮家的小谢。"又追问她们的来历，小谢笑着说："傻郎君，还不敢露出你的身子，谁要你问我们门第出身，想娶我们不成？"陶生一本正经地说："面对两位佳丽，难道我不动情吗？只是阴曹地府的阴气中了人身必死。你们不乐意与我在一块儿住，可以走开；乐意与我住在一块儿，安心住好了。如果不被你们爱，我何必玷污两个佳人？如果被你们爱，又何必让一个狂生去死呢？"两个女孩互相看了一眼，深受感动，自此以后不太戏谑捉弄陶生。然而时常把手伸到陶生怀里，把他的裤子褪到地上，陶生也不放在心上，不以为怪。

一天，陶生书没抄完就出去了，回来看到小谢伏在案头，执笔代抄。见到陶生，她扔下笔斜着眼笑。近前看那字，虽然写得极不像样，但横竖成行。陶生称赞说："你是个文人呀，如果乐意抄写，我教你来写。"就把小谢抱在怀里，把着手腕教她笔画。秋容从外面进来，见此马上变了脸色，好像很妒嫉。小谢笑着说："儿时曾跟父亲学写字，很久不写了，就像做梦一样。"秋容没说话，陶生明白她的心思，假装什么也不知道，就抱起她，递给她一支笔说："让我看看你会不会写字？"秋容写了几个字，陶生起身说："秋容笔力很好。"秋容这才高兴起来。陶生于是将两张纸折成方格写上范字，让两个女孩一起临摹。陶生在另一盏灯下读书，暗自高兴她们各自有事可做，不会再来搅扰。两个女孩临摹完毕，敬立几案前，听候陶生评判。秋容素来不识字，涂得乌七八糟，不可辨认。评判完毕，自知不如小谢，感到惭愧，陶生对她夸奖劝慰一番，脸色才变得开朗了。两个女孩从此拜陶生为师，坐着给他搔背，躺下为他捶腿，不但不敢侮慢，还争相讨他欢心。过了一个月，小谢的字居然写得端正好看。陶生偶尔赞扬她，秋容听了大为惭愧，脸上的粉黛和着眼泪而下，泪痕如线，陶生百般宽慰劝解，这才好了。陶生就教她们读书，她们聪明异常，指点一遍，不会再问第二遍。她们和陶生比赛读书，时常读一个通宵。小谢又将她弟弟三郎引见来，拜在陶生门下。三郎年纪十五六岁，容貌秀美，以一钩金如意作为拜师之礼。陶生令他与秋容共同学习一种经书，满堂响起"咿咿呀呀"的读书声，陶生在这里开办了一所鬼学。姜侍郎听说很高兴，按时给陶生送来柴米。过了几个月秋容与三郎都能作诗了，时常互相酬唱。小谢背地里嘱咐陶生不要教秋容，陶生答应了。秋容背地里嘱咐陶生不要教小谢，陶生也答应了。一天，陶生要去赶考，两个女孩流泪送他上路。三郎说："这次应考可以推托生病不去，不然的话，恐怕遇到凶险。"陶生认为托病不去是耻辱，就上路了。

此前，陶生好写诗词讥讽时政，得罪了当地显贵，显贵整天想着中伤陶生。他暗地里贿赂学政，诬蔑陶生品行不端，就把陶生送进了监狱。陶生的盘缠用光了，就向囚犯们讨吃的，料想自己已经没有生还的可能。忽然有个人飘飘忽忽自外而入，原来是秋容。秋容带来酒食给陶生吃，两人相对悲伤呜咽。秋容说："三郎忧虑你出行不吉利，如今果然不错。三郎和我一块儿前来，去巡抚衙门为你伸冤去了。"秋容说了几句就出去了，人们谁也看不见她。过了一天，巡抚出行，三郎拦路喊冤，就被带走了。秋容入狱报告了陶生，返身前去探听消息，三天没有回来。陶生忧愁饥饿，百无聊赖，度日如年。忽然小谢来了，悲伤怨恨得要死，说："秋容回家，经过城隍庙，被庙里西廊上的黑判官抢了去，逼她为妾。秋容不肯屈服，现在也被关了起来。我跑了百里多路，奔波得太疲乏了，走到城北，被老荆棘刺伤了脚心，痛彻骨髓，恐怕不能再来了。"于是抬起脚让陶生看，只见鲜血染红了鞋袜。小谢拿出三两银子给陶生，就一瘸一拐地走了。巡抚审问三郎，说他向来与陶生非亲非故，无缘无故代人告状，要打他的板子，三郎扑倒在地就消失了。巡抚感到奇怪，看他的状词，富有感情的言词悲伤感人，就提出陶生当面审问，问："三郎是你什么人?"陶生假装不知，巡抚由此领悟到陶生是冤枉的，就把他放了。

陶生回到家里，整个晚上不见一人。直到深夜，小谢才到，她神色凄惨地说："三郎在巡抚衙门，被管衙门的神给押到阴曹地府，阎王爷因为三郎仗义，令他托生富贵人家。秋容被关了很久，我写了状子想投给城隍老爷，又被压下，不能上达，该怎么办呢?"陶生忿恨地说："老黑鬼怎敢如此! 明天推倒他的座像，践踏成泥土，列举罪状责问城隍老爷，他的下属如此横暴，他在醉梦中不成!"两人悲愤相对，不知不觉四更将尽。秋容飘飘然忽然来到，两人惊喜，急忙询问。秋容流着泪说："这回我为你受尽了苦，判官每日里用刀杖逼迫我，今晚忽然放我回家，说:'我没有他心，原本是因为爱你，既然你不愿意，本来也没有玷污你，麻烦你转告陶官人，不要谴责我。'"陶生听了心中略喜，想与秋容同寝，说："今天我愿意为你而死。"两个女孩悲伤地说："先前受到你的开导，才懂得一些道理。怎么忍心因为爱你而杀死你呢?"执意不允。然而三人交颈贴脸，情同夫妻，两个女孩由于遭受磨难的缘故，妒嫉之心全没了。

正巧有个道士途中与陶生相遇，看着他说："你身有鬼气。"陶生觉得他的话极不寻常，就全对道士说了，道士说："这两个鬼非常好，你不要辜负了她们。"于是道士画了两道符交给陶生，说："回去交给两个鬼，听凭她们各自的福分和命运。如果听到外面有哭女儿的，让她们吞下符赶快跑出来，先跑到的就可以生还。"陶生拜谢后收下符，回去把道士的话嘱咐了两个女孩。过了一个多月，果然听到有人哭女儿，两个女孩争相奔出。小谢太着急了，忘了吞符。见到灵车过来，秋容直奔而出，进了棺材就隐没不见，小谢进不去，痛哭着回来了。陶生出门一看，是大户人家郝氏给女儿出殡。众人看见一个女子进入棺材，正在惊疑，一会儿，听见棺材中传出声音，放下棺材，打开验看，女儿已经复活了。于是把她暂时寄放在陶生的房子外面，家人围着看守她。忽然女孩睁开眼睛问陶生，郝氏追问她，回答说："我不是你女儿。"就以实情相告。郝氏不太相信，想把她抬回家，女儿不肯，还直奔入陶生房中，躺在床上不起来，郝氏这才认了女婿走了。陶生到近前去看这女孩，面庞虽然不同，但光彩不在秋容之下，喜欢

满意超过了自己的愿望。两人情意深厚地叙述往事，忽然听见"呜呜"地有鬼在哭，原来是小谢躲在角落里哭泣。陶生非常可怜她，就拿着蜡烛走过去，宽慰她的哀伤。小谢哭得衣襟袖子都湿了，痛苦不可排解，天快亮时才离去。天亮了，郝氏派丫环、老妈子送来嫁妆，居然成了翁婿。日暮二人进入卧室，又听到小谢在哭。一连六七个夜晚如此，夫妻俩都被小谢惨切的哭声所动，不能成夫妻之礼。陶生忧心忡忡，手足无措，秋容说："道士是个神仙，你再去求他，或许会得到同情拯救。"陶生点头称是。他找到道士的住处，磕头伏首自道实情，道士极力说自己回生无术，陶生哀求不止。道士笑道："这个书呆子真缠人，该当有缘，让我用尽我的法术。"就跟着陶生来了。他要了一间安静的居室，掩门而坐。告诫陶生不得来询问。共有十多天，不吃不喝，悄悄过来瞧瞧他，只见他闭着眼睛像睡觉。一天早晨起来，有个少女掀帘进来，明亮的眼睛，洁白的牙齿，光彩照人。她微笑着说："终日奔走，我疲惫极了。被你纠缠不过，奔驰到百里之外，才找到一副好躯壳，我就载着她一块儿来了。等我见了那个人，就交付给她。"天黑后，小谢来了，少女马上起身迎上前去抱住她，两人一下合为一体，仆倒在地，直僵僵地躺着。道士由室内出来，拱拱手径自而去，陶生拜谢送他，等到回来，女孩已经苏醒。把她扶到床上，气息渐渐匀畅，肢体也渐渐柔软，只是抱着脚呻吟，说脚趾、大腿酸痛，几天之后才能起床。

后来陶生应试得官，有个叫蔡子京的人与陶生是同榜，他有事过访陶生，在陶生家住了几天。小谢从邻居家回来，蔡子京望见她，急忙赶过来跟上她，小谢侧身躲避，心中暗自气恼他举止轻薄。蔡子京告诉陶生说："有件事太让人吃惊，能告诉你吗？"陶生问是什么事，回答说："三年前，我的小妹死了，死后两夜她的尸首失踪，至今我还在疑惑惦念。刚才见到尊夫人，她怎么那么酷似我小妹呢？"陶生笑着说："我妻子很丑，怎么比得上令妹？不过既然我们同榜，情义就至为密切，何不让您见见我的妻子。"陶生就到内室，让小谢穿上当日装敛的衣服出来。蔡子京一见大惊失色地说："真是我妹妹呀！"说着就哭了起来。陶生就把事情的始末说了一遍，蔡子京高兴地说："妹妹没死，我要赶快回家，告慰二老！"随即离去。过了几天，蔡子京一家人全来了，后来，两家往来同郝家一样。

异史氏说：绝代佳人，求得一位已是难得，怎么会一下子得到两位？这种事千年一见，只有不和私奔之女苟合的人能遇得到。道士是神仙吗？为何他的法术那么神奇？如果真有这样的法术，丑鬼也可以结交了。

[何守奇] 借躯而生，古传其事，然亦谓偶然相值者耳。济之以术，远为召至，及其流弊，遂有摄取初死之尸，以役淫昏之鬼，如所云本自佛传，还求佛恕者。吁！可惧哉！

[但明伦] 目中有妓，心中无妓，此何等学术，何等胸襟！必能坚拒私奔人，乃可作无鬼之论；并可以与鬼同居，不为所扰，而且有以感之化之。夫鬼也而至于感且化，则又何尝有鬼哉！

林 氏

【原文】

济南戚安期，素佻达，喜狎妓，妻婉诫之，不听。妻林氏，美而贤。会北兵入境，被俘去，暮宿途中，欲相犯，林伪许之。适兵佩刀系床头，急抽刀自刎死，兵举而委诸野。次日，拔舍去。有人传林死，戚痛悼往。视之，有微息。负而归，目渐动，稍噤呻，轻扶其项，以竹管滴沥灌饮，能咽。戚抚之曰："卿万一能活，相负者必遭凶折！"半年，林平复如故；惟首为颈痕所牵，常若左顾。戚不以为丑，爱恋逾于平昔，曲巷之游从此绝迹。林自觉形秽，将为置媵，戚执不可。

居数年，林不育，因劝纳婢，戚曰："业誓不二。鬼神鉴之。即嗣续不承，亦吾命耳。若不应绝，卿岂老而不能生耶？"林乃托疾，使戚独宿，遣婢海棠卧其床下。既久，阴以宵情问婢。婢曰："并无。"林不信。至夜，戒婢勿往，自诣婢所卧。少间，闻床上睡息已动。潜起，登床扪之。戚醒问谁，林耳语曰："我海棠也。"戚拒却曰："我有盟誓，不敢更也。若似曩年，尚须汝奔就耶？"林乃下床去。戚仍孤眠。林又使婢托己往就之。戚念妻生平从不肯作不速之客，疑而摸其项，无痕，知为婢，又叱之。婢惭而退。及明，以情告林，使速嫁婢。林笑曰："君亦不必过执。倘得一丈夫子，岂不幸甚。"戚曰："倘背盟誓，鬼责将及，尚望延宗嗣乎？"

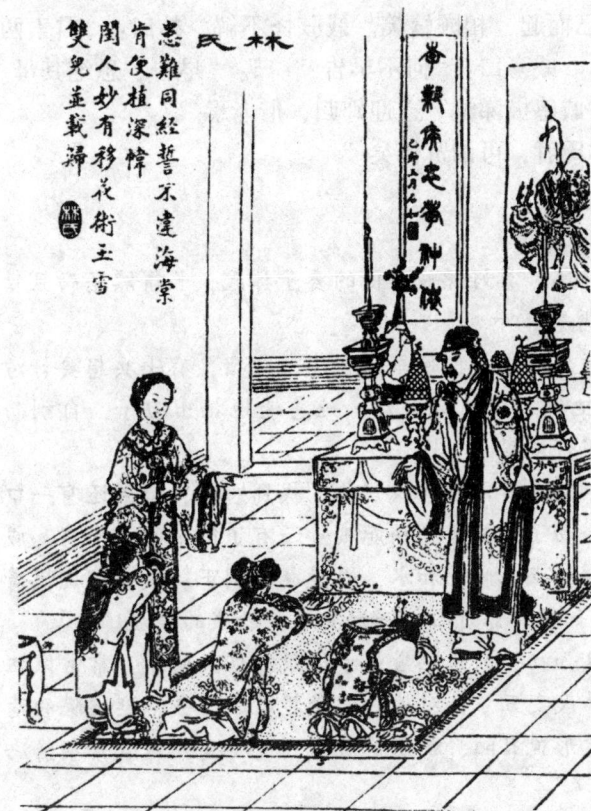

林一日笑语戚曰："凡农家者流，苗与秀不可知，播种常例不可违。晚间耕耨之期至矣。"戚笑会之。既夕，林灭烛呼婢，使卧己衾中。戚入就榻，戏曰：

"佃人来矣。深愧钱镈不利，负此良田。"婢不语。婢及举事，小语戚曰："私处小肿，颠猛不任。"戚体意温恤之。事已，婢伪起溺，以林易之。从此时值落红，辄一为之，而戚不知也。未几，婢腹震，林每使静坐，不令给役于前。故谓戚曰："妾劝内婢，而君弗听。设尔日冒妾时，君误信之，交而得孕，将复如何？"戚曰："留犊鬻母。"林乃不言。无何婢举一子，林暗买乳媪，抱养母家。积四五年，又产一子一女。长名长生，已七岁，就外祖家读书。林半月辄托归宁，一往看视。婢年益长，戚时时促遣之。林辄诺。婢日思儿女，林乃窃为上鬒，送诣母所。林谓戚曰："日谓我不嫁海棠，母家有一义男，业配之。"又数年，子女俱长成。

值戚初度，林先期治具，为候宾客。戚叹曰："岁月骛过，忽已半世。幸各强健，家亦不至冻馁。所阙者，膝下一点耳。"林曰："君执拗，不从妾言，夫谁怨？然欲得男，两亦甚易，何况一也？"戚解颜曰："既言不难，明日便索两男。"林曰："易耳，易耳！"早起，命驾至母家，严妆子女，载与俱归。入门，令雁行立，呼父叩祝千秋。拜已而起，相顾嬉笑。戚骇怪不解。林曰："君索两男，妾添一女。"始为详述本末。戚喜曰："何不早告？"曰："早告，恐绝其母。今子已成立，尚可绝其母乎？"戚感极涕泣。遂迎婢归，偕老焉。

异史氏曰："女有存心如林氏者，可谓贤德矣。"

【译文】

济南的戚安期，历来为人轻薄，喜好嫖妓。他的妻子林氏，长得漂亮而且贤惠，她委婉地劝诫丈夫，丈夫就是不听。

正值北兵侵入县境，林氏被俘虏去。傍晚军队在途中住宿，有士兵想要奸污林氏，林氏假意答应，当士兵把佩刀拴在床头后，她急速地抽出刀子，自刎而死。士兵抬着她的尸体，扔到了野地里。

有人传说林氏死了，戚安期悲痛着前往寻找尸体。找到一看，微微还有一口气，便背回家去。她眼睛渐渐会动了，眉头稍稍能皱，还有了微微的呻吟声。戚安期扶着她的脖子，用竹管滴灌一点儿食物和水，慢慢也能咽下。戚安期抚摸着她说："你万一能够活下来，我如果对你负心，一定要遭受凶残的报应！"

过了半年，林氏的伤口平复如初，只是脑袋由于被颈部伤痕所牵，常常像扭头左看的样子。戚安期不以为林氏变丑了，对她的爱恋超过了过去，逛妓院的荒唐事，从此绝迹。林氏自己感觉形貌丑陋，就张罗着给丈夫娶妾，但戚安期坚决不同意。

生活了几年，林氏未能生育，于是劝丈夫把婢女收房，戚安期说："我已经发誓要专一不二，鬼神难道没听见吗？即使宗脉无人承传，那也是我的命。如果命不该绝后，你岂能到老就不会生育呢？"于是林氏假托有病，让戚安期一人独睡，同时派遣婢女海棠带着被褥，在他的床下睡觉。过了一段日子，她私下询问

海棠夜里的情况。海棠说没有发生什么事。林氏不相信，到夜里，嘱咐海棠不要去了，她自己偷偷到海棠睡的地方去睡。不一会儿，听到床上发出鼾声，林氏就悄悄爬上戚安期睡的床，去抚摸他。戚安期醒了便问是谁，林氏贴着他耳朵说："我是海棠。"戚安期拒绝说："我有盟誓，不敢违背。若是从前，还用你上床就我吗？"林氏就下床走出来，戚安期仍然独自睡觉。

林氏又让海棠以自己的身份去就戚安期。那时，戚安期想到妻子从来都没有不请自来的，有些怀疑。于是，他摸海棠的脖子，发现没有伤痕，知道是婢女，便叱责她出去。海棠只好惭愧地出了屋。到了天明，海棠把夜里情况告诉林氏，委屈地要求快把自己嫁出门去。林氏笑着对戚安期说："你也不要过于固执，倘若生下一个男孩，这也是很幸运的。"戚安期说："如果背弃了盟誓，鬼神将要惩罚，还能指望传宗接代吗？"

有一天，林氏笑着对戚安期说："种庄稼的人懂得，撒下种后，地上长苗还是长莠，这无法预知，但播种的常例不能违背。晚上的耕种时期到了。"戚安期笑了笑，心领神会。到了晚上，林氏吹灭了灯，叫海棠躺在自己的被窝里。戚安期进了屋，走近床边，开玩笑地说："种田的人来啦，深愧耕具不利，辜负了这块良田。"海棠不说话，接着行事，海棠小声说："阴处有些肿了，颠荡太厉害受不了。"于是戚安期体贴她，温存起来。事毕，海棠假托小便，用林氏来替换。从此，只要月经一过，就用这个办法行事，而戚安期却不知底细。

不久，海棠肚子有了动静，林氏就常常叫她静坐休息，不像从前那样派活给她。有一天，林氏故意对戚安期说："我劝你收了婢女，而你不听，假如有一天她冒充我，你又误认了，交合后怀孕，你准备怎么办？"戚安期回答说："留下孩子，卖掉母亲。"林氏一听就再不言语了。不久，海棠生了一个男孩。林氏暗中买了一个奶妈，抱养在母亲家中。过了四五年，海棠又生一男一女。长子叫长生，已经七岁，在外祖母家读书，林氏每半个月就假托是看望父母，回去看望一次。海棠年龄越来越大，戚安期时常催促快把她送走，林氏便答应下来。海棠日夜思念儿女，林氏就满足了她的愿望，偷偷地给她换下奴婢的服饰，送到母亲家。她对戚安期说："你每天说我不嫁海棠，母亲家有个义子，现在已经许配给他了。"

又过了几年，子女都长大了。正值戚安期的生日就要到了，林氏头一天就置办好了餐饮用具，准备招待来宾和亲友。这时，戚安期叹了口气，说道："岁月过得真快，忽然间已经过了半辈子了。幸好大家都健康，家里也不至于有受冻挨饿之忧虑。所缺少的，就是膝下没有一个儿子。"林氏说："你特别执拗，不听我的话，这怨谁？不过你想要个儿子，两个都不难，何况一个呢。"戚安期高兴地说："既然说不难，明天就要两个儿子来。"林氏说："容易！容易！"

第二天早起，林氏叫备好车马，驾车到了母亲家。把儿女们打扮得整整齐齐，然后坐车一同回到家里。进了门，叫儿女们站成一排，一起口呼父亲大人，

一起磕头祝父亲长寿。大家拜过后起身，互相看着，嘻笑一片。戚安期又惊又怪，不知这是怎么回事。林氏说："你不是要两个儿子吗，我再添给你一个女儿。"于是，这才详细讲起事情的原始本末。戚安期说："为什么不早说？"林氏说："早说，恐怕你不要他们的母亲了。如今儿女长大了，你还能赶她走吗？"戚安期感动极了，不禁落下热泪。于是，他把海棠接了回来，二人相伴一直到白头。

古代有许多贤良的妇女，而像林氏这样的，可以称得上是圣贤了。

[何守奇] 安期之先太放，其后太拘，要亦其妻之贤，有以使之。吾于林氏前后俱无闲言。

[王艺孙] 贤哉林氏！存心如此，罕有其俦。世之妒妇，宜愧死矣。

胡 大 姑

【原文】

益都岳于九，家有狐祟，布帛器具，辄被抛掷邻堵。蓄细葛，将取作服，见捆卷如故，解视，则边实而中虚，悉被剪去。诸如此类，不堪其苦。乱诟骂之，岳戒止曰："恐狐闻。"狐在梁上曰："我已闻之矣。"祟益甚。

一日，夫妻卧未起，狐摄衾服去，各白身蹲床上，望空哀祝之。忽见好女子自窗入，掷衣床头。视之，不甚修长；衣绛红，外袭雪花比甲。岳着衣，揖之曰："上仙有意垂顾，幸勿相扰。请以为女，何如？"狐曰："我齿较汝长，何得妄自尊？"又请为姊妹，乃许之。于是命家人皆呼以胡大姑。时颜镇张八公子家，有狐居楼上，恒与人语。岳问："识之否？"答云："是吾家喜姨，何得不识？"岳曰："彼喜姨曾不扰人，汝何不效？"狐不听，扰如故。犹不甚祟他人，而专祟其子妇：履袜簪珥往往弃道上，每食，辄于粥碗中埋死鼠或粪秽。妇辄掷碗骂骚狐，并不祷免。岳祝曰："儿女辈皆呼汝姑，何略无尊长体耶？"狐曰："教汝子出若妇，我为汝媳，便相安矣。"子妇骂曰："淫狐不自惭，欲与人争汉子耶？"时妇坐衣笥上，忽见浓烟出尻下，熏热如笼。启视，藏裳俱烬；剩一二事，皆姑服也。又使岳子出其妇，子不应。过数日，又促之，仍不应。狐怒，以石击之，额破血流，几毙。岳益患之。

西山李成爻，善符水，因币聘之。李以泥金写红绢作符，三日始成。又以镜缚梃上，捉作柄，遍照宅中。使童子随视，有所见，即急告。至一处，童曰："墙上若犬伏。"李即戟手书符其处。既而禹步庭中，咒移时，即见家中犬豕并来，帖耳戢尾，若听教诲。李挥曰："去！"即纷然鱼贯而去。又咒，群鸭又来，又挥去之。已而鸡至。李指一鸡，大叱之；他鸡俱去，此鸡独伏，交翼长鸣，曰："予不敢矣！"李曰："此物是家中所作紫姑也。"家人并言不曾作。李曰：

"紫姑今尚在。"因共忆三年前，曾为此戏，怪异即自尔日始矣。遍搜之，见刍偶犹在厩梁上。李取投火中。乃出一酒瓶，三咒三叱，鸡起径去。闻瓶口作人言曰："岳四狠哉！数年后当复来。"岳乞付之汤火；李不可，携去。或见其壁间挂数十瓶，塞口者皆狐也。言其以次纵之，出为祟，因此获聘金，居为奇货云。

【译文】

　　山东益都岳于九，家中有狐狸精作祟，布帛器具，往往被扔到邻家的墙下。他存了点儿细葛，取出来准备做衣服。只见捆卷得和从前一样，解开一看，四边是实的，中间已空，全被剪去了。诸如此类的事情，真是不堪其苦。家人胡乱骂那狐狸，岳于九警告制止说："恐怕狐狸听到了。"狐狸在房梁上说："我已经听到了。"由此作祟更厉害。

　　一天，夫妻俩躺着还未起身，狐狸把被子衣服拿了去。两人只好光着身子蹲在床上，望着天空哀求祷告。忽然看见一个漂亮女子自窗而入，把衣服扔在床头。看那姑娘的模样，个头不太高，穿一件绛红色外衣，外套雪花马甲。岳于九穿好衣服，对她作揖说："上仙既然有意光顾，就不要给我们捣乱了。请认你为女，怎么样？"狐狸说："我岁数比你大，你怎么可以妄自尊大？"又请求做姐妹，就同意了。于是他命令家人都称狐狸为胡大姑。

　　当时，颜镇张八公子家有狐狸精住在楼上，常和人说话。岳于九问胡大姑："认识张家的狐狸吗？"回答说："她是我家喜姨，怎么不认识？"岳于九说："那喜姨不曾搅扰人，你为何不效法她？"狐狸不听，搅扰如故。狐狸还不太给其他人捣乱，而专给岳于九的儿媳妇捣乱。儿媳妇的鞋、袜、簪子、耳环，常常被丢弃在道上，每当吃饭时，就在她碗内埋上死老鼠或粪便污秽，而儿媳妇总是扔下饭碗骂骚狐狸，并不祈祷求饶。岳于九祷告说："儿女们都叫你姑姑，为何你一点儿没有尊长的体统呢？"狐狸说："教你儿子休了你儿媳妇，我来做你儿媳，便可相安无事。"儿媳妇骂道："淫荡狐狸，不知羞耻，想和人争丈夫啊！"当时儿媳妇坐在竹箱上，忽然看见屁股底下冒起浓烟，熏烤炽热如坐蒸笼。打开箱子

一看，里面的衣物全部化为灰烬，剩下一两件，都是婆婆的。狐狸又指使岳于九的儿子休妻，儿子不答应，过了几天，又催促他，仍然不答应。狐狸大怒，用石头打岳于九的儿子，额头被砸得破裂淌血，几乎毙命，岳于九越发忧虑狐狸的胡作非为。

西山李成爻，善于画符，岳于九出钱请他来驱邪。李成爻用金粉在红绢上作符，三天才做好。又把镜子绑在棍子上，把棍子当作镜柄拿着，照遍了宅子，还让小童子跟随察看，看到什么马上报告。来到一处，小童子说："墙上好像趴着一条狗。"李成爻立即以食指和中指作戟状，在墙上画符。之后独步庭中，念了一会儿咒语，就看见家中的狗和猪一齐走来，个个俯首贴耳，夹着尾巴，好像在听候教命。李成爻一挥手说："去！"狗和猪立即乱纷纷地排着队离去。他又念咒，一群鸭子就来了，又挥手让它们离去。一会儿鸡来了，李成爻手指其中一只鸡，大声叱骂，其他鸡都离去，这只鸡单独伏在地上，搧动着翅膀高声鸣叫："我不敢了！"李成爻说："这东西是你家中做的紫姑。"家人一齐说没有做过。李成爻说："紫姑至今尚在。"于是大家一起回忆三年前，曾经做过这个游戏，怪异的事就从那一天开始了。搜遍各处，只见草人在马棚的梁上。李成爻拿它下来投到火中烧掉，这才拿出一只酒瓶，念了三遍咒，又叱骂三遍，那只鸡起来径自走了。只听瓶子口上有声音说："岳四真狠哪！数年之后，我再来！"岳于九请求把酒瓶子扔到沸水或火中消灭掉，李成爻不同意，拎走了。有人看见李成爻家的墙壁上挂着数十个瓶子，塞着瓶子口的里面都有狐狸精。听说他依次放狐狸精出来，去人家里捣乱作祟，因此又可获得酬金把它们收服回来，真会囤积居奇呀！

[何守奇] 收之即其纵之者，术人之险，固可畏也。

细　侯

【原文】

昌化满生，设帐余杭。偶涉廛市，经临街阁下，忽有荔壳坠肩头。仰视，一雏姬凭阁上，妖姿婉妙，不觉注目发狂。姬俯哂而入。询之，知为娼楼贾氏女细侯也。其声价颇高，自顾不能适愿。归斋冥想，终宵不枕。明日，往投以刺，相见，言笑甚欢，心志益迷。托故假贷同人，敛金如干，携以赴女，款洽臻至。即枕上口占一绝赠之云："膏腻铜盘夜未央，床头小语麝兰香。新鬌明日重妆凤，无复行云梦楚王。"细侯蹙然曰："妾虽污贱，每愿得同心而事之。君既无妇，视妾可当家否？"生大悦，即叮咛，坚相约。细侯亦喜曰："吟咏之事，妾自谓无难，每于无人处，欲效作一首，恐未能便佳，为观听所讥。倘得相从，幸以教妾。"因问生："家田产几何？"答曰："薄田半顷，破屋数椽而已。"细侯曰："妾归君后，当常相守，勿复设帐为也。四十亩聊足自给，十亩可以种黍，织五

匹绢，纳太平之税有余矣。闭户相对，君读妾织，暇则诗酒可遣，千户侯何足贵！"生曰："卿身价约可几多？"曰："依媪贪志，何能盈也？多不过二百金足矣。可恨妾齿稚，不知重资财，得辄归母，所私蓄者区区无多。君能办百金，过此即非所虑。"生曰："小生之落寞，卿所知也，百金何能自致！有同盟友令于湖南，屡相见招，仆因道远，故惮于行。今为卿故，当往谋之。计三四月，可以复归，幸耐相候。"细侯曰："诺。"

生即弃馆南游，至则令已免官，以挂误居民舍，宦囊空虚，不能为礼。生落魄难返，就邑中授徒焉。三年，莫能归。偶笞弟子，弟子自溺死。东翁痛子而讼师，因被逮囹圄。幸有他门人，怜师无过，时致馈遗，得以无苦。

聊斋志异（图文版）

细侯自别生，杜门不交一客。母诘知故，而志不可夺，亦姑听之。有富贾慕细侯名，托媒于媪，务在必得，不靳直。细侯不可。贾以负贩诣湖南，敬侦生耗。时狱已将解，贾以金赂当事吏，使久锢之。归告媪云："生已瘐死。"细侯不信。媪曰："无论满生已死，纵或不死，与其从穷措大以椎布终也，何如衣锦而厌粱肉乎？"细侯曰："满生虽贫，其骨清也；守龌龊商，诚非所愿。且道路之言，何足凭信！"贾又转嘱他商，假作满生绝命书寄细侯，以绝其望。细侯得书，朝夕哀哭。媪曰："我自幼于汝，抚育良劬。汝成人二三年，所得报日亦无多。既不愿隶籍，又不肯嫁，何以能生活？"细侯不得已，遂嫁贾。贾衣服簪环，供给丰佟。年余，生一子。

无何，生得门人力，昭雪出狱，始知贾之锢己也。然念素无嫌隙，反复不得其由。门人义助资斧得归。既闻细侯已嫁，心甚激楚，因以所苦，托市媪卖浆者达细侯。细侯大悲，方悟前此多端，悉贾之诡谋。乘贾他出，杀抱中儿，携所有以归满；凡贾家服饰，一无所取。贾归，怒讼于官。官原其情，竟置不问。嘻！破镜重归，盟心不改，义实可嘉。然必杀子而行，未免太忍矣！

【译文】

浙江昌化满生，在余杭设馆教书。他偶尔去逛街市，经过临街的阁楼下时，忽然有荔枝壳落在肩头。抬头看去，一个少女正倚在阁楼上，姿容艳丽美好，满生不由得痴痴地盯着她看，欣喜若狂，少女朝下微微一笑，就回屋去了。满生向人打听，才知这女孩是妓院贾氏的女儿，名叫细侯。细侯身价很高，满生自忖难以如愿，回到书斋冥思苦想，通宵未眠。第二天，满生去妓院递上名片，得与细侯相见，两人说说笑笑，十分开心，满生心里越发迷恋细侯。他找借口向同行借钱，凑足了若干银两，拿着来找细侯，两人如胶似漆。满生在枕上随口作了一首七绝赠给细侯："膏腻铜盘夜未央，床头小语麝兰香。新雏明日重妆凤，无复行云梦楚王。"细侯听罢郑重而忧伤地说："我虽然肮脏低贱，可是每每愿意得到一个情投意合的人来侍奉他，你既然没有妻子，看我能否给你当家？"满生大喜，就叮嘱她，再三约定一定娶她。细侯也高兴地说："作诗吟咏这些事，我自认为不难，我常在没人时，想摹仿作一首，恐怕未必一作就好，被看到听到的人讥笑。若是能跟了你，你可一定教我啊！"于是问满生："你家有多少田产？"回答说："有半顷薄田，破屋数间。"细侯说："我嫁给你之后，要和你长期厮守，不要再教书了。四十亩田的收获大略足以自给，十亩地种桑，织五匹绢，太平年景纳税是有余的，我们关门相守，你读书我织布，闲暇时可以作诗饮酒来消遣，这样的生活就是千户侯也不值得看重啊！"满生说："你的身价大约多少钱？"细侯说："依着妈妈的贪心，怎么能填得满啊？最多不过二百两银子就够了，只可恨我年纪小，不懂看重钱财，得到就交给妈妈，自己的积蓄少得可怜。你若能备办一百两银子，其余的你就别操心了。"满生说："我家境清贫，这是你知道的，一百两银子怎么能弄到？有个结拜兄弟，在湖南做县令，他屡次叫我去，我因为道远，所以不敢前往。如今为了你的缘故，要前去同他商量，估计三四个月，可以归来，希望你耐心等候。"细侯答应了。

满生立即辞去教书的差事南行，到了湖南，县令已被免职，因为过失受到处分，住在民宅里，官囊空空如也，不能赠送满生钱财。满生处境窘困，难以返回，就在当地教书，三年不能回去。有一次他用竹板责打学生，学生就自己淹死了，东家因为痛惜儿子，把满生告到官府，因此被捕入狱。幸亏有其他学生同情先生没有过失，时常送些东西给他，由此才没受多少苦。

细侯自从和满生分别，闭门不接任何客人。鸨母问知原故。知她决心不可改变，也就姑且听之任之。有个富商爱慕细侯，托媒人向鸨母说亲，志在必得，不惜高价，细侯不肯。富商做买卖到湖南，暗地里打听满生的消息。当时满生的案子即将了结，富商用钱贿赂办案官吏，让他长期关押满生，回来告诉鸨母说："满生已病死在监狱里。"细侯怀疑消息不准确，鸨母说："别说满生已死，就是不死，与其嫁给个穷书生吃苦受穷一辈子，怎么比得上穿着绫罗绸缎饱食美味佳

肴呢?"细侯说:"满生虽然贫穷,可人品清高。守着龌龊商人,实在不是我的心愿。况且道听途说,怎么值得相信呢?"富商又转托其他商人伪造满生的绝命书,寄给细侯,用来打消她的希望。细侯得到信,只有整日哀哭,鸨母说:"我自幼抚养你极为辛苦。你成人这二三年,得到回报的日子也不多,既不愿做妓女,现在又不肯嫁人,用什么生活呢?"细侯迫不得已,就嫁给了富商。富商给她做衣服,打簪子、耳环等首饰,供给十分奢侈,过了一年多,细侯生了个儿子。

不久,满生得到学生的帮助,昭雪出狱,才知道是富商使自己长期被监禁,然而自念素来无怨无仇,想来想去也找不到缘由。学生仗义资助满生路费,这才回到余杭。听到细侯已经嫁人,满生内心极为激愤酸楚,就把自己所受之苦托市场上卖酒的老太婆告诉了细侯。细侯非常悲痛,这才明白此前的种种事端,全是富商的阴谋诡计。她乘着富商外出,杀死了怀中的孩子,携带着自己的东西,逃到满生那里,凡是富商家的衣服首饰,丝毫未取。富商回来,怒气冲冲告到官府,官吏认为细侯情有可原,就把案子搁置下来,没有过问。

唉!这和当年寿亭侯关羽从曹营逃出归汉有何区别?但看她杀了儿子再逃走的事,也是天下心肠最硬的人了。

[何守奇] 此贾应治以行赇锢人之罪,但置不问,犹为宽典。

狼

【原文】

有屠人货肉归,日已暮,欻一狼来,瞰担上肉,似甚垂涎,随屠尾行数里。屠惧,示之以刃,少却;及走,又从之。屠思狼所欲者肉,不如悬诸树而早取之。遂钩肉,翘足挂树间,示以空担。狼乃止。屠归,昧爽往取肉,遥望树上悬巨物,似人缢死状,大骇。逡巡近视,则死狼也。仰首细审,见狼口中含肉,钩刺狼腭,如鱼吞饵。时狼皮价昂,直十余金,屠小裕焉。缘木求鱼,狼则罹之,是可笑也!

一屠晚归,担中肉尽,止剩骨。途遇两狼,缀行甚远。屠惧,投以骨,一狼得骨止,一狼又从;复投之,后狼止而前狼又至;骨已尽,而两狼并驱如故。屠大窘,恐前后受其敌。顾野有麦场,场主以薪积其中,苫蔽成丘。屠乃奔倚其下,弛担持刀。狼不敢前,眈眈相向。少时,一狼径去;其一犬坐于前,久之,目似瞑,意暇甚。屠暴起,以刀劈狼首,又数刀毙之。转视积薪后,一狼洞其中,意将隧入以攻其后也。身已半入,露其尾,屠自后断其股,亦毙之。方悟前狼假寐,盖以诱敌。狼亦黠矣!而顷刻两毙,禽兽之变诈几何哉?止增笑耳!

一屠暮行,为狼所逼。道旁有夜耕者所遗行室,奔入伏焉。狼自苫中探爪入,屠急捉之,令出不去,但思无计可以死之。惟有小刀不盈寸,遂割破狼爪下皮,以吹豕之法吹之。极力吹移时,觉狼不甚动,方缚以带。出视,则狼胀如

牛，股直不能屈，口张不得
合。遂负之以归。非屠，乌
能作此谋也！三事皆出于
屠；则屠人之残，杀狼亦可
用也。

【译文】

　　有个屠夫卖完肉回家，
天色已晚，忽然跑来一只
狼，看到担子里的肉，馋得
好像口水流了很长。屠夫在
前面走，狼在后面跟着，尾
随了好几里。屠夫很害怕，
拿出刀子吓唬狼，狼就稍微
退却。屠夫转身再走，狼又
跟着他。屠夫无计可施，心
想狼所要吃的是肉，不如把
肉姑且悬挂在树上，明天一
早来取。就用钩子钩上肉，
翘起脚挂到树上，把空担子
给狼看了，狼这才停下来，
屠夫就径直回家了。第二天
一早，屠夫去取肉，远远望去树上挂着一个很大的东西，好像是人吊死的样子。
屠夫吓坏了，犹犹豫豫走到近前一看，原来是一只死狼。抬头仔细一看，只见狼
嘴里叼着肉，肉钩子刺穿了狼的腭骨，如同鱼吞食鱼饵。当时狼皮价格昂贵，卖
了十多两银子，屠夫发了笔小财。缘木求鱼，这样的事让狼遇上了，也真可笑。

　　有一个屠夫晚上归来，担子中的肉都卖光了，只剩下骨头。途中遇到两只
狼，尾随他走了很远。屠夫很害怕，扔出一块骨头，一只狼得到骨头停下了，另
一只狼仍在跟随。屠夫又扔给它一块骨头，这只狼停住了，而先前那只狼又到了
跟前。骨头都扔完了，两只狼照样并排跟着他。屠夫十分窘迫，惟恐前后受到狼
的攻击。他看到田野里有个麦场，场主在场上堆放着许多柴草，苫盖得像座小
山。屠夫就奔过来倚靠在草垛下面，放下肉担子握着刀，狼不敢上前，瞪着眼睛
相对而视。一会儿，一只狼径自离去，另一只像狗一样蹲在前面，时间长了，眼
睛似乎闭上了，神态十分悠闲。屠夫猛然跃起，用刀砍狼头，又砍数刀，把狼杀
死了。正要走，转脸看到柴垛后面，一只狼正钻进柴垛，想打洞进去，从后面攻
击屠夫。狼的身子已经钻进去一半，屁股和尾巴还在外面，屠夫从后面砍断它的

腿，把这只狼也杀死了。这时他才明白前面那只狼假装睡觉，是在迷惑自己，狼也狡猾呀。然而顷刻之间，两只狼都被杀死了，禽兽的狡诈伎俩能有多少呢？只给人增加笑料而已。

一个屠夫夜行，被狼追逼，道旁有一间夜耕者留下的窝棚，就奔进去藏了起来。狼从草苫中探进爪子，屠夫一下子抓住爪子，不让它缩回去，一想没有办法杀死狼，只有一把不到一寸长的小刀，就用刀割破狼爪下面的皮，用吹猪的办法往狼体内吹气。他拚命吹了一阵子，发觉狼不太动弹了，就用带子把狼的创口扎上。出来一看，狼的身体胀得像头牛，腿直得不能打弯，嘴张着合不上，就背着狼回来了。若不是屠夫，怎么会有这样的计谋？这三件事都出在屠夫身上，那么屠夫的残忍，杀狼也可派上用场。

[何守奇] 狼以贪死，以诈死，恃爪牙而亦死。乃知禽兽之行，决不可为。

美 人 首

【原文】

诸商寓居京舍，舍与邻屋相连，中隔板壁，板有松节脱处，穴如盏。忽女子探首入，挽风鬟，绝美；旋伸一臂，洁白如玉。众骇其妖，欲捉，已缩去。少顷，又至，但隔壁不见其身。奔之，则又去之。一商操刀伏壁下。俄首出，暴决之，应手而落，血溅尘土。众惊告主人，主人惧，以其首首焉。逮诸商鞫之，殊荒唐。淹系半年，迄无情词，亦未有一人送官者，乃释商，瘗女首。

【译文】

几个商人寓居在京城的旅店里。旅店和邻居的屋子相连，中间隔着一层板壁，板壁上有个树疖子掉了，形成一个杯子大小的洞。忽见一个女子从洞里探出头来，她头挽凤鬟，绝顶美丽。众人吓了一跳，以为是妖怪，想去

聊斋志异（图文版）

捉她，已经缩了回去。一会儿，又出现了，众人一齐扑向她，就又钻回去了。有个商人手执尖刀伏在板壁下面，一会儿女人的头露出来了，他猛地一砍，头颅应手而落，鲜血溅落下来。众人大吃一惊，告诉了店主，店主很害怕，带着美人头向官府告发。官府将众商人逮去审问，供词十分荒唐。在监狱里关押了半年，一直没有符合犯罪事实的供词，也没有人来报人命案，就把商人们放了，埋了美人头。

刘 亮 采

聊斋志异（图文版）

【原文】

济南怀利仁曰：刘公亮采，狐之后身也。初，太翁居南山，有叟造其庐，自言胡姓。问所居，曰："只在此山中。闲处人少，惟我两人，可与数晨夕，故来相拜识。"因与接谈，词旨便利，悦之。治酒相欢，醺醺而去。越日复来，更加款厚。刘云："自蒙下交，分即最深。但不识家何里，焉所问兴居？"胡曰："不敢讳，某实山中之老狐也。与若有夙因，故敢内交门下。固不能为翁福，亦不敢为翁祸，幸相信勿骇。"刘亦不疑，更相契重。即叙年齿，胡作兄，往来如昆季。有小休咎亦以告。

时刘乏嗣，叟忽云："公勿忧，我当为君后。"刘讶其言怪，胡曰："仆算数已尽，投生有期矣。与其他适，何如生故人家？"刘曰："仙寿万年，何遽及此？"叟摇首曰："非汝所知。"遂去。夜果梦叟来，曰："我今至矣。"既醒，夫人生男，是为刘公。公既长，身短，言词敏谐，绝类胡。少有才名，壬辰成进士。为人任侠，急人之急，以故秦、楚、燕、赵之客，趾踏于门；货酒卖饼者，门前成市焉。

【译文】

听济南怀利仁说：刘亮采是狐狸投胎。

起先，刘亮采的父亲刘太翁住在南山。有个老头到刘家造访，自称姓胡，问他住哪儿，说："就在这山里，闲静处人少，只有你我两人可以朝夕相处在一起，所以前来拜访结识。"于是与刘太翁交谈，谈吐机敏伶俐。刘太翁很喜欢，就备酒欢饮，喝得醉醺醺的才离去。过了一天，老头又来了，两人越发投合融洽。刘太翁说："自从蒙您结交，情分就最深。只是不知您住在哪里，到哪里向您问候起居？"胡老头说："不敢隐瞒，我实际是山里的一只老狐狸，因为与您早就有缘，所以才敢结交门下。当然我不能给你带来福运，也不敢给你带来灾祸。请相信我，不要害怕。"刘太翁听罢也不怀疑，更加默契珍重。当下又各叙年龄，胡老头为兄，两人往来如同兄弟。刘太翁若有小福小祸，胡老头也都告知。

当时刘太翁还没儿子，胡老头忽然说："你别担忧，我当做你的后代。"刘太翁惊讶他出语奇怪。胡老头说："我算计我的寿命已经到头，离转世投胎的日子不远，与其投生到别人家，怎么比得上投生在老朋友家？"刘太翁说："神仙的寿数在万年，哪里就到这一步呢？"胡老头摇摇头说："这不是你所知道的。"就走了。夜里刘太翁果然梦见胡老头前来，说："我现在来了。"醒了之后，夫人生下一个男孩子，这就是刘亮采。

刘亮采成人后，身体短小，言词敏捷诙谐，极像胡老头。少年时代他就以才气闻名，壬辰年间成了进士。

刘亮采

漫悦前身与后身南山
有客竟通神玉壶倘不
分明语谁识佳儿是故人

他为人行侠仗义，急人之所急，所以秦、楚、燕、赵各地来拜见他的客人，踩破了他家的门坎，卖酒、卖饼的小贩在他家门前聚集，形成了一个集市。

蕙芳

【原文】

马二混，居青州东门内，以货面为业。家贫无妇，与母共作苦。一日，媪独居，忽有美人来，年可十六七，椎布甚朴，光华照人。媪惊诘之，女笑曰："我以贤郎诚笃，愿委身母家。"媪益惊曰："娘子天人，有此一言，则折我母子数年寿！"女固请之，媪拒益力，女去。越三日复来，留连不去。问其姓氏，曰："母肯纳我，我乃言；不然，无庸问。"媪曰："贫贱佣保骨，得妇如此，不称亦不祥。"女笑坐床头，恋恋殊殷。媪辞之曰："娘子宜速去，勿相祸。"女出门，媪窥之西去。

又数日，西巷中吕媪来，谓母曰："邻女董蕙芳，孤而无依，自愿为贤郎妇，胡勿纳？"母以所疑为逃亡具白之。吕曰："乌有是？如有乖谬，咎在老身。"母

大喜，诺之。吕去，媪扫室布席，将待子归往娶之。日将暮，女飘然自至，入室参母，起拜尽礼。告媪曰："妾有两婢，未得母命，不敢进也。"媪曰："我母子守穷庐，不解役婢仆。日得蝇头利，仅足自给。今增新妇一人，娇嫩坐食，尚恐不充饱；益之二婢，岂吸风所能活耶？"女笑曰："婢来，亦不费母度支，皆能自食。"问："婢何在？"女乃呼："秋月、秋松！"声未及已，忽如飞鸟堕，二婢已立于前，即令伏地叩母。

既而马归，母迎告之，马喜。入室，见翠栋雕梁，俨于宫殿，几屏帘幕，光耀夺目。惊极，不敢入。女下床迎笑，睹之若仙。益骇，却退，女挽之，坐与温语。马喜出非分，形神若不相属。即起，欲出行沽，女曰："勿须。"因命二婢治具。秋月出一革袋，执向扉后，搭搭撼摆之。已而以手探入，壶盛酒，柈盛炙，触类熏腾。饮已而寝，则花罽锦裀。温腻非常。

天明出门，则茅庐依旧。母子共奇之。媪诣吕所，将迹所由。入门，先谢其媒合之德，吕讶云："久不拜访，何邻女之曾托乎？"媪益疑，具言端委。吕大骇，即同媪来视新妇。女笑迎之，极道作合之义。吕见其惠丽，愕眙良久，即亦不辨，唯唯而已。女赠白木搔具一事，曰："无以报德，姑奉此为姥姥爬背耳。"吕受以归，审视则化为白金。

马自得妇，顿更旧业，门户一新。笥中貂锦无数，任马取着，而出室门，则为布素，但轻暖耳。女所自衣亦然。积四五年，忽曰："我谪降人间十余载，因与子有缘，遂暂留止。今别矣。"马苦留之，女曰："请别择良偶以承庐墓，我岁月当一至焉。"忽不见。马乃娶秦氏。后三年，七夕，夫妻方共语，女忽入，笑曰："新偶良欢，不念故人耶？"马惊起，怆然曳坐，便道衷曲。女曰："我适送织女渡河，乘间一相望耳。"两相依依，语勿休止。忽空际有人呼"蕙芳"，女急起作别。马问其谁，曰："余适同双成姊来，彼不耐久伺矣。"马送之，女

曰："子寿八旬，至期，我来收尔骨。"言已遂逝。今马六十余矣。其人但朴讷，无他长。

异史氏曰："马生其名混，其业亵，蕙芳奚取哉？于此见仙人之贵朴讷诚笃也。余尝谓友人曰：若我与尔，鬼狐且弃之矣。所差不愧于仙人者，惟'混'耳。"

【译文】

马二混家住青州东门里，以卖面为业，家境贫穷，没有娶妻，与母亲一块儿劳苦度日。

有一天，马母一人在家，忽然进来一个美人，年纪约十六七岁，椎髻布裙，非常朴素，却又光彩照人。马母惊奇地看着她，盘问她的来历。女孩笑着说："我因为你家儿子诚恳笃厚，愿意嫁到你家。"马母越发吃惊，说："娘子是天仙，有你这句话，就要折损我们母子几年的寿命。"女孩再三请求。马母猜测她必是从富贵人家逃出来的，拒绝得更坚决，女孩这才离去。过了三天，女孩又来了，留连不舍，问她姓什么，说："妈妈肯收留我，我才讲，不然的话，自不必问。"马母说："我们是贫贱人做雇工的骨相，得到你这样的媳妇，不般配也不吉祥。"女孩笑着坐在床头，恋恋不舍的情义特别真挚。马母推辞说："娘子应该赶快离去，别给我家带来灾祸。"女孩这才出门，马母瞧着她向西走了。

又过了几天，住在西巷中的吕婆婆来到马家，对马母说："邻家女孩董蕙芳，孤苦伶仃，无依无靠，自愿做你儿子的媳妇，你怎么不收留她？"马母把自己的疑虑全都告诉了吕婆婆。吕婆婆说："哪有这事？如果出了差错，罪过包在我身上。"马母大喜，答应了这门亲事。吕婆婆走后，马母打扫房间、铺上席子，等着儿子回来前去娶亲。

天色将晚，蕙芳飘然而至。进屋之后参拜马母，起身下拜尽合礼数。她对马母说："我有两个丫环，没有得到妈妈的准许，不敢领进家门。"马母说："我们母子俩守着破草房，不懂得使唤丫环仆人。每天得一点儿蝇头小利，只够自给，现在添了一个新媳妇，娇娇气气地坐着白吃，还怕吃不饱，加上两个丫环，难道喝西北风能活吗？"蕙芳笑着说："丫环来了，也不花费妈妈的开销，她们都能自己有饭吃。"马母问："丫环在哪？"蕙芳这才叫道："秋月！秋松！"话音未落，忽如飞鸟落地，两个丫环已经站在眼前！蕙芳立刻命令她们伏在地上叩拜马母。

一会儿，马二混回来。马母迎上前去告诉他有了媳妇，马二混大喜。进了屋，只见雕梁画栋，如同宫殿。房间中的几案、屏风、门帘、帷帐、光耀夺目。他吃惊极了，不敢进去，蕙芳下床笑着迎接他。马二混一看蕙芳好像天仙般美丽，越发惊骇，直往后退。蕙芳拉住他，坐下来温柔地和他说话。马二混大喜过望，魂不守舍，马上站起身，要去买酒。蕙芳说："不必去。"就让两个丫环治

备酒食。秋月拿出一只皮口袋，拿到门后，"格格"地摇撼起来，过了一会儿伸手进去拿，只见壶里盛着酒，盘里盛着肉，一摸都是热气腾腾的。饮完酒就去睡觉，睡在花毯锦褥之上，非常温软细腻。天亮走出家门，茅草房依旧，母子俩都感到奇怪。马母到吕婆婆的住所，想要察访一下蕙芳的来历。进了门，先感谢吕婆婆做媒撮合的恩德，吕婆婆惊讶地说："很久没去拜访你了，哪有邻女托我说媒的事啊？"马母越发疑虑，就把事情的原委讲了一遍。吕婆婆大吃一惊，马上同马母一块儿来看新媳妇。蕙芳笑着迎接她，极口称道吕婆婆做媒的恩义。吕婆婆看她贤惠秀丽，惊愕地呆看了很久，就不再分辨，只有唯唯诺诺地随声应和。蕙芳送给吕婆婆一把白木的痒痒挠，说："无法报答您的恩德，姑且奉上这把痒痒挠为您搔背吧。"吕婆婆接过来拿回家仔细一看，痒痒挠化成了白金。马二混自从得了媳妇，就不再卖面了，门户焕然一新。衣箱里有无数的貂裘锦衣，任凭他拣着穿，而一旦走出家门，就变成素色布衣，只是又轻又暖，蕙芳自己的衣服也是这样。

过了四五年，蕙芳忽然说："我被贬到人间已有十余年了，因为和您有缘，就暂时留在您这儿，现在该告别了。"马二混苦苦挽留她。蕙芳说："请您另外选个好伴侣，给马家传宗接代，我过些年会来看您一次的。"忽然之间就不见了。马二混就续娶了秦氏。过了三年，七夕那天，夫妻俩正在聊天，蕙芳忽然进来了，笑着说："新夫妇真快活，不记得故人啦？"马二混吃惊地站起身，伤感地拉她坐下，就诉说着心里话。蕙芳说："我正好送织女渡河，抽空来看看您。"两人依依不舍，说个没完。忽听空中有人喊"蕙芳"，蕙芳急忙起身告别。马二混问是谁，蕙芳说："我刚才是同双成姐姐一块儿来的，她不耐烦久等。"马二混送蕙芳，蕙芳说："你的寿命是八十岁，到时，我来给您收尸骨。"说完，就消逝了。现在马二混六十多岁，只是为人淳朴，少言寡语，并没有其他长处。

异史氏说：马生名为"混"，他的职业低贱，蕙芳看上他哪一点呢？由此可见神仙看重的是质朴少言、诚恳笃厚的人。我曾经对朋友说：你我这样的人，鬼和狐狸都将弃而不顾，而马生略微无愧于仙人的，就只有这个"混"字。

[但明伦] 混，非美字也，胡以名？然亦有辨焉：混于人则不可，混于钱则不可，混于事则不可，混于时则不可，混于心与混于理则不可。若夫质朴居心，拙讷处世，随事相安，随时自足，以此为混，恐未必真能混也。马固朴讷无他长者，仙人且愿委身。混而不混，不混而混；必如是而后可以混，是以谓之混也。

萧 七

【原文】

徐继长，临淄人，居城东之磨房庄。业儒未成，去而为吏。偶适姻家，道出于氏殡宫。薄暮醉归，过其处，见楼阁繁丽，一叟当户坐。徐酒渴思饮，揖叟求

浆。叟起邀客入，升堂授饮。饮已，叟曰："曛暮难行，姑留宿，早旦而发，何如也？"徐亦疲殆，遂止宿焉。叟命家人具酒奉客，且谓徐曰："老夫一言，勿嫌孟浪：君清门令望，可附婚姻。有幼女未字，欲充下陈，幸垂援拾。"徐踧踖不知所对。叟即遣伻告其亲族，又传语令女郎妆束。顷之，峨冠博带者四五辈，先后并至。女郎亦炫妆出，姿容绝俗。于是交坐宴会。徐神魂眩乱，但欲速寝。酒数行，坚辞不任，乃使小鬟引夫妇入帏，馆同爱止。徐问其族姓，女曰："萧姓，行七。"又细审门阀，女曰："身虽陋贱，配吏胥当不辱寞，何苦研穷？"徐溺其色，款昵备至，不复他疑。

女曰："此处不可为家。审知汝家姊姊甚平善，或不拗阻，归除一舍，行将自至耳。"徐应之。既而加臂于身，奄忽就寐，及觉，则抱中已空。天色大明，松阴翳晓，身下籍黍穰尺许厚。骇叹而归，告妻。妻戏为除馆，设榻其中，阖门出，曰："新娘子今夜至矣。"相与共笑。日既暮，妻戏曳徐启门，曰："新人得毋已在室耶？"及入，则美人华妆坐榻上，见二人入，桥起逆之，夫妻大愕。女掩口局局而笑，参拜恭谨。妻乃治具，为之合欢。女早起操作，不待驱使。

一日曰："姊姨辈俱欲来吾家一望。"徐虑仓卒无以应客。女曰："都知吾家不饶，将先赍馔具来，但烦吾家姊姊烹饪而已。"徐告妻，妻诺之。晨炊后，果有人荷酒戴来，释担而去。妻为职庖人之役。晡后，六七女郎至，长者不过四十以来，围坐并饮，喧笑盈室。徐妻伏窗一窥，惟见夫及七姐相向坐，他客皆不可睹。北斗挂屋角，欢然始去，女送客未返。妻入视案上，杯柈俱空。笑曰："诸婢想俱饿，遂如狗舐砧。"少间女还，殷殷相劳，夺器自涤，促嫡安眠。妻曰："客临吾家，使自备饮馔，亦大笑话。明日合另邀致。"逾数日，徐从妻言，使女复召客。客至，恣意饮啖；惟留四簋，不加匕箸。徐问之，群笑曰："夫人为吾辈恶，故留以待调人。"座间一女年十八九，素乌缟裳，云是新寡，女呼为六姊；情态妖艳，善笑能口。与徐渐洽，辄以谐语相嘲。行觞政，徐为录事，禁笑谑。六姊频犯，连引十余爵，酡然径醉，芳体娇懒，荏弱难持。无何亡去，徐烛而觅之，则酣寝暗帏中。近接其吻亦不觉，以手探裤，私处坟起。心旌方摇，席中纷唤徐郎，乃急理其衣，见袖中有绫巾，窃之而出。迨于夜央，众客离席。六姊未醒。七姐入摇之，始呵欠而起，系裙理发从众去。

徐拳拳怀念不释，将于空处展玩遗巾，而觅之已渺。疑送客时遗落途间。执灯细照阶除，都复乌有，意怏怏不自得。女问之，徐漫应之。女笑曰："勿诳语，巾子人已将去，徒劳心目。"徐惊，以实告，且言怀思。女曰："彼与君无宿分，缘止此耳。"问其故，曰："彼前身曲中女，君为士人，见而悦之，为两亲所阻，志不得遂，感疾贻危。使人语之曰：'我已不起。但得若来获一扪其肌肤，死无憾！'彼感此意，允其所请。适以冗羁未遽往，过夕而至，则病者已殒，是前世与君有一扪之缘也。过此即非所望。"后设筵再招诸女，惟六姊不至。徐疑女妒，颇有怨怼。

女一日谓徐曰："君以六姊之故，妄相见罪。彼实不肯至，于我何尤？今八年之好，行相别矣，请为君极力一谋，用解从前之惑。彼虽不来，宁禁我不往？登门就之，或人定胜天不可知。"徐喜从之，女握手飘然履虚，顷刻至其家。黄甍广堂，门户曲折，与初见时无少异。岳父母并出，曰："拙女久蒙温煦。老身以残年衰慵，有疏省问，或当不怪耶？"即张筵作会。女便问诸姊妹。母云："各归其家，惟六姊在耳。"即唤婢请六娘子来，久之不出。女入曳之以至，俯首简默，不似前此之谐。少时，叟媪辞去。女谓六姊曰："姐姐高自重，使人怨我！"六姊微哂曰："轻薄郎何宜相近！"女执两人残卮，强使易饮，曰："吻已接矣，作态何为？"少时，七姐亡去，室中止余二人。徐遽起相逼，六姊宛转撑拒。徐牵衣长跽而哀之，色渐和，相携入室。裁缓襦结，忽闻喊嘶动地，火光射闼。六姊大惊，推徐起曰："祸事忽临，奈何！"徐忙迫不知所为，而女郎已窜无迹矣。

徐怅然少坐，屋宇并失。猎者十余人，按鹰操刃而至，惊问："何人夜伏于此？"徐托言迷途，因告姓字。一人曰："适逐一狐，见之否？"答曰："不见。"细认其处，乃于氏瘗宫也。怏怏而归。犹冀七姊复至，晨占雀喜，夕卜灯花，而竟无消息矣。董玉弦谈。

【译文】

徐继长是山东临淄人，住在城东的磨房庄。他读书没有成就，就当了一个小吏。

有一天，他偶尔去岳父家，途中经过于氏的坟墓。傍晚，他醉醺醺地回来，经过这个地方时，只见楼阁雄伟壮丽，有一个老头坐在门前。徐继长口渴想喝

水，便向老人作揖请求给点儿水喝。老人站起来，邀请客人进门，引到客厅，给他水喝。喝完后，老人说："天黑了不好走路，暂且住一晚上，明早再走，怎么样？"徐继长也已经很疲乏了，愿意听从老人的邀请。于是老人叫家人准备酒饭待客。他对徐继长说："老夫有一句话，不要嫌我鲁莽。府上是书香门第，可以通婚。我有一个幼女还没有订婚，打算嫁给你，希望不要推辞。"徐继长听了恭恭敬敬地不知如何回答。老人当时就派人遍告亲友，又传话叫女儿梳妆打扮。

不久，先后来了四五位穿戴着儒生服装的人，后来女郎也穿着光彩夺目的盛装出来了，姿色容貌无人可比。于是宾主落座，喝酒交谈。徐继长见到女郎神魂迷乱，只想快点儿睡觉。大家饮了几巡酒，徐继长借口实在顶不住了，坚决不再喝酒。这时，老人就让小丫环引着夫妇二人进入帏帐。他们安息后，徐继长问女郎的家族姓氏，女郎说："姓萧，排行第七。"又详细询问她家的门第，女郎说："我出身虽然卑贱，配个小吏不至于辱没你吧，何苦没完没了地追究！"徐继长沉溺她的美色，亲昵备至，不再怀疑什么。女郎说："此地不可久住，我知道你家的姐姐特别平和善良，如果对咱们的事不阻挠的话，你回去打扫出一间屋，不久我就自己找去。"徐继长答应着，便把手臂伸到她的腰间，片刻间就睡着了。等他醒来后，手中抱的什么也没有，这时天已大亮，松树枝叶遮盖着日光，身下边有着一尺多厚的黍子秸。

他又惊又怕，感叹着回到家里，把事情经过告诉了妻子。妻子跟他开玩笑，真的打扫出一间屋子，摆设好了床铺，关上门后走出来，说道："今天夜里，新娘就会驾到。"说完夫妻俩一起大笑起来。天黑了，妻子又开玩笑地拽着徐继长到了这间屋外、让他开门，并说："看看新娘子在不在屋里？"当他们进屋后，美人已经打扮得华丽整齐，坐在床上。见二人进来，忙起身迎接。夫妻二人感到非常惊奇，美女却用手掩着口，不出声地笑着，参见拜礼很是恭敬。妻子便准备酒菜器皿，替他们欢聚作好准备。第二天，新娘子早起干活，俨然主人一样，不待吩咐。

一天，萧七对徐继长说："姐妹们都想要到咱们家看一看。"徐继长顾虑仓猝间接待不好客人，萧七说："都知道咱家不富裕，准备先把吃的用的带来，只是麻烦咱家姐姐做一下罢了。"徐继长告诉了妻子，妻子答应下来。早晨点火做饭后，果然有人担着酒肉来，放下东西就走了，妻子就担任了厨师的工作。到了下午申时过后，有六七个女郎来到，岁数大的也就四十来岁，大家围坐在一起，边说边饮，喧声笑语充满整个屋子。徐继长的妻子趴在窗户缝上去看，只见丈夫和萧七面对面坐着，其他的客人都看不见。到了北斗星从屋角升起后，大家欢乐地散去。萧七送客还没回来时，徐妻进屋看见桌子上杯盘都是空的，笑着说："这些丫头想是都饿了，所以像狗舔砧板那样，吃得干干净净。"工夫不大，萧七回来了，殷勤地感谢徐妻的劳累，忙夺过杯盘器具自己来洗，催促她快去安眠。徐妻说："客人来到我们家，却让人家自备饮食，这太让人笑话了，改日应

当再邀请她们来聚会。"

过了几天，徐继长顺从妻子的意思，让萧七再招客人来。客人来后，恣意吃喝，最后却留下四盘菜，谁也没有动过筷子。徐继长问这是什么缘故，大家笑着说："夫人说我们贪吃得厉害，所以留下一些给别人。"

在座中有个女子，约摸十八九岁，穿着白衣白鞋，听说是刚刚死了丈夫，萧七称她为六姐，她情态妖艳，擅长说笑。她与徐继长渐渐熟悉了之后，便用诙谐的话来嘲笑他。饮酒行令时，徐继长管执法，禁止笑谑，结果六姐屡屡犯规，连罚十多盏酒，两腮酡红，首先醉了。她身体娇懒，体弱不支，不久就退席了。徐继长点亮蜡烛去寻找她，只见她躲在一个帏帐中酣睡。徐继长靠近她接了个吻，她没有感觉，又用手去摸她的下身，只觉得隐处隆起。徐继长心旌摇动，正想亲昵她，只听席中纷纷呼唤他，于是急忙放好她的衣服，这时见袖里有条绫巾，便自己偷拿出来了。到了午夜时，大家准备离席，六姐还没有睡醒，萧七就进了屋去摇醒她，六姐打着呵欠起身，系好裙子，整理好头发随大家走了。

徐继长对六姐拳拳怀念，心里一点儿都放不下。想在没人的地方玩赏一下绫巾，但怎么找也没有找到，怀疑送客时可能遗落在路上了，于是打着灯笼在台阶上、院子里寻找，还是没有找到。他心灰意冷，不知如何是好。萧七问他，他漫不经心支唔着。萧七笑着说："不要说谎了，绫巾让人家拿走了，徒劳费眼睛费心。"徐继长吃了一惊，忙把实话告诉萧七，并讲如何想念她。萧七说："她与你没有缘分，关系也就到此了。"徐继长问其中的原因，萧七说："她的前身是唱小曲的姑娘，你是个书生，见面后对她很喜欢，但被双亲阻挠，你的心愿没有实现，忧虑成疾，病危之时，曾叫人告诉她说：'我已经病得起不来了，只要你能来，我能够抚摸一下你的肌肤，也就死无遗憾了。'她被这种痴情感动，答应了你的要求。正赶上有些事务缠身，没有马上就去，等第二天赶到，你已经死了。这就是她在前世与你有这一抚摸的缘分，超过这个程度，就不是她的希望了。"

后来，又设宴招待各位女友，只有六姐没来。徐继长怀疑萧七妒嫉她，多有埋怨的心理。萧七有一天对徐继长说："你因为六姐的缘故，对我妄加怪罪，她确实不肯来，跟我有什么关系？如今相好了八年，就要分手了，请让我极力为你筹划，以解你从前的迷惑。她虽然不来，并没有禁止你前往啊？登门接近她，或许人定胜天，也未尝不是个办法。"徐继长欢喜，接受了这个意见。

萧七握住徐继长的手，飘然凌空，顷刻之间便到了六姐的家，只见黄瓦高门楼，院落曲折，与初次看到的没有什么不同。岳父岳母都出来迎接，说："拙女长久承蒙体贴关照，老身因年迈体衰，有失于看望你们，你不会怪罪吧。"接着安排酒筵聚会。萧七顺便问几个姐妹情况，母亲说："各自回家了，只有六姐在。"说完就叫丫环去请六姐出来。六姐许久不出来，萧七便把徐继长拽进屋去，只见六姐话很少，不像上次显得和谐。

不久，老头和老婆告辞离去。萧七对六姐说："姐姐自尊自重，却让人怨我!"六姐微笑说:"轻薄郎不宜亲近!"萧七把两个人快喝尽酒的酒杯换了个儿,硬要他们喝干,说道:"吻都接了,还扭捏作态干什么?"过了一会儿,萧七也溜走了,屋里只剩下他们二人。徐继长猛地站起来就要亲近六姐,六姐婉转撑拒,徐继长牵着六姐的衣裙,双膝跪在地上哀求,六姐态度渐渐软下来,拉着他进入内室,她刚要宽衣解带,突然听到人喊马叫,惊天动地,火光照进了屋里。六姐大惊,忙推开徐继长说:"大祸临头了,怎么办?"徐继长急迫之中不知如何是好,而六姐已经逃窜得无影无踪了。

徐继长怅然地坐了一会儿,突然房屋楼台都消失了,只见十几个猎人,臂上架着鹰,手中持着刀,走到跟前,惊问:"什么人夜里躲在这里?"徐继长假托行人迷了路,并告诉了自己的姓名。一人说:"刚才正追一只狐狸,看见没有?"徐继长回答说:"没有看见。"他仔细辨认了一下,这里本是于氏的坟地。

徐继长快快不乐地回到家里,依然盼着萧七再回来,他早晨通过喜鹊、蜘蛛来占验,晚上又盯着灯花看征兆,竟然一点儿消息也没有。

这个故事是董玉玱讲的。

[何守奇] 突如其来,倏然而去,一诺而再世必践,故言不可不慎也。

蟒 蛇

【原文】

泗水山中旧有禅院,四无村落,人迹罕到,有道士栖止其中。或言内多大蛇,故游人绝迹。一少年入山罗鹰,入既深,夜无归宿,遥见兰若,趋投之。道士惊曰:"居士何来?幸不为儿辈所见!"即命坐,具饘粥。食未已,一巨蛇入,粗十余围,昂首向客,怒目电瞬,客大惧。道士以掌击其额,呵曰:"去!"蛇乃俯首入东室。蜿蜒移时,其躯始尽,盘伏其中,一室尽满。客大惧。道士曰:"此平时所豢养。有我在,不妨,所患客自遇之耳。"客甫坐,又一蛇入,较前略小,约可五六围。见客遽止,睒眮吐舌如前状。道士又叱之,亦入室去。室无卧处,半绕梁间,壁上土摇落有声。客益惧,终夜不眠。早起欲归,道士送之。出屋门,见墙上阶下,大如盎盏者,行卧不一。见生人,皆有吞噬状。客依道士肘腋而行,使送出谷口,乃归。

余乡有客中州者,寄居蛇佛寺。寺中僧人具晚餐,肉汤甚美,而段段皆圆,类鸡项。疑问寺僧:"杀鸡何乃得多项?"僧曰:"此蛇段耳。"客大惊,有出门而哇者。既寝,觉胸上蠕蠕,摸之,蛇也。顿起骇呼,僧起曰:"此常事,奚足怪!"因以火照壁间,大小满墙,榻上下皆是也。次日,僧引入佛殿。佛座下有巨井,井中有蛇,粗如巨瓮,探首井边而不出。爇火下视,则蛇子蛇孙以数百万计,族居其中。僧云:"昔蛇出为害,佛坐其上以镇之,其患始平"云。

【译文】

在山东省泗水县的大山中，先前有座寺院，人迹罕至。有位道士住在里面，有人说寺院里有很多大蛇，所以游人越发躲得远远的。

有个少年进山捕鹰，进到大山深处，没有地方投宿，远远地望见了寺院，就奔过来投宿。道士惊讶地说："居士从哪里来？幸亏没有被儿辈看见。"就让少年坐下，送上稀饭。还没吃完，一条巨蛇进来了，有十余围粗，昂头面对客人，愤怒的目光像闪电一般，少年非常恐惧。道士用手掌拍打蛇的额头，呵斥说："回去！"蛇就低下头钻入东边的屋子，蜿蜒爬了好一会儿，身子才看不见了。它盘旋伏在屋子里，整个屋子都被占满了，少年害怕极了，直打哆嗦。道士说："这是我平日里豢养的，有我在，不妨事，我所担心的是你单独遇上它。"少年才坐下，又有一条蛇爬进来，比前一条稍小一点儿，约五六围粗，见到客人它立即停下来，目光闪烁，吐着舌头，和前一条蛇的样子一样，道士又叱骂它，它也进到屋子里。屋子里已经没有它的卧伏之地，就把一半身体缠绕在屋梁之上，墙壁上的土被它摇落下来，落地有声。少年见状越发恐惧，整个夜晚不能成眠。早晨起来，少年想回来，道士送他，走出屋门，只见墙上、台阶下，到处是碗口粗的、杯口粗的蛇。它们或是爬行，或是盘卧，各各不一，一见生人，它们都作出了张口吞噬的样子。少年害怕，依靠在道士肘腋之下走了出来。他让道士一直送出谷口，才独自回家。

我的家乡有一个客居中州的人，寄居在蛇寺。寺里的僧人备办晚餐，肉汤特别鲜美。而肉都是一段段圆形的，很像鸡脖子。他感到奇怪，问僧人："杀了多少只鸡，才能有这么多鸡脖子？"僧人回答说："这是蛇段。"客人大吃一惊，出了门呕吐了一通。夜里睡下之后，客人感觉胸口有东西在蠕蠕爬行，一摸，原来是蛇，顿时跳起来大声惊呼。僧人起来说："这是常事，何足大惊小怪。"于是就用火照墙壁，只见大大小小的蛇爬满了墙，床塌上下也全是蛇。第二天，僧人领客人来到佛殿上，佛座下有口大井，井中有条蛇，粗的像大坛子，它把头伸到

井边上却不爬出来。点上火往井里一看，蛇子蛇孙有数以百万计，都聚族住在井中。僧人说："先前，蛇出来为害，佛坐在上面镇住它们，祸患才得以止息。"

菱 角

【原文】

胡大成，楚人，其母素奉佛。成从塾师读，道由观音祠，母嘱过必入叩。一日至祠，有少女挽儿遨戏其中，发裁掩颈，而风致娟然。时成年十四，心好之。问其姓氏，女笑云："我是祠西焦画工女菱角也。问将何为？"成又问："有婿家否？"女酡然曰："无也。"成曰："我为若婿，好否？"女惭云："我不能自主。"而眉目澄澄，上下睨成，意似欣属焉。成乃出。女追而遥告曰："崔尔诚，吾父所善，用为媒无不谐。"成曰："诺。"因念其慧而多情，益倾慕之。归，向母实白心愿。母止此儿，恐拂其意，遂浼崔作冰。焦责聘财奢，事几不就。崔极言成清族美才，焦始许之。

成有伯父，老而无子，授教职于湖北。妻卒任所，母遣成往奔其丧。数月将归，伯又病卒。淹留既久，适大寇据湖南，家耗遂隔。成窜民间，吊影孤惶。一日，有媪年四十八九，萦回村中，日晏不去。自言："乱无归，将以自鬻。"或问其价，言："不屑为人奴，亦不愿为人妇，但有母我者则从之，不较直。"闻者皆笑。成往视之，面目间有一二颇肖其母，触怀大悲。自念只身无缝纫者，遂邀归，执子礼焉。媪喜，便为炊饭织屦，劬劳若母。拂意辄谴之；少有疾苦，则濡煦过于所生。

忽谓曰："此处太平，幸可无虞。然儿长矣，虽在羁旅，大伦不可废。三两日，当为儿娶之。"成泣曰："儿自有妇，但间阻南北耳。"媪曰："大乱时，人

事翻覆，何可株待？"成又泣曰："无论结发之盟不可背，且谁以娇女付萍梗人？"媪不答，但为治帘幌衾枕，甚周备，亦不识所自来。一日，日既夕，戒成曰："独坐勿寐，我往视新妇来也未。"遂出门去。三更既尽，媪不返，心大疑。俄闻门外喧哗，出视，则一女子坐庭中，蓬首啜泣。惊问："何人？"亦不语。良久，乃言曰："娶我来，即亦非福，但有死耳！"成大惊，不知其故。女曰："我少受聘于胡大成，不意湖北去，音信断绝。父母强以我归汝家。身可致，志不可夺也！"成闻而哭曰："我便即是胡某。卿菱角耶？"女收涕而骇，不信。相将入室，就灯审顾，曰："得无梦耶？"乃转悲为喜，相道离苦。先是乱后，湖南百里，涤地无类。焦移家审长沙之东，又受周生聘。乱中不能成礼，期是夕送诸其家。女泣不盥栉，家中强置车上。途次，女颠堕其下。遂有四人荷肩舆至，云是周家迎女者，即扶升舆，疾行若飞，至是始停。一老姥曳入，曰："此汝夫家，但入勿哭。汝家婆婆，旦晚将至矣。"乃去。成诘知情事，始悟媪神人也。

夫妻焚香共祷，愿得母子复聚。母自戎马戒严，同侪人妇奔伏涧谷。一夜，噪言寇至，即并张皇四匿。有童子以骑授母，母急不暇问，扶肩而上，轻迅飘邈，瞬息至湖上。马踏水奔腾，蹄下不波。无何，扶下，指一户云："此中可居。"母将启谢，回视其马，化为金毛犼，高丈余，童子超乘而去。母以手挝门，豁然启扉。有人出问，怪其音熟，视之，成也。母子抱哭。妇亦惊起，一门欢慰。疑媪是观音大士现身，由此持观音经咒益虔。遂流寓湖北，治田庐焉。

【译文】

　　胡大成，湖南人，他的母亲一向信佛。胡大成跟随私塾先生读书，上学必经由观音祠，母亲嘱咐他经过观音祠一定要进去叩拜观音。

　　一天，胡大成来到观音祠，看见一个少女领着小孩在里面游逛玩耍，一头秀发刚刚披到颈部，容貌举止十分美好。当时胡大成十四岁，心里很喜欢她，就问她姓名，女孩笑着说："我是祠堂西边焦画工的女儿菱角，你问这干什么？"胡大成又问："有婆家吗？"女孩红着脸说："没有。"胡大成说："我做你丈夫，好不好？"女孩害羞地说："我做不了主。"然而目光清澈，上下瞟了胡大成一眼，看那意思好像很乐意。胡大成于是走出了观音祠，女孩追出来远远地告诉胡大成说："崔尔诚是我父亲的朋友，让他做媒，没有不成的。"胡大成说："好吧。"一想到这女孩聪慧而多情，越发倾心爱慕她。回到家，胡大成向母亲如实道出心愿。胡母只有这么一个儿子，常怕忤逆了他的心愿，立即请崔尔诚去说媒。焦家要的彩礼太多，亲事眼看没指望了，崔尔诚极力赞扬胡大成出身清白，又有才华，焦画工这才答应了亲事。

　　胡大成有个伯父，老迈而无子，在湖北做学官，他的妻子死在任所，胡母打发胡大成去湖北奔丧。胡大成去了几个月正准备返回时，伯父又病死了。胡大成滞留在湖北很久，正值乱兵占据了湖南，家里的音讯就断绝了，胡大成窜伏在民

间，形影相吊，孤苦凄惶。

一天，有位老妇年纪四十八九岁，在村中转来转去，太阳偏西了还没有离去，她自己说："遭到战乱不能回家，要把自己卖了。"有人问她价钱，回答说："不屑于做人家的奴仆，也不愿做人家的妻子，只要有把我当做母亲的人，就跟他过，不讲价钱。"听到这番话的人们都笑了。胡大成过来看那老妇，面目之间有一二处很像自己的母亲，不禁触动心事，非常悲伤，想到自己孤身一人，身边连个缝缝补补的人也没有，就邀请老妇人一块儿回家，像儿子一样孝敬她，老妇很高兴，就为他做饭做鞋，像母亲一样操劳，不合她的心意就数落他，而胡大成稍微有点儿病苦，体贴关怀又胜过亲生儿子。

忽然老妇说："这里很太平，幸好没有什么可忧虑的，可是你已经长大成人，虽说漂泊在外，婚姻大事不可不办，三两天之间，我要为儿子娶媳妇。"胡大成哭着说："儿自有妇，只是我们被阻隔在南北两地了。"老妇说："大乱时节，人事变化无常，怎么可以死心眼地等着她呢？"胡大成又哭着说："不要说结发的盟约不可背弃，谁又舍得把娇女儿托付给一个流落他乡的人呢？"老妇不回答，只是为他治备窗帘帷帐被子枕头，十分齐备。也不知这些东西是从哪儿弄来的。

一天，天已经黑了，老妇告诫胡大成说："点上蜡烛坐着，不要睡觉，我去看看新媳妇来没来。"就出门去了。三更天已过，老妇还没有回来，胡大成心中十分疑惑。一会儿，听到门外喧哗，出去一看，一个女子坐在庭院中，头发散乱犹如飞蓬，还不住地哭泣。胡大成吃惊地问："什么人？"她也不说话。过了半天，才说："把我娶来，也不是福气，我只有一死。"胡大成大惊，不知什么缘故。女子说："我自小就和胡大成订了亲，没想到胡大成去了湖北，音信断绝，父母强迫把我嫁到你家，我人可以被你们弄来，心志不可改变！"胡大成听了哭着说："我就是胡某，你是菱角吗？"女子听罢止住哭泣，十分吃惊，不敢相信。胡大成领她进了屋，就着烛光仔细打量，说："这不是在做梦吗？"于是转悲为喜，互相诉说离别相思之苦。

原来战乱之后，湖南方圆百里的地区，被洗劫一空。焦画工带着全家逃窜到长沙的东面，又接受了周生订婚的聘礼。兵荒马乱中不能举行婚礼，约定当天晚上把菱角送到周家。菱角哭着不肯梳洗打扮，家人强行把她抬上了车。走到半道上，菱角从车上颠下来，就有四个人抬着轿来到跟前，说是周家迎新娘子的，就搀扶着菱角上了轿，轿子快得像飞一样，到这才停下来。一位大娘把菱角拉进院子，说："这是你的夫家，只管进去，不要哭，你家婆婆，早晚就到。"这才离去。胡大成问明了事情原委，这才省悟老妇是位神仙，夫妻焚香一块儿祈祷，希望母子再次团聚。

胡母自从战乱戒严以来，和一块逃难的妇女跑到深山涧谷中躲藏起来。一天夜里，有人吵吵嚷嚷地说乱兵来了，大家就张皇失措地四处藏匿。有个小童子把一匹马牵给胡母，胡母情急之下来不及问，就扶着小童子的肩上了马。马轻捷神速，转眼来到洞庭湖上，马蹄踏着水面奔腾，蹄下微波不兴。不一会儿，小童子扶着胡母下了马，指着一户人家说："这里可以居住。"胡母想要道谢，回头一看，那马化作菩萨的坐骑金毛狮，有一丈多高，小童子跳上坐骑，腾空而去。胡母用手敲门，门一下就开了。有人出来询问，胡母奇怪问话人的声音十分耳熟，一看，原来是儿子胡大成，母子抱头痛哭。菱角也被惊醒了，一家人又欢喜，又宽慰。他们猜测老妇是观音菩萨显灵，从此诵习观音经咒越发虔诚。一家人就在湖北安家，还买了田产，盖了房子。

[何守奇] 多情而慧，偏乃得大士现身。

饿 鬼

【原文】

齐人马永，贫而无赖，乡人戏名为饿鬼，年三十余，日益婆，衣百结鹑，两手交其肩，在市上攫食。人尽弃之，不以齿。邑有朱叟者，少携妻居于五都之市，操业不雅；暮岁归其乡，大为士类所口，而朱洁行为善，人始稍稍礼貌之。一日，值马攫食不偿，为肆人所苦；怜之，代给其直。引归，赠以数百俾作本。马去，不肯谋业，坐而食。无何资复匮，仍蹈故辙。而常惧与朱遇，去之临邑。

暮宿学宫，冬夜凛寒，辄摘圣贤头上旒而煨其板。学官知之，怒欲加刑。马哀免，愿为先生生财。学官喜，纵之去。马探某生殷富，登门强索资，故挑其怒，乃以刀自劂，诬而控诸学。学官勒取重赂，始免申黜。诸生因而共愤，公质县尹。尹廉得实，笞四十，桔其颈，三日毙焉。

是夜，朱叟梦马冠带而入，曰："负公大德，今来相报。"即瘥，妾生子。叟知为马，名以马儿。少不慧，喜其能读。二十余，竭力经纪，得入邑庠。后考试寓旅邸，昼卧床上，见壁间悉糊旧艺，视之有"犬之性"四句题，心畏其难，读而志之。入场，适遇此题，录之，得优等，食饩焉。六十余，补临邑训导。官数年，曾无一道义交。惟袖中出青蚨，则作鸱鹩笑，不则睫毛一寸长，棱棱若不相识。偶大令以诸生小故，判令薄惩，辄酷烈如治盗贼。有讼士子者，即富来叩门矣。如此多端，诸生不复可耐。而年近七旬，臃肿聋聩，每向人物色乌须药。有某生素狂，锉茜根给之。天明共视，如庙中所塑灵官状。大怒拘生，生已早夜亡去。因此愤气中结，数月而死。

【译文】

马永，山东人，为人贪婪，行为无赖，家境常常贫困。乡里人嘲笑他，给他取个绰号叫"饿鬼"。到了三十多岁，日子越发穷困，衣衫褴褛，两只手交叉着抱在肩头，在集市上白拿人家东西吃，人们都不把他当人看。

县里有个姓朱的老头，年轻时带着妻子居住在繁华都市，干的职业很不正。晚年回归乡里，大受士林非议，但是朱老头行为端正乐善好施，人们才稍稍以礼相待。一天，正遇上马永白拿人东西吃不给钱，受到店主人为难。朱老头可怜他，就替他付了钱，又领着他回到家，送给他几百钱，让他做本钱。马永走后，不肯谋求生计，坐吃山空，不久钱又用光了，依然重蹈旧辙。他常常担心被朱老头碰见，就去了邻近的县，夜里住在县学。冬夜寒冷，他就把圣贤塑像冠上的玉串摘下来换取钱财，烧掉贤人手里的笏板来取暖。学官知道这件事，非常恼怒，想对他处以刑罚。马永哀求免去刑罚，愿意为学官做生财之事。学官大喜，把他放走了。马永探听到某生家境殷实富裕，就登门强行索要钱财，故意挑逗激怒对方，竟用刀子割伤了自己，诬陷是某生所为，到学官那里控告。学官勒索了某生许多钱财，才免予开除。这件事激起秀才们的公愤，大家一同到县令那里对质，县令查明事实，打了马永四十大板，给他戴上枷，三天就死了。

这天夜里，朱老头梦见马永穿戴整齐地来了，说："我辜负了您的恩德，今天特来报答。"朱老头醒来，妾刚生下个儿子。朱老头知道是马永投胎，就给他取名"马儿"。马儿小时候并不聪慧，令人高兴的是还肯于读书。二十多岁时，经过竭力谋划，得以进入县学。后来他去应试，住在旅店里，白天躺在床上，见墙上糊的都是过去的八股文，就去看，其中有"犬之性"四句题，心里觉得这题目很难作，就反复去读，把它记住了。进了考场，恰好出的是这个题目，就把那篇文章默写下来，得了个优等，取得了由官府提供生活费的廪生资格。

到了六十多岁，马儿才补了个在邻县做教官的职位。做了几年官，没有一个道义之交。只有人家从袖子中拿出钱递给他才露出笑脸，否则就眯起眼睛，楞装不认识。偶尔秀才们有点儿小的过失，县令判稍加处罚，马儿就残酷拷打他们，像惩治盗贼一样。有人告秀才的状，就是钱财送上门了。他诸如此类的恶行太多，秀才们早已忍无可忍。马儿年近七十的时候，体态臃肿，耳聋眼花，每每向

聊斋志异（图文版）

人寻觅染黑须的药。有个狂生，把茜草根锉碎了去骗他，天亮后大家一看，染过胡子的马儿就像庙里泥塑的灵官的模样。马儿恼羞成怒，要抓狂生，那人早已在夜间就逃走了。由此他心中郁结愤闷，几个月就死掉了。

[何守奇] 前身为饿鬼，又生于操业不洁之家，无怪其然。

[但明伦] 庄主寓言，文心绝妙。是一篇畜类序，是一篇饿鬼序。马音，驴也；朱者，猪也。饿鬼其名，不为市人所齿也；不雅其业，大为士类所口也。其性情同，其声气同，其臭味同，其生财同。以攫食而桎梏以死，冠带而报之。其报之乎？其丑之也！幸而止于学官，其笔也不过鸲鹆，从反眼若不相识，亦不过睫毛一寸耳，不则充恶畜饿鬼之量，不且攫尽斯人而食之哉！

考 弊 司

【原文】

闻人生，河南人。抱病经日，见一秀才入，伏谒床下，谦抑尽礼。已而请生少步，把臂长语，刺刺且行，数里外犹不言别。生仁足，拱手致辞。秀才云："更烦移趾，仆有一事相求。"生问之，答云："吾辈悉属考弊司辖。司主名虚肚鬼王。初见之，例应割髀肉，浼君一缓颊耳。"生惊问："何罪而至于此？"曰："不必有罪，此是旧例。若丰于贿者可赎也，然而我贫。"生曰："我素不稔鬼王，何能效力？"曰："君前世是伊大父行，宜可听从。"

言次，已入城郭。至一府署，廨宇不甚弘敞，惟一堂高广，堂下两碣东西立，绿书大于栲栳，一云"孝弟忠信"，一云"礼义廉耻"。躇阶而进，见堂上一匾，大书"考弊司"。楹间，板雕翠色一联云："口校、曰序、曰庠，两字德行阴教化；上士、中士、下士，一堂礼乐鬼门生。"游览未已，官已出，鬈发鲐背，若数百年人。而鼻孔撩天，唇外倾，不承其齿。从一主簿吏，虎首人身。有十余人列侍，半狞恶若山精。秀才曰："此鬼王也。"生骇极，欲退却；鬼王已睹，降阶揖生上，便问兴居。生但诺诺。又云："何事见临？"生以秀才意具白之。鬼王色变曰："此有成例，即父命所不敢承！"气象森凛，似不可入一词。生不敢言，骤起告别，鬼王侧行送之，至门外始返。生不归，潜入以观其变。至堂下，则秀才已与同辈数人，交臂历指，俨然在徽缧中。一狞人持刀来，裸其股，割片肉，可骈三指许。秀才大嗥欲嗄。

生少年负义，愤不自持，大呼曰："惨毒如此，成何世界！"鬼王惊起，暂命止割，桥履逆生。生忿然已出，遍告市人，将控上帝。或笑曰："迂哉！蓝蔚苍苍，何处觅上帝而诉之冤也？此辈与阎罗近，呼之或可应耳。"乃示之途，趋而往，果见殿陛威赫，阎罗方坐，伏阶号屈。王召诉已，立命诸鬼缩缧提锤而去。少顷，鬼王及秀才并至，审其情确，大怒曰："怜尔凤世攻苦，暂委此任，

候生贵家，今乃敢尔！其去若善筋，增若恶骨，罚令生生世世不得发迹也！"鬼乃棰之，仆地，颠落一齿。以刀割指端，抽筋出，亮白如丝。鬼王呼痛，声类斩豕。手足并抽讫，有二鬼押去。

生稽首而出，秀才从其后，感荷殷殷。挽送过市，见一户垂朱帘，帘内一女子露半面，容妆绝美。生问："谁家？"秀才曰："此曲巷也。"既过，生低徊不能舍，遂坚止秀才。秀才曰："君为仆来，而令踽踽而去，心何忍。"生固辞，乃去。生望秀才去远，急趋入帘内。女接见，喜形于色。入室促坐，相道姓名。女曰："柳氏，小字秋华。"一妪出，为具肴酒。酒阑，入帷，欢爱殊浓，切切订婚嫁。既

曙，妪入曰："薪水告竭，要耗郎君金资，奈何！"生顿念腰囊空虚，愧惶无声。久之，曰："我实不曾携得一文，宜署券保，归即奉酬。"妪变色曰："曾闻夜度娘索逋欠耶？"秋华顿蹙，不作一语。生暂解衣为质，妪持笑曰："此尚不能偿酒值耳。"呶呶不满志，与女俱入。'生惭，移时，犹冀女出展别，再订前约。久候无音，潜入窥之，见妪与女，自肩以上化为牛鬼，目睒睒相对立。大惧，趋出，欲归，则百道歧出，莫知所从。问之市人，并无知其村名者。徘徊廛肆之间，历两昏晓，凄意含酸，响肠鸣饿，进退不能自决。忽秀才过，望见之，惊曰："何尚未归，而简亵若此？"生觍颜莫对。秀才曰："有之矣！得毋为花夜叉所迷耶？"遂盛气而往，曰："秋华母子，何遽不少施面目耶！"去少时，即以衣来付生曰："淫婢无礼，已叱骂之矣。"送生至家，乃别而去。生暴绝三日而苏，历历为家人言之。

【译文】

闻人生，河南人，病了整整一天，见一个秀才走进来，在床下伏地拜见，谦

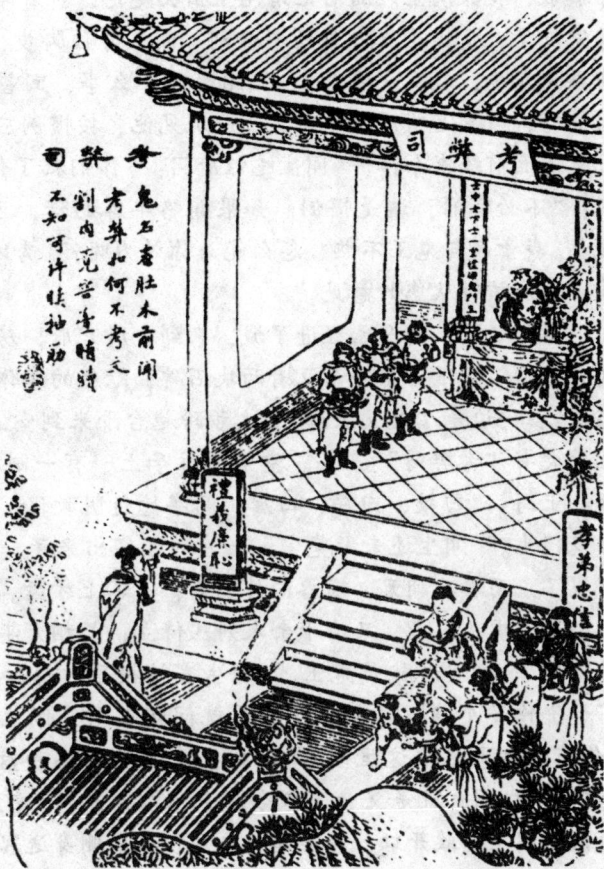

卑恭敬，礼数周全。随后他请闻生出去走走，拉着闻生的手臂长谈，边走边说个没完没了，走出几里之外还不告别。闻生停住脚步，拱手告别。秀才说："麻烦您再走几步，我有一事相求。"闻生问什么事，回答说："我们这些人全归考弊司管辖，司主名叫虚肚鬼王。头一次见他，按惯例应割下大腿上的肉，请您在虚肚鬼王面前给求个情。"闻生吃惊地问："你们犯了什么罪到了这种地步？"秀才说："不必有罪，这是惯例。如果贿赂丰厚的话，可以赎罪，可是我穷。"闻生说："我素来与鬼王不熟，怎么能为你效力呢？"秀才说："您前世是鬼王的祖父辈，他应该听从您的意见。"

说话之间，两人已经进了城，来到一所官府，房舍不太宽敞，只有一间大堂高大宽广。堂下一东一西立着两块石碑，绿色的字体比笆斗还大，一边是"孝悌忠信"，一边是"礼义廉耻"。大步跨越台阶来到堂上，只见堂上悬挂着一块匾，上面大书"考弊司"三字。堂前的柱子上，有一副在木板上雕刻的绿色大字对联，上写："曰校、曰序、曰庠，两字德行阴教化；上士、中士、下士，一堂礼乐鬼门生。"闻生还未游览完，当官的已经出来了。只见他卷发驼背，好像好几百岁了。而鼻孔朝天，嘴唇向外咧着，挨不上牙齿。跟着出来一个主管文书簿籍的小吏，虎头人身。又有十余人列队侍立，长相大半面目狰狞凶恶，好像山中怪兽。秀才说："这就是鬼王。"闻生害怕极了，想后退，已经被鬼王瞧见，他走下台阶作了个揖，请闻生上堂，就问候起居，闻生只有唯唯诺诺。鬼王又问："您有什么事光临这里？"闻生就把秀才的意思和盘托出，鬼王脸色一变说道："这事有成例，就是父亲下命令我也不敢应承。"态度十分严厉，好像听不进一句话。闻生不敢开口，马上起身告别。鬼王侧身送客，一直送到门外才返回。

闻生没有回家，偷偷溜回去想看看动静。来到大堂之下，只见秀才和几个同辈人，已经交叉双臂，接受枒撕挦掐的刑罚，真真切切地绑缚在那里。又一个面目凶恶的人持刀过来，将秀才的大腿裸露出来，从腿上割下一片肉，约有三指来宽，秀才疼得大声嗥叫，声音快要嘶哑了。闻生年轻仗义，气愤得不能自持，大声喊道："如此黑暗，成什么世界！"鬼王惊惶站起，命令暂时停止割肉，迈步上前迎接闻生，闻生已经气忿忿地出去了。

闻生把刚才见到的惨景告诉了所有街市上的人，并准备向上帝控告鬼王。有人讥笑他说："你真迂腐啊！苍天茫茫无际，你上哪儿去找上帝而向他诉说冤屈呢？鬼王这等像伙只与阎罗离得近，你向阎罗喊冤或许还能答应。"说着就给他指明了路径。闻生奔往那里，果然看见宫殿台阶威严显赫，阎罗正在那儿坐着。闻生跪伏在台阶上喊冤叫屈，阎罗召他上殿审问已毕，立即命令几个鬼卒带着绳索提着锤走了。不一会儿，鬼王和秀才一同被押上殿来，经过审问，得知闻生所说确属事实。阎罗非常生气地说："可怜你先世攻读勤苦，暂时委派你这鬼王之职，等着投生富贵人家，如今你竟敢如此！我要抽去你的善筋，增加你的恶骨，罚你生生世世不得出人头地。"鬼卒就对鬼王打板子，鬼王仆倒在地，磕掉一颗

聊斋志异（图文版）

牙齿。鬼卒又用刀割开他的手指尖，抽出筋来，白亮亮的像丝一样。鬼王大声喊痛，嗥叫之声像杀猪一样。手脚的筋都抽完了，他才被两个鬼卒押走。

闻生给阎罗叩了头出来，秀才跟在后面，感恩戴德，情意恳切。秀才挽着闻生送他走过街市，见一户人家朱帘垂挂，帘内露出一个女子的半张脸，容貌打扮绝顶美丽。闻生问："这是谁家？"秀才说："这里是妓院。"走过之后，闻生对那女子有种留连不舍的心情，就执意不要秀才送。秀才说："您为我而来，而让您独自孤零零地回去，我于心何忍！"闻生坚决不要他送，秀才这才走了。闻生望着秀才走远了，急忙奔到帘子里面。女子迎上来相见，喜形于色。进到室内，两人亲密地坐在一块，互相道了姓名。女子自说："姓柳，小名秋华。"一个老太婆出来，为他们备办了酒菜。喝完酒，进入帷帐，欢爱甚浓，恳切地订立婚嫁之约。天亮以后老太婆进来说："柴、水都已用完，要破费郎君的金钱，怎么办？"闻生顿时想到自己腰包空虚，惶恐惭愧，无言以对，过了许久才说："我实在是没带一文钱，应该写个欠债的字据，回到家立即奉还。"老太婆脸色一变，说道："你听说过妓女要账的吗？"秋华在一旁皱眉蹙额，一言不发。闻生只好暂时把衣服脱下来作为抵押。老太婆拿着衣服笑着说："这还不够还酒钱的呢！"唠唠叨叨很不满意，和秋华一道出去了，闻生深感羞愧。过了片刻，闻生仍希望秋华出来拜别，重申一下先前的婚约，可是久久没有动静，就偷偷进去窥视，只见老太婆和秋华两个自肩以上已化为牛鬼，鬼眼闪闪发光，相对而立。闻生吓坏了，赶紧跑出来，想要回家，可是岔路太多，不知何去何从，向街市上的人打听，无人知晓他所在村子的名字。他在街市上徘徊，就这样过了两天，满腹凄凉酸楚，肚子饿得"咕咕"叫，不知怎么办才好。忽见秀才打此经过，望见他，吃惊地说："为什么还没回家？搞得这么狼狈？"闻生惭愧得无言以对。秀才说："对了，你是不是被母夜叉迷住了？"就气冲冲地去找那家妓院，说："秋华母子，为什么不给留点儿面子呢？"去了不多会儿，就把衣服拿回来交给闻生说："下贱女人太无礼了，我已经骂了她们一顿。"秀才一直把闻生送回家，才告别离去。

闻生暴死之后，经过三天才复活过来。以上的故事，是他的亲历，讲得清清楚楚。

[何守奇] 嘲笑如前，曲巷以后，比例见意耳。

大　人

【原文】

长山李孝廉质君诣青州，途中遇六七人，语音类燕。审视两颊，俱有瘢大如钱，异之，因问何病之同。客曰：旧岁客云南，日暮失道，入大山中，绝壑巉岩，不可得出。因共系马解装，傍树栖止。夜深，虎豹鸱鸮，次第噪动，诸客抱

膝相向，不能寐。忽见一大人来，高以丈许。客团伏莫敢息。大人至，以手攫马而食。六七匹顷刻都尽；既而折树上长条，捉人首穿腮，如贯鱼状，贯讫，提行数步，条毵折有声。大人似恐坠落，乃屈条之两端，压以巨石而去。客觉其去远，出佩刀自断贯条，负痛疾走。未数武，见大人又导一人俱来，客惧，伏丛莽中。见后来者更巨，至树下，往来巡视，似有所求而不得。已乃声啁啾，似巨鸟鸣，意甚怒，盖怒大人之绐己也。因以掌批其颊。大人伛偻顺受，不敢少争。俄而俱去。

诸客始仓皇出，荒窜良久，遥见岭头有灯火，群趋之。至则一男子居石室中。客入环拜，兼告所苦。男子曳令坐曰："此物殊可恨，然我亦不能钳制。待舍妹归，可与谋也。"无何，一女子荷两虎自外入，问客何来，诸客叩伏而告以故。女子曰："久知两个为孽，不图凶顽若此！当即除之。"于石室中出铜锤，重三四百斤，出门遂逝。男子煮虎肉饷客。肉未熟，女子已返，曰："彼见我欲遁，追之数十里，断其一指而还。"因以指掷地，大于胫骨焉。众骇极，问其姓氏，不答。少间，肉熟，客创痛不食；女以药屑遍糁之，痛顿止。天明，女子送客至树下，行李俱在。各负装

大人

深山皇意观
防风贯颊长条
计亦工纵有天生
奇女子铜锤未
许奏全功

行十余里，经昨夜斗处，女子指示之，石洼中残血尚存盆许。出山，女子始别而返。

【译文】

长山县举人李质君去青州，途中遇见六七个人，操着好像河北口音，仔细一看他们的两颊，个个有瘢痕，大如铜钱。李质君感到奇怪，就问他们患过什么相同的病症，他们回答说：去年我们去云南，天黑迷路，进入大山之中，深涧绝壁，无法出去，就系好马匹，解下行装，在大树下歇息。深夜，老虎、豹子、猫头鹰连接不断地嗥叫，我们只好抱着膝盖，面对面对坐着，不能入睡。忽然看见

聊斋志异（图文版）

一个巨人走了过来，有一丈多高，我们缩成一团，趴在地上，不敢出气。巨人到跟前，用手抓起马就吃，一会儿六七匹马就给吃完了。然后他折下树上一枝长长的枝条，捉住我们的头，像穿鱼一样用树枝穿透我们的两腮，把我们全都穿在树枝上。然后，他提着树枝走了几步，树枝发出清脆的折断的声音。巨人好像怕我们从树枝上脱落下来，就把树枝的两端弯过来，用巨石压上这两端就走了。我们觉得他已经远去，就拿出佩刀，割断树枝，带着伤痛赶快逃走。只见巨人又领着个人一块儿来了，我们很害怕，就伏下身躲在丛林草莽之中。一看后来的这个人个头更大，来到树下，来回巡视，好像要寻找什么，又寻不到。然后就发出"啁啾"之声，好似巨鸟在鸣叫，看那神态非常恼怒，大概恼怒先来的那个巨人欺骗了自己。于是他用手掌搧那人的嘴巴，那人弯着身子顺从地承受，不敢有一丝争辩，不一会儿，他们都走了，我们这才仓皇逃出来。

我们在荒山中奔窜了好久，远远地看见山头上有灯火，大伙就向灯火奔去。来到近前，看见是一个男子住着一座石头房子。我们拥进石屋，围着圈向男子下拜，并且诉说了遭受的苦难。男子把我们拉起来，让我们坐下，说："这东西特别可恨，然而我也治不了它们。等我妹妹回来，可以和她商量。"不久，一个女子扛着两只老虎从外面进来，问客人来干什么，我们这些人给她跪下叩头，并说明了缘故。女子说："早就知道这两个像伙造孽，没想到这么凶顽，应该立即除掉他们。"她从石屋中拿出铜锤，有三四百斤重，出了门就不见了。男子煮老虎肉款待我们，肉还没煮熟，女子已经回来了，说："他们看到我就想逃跑，我追了数十里，打断他一个手指就回来了。"就把手指扔到地上，比小腿骨还粗。我们都吓坏了，问女子姓氏，她也不回答。一会儿，肉熟了，我们伤口疼痛，不能吃，女子就用药粉敷在伤口上，疼痛顿时止住了。

天亮后，女子送我们来到树下，行李都在。我们各自背上行李走了十几里路，经过昨夜搏斗的地方，女子指给大家看，那石洼中的残存血迹约有一盆。出了山，女子才告别返回。

向杲

【原文】

向杲字初旦，太原人，与庶兄晟，友于最敦。晟狎一妓，名波斯，有割臂之盟，以其母取直奢，所约不遂。适其母欲从良，愿先遣波斯。有庄公子者，素善波斯，请赎为妾。波斯谓母曰："既愿同离水火，是欲出地狱而登天堂也。若妾媵之，相去几何矣！肯从奴志，向生其可。"母诺之，以意达晟。时晟丧偶未婚，喜，竭资聘波斯以归。庄闻，怒夺所好，途中偶逢，大加诟骂；晟不服，遂嗾从人折棰笞之，垂毙乃去。杲闻奔视，则兄已死，不胜哀愤。具造赴郡。庄广行贿赂，使其理不得伸。

呆隐忿中结，莫可控诉，惟思要路刺杀庄，日怀利刃伏于山径之莽。久之，机渐泄。庄知其谋，出则戒备甚严。闻汾州有焦桐者，勇而善射，以多金聘为卫。呆无计可施，然犹日伺之。一日方伏。雨暴作，上下沾濡，寒战颇苦。既而烈风四塞，冰雹继至，身忽然痛痒不能复觉。岭上旧有山神祠，强起奔赴。既入庙，则所识道士在内焉。先是，道士尝行乞村中，呆辄饭之，道士以故识呆。见呆衣服濡湿，乃以布袍授之，曰："姑易此。"呆易衣，忍冻蹲若犬，自视，则毛革顿生，身化为虎。道士已失所在。心中惊恨，转念：得仇人而食其肉，计亦良得。下山伏旧处，见己尸卧丛莽中，始悟前身已死，犹恐葬于乌鸢，时时逻守之。越日，庄始经此，虎暴出，于马上扑庄落，龁其首，咽之。焦桐返马而射，中虎腹，蹶然遂毙。

呆在错楚中，恍若梦醒；又经宵，始能行步，厌厌以归。家人以其连夕不返，方共骇疑，见之，喜相慰问。呆但卧，塞涩不能语。少间，

向杲

布花著体变於菟
铁鸷觉返故吾南面
牵官嗔诞妄可曾知
有使君无

闻庄信，争即床头庆告之。呆乃自言："虎即我也。"遂述其异，由此传播。庄子痛父之死甚惨，闻而恶之，因讼呆，官以其诞而无据，置不理焉。

异史氏曰："壮士志酬，必不生返，此千古所悼恨也。借人之杀以为生，仙人之术亦神哉！然天下事足发指者多矣。使怨者常为人，恨不令暂作虎！"

【译文】

向杲，字初旦，太原人，他和庶兄向晟感情最深厚。向晟与一个妓女很亲密，妓女名叫波斯，两人曾密订婚约，因为鸨母索价太高，婚约不能履行。正好鸨母打算从良，愿意先打发波斯。有个庄公子，一向很喜欢波斯，要赎波斯做妾。波斯对鸨母说："既然我们愿意一同脱离苦海，就是想离开地狱去登天堂。如果让我去充当小妾，和当妓女相差多少？您若肯依从我的心愿，向生这个人我

乐意。"鸨母答应了，把波斯的意思转告了向晟。当时向晟死了妻子尚未续娶，听后大喜，就用全部钱财聘波斯，把她娶回家。庄公子听说此事，恼怒向晟夺其所爱，在途中偶然相遇时，对向晟大加诟骂。向晟不服气，庄公子就唆使手下人用短杖毒打向晟，直到把向晟打得快断气了才离去。向杲听说赶去一看，哥哥已经死去，不胜哀伤愤怒，就写好状纸到郡城告状，庄公子大肆贿赂，使得向杲有理不得申张。向杲郁忿积压在心，无处控诉，一心想要拦路刺杀庄公子。他每天怀揣利刃，隐伏于山路旁的草丛之中。日子长了，他的机谋渐渐泄漏，庄公子知道他的图谋，一外出就戒备森严。他听说汾州有个叫焦桐的人，勇猛而善于射箭，就用重金聘为保镖。向杲无计可施，然而仍然每天候着庄公子。

一天，向杲刚刚埋伏下来，暴雨顿作，他浑身上下都湿透了，寒战得厉害。之后狂风铺天盖地，接着下起了冰雹。忽然之间，向杲不再感到身上痛痒。山岭上原先有座山神庙，他挣扎起身奔赴过去，进庙之后，他认识的一个道士正在里面。先前，道士曾在村子里行乞，向杲就给他饭吃，道士由此认识向杲。他见向杲衣服透湿，就把一件布袍递给他，说："暂且换上这件吧！"向杲换上衣服，忍受着寒冷蹲伏在地上像只狗，看了一下自己，顿时生出一身皮毛，身体已化为老虎。一看道士已经不在庙里，心中又吃惊又气恨。转念一想，擒得仇人能够吃掉他的肉，这计策也很妙。就下山埋伏在老地方，只见自己的尸体倒卧在草丛之中，这才省悟自己的前身已经死了，可还是担心尸体被乌鸦、老鹰吃掉，就时时走来走去看守着。过了一天，庄公子才从这里经过。老虎猛然跳出来，从马上把庄公子扑落在地，咬下他的脑袋，吞了下去。焦桐回马放箭，射中老虎腹部，老虎扑通一下摔倒在地就死了。

向杲躺在荆棘丛中，恍恍惚惚如梦初醒，又过了一夜，才能步行，便无精打彩地回家。家人因为他连着几个晚上不回家，正在惊疑，见他回来了，高兴地上前问长问短。向杲只是躺着，迟钝得难以言语。一会儿，听说庄公子的死信儿，家人争着到床头告诉他，庆祝这件事，向杲这才自言自语地说："老虎就是我呀！"就诉说了他的奇异经历。由此这件事传播开来，庄公子的儿子痛心父亲死得太惨，听说之后非常痛恨向杲，就把向杲告到官府，官府认为事涉怪诞，又没有证据，便置之不理。

异史氏说：壮士实现了理想抱负，必然不能生还，这是千百年来令人痛悼遗憾的事。借焦桐之手杀死老虎而使向杲复活，这仙人的法术也真奇妙啊！然而天底下令人发指的事太多了，让那些衔冤负屈的人始终做人而不能报仇，恨不能让他们暂时变成老虎。

[何守奇] 化人成虎，借杀为生，使非妙术如神，则大仇终于不报矣。固知不可无此狡狯。

[方舒岩] 晟为波斯而死，不知波斯亦为晟作绿珠否，作盼盼否？惜未详志之。

周 三

【原文】

泰安张太华，富吏也。家有狐扰，不可堪，遣制罔效。陈其状于州尹，尹亦不能为力。时州之东亦有狐居村民家，人共见为一白发叟，叟与居人通吊问，如世人礼。自云行二，都呼为胡二爷。适有诸生谒尹，间道其异。尹为吏策，使往问叟。时东村人有作隶者，吏访之，果不诬，因与俱往。即隶家设筵招胡，胡至，揖让酬酢，无异常人。吏告所求，胡曰："我固悉之，但不能为君效力。仆友人周三，侨居岳庙，宜可降伏，当代求之。"吏喜，申谢。胡临别与吏约，明日张筵于岳庙之东，吏领教。

胡果导周至。周虬髯铁面，服裤褶。饮数行，向吏曰："适胡二弟致尊意，事已尽悉。但此辈实繁有徒，不可善谕，难免用武。请即假馆君家，微劳所不敢辞。"吏转念去一狐，得一狐，是以暴易暴也，游移不敢即应。周已知之。曰："无畏。我非他比，且与君有喜缘，请勿疑。"吏诺之。周又嘱："明日偕家人阖户坐室中，幸勿哗。"吏归，悉遵所教。俄闻庭中攻击刺斗之声，逾时始定。启关出视，血点点盈阶上。墀中有小狐首数枚，大如碗盏焉。又视所除舍，则周危坐其中，拱手笑曰："蒙重托，妖类已荡灭矣。"自是馆于其家，相见如主客焉。

【译文】

泰安人张太华，是个富有的官吏。他家有狐狸精搅扰，想驱遣制服它，无一奏效。他把狐狸作祟的情况报告给知州，知州也无能为力。

当时，州的东边也有一只狐狸精住在村民家里，人们都看见是一个白发老头。老头与村民一家有吊死问疾的交往，礼数如同世人。他自称行二，人们都叫他胡二爷。正巧有秀才拜见知州，乘便讲出了这件怪异之事。知州为张太华出主意，让他前去请教胡二爷。当时，东村有人在府衙当差役，张太华就去问他，果然确有此事，就和差役一块前往东村。到了之后就在差役家摆下筵席邀请胡二爷。胡二爷到了，作揖应酬，同一般人没什么两样。张太华向胡二爷说明了所求之事，胡二爷说："我当然知道这件事，但不能为您效力，我的朋友周三，侨居在岳庙，他可以做降伏之事，我可以替您去求他。"张太华大喜，表示感谢。胡二爷临别与张太华相约，明天在岳庙东面大摆筵席，张太华听从了他的吩咐。

胡二爷果然领着周三来了。周三两腮长着卷曲的胡须，铁黑的脸膛，穿着一套骑乘的服装。酒过数巡，他对张太华说："刚才胡二弟转达了您的意思，事情我全知道了。但这类东西实在是有很多徒党，不可好言相劝，难免要动武。请让我马上住到你府上，微不足道的小事，不敢推辞。"张太华转念一想：赶走一只狐狸精，又来一只，这不是"以暴易暴"吗？犹犹豫豫，不敢马上答应。周三

已经知道他的心思，说：
"不要怕，我和它们不能相
比，而且我与您有好因缘，
请不要疑虑。"张太华这才
答应他。周三又嘱咐说：
"明天你和家人关门坐在屋
里，不要喧哗。"张太华回
到家，完全按照周三的吩咐
去做。一会儿，听到院子里
有攻击格斗的声音，过了好
长时间才安静下来。打开房
门出来一看，台阶上到处是
斑斑点点的血迹，台阶的空
地上有几颗小狐狸脑袋，有
碗口酒杯那么大。又见那间
打扫出来由周三居住的房
间，周三正端坐里面。他对
张太华拱手笑着说："蒙您
重托，妖类已经荡平灭尽
了。"从此周三就住在张家，
相见时彼此就像主人宾客
一般。

周三
鐵面虬髯意氣殊
請從假館效馳驅
驅周三不諱
誅同類莫
是孤中
劍俠無

[何守奇] 与前门拒虎，后门进狼者自别。

聂 政

【原文】

怀庆潞王有昏德，时行民间，窥有好女子辄夺之。有王生妻，为王所睹，遣
與马直入其家。女子号泣不伏，强舁而出。王亡去，隐身聂政之墓，冀妻经过，
得一遥诀。无何妻至，望见夫，大哭投地。王恻动心怀，不觉失声。从人知其王
生，执之，将加捞掠。忽墓中一丈夫出。手握白刃，气象威猛，厉声曰："我聂
政也！良家子岂可强占！念汝辈不能自由，姑且宥恕。寄语无道王：若不改行，
不日将抉其首！"众大骇，弃车而走。丈夫亦入墓中而没。夫妻叩墓归，犹惧王
命复临。过十余日，竟无消息，心始安。王自是淫威亦少杀云。

异史氏曰："余读《刺客传》，而独服膺于轵深井里也。其锐身而报知己也，
有豫之义；白昼而屠卿相，有鲦之勇；皮面自刑，不累骨肉，有曹之智。至于荆

轲，力不足以谋无道秦，遂使绝裾而去，自取灭亡。轻借樊将军之头，何日可能还也？此千古之所恨，而聂政之所嗤者矣。闻之野史：其坟见掘于羊、左之鬼。果尔，则生不成名，死犹丧义，其视聂之抱义愤而惩荒淫者，为人之贤不肖何如哉！噫！聂之贤，于此益信。"

聂政

兵门一人侠分离悲协
曾无计可施白日凛
然墓中出神威想
见刺辕时

【译文】

怀庆府的潞王昏庸荒淫，时常到民间去，见到好容貌的女子，就抢来霸占。有个王生的妻子，被潞王看见了，派车马直接闯入王家，女子哭号着不肯顺从，就被强行抬了出去。王生逃出来，隐藏在聂政墓旁，希望妻子由此经过时，远远地和她作最后的告别。不久，妻子过来了，望见丈夫，大哭着仆倒在地。王生悲从中来，不觉失声痛哭。仆人们知道他是王生，就把他抓起来，要进行拷打。忽然墓中走出一个男子，手握钢刀，气概威猛，厉声说："我是聂政！良家妇女怎么可以强占！念你们身不由己，姑且饶恕你们。捎个话给无道的潞王：如不改掉他的恶行，不久就让他脑袋搬家！"众仆从吓坏了，扔下车逃跑，男子也进到墓中不见了。夫妻俩给聂政墓叩头谢恩之后才回家，还是害怕潞王的命令再次下达。过了十几天，始终没有消息，心这才安定下来，潞王从此淫威也稍有收敛。

异史氏说：我读《史记·刺客列传》，唯独佩服聂政：他奋不顾身报答知遇之恩，有豫让的仗义；光天化日之下敢于行刺韩相侠累，有专诸的勇猛；死前自行毁容，不牵累骨肉亲人，有曹沫的智慧。至于说荆轲，力量不足以谋杀无道的秦王，使他挣断衣襟逃走，自己却自取灭亡。他轻意地借来樊将军的头，何日才能偿还？这是千古的遗恨，也是为聂政所嗤笑的。我从野史上闻知，荆轲的坟墓被羊角哀、左伯桃的鬼魂掘开了。果然如此，那么荆轲活着没有成名，死后还丧失了义。再看聂政怀抱义愤而惩治荒淫的壮举，为人的贤良和不肖又作如何感想呢？唉！聂政的贤良，由此越发确信不疑。

[何守奇] 任侠所为，每不轨于中道。聂政此举，庶令奋于义者。死为鬼雄.又何愧焉。

冷 生

【原文】

平城冷生，少最钝，年二十余，未能通一经。忽有狐来与之燕处，每闻其终夜语，即兄弟诘之，亦不肯泄。如是多日，忽得狂易病，每得题为文，则闭门枯坐；少时哗然大笑。窥之，则手不停草，而一艺成矣。脱稿又文思精妙。是年入泮，明年食饩。每逢场作笑，响彻堂壁，由此"笑生"之名大噪。幸学使退休，不闻。后值某学使规矩严肃，终日危坐堂上。忽闻笑声，怒执之，将以加责，执事官代白其颠。学使怒稍息，释之，而黜其名。从此佯狂诗酒。著有《颠草》四卷，超拔可诵。

异史氏曰："闭门一笑，与佛家顿悟时何殊间哉！大笑成文，亦一快事，何至以此褫革？如此主司，宁非悠悠！"

冷生

笑生真合
唤锁愁肠
樗长吟笑肱
不休一顶
惜巾何足
伴狂诗
酒自风流

学师孙景夏往访友人。至其窗外，不闻人语，但闻笑声嗤然，顷刻数作。意其与人戏耳。入视，则居之独也。怪之。始大笑曰："适无事，默熟笑谈耳。"

邑宫生家畜一驴，性蹇劣，每途中逢徒步客，拱手谢曰："适忙，不遑下骑，勿罪！"言未已，驴已蹶然伏道上，屡试不爽。宫大惭恨，因与妻谋，使伪作客。己乃跨驴周于庭，向妻拱手，作遇客语，驴果伏。便以利锥毒刺之。适有友人相访，方欲款关，闻宫言于内曰："不遑下骑，勿罪！"少顷，又言之。心大怪异，叩扉问其故，以实告，相与捧腹。

此二则，可附冷生之笑并传矣。

【译文】

平城县有个冷生，年轻时最愚钝，二十多岁了，还不能掌握一门经书。忽然有只狐狸来了，和他亲密地住在一起。每每听到他们彻夜交谈，即使兄弟追问他，他也不肯泄露。这样过了好多天，他忽然得了精神失常，每当拿到一个题目写文章，他就关上门呆坐，不久又哈哈大笑。偷偷看去，他手不停笔，一篇八股文就写成了。写完一看，文思精妙。这年他人了县学，第二年成为廪生。他每进考场就大笑，笑声响彻考场，由此"笑生"的雅号，大噪一时，幸好学使大人离开考场在别处休息，没有听见。后来遇到一个规矩严格的学使，整日端坐在考场，忽然听到笑声，就非常生气地把冷生拽进来，要加以责罚。管事的官吏代为说明他患有精神失常症，学使的怒气才稍微消了下去，就放了他，除了他的名。冷生从此装疯作狂，诗酒自娱，写有超拔脱俗的《颠草》四卷。

异史氏说：闭门大笑，与佛家顿悟时的状态有什么区别？大笑之后就能写出好文章，也是一件快事，何至于由此被除名！这样的学使，太荒谬了。

学师孙景夏，去拜访朋友，来到友人的窗外，听不见说话声，只听见"嗤嗤"的笑声，顷刻之间笑了几次，猜想友人正在与人嬉戏，进屋一看，只有他一人在屋里，感到奇怪。友人这才大笑着说："正闲看没事，就温习了温习笑话。"

城里有个宫生，家里养了一头驴，性情驽钝拙劣。每逢途中遇到徒步行走的人，他就在驴背上拱手道歉说："我正忙着，没工夫下驴，请别怪罪。"话没说完，驴已经跌倒伏在路上，屡试不爽。宫生十分惭愧气恼，就和妻子商量，让妻子装作路人，自己就跨上驴背在庭院里周旋，向妻子拱手，说遇到路人的一番话。驴子果然又伏在地上，宫生就用尖利的锥子狠命刺它。正好友人登门拜访，正要敲门，听见宫生在门内说："没工夫下驴，请别怪罪。"一会儿，又听他这样说。友人心中大感奇怪，敲开门问他缘故，宫生以实相告，两人捧腹大笑。

这两个故事，可以附在冷生的故事后面流传下去。

狐 惩 淫

【原文】

某生购新第，常患狐。一切服物，多为所毁，且时以尘土置汤饼中。

一日有友过访，值生出，至暮不归。生妻备馔供客，已而借婢啜食余饵。生素不羁，好蓄媚药，不知何时狐以药置粥中，妇食之，觉有脑麝气，问婢，婢云不知。食讫，觉欲焰上炽，不可暂忍，强自按抑，燥渴愈急。筹思家中无可奔者，惟有客在，遂往叩斋。客问其谁，实告之；问何作，不答。客谢曰："我与若夫道义交，不敢为此兽行。"妇尚流连，客叱骂曰："某兄文章品行，被汝丧

尽矣!"隔窗唾之,妇大惭乃退。因自念我何为若此?忽忆碗中香,得毋媚药也?检包中药,果狼藉满案,盏盏中皆是也。稔知冷水可解,因就饮之。顷刻,心下清醒,愧耻无以自容。展转既久,更漏已残,愈恐天晓难以见人,乃解带自经。婢觉救之,气已渐绝;辰后始有微息。客夜间已遁。

生晡后方归,见妻卧,问之不语,但含清涕。婢以状告,大惊,苦诘之。妻遣婢去,始以实告。生叹曰:"此我之淫报也,于卿何尤?幸有良友,不然,何以为人!"遂从此痛改往行,狐亦遂绝。

异史氏曰:"居家者相戒勿蓄砒鸩,从无有相戒不蓄媚药者,亦犹人之畏兵刃而狎床笫也。宁知其毒有甚于砒鸩者哉!顾蓄之不过以媚内耳,乃至见嫉于鬼神;况人之纵淫,有过于蓄药者乎?"

某生赴试,自郡中归,日已暮,携有莲实菱藕,入室,并置几上。又有藤津伪器一事,水浸盏中。诸邻人以生新归,携酒登堂,生仓卒置床下而出,令内子经营供馔,与客薄饮。饮已入内,急烛床下,盏水已空。问妇,妇曰:"适与菱藕并出供客,何尚寻也?"生忆肴中有黑条杂错,举座不知何物。乃失笑曰:"痴婆子!此何物事,可供客耶?"妇亦疑曰:"我尚怨子不言烹法,其状可丑,又不知何名,只得糊涂脔切耳。"生乃告之,相与大笑。今某生贵矣,相狎者犹以为戏。

【译文】

某生购得一所新宅院,经常受到狐狸精的搅扰,一切服装物品,多被毁坏,而且时常把尘土放到汤饼中。

一天,有朋友造访,正好某生外出,到天黑了还未归来,某生的妻子就备办了饭食招待客人。客人用餐之后,妇人和丫环就吃剩下的饭菜。某生一向放荡不羁,喜好收藏媚药。不知什么时候,狐狸精把媚药放入粥中,妇人吃了粥,感觉有股龙脑和麝香的气味,问丫环怎么回事,丫环回答不知道。吃完饭,就感觉欲火中烧,不能忍耐片刻,强制地压抑自己,越发焦燥渴望。思量家中没有发泄

的对象，只有客人在，就去敲书房的门，客人问是谁，妇人如实回答，又问她要干什么，妇人不答。客人拒绝说："我与你丈夫是道义之交，不敢做这种禽兽才会干的事。"妇人还赖着不走。客人叱骂道："某兄的文章品行，全被你丢尽了！"还隔着窗子唾她。妇人非常羞愧，就退去了，于是自忖："我为什么要这样？"忽然之间想起粥碗的香气，不是吃了媚药吧？检查包中的药，果然狼藉满案，碗中杯中到处都是。她熟知冷水可以解药力，就去喝凉水。一会儿，心中清醒，羞愧得无地自容。妇人翻来复去很久不能合眼，天快亮了，越发害怕天亮后没脸见人，就解下衣带上吊。丫环发觉后把她救下来，已经快没气了，辰时以后，才有了微弱的呼吸。客人夜间已经走掉了。

某生黄昏时分才回来，见到妻子卧床不起，问她怎么了，妇人不回答，只是垂泪。丫环把妇人上吊的事说出来，某生大吃一惊，苦苦追问妻子。妻子打发丫环离去，这才以实相告。某生听罢叹气说："这是对我荒淫的报应！对你有什么可责怪的。幸好有一个正人君子的朋友，不然的话，我怎么做人！"于是痛改前非，狐狸精也从此绝迹。

异史氏说：居家生活的人互相告诫不要存放砒霜、鸩酒，从来没有相互告诫不要存放媚药的。这犹如人们畏惧兵刃而亲近床第之乐一样，哪里知道媚药的毒害比砒霜、鸩酒更厉害，而存放媚药不过为博取妻妾之欢心，以至于遭到鬼神的嫉恨。况且人们的放纵淫荡，比存放媚药还要严重呢！

某生去应试，从郡中归来，天色已晚。他携回莲实菱藕，进屋后，将这些东西一并放在几案上，又带回藤津伪器一件，将其浸泡在水盆之中。各位邻居因为某生刚刚回来，带着酒登门拜访，某生仓猝之中将盆置床下就出来迎接。他让妻子做下酒菜，与客人小酌。喝完酒，他进屋急忙用蜡烛照床下，盆里的水已经空了。问妻子，妻子说："刚才和菱、藕一块拿出来款待客人了，为啥还找呢？"某生想起菜中杂陈着一些黑条，满座的人不知它是什么，就失声笑道："傻婆娘！这是什么东西，可以款待客人吗？"妻子又疑惑地说："我还怪你不告诉我做法，它的形状那么难看，又不知叫啥名，只得稀里糊涂地当肉切了。"某生就告诉了妻子，两人相对大笑。现在某生已经身份显贵了，爱开玩笑的朋友还是把这件事作为笑谈。

[何守奇] 媚药甚于鸩，真为有识者之言。